이리하(伊犁河)의 희망가

상

이리하(伊犁河)의 희망가 상

초판 1쇄 인쇄 2019년 6월 14일
초판 1쇄 발행 2019년 6월 17일

지 은 이 왕멍(王蒙)
옮 긴 이 김승일(金勝一)

발 행 인 김승일(金勝一)
펴 낸 곳 경지출판사
출판등록 제2015-000026호

판매 및 공급처 도서출판 징검다리
주소 경기도 파주시 산남로 85-8
Tel : 031-957-3890~1 Fax : 031-957-3889 e-mail : zinggumdari@hanmail.net

ISBN 979 - 11 - 90159 - 01 - 2   04820
ISBN 979 - 11 - 90159 - 00 - 5   04820 (세트)

1960년대 중국 신장 위구르족 농촌의
자연과 삶을 영탄한 대하소설

이리하(伊犁河)의 희망가

왕멍(王蒙) 지음·김승일(金勝一) 옮김

상

경지출판사   新世界出版社 NEW WORLD PRESS

1963년 말 당시 베이징사범대학(北京師範學院)에서 교수로 재직하고 있던 필자는 만 리 길도 마다하지 않고 신장(新疆)으로 가기로 결심하였다.

그 첫 번째 이유는 나의 생활경험의 폭을 넓히기 위한 것이었고, 두 번째 이유는 베이징의 이데올로기적 환경에 적응하기가 어려웠고, "프롤레타리아 독재정치 아래에서 혁명을 계속한다"는 것도 여간 곤혹스러운 일이 아니었다. 그리하여 나는 소수민족들이 집거하고 있는 변경지역에서 생활하면 오히려 머릿속이 맑아지고, 그곳에서 민족의 단결과 나라의 통일, 애국을 말한다고 해도 그다지 난처하지 않을 것 같았다.

1964년 필자는 4개월 동안 신장의 남부지역 농촌에서 지냈는데, 그러는 동안에도 국내의 정치적 분위기는 갈수록 긴장되어 갔다.

1965년 신장 위구르자치구(新疆維吾爾自治區)의 당위원회(黨委)와 문학예술계연합회(文學藝術界聯合會) 지도자들의 안배에 따라 필자는 이리(伊犁)지역의 농촌에서 '노동단련(勞動鍛煉)'을 하게 되었다. 그리고 이닝(伊寧)현의 홍기인민공사(紅旗人民公社) 제2대대의 부대대장을 맡았다.

그러면서도 필자는 당지의 여러 민족 농민들과 하나가 되어 노동하고 생활하면서, 위구르의 언어와 문자도 능숙하게 사용할 수 있게 되었다. 그리하여 필자는 위구르 농민들의 과분한 사랑과 환대를 받을 수 있었다.

1974년부터 필자는 장편소설 『이리하의 풍경(這邊風景)』의 집필을 시작하였다. 문화적 생태가 불안하던 당시 위구르족 농민들에 대한 이해와 사랑을 충분히 활용하여, 나는 변경지역의 풍경 및 인민들의 운명을 그려내기 위해 노력하였고, 여러 사람들을 관찰하면서 그들의 일상생활과 문화적 심리 특징을 부각시켰다. 당시 신장은 온갖 풍파를 겪고 있었다. 특히 1962년 중소관계가 악화되고 있었고,[01]전국이 기근에 허덕이고 있었던 때였는데, 이때 벌어진 이리와 타청(塔城) 변경지역 주민들이 외국으로 도망간 사건은 많은 사람들의 마음에 상처를 남겼다.

그리고 1963년부터 1965년까지 기간에 농촌 사회주의 교육운동과 그 운동과정에서 나타난 소위 '형좌실우(形左實右, 형식은 좌파지만 실제는 우파 - 역자 주)' 문제에 대한 마오쩌동(毛澤東) 주석의 견해는 나로 하여금 문학작품을 통해 '좌'에 대한 비방과 사회에 끼친 악영향, 사람들에게 미친 피해를 폭로 및 비판할 수 있도록 가능성을 제공해 주었다.

소설에서 나는 한편으로는 개인숭배(個人迷信), 계급투쟁, 반제국주의(反帝), 반수정주의(返修) 등 그 시기의 용어들을 완전하게 떨쳐버릴 수 없었고, 또 한편으로는 '좌'적 세력이 기세등등하여 대놓고 압력을 가하던 시기였지만, 필자는 극단적이고 허위적인 '좌'에 대해 독창적인 형식으로 비판하였다. 뿐만 아니라 민족·종교·나라를 바라보고 인정함에 있어 필자만의 독특

---

01) 1962년 중국·인도 간 무력 충돌이 일어났을 때, 소련이 인도에 미그기를 비롯한 무기를 공급해 중국을 격분시켰다. 이런 갈등은 베트남 전쟁에 대한 입장차로 더욱 증폭되었고 중국의 문화혁명에 대한 소련의 맹렬한 비난에, 중국은 '소련의 지도부는 사이비 수정주의 공산주의자'라는 말로 맞받았다. 이런 분위기 속에서 신장에 거주하던 일부 위구르인들이 소련으로 넘어가는 사건이 빈번하게 일어났다.

한 시각으로 관찰하고 묘사하였으며, 위구르족 인민들의 역사적 운명과 세부적인 생활에 대한 관심을 소설 곳곳에 담아 표현하였다.

1978년에 본 소설이 대체로 마무리 되었을 무렵 마침 문화대혁명도 끝이 났다. 그리고 장칭(江青) 등 '4인방(四人幫, 4인의 소위 '반당집단[反黨集團]')에 대한 폭로와 비판운동, 그리고 문화대혁명이 가져다준 재난에 대한 성토에 전국 인민들의 목소리와 눈길이 집중되어 있었다. 그러다보니 이 소설을 발표하기에 적절하지 않았던 시기였으므로, 필자는 원고를 꽁꽁 묶어 높은 곳에 얹어둔 채 그렇게 34년을 방치하였다.

2012년에 아이가 옛집 침실에 있던 장롱 위의 궤짝 안에서 이 육필원고를 발견하고는 무척 기뻐하였다. 이후 가족들의 지지 하에 약간의 수정을 거쳐 마침내 2013년에 출판되게 되었던 것이다.

평론가들의 견해 중 하나는 문학적 환경이 극히 정상적이지 않던 시기에 생활과 인성, 그리고 문학의 목소리에 귀를 기울임으로써 이 책을 써낼 수 있었다는 것이고, 또 한 가지 견해는 위구르인에게 있어서 이 책은 당대의 청명상하도(淸明上河圖)[02]라는 것이었다.

이 책을 번역하고 국외에 소개하는 데 편리함을 주기 위해 작가는 책의 내용 총 18개의 장절을 삭제하였고, 이야기의 줄거리에 대해서도 필요한 보충과 설명 작업을 하였다.

---

02) 청명상하도(淸明上河圖) : 중국 북송시대 한림학사였던 장택단이 북송의 수도였던 카이펑(開封)의 청명절 풍경을 그린 그림

- 구하이리바눙(古海麗巴儂) : 마이쑤무의 아내이자, 중국 우즈베크족(烏玆別克族).

- 기리리(基利利) : 약진인민공사 주재 '네 가지 정돈' 공작대 부대장.

- 니사한(尼莎汗) : 아시무의 아내이자 아이미라커쯔의 어머니.

- 니야쯔 파오커(尼牙孜泡克) : 제7생산대의 농민으로, 파오커(泡克)는 그의 별명이고 대변(大糞)을 뜻한다.

- 디리나얼(狄麗娜爾) : 랴오니카의 아내.

- 다우티(達吾提) : 대장장이(鐵匠)인 동시에 대대(大隊, 애국대대) 지부(支部) 위원(委員).

- 라이시만(萊希曼) : 라이이라의 어머니로 이미 세상을 뜬 고인이다.

- 라이이라(萊依拉) : 우푸얼의 아내로, 타타르족(塔塔爾族)인 그녀의 이름은 백합꽃(百合花)을 뜻한다.

- 라이티푸(賴提甫) : 일찍이 싸타얼(薩塔爾)이라는 가명을 사용하였고, 이리 지역의 적대세력 중에서 가장 신비롭고 위험한 인물.

- 랴오니카(廖尼卡) : 애국대대의 물방아(水磨) 관리인으로 중국에 사는 러시아

족(俄羅斯族).

· 러이무(熱依穆) : 애국대대 제7생산대의 대장으로 있다가 부대장으로 전임(轉任)되었다.

· 러자터(惹紮特) : 쿠얼반(庫爾班)의 생부(生身父親).

· 루쯔한(如茲汗) : 쿠얼반의 어머니로 이미 세상을 뜬 고인이나.

· 리시티(裏希提) : 애국대대 대대장(大隊長)으로 있다가 후에는 서기(書記)로 임명되었다.

· 린지루(林基路) : 성스차이 시기 때 초청을 받아 신장 쿠처(庫車, 신장위구르 자치구에 있는 오아시스의 하나)현의 장관으로 근무하다가 살해된 중국공산당원.

· 마리한(瑪麗汗) : 악덕 지주인 남편 마무티(馬木提)를 잃고, 과부(遺孀)가 된 여인.

· 마얼커푸(馬爾科夫) : 랴오니카의 아버지로 중국에 거주하는 러시아족인 그는 소련(蘇聯) 국적을 선택하여 소련으로 돌아갔다.

· 마오쩌민(毛澤民) : 성스차이 시기 때, 초청을 받아 신장에서 근무하다가 살해된 중국 공산당원으로 마오쩌둥(毛澤東)의 남동생.

· 마원핑(馬文平) : 누하이쯔(努海子)라는 세례명을 가지고 있는데, 민족은 회족(回族, 중국 소수 민족의 하나)이고, 중농계급으로, 무싸의 장인(嶽父)이기도 한 그는 이미 세상을 뜬 고인이다.

· 마위친(馬玉琴) : 무싸의 회족 아내.

· 마위펑(馬玉鳳) : 마위친의 회족 여동생.

· 마이나얼(瑪依娜爾) : '네 가지 정돈운동'의 공작대원.

· 마이마이티(買買提) : 지주 이부라신의 조카.

· 마이쑤무(麥素木) : 현(縣, 중국 행정단위의 하나. 지구[地區]·자치구[自治

區]·직할시[直轄市] 밑에 속함)의 모 단위에서 과장(科長)으로 전임하였다.
1962년 사건(1962년 초여름, 중국 신장의 국민들이 이리와 타청지를 중심으로
접경지역의 몇 개 주요한 구안 [口岸]을 통해, 인접국인 소련으로 집단 불법 월
경을 감행한 사건으로 이타사건[伊塔事件]이라고 부른다)이 발발하자 국경을
넘어 외로 도망치다가 실패하고, 그 후 애국대대에 들어와 농업에 종사하였
다.

- 무라튀푸(木拉托夫) : 이리주(伊犁州, 신장위구르자치구(新疆維吾爾自治區)
  이리카자흐자치주(伊犁哈薩克自治州)의 간칭) 간부(幹部)였고, 후에는 재중 소
  련교민협회(蘇僑協會)의 '책임자'로 전임하였다.
- 무밍(穆明) : 대대의 수리(水利) 공사위원회 위원 겸 지부위원.
- 무싸(穆薩) : 제7생산대 전임(前任) 대장.
- 미지티(米吉提) : 식품회사 구매 담당 직원(食品公司采購員).
- 미치얼완(米琪兒婉) : 이리하무의 아내로 그녀의 이름은 자애로움을 뜻한다.
- 바오팅구이(包廷貴) : 제7생산대의 신임인 한족(漢族)농민.
- 바이바라티(巴伊巴拉提) : 카자흐족(哈薩克族, 중국 소수 민족의 하나로, 주
  로 신장·간쑤[甘肅]성·칭하이[青海]성 등지에 분포) 목장주(牧主).
- 베슈얼(別修爾) : '네 가지 정돈운동' 공작조 조장(組長).
- 보라티쟝(波拉提江) : 이싸무동과 우얼한의 아들.
- 셰허쓰라무(謝赫斯拉木) : 허톈(和田, 신장위구르자치구의 도시)시(市)의 한
  고위(高層) 종교 인사.
- 쉐린구리(雪林姑麗) : 타이와이쿠의 아내였던 그녀는 이혼 후 아이바이두라
  (艾拜杜拉)와 부부의 연을 맺는데, 그녀의 이름은 라일락(丁香花)을 뜻한다.
- 싸니얼(薩妮爾) : 대대의 여성 위원(婦女委員)이자 지부위원.
- 싸얼한(薩爾汗) : 타이와이쿠의 어머니로 일찍이 악덕 지주인 마리한으로부

터 박해를 당했다.

· **싸이리무**(賽裏木) : 현위서기(縣委書記)

· **싸칸터**(薩坎特) : '네 가지 정돈운동' 공작대의 성원인 카자흐족.

· **쑤리탄**(蘇裏坦) : 대지주이자 이부라신의 아버지.

· **쓰라무**(斯拉木) : 제7생산대 삼림 감시원(護林員).

· **아리무쟝**(阿裏木江) : 약진인민공사 우체국(郵電所)의 모범적인 우편배달부 (投遞員).

· **아바쓰**(阿巴斯) : 마이쑤무의 아버지로 이미 세상을 뜬 고인이다.

· **아부두러허만**(阿蔔都熱合曼) : 제7생산대의 관리위원회 위원(管委會委員).

· **아시무**(阿西穆) : 중농(中農, 중국 토지개혁 전의 빈농[貧農]과 부농[富農] 사이 계층)

· **아이리**(艾裏) : 현(縣) 우체국의 모범적인 우체배달부로 본적이 아투스(阿圖什, 커쯔러쑤커얼)

· **아이미라커쯔**(愛彌拉克孜) : 아시무의 딸로 유년시절 한쪽 손을 잃게 되었지만, 결국 의사가 되었다.

· **아이바이두라**(艾拜杜拉) : 제7생산대 민병대장(民兵隊長)이자 이리하무의 남동생.

· **아이산**(艾山) : 약진인민공사의 지도자(社長).

· **야리마이마이티**(亞力買買提) : 은폐되어 있는 적대 세력.

· **야썬**(亞森) : 목수(木匠)인 동시에 사원(寺院)의 무에진(宣禮員)[03]으로 디리나

---

03) 무에진(아랍어: مؤذن Mu'addin[*]) : 하루에 5번 이슬람 사원에서 예배 시간을 알리는 사람을 일컫는 말이다. 예배시간을 알리는 것을 아잔(adān)이라고 하는데, 종이나 나팔을 사용하는 다른 종교와는 달리 이슬람교에서는 사람이 직접 고함을 쳐 알리는 것이 보통이었으나, 최근에는 많은 이슬람사원들이 녹음기나 확성기를 이용한다. 사원의 동서남북 4개에 솟아있

얼의 아버지.

- 양후이(楊輝) : 인민공사에 주재하고 있는 현(縣) 농업기술보급소(農技站)의 한족 기술자.
- 우라쯔(烏拉孜) : 애국대대 목축업 작업조(牧業隊)의 목축민(牧民).
- 우얼한(烏爾汗) : 이싸무동(伊薩木冬)의 아내.
- 우푸얼(烏甫爾) : 제4생산대 대장으로 판판쯔(翻翻子)라는 별명을 가지고 있다.
- 왕씨(老王) : 애국대대 제4생산대의 한족 농민.
- 위싸이인(玉賽因) : 약진인민공사의 지도자.
- 이리하무(伊力哈穆) : 약진인민공사(躍進公社) 애국대대(愛國大隊) 제7생산대(生産隊) 대장(隊長)으로, 노동자로 일한 경력이 있는 인물로서, 환향 후 생산 분야에 뛰어든 본 작품의 핵심인물.
- 이밍쟝(伊明江) : 아시무(阿西穆)의 아들로 중국 공청단 단원(團員).
- 이부라신(依蔔拉欣) : 구시대 이곳의 지주였으나 현재는 제4생산대에 속해 있다.
- 이싸무동(伊薩木冬) : 제7생산대에서 창고 관리 담당자. 이인 농민계급으로 쿠투쿠자얼의 형
- 이타한(伊塔汗) : 아부두러허만(阿蔔都熱合曼)의 아내.
- 윤중신(尹中信) : 약진인민공사 주재 '네 가지 정돈(四淸, 정치, 조직, 경제, 사상 정돈. 계급 투쟁을 기본으로 하는 전제 하에 발동한 사회주의 교양운동을 가

는 첨탑(미나렛, manāra)을 돌며 하는 경우가 보통이며, 미나렛이 없는 소규모의 사원에서는 사원 문 앞에서 한다. 무에진은 사원의 직원 중에서 성품이 선한 사람을 골라 선발한다. 이슬람권이 아닌 유럽, 아시아, 아메리카 등지의 이슬람 사원에서는 아잔이 없는데, 무슬림이 아닌 사람들에게 큰 소리로 민폐를 끼치지 않기 위해서이다.

리킴)' 운동의 공작 대 대장(工作隊長).

- 자이티(紮依提) : 약진인민공사의 트랙터 보급소(拖拉機站) 소장(站長)으로 젊은 시절 우얼한의 파트너로 쌍무(雙人舞)를 춘 적이 있다.

- 자커얼쟝(紮克爾江) : 약진인민공사의 통신원(通訊員).

- 장양(章洋) : '네 가지 정돈' 공작대 성원(成員)인 한족.

- 자오지헝(趙志恒) : 약진인민공사의 당위원회 서기(黨委書記).

- 짜이나푸(再娜甫) : 러이무의 아내.

- 챠오파한(巧帕汗) : 이리하무의 외할머니. 그녀의 이름은 새벽녘 동쪽에서 반짝이는 샛별(啟明星)을 뜻한다.

- 천탄츄(陳潭秋) : 성스차이(盛世才, 군인이고 정치가로서 신장왕(新疆王)으로 불린다) 시기 때 초청을 받아 신장에서 근무하다가 살해된 중국공산당원.

- 커쯔자치주[克孜勒蘇柯爾克孜自治州] : 이 주의 수부[首府]) 시(市)이다.

- 쿠투쿠자얼(庫圖庫紮爾) : 애국대대 서기로 일하다가 후에는 대대장으로 임명되었다.

- 쿠얼반(庫爾班) : 명의상 쿠투쿠자얼의 양아들이지만, 실상은 미성년 근로자(童工)이다.

- 쿠와한(庫瓦汗) : 니야쯔의 아내.

- 타례푸(塔列甫) : 약진인민공사에 특파되어 온 공안(公安, 경찰).

- 타시(塔西) : 아부두러허만의 손자.

- 타이와이쿠(泰外庫) : 제7생산대의 마부(馬夫).

- 투얼쉰베이웨이(吐爾遜貝薇) : 짜이나푸의 딸. 애국대대 공청단(共青團, 중국 공산주의청년단의 약칭)의 지부(支部) 서기.

- 파샤한(帕夏汗) : 쿠투쿠자얼의 아내.

- 파티구리(帕提姑麗) : 약진인민공사 부녀연합회(婦聯) 주임(主任).

- 하리다(哈麗妲) : 아부두러허만의 딸로 중국 상하이 모 대학교를 졸업하고, 1962년 사건이 발발하자, 국경을 넘어 외국으로 도망쳤다.

- 허순(何順) : '네 가지 정돈운동' 공작대원인 시보족(錫伯族).

- 하오위란(郝玉蘭) : 바오팅구이의 아내라고 자칭하지만, 신분이 명확하지 않다.

- 하쯔(哈茲) : 바이바라티의 할아버지.

CONTENTS

1962년 전국이 그렇듯 신장의 백성들도 기근에 허덕였고, 중국과 소련의 관계는 갈수록 악화되고 있었다. 설상가상으로 이리와 타청[塔城, 신장위구르자치구 서북쪽에 있는 타청현의 현청 소재지] 지역에서 변경지역 거주민들이 소련으로 도망치는 사건이 벌어지면서, 전 사회에 큰 파동이 일어났다. '대약진운동(大躍進, 마오쩌둥의 주도하에 1958년부터 1960년 초 사이에 일어난 노동력 집중화 산업의 추진을 통한 경제성장운동)' 시기 급진적이고 성급하게 세워진 도시의 일부 공장들은 결국 도산을 피하지 못했고, 본 작품의 주인공인 이리하무는 우루무치(烏魯木齊, 신장위구르자치구의 성도)로부터 이리 농촌으로 돌아가 농업에 종사하기로 하였다.

고향으로 돌아오는 장거리 버스에서 이리하무는 현위서기 싸이리무와 식품회사 구매 담당 직원 미지티를 만나게 된다. 그들은 돌아오는 내내 이리의 물산이 얼마나 풍부하고 백성들의 살림이 얼마나 넉넉한지에 대해 마음껏 자랑하였다. 그 속에서 고향을 사랑하는 이리지역 인민들의 마음과 과장되고 허풍떨기를 즐기는 특색을 엿볼 수 있었다. 이닝시(伊寧市, 이리카자흐자치주의 수부 현급 시)에 도착한 이리하무는 짐을 챙겨 버스에서 내렸다. 하지만 그의 눈앞에 펼쳐진 것은 동향(同鄕)인 우얼한이 이산가족의 행방을 찾아 헤매며 대성통곡하는 비참한 모습이었다. 우얼한은 외국으로 도망치려다가 실패하여 결국 아들, 남편과도 헤어지게 된 것이다. 우얼한의 남편은 약진인민공사 대대의 회계인 이싸무동이다. 이싸무동은 이미 대대의 밀 절도사건에 연루되어 있었고, 또 그러한 상황에서 외국으로 도망치려다가 혼란 속에 실종된 것이었다. 그리하여 대대의 서기인 쿠투쿠자얼이 이싸무동 부부는 절도범 및 반역분자(叛國分子)라고 선고하였다.

기이한 절도사건
대대의 야간통행금지령(宵禁令)의 유래는 무엇인가?

나무가 많은 곳은 새가 많고, 꽃이 많은 곳은 벌이 많고, 풀이 많은 곳은 소와 양이 많으며, 물이 많은 곳에는 식량이 많다. 이리 하곡(河穀)지역의 만물은 대자연의 은택을 받아 이렇듯 풍요롭고 생기가 넘쳤다. 나무와 새, 꽃과 벌, 풀과 소·양, 물과 식량이 넘쳐나는 이곳이 바로 이리이다. 봄이 막 깨어날 무렵이면 온갖 새들은 다투어 목청을 뽐내며 봄을 알린다. 이때가 되면 뻐꾸기는 짝을 찾아 열렬히 우짖기 시작하는데, 위구르족(維吾爾族)들 사이에서는 옛날부터 아름다운 전설이 전해지고 있었다. 그들은 어쩔 수 없이 헤어진 연인인 짜이나푸(再娜甫)와 카구커(喀咕克)의 이름을 따 뻐꾸기의 암새와 수새를 불렀다. 참새도 사과나무 가지에서 복숭아나무 꼭대기로, 또 찻집의 처맛기슭에서 양 우리 안으로 날아 들어가 산양과 먹이를 빼앗아 먹기도 하고, 이리저리 옮겨 다니며 활기차게 짝을 찾고 있다. 낮고 쉰 울음소리에 다정다감함이 묻어나는 야생비둘기는 마치 남녀의 사랑에 대해 잘 알고 있다는 듯이 오랫동안 사랑이 찾아오지 않아 이미 마음이 황폐해진 여인과 같았다. 꾀꼬리의 맑고 조화로운 지저귐은 물을 절반 정도 채운 호루라기를 부는 소리와 같았다. 꾀꼬리는 "꾀꼴, 꾀꼴" 자유롭게 노래를 부르고, 그 호루라기 같은 노래 소리는 공중에서 사라지지 않고 계속 감돌고 있었다. 밖은 물론 집안에서도 새들은 생기가 넘치고 있었다. 이리하무가 잠자는 방의 들보(房梁) 위에 둥지를 튼 제비 부부는 날이 채 밝기도 전에 깨어나 "지지배배" 거렸다. 산들산들 봄바람이 불어오자 새들은 너도나도 자신을 뽐내고 에너지를 방출하려는 듯싶었다. 노파 챠오파한은 제비를 무척 좋아했다. 챠오파한은 제비가 날아와 집에 둥지를 튼다는 것은 그 집 주인이 착하고 후한 인심을 가진 사람이라는 것을 증명하는 것이라고 믿기 때문이었다. 그리하여 둥지를 튼 제비가 드나들기 편하도록 노파는 방문을 설치할 때, 목수에게 문 위에 틈새를 만들어 달라고 특별히 부탁하기도 하였다.

봄날 이리의 농민이라면 누구나 한번쯤은 새벽잠을 깨워주는 새의 아름다운 지저귐을 들으며 새벽을 맞이하고 하루를 시작하는 경험을 해봤을 것이다. 새의 지저귐은 대지에 불어온 봄의 생기와 만물이 소생하고 성장하는 것을 의미하고, 바쁜 농사일의 시작을 알리며, 활기 넘치는 생활과 생활의 템포가 빨라져야 함을 일깨워주었다. 이 '사면조가(四面鳥歌)' 속에서 벌떡 일어난 이리하무는 물 한 바가지를 가득 퍼서 들고는 복도의 가장자리로 걸어갔다. 그리고 얼굴에 닿으면 조금은 아픈 봄날 이른 아침의 차가운 물로 양치질을 하는 얼굴과 목·팔까지 씻었다. 그는 흥이 나서 "어푸어푸" 소리를 내며 씻어 속에 있는 무한한 열정과 기운을 깨우고 스스로를 격려하는 것만 같았다.

양치와 세수를 마치고 이리하무는 우유차를 연거푸 세 사발이나 들이켰다. 순간 얼굴이 벌겋게 달아오르며 땀이 나고 온몸의 피가 빠르게 흐르는 것을 느끼면서 정신 또한 맑아졌다. 이리하무는 당(黨, 중국공산당) 조직관계

(組織關系, 정치 단체와 구성원의 예속 관계) 증명서와 기타 서류들을 들고 공사로 향하였다.

공사의 당위원회와 관리위원회의 사무실은 원래 악덕 지주였던 배불뚝이 마무티의 집 넓은 마당에 설치되어 있었다. 농민들의 소작료와 이자를 삭감하고(減租) 악질 토호에 맞서는(反霸) 운동이 전개되자 마무티는 처형을 당하고 말았다. 지주 마무티의 아내인 마리한은 바로 마무티의 첩이었다. 해방(解放) 초기 이곳은 제11구청(區人民政府)이었고, 지금의 공사 당위원회 서기인 자오지헝은 당시 부구청장이었다. 공사는 현재 기초작업 건설이 한창이라 쌓여 있는 목재 · 벽돌 · 시멘트가 여기저기에 널려 있었다. 경제 조정 시기인 1960년대 초에 이러한 광경을 보고 있노라니 이리하무는 더없이 기뻤다. 이리하무는 1951년부터 공사의 공청단위원회 위원으로 활동하였고, 1958년에는 또 생산대 대장을 맡아 일한 적이 있었기에, 공사의 동지(同志)들과 잘 알고 친한 사이였다. 그리하여 이리하무는 공사의 뜰에 들어서자마자 손이 닳도록 악수를 하며 사람들과 인사를 나누었다. 위구르족은 예의를 아주 중시하는 민족이어서, 하루 중에 처음 만난 사람이라면 무조건 서로 예를 행하며 안부를 물어야 한다. 하물며 오랜만에 고향에 돌아왔으니 이리하무는 모든 사람과 인사를 주고받아야 했다. 인사를 마치고 나서 그는 관계자를 찾아가 모든 수속을 마쳤고, 그다음 자오지헝 서기의 사무실로 향했다. 이리하무가 막 서기 사무실에 들어섰을 때 자오지헝 서기의 맞은편에는 또 한 사람이 앉아 있었는데, 바로 쿠투쿠자얼이었다. 쿠투쿠자얼은 이리하무가 차에서 내린 후 사람들의 입에서 가장 많이 들었던 이름이었다.

쿠투쿠자얼은 올해 42세이다. 요즘 들어 그는 몸이 나기 시작하면서 어쩔 수 없이 행동이 둔해졌다. 그러나 그의 준수한 얼굴은 여전하였다. 입술 위에 일자로 기른 까맣고 윤기 나는 수염은 기품이 넘쳤다. 쿠투쿠자얼은 새

회색 간부복(幹部服)을 입고 있었고, 위쪽 호주머니에는 만년필(萬年筆) 하나가 꽂혀 있었는데, 일반 농민과 다른 신분임을 나타내고 있었다. 그는 우렁차면서도 가성에 가까운 귀에 거슬리는 목소리로 이리하무에게 안부를 물었고, 악수를 나눌 때에는 마치 도시의 지식인들처럼 손을 꼭 잡은 다음 절도 있게 한 번 흔든 다음 곧바로 놓았다. 그러더니 왼손을 펴 상당히 우아하게 이리하무에게 앉으라고 손짓을 하였다.

'좀 이따가 다시 올까?' 하는 생각으로 머뭇거리는 이리하무를 보며 자오지헝은 그의 마음을 읽기라도 한 듯이 입을 열었다.

"이리 와 앉아서 함께 이야기나 나눕시다. 전부 당신들 대대에 관한 일이니까요."

쿠투쿠자얼은 이리하무를 힐끗 쳐다보더니 쾌활한 어조로 말했다.

"자네가 그 여편네를 부축해 데려왔다고 하던데, 당신 정말 착한 사람이군 그래! 그 여편네가 아들을 잃어버렸다면서? 그게 다 알라(安拉, Allāh, 이슬람교의 유일 절대 전능의 신 – 역자 주)가 내린 벌이 아니겠는가? 싸지! 싸! 싸고말고……"

쿠투쿠자얼은 미간을 찌푸리며 말했다. 그러더니 곧바로 무언가 심각한 생각에 빠진 듯 정중한 태도로 자오지헝을 바라보며 말을 이었다.

"이번 절도사건을 하루빨리 해결하는 게 지금 우리 대대의 중요한 임무지요. 이 문제를 해결하지 못하면, 우리 공사의 구성원들은 누구도 마음 놓고 지낼 수 없고, 유언비어들은 사라지지 않을 것입니다. 그렇게 되면 불안정한 국면은 지속될 게 뻔합니다. 현재 밀 절도사건의 주범인 이싸무동, 그의 아내 우얼한이 이리저리 도망치다 다시 공사로 돌아온 상황이니, 상급 공안부(公安部門)에서 직접 체포하여 취조를 하거나, 아니면 대대에서 비판투쟁(批鬥)을 조직하여 민병(民兵)들이 감시하도록 해야 한다는 것이 저의 의견입니다만……"

쿠투쿠자얼은 또 이리하무를 돌아보며 가볍게 농담을 던졌다.

"동지! 여기서 들은 말을 우얼한에게 그대로 전해줄 건 아니겠지?"

이리하무는 쿠투쿠자얼의 조롱을 듣지 못했다는 듯 자오지형만 집중하여 바라보고 있었다.

자오지형은 잠시 깊은 사색에 빠져 있었다. 눈가에 잡힌 주름에서 그의 노련함과 지혜로움이 새어나왔고, 가무잡잡한 얼굴, 색 바랜 파란 제복, 바닥이 두꺼운 해방화(解放鞋, 고무바닥에 국방색의 범포[帆布]로 만든 신발로 과거 인민해방군이 신어서 붙여진 이름이다 - 역자 주)는 비바람 속을 오가며 고초를 겪은 농촌 간부의 특징을 그대로 나타내고 있었다. 자오지형은 그다지 정확하지는 않지만 매우 유창한 위구르어(維吾爾語)로 말했다.

"우얼한을 체포하거나 그에 대한 비판투쟁을 한다고요? 근거가 뭐죠?"

"우얼한은 이싸무동의 아내예요. 남편이 저지른 일에 대해 전혀 모른다는 건 말이 안 되지요. 게다가 우얼한 본인도 나라를 배신하고 소련으로 도망치려 했고, 그러다가 지금 갑자기 다시 돌아왔어요. 이 점도 사실 많이 의심스럽지요."

"자네 생각은 어떤가?"

자오지형은 이리하무를 보며 물었다.

"전 돌아온 지 얼마 되지 않아서 아직 상황을 잘 알지 못합니다."

"그럼 우얼한에 대해서도 잘 모르나?"

"우얼한이라면……"

이리하무는 잠시 멈추었다가 말을 이어갔다.

"우얼한은 빈곤한 가정 출신으로 토지개혁(土地改革, 지주의 토지·가옥·재산을 몰수하여 빈농들에게 분배하는 것을 기본 내용으로 함 - 역자 주) 운동 당시 정치적으로 진보적이었고, 업무에서도 진취적이었던 열성분자였지요. 한국전쟁(抗美援朝, 항미원조 전쟁 – 역자 주) 때에도 그는 적극적으로 지원군에 신청하였고, 선전을 위해 현에서 조직한 공연에까지 참가한 적이 있어요. 그 뒤 그녀는 결혼을 하면서 가사에 발목이 잡혔고, 남편 이싸무동의 반대로 집단생산과 정치활동에 참가할 수 없게 되었지만, 그녀는 본질적으로 나쁜 사람은 아니라고 생각합니다. 이싸무동도 마찬가지고요. 다만 그런 친구들을 사귀고, 그들과 어울려 다니기는 했지만, 따지고 보면 그래도 단순한 성격의 소유자지요……"

자오지형은 조금 놀란 듯 "흠!" 하고 헛기침을 했다. 이리하무가 이토록 명확하게 자신의 생각을 털어놓을 줄은 몰랐던 것이다. 지금과 같이 어지러운 시기에 많은 사람들은 애매모호한 태도로 죽도 밥도 아니고, 맞지도 틀리지도 않게 어물쩍대며 자신의 의사를 표현하는 법을 배워가고 있었다. 의사나 태도를 나타냄에 있어 그것이 맞느냐 틀리냐, 혹은 진실이냐 거짓이냐 보다 더욱 중요한 것은, 어떻게든 아무런 책임도 지지 않고, 어떠한 책잡힐 말도 하지 않음으로써 스스로 골치 아픈 일을 만들거나 구정물을 뒤집어쓰는 일이 없도록 하는 것이 최우선이었다. 특히 미세한 실수가 큰 차이를 불러와 거기에 해당되는 옳고 그름 및 공과 죄를 물을 수 있는 사건에 연루가 되면, 바로 이처럼 혼란스러운 시기에 사람들은 늘 "그럴 수도 있지요", "단언하기 힘들 것 같은데요", "아마 그럴지도 몰라요", "설마요. 그래도 아직은 잘……" 등과 같이 어중간한 대답을 하고 만다. 누군가를 위해 선뜻 나서서 좋은 말을 하고 사리를 밝히려는 사람은 거의 없었던 것이다.

모두의 예상을 깨는 이리하무의 말과 태도에 더욱 놀란 것은 쿠투쿠자얼이었다. 이번에는 전혀 악의 없이 물었다.

"우얼한과 그 남편이 아무런 죄가 없다고 단정 지을 수 있습니까?"

"다만 제가 알고 있고 느낀 바로 미루어 보았을 때, 그들은 나쁜 사람이 아니었어요. 그리고 아무리 복잡한 상황과 격렬한 투쟁 속에서도 우리는 반드시 마오쩌둥 주석의 지시에 따라 못된 짓을 저지른 자는 한 사람도 빠뜨리지 말고 반드시 벌하되, 억울한 사람을 만들어서도 안 된다고 생각합니다. 서기의 생각은 어떠신지요?"

이리하무가 되묻자 쿠투쿠자얼이 대답하였다.

"허, 그야 물론이지, 안 그런가?"

자오지형은 머리를 끄덕이며 이리하무의 말에 찬성을 표하였다. 그리고 자신에게 질문하듯 말했다.

"우얼한을 체포한다고요? 근거가 있어요? 민중의 비판 투쟁을 받도록 한다고요? 무엇을 비판하고 무엇을 투쟁한단 말인가요? 우얼한이 '그쪽'으로 넘어가려 했다고요? 이미 '그쪽'으로 넘어갔더라도 그 사람들 중의 대부분은 우리와 적대 관계가 아니에요. 우리는 소련인 또는 소련 공민을 반대하는 것이 아니라, 수정주의(修正主義, 부르주아 사상의 영향으로 마르크스주의에 적대하는 기회주의적 사상 – 역자 주)를 반대하는 겁니다. 게다가 우얼한은 스스로 돌아왔고, 어찌되었던 그쪽으로 넘어가지 않았어요. 그녀가 자기 남편이 저지른 일을 알고 있다고 했는데, 알 수도 있고, 전혀 모를 수도 있고, 전부 알고 있을 수도 있고, 조금밖에 모를 수도 있어요. 이 문제를 해결하려면 섬세한 사상적 지도와 교육이 필요하다고 봅니다. 만약 무턱대고 비판과 투쟁을 한다면, 본질이 다른 두 가지 모순을 헷갈리게 하고, 또 자백을 강요하여 그 자백을 믿어버림으로써 사건의 진실을 밝히고 해결하는 데 전혀 도움이 되지 않거든요. 뿐만 아니라 조금씩 동요하고 관망적인 태도를 가지고 있던 사람들의 혼란스러운 사상마저 더욱 어지럽히는 격이 되어 엄중한 결과를 초래할 수도 있지요. 그리고 잊지 말아야 할 사실은, 이싸무동이 이번 절도사건 중에서 도대체 어떤 역할을 맡아 어떤 일을 하였는지, 아직 명확히 밝혀진 바가 없다는 겁니다. 그런데 어떤 이유와 근거로 이싸무동이 주범이라고 단정 짓는 건가요?"

"그건…… 당연히 그가……"

"당연하다고 생각해서는 안 돼요. 조사와 연구를 거쳐 확실한 증거를 확보해야 해요."

이번엔 이리하무를 바라보며 말했다.

"큰 격투가 벌어진 때에 마침 잘 왔어요. 우리 눈앞에 놓인 핵심 임무는 나라를 뒤엎고 파괴하려는 자들의 활동을 반대하고, 그들과 맞서 싸워 승리를 거두는 거예요. 그들은 식량 생산과 인민들의 생활에 생긴 일부 문제를 국내 계급의 적과 싸잡아 문제 삼음으로써 민족 단결을 파괴하고, 조국의 분열을 꾀하고 있어요. 그들은 신장 특히 이리와 타청지역을 주 무대로 활동을 전개하고 있는데, 역사의 흐름으로 볼 때 이는 절대 우연한 것이 아니에요. 우리는 반드시 당을 옹호하고 나라를 사랑하며, 단결 및 통일을 수호해야 한다는 사상교육을 확고하고 정확하게 실시해야 해요. 국내 적대세력을 반대하고, 민족단결을 수호하는 교육을 절대 소홀히 해서는 안 돼요. 이와 같이 나쁜 풍조를 막아내고 이겨내는 과정에 무엇보다 중요한 것은, 두 가지 서로 다른 본질의 모순을 구별하여 정확하게 처리하는 거예요. 우리는 마르크스주의자로서 언제나 군중을 믿고, 군중에게 의지하며, 군중 대다수의 마음을 사로잡아야 한다는 것을 잊지 마세요. 만약 대다수 군중의 단결이 이루어지지 않는다면 적들과 싸워서 결코 이길 수 없어요. 마찬가지로 만약 적극적으로 적들과 맞서 싸우지 않는다면, 인민 군중의 단결과 교육은 이루어질 수 없지요. 쿠투쿠자얼 동지! 당신네 대대의 적정(敵情)은 어떤가요? 네 가지 유형의 반동분자(四類分子, 반혁명분자·지주·부농·악질분자 등 4종류의 숙청 대상 – 역자 주)들에게서 어떤 움직임이 있나요?"

"그들은…… 그들은 뭐 딱히 별다른 움직임이 없네요."

"없다고요? 우리는 들은 게 좀 있는데요."

"예. 돌아가서 다시 상황을 파악하고 진압하도록 할게요. 반드시……"

쿠투쿠자얼은 손바닥을 펴 아래로 누르는 시늉을 하며 엄중히 경고하겠다는 의지를 보여주었다.

그러자 자오지헝이 웃었다. 그는 이리하무를 보며 말했다.

"이리하무 동지, 돌아왔다는 소식을 어제 들었습니다……"

"아니 어제 돌아왔는데 벌써 들으셨다고요?"

"어젯밤에 당신 네 대대로 갔다가 당직을 서고 있는 민병에게서 들었어요. 방금 전 우리는 아이산 지도자를 만나 이야기를 나누어 보았는데, 당신은 우선 대대 지부위원회의 업무를 맡아하면서 대대와 생산대의 일을 거들어 주도록 해야겠습니다. 코앞의 임무는 내부로부터 합법적인 정부를 전복시키려는 반동분자들의 음모와 활동에 대한 투쟁을 집중적으로 진행하여 성과를 거두는 것입니다. 조금 이따가 타례푸 동지에게 가 보세요. 당신에게 할 말이 있다고 했으니까…… 당신 생각은 어떤가요? 그리고 쿠투쿠자얼 동지, 당신 의견은요?"

"좋지요, 좋습니다."

라고 하면서 쿠투쿠자얼이 자리에서 일어나 인사를 하면서 나가보겠다고 했다. 그러자 자오지헝이 물었다.

"잠깐만요, 한 가지 또 물어볼게 있는데요. 공사 구성원들의 의견을 반영하였다고는 들었지만, 혹시 어떤 계엄령을 공포하였나요?"

"아, 그것 말인가요? 그게 이렇습니다. 밀을 잃어버린 후 유사한 사건이 두 번 다시 일어나지 못하도록 예방하기 위해서, 그리고 또 공사 구성원들의 사상이 매우 복잡한 상황인지라 사람들에게 밤 9시 이후에는 모두 집에서 나오지 말라고 한 것이지요……”

라고 쿠투쿠자얼이 대답했다.

“아니, 그게 과연 적절한 대책이 되겠습니까?”

자오지형의 표정이 갑자기 엄숙해졌다. 그러나 여전히 차분한 어투로 말을 이었다.

“상부에 지시를 청하지 않고, 공안부도 거치지 않은 채 어떤 계엄령을 선포하였다는 게 말이 됩니까? 이런 행동이 공사에 어떤 영향을 미칠까 생각해 봤나요? 지부위원회에서 의논하여 계엄령을 취소하고 사람들에게 해명하도록 하세요!”

“허, 허……그렇네요, 돌아가서 반드시 공사의 지시대로 하겠습니다.”

“점심 때 차 마시러 오게나. 우리 같이 얘기 좀 하게……”

자오지형의 사무실을 나서면서 쿠투쿠자얼이 이리하무에게 말했다.

“예, 그럴게요.”

이리하무는 손을 가슴 중앙에 얹고 인사를 하며 공손하게 대답하였다.

몹시 마르고 눈이 우묵하게 꺼졌으며, 예리한 눈빛을 가진 공사의 특파 공안(公安) 타례푸는 한창 통화 중이었다. 공사에서 아주 멀리 떨어진 말을 타고 이틀을 달려야 도착할 수 있는 농업 대대에서 걸려온 전화였다. 이리는 여러 민족이 섞여 사는 지역이다 보니 많은 사람들, 특히 간부들은 여러 가지 언어를 사용하지 않으면 안 되었다. 이리하무가 문을 열고 들어설 때, 타례푸는 카자흐어(哈薩克語)로 농업 대대의 카자흐족 간부와 통화를 하고 있었다.

“뭐라고요? 가축 잡는 일을…… 허락할 수 없다고요?…… 설득하고 교육을 해요…… 못된 짓을 저지른 자는 좀 나무라고요…… 경각성을 높여주어야 해요…… 뭐라고요? 소련교민협회 쪽 사람들이 산에 도착했다고요? 종자 소인 암말에게 교민증(僑民證)을 발급하겠다고요? 썩 꺼지라고 해요! 함부로 소련교민협회 회원을 늘리고 교민증을 남발하는 행위는 국제관례에 위반되는 불법행위로서, 우리나라 정부에서는 이미 명확하게 밝힌 바가 있다고 전하세요. 그리고 이미 발급한 교민증에 대해 우리는 하나도 빠짐없이 반드시 심사할 것이고, 심사를 거치지 않고 확인되지 않은 교민증을 소유하고 있는 사람들의 교민 신분은 일체 인정하지 않는다고도 전하세요. 만약 그들이 이런 불법행위를 멈추지 않는다면, 나라의 권익과 인민의 안정을 수호하기 위해 우리도 필요한 조치를 취할 겁니다…… 예, 자오 동지와 함께 그쪽으로 바로 갈게요."

타례푸는 머리가 약간 벗어진 정수리를 긁적이며 이리하무에게 제7생산대의 반혁명 절도사건의 전말에 대해 설명해 주었다.

"4월 30일 밤이었어요. 그날 밤 보기 드문 큰바람이 불었는데 풍력이 7~8급에 달했어요. 모래가 날리고 돌이 굴러다닐 정도로 불던 바람은 밤이 깊어 갈수록 더 세차게 불었고, 흙먼지가 휘몰아쳐 온 천지가 어두컴컴했지요. 아이바이두라가 그날 밤 마을 당직이었는데, 새벽 2시 쯤(시계가 없는 이들은 시간을 어림잡아 말한다. 아래의 시간도 마찬가지이다) 되었을 때 화가 난 니야쯔가 씩씩거리며 달려와 그를 불렀어요. 여기에서 약 반 킬로미터 떨어져 있고 아시무네 집과 가까운 간선수로(干渠)가 터져 물이 새 나오고 있는데 막을 수 없다는 거예요.

그 말에 아이바이두라는 니야쯔와 함께 바로 달려갔고, 도착했을 때에는 쿠투쿠자얼이 혼자서 흙탕물과 격투를 벌이고 있었죠. 쿠투쿠자얼은 아이바이두라를 낡은 탈곡장으로 보내 밀짚과 수숫대를 가져와 물을 막으려고 했지요. 하지만 아이바이두라가 탈곡장에서 돌아왔을 때는 이미 물이 너무 많이 새 나오고 있었어요. 그렇지만 세 사람은 한 시간가량 분투하여 끝내 물을 막았고, 휘몰아치던 바람도 차츰 멎었어요. 지칠 대로 지친 아이바이두라는 마을로 돌아와 양식 창고에 들렀어요. 그런데 어찌된 일인지 양식 창고의 문이 활짝 열려 있었고, 맹꽁이자물쇠는 보이지가 않았어요. 창고로 들어가 보았더니, 밀과 마대(麻袋)가 눈이 띌 정도로 많이 없어진 거예요.

일이 벌어진 후 검사해보니, 그날 2,400㎏ 남짓한 밀과 35자루의 마대가 없어진 거예요. 사태의 심각성을 발견한 아이바이두라는 당장 달려 나와 고래고래 소리를 지르며 사람들에게 알렸어요. 그리고 창고로부터 이닝시로 통하는 흙길 중간 지점에서 무언가에 머리를 맞고 쓰러져 있는 랴오니카를 발견했어요. 아이바이두라의 소리를 듣고 공사의 거의 모든 사람들이 잠에서 깨어났고, 아시무의 아들과 공청단 단원인 이밍쟝이 사건 현장을 지키게 되었어요.

아이바이두라는 즉시 말을 타고 생산대와 대대 본부로 나는 듯이 달려가 공사에 상황을 보고하였어요. 그리하여 타례푸, 쿠투쿠자얼, 리시티, 무싸, 러이무, 아시무 등이 현장에 도착하였어요. 그리고 의식을 잃고 쓰러졌던 랴오니카도 깨어났죠. 집이 창고와 가까운 랴오니카는 한밤중에 범상치 않은 소리가 들려 겉옷을 걸치고 밖으로 나갔다고 해요. 그는 창고 문 앞에 어렴풋이 고무 타이어 마차 한 대가 서있는 것을 보았고, 두세 개의 검은 그림자가 마차로 마대를 메 나르고 있는 것을 보았죠. 도대체 무슨 상황인지 보려고 가까이 다가갔다가 그만 등 뒤로부터 습격을 당하는 바람에 인사불성이 되어 그 자리에 쓰러지고 말았던 겁니다." 이후 그의 설명 내용은 다음과 같았다.

"타례푸 등의 동지들이 현장을 수색해 보았지만, 자물쇠를 부수거나 문을 세게 두드린 흔적은 없었고, 다만 양식 더미 양쪽에 바람막이 램프 두 개가 환하게 켜져 있었는데, 미처 끄지 못하고 도망간 것 같아 보였다. 마차의 바퀴자국은 이리하(伊犁河) 강변의 흙길을 따라 이닝시 방향으로 찍혀 있었다. 그 흙길을 따라가다 보면 반드시 신생활대대를 지나가게 되는데, 이것을 발견한 타례푸는 즉시 그 대대로 전화를 걸었다. 그리하여 그곳의 민병으로부터 새벽 4시 경에 마차 한 대가 마른 개자리(苜蓿, 콩과에 속하는 2년생 풀)를 싣고 지나갔다는 사실을 듣게 되었다.

마차에 실은 개자리가 그다지 많지는 않았지만, 말이 무척 힘들어 보였고, 민병이 다가가 상황을 묻자 마부는 증명서신을 꺼내어 보여주었는데, 서신에는 애국대대에서 이닝시의 붉은 5월 운수연합사에 파는 사료라고 적혀 있었고, 대대의 공인까지 찍혀있었다고 하였다. 뿐만 아니라 서신에는 리시티의 서명이 있었고, 왜 하필 야간에 운송하느냐는 민병의 물음에, 마부는 약속대로 오늘 저녁에 일찍 실어오기로 하였는데 바람이 세차게 부는 바람에 시간이 늦어졌다고 대답하였다. 민병은 특별히 의심할만한 부분이 없는 것 같아 그냥 보내주었던 것이다. 이 일이 지난 후 다시 돌이켜보더니 민병은 그들이 타고 간 고무 타이어 마차는 타이와이쿠가 늘 끌고 다니던 마차와 비슷했다고 말했다.

타례푸가 신생활대대에 전화를 할 때, 리시티 등은 창고 관리인인 이싸무동의 집으로 찾아갔는데, 집에는 우얼한과 아이만 있었다. 그리고 우얼한은 이렇게 말했다. 그날 밤 이싸무동은 10시가 넘어 일찍 잠이 들었는데 갑자기 밖에서 누군가가 불러서 나갔고, 그 후로는 돌아오지 않았다고 하였다. 이싸무동을 부른 사람이 누구였느냐고 물었지만 우얼한은 그 사람의 얼굴은 보지 못했고 말투도 명확히 듣지 못했다고 하였다. 이렇게 말하는 우얼한은 적잖이 당황한 표정을 짓고 있었고, 어떤 질문이든 그녀는 대부분 "몰라요", "기억나지 않아요", "보지 못했어요", "정확히 듣지 못했어요"라고 대답하였다. 그리고는 하염없이 눈물만 흘렸다. 다음날 타례푸는 공사에서 정식으로 우얼한을 소환하여 심문을 하였다. 하지만 여전히 아무것도 알아내지 못했다.

첫째, 랴오니카는 집이 양식 창고와 가장 가깝고 당시 유일하게 현장에 나타난 사람이다. 둘째, 랴오니카의 아버지인 마얼커푸는 성격이 괴팍하고 태도가 냉담하며 인민공사와 사회 및 정치생활에 전혀 어울리지 않을뿐더러, 그는 이미 소련으로 넘어갔고, 소련교민협회의 무라퉈푸를 집에 들여 생활한 적이 있었다. 셋째, 무엇보다 대대 지부의 보고에 따르면, 랴오니카 네 집 방바닥 아래에는 꽤 많은 양의 밀이 숨겨져 있다고 했다. 이러한 상황에 비추어, 현의 공안국(公安局)에서는 랴오니카를 구치소에 구류하였고 여러 차례 심문도 하였다. 그러나 랴오니카는 30일 밤에 일어난 절도사건과 자신은 아무런 연관이 없다고 한사코 부인하면서 자신은 중국 국적을 선택하였고, 아버지를 따라 소련으로 도망칠 생각이 전혀 없었으며, 중국 공민으로서의 모든 의무를 이행할 것이라고 거듭 입장을 표명하였다.

동시에 중국 공민으로서 자신의 권리도 보장해 달라고 요구하였다. 그리고 집에 감추어 둔 양식은(공안부의 조사에 따르면, 랴오니카네 집 방바닥에는 밀 4백kg 남짓이 숨겨져 있었다고 한다) 아버지가 두고 간 것인데, 암시장에서 몰래 사들인 것도 있고, 물방아를 관리하면서 빼돌리거나 떼어먹은 부분도 있으며, 또 일부분은 여름 수확을 마친 후 밭에 떨어진 농작물을 주워온 것도 있다고 하였다. 랴오니카는 현 공안국에 한 가지 정보를 말해주었는데, 사건 당일 밤 창고 문 앞에 세워두었던 마차는 바로 타이와이쿠가 끌고 다니던 생산대의 '고무타이어'가 틀림없다는 것이었다.

이상의 상황에 근거하여 현 공안국은 랴오니카가 이번 절도사건에 참여하였다고 판정 짓기에 증거가 불충분하다고 판단하여, 5일 동안의 구류와 조사를 마친 후 무죄를 선고하고 석방하였다.

현재 타이와이쿠도 큰 혐의를 받고 있는 상황이다. 제7생산대의 노동 점수 기록원(記工員)과 사육사를 통해 마차를 끌고 나간 타이와이쿠는 마침 4월 30일 밤에 돌아오지 않았다는 사실을 알게 되었고, 이에 타이와이쿠는 그날 밤 이닝시 모 여관에 묵었었다고 주장하였다.

타이와이쿠는 식품회사에 물품을 운송해주는 일을 맡아하고 있는데, 조사한 결과 더욱 수상쩍은 것은 4월 30일 당일에 식품회사에 물품을 운송하지 않았다는 사실이었다. 그리고 타이와이쿠가 생산대에 마차로 의한 부업을 통해 얻는 수입을 납부할 때, 영수증 부본에 비해 하루치 금액이 더 많다는 것도 의심되는 일이었다. 많아진 하루치 돈의 출처에 대해 타이와이쿠는 얼버무리며 정확한 대답을 하지 못했다. 식품회사에 찾아가 탐문 조사를 하였는데, 타례푸는 조사 보고서가 정리되는 대로 정식으로 타이와이쿠를 소환하여 심문할 생각이었다."

그 말을 듣는 순간 이리하무가 의심쩍은 표정을 짓자 타례푸가 말했다.

"물론 타이와이쿠의 출신과 집안 내력·성품에 대해 사람들은 다 알고 있어요. 하지만 타이와이쿠는 정치적 두뇌가 부족하고, 쉽게 꼬임에 넘어가며, 술을 즐기고 친구를 마구 사귀는 단점이 있지요. 요즘 그는 마차를 끌고 사방을 돌아다니면서 이러저러한 유언비어들을 들었을 거예요. 타이와이쿠가 정서적으로 불안정한 상태를 보인다고 대대 지부에서 보고한 적이 있기에 그의 혐의를 배제할 수 없는 상황이지요. 무라퉈푸의 행적을 따져 보면 이 사건과 분명히 연관이 있지만, 이미 떠나버린 상황이고 상부에도 그리 보고했어요."

마지막으로 타례푸는 이렇게 말했다.

"이 사건은 현재 아무런 단서도 없어요. 유일한 희망은 타이와이쿠의 마차를 먼저 조사하고, 마차를 몰고 마차에 밀과 마대를 싣고 밀을 훔친 사람들을 찾아내는 겁니다. 이번 사건은 일반적인 절도사건이 아니라, 국내 계급의 적이 나라를 배반하고 외부의 적들과 결탁하여 나라를 뒤엎으려 하는 반역 활동의 일부일 가능성이 있으므로, 사건 해결 과정에서 주의를 기울여야만 합니다. 범죄자들은 이닝시 혹은 다른 어떤 곳의 사람들일지도 모름에도 불구하고, 이처럼 대범하고 순조롭게 죄행을 저지를 수 있었던 것은, '집 도둑'의 도움이 있었기 때문이라고 생각합니다. 창고의 열쇠를 가지고 있는 이싸무동이 그 집 도둑 중의 일원이겠죠. 그러나 이싸무동 한 사람뿐이라면 이렇게 큰일을 벌일 수는 없었겠죠. 도대체 또 어떤 사람들이 이번 범죄에 참여하였는지를 밝혀내는 것이 우리의 임무라고 봅니다."

"간선수로의 물이 어찌하여 새게 되었는지 혹시 알고 있나요?"

이리하무가 물었다.

"물어보았더니, 그 수로는 1958년에 만든 것인데, 수면이 지면보다 높다고 쿠투쿠자얼 서기가 말했어요. 그러면서 수로를 건설할 당시 서기는 위험하다며 반대했다고 했지요. 쿠투쿠자얼도 수로의 관계자이니 자세한 상황은 다시 서기에게 물어봐야 할 겁니다. 그리고 아이바이두라의 경우, 그날 밤 마을의 당직을 맡았으면서 독단적으로 자리를 비웠으니 직무를 다하지 못한 거죠. 그러나 우리 농촌에서는 수로를 돌보는 일이 불을 끄는 일만큼 중요하기 때문에, 지체하지 않고 달려가 헌신적으로 수로를 막았다고 하여 오히려 죄를 묻는다면 그건 잘못된 일이 아닐까요?

젊은이도 죄책감에 무척 힘들어했어요. 이 상황에 대해서는 돌아가서 직접 물어보는 것이 더 좋을 겁니다. 마오쩌둥 주석께서 말씀하셨어요. 공안 사업은 군중노선을 따라 가야 하고, 사건을 처리할 때에도 전문가는 군중과 함께 진실을 밝혀야 한다고요. 우리 다 같이 협력하여 사건을 해결하도록 합시다. 일은 많고 우리의 힘은 한계가 있어요. 그러나 반나절은 또 산을 올라가야 되잖아요. 그렇다고 산 위의 일을 소홀히 해서는 절대 안 되지요. 산 위의 생산은 살아 숨 쉬는 동물들과 함께 하는 거라, 조금이라도 실수가 있으면 돌이킬 수 없는 심각한 결과를 초래하게 되기 때문이죠."

"한 가지만 더 여쭤볼게요. 마리한에 대해 아는 정보가 있나요?"

3월에 마리한이 기고만장해 한다는 말을 들었는데, 4월 중순부터 그녀가 큰 병에 걸려 자리에서 일어나지 못한다고 들었어요."

"알았어요."

이리하무는 일어나며 말했다.

"또 다른 상황이 있으면 다시 찾아올게요."

오리, 아들, 가죽부츠
소련교민협회 마이쓰모푸(麥斯莫夫) 선생

쿠투쿠자얼은 최근에 대대 본부의 맞은편으로 이사를 했다. 새로운 주거 지역 건설의 기획에 따라 지어진 첫 번째 주택 한 채에 들게 되었기 때문이었다. 주택의 마당 대문에는 자갈색의 페인트가 칠해져 있었고, 두 개의 문고리가 달려 있었다. 빗장을 단단히 걸어 잠근 대문 앞에서 이리하무는 두 번이나 두드리고 또 소리 높게 쿠투쿠자얼을 불렀다. 그러자 작은 개 한 마리가 마구 짖어대더니, 얇은 옷차림에 바짓가랑이를 걷어붙인 채, 몹시 여윈 남자아이가 온통 진흙투성이가 된 두 다리로 문을 열어주었다. 남자아이는 이리하무가 묻는 말에 한 마디 대답도 하지 않고 쳐다보지도 않았다. 그는 다시 흙구덩이 속으로 풍덩 뛰어들어 맨발로 진흙을 이기는 것이었다. 그때 새로 지은 넓은 복도 끝에서 쿠투쿠자얼이 나타났다. 그는 크게 웃고 떠들며 이리하무를 맞아 방으로 들어갔다.

"어서 오게나! 안방으로 들어가 얘기하자고."

"괜찮습니다."

이리하무는 허리를 굽혀 인사를 하며 사랑으로 걸어가 아랫목에 양반다리를 하고 앉았다. 이리하무의 눈에 가장 먼저 들어온 것은 창턱에 놓여있는 정교한 새장이었다. 새장 속에는 흰머리에 몸뚱이가 검은 깃털로 뒤덮인 새 한 마리가 있었다.

"이리하무 동지. 나 여인네가 다 됐지요?"

쿠투쿠자얼은 아궁이 옆의 작은 도마 위에서 양고기며 양파며 감자를 썰고 있었고, 작은 그릇에는 말린 토마토와 말린 고추를 담가 두었다. 그러고 보니 그는 반찬 준비를 하고 있던 중이었다.

"형님은 요리 솜씨가 워낙 뛰어나잖아요. 근데 파샤한 누님은 집에 안 계신가요?"

"마을에 일하러 나갔다네."

"누님 건강은 괜찮죠?"

이리하무는 쿠투쿠자얼의 아내 파샤한이 1년 내내 골골거리며 병치레가 끊이지 않던 모습이 떠올라 물었다.

"아파도 어쩌겠나? 이런 시기일수록 간부 가족들이 앞장서서 일해야지. 방법이 없잖은가?"

쿠투쿠자얼은 자신의 관자놀이를 가리키며 말했다.

"공사 구성원들 때문에 고민거리가 많네! 출석률이 낮은데다가 일하러 나와도 열심히 하지 않으니 말일세."

쿠투쿠자얼은 큰 비수처럼 생긴 위구르족들이 평소에 즐겨 사용하는 식칼로 채소를 썰고 나서, 팔팔 끓고 있는 찻주전자를 치웠다. 그리고 아궁이 속에서 석탄 덩이를 꺼내 재를 털자 불은 더욱 활활 타올랐다. 그다음 쿠투쿠자얼은 채소를 볶기 위해 행주로 솥을 닦아냈다.

"식사하기에는 아직 시간이 이른데요."

이리하무가 말했다.

"시간이 이르고 늦은 게 어디 있나? 우리 농촌에서는 절대 시간을 따지지 않는다네. 배가 고프면 먹고 마실 게 있으면 마시고, 손님이 오면 식사준비를 하는 게 우리네 습성이지 않은가?"

쿠투쿠자얼은 기름 3㎏은 담을 수 있는 큰 병을 꺼내더니, 가마솥에다 식용유를 콸콸 부었다.

"뭘 하든 기름 없이는 아무것도 안 된다네."

쿠투쿠자얼은 쇠 국자를 들고 기름이 달궈져 연기가 나기를 기다리며 의논하듯 말했다.

"사람들이 마귀에게 모래로 밥상을 차리라고 했다네. 그러자 마귀가 '식용유를 가져오게!' 라고 말했다나…… 그 말은 기름만 있으면 모래로도 맛있는 요리를 만들 수 있다는 뜻이겠지? 이 식용유 외에 우리의 생활과 일터에 필요한 또 한 가지 기름이 있는데, 바로 말(話語)이라네. 슬기롭고 아름답고 듣기 좋은 언사는 매사의 모든 일이 순조롭게 풀려 나아가도록 윤활제 역할을 한다는 말인데, 내 말이 맞지 않는가? 아우!"

"그럼요! 참으로 좋은 말씀이네요."

이리하무는 웃으며 쿠투쿠자얼의 말에 동의하였다.

드디어 기름이 달궈지자 집안에는 온통 양고기 볶는 소리와 맛있는 냄새로 가득 찼다. 쿠투쿠자얼은 채소를 볶으며 계속 말했다.

"리시티 형은 바로 이런 점에서 손해를 보게 된 거지. 그 형은 식용유를 사용하지 않고 채소를 볶으려고 한 거라네. 지난해 연말에 현의 마이쑤무 과장께서 몇몇 사람을 데리고 우리 대대로 내려와 공사를 정돈하려고 했는데, 공사 정돈이란 말 그대로 공사를 정돈하는 것이고, 해마다 실행해야 하는 상부의 정책이 아닌가? 공사의 간부로서 관료주의에 빠졌다거나 계획이 주도면밀하지 못했다거나, 혹은 책임을 다하지 못했다거나 등등 자기의 결점이나 과오가 있으면 스스로 검토하고 반성하면 되는 겁니다. 1년에 한두 번 스스로 검토하고 비판하는 건 늘 있는 일 아닙니까? 공사 구성원 동지 및 마을 주민 여러분!"

쿠투쿠자얼은 검토와 비판을 하듯 그 말투 그대로 따라하였다.

"'우리는 수준이 아주 낮고, 결점도 많습니다. 그리하여 여러분들 앞에 서기도 부끄럽습니다. 우리는 흙구덩이에 빠져 허덕이는 사람들입니다. 그렇기 때문에 여러분이 손을 내밀어 구해주고 도와주길 바랍니다.' 이렇게 반성하면 되지 않는가 말일세. 그런데 리시티는 절대로 그게 아니네. 융통성 없이 원칙을 고수하면서 생각이 외골수로 빠져있다네. 이건 스스로 검토하고 반성하지만 저건 아니고, 이건 비판해도 저건 부정할 수 없다는 둥 왔가갔다 하는 바람에 마이쑤무 과장의 비위를 거스른 거지……"

"그렇다고 리시티 형이 잘못한 건 아니잖아요?"

이리하무는 그렇게 생각하지 않는다는 듯이 말했다.

"공산당은 진솔함과 착실함을 가장 중요시 해야 한다고 마오쩌둥 주석도 말씀하셨어요. 리시티 형은 좋은 동지예요……"

"당연히 좋은 동지지!"

쿠투쿠자얼은 정색하면서 말했다.

"나와 리시티는 십년도 넘게 알고 지낸 오랜 파트너라네! 사실, 나는 리시티가 1인자가 되기를 누구보다 바랐고, 나는 2인자가 되려고 했다네. 큰일은 리시티가 나서고, 나는 뒤에서 기초적 건설이나 부업 또는 도랑건설에 노동자나 파견하고 시공재료를 조달하는 일에 힘을 쓰면 되니까 얼마나 쉽고 좋은가 말일세! 그런데 이번에 서기라는 무거운 직책이 내 어깨에 떨어지게 되자 모르는 사람들은 내가 1인자가 되기 위해 리시티를 밀어냈다고 생각하기도 한다네.”

“그게 무슨 말씀이에요! 바이카얼(白卡爾, 아무 내용도 없고 의미도 없다는 뜻
으로 사용되는 위구르어)!”

“아우는 그렇게 생각하지 않겠지? 나의 좋은 아우니깐! 하지만 나를 그렇
게 보는 사람들이 있다네. 잘 모르겠지만 우리 터번(纏頭, 낡은 표현방식으로
서 ‘써라이(色來)’로 머리를 감싸는 일부 위구르족들의 관습 때문에 붙여진 명칭. 위
구르족들은 농담 삼아 스스로 터번이라고 표현하는 경우가 있다. - 역자 주)들은 성
깔이 나쁘고 눈이 작아 다른 사람이 잘되는 꼴을 못 보지. 서기로 임명되자
눈에 들어간 가시처럼 여기는지 쳐다보기만 해도 화를 내고…… 허허…… 참
쉽지 않네 그려. 좀 전에 공사에서도 봤잖아? 양식을 잃어버렸으니 계엄령
을 내리지 않으면 모두 혐의에서 벗어날 수 없는데도 말일세!”

“모두 혐의에서 벗어날 수 없다고요? 모든 사람을 의심한다는 건가요?
왜죠?”

“그날 밤에 큰바람이 불었다네. 바람이 불고 비가 내리는 날일수록 간부
들은 걱정이 태산 같지! 그래서 그날 밤 나는 말을 타고 마을을 돌면서 여기
저기 살펴보았다네. 우리 형 아시무네 집 앞을 지나는데, 글쎄 간선수로가
터져 물이 넘쳐나는 것을 발견하였지 뭔가. 관개를 책임진 니야쯔는 바람막
이 램프 아래에서 죽은 사람처럼 잠들어 있었지. 나는 니야쯔를 깨워 같이
물을 막을 수 있게 빨리 사람들을 불러오라고 말했지. 그런데 하필 그날 당
직인 아이바이두라를 불러올 줄을 누가 알았겠는가!…… 그 바람에 개 같은
자식들이 틈을 타 양식을 훔쳐간 거라네. 그러니까 나랑 니야쯔, 아이바이
두라 모두 혐의를 받게 된 거지. 그리고 이게 다가 아니야. 리시티를 의심하
는 사람들도 있다네……”

“리시티를 의심한다고요?”

"아직 모르고 있는가?"

쿠투쿠자얼은 목소리를 낮춰 말했다.

"특파원 타례푸가 말해주지 않던가? 마차를 타고 간 도둑들 손에 리시티 이름이 적힌 증명서신이 있었다고 하던데…… 그리고 우푸얼도 의심스럽다는 사람이 있다네!"

"우푸얼이라면 누구를 말하는 거죠?"

"누구긴 누구겠어. 제4대대 대장 우푸얼은 판판쯔라고 불리는데, 원래는 뒤집기를 하며 훨훨 나는 집비둘기란 뜻이었지만, 그에게 붙여져서 '깡터우(杠頭)'라는 말과 같이 자기 의견만 고집하면서 입씨름을 좋아하는 사람을 가리키는 말로도 부른다네!"

"그런데 우푸얼이 왜 의심을 받는다는 거죠?"

"대대에서 양식을 잃어버리자 그는 더 이상 못하겠다며 나자빠져 버렸지. 그리고 그도 소련 교민증을 발급 받았다는 소문이 있다네. 그의 장인어른이 타타르스탄 자치공화국(韃靼自治共和國)의 수도 카잔(喀山)에서 그에게 편지를 보내왔다는데…… 맙소사! 뭐가 뭔지 나도 이젠 헷갈리네 그려! 이런 시기에 누굴 믿겠나? 중국 인민들과 서로 의좋은 사이로 지내던 소련이었거늘, 오늘날 관계가 악화되어 등을 돌리게 될 줄을 누가 짐작이나 했겠나? 마찬가지로 우리 인민공사의 구성원, 우리의 이웃 그리고 형제자매이던 사람들이 오늘은 중국사람, 내일은 외국 교민으로 변하는 이 상황이 참으로 안타까울 뿐이라네……"

쿠투쿠자얼은 연신 한숨을 내쉬며 절레절레 고개를 흔들어댔다.

"혐의 대상의 범위를 이렇게 넓혀도 될까요?"

이리하무가 물었다.

"지당한 말일세! 모든 사람을 용의 선상에 올려놓고 의심할라치면 그 누구든 견딜 수가 없지! 정 안 되면 우리 대대 간부들이 같이 감당해야지 뭐. 우리가 훔친 걸로 치고, 잃어버린 만큼을 나누어 분담하여 공사에 바치면 되겠지, 안 그런가?"

"그렇게 해도…… 되나요?"

이리하무는 도무지 갈피를 잡을 수 없다는 표정으로 물었다.

"당연히 안 되지. 반드시 조사를 거쳐 진실을 밝혀야지! 범죄의 확실한 증거와 물증으로 불량배들을 잡아내야만 하네. 그런데 어디서부터 어떻게 조사를 할지를 모르겠네. 불량배들은 이미 '저쪽'으로 다 넘어가 버렸으니 말일세."

"오전에 우얼한을 잡겠다고 말씀하셨잖아요?"

"당연히 잡아야겠지. 그를 잡지 않고 또 누굴 잡겠는가? 우얼한을 그대로 놓아줄 수는 없지 않은가? 어이쿠……"

가마솥 안에서 타는 냄새가 나자 쿠투쿠자얼은 서둘러 솥뚜껑을 열었다.

"큰일이네. 채소가 다 타버렸네. 이런 제기랄……"

쿠투쿠자얼은 이와 같이 짐작하기 어려운 사람이었다. 때론 엄숙하고 진지하다가도 때론 건들건들 가벼운 태도로 변하고, 때론 진중하고 사리에 맞게 행동하다가도 또 친근하고 스스럼없게 행동했다. 회의 중에 한 사람에 대해 노기등등하여 정면으로 비판하고 나서는, 회의가 끝난 후에 그 사람이 해명하려고 찾아오면 쿠투쿠자얼은 언제 그랬냐는 듯이 히죽히죽 웃으며 어깨를 다독거리거나 겨드랑이를 쿡 찌르면서 가볍게 넘기곤 하였다. 그러나 다음에 또 기회가 생기면 쿠투쿠자얼은 똑같이 호령을 할지도 모르는 일이었다. 이리하무는 쿠투쿠자얼과 한두 해를 왕래한 것이 아니었다.

짧지 않은 시간을 알고 지냈지만, 도대체 어떤 사람인지 좀처럼 짐작할 수가 없었다. 쿠투쿠자얼의 말을 듣고 있자면, 마치 미로에 빠진 것처럼 갈피

를 잡을 수 없게 되는데, 마르크스·레닌주의(馬列主義)를 시작으로 코란(可
蘭經, Koran)을 거쳐, 여러 가지 속담이나 전고를 인용하면서 수많은 경험과
요령을 쏟아내기 시작하는 그의 말에는 언제나 막힘이 없었다. 그리고 그런
말들을 듣고 있노라면, 어떤 것이 진담이고 어떤 것이 농담인지, 또 어느 부
분이 고의적으로 한 역설인지 판단하고 구별하기가 힘들었다.

그는 성실한 태도로 격의 없이 다가와 자신의 억울한 사정을 하소연하고,
사적이고 비밀스러운 이야기도 털어놓으며, 선의에 넘쳐 상대방에 대한 충
언도 아끼지 않다가도, 갑자기 사람들이 모인 자리에서 농담 반 진담 반이
섞인 짓궂은 장난으로 먼저 도발을 걸어와 그 상대방을 난처한 상황으로 모
는 일이 많았다.

예를 들어, 그는 공식 석상에서 갑자기 "보랑(波朗) 혹은 보쿤(波昆)[04] 동지,
행동을 똑바로 하세요! 요즘 군중들이 당신에 대한 의견이 분분해요. 당신
이 남편이 있는 여자랑 부정한 관계가 있다고 말이에요!" 라고 도발하는데,
만약 상대방이 개의치 않으면 한술 더 떠 "당신이 한 짓거리들을 우리는 이
미 모두 알고 있어요. 만약 사람들을 속이려 들고 계속 묵비권을 행사한다
면 결과가 좋지 않을 겁니다……" 라며 협박 삼아 떠보기까지 했다. 궁지에
몰린 상대방이 난처해하거나 화를 내며 반박하려고 들면, 그는 곧바로 눈알
을 굴리며 우스꽝스러운 표정을 짓고는 하늘을 쳐다보며 크게 웃어댔다. 사
래가 들 듯 기침하고 눈물까지 흘리며 크게 웃다가도 이내 얼굴을 돌려 딴
전을 피우며 말을 바꾸는 것이 예사였다. ……

쿠투쿠자얼에 대한 기억 중에 트라우마처럼 이리하무의 뇌리에 박혀 떨
쳐버리려고 해도 떨쳐낼 수 없는 안 좋은 기억이 있었다. 어린 시절에 있었

---

04) 장삼(張三)이사(李四)와 같이 '아무개'라는 뜻.

던 사소한 일로 정말 보잘 것 없는 작은 사건이었는데…… 하지만 사소한 일은 어디까지나 사소한 일이었다. 오늘 공사에서 나온 이리하무는 집으로 차 마시러 오라는 쿠투쿠자얼의 초청에 한참을 망설였다. 하지만 지난 사소한 일 때문에 한 공산당원인 대대의 주요 지도자에 대해 선입견을 품어서는 안 된다고 자신을 설득하였다. 게다가 투쟁의 중요한 시기에 지부 서기와 일부러 거리를 두고 경계까지 할 이유는 없었다. 그리하여 이리하무는 결국 쿠투쿠자얼 집으로 가게 되었고, 자연스럽게 식탁보(餐單)가 깔린 그가 차린 밥상 앞에 앉게 되었다. 하지만 쿠투쿠자얼의 말을 듣자 억눌렀던 그에 대한 나쁜 감정들이 저도 모르게 되살아났다. 이리하무는 사사로운 감정 때문에 당의 원칙에 해를 끼쳐서는 안 된다며 스스로 타이르며 마음을 다잡았지만, 마음속 깊은 곳으로부터 자꾸 하나의 목소리가 들려왔다.

"교활한 여우, 사기꾼, 겉 다르고 속 다른 놈!"

낭(饢, 위구르족과 카자흐족이 즐겨 먹는 구운 빵 – 역자 주)·차·채소가 모두 차려졌다. 이때 "껄껄 깔깔" 웃음소리와 함께 문이 열리더니 한족 남녀가 걸어 들어왔다.

"야커시(亞克西) 서기세요?"

두 사람이 동시에 말했다.

50세가 넘어 보이는 남자는 마른 체구에 키가 컸고, 약간 굽은 등에 얼굴에는 흉터 하나가 있었는데, 구식의 검은 뿔테의 돋보기안경을 쓰고 있었다. 눈가에 주름이 자글자글하고 매우 단정하고 깨끗한 옷차림을 한 여자는 집 안으로 들어와서야 큰 마스크를 벗었다.

"이쪽은 바오팅구이라고 하네. 우리 대대의 신입 대원이자 경험이 많은 노장이지."

쿠투쿠자얼은 이리하무에게 소개하였다.

"이쪽은 제 아냅니다."

바오팅구이는 여자를 가리키며 말했다.

"하오위란이에요."

여자는 자신을 소개하였다.

이리하무는 이미 일어나 자리를 양보하였기에 두 사람은 사양하지 않고 자연스럽게 윗자리에 앉았다.

"이리하무 이 사람은 당신들 제7생산대 대장입니다."

쿠투쿠자얼은 이번엔 한어로 이리하무를 두 사람에게 소개하였다.

"이리하무 이 사람은 우루무치에서 돌아온 지 얼마 되지 않았어요. 이리하무 동지는 나랑은 달라요. 원칙이 뚜렷한 사람이지요. 앞으로 어떤 문제가 있으면 이분에게 많이 물어보고 이분의 지시를 따르도록 해요. 그렇지 않으면, 따끔한 맛을 보게 될 겁니다. 하하하……"

"앞으로 잘 부탁드려요. 많이 도와주세요."

쿠투쿠자얼의 소개가 끝나자 두 사람은 서둘러 겸손하게 웃으며 다시 이리하무에게 악수를 청하였다.

"바오(包) 씨는 마을 안에서 살고 있는데, 낮에는 일하러 대대 쪽으로 오기 때문에, 점심에는 집으로 돌아가지 못해요. 그래서 가끔 우리 집으로 와 차를 마시곤 하는데, 민족 단결이 중요하잖아요. 이걸 문제 삼아 쿠투쿠자얼은 늘 한족들에게만 마음을 쓰고 편애한다는 등 사람들이 뒤에서 말이 많지요. 그렇다고 나는 그런 걸 별로 신경은 안 써요……"

어느 정도 쿠투주자얼의 말을 알아들은 바오팅구이는 엄지를 치켜세우며 말했다.

"서기는 바로 이런 지도자지요!"

이리하무는 문뜩 타이와이쿠가 말하던 '가죽부츠'가 떠올랐다. 쿠투쿠자얼 집으로 오는 길에 이리하무는 이미 바오팅구이의 '기업'을 보았던 것이다. 대대의 가공공장 앞에 새로 팻말을 세웠는데, 팻말에는 "자동차 수리, 물탱크 수리, 타이어 용접, 아크용접 및 산소용접 모두 가능" 이라는 글귀가 적혀 있었다. 그리고 그 위에는 또 비뚤비뚤하게 트럭 한 대와 타이어 두 개가 그려져 있었다. 이리하무는 바오팅구이를 흘깃 보았다. 그런데 바오팅구이 부부도 이리하무를 유심히 관찰하고 있었다. 바오팅구이가 살짝 웃음을 머금고 말했다.

"위구르족 분들은 일상 교류 중에서도 습관적으로 존칭을 사용하는 것 같네요. '您們(여러분)'이란 2인칭 존칭 복수형은 위구르어를 직역한 것인데, 이 단어의 유래가 무엇이지요?"

"바오 씨는 쓰촨(四川)성 사람이라네."

쿠투쿠자얼이 대신 대답하였다.

"나는 16살부터 수습공으로 자동차 수리를 배웠고, 이 일을 한지도 벌써 30년이 넘었지요. 1960년에 고향에 재해가 심하게 들어 생활이 어려워지면서 나는 이닝시에 있는 한 친척집에 찾아와 의탁하게 되었지요. 그때는 호적(戶籍)도 없었고 일자리도 없었어요. 나는 당나귀 수레 한 대를 구해서 탄광에 끌고 다니면서 석탄 부스러기들을 주웠어요. 그 석탄 부스러기들을 바자(巴紮, 위구르어로 장을 지칭한다)에 내다 팔아 겨우 생계를 유지했죠. 나에게는 기술도 공구도 산소통도 생고무도 있었지만 아무짝에도 쓸모가 없었어요. 나중에 우리 대대에서 가공공장을 건설한다는 소식을 듣고 지인의 소개로 이곳에 오게 되었어요. 차 수리로 번 돈은 전부 상납한다고 하면서요……"

"바오 씨는 여기에 온지 반년이 되었는데, 벌써 700위안도 넘게 상납했다네."

쿠투쿠자얼은 바오팅구이를 거들어 말했다.

"700위안이 뭐 대단한가요? 7천, 7천 위안도 벌 수 있는데…… 돈은 별로 중요하지 않아요. 다만 내가 가지고 있는 기술로 인민들을 위해 복무하고 충성을 다하려고 할 뿐입니다."

쿠투쿠자얼이 머리를 끄덕이며 말했다.

"기술자들에게 있어 세상은 넓다는 속설이 있지요. 한족들에게도 이와 비슷한 말이 있는 걸로 기억합니다. 열심히 하세요. 그럼 절대 박대 받는 일은 없을 겁니다. 바오 씨, 젊은이 두 사람을 수습공으로 보내 당신에게서 기술을 배우게 할 예정입니다만……"

"안 됩니다, 그건 안 돼요!"

바오팅구이는 연거푸 손을 내휘두르며 말했다.

"나에게는 결점 하나가 있는데, 제자와의 원활한 관계가 잘 유지되지 않지요. 나이가 많은데다가 성질까지 나빠서 제자를 받을 경황이 없어요."

"지금 공장에서 혼자 일하고 있는데, 괜찮겠어요? 방금 전에 여기로 오는 길에 가공공장 앞에서 새로 세운 팻말을 보았는데, 우리 대대에 아직 전기공급이 안 되는데 아크용접을 어떻게 하시는 거죠?"

이리하무는 떠보듯 물었다.

"하하…… 용접은 직접 하는 것이 아니라, 그런 일거리가 들어오면 일단 받아서 용접이 가능한 다른 곳에 맡기는 거죠. 그리고 수수료를 받아요……"

"다른 곳이요? 어떤 곳이죠?"

"일 맡길 곳은 많죠."

바오팅구이는 정면으로 대답하는 것을 피하였다.

"바오 씨는 아는 사람도 많고 방법도 많다네. 하오위란 동지는 또 의사라네. 참 능력이 있는 두 분입니다!"

쿠투쿠자얼은 문득 뭔가 떠올랐는지, 문을 열고 불렀다.

"쿠얼반, 아들아! 어서 들어와 차 마시려무나."

한참 후, 밖에서 맨발로 진흙을 이기던 남자아이가 걸어 들어왔다. 그는 머리를 숙이고 부끄러운 듯 아랫자리에 무릎을 꿇고 앉았다. 쿠얼반은 그릇 하나를 챙기더니 낭을 작게 쪼개어 그릇에 담았다.

"아직 본적이 없죠? 아들입니다."

쿠투쿠자얼은 아이를 가리키며 말했다.

아들? 이리하무는 흠칫 놀랐다. 쿠투쿠자얼 슬하에 딸 하나뿐이라는 것은 누구나 알고 있는 사실이었다. 그리고 하나뿐인 딸도 파샤한이 데리고 들어온 아이였다. 다 큰 딸은 5년 전에 이미 자오쑤(昭蘇, 이리카자흐자치주의 서남부에 위치한 현) 현으로 시집을 갔다.

"파샤한 남동생의 아이인데 작년에 우리에게 줬어요. 남부지역에서 데려왔지요."

쿠투쿠자얼은 낮은 소리로 말했다.

쿠얼반은 자기 그릇에 차 한 바가지를 퍼서 담더니 머리를 숙이고 차를 마셨다.

"너 몇 살이니?"

이리하무가 친근하게 물었다. 그러나 쿠얼반은 아무 대답도 하지 않았다.

12살이나 됐다네."

쿠투쿠자얼이 대신 대답하였다.

"반찬도 먹어라."

이리하무는 쿠얼반에게 젓가락을 건네주며 말했다. 하지만 쿠얼반은 여전히 아무 말도 없었고, 젓가락도 받지 않았다.

바오팅구이와 하오위란은 처음부터 쿠얼반을 없는 사람 취급 하였다. 우걱우걱 먹고 있는 두 사람은 젓가락으로 반찬을 이리저리 뒤적이며 고기를 거의 다 골라 먹었다.

"모자란 놈, 벙어리처럼 굴지 말거라."

쿠투쿠자얼은 쿠얼반 대신 이리하무에게서 젓가락을 받아 넘겨주며 말했다.

"반찬도 먹으라고, 못 들었어?"

쿠얼반은 여전히 먹지 않았다.

"내버려둬요. 애들은 몸에 열이 많아서 고기를 많이 먹어도 좋지 않아요."

"이 고기반찬은 맛이 없게 볶아졌네요."

바오팅구이는 입을 크게 벌리고 손가락으로 이빨에 낀 고기를 빼며 말했다.

"양고기는 이렇게 볶으면 못써요. 양념할 때 간장, 파, 마늘, 생강, 산초(山椒), 맛술을 넣지 않아서 노린내가 나 죽을 지경이에요!"

"멍청한 놈! 저 놈 말대로 조리하면 양고기 맛이 하나도 안 살아나지!"

쿠투쿠자얼은 이리하무에게 눈짓하며 위구르어로 욕했다. 그리고 다시 웃으면서 바오팅구이를 보며 말했다.

"그래요! 맞아요! 다음번 식사는 위란 동지에게 맡기죠."

이번 식사자리는 불편하게 끝났다. 시종일관 쿠얼반의 부자연스러움, 바오팅구이의 비루함과 쿠투쿠자얼의 교활함 때문에 반찬에 이물질이라도 넣은 것처럼, 먹는 내내 음식이 목에 걸려 잘 넘어가지 않았고, 먹은 음식마저 체할 것 같은 기분이 들었다. 마치 낭 위에 흙먼지가 한 층 내려앉고, 고기반찬 속에 고무가 섞여 있으며, 차 그릇 안에 파리가 빠진 것 같았다.

마지막 차 한 모금까지 다 마시고 나서 이리하무는 손으로 자기 그릇을 살짝 가려 충분히 먹었다는 의사를 나타냈다. 그리고 한 발 물러나 벽에 기대어 멍하니 앉아 있었다.

"아, 먹었더니 졸리네요."

쿠투쿠자얼은 얼른 일어나 요와 베개를 꺼내 이리하무의 허리 뒤에 놓으면서 말했다.

"여기서 잠시 눈 붙이게나."

"괜찮아요. 좀 이따가 마을에 가볼 생각이에요."

이리하무는 자리에서 일어나 밖으로 나갔다.

"마을에 간다고? 마을에는 뭐 하러 가나?"

쿠투쿠자얼이 뒤 따라 나오며 끝까지 캐물었다.

"일하러 가요."

"어제 밤에 여기로 돌아왔잖나? 사흘이 지나기 전까지는 아직 손님인데…… 저녁에 파샤한이 돌아오면 라탸오즈(拉條子, 신장지역의 비빔면 - 역자주)나 해서 먹고 가지 그러나……"

"고맙지만 괜찮아요. 마을 사람들을 만나보고 싶어서요……"

"안 되네. 이대로 가면 내가 섭섭해서 되나? 가지 말게나. …… 그리고 오후에 지부위원들과 함께 회의를 할 생각인데, 자오 서기도 자네가 꼭 참석해야 한다고 했거든……"

"회의는 밤에 하면 안 될까요? 지금 한창 농사일이 바쁜 계절인데……"

두 사람이 서로 상대방을 설득하고 있을 때, 점박이 강아지가 또 갑자기 "왈왈" 짖어댔다. 쿠얼반은 누가 말하기도 전에 바로 일어나 마당 대문을 열어주러 갔다. 그리고 회갈색의 청결하지 않은 양복 차림에 구멍 난 베이지색 넥타이를 한 사람이 다리를 비틀거리며 뒤뚝뒤뚝 걸어 들어왔다. 그 사람은 머리카락과 수염이 옅은 노란색이었고 얼굴은 납작한 편이었다.

"마이쑤무 과장!"

마이쑤무 과장의 깜짝 등장에 쿠투쿠자얼은 반가워 소리를 질렀다.

"에이 '과장'은 무슨 과장입니까? 이제는 다 지나간 일인데요, 뭘……"

마이쑤무는 다 지나갔다는 듯이 손을 들어 휙 저으며 자기소개를 다시 하였다.

"지금은 소련 교민 마이쓰모푸예요."

1962년 이리지역에는 그야말로 별별 일들이 다 벌어졌었다. 중국공산당 당원이자 현 인민위원회(人民委員會)의 과장직을 맡고 있던 마이쑤무 동지는 하룻밤 사이에 외국인 마이쓰모푸로 바뀌었던 것이다.

쿠투쿠자얼은 갑자기 얼굴색이 변하였고, 이리하무도 차가운 눈빛으로 그를 흘겨보았다. 바오팅구이는 하오위란에게 몰래 눈짓을 하더니 슬며시 나가버렸다.

"뭐, 뭐라고요?"

쿠투쿠자얼이 살짝 떨리는 목소리로 되물었다.

"나는 지금 소련 교민 마이쓰모푸예요. 나는 사실 원래 달단(韃靼) 다시 말해서 타타르(塔塔爾)족이지 위구르족이 아니었어요. 나의 고향은 그쪽 카잔이지요."

"그런데 당신…… 우리 집에는 왜 왔지요?"

쿠투쿠자얼이 묻자 그의 말투가 갑자기 바뀌며,

"이것 보시게! 웬지 손님에 대한 도리가 아닌 것 같네 그려! 당신들 위구르족은 이렇게 손님을 대하는가? 그래도 옛날에는 내가 자네들 상관이었는데 말이네. 안 그런가? 쿠투쿠자얼 동생!"

마이쑤무는 술 냄새를 풍기며 춤을 추듯 스텝을 밟으며 다가와 팔로 쿠투쿠자얼의 목을 감싸자 쿠투쿠자얼은 연신 피하느라 바빴다.

"현 인민위원회 과장 마이쑤무이던, 소련 교민으로 소비에트연방공화국의 타타르스탄 자치공화국 사람인 마이쓰모푸이던, 나는 영원히 당신들의 친구이자 친척 형제라네. 내일모레 나는 돌아간다네. 그래서 오늘 오랜 친구들과 작별 인사하러 온 걸세. 이렇게 하는 게 예절이며, 또 무슬림의 풍습이지 않는가? 잘들 있게나. 제발 나에게 불만이 없기를 바라네……"

마이쑤무는 정중하게 예를 갖춰 작별인사를 할 자세였다. 쿠투쿠자얼은 그런 마이쑤무를 한번 쳐다보면서도 아무런 감정이나 흔들림이 없는 이리하무를 살폈다. 눈동자를 이리저리 굴리던 쿠투쿠자얼은 안정을 되찾고는 침착하게 '마이쓰모푸'를 보며 말했다.

"만약 예의 상 작별인사를 하러 오셨다면, 저도 공손하게 손님에 대한 예를 갖춰 안쪽으로 모시겠어요. 하지만 한 가지 반드시 짚고 넘어갈게 있어요. 보시다시피 지금 흙을 이겨서 집을 짓고 있는 중이에요. 이 말은 저는 중국 사람이고 영원히 중국에서 살아갈 거라는 명확한 뜻이죠. 만약 오늘 여기에 선동하려는 목적으로 찾아오셨다면……"

"거 쓸데없는 소리하지 말게! 너무 무례하지 않은가!"

마이쑤무는 허공에 대고 손을 휘두르며 말했다.

"그럼 안으로 들어가시지요!"

쿠투쿠자얼은 안방 문을 열었다.

"먼저 들어가게!"

마이쑤무는 이리하무에게 먼저 들어가라는 손짓을 하였다.

순식간에 조상을 잊어버리고 신분을 바꾼 인간이 도대체 뭘 하려는 건지, 무엇을 바라는 건지 명확히 지켜봐야겠다고 생각하며, 이리하무는 살짝 미소를 지어보이고는 천천히 안으로 들어갔다.

"이쪽은……."

마이쑤무가 묻자 쿠투쿠자얼이 대신 대답하였다.

"이리하무라는 동생인데, 들으신 적이 있을 겁니다……"

"아 알지요, 이리하무. 알고말구요. 처음 보는군 그래! 오첸 하라쇼!"

마이쑤무는 서툰 러시아어로 "아주 좋다" 라는 말을 덧붙여 가며 말했다.

"들어본 적이 있지. 작년에 여기에서 일했을 때 많은 사람들이 자네에 대해서 말하더군!"

마이쑤무가 손을 내밀었지만 이리하무는 거들떠보지도 않았다.

"소비에트사회주의공화국연방(蘇維埃社會主義共和國聯盟)의 국적을 취득한 것 때문에 나에게 적대적인 태도를 보이는 건가? 그렇다면 그건 잘못된 생각이네. 그래서는 절대 안 되네. 공산당원은 국제주의사상을 가져야 한다네. 그리고 소련과 중국은 서로 우호적이 않는가 말일세. 게다가 타타르족과 위구르족처럼 관계가 가깝고 친밀한 민족도 세상에는 또 없을 것일세."

"그러면 당신은 소련 사람입니까?"

이리하무는 매서운 눈빛으로 마이쑤무를 똑바로 바라보며 갑자기 목소리를 가다듬고 준엄하게 질문하였다. 저도 모르게 머리를 숙이게 된 마이쑤무는 숙연해져서 대답하였다.

"그…… 그렇다네."

"타타르족이신가요?"

"그…… 그러네만."

마이쑤무는 고집스럽게 자신의 생각을 내보였다.

"그럼 타타르어로 말해보세요. '나는 소련 사람이다. 나는 중국 사람이 아니다' 라고요."

"나…… 나는…… 자네 지금 무슨 말을 하는 건가."

마이쑤무는 이리하무의 공격에 방어라도 하겠다는 듯이 두 손을 올려 가드자세를 하였다.

"흥!"

이리하무는 경멸의 코웃음을 지었다.

"반찬 좀 내올게요."

이렇게 말하며 자리에서 일어나려는 쿠투쿠자얼을 붙잡으며 마이쑤무가 말했다.

"아니네, 가지 말게나."

쿠투쿠자얼 없이 이리하무와 단둘이 남겨지는 것은 마이쑤무에게 무척 두려운 일이었던 것이다.

"손님에 대한 예의로 술이나 한 잔 주게나."

그리고 마이쑤무는 또 이리하무를 향해 말했다.

"당신이 나를 어떻게 생각하든 상관이 없네. 내가 작별인사 하러 온 건 우리의 우정 때문이니까 말일세."

"누구랑 우정을 논하는 겁니까? 진정한 중국의 '호박(南瓜, 멍청이라는 뜻으로 쓰임 -역자 주)'이랑, 가짜 소련 친구랑 우정과 국제주의를 논하는 건 세상 사람이 알면 우스꽝스러운 일이라고 하지 않을까요? 그렇지 않나요?"

쿠투쿠자얼은 술을 꺼내 마이쑤무에게 한 잔 따라주면서 경고하듯이 말했다.

"주인으로서 말하지요. 지금부터 이 집안에서는 작별인사 이외의 말은 꺼내지 마세요."

"그래, 좋네! 그러면 건강을 위하여! 떠나는 길이 편안하길! 한 위대한 나라는 영원히 신장 위구르족 인민들에 대해 관심을 갖고 있다는 것을 잊지 말게나!"

이리하무는 갑자기 "하하" 소리를 내며 크게 웃었다. 그 바람에 잔을 기울여 술을 마시려고 하던 마이쑤무는 깜짝 놀랐다. 이리하무는 마이쑤무를 가리키며 웃음을 참지 못했다.

"이보세요, 친구, 동지, 지금 무슨 말을 하시는 겁니까? 그만 좀 거드름 피우시죠! 도대체 말하고자 하는 게 무엇입니까? 가려면 그냥 가세요. 지금 누굴 대표하여 말씀하시는 겁니까? 술이 좀 과하신 것 아닙니까? 저희는 술 안 마셨거든요!"

"참으로 교양이 없는 카스가얼(喀什噶爾) 사람(소련 중앙아시아 지역의 일부 사람들이 위구르족을 가리켜 부르는 말 - 역자 주)이네 그려!"

마이쑤무는 술잔을 카펫 위에 내려놓더니 침착한 척하며 말했다.

"그래 맞네. 나는 소련을 대표할 수는 없지만, 레닌의 위대한 나라를 대표할 수 있는 건 니키타(尼基塔)……"

마이쑤무는 다시 술잔을 들었다. 이리하무는 또 크게 웃으며 말했다.

"흐루시초프(赫鲁晓夫)를 말하는 건가요? 흐루시초프를 만난 적이 있습니까? …… 썩 나가 주세요!"

"아니 어떻게 감히…… 자네가……"

마이쑤무가 더 이상 견디지 못하고 손을 부들부들 떠는 바람에 잔에서 술이 흘러 나왔다.

"저는 이리하뭅니다. 마오 주석의 지도 아래에 있는 중국공산당 당원이고요."

마오 주석이라는 말이 나오자 마이쑤무는 그만 술잔을 바닥에 떨어뜨리고 말았다. 카펫 위에 쏟은 술은 하나하나의 물방울이 되어 영롱하게 빛났다.

"가엾은 싸얼티싸얼티(薩爾提薩爾提, 원래 뜻은 상인(商人)이고, 여기서는 위구르족을 낮잡아 부르는 별칭임 - 역자 주), 야만적인 카스가얼인들! 이 무지한 터번! 자네들은 작은 자동차도 없고 민족적 자존심도 없군 그래! 자네들이 얼마나 가난한지 스스로 돌아들 보게나……"

"당장 우리 집에서 나가주세요! 나가요! 그리고 오늘부터 우리는 완전히 남과 남이에욧!"

쿠투쿠자얼이 화가 나서 소리를 질렀다.

마이쭈무가 자리에서 일어나자 이리하무는 그의 앞으로 한 발 다가서더니 얼굴을 똑바로 쳐다보며 말했다.

"당신에게도 민족적 자존심을 논할 자격이 있습니까? 말할 때마저 러시아 티를 내려고 애를 쓰는 것 같은데, 전혀 러시아 사람처럼 보이지 않아요! 나보다도 서툰 타타르어로 기를 쓰고 타타르 사람 흉내를 내려고 하니 참 우습고 보기가 흉하네요! 당신 옷차림 그리고 새로 지은 이름을 봐요! 마이쭈무가 마이쭈무지, '모푸(莫夫)'는 무슨 얼어 죽을······!

다른 동지들이 예전에 환경 등 문제로 인해 이름 뒤에 슬라브(斯拉夫) 식의 어미를 붙이긴 하였지만, 그건 다른 문제입니다. 그러나 당신은 일시적인 위장이에요. 거기 서요, 내 말 끝까지 듣고 가요! 당신은 자신이 위구르족이라는 사실마저 부정하는 우스꽝스러운 소인배에 지나지 않아요. 그러면서 어찌 민족적 자존심을 입에 올립니까? 당신의 발음, 얼굴······ 난 당신이 절대 타타르 사람이 아니라고 단정합니다! 어디 타타르어로 다시 한 번 나는 타타르 사람이라고 말해 보세요! 중국에서 오랜 세월을 살면서 중국차와 소금을 먹고 컸고, 당신의 수많은 친척과 친구들이 중국에 살고 있는데······

우리 위구르족 인민들은 오직 마오 주석이 이끄는 중국에서만 존엄과 사회적 지위를 지킬 수 있었고, 밝고 행복한 새 생활을 시작할 수 있었어요! 만약 당신이 소련 국적을 취득한 것이 명확한 사실이라면, 당연히 그 나라로 돌아가야죠. 우리도 당신의 작별인사를 받아 줄게요. 당신도 가고 싶고 소련에서도 당신을 받아준다고 했다면, 그건 전적으로 당신의 일일 뿐입니다. 그러니 우리 앞에서 연기는 제발 그만하세요. 더 이상 스스로 웃음거리를 만들어서는 안 됩니다. 에그! 불쌍해라…… 마이쑤무 형님아!"

마이쑤무는 얼굴이 새빨갛게 달아올라 중얼거리며 밖으로 나가 버렸다. 그러자 쿠투쿠자얼도 크게 소리를 치며 화를 냈다.

"당장 꺼져버려, 이 염치없는 놈아!"

"잠깐만!"

이리하무는 마이쑤무를 쫓아가 그의 앞에 바짝 다가서서 말했다.

"방금 또 국제주의, 소련과 중국의 우호 관계 어쩌고저쩌고 했는데, 그래요, 저쪽 나라로 넘어가서 그쪽 사람들과 우호적으로 잘 지내길 바랄게요. 그런데 거드름이나 떨고 허세부리는 성격 때문에 그쪽으로 간들 그 나라 사람들은 당신을 혐오할 겁니다. 당신은 언젠가 업보를 받을 거예요……"

마이쑤무는 그저 멍해 있다가 갑자기 마당으로 뛰어 들어오더니, 절인 생선을 지나치게 먹은 고양이처럼 내장을 게워 낼 기세로 끊임없이 토했다. 그리고 몸을 휘청거리며 쫓기듯이 대문 밖으로 뛰쳐나가 버렸다.

이리지역 러시아인의 사랑이야기
누군가 우열한을 감시하고 있다

허! 이리하무 대장, 어이구! 이리하무 형님! 이리하무 형님이 우리 집에 찾아올 거라고는 꿈에도 생각지 못했어요. 우리 집에 오기가 꺼려질 거라고 생각했어요. 형님이 돌아왔다는 소식은 들었어요. 방앗간에 있다 보면 어떤 소식이든 들을 수 있지요. 그렇지만 날 만나러 오지는 않을까 잠시 생각도 했지만, 이내 그럴 일은 없을 거라고 생각을 바꿨지요.

지금과 같은 시기에, 이리하 강변까지 게다가 구속되었다가 갓 풀려난 러시아인을 방문하러 올 사람이 어디 있겠어요? 지금도 나와 말 섞거나 악수하는 것조차 두려워하는 사람들이 있지요. 하지만 마음 한편으로 이리하무 형님은 올 수도 있다는 희망을 가지고 있었어요. 형님은 평범한 사람이 아니라 공산당원이고, 공산주의자(共産主義者)이니까요.

공산주의자의 목표는 전 인류의 해방이라고 하잖아요? 당신들은 전 세계와 나라를 마음속에 품고 있지요. 위대한 중국에는 신장이란 곳이 있고, 신장에는 이리가 있으며, 이리하 강변에는 한 러시아족 사람이 외롭게 살고 있지요. 그렇기 때문에 이리하무 형님은 나의 이야기를 들어주고 도와줄 수 있을 것이라고 믿었죠? 도와줘야 하는 것 아닌가요? 맞죠?

아냐, 아냐! 형님은 아무 말도 하지 말고 우선 내 말부터 들어주세요. 하고 싶은 말이 마음속에 너무나 많아요.

"저도 외로운 사람입니다. 레닌과 스탈린(斯大林)을 적대시하고, 볼셰비키(布爾什維克) 당과 소비에트 국가를 적대시하던 시기, 그런 시기가 있었을 때, 세계 각 지역의 외딴 곳에는 백계러시아인들이 외롭게 살고 있었지요. 그러다가 오늘날 다들 기대와 기쁨에 넘쳐 '귀국'했지만, 나만 이곳에서 외롭게 남게 되었지요. 먼저 우리 아버지에 대해서부터 말할게요.

우리 아버지 이름은 미얼커푸이고, 올해 63세가 되었지요. 시월혁명(十月革命) 당시 아버지는 18살이었어요. 아버지와 할아버지는 블라디보스토크로부터 북한으로 도망을 쳤고, 다시 북한으로부터 중국 동북지역으로 왔죠. 중국 하얼빈(哈爾濱)과 창춘(長春)에서 방랑생활을 하였고, 칭다오(青島)와 상하이(上海)에서도 잠깐 살았어요. 할아버지는 어떤 사람인지 잘 몰라요.

구 러시아의 귀족, 아니면 차르(沙皇, tsar)의 장교 혹은 간첩이었는지도 모르죠. 아니면 극동의 비 러시아족 인민들을 학살하는 하수인이었을 지도요. 저는 잘 몰라요. 할아버지를 본 적이 없거든요. 아버지도 할아버지에 대해 한 번도 말해준 적이 없어요. 하지만 아버지가 레닌과 스탈린에 대해 뼈에 사무치는 원한을 품고 있다는 건 알아요. 붉은 별 다섯 개를 볼 때마다 아버지의 간질은 발작을 일으켰고, 공산당의 당기(黨旗)에 비슷한 표지가 있다고 하여 우리 집에서는 초승

달 모양의 낫도 사용하지 않았지요.

30여 년 전에 상하이에서 누나가 죽었고, 아버지는 중국 상인에게 고용되어 낙타 대오를 따라서 반년을 걸어 신장 이리로 오게 되었지요. 나는 이리에서 태어났어요. 어머니는 나를 낳은 후 산후조리를 잘 못하여 산후 풍에 걸려 돌아가셨는데, 마음씨 착한 중국 아주머니들이 젖을 나눠준 덕분에 어미를 잃은 갓난아이가 살 수 있었던 거죠. 중국 어머니들의 젖을 먹고 자랐기 때문에 제 성격 중 일부 중국인 특징이 형성되었다는 생각도 들어요. 형님은 아마 믿지 않을 거예요. 과학적 근거가 없는 나만의 짐작이지만, 그래도 나는 영원히 잊을 수 없는 추억이랍니다.

30여 년 동안, 아버지는 이리에서 살면서 안 해본 일이 없었어요. 저도 마찬가지고요. 우리는 양봉도 하고, 고기잡이도 했으며, 네덜란드의 순종 젖소도 키웠고, 크바스(格瓦斯, kvas, 러시아의 전통 알코올 음료 – 역자 주)도 담가 팔았어요. 여기에서는 크바스와 맥주를 혼동하는데, 이리 사람들은 러시아식의 크바스를 흔히 맥주라고 불러요. 우리는 또 긴 흑빵과 둥근 빵도 구워 팔았고, 물방아를 만들었고 방앗간을 맡아 관리했으며, 건축할 때 도장하는 일도 했지요.

이리 지역에서 러시아 여성들의 도장 기술은 명성이 자자해요. 그러면서도 우리와 같은 백계러시아인과 그 후손들은 절대 공장에서 일하거나 농촌에서 농사를 짓지 않지요. 왜 그런지 여러 가지 이유가 있지만, 제가 알고 있는 한 가지는 바로 언제나 떠날 준비가 되어 있고, 한 곳에 정착할 생각이 없다는 거예요.

아버지는 이리에서 30여 년을 살았지만, 늘 환승을 기다리고 있는 여객처럼 생활을 했어요. 이리는 아버지에게 있어서 큰 대합실에 지나지 않았지요. 제가 기억이 있을 때부터 아버지는 나에게 사촌 누이인가 뭔가 되는 친척이 오스트레일리아에 살고 있다며, 한동안 오스트레일리아로 간다고 난리를 쳤지요. 그러다가 또 한동안은 나에게 외삼촌 되는 사람이 아르헨티나에 살고 있다면서 아르헨티나로 가겠다고도 했어요. 그 뒤로도 캐나다, 미국, 벨기에 등 입에 담고 살았던 곳이 많았지요. 아무튼 소련만은 가지 않겠다고 했죠. 그런데 얼마 후, 사촌 누이에게서 지금 실업 때문에 일가족 모두가 구호금으로 간신히 생활하고 있다면서, 오스트레일리아로 오지 말 것을 권유하는 편지가 왔었지요. 또 얼마 있다가는 아르헨티나에서도 편지가 날아왔었죠.

이민 당국에서 허가를 받을 수 없다는 내용 같았어요. 그 외에도 아마 여러 가지 편지를 받았을 거예요. 예를 들어 제2차 세계대전 중이니, 전쟁 중에 입국하려다가 어느 한쪽의 간첩으로 의심받을 수 있다든지…… 아무튼 아버지는 결국 어디에도 가지 못했지요.

가장 두려웠던 것은 한동안 소련에서 시월혁명 당시 외국 각지로 망명한 러시아인들이 소련으로 돌아오는 걸 환영한다고 선포한 적이 있었지요. 그러면서 소련으로 돌아오더라도 그전 세대를 포함하여 귀국자들의 외국에서의 정치적 성향이나 활동에 대해 절대로 추궁하지 않는다고도 선포했어요. 그때 우리 집과 같은 많은 가정들이 소련으로 돌아갔지요. 그런데 돌아가서 얼마 지나지 않아 행방불명이 되고 말았죠.

아! 알아요, 내가 한 말을 믿지 못하겠죠? 그래도 괜찮아요. 진짜든 가짜든, 나는 전 세계 각 지역의 러시아인들이 행복하기만을 빈답니다. 아! 이리하무 형님, 나는 형님이 얼마나 부러운지 몰라요! 위구르족, 카자흐족, 시보족, 동깐족(東幹族)과 한족 인민들은 우리의 마음을 이해하지 못해요. 자신을 낯선 손님 취급 하면서 늘 떠날 준비를 해야 하는 '대합실 생활'이 사람을 어떤 괴물로 만드는지 절대 이해할 수 없어요!

당신들은 살아 숨 쉬고 달리고 생활을 위해 서두르고…… 때로는 뜻대로 되어 기뻐하고, 때로는 힘들고 슬퍼하죠. 이 모든 건 곁에 가까운 친족들과 친구가 있고, 자신의 토지와 삼림, 강과 하늘이 있기 때문에 가능하지요. 한마디로 자신의 조국이 있기 때문이죠. 당신들의 웃음과 울음, 사랑과 미움은 절대 자신만을 위한 것이 아니라, 누구 또는 무엇을 위한 마음에서 비롯된 것이지요.

만약 주위의 모든 것과 아무런 상관이 없고 연결 고리를 찾을 수 없게 된다면, 그땐 어떻게 살아가야 할까요? 음식을 베어 먹었을 때, 입 안에 온통 달콤함이 퍼진다고 한들 무슨 의미가 있겠어요? 누구에게 그 달콤함을 설명하며, 또 누가 그와 함께 '행복'을 즐기겠어요? 그리고 한입 가득 쓴맛을 먹었을 때, 그 '고초'를 알아주는 건 자신의 위밖엔 누구도 없어요! 우리와 함께 살아가는 동반자는 우리의 위밖에 없어요. 우리가 살기 위해 노력하는 것도 우리의 위를 시중드는 일에 지나지 않아요.

우리는 더 이상 사람이 아니라, 단지 살아 꿈틀거리는 위장일 뿐이에요. 아버지는 이리에서 오랜 세월을 살면서, 한 번도 어느 사람이 좋다고 말한 적이 없어요. 아무 상관이 없는 사람인데 어찌 '좋을'수가 있겠어요? 아버지는 어느 누가 나쁘다고 한 적도 없어요. 마찬가지로 전혀 관계가 없는 사람이니 나쁠 일도 없었지요. 사람은 드넓은 은하계의 어느 한 행성에 대해 좋고 나쁨을 논하지 않잖아요? 기껏해야 어느 별이 더 밝다, 어느 별은 방향을 밝혀준다고 말할 뿐이죠. 마찬가지로 이 사람과는 이런 방식으로, 저 사람과는 이런 방식 말고 저런 방식으로 해야 돈을 벌 수 있다는 것이 아버지의 상식이었어요. 그리고 돈을 버는 목적도 오직 위뿐이었어요.

이리 지역에서 백계러시아 상인들의 평판이 그다지 좋지는 않아요. 그들에게는 누구와 안면을 트고 체면과 신용을 따질 필요가 없기 때문이죠. 이닝시 서대교(西大橋) 옆에서 모허(莫合) 담배랑 말린 살구를 파는 러시아 행상들이 있다는 것은 들어봤죠? 그들은 전 이리주에서 구두쇠의 대명사가 됐지요.

그러나 저는 아버지랑은 달라요. 이리하무 형! 형은 잘 알잖아요. 나는 이곳에서 태어났고, 어릴 때부터 이 땅에서 길러낸 양식을 먹고 자랐어요. 이리하의 물과 여름은 나에게 있어 무엇보다 익숙하고, 나는 물살이 급한 강을 헤엄쳐 차부차얼시버자치현(察布查爾錫伯族自治縣)에 도착할 수 있어요. 그리고 맞은편 기슭에서 다시 헤엄쳐 돌아올 수도 있어요. 이리의 바람에도 나는 아주 익숙해요. 어떤 바람이 비와 추위를 몰아오고, 어떤 바람이 따스하고 화창한 날씨를 실어오는지, 또 어떤 바람이 불면 밀이 노랗게 익고, 멍파이쓰(蒙派斯, 이리 사과(伊犁蘋果)의 유명한 품종 중 하나 – 역자 주) 사과가 빨갛게 익어 수확해야 하는지 너무나 잘 알고 있어요.

나는 러시아어보다 위구르어에 능숙하고, 한어는 그럭저럭 해요. 평소에 위구르어로 대화를 하고 위구르어로 생각을 하며, 숫자 '5'를 보면 가장 먼저 떠오른 것은 퍄띠(пять, 러시아어 5)가 아니라, 바이시(拜西, 위구르어 5)에요. …… 무엇보다 중요한 것은 이곳 인민들과 이곳의 전부를 나는 사랑한다는 거예요. 어릴 때 흰 꽃이 만발한 사과나무에 정신이 팔려 감상하다 보면 나는 한 시간이고 두 시간이고 떠날 생각을 안 했지요. 그리고 중압에 짓눌려있던 위구르족 인민들의 마음속 깊은 곳에서, 다양한 리듬의 구성진 전통가락이 뿜어져 나와 길고 높게 울려 퍼질 때마다, 그 감성이 고스란히 느껴져 하염없이 눈물을 흘리곤 하지요.

나는 당신들과 함께 마이시라이푸(麥西來甫) 전통축제를 즐기고, 결혼식에 참석하며, 아이의 탄생을 축하해요. 마오 주석께서 파견한 중국 인민해방군(解放軍)이 온 후, 이곳의 국민당(國民黨), 호자(霍加, khwāja, 페르시아어이고, 현대 위구르어에서는 '나리', '지주', '고용주' 등의 뜻으로 쓰인다. ‒ 역자 주), 백극(伯克, 신장 위구르족들은 바이[巴依, bay]를 백극이라고 부르는데, 신장에 거주하는 회족의 대·소 직관을 총칭하며, '고관', '통치자', '관리' 등의 의미로 쓰인다. ‒ 역자 주)을 숙청하였고, 농민들의 소작료와 이자를 삭감하고 악질 토호에 맞서는 운동을 전개하였으며, 토지개혁, 상호조합(互助合作), 인민공사화를 실행하였어요. 그리하여 이곳 우리들의 생활이 하루하루 광명과 행복을 되찾아가는 모습을 나는 두 눈으로 명확히 보았어요.

당신들이 '하늘아래 모든 물을 먹으로 만들고, 하늘아래 모든 나무를 붓으로 만들어도…… 그래도 다 적을 수 없는 마오 주석의 은혜'를 부를 때마다 나도 따라 노래를 불러요. …… 뿐만 아니라, 나는 디리나얼과 사랑에 빠졌어요. ……위구르족들에게는 이런 속담이 있죠. '자기 자랑을 하면 일등 바보이고, 아내 자랑을 하면 두 번째 바보이다.' 맞아요, 나는 원래 바보예요. 그래도 디리나얼에 대해 말하고 싶어요. 이리하 언덕에서 디리나얼의 노랫소리를 들어보지 못한 사람이 있을까요? 그녀의 노래가 울려 퍼지면, 날아가던 제비도 내려앉고, 풀

을 뜯던 양들도 멈추죠. 그토록 긴 눈썹에 동그란 눈을 가진 여성은
세계 어디에서도 찾을 수 없어요.

나는 오래 전부터 그녀를 마음에 두고 있었지만, 그날 이닝시로 가
면서 우리 둘의 이야기가 시작되었어요. 작년 봄, 파란 살구가 콩알
만치 자랐을 즈음이었어요. 그날 나는 볼일이 있어 이닝시로 가게 되
었어요. 자전거를 타고 도로 위에서 신나게 달리고 있는데, 갑자기 자
전거 뒤가 흔들려 돌아봤더니 한 처녀가 사전에 아무 말도 없이 내
자전거 짐받이에 훌쩍 올라탄 거예요. 그게 바로 디리나얼이었어요.

그녀가 한쪽 손으로 내 등을 살짝 짚었다 떼었다 하는 바람에, 혹시
나 자전거에서 떨어질까 봐 무척이나 신경이 쓰였어요. 나는 설레는
마음으로 자전거 페달을 힘껏 밟았는데, 그때 해방(解放)표 대형 자동
차를 바싹 뒤따라 달렸던 기억이 나요. 이닝시에 막 도착하였을 때,
등 뒤가 또 갑자기 흔들려 뒤돌아보았더니 그녀는 이미 시사허쯔(西
沙河子)의 백양나무 숲속으로 사라지고 보이지 않았지요. 참으로 요
정과도 같은 처녀였어요!……

그날 이후 그녀를 위해 나는 매일 밤 아코디언을 연주하였고, 해마
다 이익을 내는 이리의 특산물인 자색 마늘을 전부 파버리고 앞마당
에 온통 빨간 장미를 심었어요. 그리고 어느 날, 그녀와 그녀의 친구
들이 점심 휴식시간에 이리하 강변에 놀러 온 적이 있어요. 나는 만
사를 제쳐놓고 쫓아가 그녀가 보는 앞에서 물살이 급한 이리하 속으
로 뛰어들었지요. 그녀는 깜짝 놀라 소리를 질렀고, 일분이 지나 나
는 펄떡거리는 큰 잉어 한 마리를 손에 들고 물속에서 쑥 올라왔어
요. …… 그녀의 아버지에 대해 아시죠? 제4생산대의 유명한 목수이
자 융통성 없기로 이름난 무에진 야썬이 그분이지요. 딸이 나와 사랑

하는 사이라는 사실을 알게 되었을 때, 그는 불같이 화를 내며 말도 아니었어요.

나는 지인을 통해, 예수 그리스도와 마호메트(穆罕默德, Mahomet Mohammed)는 친척이나 다름없고, 어려서 포경수술도 하였으며, 처음부터 돼지고기를 먹지 않았다고 입이 닳도록 설득을 했어요. ······ 하지만 그는 나의 부탁을 들어주지 않았을 뿐만 아니라, 디리나얼을 집에 가두었다는 대답을 듣게 되었어요. 디리나얼은 끝내 집에서 도망쳐 나와 나에게로 달려왔어요. 그리하여 나는 이슬람교에 가입하는 의식을 거행하였고, 중화인민공화국 혼인법에 근거하여, 공사에서 우리에게 결혼증서를 발급해주었지요. 그리고 리시티 서기와 몇몇 영향력 있는 분들이 야썬 아저씨를 찾아가 설득하였지만, 야썬 아저씨는 여전히 디리나얼을 용서하지 않았고 집에 돌아오지 못한다고 했어요.

우리를 안 좋은 시선으로 흘겨보는 고집불통들은 아직도 있어요. 나를 위하여 디리나얼은······ 아이고! 제가 쓸데없는 말을 너무 길게 한 거 같아요. 다시 본론으로 돌아와 말할게요. 집에 갑자기 액운이 들었어요. 안경을 쓴 독사, 두 다리로 걷는 늑대 무라퉈푸가 어느 날 문득 나타났어요. 4월 초에 그는 우리 집으로 찾아와 아버지랑 소련 공산당 '제20차 대표대회(二十大)' 노선과 '모든 사람은 서로 동지, 친구, 형제 사이'라는 말에 대해 의논하였고, '전민당(全民黨)', '전민국가(全民國家)'에 관해 이야기하였어요. 아무튼 아버지와 그는 몰래 많은 이야기들을 주고받았지요.

그 뒤로 아버지는 어깨가 한껏 올라가 가슴을 활짝 펴고 으스대며 다녔어요. 목소리까지 커졌죠. 몇 십 년 동안 소금에 절여서 바짝 말린 물고기처럼 생기를 잃고 살아가던 아버지가, 비록 살아있는 물고기처럼 영혼까지 되찾지는 못했지만, 무라튀푸가 나타난 후로는 마치 따뜻한 물에 불린 듯 팽창되었고 활기가 돌았지요.

아버지가 제게 말씀하셨어요. '귀국할 준비를 해라.' '귀국이요? 어디로요?' 내가 의아해하며 묻자 아버지는 '소련이지 어디냐'라고 대답했어요. 나는 올해 26살이에요. 이 26년 동안 아버지는 거의 세계의 모든 나라를 입에 올렸지만, 소련은 한 번도 말씀했던 적이 없어요. 심지어 '제정러시아(俄國)'라고도 한 적이 없었고, 러시아와 우크라이나(烏克蘭)를 말씀한 적도 없어요. 그래서 귀국이라는 말을 들었을 때, 나는 정말 깜짝 놀랐어요. 아시다시피 나는 1년 내내 방앗간에서 물레방아를 관리하고 있으면서, 정치 학습에 거의 참가하지 않았어요.

흐루시초프가 스탈린에게 욕설을 퍼부었다는 말도 밀가루 빻으러 온 손님에게서 들었어요. 하지만 상황 판단조차 하지 못할 만큼 나는 머리가 둔하지는 않아요. 다시 말해서 소련이 만약 아버지의 '나라'가 된다면, 적어도 내 국가는 아니겠다는 생각을 했어요. 아버지의 냉담함은 나의 연약함과 같이 극에 달했지요. 뿐만 아니라 나는 중국을 떠난다는 상상을 해본 적도 없고, 또 떠날 수도 없어요. 이닝시와 이닝시의 진딩사(金頂寺), 이리하 강변에 가득 피는 꽃창포를 버리고 떠날 수 없고, 더욱이 이리하 골짜기에 사는 정든 고향 사람들과 작별한다는 건 있을 수 없는 일이에요. 그리고 내 아내, 조국에 대한 그녀의 충성심은 마치 음력 보름에 뜨는 달처럼 완전무결하고 맑아요.

그녀는 우리의 신혼집에 월간지 「인민화보(人民畫報)」에서 오려낸 톈안먼광장(天安門廣場) 사진을 붙여 놓았는데, 아마 이것이 아버지가 며느리를 혐오하는 가장 주요한 이유인 거 같아요. 반년이 흐르도록 아버지는 디리나얼을 거들떠보지도 않았고, 디리나얼도 마찬가지로 아버지와 대화를 하지 않았어요. 그래서 나는 망설임 없이 아버지께 말씀 드렸어요. '안 가요!' '뭐라고?' 아버지는 노발대발하였죠. '소련으로 가서 뭐 해요? 소련에 무엇이 있는데요? 나는 중국에서 나고 자란 중국 사람이에요……' '개자식!' 아버지는 욕을 퍼붓기 시작하면서, 나를 죽이겠다고 난리를 쳤어요. 나도 주먹을 불끈 쥐고 눈을 부릅떴죠. 그러고 나서 아버지는 혼자 떠났어요. 그리고 드디어 4월 30일 큰바람이 불어치던 밤이에요.

그날 낮에 지주 할망구 마리한이 나에게 듣기 싫은 소리들을 했어요. 그 때문에 밤에 나는 이런저런 생각으로 엎치락뒤치락하면서 쉽게 잠을 이루지 못하고 있었지요. 그런데 거센 바람 소리를 뚫고 갑자기 수상한 소리가 들려, 문을 열고 밖으로 나갔어요. 소리는 창고 쪽에서 계속 들려왔고, 나는 그 소리를 따라 창고 쪽을 향해 걸어갔어요. 그런데 결국 몽둥이에 머리를 맞고 말았죠. 현 공안국에서 나를 체포하였어요.

그때 나는 '다 끝났구나! 마리한 말이 맞았구나' 라고 생각했죠. 현 공안국 구치소에 닷새 동안 갇혀 있었어요. 그 닷새 동안의 구치소 생활은 내 인생에서 가장 소중한 경험이었어요. 공안국 동지들은 근엄하고 착실하였으며, 늘 실사구시를 추구하였고, 정책에 대해 차근차근 설명해 주었어요. 중국공산당은 매사에 공정하고 합리적이며 성실하다는 것을 몸소 느끼게 되었어요.

우리 집에 밀이 숨겨져 있다는 건 이미 변명할 여지조차 없는 분명한 사실이기에 해명할 길이 없었어요. 그러나 진실을 말하고 간접적으로 이 상황을 증명할 수 있는 사람들의 이름을 대자, 현 공안국에서는 시원하게 풀어주었어요. 구치소에서 나오던 날, 그들은 나에게 악수를 건네며, 사회의 훌륭한 공민, 공사의 훌륭한 구성원으로 살면서, 사건의 진실을 밝히는 데 적극 협조하기를 바란다고 하였어요. 정부가 사건의 진실을 밝히는 일에 나에게 협조하라고 한 것은, 상부에서 나에게 준 첫 번째 정치적 임무예요. 밀가루를 빻고 물고기를 잡는 일 외에 내가 해야 할 또 다른 한 가지 일이 생긴 거예요. 왜냐하면 나는 의무와 권리가 있는 중국의 한 국민이기 때문이죠. 그래서 나는 정말 기쁜 마음으로 현에서 돌아왔어요. ……그런데 돌아왔더니 디리나얼은 울어서 눈이 퉁퉁 부어 있었고, 내가 해명하려고 해도 들어주지 않고, 나를 상대하지도 않았어요.

그녀는 공구와 자질구레한 물건들을 놓아두는 평소에 창고로 사용하던 작은 방으로 따로 옮겨가 바닥에서 자면서 지내고 있어요. 그런데 그녀가 이러는 것도 당연한 일이라고 생각해요. 아버지가 양식을 탐오하고 은닉한 사실을 자진해서 조직에 고발하지 않았고, 무라튀푸의 활동을 적극 보고하지 않았으니, 나는 나라와 디리나얼을 포함한 인민들이 내린 처벌을 받아 마땅해요. 또 무슨 문제가 있냐고요? 맞아요, 내가 두 눈으로 명확히 보았어요. 그 마차는 대대의 마차인 게 틀림없었어요. 타이와이쿠가 몰던 그 마차예요. 나도 어떻게 된 일인지 모르겠어요.

무라튀푸는 우리와 모르는 사이였어요. 그는 러시아어를 몰랐고, 이곳에서 열흘 넘게 활동하면서 이곳저곳을 다 돌아다녔지요. 그……구체적으로 어디어디를 다녔는지 나도 정확하게 알지 못해요. 마리한은, 저…… 내가 방앗간에 있을 때 찾아와서 이런 말을 했어요. '왜 아직도 떠나지 않고 남아 있어? 앞으로 후회하게 될 거야.' 마리한은 또 중국의 외교정책을 왜곡하고, 민족관계를 이간질하는 말들을 많이 늘어놓았지요. 내가 지금 무슨 생각을 하는지 알아요?

디리나얼이 임신한지 3개월이 다 되어 가는데, 언제까지 이렇게 고생시킬 수는 없어요. 정 안 되면…… 디리나얼이 다시 집으로 돌아갈 수 있게 야썬 아저씨를 대신 설득해주세요. 디리나얼이 나 때문에 수치를 느낀다면……"

랴오니카는 울었다. 우정과 교제를 중요시하면서도 사회생활에 참여하지 않고, 정치적 사건에 개입하지 않는 방앗간 관리인, 영민하고 활달하고 이기적이지만 또 자제할 줄 아는 이 러시아 청년이 엉엉 울음을 터뜨렸다. 이리하무는 침묵하였다. 어떻게 해야 할까 망설였다. 그를 믿어야 할지 믿지 말아야 할지 잠시 고민에 빠져 있었다.

이리하무의 다년간의 경험과 알고 있는 세상물정에 따르면, 이런 상황에서는 가장 무난하게 "당신들 사정을 다 잘 들었어요. 하지만 나는 구체적인 내막을 잘 알지 못하니, 당신 문제에 대해서는 일단 상부에 반영하고 조사해 볼테니 허튼 생각하지 말고 우선 일에나 열중하세요……" 라는 식으로 그럴듯하지만 이도저도 아닌 말을 해야 했다. 그러나 실속 없는 말과 태도로 사람을 대하는 건 이리하무의 성격과 방식이 아니었다.

그렇다면 랴오니카는 도대체 어떤 사람일까? 절도사건에 개입한 혐의가 있는 걸까? 공안부에서는 이미 심사를 통해 결론을 내렸다. 쿠투쿠자얼은 랴오니카가 이번 범죄에 참여했다는 증거도 참여하지 않았다는 증거도 없다고 말했다. 한 사람의 범죄 혐의를 이런 식으로 논증해도 되는 걸까? 만약 이런 논증 방식이라면, 사람마다 자신의 무죄를 증명할만한 증거를 우선 제출해야 한다는 말일까? 모든 사람이 피고인이고 용의자가 되어야 하는 걸까? 그러나 랴오니카는 러시아인이다…… 그렇다고 해도 무슨 상관인가?

추후에 그의 새로운 문제가 밝혀지는 건 아닐까? "일단 풀어주고, 잡아야 되는 상황이 오면 다시 잡죠 뭐. 이건 문제도 아니에요." 쿠투쿠자얼이 이런 말을 했었는데, 이건 또 무슨 뜻일까? 누구나 언젠가는 '체포' 될 준비를 하고 있어야 된다는 말인가? 다시 말해 우리 정권은 시시각각 사람을 '체포'할 준비공작을 해야 한다는 뜻 아닌가? 랴오니카를 범죄자로 가정하지 않는다면, 또 어찌 '체포'를 말할 수 있을까? 혹시라도 추후에 랴오니카에 관한 다른 문제가 폭로될까 걱정되어 미리 의심부터 하며, 그에게 거부감을 가지고 공격을 한다면, 과연 이 또한 공정한 방식일까?

가장 중요한 건 랴오니카 본인에 대해 나는 도대체 얼마나 알고 있는가? 군중들은 랴오니카가 어떤 사람인지 알고 있을까? 그가 방금 한 말과 20여 년 동안의 품행이 일치하는 걸까?

군중과 다수의 사람들을 믿고 의지해야 하고, 적의 상황에 대한 의식을 강화하고 혁명적 경각성을 높여야 한다. 이 두 가지는 동일한 것일까? 아니면 서로 분리되는 것일까? 만약 경각성을 높인다는 이유로 모든 사람을 의심한다면, 결국 진정한 극소수의 계급적 적들이 인민 군중 속에 섞여 있는 상황을 막지 못하고, 매 차례 계급투쟁은 뒤죽박죽이 되고 말 것이다. ……

문득 자리에서 일어나는 이리하무를 보며 랴오니카는 그가 한마디 말도 없이 가버리는 줄 알고, 얼굴에 실망하는 기색이 역력하였다. 그러나 랴오니카의 추측과는 달리 이리하무는 출입문을 열고 높은 소리로 불렀다.

"디리나얼 동생!"

그러자 작은 창고 안으로부터 디리나얼이 머뭇거리며 걸어 나왔다. 이리하무가 방으로 들어와 앉으라고 하자, 그녀는 힘겹게 자리에 앉았다.

"두 사람의 결혼식에 참석하지 못했군. 늦었지만 오늘 이 자리에서 결혼 축하하네. 좋은 말(좋은 일)은 늦어도 절대 늦은 게 아니라는 말이 있잖은 가……"

두 사람은 이리하무의 말이 무슨 의미인지 몰라 멍하니 쳐다만 보았다.

"축하하지 않을 이유가 뭐가 있겠나? 따스한 햇살 아래, 풍요롭고 아름다운 조국 땅 위에서 두 사람은 알콩달콩 정답게 살아가고 있지 않나? 조국에 대한 충성심이 있는 사람들은 예측하기 어려운 변화무쌍한 정세일지라도 절대 두려워하지 않지. 디리나얼, 차를 내오지 않을래요? 랴오니카, 아코디언 연주에 맞춰 우리 함께 노래 부르세……"

…… 드디어 아코디언 연주가 시작되었다. 처음엔 낮은 소리로 단일한 가락만 내더니 점점 열정이 넘쳐 높고 길게 부르기 시작하였다. 이리하무가 혼자 가볍게 흥얼거리던 데로부터 두 사람, 세 사람의 합창으로 변해갔다.

디리나얼의 눈에 차츰 생기가 돌아오고, 랴오니카도 점점 열정이 장착되기 시작하였다. 갈수록 힘찬 노래 소리가 방안 가득 울려 퍼졌다. ……

"랴오니카, 디리나얼, 두 사람의 행복을 비네!"

작별인사를 나누면서 이리하무는 두 사람의 손을 꼭 잡으며 말했다.

"곧 태어날 아이의 건강과 행복도 빌게! 하지만 언제까지나 이 작은 방에서 '검은 눈(黑眼睛)', '산사나무(山楂樹)'를 부르는 건 보잘 것 없는 작은 행복이라네. 설사 시대의 비바람이 이 취약한 행복을 쓸어버린다고 해도 아쉬워할 필요는 없다네. 우리 세대와 후손들의 진정한 행복을 위해 싸워 이겨내야 할 일이 많고, 책임도 막중하다네. 우리 어깨를 나란히 하고 함께 싸워보세!"

"저요? 저랑 어깨를 나란히 하고 싸우자고요?"

랴오니카가 물었다.

"그렇다네. 러시아족도 우리 위대한 다민족 국가의 중요한 일부분이니까 말일세. 그럼 또 봄 세, 랴오니카. 오늘 방앗간 야간 당직이지?"

"근데, 정말 이 사람을 믿어주는 건가요? 당에서도 이 사람을 믿어줘요?"

디리나얼이 의심스러운 표정으로 묻자 이리하무는 웃으면서 말했다.

"자네들 스스로 자신을 믿고, 남 부끄러운 일을 한 적이 없다면, 두려울 게 뭐 있나?"

이리하무가 밖으로 나오자 랴오니카가 뒤쫓아 와서 말했다.

"고마워요, 형님!"

"아닐세, 고맙기는……"

"근데 저, 두 가지 일이 더 있어요."

랴오니카는 말을 더듬었다.

"오늘 오후, 디리나얼이 집에 없는 틈을 타 마리한이 집에 왔었어요. 우리 집은 좋은 사람들이 방문하지 않는 곳이라고 생각하나 봐요. 그러니까 대담하게 찾아왔겠죠. 이리하무가 돌아온 것을 보면 우루무치와 전국 각지의 공장이 대대적으로 문을 닫았다는 것을 알 수 있다고 말했어요……"

"내가 돌아왔다는 소식을 어떻게 그렇게 빨리 알았지? 병으로 앓아 누운 것도 아닌데 말일세."

"그건 저도 잘 모르겠어요. 소련의 원조가 없다면 중국의 경제는 파산하고 말 것이라고도 했어요. 그리고 내 처지가 아주 위험해졌고, 디리나얼도 더이상 믿음을 얻을 수 없다면서 무슨 수를 써서라도 그쪽으로 넘어가야 한다고도 했어요. 야썬 아저씨네 가족도 같이 가는 것이 좋다면서……"

"이런 마귀할멈 같으니라고! 자네가 말한 상황은 아주 중요한 거네. 만약 우리가 마리한을 상대로 비판투쟁을 하다면, 그 자리에서 그의 잘못을 적발할 수 있겠는가?"

"…… 한 번도 대회에서 발언한 적이 없어서요……"

랴오니카가 쑥스러운 듯 머리를 긁으며 말했다.

"그럼 한 번 해보게나. 어떤가? 음, 이게 첫 번째 일이고, 두 번째는 뭐지?"

"그게…… 사실은 별일 아니에요."

랴오니카는 갑자기 말을 더욱 더듬기 시작하였다.

"저기 그, 그러니까, 그 무라튀푸가 마리한의 집에도 갔어요. 구체적인 상황은 저도 잘 몰라요."

"그게 다야?"

"네"

말은 꺼냈지만 랴오니카는 두 번째 일에 대해 그다지 말하고 싶지 않은 눈치였다. 랴오니카는 스스로 머리가 둔한 편이 아니라고 하지 않았던가? 바로 그 '둔한 편'이 아닌 머리 때문에 그는 종종 일을 그르칠 때가 있었다.

지나치게 서두르면 오히려 목적을 달성하지 못한다고 하지 않던가? 방금 전 이리하무가 대회에서 적발하라는 말을 꺼내지 않았더라면, 두 번째 일에 대해서 하려고 했던 말을 그가 다시 삼키지 않았을지도 모른다.

이리하무가 3년 만에 돌아왔고, 돌아온 지도 얼마 되지 않아 높아진 그의 투지가 과도했던 건 아닐까? 그리하여 바라던 바와는 다른 결과를 낳지는 않을까?

이리하무는 랴오니카 집에서 나왔다. 돌아오는 길에 우얼한의 집 대문 앞을 지나가다가, 마침 쿠투쿠자얼의 아내인 뚱뚱한 파샤한이 그 집에서 나오는 것을 목격하였다.

"파샤한 누님! 우얼한 누님 문병하러 왔어요?"

"아, 저…… 빌릴 물건이 있어서 왔어요. 겸사겸사 해서요……"

평소에 말을 잘하기로 소문난 파사햔이 오늘따라 왠지 말을 더듬었다.

"우얼한 누님은 좀 어때요?"

"괜찮아요…… 아, 그다지 좋지 않아요……"

이리하무는 파샤한을 힐끗 쳐다보았다. 저녁에 회의가 있어 우얼한을 방문하여 문안할 겨를이 없었다.

4장

이리하무가 쿠투쿠자얼의 쑤탕(酥糖)[05]을 부스러뜨리다
회의를 소집하는 즐거움과 노동시간 낭비

수많은 '왜?'가 이리하무의 머릿속을 어지럽히고 있었다. 리시티 서기와 쿠투쿠자얼의 직무가 왜 180도 역전되었을까? 러이무는 왜 생산대 대장 직을 거부하고, 무싸는 왜 노골적이고 거리낌 없이 화를 낼 수 있는 걸까? 지난해 이곳에 내려와 사무를 보면서 리시티를 다스리던 그 마이쑤무 과장이 왜 하룻밤 사이에 소련 교민이 된 걸까?

체포되었던 랴오니카가 다시 석방되었는데 왜 아직도 사람들은 그의 무죄를 인정하려 하지 않는 것일까? 마리한은 왜 랴오니카 네 집을 찾아갔을까? 랴오니카는 왜 '두 번째 일'에 대해 머뭇거리며 말을 아꼈을까? 우얼한 집에서 나오던 파샤한은 왜 당황하고 혼란스러운 표정이었을까? 공사의 자오지헝 서기 앞에서 쿠투쿠자얼은 우얼한을 원수처럼 증오하였는데, 파샤

---

05) 실타래처럼 늘인 엿에 콩고물·쌀가루·참깨가루 등을 입혀서 바삭바삭하게 만든 사탕.

한은 왜 우얼한에게 문병을 갔을까? 타이와이쿠의 마차가 왜 4월 30일 밤에 나타났을까? 왜 마침 그 시각에 큰 도랑의 물이 흘러나왔을까? 이싸무동은 도대체 누가 불러서 나갔던 것일까? 지금은 어디에 있을까? 왜 왕씨는 떠나려고 하고 타이와이쿠도 불안해하는 걸까? 타이와이쿠가 극도로 미워하는 '가죽부츠' 부부는 왜 쿠투쿠자얼과 격의 없이 사이좋게 지내는 걸까? ……

대대 지부의 위원 회의에서 이리하무는 위와 같은 문제들 때문에 계속 머릿속이 복잡하였다. 집에 도착한지 하룻밤밖에 되지 않은 터라 이리하무도 아무 계획 없이 업무를 시작하였다. 그러나 이미 수많은 물음표들로 머리가 과부하에 걸릴 지경이었다.

애국대대 당 지부에는 5명의 지부위원이 있었다. 쿠투쿠자얼과 리시티 외에도 다우티, 무밍과 싸니얼이 있었다. 몇 십 년 동안 철만 다루어온 대장장이 다우티의 피부는 청회색이고 몸에는 늘 쇳가루 냄새가 배어 있었다. 특히 사람들의 이목을 끄는 그 튼튼한 팔 근육은 무쇠 같았다. 무밍은 대대의 수리공사위원회 위원이었다.

그는 수염과 머리카락이 희끗희끗하지만 정정하고 기운이 넘쳤다. 싸니얼은 제9생산대의 여성 대장이자 대대의 여성주임(婦女主任, 농촌의 여성 대표자 대회에서 민주적 방식을 통해 선거된 대표)이었다. 그는 갈라지고 쉰 것 같은 목소리로 말을 거침없이 하는 사람이었다.

오늘 밤 리시티가 자리에 없지만 대신 이리하무가 참석하였기에 여전히 다섯 사람이었다. 쿠투쿠자얼은 대대 지부 사무실에서 유일한 등받이 의자에 앉아 회의를 주재하였다. 그의 맞은편 사무용 책상 위에는 바람막이 램프 하나가 놓여 있었다. 그 불빛은 아래에서 위로 비추고 있어, 쿠투쿠자얼의 얼굴이 엄숙함을 넘어 음산해 보이기까지 하였다. 이리하무, 다우티, 무밍 세 사람은 하나의 긴 걸상 위에 앉았고, 싸니얼은 높은 곳에 앉는 것이 불편하여 버려진 널빤지 하나를 주워 와 그 위에 가부좌를 틀고 바닥에 앉았다. 그래서 다른 사람보다 훨씬 낮아 보였다. 회의를 주재하는 쿠투쿠자얼은 장황하게 연설을 늘어놓았다. 우선 이리하무의 귀향과 대대의 업무에 참여하게 된 것을 환영한다는 인사말에 이어, '계엄령'을 폐지한다는 공사 당위원회의 결정을 전달하였다.

사실 쿠투쿠자얼은 점심 때 이미 통지를 하달하였고, 사람들이 다 알고 있는 내용이었다. 지부위원 회의에서 다시 전달하는 건 단지 형식일 뿐이었다. 다음으로 그는 코앞에 닥친 업무에 대해 연설하기 시작하였다. 우선 유언비어에 흔들리지 말고, 정치학습을 강화하며, 논두렁에서 신문 읽기운동을 견지해야 한다는 것이었다. 가을밀과 옥수수의 경작지 관리에 중점을 두고, 화학비료 사용도 잊지 말아야 한다고 하였다. 이어 그는 올해 화학비료의 분배 수량을 지적하면서, 현재 사상이 보수적인 사람들은 여전히 화학비료 사용에 대해 의심의 눈초리를 보내고 있다고 하였다.

다음 논에 물 대는 것도 중요한 문제인 만큼, 특히 야간 관수를 책임진 사람에게는 그에 따른 적당한 보수(식용유, 고기, 밀가루)를 지급해야 한다는 의견이었다. 이처럼 해야 할 일은 산더미처럼 많은데, 현재 일부 생산대에서는 사원들의 출석률이 낮거나, 혹은 사원들이 늦게 출근하고 일찍 퇴근하는 현상이 속속 나타나고 있는데, 떠나고 싶어 하는 사람들의 사상적 문제가 그 주요한 원인이라고 하였다.

한 사람이 떠나고 나면 그 가족 전체에 영향을 미치게 되고, 한 가족이 흔들리면 따라서 주위의 여러 사람들도 영향을 받게 된다는 것이었다. 그렇기 때문에 학습과 교육을 강화하고, 『신장일보(新疆日報)』와 『이리일보(伊犁日報)』의 구독을 신청해야 하는데, 거의 모든 생산대는 현금이 부족한 상황이라 신문 신청에 필요한 돈을 지급할 수 없는 것이 실정이라고 하였다. 그리하여 쿠투쿠자얼은 또 최근 은행에서 소집한 회의의 주요 내용과 올해 영농 대부금의 발급 및 지난해 영농 대부금의 상환에 관한 이야기로 말을 이어갔다.

무단결근한 사원에게는 우선 경고를 주고, 그래도 소용이 없으면 식량 배급을 중지한다고 하였다. 물론 이건 그냥 하는 소리에 지나지 않았다……

이리하무는 쿠투쿠자얼의 연설을 들으면서 한편으로 그 수많은 "왜?" 들을 곱씹어 생각하였다. 그리고 생각이 되풀이될수록 의문들은 실타래처럼 뒤엉켜 더욱 복잡해졌다. 그리하여 평소에 담배를 태우지 않던 이리하무는 다우티가 피우고 있던 반쯤 남은 모허 담배를 받아 두어 모금 빨았다. 시간이 흐르면서 이리하무는 뒤죽박죽이던 수많은 '왜?' 들에도 하나의 교집합이 있고 하나의 중심이 있다는 사실을 발견하였다. 그것은 바로 수많은 '왜?' 가 모두 한 사람과 연관이 있다는 것이었다.

그 사람은 다른 사람이 아닌 당당하고 차분하게 연설하고 있는 대대의 현임 지부 서기 쿠투쿠자얼이었다.

기억 속에 아득히 남아 있는 옛적 일이 하나 있었다. 그땐 이리하무의 어머니가 세상을 뜨기 전이었다. 이리하무가 6살이 되던 해, 이드 알 아드하[06](宰牲節)를 맞아 어머니는 수많은 밤을 지새우며 한 땀 한 땀 수놓아 만든 꽃 모자를 어린 이리하무의 머리에 씌워주었다. 그는 새 꽃 모자를 쓰고 낡은 무명 두루마기에 쇠처럼 차갑고 딱딱한 날가죽 부츠를 신고 마을 어귀까지 걸어 나

---

06) "이드 알 아드하" : 아랍어를 음역한 것으로 "희생", "헌신"을 뜻한다. 그 외 "재생절(宰牲節)", "얼더절(爾德節)"이라고도 불리는 이 명절은 "개재절(開齋節)"과 더불어 이슬람교의 가장 중요한 2개 명절로 간주되는데, 이 날이 되면 이슬람 교도들은 재생(宰牲)의 형식으로 손님을 맞이하고 조상을 기린다.

왔다. 마을 어귀에서 아이들은 달걀 부딪히기 게임(삶은 계란 두 개를 서로 부딪쳐서 먼저 깨지는 쪽이 지는 전통 게임)을 하고 있었지만 그에겐 달걀이 없었고, 스케이트 날을 신발에 묶고 큰길의 얼음이나 눈 위에서 활주하며 노는 아이들도 있었지만, 그에게는 스케이트 날이 없었다.

그에게 새 꽃모자는 명절의 유일한 선물이었다. 놀음에 참여할 수 없는 그는 풀이 죽어 앞으로 계속 걸어가다가, 늙은 뽕나무 아래에 모여 있는 한 무리 아이들을 발견하였다. 그는 궁금하여 다가가 보았다. 열여덟 열아홉 살 되는 이웃 청년 쿠투쿠자얼이 거기에서 쑤탕을 팔고 있었다.

그 쑤탕은 쿠투쿠자얼이 엿·양지(羊脂)·밀가루를 직접 끓여 만든 것이었다. 엿을 달일 때 이리하무에게 그를 도와 땔감을 날라달라고 한 적도 있었다. 쿠투쿠자얼은 땅바닥에 천을 깔고, 그 위에 반듯하게 썬 네모난 쑤탕을 가지런히 올려놓았다. 단단한 거죽 모자를 비스듬히 쓴 쿠투쿠자얼은 몸에 맞지 않는 양장 차림에 꼬질꼬질한 넥타이를 맨 채, 목을 길게 빼들고 소리치며 쑤탕을 팔고 있었다.

햇빛 아래에서 쑤탕은 명주실처럼 윤기가 흐르고 반짝거렸다. 이리하무는 저도 모르게 손으로 겉옷을 훑었지만 주머니가 없었고, 허리에는 띠도 두르지 않아 몸에 한 푼도 없었다. 그리하여 그는 뒤로 물러나 괜히 군침만 삼키고 먹을 수 없는 이곳을 떠나려고 하였다. 그런데 한 발 떼기도 전에 갑자기 목덜미 부분이 불에 덴 듯 따갑고 아파 왔다. 알고 보니, 한 바이(관리)의 아들이 자기가 피우다 남은 담배꽁초를 이리하무의 옷깃 안에 던져 넣었던 것이었다.

이리하무는 본능적으로 재빨리 몸을 앞으로 피하려 하다가, 발끝으로 그만 쑤탕 한 조각을 밟아 부스러뜨리고 말았다. 그러자 신바람이 나서 쑤탕을 사라고 외치던 젊은 행상인은 단번에 이리하무의 옷깃을 잡고 노려보았다. 이웃 어린이라는 것을 확인한 쿠투쿠자얼은 움켜쥐었던 손을 놓고 미소를 살짝 짓더니 허리를 숙여 부서진 쏴탕을 손바닥에 들어 올렸다. 그리고 부서진 쏴탕을 이리하무에게 주며 말했다.

"너 먹어!"

어린 이리하무는 손을 뒤로 감추고 받지 않으려고 하였다. 그러자 쿠투쿠자얼은 이리하무의 팔을 잡아당겨 부서진 쏴탕을 그의 손 위에 올려놓더니 자꾸 부추겼다.

"어서 먹어! 뭐가 두려워서 그래?"

이리하무는 손바닥 위에 놓인 쏴탕을 보고, 또 주위를 살피다가 다시 이웃집 형님을 바라보았다. 쿠투쿠자얼은 온화한 표정을 지으며 그를 향해 머리를 끄덕거렸다. 이리하무는 용기를 내어 천천히 쏴탕을 입속에 넣었다. 그리고 고맙다는 인사를 한 후 돌아서서 가려고 하는데 쿠투쿠자얼이 이번엔 그의 어깨를 꽉 잡았다.

"돈은 어디에 있니? 내 아우야! 너 참 웃기는 애구나. 사탕을 먹고 고맙다는 인사 한마디로 퉁 치는 거냐? 그럴 수 있으면 얼마나 좋겠냐만, 내가 지금 손님 대접하는 것처럼 보이냐? 엉!"

이리하무는 몹시 당황하며 말했다.

"근데 저 돈이 없어요! 형이 나에게 먹으라고 했지 않아요."

"야! 그럼 네가 부순 걸 너에게 먹으라고 하지 누구에게 먹으라고 하겠냐?"

쿠투쿠자얼은 눈을 부릅뜨며 언성을 높였다.

"네가 내 쏴탕을 밟아 부스러뜨렸으니 부서진 쏴탕을 어떻게 다른 손님에게 파냐? 이 손해를 내가 스스로 감당해야 되겠니? 이렇게 하자! 1전 적게 받을 테니까……"

"형! 알잖아요, 난 지금 1전도 없어요……."

"돈 한 푼도 없이 왜 여기에서 기웃거려? 장사가 뭐하는 거냐? 돈 받고 물건 파는 게 장사 아니냐. 친부모가 와도 사탕은 돈을 내고 사먹어야 하는 거야. 그럼 이렇게 하자. 집에 가서 달걀 4개만 가져 오너라……."

"우리 집에는 달걀이 없어요……."

"어디서 뻔뻔스럽게 날로 먹으려고 해!"

쿠투쿠자얼은 이리하무를 자기 쪽으로 확 잡아끌었다. 그러자 담배꽁초를 던진 바이의 아들놈이 흥분하여 소리를 질렀다.

"때려 버려! 저 가난뱅이 놈을 때려 눕혀버려!"

이리하무가 빠져나가려고 발버둥을 치자, 쿠투쿠자얼은 손을 들어올렸다. 틀림없이 얻어맞을 거라는 이리하무의 예측과는 달리 쿠투쿠자얼은 이리하무의 꽃 모자를 휙 벗기더니 자기의 품안에 쑤셔 넣으며 말했다.

"돈 내! 아니면 대신 모자로 갚든가!"

이리하무는 순식간에 맨머리가 드러나고, 주위는 온통 아이들의 비웃음소리만 들렸다. 위구르족들에게 있어 맨머리를 드러낸다는 것은 여간 수치스러운 일이 아니었다. 다른 민족들이 모자를 쓴 채 다른 사람의 집안으로 들어가는 행위를 무례하게 생각하는 것과 마찬가지로, 위구르족들은 타인의 집을 방문할 때, 혹은 공공장소에서 머리카락이나 두피를 드러내는 것은 상대방과 자신 모두에게 아주 치욕스러운 일이었다.

……긴 세월이 흘러 쿠투쿠자얼은 한동안 배불뚝이 마무티 네 머슴으로 있다가 해방 후에는 정치적이며 진보적이고 업무에서 진취적인 열성분자, 공산당원, 간부로 신분이 바뀌었다. 그런데 이런 사소한 일이 기억에 남아있다고 한들 무엇을 설명할 수 있겠는가!

사람들은 쿠투쿠자얼을 '오리'라고 불렀다. 위구르족 사람들은 오리가 물에 들어갔다 나와도 깃털에 물 한 방울 묻지 않는 특징이 있다고 하여, 어떤 일을 하든 전혀 흔적을 남기지 않는 사람을 오리라고 불렀다. 물론 좋은 뜻으로 지어진 별명은 아니지만, 별명은 어디까지나 별명일 뿐이었다.

정오 때 '마이쓰모푸' 앞에서 쿠투쿠자얼은 자신의 확고한 입장과 명백한 태도를 보여주지 않았던가? 그렇다. 그는 현재 집을 짓고 있다. 이건 그가 절대 흔들리지 않았다는 사실을 증명하는 유력한 증거이고, 믿을만한 근거였다.

이리하무는 정신을 다시 가다듬었다. 쿠투쿠자얼은 지부위원회에서 청산유수 같은 언변으로 숨 쉴 틈 없이 연설을 늘어놓고 있었다. 기본 건설에 관한 내용으로부터, 대대에 농구장을 건설해야 한다는 둥 말아야 한다는 둥, 올해 여름에 반드시 대대 사무실 지붕 위에 흙을 더 발라 비를 막아야 한다는 둥 세세한 부분까지 거론하였다. …… 드디어 그의 연설은 끝이 보였다.

"간단하게 말하면 이게 내 의견입니다. 아무튼 우리는 반드시 맡은바 임무에 열중해야 하는데, 그냥 열중만 하는 게 아니라 아주 무척 열심히 해야 한다는 말입니다. 항상 열의를 다하고 최대한의 노력을 기울여야 해요…… 여러분도 이야기를 해보세요. 혹시 다른 의견이 있나요? 이리하무! 자네는 방금 돌아왔으니 모든 면에서 우리보다 감각적으로 민감할 수 있을 거네. 다우티! 당신은 큰길 바로 옆에 있는 대대의 가공 공장에서 근무하고 있으니, 평소에 여러 가지 상황들을 지켜볼 수 있을 거네.

무밍 형, 형은 연세가 가장 많고, 매일 당나귀를 타고 수로 하나하나를 빠짐없이 돌아보았을 텐데, 혹시 발견한 문제라도 있나요? 수로를 관리하는 야간 당직에게 그만큼의 보수를 주면 될까요? 싸니얼, 당신은 여성이지만,

신시대의 여성은 남자와 함께 사회의 절반을 감당할 수 있죠……"

쿠투쿠자얼은 한 사람 한 사람을 모두 거론하였다.

연설이 길어지자 싸니얼은 피곤했는지 소리 내어 크게 하품을 하였다. 저도 모르게 나온 하품이 민망하여 얼른 두건의 한 귀퉁이를 잡아당겨 입을 막았다.

다우티는 숙이고 있던 머리를 들어 사람들을 둘러보더니 가벼운 기침으로 목청을 가다듬고 물었다.

"서기 님! 오늘 이 지부위원 회의를 소집한 목적이 무엇인가요?"

쿠투쿠자얼의 두서없는 긴 연설 때문에 딱딱하고 처져있던 분위기는 다우티의 이 첫 마디 때문에 마침내 깨졌다.

"우리의 업무에 대해 논의하려는 거죠!"

다우티의 질문에 대답하며 쿠투쿠자얼은 경계심을 발동시켰다.

"어떤 안건에 관해 논의하려는 거지요? 대대 사무실 지붕에 흙을 올리는 업무 말인가요? 흙은 올리면 되는데 이건 지부위원 회의에서 이미 여러 차례 의논되었던 문제 아닌가요?"

"그래요?"

쿠투쿠자얼은 갑자기 웃으면서 말했다.

"그럴 수도 있죠. 우리 농촌 간부들은 배운 게 없어서, 노트에 업무를 하나하나 적어두지 않아요. 그래서 회의를 하다 보면 생각이 미치는 대로 말이 흘러가는 대로 되기 쉬워요. 아직 완성하지 못한 업무가 있으면, 반복적으로 해결될 때까지 말하는 거죠. 아니면, 잊어버릴 수 있으니까 말입니다……"

"제 말은 항상 이런 식으로 회의를 하면 결국 아무런 문제도 해결할 수 없다는 말입니다."

다우티는 쿠투쿠자얼의 웃음에도 결코 유순한 태도를 보이지 않고 고집스럽게 자신의 의견을 말하였다.

"그럼 당신이라면 회의를 어떻게 진행할 건데요?"

쿠투쿠자얼은 굳은 표정으로 따지듯 물었다.

"업무에 대한 토론이 회의를 소집한 목적이라면, 우선 핵심이 있어야 된다고 생각해요. 그리고 핵심을 둘러싸고 한 가지씩 의논하고, 한 가지씩 차근차근 해결 방법을 찾는 것이 효과적이라고 생각합니다."

무밍은 팽팽한 분위기 속에서 중재하듯 말했다.

"그래요. 여러분들이 말해 봐요. 핵심이 무엇이고, 무엇부터 의논해야 하는지 한번 말해 보세요."

"저는 무엇보다 좋지 않은 사회 풍조부터 타개해야 한다고 생각합니다. 이것이 우리의 급선무지요. 현재 우리의 각종 업무 실행에 걸림돌이 되는 건 바로 사회의 나쁜 풍조 때문입니다. 나쁜 풍조는 밖에서 안으로 불어온 것도 있고, 다른 곳으로부터 전해져 온 것도 있지만, 내부의 일부 나쁜 사람들 속에서 스스로 부는 바람도 있지요……"

"맞아요!"

무밍은 다우티의 말꼬리를 이어 자신의 주장을 펼쳤다.

"지금 우리 대대의 문제는 사람들의 사상이 흔들리고 있다는 거예요. 떠나려고 하는 사람은 유일무이할 정도로 극소수에 지나지 않지만, 그에 비해 상당수 성원들의 사상이 확고하지 않아 불안정한 상태에 놓여있지요. 큰 길 바로 옆에 위치한 우리 생산대는 이닝시와도 가까워 소식이 빠르고 반응도 즉각적이고 예민합니다. 제7생산대에서 벌어진 밀 절도사건이 아직 진실이 밝혀지지 않은 상황에서, 도대체 어떻게 된 일인지 사람들은 모두 궁금해 하고, 또 앞으로 어떻게 전개될지 몰라 걱정하고 두려워하는 사람이 많아요……"

"도대체 뭐가 두렵다는 거죠?"

무밍의 말에 이리하무가 불쑥 끼어들어 한 마디 물었다. 그러자 무밍은 양 손을 펼쳤다가 툭 떨어뜨리며 말했다.

"뭐가 두려운 지 누가 알겠어요? 그런데 이런 두려움은 급성 전염병과 같 아요. 한번은 이닝시에 있는 훙치(紅旗)백화점에 물건을 사러 간 적이 있었 는데, 한 개구쟁이가 갑자기 '엄마야!' 하고 크게 소리를 지르며 밖으로 뛰쳐 나가자, 뒤따라 두 명이 또 허둥지둥 밖으로 뛰어 나가는 거예요. 그러자 삽 시간에 백화점 안의 모든 손님들도 당황하며 술렁거리기 시작하였고, 분위 기가 어수선해졌지요. 알고 보니 사실 아무 일도 없었고, 누군가 짓궂은 장 난을 한 것이었어요."

무밍의 이야기에 위원들은 모두 웃음을 터뜨렸다.

"사실 단지 두려움뿐이라면 문제가 되지 않아요. 소수의 사람들은 두려워 하기는커녕, 오히려 남의 불행을 기뻐한다는 게 더 큰 문제예요. 사건이 터 지고 우리 쪽 분위기가 어수선할수록 그들에게는 비집고 들어올 수 있는 틈 이 생기기 때문이죠. 공산당의 지도와 주장이 그들에게 먹히지 않아요. 그들 은 이미 공산당의 지도를 따르려고 하지 않아요. 그들을 바로잡기란 우리에 겐 역부족이지요. 혼란한 틈을 타 한몫 챙기려 들고 도둑질까지 하며 부정 당한 방식으로 이익을 얻으려 하는 사람들이라서요……"

"누구요? 불난 집에서 도둑질하려는 사람이 누군데요?"

쿠투쿠자얼은 다우티의 말이 끝나기 무섭게 곧바로 캐물었다.

"아무튼 그런 사람이 있어요."

"그런 사람이 있으면 당장 잡아내야죠!"

쿠투쿠자얼은 준엄하게 말했다.

"바오팅구이 부부가 바로 그런 사람들이에요! 가죽부츠 하나와 뱀(바오팅구이 아내 하오위란을 가리킨다. '위란(玉蘭)'은 위구르어의 '뱀'과 발음이 비슷하다.) 한 마리……"

말하는 다우티의 얼굴은 벌겋게 상기되어 있었다. 여기까지 들은 쿠투쿠자얼은 중간에서 다우티의 말을 뚝 잘랐다.

"그런 식으로 한족 동지들의 이름을 부르면 안돼요!"

"하여튼, 그들이 가공 공장에 온 뒤로, 제대로 된 일을 한 적이 없어요. 항상 정당하지 못한 짓거리들만 해왔죠. 오늘 오후 운전기사가 찾아왔어요. 바오팅구이에게 차 수리를 맡겼더니, 부속품 바꿔치기를 했다며……"

"부속품 조립할 때 실수한 거래요. 그래서 다시 바꿔줬대요."

쿠투쿠자얼은 이리하무에게 살며시 귀띔해 주더니, "하던 말을 계속해요……"라고 하며 다우티를 향해 권하는 손짓을 하였다.

"하오위란은 병을 보면서 치료비를 마음대로 받는다고 해요. 그리고 환자들에게 달걀을 달라, 유채기름을 달라, 목재를 달라고 한대요. 이뿐이 아니에요. 바오팅구이 네 돼지들이 자꾸 도랑의 물을 마신다고 마을 사람들의 의견이 많아요! 타이와이쿠는 바오팅구이 네 돼지가 다시 눈에 띄면 그땐 사정을 봐주지 않고 때려죽일 거라고 했어요!"

"그게 무슨 말이에요! 이런 상황에서 한족 성원의 돼지를 때려죽인다니요. 무슨 뜻이죠? 이건 반동적 정서이고 생각 없는 무모한 짓이에요!"

쿠투쿠자얼은 탁자를 탕 내리치며 말했다. 쿠투쿠자얼이 갑작스럽게 화를 내며 큰 죄명을 덮어씌우는 바람에 위원들은 순간 깜짝 놀라 말을 잃고 서로를 바라보았다.

그러자 쿠투쿠자얼은 다시 웃는 얼굴로 이리하무와 싸니얼을 보며 말했다.

"당신들도 의견을 말해 봐요! 앉아서 듣고만 있지 말고요!"

이리하무는 쿠투쿠자얼의 말속에 또 다른 뜻이 포함되어 있다는 것을 눈치 챘다. 우선 다우티와 무밍은 말이 너무 많고, 이제 입 달을 때가 되었다는 뜻이 담겨 있었다. 그리고 다우티와 무밍 때문에 시작된 바오팅구이 부부에 관한 화제는 여기서 그만 끝내야 한다는 의미도 전하고 있었다.

그러나 다우티는 쿠투쿠자얼의 위협적인 말에 전혀 겁을 먹지 않고 물러서지도 않았다. 그는 잠시 생각하더니 말했다.

"한족 성원들에게 소수민족의 풍습을 존중해주도록 가르쳐주는 것은 반동 정서와 아무런 연관이 없다고 생각합니다."

"그럼 돼지를 함부로 때려죽여도 된다는 겁니까?"

"누가 때려죽였다고 그럽니까?"

"그런데 왜 때려죽이겠다는 말을 하는 것이지요?"

"그건 단지 홧김에 나온 말이에요."

"홧김이면 그런 말을 뱉어도 돼요?"

두 사람은 말싸움을 하듯 점점 언성이 높아졌다.

"이 문제에 관하여 대대의 지도자들이 바오팅구이를 찾아 대화를 나눠보는 것도 괜찮지 않을까요? 돼지를 길러도 되지만, 반드시 우리에 가둬서 길러야 한다고 말이에요. 이건 나쁜 말도 아니잖아요……"

무밍이 말했다.

"쯧, 무밍 형! 문제를 너무 쉽게 생각하는 경향이 있네요! 지금이 어떤 땐데요! 당신도 위구르족, 나도 위구르족인데……"

쿠투쿠자얼은 한 사람 한 사람을 가리키며 말했다.

"이런 말을 우리가 하면 어떤 결과를 초래하겠어요? 2년쯤 지나서 그들이 어떻게 생각하겠어요? 바오팅구이에게 의견이 있으면 공사의 자오 서기를 찾아가 직접 말하라고 해요……"

"이만한 일로 공사의 자오 서기를 찾아가요?"

무밍은 쿠투쿠자얼의 말에 동의할 수 없다는 듯이 되물었다.

"이런 시각으로 문제를 보는 게 과연 적절할까요?"

이리하무는 더 이상 보고만 있을 수 없었다. 그는 느릿하지만 엄숙한 태도로 무게 있게 말했다.

"우리는 위구르족 지부의 구성원이 아니라, 중국공산당 약진인민공사 애국대대 지부의 구성원이에요. 그런데 어찌 그런 시각으로 문제를 제기할 수 있지요?"

쿠투쿠자얼은 머리를 돌려 불쾌한 듯 실눈을 짓더니 이내 눈동자를 빠르게 굴리며 한 발 물러서서 말했다.

"그만하죠. 그래, 좋아요. 당신들 의견이 이론적으로 정확해요. 내가 바오팅구이를 찾아가 말해 볼게요. 그런데 이게 무슨 의미가 있어요! 이건 단지 개별적인 문제라서 아무런 대표성이 없다고요! 어이구! 다우티 동지, 나에게 핵심이 없이 회의를 진행한다고 하더니, 당신이야말로 아무 가치 없는 사소한 일들만 의논하고 앉았으니, 나보다도 더 핵심을 잡지 못하는 것 같네요! 하하하…… 싸니얼, 이제 당신이 말해 봐요. 여성분들에게 어떤 문제가 있는지, 예?"

"우선 남성분들의 일에 대해 말할게요."

싸니얼의 한 마디에 자리에 있던 사람들이 모두 웃음을 터뜨렸다.

"우리 생산대의 일은 어떻게 할까요? 우푸얼 오라버니가 대장 직에서 완전히 손을 뗐어요. 그래서 지금 생산대 업무가 뒤죽박죽이에요……"

"어찌된 일이지요?"

이리하무가 물었다.

"내가 말했잖아요? 우푸얼 장인이 소련에 있는데, 우푸얼 가족 모두에게 소련으로 오라는 내용의 편지가 왔대요. 이미 소련 교민증까지 발급 받았다는 소문도 있어요……"

쿠투쿠자얼이 대답하였다.

"소련 교민증을 발급 받았다고요?"

이리하무는 눈을 크게 뜨며 말했다.

"말도 안 돼요! 우푸얼 형이 어떤 사람인지도 모르는 사람이……"

"섣부르게 말하지 마요!"

쿠투쿠자얼은 경고하듯 이리하무를 가리키며 말했다.

"이것도 말이 안 되고 저것도 말이 안 된다고 하지 말아요. 지금 이 시국에 불가능이란 없어요! 누구도 믿을 수가 없어요! 현의 마이쑤무 과장도 소련 교민이 된 걸 봤잖아요!"

마이쑤무가 교민이 되었다는 사실을 듣게 된 나머지 세 지부 위원들은 깜짝 놀라, 서로 귓속말로 수군거리기 시작하였다.

"마이쑤무에 대해 잘 모르지만, 우푸얼은…… 어찌된 일인지 물어보았어요?"

"따로…… 물어보지는 않았어요. 그런 게 아니라면, 일에서 손을 뗄 이유가 뭐가 있겠어요? 만약 사실이라면, 더 이상 서기인 내가 상관할 수 있는 문제가 아니죠! 우리 대대와 공사에서도 어쩔 수가 없어요! 다른 나라 사람이니 말이에요…… 타례푸 동지의 말을 들어보니까, 어쨌든 뭔가 사정이 있는 것 같네요……. 이 문제는 이제 그만 얘기하고 넘어가지요. 말해봤자 해결이 안 되는 일이에요. 싸니얼, 부 대장에게 전해요. 생산대 업무에 더 심혈을 기울이라고요. 여성 업무에는 별다른 문제가 없나요?"

"요즘, 여성 성원들의 출석률도 좋지 않아요. 위구르족의 습관에 따르면 여성들은 조신하게 집에 있어야 한다고 하는 사람도 있어요……."

"그래요. 아직도 시대에 뒤떨어진 사상을 가지고 있는 사람들이 많아요. 신장 남부지역의 카스 일대에는, 사람들에게 얼굴을 보여주지 않기 위해 아직도 면사포로 가리고 다니는 여성들이 있어요! 사실 면사포로 얼굴을 가리는 여성일수록…… 어이구, 당신들은 모를 거요. 면사포로 가리고 뒤에서 어떤 생각들을 하는지 알아요? 하하……"

드디어 흥미로운 화제를 찾은 듯 쿠투쿠자얼은 만면에 희색이 가득하여 한바탕 늘어놓을 태세였다. 이리하무는 그런 쿠투쿠자얼에게 찬물을 끼얹었다. 그는 싸니얼에게 물었다.

"누가 그렇게 말했지요?"

"조사해 보았더니,"

싸니얼은 자세를 바로잡고, 목소리를 높여 말했다.

"이 말을 한 사람은 다름이 아닌 바로 마리한이었어요!"

"망할 놈의 여편네! 병이 다 나으면 잘못을 깨우치도록 민병들에게 비판하라고 해야겠어요!"

쿠투쿠자얼은 미간을 찌푸리며 말했다.

"보아하니, 마리한의 움직임이 활발하네요."

이리하무는 랴오니카가 말한 상황을 진술하였다. 그러자 쿠투쿠자얼은 냉정한 어투로 받아쳤다.

"랴오니카가 반영한 상황을 믿어도 돼요?"

"근거 있는 말인 것 같았어요. 제4생산대 지주인 이부라신도 뭔가 불순한 조짐을 보이기 시작했지요. 갑자기 돌아온 이부라신의 조카 마이마이티도 은밀하고 종잡을 수 없는 움직임이 있어요. 알아본 바에 따르면, 마이마이티도 마리한 집에 간 적이 있대요. 그리고 신분이 분명치 않은 낯선 사람들이 이부라신의 집을 드나들고 있어요……"

무밍이 말을 보탰다.

"적들의 상황이 심각해요. 계급적 원수들도 국제 및 국내의 어떠한 분위기를 눈치 챈 것 같아요. 그들은 지금 제정신이 아니고 눈이 뒤집혔어요. 때문에 적대세력에 대한 비판을 민병들에게만 맡기는 건 역부족이에요. 전체대대 범위 내에서 계급적 원수들의 파괴활동에 대한 군중들의 비판 투쟁을 전개하여 사회의 나쁜 풍조에 타격을 가하는 것이 효과적이지 않을까 생각하고 있어요. 그에 앞서 인내심을 갖고 군중들의 사상적 교육을 꼼꼼하게 하는 것이 가장 중요해요……"

이리하무가 말했다.

"맞아요. 바로 그거예요."

다우티와 싸니얼이 모두 찬성을 표시하였다.

"정말 좋은 의견이에요!"

쿠투쿠자얼은 입을 쩍 벌리고 크게 하품을 하며 말했다.

"규모가 큰 전체 회의를 소집하여 몇몇 지주들을 비판할 필요가 있어요."

그는 또 하품을 쩍 하더니 한숨을 쉬며 말했다.

"오늘 우리 회의가 너무 길어졌네요. 앞으로 개선하도록 하죠. 주요 책임은 내가 지죠. 방금 뭐라고 했어요? 허, 그래요, 지주에 대한 비판투쟁을 말했죠. 현재 어지러운 시국에서 비판 회의를 언제, 어떻게, 얼마나 큰 규모로 소집할 건지, 이 문제에 대해 구체적으로 공사에 지시를 청하고 따라야 할 겁니다. 두 지주의 활동상황에 관하여 상세하고 빠짐없이 증거자료를 작성하여 상부에 올리도록 합시다. 그럼 이 일은 이리하무 동지가 책임지고 처리하기로 하죠. 음, 또 다른 문제가 있나요?"

이리하무는 잠시 사색에 잠겼다. 다우티는 자리에서 일어나 사지를 움직이며 뻐근한 몸을 풀더니 창가로 걸어가 창턱 위에 걸터앉았다. 그는 어두운 밖을 뚫어지게 바라보더니 갑자기 무언가 발견한 듯 소리를 질렀다.

"리시티 서기가 돌아왔어요."

이리하무는 서둘러 창가 쪽으로 뛰어가 보았다. 짙게 드리운 어둠 속에서 희미하던 형체가 점점 커지더니, 마르고 굳건함이 느껴지는 사람의 모습이 드러났다. 그레인 가죽 외투를 걸친 그 사람은 가죽 모자를 쓰고 무거워 보이는 말 전대(纏帶, 돈이나 물건을 넣게 만든 자루로서, 말 전대는 말의 안장에 다는 주머니이고, 가끔 어깨에 걸치기도 한다 - 역자 주)를 들고 걸어오고 있었다. 그 사람이 바로 이리하무가 그토록 기다리던 리시티였다.

사무실에 있던 사람들 모두 달려 나가 리시티를 반겼다. 초여름 날씨에 전혀 어울리지 않는 리시티의 차림새로부터 사람들은 고산목장의 기운을 느낄 수 있었다. 방금 산에서 돌아온 그는 말을 묶어둘 겨를조차 없었다.

리시티와 이리하무는 서로 반가움을 담아 오랫동안 열렬히 인사를 주고받았다. 이리하무가 너무나 자연스럽게 리시티를 서기라고 부르는 모습에 쿠투쿠자얼은 마음이 무척 불편했다. 이곳 농민들에게는 현직에서 물러난 사람을 부를 때 원래의 직명 그대로 부르는 습관이 있었다. 그렇다고 하여 현임 서기를 앞에 두고 다른 사람을 서기라고 부르는 건 아무래도 듣기가 좋지 않았다. 더욱이 이리하무는 일반 농민이 아니지 않는가! 쿠투쿠자얼은 높게 "음!" 하고 소리를 내더니 옆 사람에게 손짓을 하며 말했다.

"그만하죠, 시간도 늦었는데. 지부위원 위원회는 여기에서 마무리하도록 합시다."

그리고 싸니얼에게 특별히 당부하였다.

"당신은 먼저 돌아가세요! 여성 동지라서 가사일도 많을 텐데."

"아니에요. 아직 리시티 서기가 가져온 산유치즈(奶疙瘩)를 맛보지 못했는데요!"

싸니얼도 무척 정다운 어투로 리시티를 서기라고 부르며 반가워하였다.

"산유치즈라, 당연히 있죠. 목장에 다녀오는 길인데 산유치즈가 없을 리 있겠어요! 그런데 그건 있다가 맛보기로 하고, 당신들에게 우선 한 가지 보여줄 게 있어요……"

이렇게 말하며 리시티는 말 전대에서 뭔가를 꺼내더니, "툭" 하고 탁자 위에 던졌다.

"총이다!"

모두들 경악하며 소리를 질렀다.

탁자 위에 던져진 물건은 녹이 쓴 구식의 모제르총이었다. 그 총에서는 곰팡이와 기계유, 녹 세 가지가 섞인 냄새가 풍겼다. 이리하무는 총을 바람막이 램프 쪽으로 가져가 자세히 훑어보았다. 그리고 총 위에서 어슴푸레하게 몇 개의 러시아문자를 알아볼 수 있었다.

"산꼭대기의 투쟁은 아주 격렬해요."

리시티는 산 위의 상황에 대해 설명하기 시작하였다.

"목장주인 바이바라티는 반동선전에 미친 듯이 박차를 가하고 있고, 나라를 배반하고 외국으로 도망가도록 선동하고 있으며, 심지어 대량의 가축들까지 빼돌리려고 해요. 그래서 우리는 그에 대한 투쟁운동을 조직하였고, 그 과정에 그가 감춰두었던 총 한 자루를 수색해내게 되었어요."

여기까지 말하고 나서 리시티는 갑자기 심하게 기침을 하였다.

"기관지염이 또……"

이리하무는 리시티의 건강이 걱정되어 물었다. 그러자 리시티는 "아니에요. 괜찮아요." 라고 하며 말을 계속하였다.

"이 총은 80년 전 차르가 이리를 침략했을 때, 차르의 한 군관이 바이바라티의 조부 하쯔에게 선물로 준 거라고 해요. 그 총이 바이바라티에게까지 전해져 내려온 거죠. 목장지역에서 민주개혁을 할 당시, 바이바라티는 총을 바치라는 명령을 거부하고 몰래 소나무 아래 바위 밑에 묻어두었던 거예요. 최근에 때가 왔다고 생각한 바이바라티는 다시 그 총을 꺼냈던 거죠…… 보세요. 차르의 악영향이 지금까지 전해지고 있어요…… 혹시 낡은 차르제도를 옹호하고 그들의 사업을 이어가려는 일부 사람들 때문에, 하쯔 목장주의 자손들이 뭔가 희망의 불씨를 찾았다고 생각한 게 아닐까요?"

"이런 국가 대사는 우리가 논할 바가 아니죠. 말해도 모르고요. 목축업 작업조의 상황이나 의논해 보죠."

쿠투쿠자얼은 냉담한 어투로 말했다.

"우리는 바이바라티에 대한 비판투쟁을 조직하면서, 동시에 회상과 비교의 방식으로 쓰라린 과거를 돌아보고 오늘의 행복을 소중하게 생각하기(回憶對比, 憶苦思甛) 운동을 진행하였어요."

여기저기 뛰어다니며 갖은 고초를 겪은 듯한 리시티의 표정과 눈빛에서 격동의 빛이 뿜어져 나왔다.

"카자흐족 목축민들의 정서도 한층 고조되었어요. 비판투쟁 대회에서 만약 우리가 질서를 엄격하게 통제하지 않았다면, 바이바라티는 당장에 목축민들에게 맞아 죽었을 거예요! 그만큼 적들에 대한 증오심으로 불타고 있어요. 유언비어들은 이미 산산이 부서졌고, 목축민들은 지금부터 정신을 똑바로 차리고 경각심을 높여, 사회주의의 신생활(新生活)과 조국의 성스러운 국토를 반드시 지키겠다는 결심을 보여주었어요.

지금이 마침 양·사슴 등 가축의 출산을 돕고, 양털을 깎는, 목축업 생산 중 가장 바쁜 계절이에요. 남녀노소 모두 밤낮을 가리지 않고 일하고 있고, 산위는 아직 추워서 갓 태어난 새끼들은 또 장막 안에서 일일이 보살펴야 해요. 정말 하루 종일 북적북적해요. 목축민들은 새끼양의 생존율을 최대한 끌어올려, 양털의 최고 산량으로써, 국내외 계급 원수들의 도발에 제대로 대응하겠다고 했어요……"

리시티는 또 산유치즈를 두 움큼 가득 꺼내놓으며 말했다.

"먹어봐요, 올해의 산유치즈는 특별히 향기롭고 달아요!"

"더 가져가요. 아이도 챙겨다 줘요!"

리시티는 싸니얼을 보며 말했다.

"바쁠 텐데 이만 가 봐요."

쿠투쿠자얼이 말했다. 싸니얼이 떠나자 쿠투쿠자얼은 무밍을 가리키며 말했다.

"한창 밀이 빨리 자랄 때인데, 야간 당직을 서면서 물 대는 건 잊고 쿨쿨 잠만 자는 사람들이 가끔 있어요. 그래서 이쪽은 젖었지만 저쪽은 말라 있어 들쭉날쭉해요. 그러니까 당신이 가서 상황을 점검해 봐요!"

"맞아요."

무밍은 머리를 끄덕거리더니 사무실을 나갔다.

"가서 일 봐요."

이번에는 다우티에게 눈길을 돌리며 말했다.

"별로 급한 일이 없어요. 리시티 서기랑 좀 더 이야기를 나누고 싶어요."

다우티의 말투에는 누구도 꺾을 수 없는 고집스러움이 묻어 있었다.

"좋아요. 리시티 대대장, 수고 많았어요. 오늘은 우선 돌아가 휴식을 취하세요. 업무에 관한 건 차차 의논하기로 하죠. 그런데 산에 다녀온 사람들은 누구나 살이 좀 찐다는데, 서기는 어쩐지 더 마른 거 같네요."

다우티가 거절하자 쿠투쿠자얼은 리시티에게로 말을 돌렸다. 그러자 리시티는 웃으며 말했다.

"그 말은 전에는 내가 뚱뚱했다는 뜻이네요!"

"리시티 동지가 산 위에서 전개한 운동과 업무 실행방식이 아주 적절했다고 생각해요. 산 아래에서도 이 방법을 참고하여……"

이리하무가 입을 열었다.

"맞아요. 이 문제에 관해서 내일모레 쯤 구체적으로 의논해 보는 게 어때요? 목축업 작업 조에서 어떻게 업무를 실행하였고, 어떤 운동을 전개하였는지에 대해 그 경험을 체계적으로 설명해주면 좋겠어요. 그러니까 리시티 대대장은 우선 돌아가 준비하는 게…… 그럼, 난 일이 있어서 그만 가볼게요. 리시티 동지가 지금 건강 상태가 좋지 않을 뿐만 아니라 많이 지쳐 보이니, 나머지 분들도 이 점을 감안하여 이야기 나누세요."

말을 마친 쿠투쿠자얼은 다른 사람들이 대답도 하기 전에 뒤도 돌아보지 않고 가버렸다.

"지부위원 회의를 했어요? 어떤 문제에 대해 의논했어요?"

리시티가 물었다.

"의논은 뭔 의논이에요? 무엇을 토론하든 소용이 없어요. 우리 지부위원회는 도대체 뭘 하는 데에요? 남에게 보여주기 위한 건가요? 쓸데없는 소리만 지껄이는 곳이에요? 쿠투쿠자얼이 하고 싶은 말만 하고, 의논하고 싶지 않은 문제는 아무리 말해도 소용이 없어요. 그리고 그가 하고 싶으면 뭐든 하고, 하고 싶지 않거나 뭔가가 있으면 절대 하지 않아요. 지부 위원회에서 의논하고 결정을 내렸다고 한들 죄다 쓸모가 없어요!"

다우티는 화가 나서 씩씩거리며 불만을 토하였다.

"그런 건가요?"

이리하무가 물었다.

"당연하죠. 올해 봄에 대대의 가공공장에 대해 지부위원회에서 어떤 결정을 내렸는데요! 쿠투쿠자얼 서기는 회의 결정에도 아랑곳하지 않고 바오팅구이를 공장에 넣었어요. 그리고 계엄령을 반포하고 해제하는 과정에서 한 번이라도 지부위원회를 통해 의논한 적이 있는 줄 알아요? 그가 하고 싶은 대로 하는 거예요.

오늘 적들에 대한 비판투쟁 문제를 둘러싸고 당신에게 충분한 자료를 준비하라느니, 공사에 지시를 청할 거라느니 하는 것도 전부 마음에도 없는 빈말이에요. 제가 장담해요. 말만 툭툭 뱉고 그걸로 끝이에요. 절대 다시 묻지도 거론하지도 않을 거예요. 그리고 또 리시티 대대장에게 경험을 소개하라고 하는데, 그것도 그냥 하는 소리에요.

자신이 한 말에 대해 결코 책임지는 사람이 아니에요. 아무튼 쿠투쿠자얼이 싫어하는 일은 지부위원 회의에서 거론되지 않을뿐더러 의논한다고 하여도 결과는 흐지부지되고 말며, 또 결론이 나더라도 실행에 옮겨지지 않지요. 그러니까 지부위원회에서 회의를 소집하기 위해 마련한 이 사무실은 사실 필요가 없는 것이에요. 지부위원회라고 적힌 저 팻말을 아예 쿠투쿠자얼 목에 달아주면 그만이에요."

"의견이 있으면 직접 앞에서 터놓고 말하지 그래요."

이리하무가 이렇게 말하자, 다우티는 혀를 차 소리를 내며 부정의 뜻을 나타냈다. 그리고 자리에서 일어나서 말했다.

"말할 수 없어요! 우리 이 서기에게는 누구도 의견을 말할 수 없어요. 우리는 있는 그대로 직설적으로 말하지만, 그 서기는 항상 빙빙 돌려서 말하는데, 그 소용돌이에 빠지면 누구도 나오지 못해요. 당신이 어떤 말을 하든 그는 당신 의견에 동의한다거나 반대한다는 말을 절대로 하지 않아요. '그래요, 그래요.', '그래요'만 반복하다가 허무하게 끝나게 되죠!"

다우티는 쿠투쿠자얼의 말투를 흉내 내며 머리를 절레절레 가로저었다. 그러더니 그도 떠나갔다.

"우리 집으로 가죠. 가서 얘기 나눕시다."

다우티가 떠난 후, 리시티는 한참을 잠자코 있더니 이리하무에게 제의하였다.

꽃밭 천국 안에서의 경외와 자율
한쪽 손을 잃은 아이미라커쯔
아이쥬지머우쥬지(哎鳩雞哞鳩雞)가 나타나려는 걸까
회칠을 중단하다

아시무가 집안 어른들로부터 받은 가르침의 정수는 순종(順從)이었다. 집안 어르신들은 항상 "우리는 공손하고 순종적인 자민(子民)이다. 공손하고 순종적인 사람이 되기 위해 우선 경외하는 마음이 있어야 한다." 는 가훈으로 후손들을 훈계하였다. 어른들은 늘 경외감을 가져야 한다고 가르쳤는데, 사람들이 가장 경외감과 두려움을 느끼는 건 뭐니 뭐니 해도 죽음 이상의 것은 없었다.

'죽음'이란 살아 있는 사람들이 몸소 체험할 수 있거나, 또는 정확하게 예견할 수도 피할 수도 없는 길이기 때문이다. 농촌 사람들이 아커싸카러(阿科薩卡勒, 길고 흰 수염을 뜻함)로 높여 부르는 어르신들은, 매일 일정한 시간을 들여 하루에 몇 번씩 죽음에 대해 사색하고, 자기 인생의 종결과 세계의 종말을 생각해 보아야 한다고 후손들을 가르쳤다. 즉 누구나 궁극적인 것에 대한 관심을 품고 살아야 한다는 타이름이었다. 궁극적인 것에 대한 관심과 경외감을 잃지 않으면, 따라서 경각성과 자율성, 숭배와 간절한 바람, 정중함과 경건함, 확고부동한 의지와 규범적인 몸가짐, 그리고 의지할 곳과 귀착점이 생기게 된다는 것이었다. 반대로 이러한 것이 없는 사람은 기껏해야 머물 곳 하나 없이 바람에 흩날리는 한 알의 모래와 같고, 더욱 심각하게는 악마의 지옥에 빠져 갖은 악행과 범죄를 저지르고 온갖 고난을 겪게 된다는 것이다. 예를 들어, 길을 가더라도 아무런 경외감이 없이 걷다 보면, 왼쪽 발을 잘못 디뎌 순간 지옥으로 떨어질 수도 있고, 또 오른쪽 발을 잘못 내디뎌 미리 파놓은 함정에 빠질 수도 있다는 것과 같은 것이었다.

54세가 된 중농 아시무가 바로 이러한 경외감과 자율정신의 화신이었다. 그리고 무엇보다 믿기 힘든 점은, 아시무가 쿠투쿠자얼의 친형이라는 사실이었다. 비록 친 형제이지만, 아시무와 쿠투쿠자얼 사이에는 면양(綿羊)과 수나귀보다도 차이점이 더 많기 때문이었다. 아시무는 어르신들의 가르침 속에서 수많은 훈계와 규율들을 그대로 받아들이고 익혔으며, 어릴 적부터 어른이 되어서는 더더욱 자율과 순종을 지고지상의 미덕으로 삼고 실천하며 살아왔다.

그는 자신을 포함한 가족들의 마음속에서 신성한 경외감을 시시각각 상기시키고, 또 그런 마음이 부단히 성장하며 넓고 깊어지도록 노력하였다. 전전긍긍, 여림심연(如臨深淵, 못에 임한 것 같다는 뜻으로, 아슬아슬하고 위험한 일이나 상황을 이르는 말 – 역자 주), 여리박빙(如履薄冰, 살얼음을 밟는 것처럼 아슬아슬하다는 말 – 역자 주)의 상태는 한족들이 그토록 사모하고 우러러보는 공자(孔子)의 가르침과 완전히 일치하였다. 하지만 사회와 인간 윤리를 염두에 둔 공자와 맹자(孟子)의 가르침과는 달리 그가 전전긍긍 하는 것은 궁극적인 것에 대한 염려의 형이상학적 색채가 농후하였다.

아시무의 이해와 견해에 따르면, 저녁 식사를 하기 위해 훤튄(餛飩, 밀가루나 쌀가루를 반죽하여 둥글게 빚고 속에 소를 넣어 찐 떡으로 만둣국처럼 만들어 먹는 요리 - 역자 주) 한술을 뜨면서도 사람들은 전전긍긍해야 한다는 것이었다. 왜냐하면 평범한 훤튄 한 그릇에도 각양각색의 위험 요소가 따르기 때문이었다. 즉 뜨거운 훤튄에 입천장과 목구멍이 델 수도 있고, 훤튄을 씹을 때 실수로 혀를 깨물 수도 있으며, 손이 미끄러져 바닥에 훤튄 그릇을 떨어뜨릴 수도 있고, 다 먹은 후 소화가 안 되면 치명적인 위장병에 걸릴 수도 있기 때문이었다. 따라서 훤튄 한 그릇을 탈 없이 편안하게 먹기 위해서는 얼마나 많은 은총을 받고 덕행을 쌓아야 하며, 얼마나 많은 수고와 행운이 따라야 한다는 것을 생각해야 한다는 것이었다.

해방 전 아시무의 황공무지(惶恐無地)한 태도는 그에게 아무런 도움도 되지 않았다. 오히려 가엾고 착하디착한 그는 하나 또 하나의 재난을 연이어 겪어야 했다. 원래 도로 건너편에 있던 아시무의 주택은, 마침 배불뚝이 마무티 네 과수원과 인접해 있었다. 어느 날 과수원을 확장하기 위해 마무티는 핑계거리를 찾아 아시무를 그곳에서 쫓아냈다. 그리하여 아시무는 부득이하게 마을 쪽으로 이사를 오게 되었다. 하지만 그는 마을과 자그마치 1km 떨어진 곳에 외롭게 정원 하나를 지었는데, 이는 사람들과 왕래의 번거로움을 피하기 위한 것이었다.

그의 큰아들은 40년 전에 큰 수레를 끌고 이닝시로 참외 장사를 나갔다가, 참외를 가득 실은 수레와 함께 국민당(國民黨) 군들에게 끌려간 뒤로 돌아오지 않고 지금까지도 감감무소식이다. 그 후 얼타이(二台, 신장위구르자치구 칭허현[淸河縣] 싸얼퉈하이향[薩爾托海鄉]의 속칭) 길에서 숨졌다는 소문이 돌았다. 아시무의 딸 아이미라커쯔는 두 살 때 밭 근처에 앉아 놀다가 마침 사냥하러 나가던 마무티와 마주쳤다. 마무티가 자기 길을 막은 아이에게 화가 나 일부러 난폭한 사냥개를 푼 것인지 명확하게는 알 수 없지만, 아무튼 아이미라커쯔는 마무티의 사냥개에게 오른쪽 손을 물리고 말았다.

사냥개에게 물린 딸의 상처가 곪아서 심해졌지만, 아시무는 병원에 가서 치료받는 돈이 아까워 "만약 목숨을 앗아갈 정도가 아니면, 언젠가는 낫겠지. 그리고 만약 목숨이 위급할 지경이 되면, 어떤 치료도 무용지물이지……" 라고 말하며 기어이 치료를 하지 않았다. 그러나 방치한 관계로 인해 상처는 점점 더 깊숙이 곪아 들어가, 아이미라커쯔는 결국 오른쪽 손목 절단 수술을 받아야 했다. 두려워할수록 운수 사나운 일은 자꾸 일어나고, 운수 사나운 일을 거듭 겪을수록 두려움은 커져갔다.

해방 후에 일어난 여러 차례 중대한 정치투쟁을 대함에 있어서도, 아시무는 습관적으로 겁먹고 놀란 눈빛으로 흘끗 곁눈질을 했을 뿐이었다. 그러나 아시무를 소름끼치게 한 이번 투쟁은 여느 때와 달랐다. 이번의 투쟁으로 인해 정의가 신장되었고 정신이 소생되었으며, 기분이 상쾌해지고 생활이 안락해진 것을 느낄 수 있었다. 그리고 공산당의 지도와 학습 그리고 연설은 깊은 시골마을, 가정마다에 침투되었다. 사람들에게 이치를 설명하는 공산당의 품위는 고상하고 태도는 담대하였으며, 빈틈없는 연설은 설득력이 있었다. 대중 앞에서 선전하고 있는 공산당의 연설을 들을 때면, 아시무는 종종 지그시 눈을 감고 마음속으로 외웠다.

"알라신은 위대하다, 전지전능한 신이시여!"

농민들의 소작료와 이자를 삭감하고, 악질 토호에 맞서기 위한 투쟁대회에서, 그는 감히 본부석을 쳐다보지도 못했고, 악질 토호 마무티에게 박해를 당한 사실마저도 고발하기를 꺼려하였다. 그러나 성토대회가 막바지에 이르면서 분위기가 점점 고조되자, 그는 모든 두려움을 잊고 외손이 된 딸애를 데리고 무대 위로 올라가 대성통곡하였다. 그리고 마무티를 처단하는 날이 되자, 두려움은커녕 아시무는 직접 양 한 마리를 잡았고, 온 가족이 모여 좌판(抓飯, 위구르족이 즐겨 먹는 양고기를 섞은 육반[肉飯], 즉 볶음 밥 - 역자 주)

을 즐겼다. 비록 이론적으로 그는 여전히 "두려움만이 진리"라는 자신의 철학을 고집하였지만, 사실상 안정적이고 의식이 풍족한 생활에 대한 자만자족(自滿自足)의 정신상태가 차츰 우위를 점해가고 있었다.

그의 집에는 사기그릇이며, 목제 가구, 양탄자 같은 살림들이 점점 늘어갔다. 그는 낡은 집을 허물고 넓은 처마가 있고, 문양이 조각된 나무 창문짝이 달린 남향의 집 세 채를 새로 지었다. 개축된 그의 과수원도 참신한 면모를 드러냈고, 생산건설병단 농장으로부터 염가에 공급받은 우량종 포도 묘목은 무럭무럭 자라 이미 아시무네 집 앞 포도 시렁(물건을 얹어 놓기 위해, 방이나 마루의 벽에 두 개의 나무를 가로질러 선반처럼 만들어 놓은 것 - 역자 주)에 빼곡히 넝쿨을 뻗었다. 이러한 변화는 그에게 적지 않은 물질적 이익을 보장해 주었고, 정신적 위로가 되었다.

꽃 심는 취미가 있는 아시무는 앞마당에 좁은 통로 하나만 남겨두고, 각양각색의 꽃을 가득 심었다. 그리하여 그의 집을 방문했을 경우, 우선 마당의 꽃밭 속에서 10m 남짓하게 걸어야 비로소 집을 볼 수가 있었다. 어렸을 때 그는 한 노인에게서 꽃은 원래 천국의 것이고 천국의 상징이라고 들었다. 조물주가 세상 사람들을 위로하고, 사람들에게 천국의 작은 메시지를 전달하기 위해, 인간 세상에 아주 적은 양의 꽃을 선물한 것이라고 하였다.

물론 사기그릇과 마유포도(馬乳葡萄, 주로 신장에서 나며, 알이 말의 젖꼭지 비슷한 모양이어서 붙여진 이름), 달리아(dahlia)는 두려움의 이유가 되지 않았다. 하지만 아시무의 의식 속에 깊게 자리 잡은 그의 '철학'은 그대로 물러나지 않았다. 그는 이내 새로운 불안과 두려움의 근원을 찾게 되었는데, 첫 번째 불안 요소는 바로 그의 두 아이였다. 장녀인 아이미라커쯔는 올해 스무 살이 되었다. 그녀는 마을 학교에서 7학년까지 다니고, 시의 한 위생학교(衛生學校)에 합격하였는데, 당시 아시무도 장녀의 진학을 찬성하였다. 외손이 된 여자아이가 집에 남아 있다고 해서 농촌일손에 크게 보탬이 되는 것도 아니고, 받을 수 있는 노임도 얼마 되지 않을 것이라고 생각하였기 때문이다. 오히려 작은 의료기술이라도 익혀두면, 앞으로 40위안의 월급을 받으며 살아갈 수도 있겠다는 심산이었다. 옛날과 달리 지금은 딸이 아들보다 귀한 시대라고 다들 말했다. 아들은 장가들면 매사에 아내의 말만 따르지만, 시집을 간 딸의 마음은 언제나 양친을 향해 있다는 것이었다. 그런데 1년 전 아이미라커쯔의 모친인 니사한이 한동안 몸져 누웠던 적이 있었다.

그때 아시무는 몹시 곤란한 상황에 빠지게 되었는데, 낭(위구르인들의 주식인 빵 – 역자 주)을 빚고 국수 뽑는 방법을 모르는 그와 그의 아들은 제대로 된 끼니조차 먹을 수 없었다. 그리고 가사에 신경을 써야 하다 보니, 평소에 베던 풀, 하던 땔나무, 엮던 빗자루와 돗자리의 수량을 좀처럼 채울 수가 없었고, 그건 직접적으로 수입에 큰 영향을 미치게 되었다. 그때 아시무는 마음속으로 아이미라커쯔를 다시 집으로 불러들여 가사를 맡겨야겠다는 결정을 내리게 되었다. 그리고 그의 관점도 완전히 바뀌고 말았다. 어차피 여자아이는 큰일을 해낼 수 있는 것도 아니고, 시집을 가면 출가외인이 될 텐데, 그전에 집에서 일손을 돕게 하는 것이 더 실속 있는 일이라고 생각하였던 것이다.

그런데 예상 밖의 일이 벌어졌다. 시내에서 학교를 다니기 전까지 한 번도 아버지의 뜻을 거역한 적이 없던 딸이, 이번 그의 결정에 대해 완강하게 저항하고 나섰던 것이다. 죽는 한이 있더라도 학교를 자퇴하지 않겠다는 아이미라커쯔의 말을 듣고 나서야 아시무는 문제의 심각성을 깨달았다. 위생학교를 다니는 동안 딸이 공비로 생활할 수 있어, 가정의 지출을 줄일 수 있겠다고 속으로 수판을 놓았지만, 동시에 가족에 대한 딸의 의존도도 낮아질 수 있다는 사실을 간과하였던 것이다.

아이미라커쯔는 더 이상 그의 말에 고분고분 따르는 딸이 아니었다. 스무살은 옛날로 치면 벌써 아이 두셋 정도 낳았을 나이였다. 그런데 지금 나이꽉 찬 자신의 맏딸이 아직도 이닝시의 학교를 다니고 있다는 생각에 아시무는 소름이 끼쳐 몸을 부르르 떨었다.

아시무의 둘째 아들 이밍쟝은 올해 17살이다. 이밍쟝은 어릴 때부터 아시무의 총애를 한 몸에 받고 자랐다. 해방 전 아시무는 자신이 맨발로 다닐 각오로 이밍쟝을 위해 장인에게 작은 가죽부츠를 주문하였다. 그리고 양고기를 먹은 날이면 아이의 가죽부츠가 더욱 윤이 나도록 아시무는 손에 묻은 기름을 그 작은 가죽부츠에 문질렀다. 사실 그 가죽부츠는 네 살 된 어린 이밍쟝에게 있어 그다지 편한 신발은 아니었다. 어린 이밍쟝은 오히려 불편한 가죽부츠 때문에 넘어진 적도 많았고, 너 따위가 그 가죽부츠랑 어울리기나 하냐는 욕설과 함께 마무티의 아들에게 맞은 적도 있었다.

이밍쟝은 어린 시절부터 아버지의 무한한 사랑과 구구절절한 가르침을 받으며 자랐다. 그렇다고 하여 이밍쟝은 아시무의 품속에 있는 한 마리 유순한 고양이도 응석받이도 아니었다. 그는 학교를 다니기 시작하면서 소년선봉대에 가입하였고, 차츰 다른 마음이 생기게 되었다. 규율에 대한 선양과 도덕적인 훈계와 같은 아버지의 가르침보다 소년선봉대의 지도원이 들려준 혁명이야기가 훨씬 흥미로웠다. 그리고 학교에서 조직한 가무공연과 구기 시합을 보면서 이밍쟝은 차츰 아버지의 염원과 다른 길을 가게 되었다. 급기야 아시무는 5학년을 다니고 있던 아들을 억지로 퇴학을 시켰다.

어차피 간부가 될 것도 아닌데 5학년 학력이면 충분하고, 간부가 되는 것에 비하면 과수원과 가옥 · 융단(毛氈, 짐승의 털, 특히 양모에 습기, 열, 압력, 마찰을 가하여 섬유를 서로 얽어서 짠 직물 – 역자 주) · 자기그릇 · 젖소를 물려받는 것이 훨씬 바람직한 일이라고 아시무는 생각하였다. 퇴학 때문에 한바탕 크게 울고 난 이밍쟝은 이내 대대에 들어가 노동에 참가하였다. 그런데 이번에는 또 공산주의청년단 지부의 아이바이두라와 투얼쉰베이웨이가 이밍쟝을 찾아왔다. 그리고 2년 뒤 이밍쟝은 공청단에 가입하였다. 투얼쉰베이웨이라고 하는 이 담대한 처자가 회의하러 가자며 이밍쟝을 불러냈고, 심지어 단독으로 이밍쟝을 찾아와 담화를 나눌 때면, 아시무는 손발이 얼음같이 차가워지고 숨이 턱턱 막혔다.

노련하고 신중함의 대명사이자 아시무가 존경하고 신뢰하는 러이무 부대장의 슬하에는 머리부터 발끝까지 어디 하나 어른들의 기준에 맞는 점이 없는 딸아이가 있었다. 그런 여자아이의 이름이 또 하필 '베이웨이(貝薇, '여 선교사'를 뜻함)'라니, 그야말로 뒤죽박죽 엉망진창이었다. 종래 사람들과 교류를 하지 않던 아시무는 아들을 보호하기 위해 처음으로 러이무 네 집을 방문하였다. 아시무는 투얼쉰베이웨이 부모에게 세 가지 질문을 하였다.

첫째, 투얼쉰베이웨이는 왜 아직도 시집을 가지 않는지? 둘째, 투얼쉰베이웨이는 가끔 두건을 목에 두르곤 하는데, 왜 머리카락을 밖에 드러내는지? 셋째, 투얼쉰베이웨이는 밀·보리 타작마당에서 일할 때, 왜 치마 대신 바지를 입는지? 그리고 마지막으로 투얼쉰베이웨이에 대한 단속과 가르침을 강화하고, 투얼쉰베이웨이가 자기의 막내아들과 두 번 다시 교제를 못하도록 타일러 달라며 두 가지를 부탁하였다.

러이무는 아무 말도 하지 않았고, 투얼쉰베이웨이의 어머니인 짜이나푸가 "하하" 하고 크게 웃으며 말했다.

"아시무 오라버니! 오라버니가 입고 있는 바지는 낡은 전통과 표준에 맞는 것이라는 것은 알아요? 쓰라무 어르신께 여쭤봐요. 예로부터 카스가얼(喀什噶爾, 신장위구르자치구의 서남부에 있는 도시) 남자들이 앞을 튼 바지를 입었었는지요? 여자요! 옛날에는 머리카락은 물론, 얼굴도 드러내면 안 됐어요. 그런데 지금은 눈, 코, 입 모두 밖에 드러내고 다니잖아요. 그렇다면 머리카락은 더더욱 상관이 없지 않을까요? 머리카락이 입보다도 더 위험한 건가요? 뿐만 아니라, 투얼쉰베이웨이는 위생을 가장 중요하게 생각하는 아이에요. 그 애는 매 주마다 머리를 두 번이나 감아요. 머릿니가 우글거리는 니사한 언니랑은 다르다는 말이죠. 그리고 우리 애가 시집을 가든 말든 상관하지 말고, 오라버니네 아이미라커쯔나 신경 쓰세요!"

그리하여 아시무의 방문은 아무런 효과도 거두지 못했다. 짜이나푸의 무례함으로 인해 새로운 자극과 상처만 받았을 뿐이었다. 더욱 놀라운 것은, 믿고 있던 러이무마저 "젊은이들에게는 젊은이들의 인생과 생활 방식이 있어요." 라고 말했다. 이는 그야말로 끔찍한 일이었다. ……

아시무가 날이면 날마다 두려움에 가슴을 죄며, 정신 붕괴 직전에서 조마조마하며 살아간다는 것은 사실상 믿기 어렵고 현실에 부합되지 않는 일이었다. 평생 이토록 무거운 부담을 안고, 먹어도 맛을 모르고, 잠도 편히 잘 수 없는 상태로, 사람이 어찌 살아갈 수 있을까라는 의문도 가지게 될 정도였다. 사실 장기적으로 도에 넘치는 무궁무진한 우려와 두려움 속에서 살다 보면, 사람은 자연스럽게 그런 상태에 길들여지게 된다. 그리하여 매우 조심스럽고 엄격하게 규율을 지키는 것이 습관처럼 몸에 깊숙이 배어 특수한 정신적 균형을 이루게 된다. 만약 이러한 우려와 두려움이 없다면, 아시무는 살아 있음과 자아의 존재를 느낄 수 없게 되고, 오히려 먹지도 자지도 못할 수가 있다.

마치 전문적인 훈련 없이 갑자기 무중력 상태에 처하게 된 사람처럼, 백배의 고통과 공포를 느낄 것이다. 그리고 두려움과 우려, 스스로 위로하고 스스로 족함은 절대 공존할 수 없는 심리상태가 아니다. 이러한 감정들은 때론 동전의 앞뒷면처럼 서로 붙어 있는 것이다. 아시무가 앞으로 닥칠 이밍쟝의 운명에 대해 의식적으로 두려움을 느끼는 동시에, 무의식적으로는 기쁨과 위안을 느끼는 것과도 같았다. 공청단은 청년들을 올바른 길로 이끄는 훌륭한 조직이고, 이밍쟝은 노동을 사랑하고, 남을 돕기를 즐기며, 거짓말을 하지 않고, 술과 담배를 하지 않으며, 더욱이 또래의 불량배들과 어울리지 않는 성실한 청년이라는 것을 알기 때문이었다.

그러나 올해 들어 벌어진 여러 가지 사건들은, 아시무의 습관과 균형에서 크게 벗어나는 일들이었다. 그리하여 현재 도대체 어떤 일들이 일어났고, 앞으로 또 어떤 사건들이 벌어질지 그는 전혀 짐작할 수가 없었다. 오래전 학식이 있는 어르신들로부터 아시무는 무시무시한 이야기를 들은 적이 있었다. 몇 년에 한 번씩 아이쥬지머우쥬지라고 불리는 요괴와 악마 무리들이 나타나는데, 그들로 인해 세상은 혼란에 빠지고, 시체가 온 들판에 널리게 된다는 것이었다.

서정(西征)과 소탕전을 벌이던 그 당시 천하무적의 몽골인과 타타르인들 사이에 바로 이와 같은 아이쥬지머우쥬지들이 숨어 있었는데, 그 무리들은 대량의 국가며 부락, 도시들을 멸망시켰다고 하였다. 그렇다면 그 후에 나타난 왜놈들 역시도 그러한 아이쥬지머우쥬지 무리일 것이고, 이리지역까지 쳐들어왔던 마종잉(馬仲英)을 비롯한 비적들도 대체로 아이쥬지머이쥬지였을 것이라고 짐작하였다. 해방 후 십 년 넘게 안정적이고 행복한 생활을 누리면서, 한 번도 아이쥬지머우쥬들이 나타나 소란을 피운 적은 없었다. 그러던 오늘날 다시 민심이 흉흉해지고 있었다. 도대체 어찌된 일일까? 어딘가에 아이쥬지머우쥬지들이 또 나타난 것일까? 특히 4월 30일 밤 직접 그 사건을 목격한 뒤로…… 아시무는 놀라서 사흘 동안 앓아 누워 일어나기를 못했다.

넷째 날, 정신을 차리고 자리에서 일어난 아시무는 가장 먼저 이닝시에 있는 위생학교로 딸을 찾아갔다. 그는 딸을 집으로 데려와 죽더라도 가족이 함께 죽어야겠다고 결심하였다. 그런데 그날 딸이 학교에 없었다. 졸업반 학생들 전부 병원에 실습을 나갔다는 접수처의 말에 아시무는 곧바로 병원으로 향하였다. 병원에 도착하였을 때 딸이 마침 수술실에 들어가는 바람에 그는 결국 만나지 못하였다. 그러나 아시무는 그대로 포기하지 않고 다시 녹음이 우거진 학교로 돌아와 만나는 사람마다 붙잡고 부탁하였다. 즉 아이미라커쯔를 보거들랑 집안에 급한 일이 있으니 속히 집으로 돌아오라는 말을 전해달라고 하였다.

마을에 도착하였을 때 그는 이미 녹초가 되었다. 터벅터벅 집으로 돌아온 그는 석회를 풀어 벽을 바르고 있는 아내를 발견하였다. 회칠이 이미 반쯤 완성된 벽을 보며 그는 당장 멈추라고 소리를 질렀다. 지금이 어떤 때인데 벽을 바르냐고 하며, 제멋대로인 데다 경박하기 짝이 없고 하늘의 뜻을 거스르는 도발적인 행동이라고 노발대발하였다. …… 경박하고 제멋대로 행동하는 사람이 가장 먼저 재앙을 당하게 된다는 생각에, 아시무는 회칠을 멈추는 것으로 알라신과 세상 사람과 가족에게 황공함에 떨고 있는 자신의 모습을 어영부영 보여줌으로써 화를 면하고 액땜을 하려는 의도였다.

하루가 지나고 이틀이 지나 그렇게 두 주가 흘렀지만, 딸은 끝내 돌아오지 않았고, 아시무에게는 다시 한 번 학교로 찾아갈만한 힘도 남아 있지 않았다. 두 주가 흐르는 동안 아시무는 생산대에 일하러 나가지 않았다. 이것도 역시 황공함을 나타내기 위한 행동일까? 아니면 곧 하늘이 무너지고 땅이 꺼지는 날이 올 텐데, 생산대에 나가 농사를 짓거나, 노동일지에 노동 할당량을 찍는 건 아무 의미가 없다고 생각한 것일까?

어느 쪽도 단정 지을 수 없지만, 분명한 건 그는 그리 깊게 생각하지 않았다는 사실이었다. 마리한 따위들이 떠벌린 악담은 아시무에게는 아무런 영향도 미치지 못하였다. 자신이 딛고 있는 정든 땅, 발아래에 있는 이 땅 위에서 조심스럽게 일하며 살아온 몇 십 년의 세월을 버리고 외국으로 도망친다는 건 그에겐 상상조차 할 수 없는 일이고, 그는 한 순간이라도 그런 생각을 떠올린 적이 없었다. 시내에 물건 사러 나갔다가도 예상보다 시간이 지체되어 해가 서쪽으로 기울기 시작하면(사실상 아직 머리 위에 높고 크게 떠 있어도), 그는 서둘러 집으로 돌아가야겠다는 일념으로 부랴부랴 걸음을 재촉하는 사람이었다.

집에 도착하여 대문을 열고 꽃밭에 들어서면, 그는 먼저 과수나무와 집이 모두 제자리에 그대로 있고, 소와 양, 나귀, 아내와 아이들이 들락날락하며 무사히 숨을 쉬고 있음을 확인하고 나서, 다음 자신의 상태를 체크하였다. 그는 자신이 온전한 사지로 집까지 돌아왔다는 것에 감격하여, 속으로 수없이 "위대한 알라신이여! 감사합니다!" 를 외우곤 하였다. 그리고 마지막으로 안도의 숨을 길게 내쉬었다. 그렇다면 그는 대체 왜 일하러 나가지 않는 걸까? 특별한 이유가 있기보다 그는 단지 온몸의 힘이 남김없이 빠져나간 것 같아 일하러 나갈 수 없었던 것이다.

정말 병에 걸린 건 아닐까라는 생각이 들지만, 아픈 사람답지 않게 그는 한시도 가만히 있지를 않았다. 괜히 부뚜막도 짚어 보고, 당나귀 고삐도 문질러 보다가, 또 야채 움으로 뛰어 들어가 지난해 수확한 겨울나기 채소의 곰팡이 핀 잎들을 제거하기도 하였다. 그러나 이내 숨이 차오르고, 머리가 어지럽고, 속이 울렁거려, 어떤 일이든 얼마 하지 못하고 그만두는 경우가 많았다.

그저께 오후 아이미라커쯔가 드디어 돌아왔다. 울다가 웃고, 책망했다가 또 따뜻하게 쓰다듬어주는 아시무의 모습은, 마치 딸이 사형장에서 특별사면을 받아 간신히 목숨을 건지고 돌아오기라도 한 것 같았다. 아이미라커쯔는 아버지의 얼굴색이 좋지 않은 것을 보고, 걱정이 되어 맥도 짚어보고, 인후며 혓바닥 상태도 검사하였다. 체온까지 체크하였지만 아무 이상이 없자 그는 아버지께 효모정(酵母錠, 효모를 넣어서 만든 알약으로 소화불량에 쓰는 치료제나 보약으로 쓴다 - 역자 주)을 처방하였다. 딸의 설명을 들은 후 효모정까지 받고 보니 아시무는 병의 심각성을 더욱 깨닫게 되었다. 아시무는 어른들로부터 흰색 알약들은 전부 백인들이 만든 것이고, 백인들은 만리장성 이내 지역의 사람들은 물론, 심지어 러시아인들보다도 더 대단한 사람들이라는 말을 들은 적이 있었다. 그런데 자신이 지금 그런 백인들이 만든 알약을 먹어야 한다니, 어찌 심각한 병이 아닐 수 있겠는가!

  아시무는 이번에 돌아온 참에, 천하가 태평해지기 전까지 다시는 학교로 돌아갈 생각을 하지 말라고 딸에게 딱 잘라 말했다. 그러자 아이미라커쯔는 시내의 직공과 주민들은 모두 정상적으로 노동하고 근무하며 생활하고 있으며, 아버지의 걱정만큼 굉장한 일이 벌어진 것이 절대 아니라고 설득하였다. 그러나 아시무는 딸의 말이 귀에 들어오지 않았다. 그는 거듭 "겁보는 오래 살고, 겁 없는 사람은 일찍 끝장난다." 는 자신의 격언만 읊조릴 뿐이었다.

  아침부터 아이미라커쯔는 옷 몇 벌과 작게 빚은 둥근 낭 몇 개를 챙겨 학교로 돌아갈 채비를 하였다. 조바심이 난 아시무는 절대 못 간다며 으름장을 놓았다. 아이미라커쯔는 오전 내내 어떻게든 아버지를 설득하려고 노력하였지만, 아시무는 입술을 파르르 떨며 여전히 "안 돼! 안 돼!" 만 반복하고 있었다. 보다 못해 이밍쟝도 누나 대신 몇 마디를 거들었고, 남편과 전혀 다른 이러저러한 생각을 머릿속에 간직하고 살아오면서, 말과 행동으로는 평생 한 번도 남편의 뜻에 거스른 적이 없는 아내 니사한마저 결국 한 마디를 하였다.

  "여보, 그냥 보내줘요! 곧 졸업이라고 하잖아요? 졸업 후 의사가 되면 얼마나 좋아요! 젊은 애인데 당신처럼 날마다 집에만 갇혀 있으면 답답해서 못 견딜 거예요!"

거들어주는 사람이 생기자, 아이미라커쯔는 슬쩍 가방을 들더니 가려고 하였다. 그러자 출입문 앞에 결사적으로 막아선 아시무는 저도 모르게 엉엉 울음을 터뜨렸다.

"지금 이 시국에 너희들 어떻게 내 말을 무시할 수 있어? 그래, 너희들 잘 났어. 다 나보다 잘났어!"

그런 남편이 가엾고 안 돼 보였던 니사한은 오히려 딸을 설득하기 시작하였다.

"아니면, 내일 가는 게 어떻겠니? 안 될까?"

어머니까지 마음을 바꾸자, 아이미라커쯔는 답답하고 화가 나 미칠 지경이었다. 졸업을 앞두고 실습이니 뭐니 한창 바쁠 때인데, 이미 오전시간을 아무 의미 없이 헛되이 낭비하였고, 게다가 또 반나절을 더 기다리라니……평생 바뀐 적이 없는 아버지의 성격이 내일이라고 갑자기 달라질 것도 아니지 않는가! 아이미라커쯔는 당장 떠나겠다며 고집을 꺾지 않았다. 그러자 니사한이 다급한 나머지 울음을 터뜨렸다. 그것을 본 아이미라커쯔도 자신의 불행함이 새삼 크게 느껴졌고, 그 동안 겪은 서러움이 일일이 생각났다.

한쪽 손을 잃고 나서, 어디에서 무슨 일을 하든지 남보다 백배 천배 불편하고 힘들었으며, 이 외적인 결함 때문에 아름다움은커녕, 이미 완전하지 못한 여자라는 사실이 항상 그녀를 괴롭혔다. …… 도대체 왜 이런 벌을 감당하며 살아야 하는 걸까? 그러나 사회주의 신생활의 따뜻한 햇살 아래, 그녀는 학교를 다니고 지식을 배우게 되었으며, 농촌에서 필요로 하고 사람들이 존경하는 의무요원이 될 기회까지 얻게 되었다.

불완전하지만 쓸모없는 사람이 아닌, 앞날이 밝은 인재로 거듭날 수 있는 유일한 기회라고 생각하며, 그녀는 누구보다 노력하였다. 그런데 어리석은 아버지와 연약한 어머니는 그녀의 앞날과 인생에 대해 진지하게 고민한 적이 없을뿐더러, 오히려 그녀의 학업을 방해하고 인생을 가로막고 있었다. 그리고 앞으로 이보다 더 번거로운 일과 이유 없는 훼방들이 그녀를 기다리고 있었다! 꼬리에 꼬리를 물고 이어지는 이러저러한 부정적 생각에, 아이미라 커쯔는 더 이상 참지 못하고 그만 소리 내어 슬프게 울었다.

울음바다가 된 가족들을 보고 있노라니, 이밍쟝도 괜스레 머릿속이 복잡해졌다. 어쩔 수 없이 학교를 중퇴하게 된 사연과 아버지가 마음을 다잡고 농업생산에 전념하며, 제때에 일하러 나가도록 반드시 설득하겠다고 공청단 지부회의에서 했던 자신의 약속이 문뜩 생각났다. 그런데 아버지의 머릿속에는 도무지 이해할 수 없는 어리석은 생각뿐이었다. 그는 그런 아버지 때문에 화가 났고, 가엾은 어머니와 누나 때문에 가슴이 아팠으며, 공청단 지부에서 자신에게 맡긴 임무를 완수할 가망이 없다는 생각 때문에 조바심이 났다. 결국 이밍쟝마저 눈물을 흘리고 말았다.

바로 이러한 난처한 상황에 이리하무가 그들 앞에 떡하니 나타났다.

이른 아침 첫 차를 마시기 전에 이리하무와 제7생산대의 간부, 열성분자들이 모여 회의를 하였다. 회의에서 결정한 업무 분담에 따라, 이리하무는 마을 이쪽의 밭에서 벌써 한나절 일을 하다가 아시무네 집을 방문하였던 것이다. 아시무를 설득하고 타이르는 업무를 이리하무에게 맡긴 데에는 다 그럴만한 사정이 있었다. 아시무는 자신보다 어린 이리하무를 존경하였고, 그의 말을 믿고 따르는 편이었다. 그 이유 중 하나는 이리하무가 그의 목숨을 구해준 적이 있었기 때문이었다.

6년 전 1956년 초, 첫 번째 고급농업생산합작사(高級農業生産合作社)가 리시티에 의해 갓 설립되었다. 어느 날 이리하무는 구성원들의 생활용 석탄을 실어오기 위해 합작사의 마차를 몰고 직접 차부차얼 탄광으로 떠났다. 이리 지역에서 차부차얼 탄광의 석탄은 품질이 좋기로 유명하였다. 그리고 그 당시 농업생산합작사에 가입하지 않은 개별 농가 이시무도 말 한 마리에 메운 나무바퀴 수레를 몰고 차부차얼로 향하였다. 마침 나루터에서 마주친 그들은 함께 나룻배에 올랐다. 엄청 큰 규모의 나룻배여서, 동시에 많은 자동차와 마차 그리고 행인을 실어 나를 수 있었다.

물보라가 사방으로 흩날리는 강의 수면 위에는 거대한 강삭(강철 철사를 여러 겹으로 합쳐 꼬아 만든 줄 - 역자 주)이 설치되어 있었고, 나룻배는 큰 도르래에 의해 그 강삭과 연결되어 있었다. 급하게 흐르는 강물의 속력과 그 충격력을 이용하여 나룻배를 움직이는 장치였다. 즉 배의 적절한 위치와 방향만 잡아주면 물살의 방향에 의해 나룻배는 자유롭게 남쪽과 북쪽 나루터 사이를 오갈 수 있었다. 때문에 굳이 사람이 삿대질을 하거나, 기계 동력을 사용할 필요가 없었다.

이리하무와 아시무는 각자 수레를 몰고 북적거리는 큰 차·작은 차·자동차·자전거·행인들의 무리와 함께 나룻배에 올라탔다. 그리고 얼마 지나지 않아서 나룻배는 끽음을 내며 굽이쳐 흐르는 이리하의 탁류를 지나 남쪽 나루터에 당도하였다. 차들과 행인들이 하나둘씩 내리고 이윽고 아시무의 차례가 되었다. 바로 그때 끌채를 메고 있던 아시무의 말이 한 자동차의 갑작스러운 엔진소리에 놀라 순식간에 솟구쳐 오르더니 앞으로 뛰쳐나가려고 하였다.

놀란 말과 수레가 모두 물속으로 빠질 위험이 있음을 감지한 아시무는 정면으로 말을 막고 서둘러 말고삐를 잡아당기며 진정시키려고 하였다. 하지만 그는 자신이 서 있는 곳이 육지가 아니라는 것을 미처 생각하지 못했다. 한쪽으로 고삐를 잡아당기며 날뛰는 말을 진정시키려고 하였으나 말이 회전할 여지가 없는 곳이었다. 말을 진정시키는 데만 정신이 팔린 아시무는 미처 자신의 발아래를 확인하지 못하고, 결국 강물에 떨어지고 말았다. 말과 수레는 멈췄지만 자신을 위험에 빠트렸다. 주위 사람들은 너무 놀라서 너도나도 소리를 질렀다. 이 상황을 목격한 23살의 젊고 건장한 이리하무는 말보다도 빠르게 솜옷을 벗어던지고 망설임 없이 강으로 뛰어 들었다. 그리고 아시무가 급류에 휩쓸려가려던 순간, 이리하무는 재빨리 그의 허리띠를 잡아챘다.

이리하무는 차가움이 뼛속까지 파고드는 세찬 강물 속에서 아시무를 구해 강기슭으로 끌고 나왔다. 이 모든 건 불과 20초 조금 넘는 시간 안에 일어난 일이었지만, 두 사람은 물살에 밀려 벌써 사오십 미터나 떠내려가 있었다. 이로부터 강의 물살이 얼마나 급한지를 알 수 있었다! 이튿날 종래 남과 교제를 트거나 가까이 지내려고 하지 않던 아시무는 직접 이리하무를 찾아가 아주 정중하게 집으로 초대하였다. 그리고 니사한에게 특별 주문하여 만든 크림 칼싹두기[07]로 접대하였고, 2미터 반 되는 코르덴(corded velveteen, 골덴, 단으로 굵거나 가는 골이 지게 짠 직물) 천과 전차(磚茶)[08] 절반을 선물로 주며, 이리하무에 대한 자신의 고마움을 표하였다. 그러나 이리하무는 코르덴과 전차를 받지 않았다. 대신 크림 칼싹두기를 두 그릇 가득 먹으면서, 중농인 아시무에게 합작사의 우월성과 사회주의의 밝은 앞날에 대한 많은 이야기를 해주었다. 그리고 얼마 지나지 않아 아시무는 합작사에 가입하였다.

---

07) 칼싹두기 : 칼국수를 칼로 싹뚝싹뚝 잘랐다는 데서 붙여진 이름으로, 칼싹두기를 만드는 방법은 소고기와 무, 양파를 푹 끓여 육수를 내고 거기에 다진 마늘과 국간장으로 간을 한 후, 메밀가루를 익반죽하여 큼직큼직하게 썬 국수를 넣어 끓이다가 양지머리를 찢어 고명으로 얹어낸다.

08) 전차(磚茶) : 중국 남부에서 생산되며, 중국 서부의 소수민족 지구·중앙아시아에서 마시는 차로 분쇄한 녹차·홍차·흑차(黑茶) 등을 쪄서 磚(단) 즉 벽돌처럼 압착한 것.

"몸이 불편하다는 소리를 듣고, 괜찮은지 보러 왔어요."

이리하무가 먼저 입을 열었다.

"어이구, 아……"

아시무는 딱히 할 말이 떠오르지 않아 머뭇거렸다. 이밍쟝은 얼른 눈물을 닦으며 이리하무에게 윗자리를 권하였다. 이리하무는 서두르지 않고 품속에서 천천히 낭 하나를 꺼냈다. 마을에 일하러 오는 합작사의 구성원들은 각자 건량(幹糧)을 챙겨 다녔고, 점심시간이 되면 마을 주민들 집으로 흩어져 차를 마시는 것이 관례였다. 그제야 정신이 든 니사한은 챠오파한과 미치얼완의 안부를 간단하게 묻고 나서, 차를 준비하러 밖으로 나갔다. 문을 나서자마자 처마 아래에 떡하니 세워져 있는 큰 마대 한 자루가 그녀의 눈에 들어왔다.

"이건 누구 건가요?"

"중간 중간 솎아낸 옥수수 싹이에요. 형님네 젖소를 먹이라고 주워 왔어요."

니사한의 물음에 이리하무가 대답하였다.

"우리에게 준다고요? 당신은 안 가져요? 댁에서도 필요할 텐데요!"

니사한은 기쁜 마음을 감추지 못하며 물었다.

"우리 집에는 젖양 한 마리밖에 기르지 않아요. 그쪽에서 풀이나 주워 먹이면 충분해요."

옥수수 싹에 관한 니사한과 이리하무의 이야기에 아시무도 관심을 보이기 시작하였다. 그는 궁금함을 참지 못하고 밖으로 나가 보았다.

"옥수수 싹이 든 마대를 여기에 세워 놓고 한 마디 말도 하지 않다니, 늦게 발견하였으면 아까운 옥수수 싹들이 햇빛에 바짝 마를 뻔하지 않았는가?"

하고 책망하듯 말하면서도 벌써 옥수수 싹을 솎을 때가 되었다는 걸 까맣게 모르고 있던 자신을 속으로 책망하였다.

옥수수 싹은 젖소들이 가장 좋아하는 먹이이고, 젖소들에게 옥수수 싹이란 사람들에게 좌판바오쯔(抓飯包子, 위구르족들의 고급 음식 중 하나로서, 좌판과 바오쯔를 함께 섞어 먹는 것을 말함 - 역자 주)나 다름없는 맛있는 음식이라는 것을 어찌 모르겠는가! 아시무는 꽉 차서 묵직한 마대를 번쩍 들더니, 고마움이 가득한 눈빛으로 이리하무를 힐끗 보았다. 그리고 그는 속으로 참으로 부지런하고 착한 사람이라며 감탄하였다.

아시무는 곧장 외양간으로 가더니, 마대를 뒤집어 마구 쏟아내기도 하고, 엉킨 싹을 신이 나서 손으로 퍼내기도 하였다. 외양간 바닥에 가득 널린 촉촉하고 파릇파릇한 새싹들은 향긋한 옥수수 냄새를 풍기며 젖소들을 유혹하고 있었다. "음매음매" 흥분을 감추지 못하고 다가온 젖소들은, 허겁지겁 혀로 한입 푸짐하게 감아서 먹으며, 하나라도 놓칠세라 머리를 흔들어 다른 부위에 묻은 새싹들을 털어냈다. 그리고 무척 만족스러운 듯 음미하며 되새김질을 하였다.

무아지경에 빠져 먹고 있는 젖소들의 모습에 아시무는 저도 모르게 옥수수 싹을 질근질근 씹는 젖소들의 리듬에 맞춰 머리를 흔들고 엉덩이를 씰룩거렸다. 그리고 침까지 꿀꺽 삼켰다. 아시무는 갑자기 위액 분비와 장 활동이 촉진되고 체내의 막혔던 기가 원활하게 흐르는 듯 몸이 가뿐해지는 것을 느꼈다. 따라서 머릿속을 가득 채우고 있던 흐릿한 먹구름이 차츰 걷히면서 틈이 생기기 시작하였다. 적어도 그는 밭에 나가 일해야 하는 동기와 필요성을 인지하게 되었던 것이다.

아시무가 외양간에서 젖소들과 함께 기쁨을 나누고 있을 때, 이밍쟝은 아버지의 반대로 누나가 학교에 돌아가지 못하고 있다는 사실을 슬그머니 이리하무에게 귀띔해 주었다. 한참 후 집안으로 들어온 아시무의 얼굴은 방금 전에 비해 혈색이 훨씬 좋아졌다. 그는 미안한 표정으로 이리하무를 바라보며, 인사가 늦었다는 뜻의 손짓으로 정중하게 자리를 권하였다.

"어서 앉아요. 어서!"

그리고 이리하무의 안부인사에 대해 얼버무리며 대답하였다.

"많이 불안해요? 아이쥬지머우쥬지 때문에 또 걱정하고 있는 거죠?"

이리하무는 사근사근하게 물었다.

"당신도 아이쥬지머우쥬지라고 하네요?"

이리하무의 급소를 찌르는 한 마디에 아시무는 여간 놀라지 않았다. 사실 아시무의 이른바 '학식'에 대해 제7생산대의 구성원들은 누구나 잘 알고 있었다. 이리하무와 같이 위엄과 신망이 있는 사람과 함께 아이쥬지머우쥬지를 논할 수 있어, 아시무는 한편 기쁘기도 하였지만, 동시에 우려도 한층 깊어졌다. 이리하무마저 아리쥬지머우쥬지의 존재를 인정하였다는 건, 그에게 있어 우려가 사실이 되었다는 확실한 증거였다.

"사실 아이쥬지머우쥬지란 언제나 존재하는 거예요."

이리하무는 웃음을 꾹 참고 이 익살스러운 단어를 언급하였다.

"아이쥬지머우쥬지가 정말이에요……."

아시무는 표정이 굳고 사색이 되어 말을 잇지 못하였다. 방금 전 젖소와 옥수수 싹 때문에 간신히 되찾았던 약간의 기쁨이 순식간에 사라지고 말았다.

"아이쥬지머우쥬지란 무엇이라고 생각하세요? 옛날에는 액운을 불러오는 사람이나 사물, 재난을 일으키는 원흉, 인민을 해치고 세상에 큰 피해를 입히는 요괴를 일컫는 단어였어요. 그런데 이런 요괴들이 어디 한둘인가요?

국민당, 지주, 촌장(郷約), 우쓰만(烏斯曼)[09] 악당, 마중잉(马仲英)[10] 비적들이 바로 아이쥬지머우쥬지예요. 중국을 침략한 일본 제국주의, 인민의 행복한 생활을 파괴한 악당들도 이러한 아이쥬지머우쥬지예요.

지금 또 다른 신형의 아이쥬지머우쥬지들이 나타나 우리의 기반을 무너 뜨리려 하고, 우리로부터 이익을 얻으려고 꾀하고 있어요. 이런 아이쥬지머 우쥬지는 '나의 것은 나의 것이고, 너의 것도 나의 것이다' 라는 이치를 뻔뻔 하게 주장하고 있죠. 그들은 온갖 수를 써 우리를 혼란에 빠뜨림으로써, 불 난 틈을 타 도둑질을 하고, 우리의 권익을 침범하려고 해요. 때문에 아이쥬 지머우쥬지란 절대 신비롭거나 특별한 존재가 아니에요. ……"

"당신 말대로라면 이건……"

표정이나 말투로 보아 아시무는 조금씩 안정을 되찾아가고 있었다.

"당연히 현실적인 투쟁을 말하는 거죠. 갑자기 땅속에서 솟아난 뿔 달린 도깨비나 악마라도 되는 줄 알았어요? 인민이 있는 곳에는 아이쥬지머우쥬 지가 있기 마련이에요. 태양이 비추는 곳에 그림자가 생기는 것과 같은 이 치죠. 이것을 우리는 계급의 적, 계급투쟁이라고 불러요. 계급의 적과 계급 투쟁이 있기 때문에 공산당도 있는 거예요."

"그럼, 적과 투쟁은 늘 우리 곁에 있고, 사회는 곧 어지럽게 되는 건가요?"

아시무는 수심이 가득 차 물었다.

"뭐가 어지러워요? 누가 어지럽죠? 당신이에요 아니면 나예요? 공산당은 톈산(天山, 신장에 있는 산 이름 - 역자 주)처럼 굳세고 흔들리지 않아요. 쑥쑥

09) 우쓰만(烏斯曼) : 톈안먼에서 일어난 차량 돌진사건의 주범으로, 신장 폭력테러세력이 처음 으로 베이징에서 일을 벌인 중대사건.

10) 마중잉 : 중화민국의 군벌. 감숙성과 청해성을 기반으로 한 마 씨 일족의 일원으로 소위 서 북오마의 한 사람. 서북의 마 씨 군벌들 중 제일 어린 나이에 사단장에 올라 신강성의 정복 을 기도하였으나 성스차이에게 패해 소련으로 망명했고, 이후 소련군에 입대함.

자라고 있는 밀, 새싹 솝을 때가 된 옥수수, 벌써 첫 수확이 시작된 만물 개자리, 매일 변함없이 동쪽에서 뜨고 있는 태양, 시원하게 밭으로 흘러들고 있는 용수, 여기에 어지럽거나 혼란스러운 부분이 대체 뭐가 있어요? 사회질서를 어지럽히려고 작정한 악당과 나쁜 놈들이 있는 건 사실이에요. 일부 겁이 많고, 쉽게 동요하거나, 어리석은 사람들이 잠시 혼란에 빠져 착오를 범할 수도 있어요. 하지만, 다 괜찮아요. 난관에 봉착할 때마다 우리는 늘 '알라신이 있다!' 라고 말하며, 스스로 심적 안정을 찾고 위로해 왔어요. 지금도 우리는 알라신을 말하고 있어요. 이것도 좋지만, 인민들이 만들어낸 또 다른 속어도 있어요. 어려운 상황에 처할 때면, 사람들은 '당 조직이 있다!' 라고 말해요. 즉 우리의 뒤에는 항상 공산당이 있고, 마오 주석이 계신다는 뜻이죠!"

"말은 듣기 좋지만, 그래도 난 늘 두려워요……"

"뭐가 두렵죠? 두려울 게 뭐가 있어요? 두려움 그 자체가 악마라는 속설이 있잖아요. 존재하지도 않는 악마 때문에, 늘 겁에 질려 마음을 졸이면, 결국 정말 악마가 달라붙어 괴롭힌다는……"

"맞아요…… 저기…… 우리 차 마셔요."

아시무가 말을 더듬으며 우물쭈물하고 있을 때, 마침 니사한이 차가 담긴 가마를 들고 들어왔다.

눈물을 닦고 얼굴을 다시 씻은 아이미라커쯔가 안방에서 걸어 나오더니 아시무를 보며 말했다.

"아버지, 저 갈게요……"

눈을 부릅뜬 아시무는 입속에 삶은 계란을 문 듯 어물어물거리며 아무 말도 하지 못했다.

"그냥 가게 둬요! 학교를 다닌다는 건 좋은 일이에요! 애가 얼마나 참해요!"

이리하무는 낮은 소리로 아시무를 다독였다. 그러나 아시무는 여전히 묵묵부답이었다. 그러자 이리하무는 아이미라커쯔를 바라보며 아시무 대신 대답해 주었다.

"그래, 어서 가거라. 공부 열심히 해서, 졸업 후에 반드시 훌륭한 의사가 되어야 한다! 그리고 요즘은 집에 자주 들리도록 하려무나. 부모님들이 걱정이 많으니 주말에는 집에 돌아와 가족들 얼굴도 보고 이야기도 나누는 게 좋을 것 같은데, 그렇게 해줄 수 있느냐?"

마지막에 한 "그렇게 해줄 수 있느냐?" 는 한 마디는 딸뿐만 아니라, 아버지인 아시무에 대한 질문이기도 하였다.

아이미라커쯔는 머리를 끄덕였다. 아시무도 들릴 듯 말 듯 대답하였다. 아이미라커쯔는 이리하무에게 고맙다는 눈인사를 건넨 후 돌아서서 짐을 챙겨 집을 나섰다.

차를 마시면서 이리하무는 일부러 이밍쟝을 꾸짖었다.

"밍쟝아! 너는 너무 게으로구나! 정신적으로 너무 해이해져 있어! 이래서는 안 돼지! 저 벽을 봐라. 회칠을 절반만 하고 그만두면 어쩌자는 거냐? 이건 머리를 절반만 깎고 내버려두는 것과 똑같아, 반은 검고, 반은 희고, 얼마나 보기 흉하냐!"

이밍쟝이 나서서 해명하려고 하자, 이리하무는 눈빛으로 아무 말도 하지 말라고 타이르면서 말했다.

"식사를 마치고, 석회를 준비해 놓거라. 내가 회칠을 도와줄 테니!"

회칠에 대한 말이 나오자, 부부는 당황함과 어색함을 감추지 못했다. 그러자 이리하무는 적절하게 화제를 바꿨다.

"장미를 참 아름답게 가꿨어요! 마당에 들어서자마자, 활짝 핀 장미꽃에 마음을 완전히 빼앗기고 말았어요. 화려한 자태의 빨간 장미와 연하고 부드러운 분홍빛 장미는 정말 아름답던데요……"

"장미꽃이 다 피었어요?"

"왜 그래요? 당신이 직접 심은 꽃이 피었는지도 모르고 있었어요?"

이리하무는 웃으며 되물었다.

"자신이 고생스럽게 심은 꽃들이, 바로 눈앞에서 자라고 있는데, 이 사람만 보지 못해요…… 날마다 무슨 고민이 그렇게 많은지 도대체 모르겠어요.
……"

니사한은 낮은 소리로 중얼거렸다.

"그, 그래요…… 장미를 좋아해요?"

아시무는 민망한 나머지 대답을 잘 못하고 더듬거리며 괜히 싱거운 소리만 하였다.

"그럼요. 우리는 모두 장미를 좋아해요. 장미에 대한 사랑이라고 하면, 쿠처지역 사람을 빼놓을 수 없죠. 러허만 형의 말에 의하면, 쿠처지역 사람들은 남녀노소를 불문하고, 머리에 장미를 다는 것을 좋아한다고 해요. 모자의 가장자리 아래에 말이죠. 그리고 장미 한 송이를 들고 온 손님은, 더욱 주인의 환대를 받는다고도 해요."

"우리 이리지역 타란치(塔蘭奇)[11] 의 장미에 대한 사랑도 만만치 않아요!"

이밍쟝이 끼어들어 한 마디를 하였다.

"아직도 기억이 생생해요. 4학년 때, 국어를 가르치던 한 남자 선생님이 계셨는데, 어느 날 큰 장미 한 송이를 들고 교단에 오르셨어요. 그분은 한참 강의를 하다가도 문득 머리를 숙여 장미 냄새를 맡곤 하였죠. 한번은 교장 선

---

11) 타란치(塔蘭奇) : 이리 위구르족의 한 방계로서, 몽골어로 '씨 뿌리는 사람'이라는 뜻을 지닌다. 청나라 때 농업인구가 부족한 이리지역을 보강하고 그곳의 국경 수비를 강화하기 위해, 신장의 남부 지역 카스 일대로부터 동원되어 온 농민들을 말함.

생님께서 그분 수업을 방청하러 들어왔다가, 이 사실을 발견하게 되었어요. 그래서 주의까지 주었는데, 그 남자 교사는 순순히 교장의 의견을 받아들이지 않았고, 한바탕 논쟁을 벌였지만, 끝내 결론이 나지 않았다고 해요……"

말을 마친 이밍쟝은 크게 웃음을 터뜨렸다. 이리하무도 웃었다. 웃고 있는 이리하무와 아들을 번갈아 보던 아시무도 결국 웃음을 참지 못하였다.

"오늘 일을 마치고 다시 오세요. 장미 몇 송이를 꺾어 챠오파한 아주머니와 미치얼완 동생에게 갖다드리세요……"

니사한이 이리하무를 보며 말했다.

"그럴게요, 고마워요. 아시무 형님!"

이리하무는 간절하게 아시무를 부르며 말을 이었다.

"장미가 만발하는 계절은, 곧 우리 마을에서도 농사일이 가장 바쁜 때예요! 1년 농사의 성패는 지금에 달렸어요! 진정한 농민이라면, 이런 중요한 시기에 집에만 있을 수 없어요. 아시무 형님, 형님의 병은 아무래도 두려움 때문에 얻은 거고, 마음이 답답하고 우울해서 나타난 증상인 거 같아요. 아마도 마리한 그 지주 할망구가 형님 귀에 대고 얼토당토않은 소리를 지껄인 게 아닌가 싶어요. ……"

"아…… 아니요……"

아시무는 낯이 뜨거워서인지 얼굴이 붉으락푸르락 달아올라 그런 게 아니라고 부정하였다.

"이밍쟝, 배불리 먹었니? 그럼 석회를 준비하거라! 그리고 솔도 가져오고……"

"아니요, 그럴 필요 없어요. 내가 할게요!"

니사한은 미안한 마음에 당황하며 이리하무 손에서 말꼬리 털로 만든 솔을 빼앗으려고 하였다.

"지켜봐요, 러시아 여성들보다도 회칠 솜씨가 좋거든요!"

이리하무는 호탕하게 웃으며 기어코 솔을 주지 않았다.

…… 이리하무의 방문은 아시무 가족에게 불어온 따뜻한 봄바람과 같았다. 구석지고 그늘진 어둡고 추운 곳의 적설은 초여름이 다 되어도 녹지 않고 쌓여 있다. 그곳의 적설에게 필요하고 또 그들이 기다리는 건 바로 이 따사로운 바람이었다. 젖소들은 이리하무가 가져온 야들야들한 옥수수 싹을 쩝쩝 소리 내어 먹고 있고, 회칠을 새로 한 집은 훨씬 깨끗하고 밝은 분위기로 바뀌었으며, 축축한 석회 냄새가 은은한 공기 속에는 활기찬 기운이 감돌았다. 아이미라커쯔는 학교로 돌아갔고, 닷새가 되지 않아 토요일이면 집으로 돌아오겠다고 약속하였다.

옆에서 회칠을 거들고 있는 이밍쟝은 즐거워서 입을 다물지 못하고 있었다. 그들이 벽을 칠하고 있을 때, 아시무는 조심스럽게 장미 꽃밭 옆에 쪼그리고 앉아 칸투만(砍土鏝, 곡괭이, 위구르족이 사용하는 철제 농기구의 일종 - 역자 주)을 수리하였다. 이밍쟝은 마리한이 아시무에게 지껄였던 말 같지도 않은 소리들을 자신이 알고 있는 만큼 이리하무에게 보고하였다. 그러나 아시무가 또다시 당황해하고 겁에 질리지 않도록, 이리하무는 더 이상 추궁하지 않았다. 니사한은 회칠을 마치고 떠나려는 이리하무에게 가장 크고 빨간 아름다운 장미 한 송이를 꺾어 선물하였다. 그리고 일이 끝나면 꼭 다시 들르라고 신신당부하였다. ……

이리하무가 점심에 아시무 네 집을 방문한 데는 두 가지 목적이 있었다.

"알라신의 공손하고 순종적인 자민(아시무가 입버릇처럼 하는 자랑이다)"에게 문안하러 온 것 외에, 또 다른 중요한 볼일이 있었다. 4월 30일 밤, 물이 샌 관개수로가 바로 아시무 네 집 앞에 있는 구간이었는데, 이리하무는 직접 수로의 상황을 살펴보고 싶었던 것이었다.

옛날 이곳은 움푹한 저지대였고, 관개 수로의 끝이었다. 하지만 이곳의 남쪽, 아시무의 과수원으로부터 또 다시 완만한 오르막이 시작되는데, 총 40여 무(畝)가 넘는 토지에는 전혀 물을 댈 수가 없었다. 그리하여 거기에는 꽃창포, 고두자(苦豆子), 메귀리, 쐐기풀들이 자라고 있었다. 1958년 대약진운동 시기, 이리하무의 제의에 따라 관개 수로를 남쪽으로 20여 미터 늘렸고, 그 40여 무에 달하는 황무지를 개간하였다.

개간 후 첫해에는 박과 식물을 심었고, 이듬해에는 완두를 심었는데, 모두 푸짐한 수확을 보았다. 그러나 이곳 저지대 구간은 둑을 엄청 높게 쌓아올리고, 물이 가득 고여야만 남쪽으로 흘러 40여 무의 전지를 관개할 수가 있었다. 당시 이런 상황에 비추어 반대 의견들도 많았다. 간선수로의 수면이 평지보다 훨씬 높은 상황에서, 만약 둑이 터져 물이 밖으로 흘러나오기라도 하면, 그땐 손쓰기 어려울 것이라는 목소리들이 높았다. 그러나 하루빨리 40여 무의 황무지를 개간하여, 농작물을 재배하고 싶은 마음이 간절하였던 이리하무는, 모든 일은 사람이 하기 나름이니, 물이 밖으로 흘러나오는 상황은 피할 수 있다고 주장하며 설득하였다. 그리하여 그들은 이 구간 수로의 둑을 건설하는데 여간 신경을 쓰지 않았던 것이다. 우선 농촌 기본건설 팀(基建隊)의 달구며 궁글대를 모두 빌려왔고, 흙을 한 층 한 층 쌓을 때마다 한바탕 달구질을 하고 궁글대로 다지면서, 견고성에 모든 심혈을 기울였다. 뿐만 아니라 그 위로 큰 나무바퀴 수레가 지나가도 절대 붕괴되지 않도록, 수로의 양쪽에 완만한 경사면도 건설하였다.

완공 후 몇 년이 지났지만, 이 구간의 수로는 아무런 사건사고도 일어나지 않았다. 세월이 흘러 둑 위에는 풀들이 빼곡하게 자랐고, 풀뿌리들이 한데 뒤엉켜 있어 수로는 더욱 견고해졌다. 그런데 이번에 일어난 사고에서, 수로는 물에 의해 2m도 넘는 부분이 터지고 말았다. 물에 씻겨 내려온 진흙들이 이 저지대에 층층이 쌓인 지도 벌써 열흘이 넘었다.

그 동안 마구 내리쬐는 햇빛 아래에서 마르고 쩍쩍 갈라져, 등골에 소름이 끼칠 정도로 끔찍한 모습으로 변해 있었다. 2m가량 되는 새로 막은 수로의 경사면에는 한 덩이 한 덩이의 진흙과 한 뭉치 한 뭉치의 밀짚이 쌓여 있었다. 수습 흔적이 아직 선명하게 남아 있는 그 부분을 제외하고, 수로의 양쪽 둑은 예전 모습 그대로 완전하였다. 말발굽에 밟혀 파괴되거나, 마차에 눌려 변형되었거나, 또는 쥐들이 구멍을 팠거나 한 흔적도 전혀 없었다.

이리하무는 아시무네 집에서 나와 줄곧 이 구간의 수로 맞은편에 앉아 세심하게 관찰하고 오래도록 사고하였다. 하필이면 물을 대야하는 그 날 사고가 생겼고, 물을 댄 사람이 또 하필이면 명성이 자자한 니야쯔 파오커라였다. 그야말로 하늘이 준 좋은 기회였다. 소문에 의하면, 현재 니야쯔 파오커를 비롯한 몇몇 사람들은 패모(貝母, 백합과에 속한 여러 해살이 풀로 약용으로 쓰임 – 역자 주)를 채집하러 산에 간 채 벌써 며칠째 집에 돌아오지 않고 있다고 하였다.

허풍쟁이 무싸와 강터우 우푸얼의 대전
벌낫을 휘두르다
노동하는 영웅의 모습

따뜻한 봄바람이 불어왔다. 논과 들, 논두렁과 도랑 둑, 길목과 다리, 원락(院落, 울안에 본채와 따로 떨어져 있는 정원이나 부속 건물 - 역자 주)과 집안 곳곳에 찾아온 봄바람에, 마지막 남은 얼음과 눈도 녹고, 한 송이 한 송이의 장미도 아름답게 피어났으며, 농작물과 나무도 성장을 재촉했다……

이리하무와 아시무가 회칠을 하고 있을 때, 수많은 공산당원과 공청단원, 간부와 열성분자들도 상급기관 당위원회의 요구에 따라, 사상교양 사업에 몰두하고 있었다. 그들은 수고를 마다하지 않고 한 집 한 집 방문하면서, 한 사람 한 사람마다 두 손을 꼭 잡으며 눈을 마주치고 이야기를 나누었다. 이들의 온화한 미소와 귀에 쏙쏙 박히는 흥미로운 이야기들, 배려와 관심이 어린 눈빛, 의연하고 차분한 행동거지는 사람들의 가슴속에 있는 먹구름을 말끔히 걷히게 하였고, 선량하지만 거칠고 둔탁하며 연약한 면이 있는 사람들의 마음을 따스하게 감싸주었다. 높은 파도와 혼탁한 물이 덮치더라도, 평소와 같이 굳건히 자리를 지키고 서서 위험을 막아줄 수 있는 그들은, 사람들

127

에게 있어 평범하지만 든든한 제방과 버팀목과 같았다.

투얼쉰베이웨이가 일하는 방식과 풍격은 남다른 데가 있었다. 업무 분담에 따라 그녀는 아무 이유도 없이 작업에 빠지고 있는 몇몇 부녀들을 상대로 동원사업을 하게 되었다. 점심때 투얼쉰베이웨이는 7, 8명의 여덟아홉 살된 아이들을 모아놓고, 그들이 수행해야 할 임무를 정확히 설명한 후, 속성으로 훈련까지 마쳤다.

그녀는 두건을 단단히 묶고, 옷소매를 걷어붙인 후, 가슴을 활짝 펴더니 정연하게 열 맞춘 조무래기들을 거느리고 당당하게 출동하였다. 그들은 한 집 또 한 집 찾아갔고, 사업 대상들의 집을 방문할 때마다, 아이들은 그녀의 지휘 하에 우선 바닥 청소를 하고 마당 정리를 하였다. 그럴 때마다 그들의 사업 대상인 아무 이유 없이 작업에 빠지고 있는 부녀들은, 그런 그들의 행동을 놀랍고 신기하게 지켜보았다. 그리고 고맙게 생각하여 인사를 하다가도, 한편으로는 아이들이 혹시 물건이라도 망가뜨릴까 걱정되어 급한 마음에 고래고래 소리를 지르기도 하였다. 첫 번째 미션을 마친 아이들은 다시 열을 맞춰 나란히 섰고, 그들 중 대장이 앞장서서 낭송하듯 높게 운을 뗐다.

"아주머니! 아주머니! 왜 밭에 나오지 않습니까? 노동을 하지 않고 밀 · 옥수수가 어디에 있겠습니까!"

다음은 전체 아이들이 함께 소리 높이 읊었다.

"착한 아주머니! 친절한 아주머니! 부지런한 우리 아주머니! 어서 밭으로 나가세요! 어서 밭으로 나가세요! 어서요……"

아이들의 머릿수는 많지 않지만, 쨍쨍하게 질러대는 소리에 귀청이 터질 지경이었다.

그리고 사업 대상의 나이가 그리 많지 않을 경우에는, 호칭을 '아주머니'에서 '큰언니'로 바꿔 불렀다. 노동을 싫어하는 게으른 부녀들일수록, 다른 사람들에게서 일찍부터 '아주머니'라든가 '할망구'와 같은 호칭을 듣는 것을 무척 꺼려하였다. 투얼쉰베이웨이는 그들의 이러한 특징을 잘 알고 있었다. 그리고 아이들이 훈련에서 배운 문장을 명확하게 전달하지 못하는 경우가 생기면, 투얼쉰베이웨이는 직접 나서서 다시 부르기도 하였다. 그러다가 아이들이 긴장하여 문장을 까먹고 엉거주춤하면, 그녀는 청중(그들의 관객은 일반적으로 한 사람뿐이기 때문에, 청취자가 더욱 어울리는 단어이다)을 앞에 두고 잊어버린 대사를 가르쳐주었다. 아이들의 낭송은 청취자가 하루 이틀 내에 반드시 밭에 나가 일하겠다는 약속을 할 때까지, 지치지 않고 한 번 또한 번 반복하였다.

이 날 점심 때 한 번도 그런 적이 없던 아이바이두라가 관례를 깨고 다리목으로 나왔다. 마을로 통하는 길 위에 건설된 이 나무다리는, 도로를 따라 뻗어나간 간선 수로의 양측에 걸쳐 있었다. 나무다리 양쪽에 얼핏 두 개의 긴 의자와 같이 보이는 넓은 난간이 설치되어 있는데, 사람들이 앉을 수 있도록 편리함을 주기 위해 만들어지기도 하였다.

신장의 농촌에서 다리를 부설할 때에는, 항상 교량의 두 가지 기능을 가장 중요하게 생각하였다. 하나는 교통상의 기능이고, 다른 하나는 공공 여가공간으로서의 기능이었다. 하는 일 없이 빈둥거리는 마을의 일부 청년 남성들이, 다리의 난간에 기대어 앉아 휴식하기를 아주 좋아하였다.

그들은 여기에 앉아 햇볕을 쬐고, 바람을 쐬며, 청량감을 만끽하였고, 공기를 마시고, 담배를 피우며, 흐르는 물소리를 들었다. 이보다 더 주요한 목적은 행인을 구경하는 것이었는데, 특히 오가는 처자와 젊은 아낙네들을 구경하는 것을 흥미롭게 생각하였다. 그들은 길을 지나가는 여성들의 용모에 대해 이러쿵저러쿵 말하면서, 한바탕 떠들썩하게 웃어 대곤 하였다. 그러나 그들 대부분은 결코 무뢰한은 아니었다. 그들이 말하는 우스갯소리도 절대 몹시 저속하거나 비열한 정도는 아니었다(진정한 건달들은 여기에 앉아서 우스갯소리를 하지 않는다). 그들은 단지 언행이 산만하고, 정치적 각성과 조직성이 결여된 사람들로서, 되지도 않는 농담이나 쓸데없는 말을 지껄이며 자신을 과시하려는 것뿐이었다.

아침의 면담에서 내린 결정 때문에, 아이바이두라는 눈을 딱 감고 나오는 웃음을 겨우 참으며 여기로 왔다. 그는 어쩔 수 없이 다리에 앉아 있는 청년들을 불렀다.

"이봐요, 젊은 친구들! 이리 와 봐요. 내가 이야기 하나 해줄게요!"

아이바이두라는 작은 책 한 권을 불쑥 꺼내들더니, 감정을 담아 다채롭고 조화로운 음률미를 살리면서, 똑똑한 발음으로 침착하고 유창하게 낭독하였다. 그러자 다리 위에서 시간을 허비하고 앉아 있던 젊은이들도 하나둘씩 그의 주위로 모이기 시작하였다.

처음엔 아이바이두라가 왜 갑자기 이곳에 나타났는지 몰라, 다들 무척 궁금한 표정들이었다. 아이바이두라가 혹시 자신들을 훈계하거나 심지어 심한 욕을 해주려고 온 건 아닐까라는 생각에, 그들은 조심스럽게 눈치를 살폈다. 그리고 설사 맞서 싸운다고 하여도 그들 몇 명으로는 절대 아이바이두라에게 상대가 되지 않는다는 것을 잘 알고 있었기에, 더욱 두려움이 앞섰다.

아이바이두라가 책을 들고 이야기를 읽어주는 모습을 보더니, 그제야 젊은이들은 한시름을 놓았고, 대체 무슨 상황인지 이해할 수 없어 궁금증만 더 생겼다. 아이바이두라가 낭독하고 있는 이야기는 어우양하이(歐陽海, 중국 인민해방군으로 목숨을 바쳐 열차의 전복을 막은 영웅임 - 역자 주)가 자신을 희생하여 남을 구했다는 내용이었다. 낭독을 마친 아이바이두라는 청년들을 보며 말했다.

"이봐요, 젊은 친구들! 어우양하이도 사람이고, 우리도 똑같은 사람이에요. 그런데 이 사람이야말로 진정한 사나이가 아닌가요? 인민들의 이익을 위하여, 마지막 피 한 방울까지도 아낌없이 흘릴 수 있는 사람이요. 그런데 여러분들은 어때요? 지금 여러분들은 이미 엄마 품에 안겨 젖 먹을 나이도 지났고, 잠을 잘 때 쉬마이커(須賣克, 유아용 흔들침대에 설치되어 있는 소변을 받는데 쓰이는 나무 대롱 - 역자 주)가 필요한 나이도 아니에요.

한 끼에 낙타만큼은 아니더라도 그 절반쯤은 거뜬히 먹어치울 수 있는 젊은이들이, 지금 여기에서 빈둥거리고 있어서야 되겠어요? 왜 밭에 나가 일하지 않는 거죠? 아, 설명하지 않아도 알아요. 당신들은 어제 나가 일을 했기 때문이죠? 그렇지만 농사일이 가장 바쁜 계절에 어떻게 이럴 수 있어요? 설령 한 마리 말이라 하더라도, 만약 좋은 말이라면, 날마다 흙에서 뒹굴며 햇볕이나 쬐는 그런 말이 아니라, 전쟁터에 나가 마음껏 질주할 수 있는 멋있는 말이 되고 싶어 할 거예요.

젊은이들은 수정주의자들과 반동파 지주 놈들이 지금 우리의 안락한 생활을 파괴하려 한다는 사실을 설마 보지도 듣지도 못했나요? 젊은이들의 나태함과 산만함은 그런 나쁜 놈들에게 오히려 도움이 될 뿐이라는 걸 모르나요? 여러분들의 끓어 넘치는 열정과 힘을 더 이상 낭비하지 말고, 어서 공사의 토지에 이바지하는데 쓰세요. ……"

이 대대에서 나이가 가장 많은 연장자는 쓰라무였다. 쓰라무는 본인조차 자신의 나이를 정확히 알고 있지 못했는데, 풋살구가 노랗게 익어가고 바람이 크게 불던 날에 태어났다는 것만 기억하고 있었다. 이리하무의 외할머니 챠오파한이 아직 아가씨일 때, 쓰라무는 벌써 긴 수염을 기르고 있었다고 하였다.

제7생산대의 삼림 감시원인 그는 날이 채 밝기도 전에 집에서 나와, 숲 안을 누비며 부지런히 돌아다니다가 점심때에도 돌아가지 않았다. 삼림 감시

131

원으로서 그가 해야 할 일은 아주 많았다. 나무에 물을 주고, 흙을 고르고, 나무줄기에 페인트칠을 하는 등은 물론 이 계절에 가장 중요한 임무는 누군가의 당나귀나 양들이 와서 나무껍질을 갉아먹지 못하도록 감시하는 일이었다.

5월의 나무껍질 속에는 풍부한 생명의 즙액이 가득한 만큼, 일부 책임감이 없는 주인의 얄미운 가축들을 만나면, 숲은 큰 재앙을 입을 수밖에 없었다. 그리하여 그는 나무를 보살피는 한편, 행인들도 주의 깊게 지켜보았다. 그는 이 일대의 모든 사람들을 익히 알고 있었는데, 이제는 흘끗 쳐다만 보아도 볼일이 있어 급히 지나가는 행인인지, 아니면 여유롭게 빈둥거리며 여기저기 돌아다니는 사람인지, 한눈에 딱 알아볼 수 있었다.

그는 어떤 행인인지 쉽게 식별할 수 있을 뿐만 아니라, 불러 세워 이야기를 나눌 필요가 있다고 판단되는 사람을 만나면, 매번 망설이지 않고 가던 길을 잠시 멈추도록 하였다. 그는 그런 사람들에게 다가가 함부로 유언비어를 믿거나 그런 것들 때문에 딴마음을 품지 말고, 얼른 밭으로 나가 봄철에 해야 할 농사일에나 열중하라며 타일렀다. 또 수정주의를 두려워할 필요가 없다고 북돋아주기도 하였는데, 사실 '수정주의'란 단어는 이 늙은이에게 있어 발음하기 어렵고 난해한 어휘였다. 쓰라무는 이 단어를 잘 말해 보려고 무척 노력하고 학습도 하였지만, 여전히 알아듣기 힘들었다. 뿐만 아니라, '제2인터내셔널(第二國際)', '카우츠키(考茨基)', '사회민주주의(社會民主主義)'와 같은 표현에 대해서도, 그는 들을수록 오리무중에 빠져드는 느낌이었다. 그러던 중에 그의 머릿속에 츄퉁쯔(球筒子)라는 단어 하나가 번쩍 떠올랐다.

츄퉁쯔(球筒子)는 사실 중국어 단어인 '취덩쯔(取燈子)' 혹은 '취덩얼(取燈兒)'에서 파생된 것인데, 신장의 남부지역 일대에서 유행하고 있는 불을 붙이는 데 쓰이는 엷은 나무토막을 가리키는 말이었다. 그리하여 그는 수정(한어 발음은 '슈정'이다)주의를 아예 취덩(取燈)주의라고 불렀다. 그러다가 점점 입에 익고 말이 빨라지면서, 또 한어 발음의 특징에 대해 열심히 연구하고 모색하다 보니, 지금은 츄덩(毬燈)주의라고 고쳐 발음하게 되었다.

그가 "우리 모두 그쪽의 츄덩주의를 두려워하지 말고……" 라는 식으로 장황하게 설교하면, 그 발음 때문에 사람들은 웃음바다가 되기도 하였다. 한어 발음의 절묘함에 대해 전혀 모르거나 느끼지 못하는 것은 아니었다. 하지만 그는 아주 만족하였다. 쓰라무는 수정주의에 대한 자신의 반대 및 비판의 방식과 수준이 상당히 향상되었음을 스스로 잘 알고 있었다.

그 외에도 대장장이 다우티와 여성주임 싸니얼, 부대장 러이무와 그의 아내 짜이나푸……, 많은 사람들이 분담 업무에 따라 입이 마르도록 설명·설득·논쟁·비평을 하며 열심히 움직이고 있었다. 그들은 완강하고 참을성 있게 선전 및 선동활동을 전개하는 한편, 대중들의 사상적 동태와 적들의 움직임 및 단서를 주의 깊게 살피고 파악하였다. 그들의 활동은 우리의 강대한 인민정권을 대변하는 목소리가 되었고, 눈과 귀가 되었다.

그런데 어떤 열성분자보다도 항상 더 적극적인 모습을 보이던 아부두러허만 영감은 어디에 있는 걸까? 여기서 잠깐……

공사와 대대의 핵심 인원들의 평범하지만 중대한 의미를 가지는 이날의 활동에 대해 말한다면, 리시티를 빼놓을 수 없었다. 대지주 마무티와 그의 아들 이부라신의 장원은 원래 비교적 크게 건설되어 있었고, 해방 이후 그들은 또 많은 집을 지었다. 공사화가 시작된 후, 그들은 단독으로 하나의 팀을 조직하였다.

옛 마을 앞에 거대하고 오래된 후양(胡楊, 중국 서북부 사막지대에서 자라는 포플러의 일종 - 역자 주)나무 한 그루가 있었는데, 작고 둥근 잎사귀들이 햇빛을 막아 주어 나무 아래에는 큰 면적의 그늘이 만들어져 있었다. 여름이 되면 사람들은 그늘에 모여 회의를 열곤 하였는데, 몇 백 명 되는 사람도 앉을 수 있었다. 후양나무 가지에는, 토지개혁을 실시하던 해에 토지 공작대에서 종으로 쓰기 위해 가져온 미국제 포탄 탄피가 걸려 있었다. 지역이나 지구의 이름을 번호처럼 숫자로 식별하여 부르는 것에 익숙하지 않은 사람들은(사실 대부분 농민들은 제1구역, 제2공사, 제3생산대 등과 같이, 차례를 나타내는 숫자로 이름 지어 부르면 너무 추상적이어서 와 닿지 않는다고 생각하였다. 그리하여 비공식적이더라도 차라리 그곳 특색을 살릴 수 있고 직관적인 이름을 지어 부르는 것을 선호하였다. 예를 들면 한 그루 백양, 흰색 가게, 구덩이 옆 등과 같은 것이었다), 제4생산대를 흔히 그 후양나무 아래 혹은 그 포탄 탄피 아래라고 불렀다. 그리고 이 제4생산대의 대장이자 공산당 당원인 우푸얼의 별명은 '판판쯔'였다.

판판쯔는 잦은 말다툼 때문에 붙여진 별명이었다. 그러나 따지고 보면, 말다툼을 남들보다 꼭 많이 한다고도 할 수 없었다. 다만 일단 언쟁이 시작되었다 하면, 절대로 두루뭉술하게 수습하거나 넘어가는 법이 없고, 문제의 본질까지 파고들어 끝을 보아야 직성이 풀리는 소신이 뚜렷한 사람이었다. 게다가 그는 성미가 급하고 말이 빠르며, 그의 말투에는 포물선과 같은 독특한 가락이 있었다. 즉 한 마디 말이든 열 마디 말이든, 처음엔 꼭 낮고 작은 소리로 시작했다가 중간쯤 되면 갈수록 목소리가 커지고 따라서 억양도 높아지는데, 자초지종을 모르는 사람이 들으면 싸움이 났다고 오해할 정도였다. 그리고 말이 끝날 무렵에는, 다시 소리가 점점 낮아졌고, 볼륨이 영이 되면 말도 마무리되었다.

우푸얼은 인도인 못지않은 검은 피부인데다가, 말할 때 눈을 약간 흘기는 습관이 있어, 흰자위가 많이 드러나고 아주 눈에 띄었다. 그리고 미세하고 빠르게 떨리며 움직이는 분홍빛 두터운 입술 때문에, 각별히 말다툼이 잦은 판판쯔의 인상을 사람들에게 심어주었을 수 있었다. 농촌사람들은 남에게 별명을 지어주는 것을 좋아하였다. 어떤 별명은 본질에 걸맞았고, 어떤 별명은 단순하게 현상을 반영하였다. 판판쯔라는 별명이 우얼푸에게 붙여진 데는 그럴만한 근거나 이유가 있기도 하지만, 동시에 아주 부적절한 별명이기도 하였다.

공사와 당의 문제에 있어서, 우푸얼은 전혀 판판쯔가 아닐뿐더러, 오히려 소처럼 묵묵히 성실하게 일하고 충성을 다하며, 자기가 한 말에 무조건 책임을 지는 사람이었다. 바로 이러한 품성 때문에, 교활하고 처세에 능수능란한 여우들에게 판판쯔로 불리게 된 것이다.

1956년 봄 고급합작사에서는 우푸얼을 한전 농사의 책임자로 배정하였다. 그는 젊은이 한 명을 데리고, 뜻밖에 차례가 난 나무바퀴 수레가 있어 말에 굴레를 씌우고, 쟁기 날과 밀 씨앗, 풀과 사료를 싣고 곧장 밭으로 향했다. 한전이라고 함은 바로 이리 하곡의 북쪽 산비탈에 있는 밭을 가리켰다. 그곳은 지세가 무척 높아 수로를 끌어들여 관개한다는 것은 꿈같은 소리였다.

하지만 토양이 비옥하여, 해마다 봄이 시작될 때면 농민들은 거기에 가서 봄밀이나 호마(胡麻, 참깨와 검은깨를 통틀어 이르는 말 – 역자 주) 씨앗을 뿌려놓았다. 그리고 8월쯤에 찾아가 보아서 작황이 괜찮으면 거두어들이는 식이었는데, 비가 오지 않아 수확을 한 톨도 못하고 괜히 종자만 날릴 때도 있었다. 그러나 대부분은 경우에는 조금이나마 수확할 수 있었다. 특히 여름철 강우량이 많아 작황이 좋은 해에는, 이곳 한전의 밀 수확량은 더욱 많았고 품질도 뛰어났다.

그리하여 빻아낸 가루는 글루텐 함유량이 높아, 밀가루 반죽이 아주 찰지고, 사람들이 즐겨 먹는 국수를 뽑기에 가장 적절하였다. 한전 농사를 짓는다고 하지만 사실은 운에 맡기는 면이 없지 않아 있었고, 이는 또 이곳 농민

농업 생산력의 낙후함의 반영이기도 하였다. 그러나 이 또한 이리지역의 작물 농사에서 없어서는 안 되는 유익한 보충이었고, 해마다 반드시 지어야만 하는 중요한 사업이었다. 그리하여 그해에는 우푸얼이 산에 오르게 되었다. 예정대로라면 5일 내에 파종 임무를 완수할 수 있었지만, 중간에 비가 오는 바람에 일이 지연되어, 다섯 번째 날에도 파종을 끝내지 못했다. 말이 먹을 사료와 풀은 아직 남았지만, 사람이 먹을 건량은 낱 조각조차 없이 몽땅 떨어진 상태였다. 만약 마을로 돌아가 식량을 가져온다면, 왕복으로 길에서만 이틀을 낭비해야 했고, 임무를 완성하지 못한 채로 돌아간다는 것은, 우푸얼에게 있어 죽어도 불가능한 일이었다. 고심 끝에 우푸얼은 청년과 협상을 하였다.

"이왕 이렇게 된 거, 우리 아예 돌아가지 맙시다. 내일은 그까짓 하루 세 끼를 굶죠 뭐. 더 이상 시간을 지체하지 말고, 한전의 파종을 끝까지 마무리한 다음, 돌아가서 배불리 먹고 푹 쉽시다."

우푸얼의 단호한 태도에, 청년도 두말없이 그의 결정에 따르기로 하였다. 그런데 배가 곯은 상태에서 고된 농사일 한다는 것은 생각보다 더욱 견디기 어려운 일이었다. 밀 씨앗을 메고 발을 떼기도 전에, 이마에는 식은땀이 송골송골 맺혔고, 속으로부터 시큼하고 쓴 맛이 자꾸 올라와 괴로웠다. 상황이 심각해지자 우푸얼은 젊은이에게 먼저 마을로 돌아가라고 하였다. 그리고 홀로 남아 이를 악물고 일을 계속하였다. 그렇게 온 하루를 버티며 일하다 보니 늦은 밤이 되었다. 7일째 되던 날 점심때에 이르러 드디어 파종 임무를 완성한 우푸얼은 기쁨에 겨워 입을 다물지 못하였다. 그는 성공의 희열을 만끽하며 마침내 후양나무 아래로 돌아왔다.

1958년 대대에 처음으로 트랙터가 들어온 날에 있었던 일이다. 갓 대장으로 임명된 우푸얼은 오후 7시에 트랙터가 후양나무 아래에 도착할 것이며,

야간에 제4생산대의 논밭갈이를 할 예정이라는 통지를 전해 듣게 되었다. 우푸얼은 저녁식사를 마치자마자 포탄 탄피 아래로 와서 트랙터를 기다렸다. 쇠로 주조한 소(트랙터를 지칭함)가 처음 왕림하시는 만큼, 그 역사적인 순간을 놓치고 싶지 않았던 것이다. 그렇게 한 시간을 기다리고 또 한 시간이 흘렀지만 트랙터의 그림자조차 보이지 않았다.

생산대의 다른 간부들과 교대하고 돌아가 쉬라는 말에도 우푸얼은 자리를 떠나지 않았다. 농기계 보급소 소장과의 약속대로, 직접 기다리고 맞이할 것이며, 자신이 트랙터를 기다리는 것은 괜찮지만, 트랙터가 자신을 기다리게 해서는 절대 안 된다는 것이 그의 대답이었다. 보다 못한 그의 금발의 타타르족 아내 라이이라가 와서 불렀지만, 여전히 끔쩍도 하지 않았다. 사람들이 지나치게 고지식하다고 비웃어도 그는 개의치 않았다.

후양나무 아래 장장 여덟 시간의 기다림은 계속되었고, 자정이 지나 새벽 3시 반이 되어서야, 멀리에서 "퉁퉁" 소리를 내는 트랙터 소리가 들려왔다. 이처럼 우푸얼은 심지가 성실하고, 맡은바 일에 대해서는 누구보다 진지하며, 지칠 줄 모르고 고생을 두려워하지 않는 열정적이고 고지식한 사람이었다.

그런데 올해 봄에 있었던 한 사건으로 인해, 우푸얼의 '판판쯔' 이미지가 다시 한 번 사람들에게 각인되었다. 3월 말 대대에서는 생산대의 대장들을 조직하여, 각 생산대의 농사준비 사업에 대한 점검, 비교 및 평가를 진행하였다. 대대의 간부와 생산대 대장들은 아침부터 저녁까지 하나 또 하나의 생산대를 돌아다니며, 농기구의 준비와 종자 선택 및 처리, 수로의 보수 작업, 축력의 준비와 전지에 밑거름을 준 상황에 대해 점검하였다. 그리고 밤에는 대대의 본부에 모여 상황을 종합하고 비교와 평가를 통해, 영예스러운 붉은 기를 수여받게 될 임자를 결정하였다.

제7생산대의 대장 무싸는 상황 종합보고에서 제7생산대에서는 봄갈이를 한 전지에 1무 당 3,000근에 달하는 밑거름을 주었다고 하였다. 이는 기타 생산대들의 수준을 훨씬 초과하는 숫자였다. 뿐만 아니라, 점검할 때 실제로 제7생산대 전지의 비료더미는 규모가 크고 양적으로도 많아 보였다. 그 외의 준비상황에서 각 생산대가 거의 비슷한 수준이라는 평가를 받으면서, 밑거름의 수량이 이번 평가의 주요 요소로 떠올랐다.

그때 누군가 영예의 붉은 기는 제7생산대에서 받아야 한다고 주장하고 나서자, 쿠투쿠자얼도 찬성하였다. 무싸는 이미 붉은 기의 수여자가 된 듯 득의양양하였다. 그러나 우푸얼은 눈의 흰자위를 희뜩희뜩 뒤집으며, 시종일관 한마디도 하지 않았다. 사람들은 그런 우푸얼을 보며, 영예의 붉은 기를 잃게 되어 마음이 편치 않아 그러는 것이라고 생각하였다.

지난 몇 차례의 평가에서 제4 생산대는 한 번도 놓치지 않고 늘 영예의 붉은 기를 취득해 왔기 때문이다. 회의가 거의 끝날 무렵 우푸얼이 드디어 입을 열었다. 그는 잠자코 앉아 제7생산대의 보고에 따라 세밀한 계산을 했던 것이다. 제7생산대에서 봄갈이를 한 토지 면적은 724무이고, 1무 당 3,000근에 달하는 밑거름을 주었다고 하면, 220만 근의 비료가 필요한데, 제7생산대의 비료의 출처는 이리하 강변의 양 똥, 마을 마구간의 말 똥, 생산대 본부 앞의 말과 소의 똥, 그리고 성원들 집집마다에서 거둬온 여러 가지 거름 등 모두 네 가지가 있었다.

이러한 상황에 비추어 그는 제7생산대의 비료더미의 높이와 아랫면의 지름이 대략 얼마이고, 가능한 범위 내에서 가장 큰 수로 계산한다고 해도, 전부 더했을 때 100만근을 초과할 수 없다고 하였다. 이어서 제7생산대의 운수 능력에 대해 따지기 시작하였는데, 비료를 나르는데 참여한 성원들의 개인 운반력과 동원된 몇 개의 손수레까지 포함하여, 매일 최대로 운반할 수 있는 비료의 양은 얼마이고, 운반을 시작한 날부터 현재까지 계산한다면, 가장 많아야 총 얼마를 운반할 수 있다고 설명하였다. 결론은 제7생산대에서 주장하는 양의 비료는 있을 수도 없고, 설사 있다고 쳐도 논밭으로 운반해 올 가능성이 전혀 없다는 것이었다. 이로부터 무싸가 보고한 1무 당 3,000근이라는 숫자는 신뢰성이 없음이 증명되었다. 그리하여 우푸얼은 영예의 붉은 기의 수여자를 지금 당장 무싸로 결정해서는 안 된다고 반대하면서, 낮에 그들이 돌아본 것은 단지 길 옆과 마을 앞의 일부분 전지뿐이었으므로, 다음 날 제7생산대의 봄갈이 전지에 대해 전면적으로 재검토 할 것을 건의하였다.

우푸얼의 발언이 끝나자 회의에 참석한 전체 사람들은 꿀 먹은 벙어리마냥 조용해졌다. 우푸얼의 계산과 논거는 절대 뒤엎을 수 없었고, 의문의 여지가 없다는 것을 리시티는 잘 알고 있었다. 그리하여 그는 더욱 후회가 되었다. 처음부터 무싸가 허풍을 떨고 있다는 것을 느꼈지만 의심만 했을 뿐 우푸얼처럼 세밀하게 계산해 보지 않은 것이 마음에 걸렸다.

하지만 유감스러운 점이 몇 개가 있었다. 첫째, 회의에서 이미 결정을 내렸기 때문에, 우푸얼의 발언은 소 잃고 외양간 고치는 격이 되었다(우푸얼이 어찌 이보다 빨리 이 의견을 내놓을 수 있었겠는가? 그는 속으로 반복하여 2시간 내내 계산하고 또 계산한 후, 판단이 확고해지자 비로소 사람들 앞에서 말한 것이었다). 둘째, 이의를 제기한 우푸얼이 바로 지금껏 영예의 붉은 기를 지켜온 제4 생산대의 대장이라는 점이었다. 만약 제7생산대가 영예의 붉은 기를 받을 자격이 없다면, 이번에도 역시 제4 생산대에서 붉은 기를 수여받는 너무나 뻔한 상황이 펼쳐지게 되는데, 객관적으로 우푸얼이 자신의 이익을 위해 붉은 기를 쟁탈한 것과 같은 역효과를 가져올 뿐이었다. 그렇게 되면, 사람들은 우푸얼을 어떤 시선으로 볼 것이며, 그의 발언 동기를 어떻게 이해할 것인가? 하지만 어쨌든 허풍과 과장을 반대하고, 실사구시를 제창해야 하며,

우푸얼과 같은 진지함과 꼼꼼한 태도를 지지해야 하는 것은 당연한 일이었다. 리시티가 고심 끝에 자신의 입장을 밝히기 위해 막 입을 열려고 하는데, 무싸가 먼저 걸치고 있던 외투를 뿌리치며 벌떡 일어섰다. 그리고 "쾅!" 하고 의자를 힘껏 밀치며 말했다.

"내가 붉은 기를 받는 것이 당신은 그리도 못마땅해요? 대장님! 인정할 수 없으면 어디 실력으로 따라와 보든가요. 앉아서 계산한다고 하여 붉은 기를 받을 수 있을 거 같아요? 우리는 생산대의 대장이지, 주판이나 두들기는 장부 담당자 아니란 말이죠. 훌륭한 대장이라 함은 무엇보다 '꽉 잡는 능력(抓)'이 있어야 하죠!"

무싸는 자신의 큰 손을 앞으로 쑥 내밀더니, 허공에 대고 할퀴듯 낚아채는 동작과 함께 주먹을 불끈 쥐었다.

"'제대로 잡지 않으면, 잡으려 하지 않는 것과 마찬가지다'라고 마오 주석께서 말씀하셨지요. 아무리 정밀하게 계산한들 무슨 소용이 있겠어요? 만약 당신이 돌을 계산해 내면, 나는 모래알까지 헤아릴 수 있다구요! 어이구, 우푸얼 형님, 어이구, 우푸얼 대장, 이번 일로 정말로 재밌고 우스운 사람이 됐네요. 내가 보기엔 우푸얼 '판판쯔'라는 별명뿐만 아니라, 우푸얼 '꼴불견(受不了)'라고 불러야 할 것 같네요!"

'꼴불견'이란 단어는 위구르어에서 상당히 흥미롭게 쓰이는데, 그 단어에는 몹시 풍자하는 뜻이 담겨져 있다. 흔히 속이 좁고 지나치게 이기적이며, 쉽게 흥분하고 화를 내는 사람을 가리켜 치다마쓰(乞達麻斯, 위구르어의 '受不了')라고 부르는데, 동시에 '꼴불견'이란 설령 작은 말다툼이더라도 한 차례 싸움에서 패배하였음을 상징하는 단어로서, 이 말을 들은 패배자는 모든 사람들의 경멸 대상이었다. 그렇다고 하여 욕설이 되는 속된 단어는 아니었다. 사람들은 면전에서 다른 한 사람을 비웃고 조롱하며 '꼴불견'이라고 불렸다. 그리고 이 단어에는 모든 사람을 압도하는 한 가지 위력이 있었는데, 바로 '불가항력'이었다. '꼴불견'이라고 불렸을 때, 만약 얼굴이 벌겋게 달아오르거나, 화를 내며 반박하고 하면…… 그러면 스스로 '꼴불견'임을 입증하는 꼴이 되고 마는 것이었다. 무싸가 이 단어로 면박을 주자, 회의에 참석한 사람들은 저도 모르게 웃음을 터뜨렸고, 쿠투쿠자얼은 몸을 겨누지 못할 정도로 크게 웃었다.

자리를 박차고 일어난 우푸얼의 흰자위는 무서울 만큼 빛이 번뜩거렸다.

"꼴불견이라면 내가 아니라 바로 자네 아닌가? 앞장서게. 우리 당장 논밭으로 가서 두 눈으로 명확히 살펴보자고! 도대체 누가 거짓말을 지껄이고 있는지 말이요!"

그러자 무싸도 질세라 목을 길게 빼들고 말했다.

"어디 내 앞에서 소리를 지릅니까? 나는 제7생산대 대장이지, 당신 자식이 아니거든요!"

쿠투쿠자얼은 위엄 있게 손을 흔들며 다들 진정하고 앉으라고 하였다. 그리고 큰 소리로 말했다.

"이게 지금 뭐 하는 겁니까? 이런 사태는 두 번 다시 일어나서는 안 됩니다. 평가하는 목적은 개인의 명예를 위한 것도, 붉은 기 쟁탈전을 벌이기 위한 것도 아니고, 우리 사업의 발전을 촉구하기 위한 것입니다. 누구나 두 개의 큰 눈이 있다면, 다른 생산대의 장점을 더 많이 봐주려고 노력하고, 서로 배우고 또 도와주는 고상한 풍격을 갖춰야 하는 것 아닙니까? 우푸얼 동지! 당신은 공산당 당원이고, 경험이 많은 듬직한 대장입니다. 그런데 왜 평가에 대한 정확한 인식이 없는 거지요? 무싸 대장, 당신도 너무 흥분했어요. 붉은 기는 당신네 생산대에서 수여받기로 이미 결정되었잖아요!"

쿠투쿠자얼의 말이 채 끝나기도 전에 우푸얼은 휙 돌아서 출입문 옆으로 가더니, "쾅!" 하고 문을 열고 회의장에서 나가버렸다.

"이이이……"

당황하고 화가 난 쿠투쿠자얼은 안색이 돌변하더니 탁자를 힘껏 내리쳤다. 그는 한 번도 본 적이 없는 무섭도록 노기 가득한 표정으로 고래고래 소리를 질렀다.

"이런 사람이 당원이라니! 대장이라니! 이래서는 안 되지 안 되고말고! 어찌 이런 경우가 다 있는가? 지도자를 이렇게 함부로 대하고, 조직을 우습게 봐서야 되겠는가? 이 문제는 반드시 해결해야 하고, 엄중하게 비판하고 처리해야 하며, 조직에서 대책을 세워야 합니다! 내일 지부위원회에서 안건으로 의논해 보고, 해결이 안 되면 공사에 보고하여 처리하도록 하죠. …… 흥! 세상 정의가 다 죽은 줄 알고 멋대로 날뛰다니……"

전례 없는 긴장된 분위기 속에서 아직도 분이 풀리지 않은 쿠투쿠자얼은 노기등등하여 선포하였다.

"회의 끝!"

대원들은 우푸얼이 앞으로 어떤 재수 없는 일을 당하게 될지, 걱정되어 손에 땀을 쥐었다. 한편 리시티는 이 모든 상황이 이상하다고 생각되었다. 우푸얼이 그토록 경솔하고 초조해하며 제멋대로 행동할 줄을 예상하지 못했고, 쿠투쿠자얼이 보여준 만큼 실제로 격노하였을 거라고도 믿지 않았다. 쿠투쿠자얼의 온화한 척 착한 척 하는 모습, 평소에 일부러 웃으며 장난치는 행동과 같이, 버럭 대노한 것도 다른 의도가 있어 고의로 보여준 쇼일 따름이라는 것을 잘 알고 있었다.

이튿날, 쿠투쿠자얼을 만난 리시티는 기회를 봐서 먼저 말을 꺼냈다.

"내 생각에 우푸얼에 관한 문제는……"

"어제 일은 너무나 뻔해요."

쿠투쿠자얼은 손을 휘저으며 리시티의 말을 가로챘다. 그리고 나른하게 하품을 쩍 하면서, 별로 흥미도 없고 이미 기억에서 멀어진 오래된 일인 듯 무미건조한 어투로 말했다.

"무싸는 허풍을 좀 떨었고, 우푸얼은 패배를 인정할 수 없었던 거지요. 질투가 났겠죠! 그렇다고 회의장을 박차고 나가 버린 건 큰 실수를 한 거예요! 우리가 하는 일에 아무런 결점이 없다는 건 아니에요. 비교하여 평가한다는 건 좋고 차이가 남을 가려내는 일이고, 모두 상대적인 거죠……"

쿠투쿠자얼은 아주 느긋하고 공정한 말투로 자신과 리시티를 포함한 이번 비교 평가에 참여했던 모든 사람들을 곤장을 때릴 태세였다. 리시티는 일부러 그를 난처하게 하기 위해 모른 척하며 따졌다.

"어제는 반드시 비판을 하고, 엄중하게 처리하며, 공사에 보고해야 한다고 했잖습니까?"

"당연히 처리해야죠!"

쿠투쿠자얼은 정색하며 말했다.

"마음대로 하게 내버려 두는 건 직책을 다하지 못한 것과 같아요!"

그는 마지막 말을 얼버무리듯 마무리하였고, 도대체 어느 사람 혹은 어떤 일을 겨냥한 것인지 구체적으로 말하지 않았다. 쿠투쿠자얼은 리시티를 그대로 내버려 둔 채, 머리를 숙이고 대대의 회계를 찾아 모 경비에 관해 의논해야 한다며 가버렸다. 그러더니 또 머리를 번쩍 들고는 리시티를 보며 말했다.

"그 두 사람은 내가 찾아가 얘기를 나눠 볼게요. 두 사람 모두 차근차근 일깨워주도록 할게요."

자기 할 말만 하고 쿠투쿠자얼은 또 어물쩍 말머리를 돌리는 것이었다. 리시티는 그의 행동과 태도로부터 지금 어떤 말을 해도 쿠투쿠자얼의 귀에는 들리지 않을 거라는 걸 알 수 있었다.

리시티는 잠자코 앉아 쿠투쿠자얼을 주시하면서 속으로 상황에 대한 판단을 하였다. 어제 저녁 우푸얼이 회의장에서 뛰쳐나간 후, 쿠투쿠자얼이 노발대발하며 으름장을 놓은 것은 다른 사람들에게 보여주기 위한 연극이었고, 그 연극을 통해 각 생산대의 대장들 앞에서 체면을 지키고 위신을 굳힘으로써 자신에 대한 사람들의 경외심을 불러일으키기 위한 작전이었다. 하지만 지금 이 순간 그는 진흙으로 얼렁뚱땅 덮고 넘어갈 것을 바랄 뿐이라는 것도 알고 있었다. 왜냐하면 만약 진지한 외곬 성격의 우푸얼과 팽팽하게 맞서 끝까지 싸운다면 결과는 단 한 가지, 즉 이번 비교 평가의 결론을 뒤집어엎는 수밖에 없기 때문이었다. 결국 쿠투쿠자얼이 직접 키워낸 무싸의 얼굴에 먹칠하는 격이 되고, 누워서 침 뱉기나 다름없었던 것이다.

아니나 다를까 상황의 발전은 리시티의 예상을 빗나가지 않았다. 그 후 우푸얼은 먼저 쿠투쿠자얼을 찾아가 잘못을 반성하고 자기비판을 하였다. 쿠투쿠자얼이 웃는 얼굴로 다가가 우푸얼의 손을 잡으려고 하자 우푸얼은 얼른 손을 뒤로 숨겼다. 그러자 쿠투쿠자얼은 내밀었던 손을 다시 우푸얼의 어깨에 걸쳤다. 우푸얼은 어깨 위에서 미끄럽고 끈적거리는 벌레 한 마리가 기어 다니는 것 같아 진저리가 났지만, 쿠투쿠자얼은 그 자세로 말했다.

"당신의 의견도 아주 틀린 건 아니에요. 제7생산대 대장의 사업보고에는 정확하지 않은 부분도 있었어요. 그래서 내가 이미 따끔하게 비판했어요. 제4생산대의 업무는 늘 훌륭하게 실행되어 왔어요. 그러나 붉은 기가 당신들 손에 너무 오래 머물러 있으면 교만해지고 나쁜 정서가 저도 모르게 생기게 돼요. 이번에 제7생산대에서 붉은 기를 수여받아 당신들에게 약간의 자극이 되었겠지만 동시에 긍정적인 효과도 있잖아요!"

우푸얼은 말문이 막혀 아무 대답도 하지 않았다. 이것도 쿠투쿠자얼의 하나의 재주라면 재주였다. 그는 모순의 실질과 핵심을 교묘하게 피하여, 여러 가지 곁가지 문제들로 이리저리 둘러대고 장황하게 연설까지 늘어놓으면서, 성동격서의 전술로 우회적으로 말을 돌리고 직접적인 대답을 회피함으로써 공격과 위기를 모면하고, 오히려 상대방을 미궁 속에 빠뜨려 갈피를 잡지 못하게 만들었다. 그리고 이러한 수단과 전술로 문제를 분석하고 있는 그는, 스스로 우월감에 빠져 득의양양한 표정을 숨기지 못했고, 아주 관대하고 무척 설득력이 있는 것처럼 느끼기까지 하였다. ……

　이 사건은 이미 두 달 전의 일이었다. 지금 이 우푸얼 대장이 처한 상황은 그때보다 더욱 심각하였다.

　아직 먼 거리이지만 리시티는 한눈에 우푸얼을 알아보았다. 개자리[12] 밭에서 우푸얼은 건장한 노동자 몇몇을 거느리고 부지런히 낫질을 하고 있었다. 아침 이슬은 아직 마르지 않았고, 작고 도톰한 잎사귀에 자줏빛을 띤 녹색의 개자리는 은은하게 달콤한 향기를 풍기고 있었다. 그 향기는 다른 싱싱한 풀 냄새가 아닌 달짝지근한 고구마 냄새와 더 유사하였다. 갓 지평선을 넘어 수줍게 얼굴을 내민 태양에 의해, 노동자들의 그림자가 개자리 밭에 길게 드리워져 있었다. 그들의 발아래에는 이미 정연한 낫질에 의해 깨끗해진 지면이 펼쳐져 있었고, 베어낸 개자리들이 여기저기에 작은 더미를 이루고 있었다. 리시티는 걸음 속도를 높여 성큼성큼 개자리 밭으로 걸어와서 높게 불렀다.
　"대장!"

　천천히 머리를 들어 리시티 임을 확인한 후, 우푸얼은 묵묵히 악수로 리시티와 인사를 나누었다. 그리고 다시 머리를 숙이고 벌낫(자루가 길고 날이 큰

---

12) 개자리 : 콩과에 속하는 2년생 식물로 줄기 밑에서 많은 가지가 나와 옆으로 기면서 자라나 때때로 곧추서기도 한다. 잎은 토끼풀처럼 3장의 잔잎으로 이루어진 겹잎이 서로 어긋난다. 꽃은 5월에 노란색으로 피는데 잎겨드랑이에서 꽃차례가 나온다.

낫 - 역자 주)을 잡더니 힘차게 팔을 휘두르기 시작하였다. 낫질은 농촌에서도 가장 힘든 일이었지만, 우푸얼은 힘든 기색 하나 없이 능숙하게 해나가고 있었다. 그는 두 다리를 일정한 너비로 벌리고 안정감 있게 버티고 서서 허리를 굽혀 윗몸을 약간 앞으로 기울인 채, 오른팔은 곧게 뻗고 왼손으로는 거들 듯 긴 낫자루를 잡고, 오른쪽에서 왼쪽으로 낫을 후렸다. 서두르지 않고 리듬감 있게 휘두르는 날은 바람을 가르는 윙윙 소리를 내며, 2m가 넘는 유려한 곡선을 그려냈고, "쏴!" 하는 소리와 더불어, 대량의 개자리가 가지런하게 베어졌으며, 능숙한 낫의 움직임으로 줄기는 줄기대로, 끝은 끝대로 정연하게 맞춰져 하나의 더미를 이루었다.

그 부분의 개자리가 모두 넘어가자, 눈앞이 갑자기 확 트이며 또 하나의 넓은 개활지가 나타났다. 우푸얼은 성큼 앞으로 한 걸음 나아가더니, 원래와 같이 자세를 바로잡고, 또 "쏴" 하고 개자리를 후렸다. 보폭의 크기, 등허리가 기운 정도, 팔을 휘두르는 폭과 벌낫을 후리는 너비는 모두 일정하였는데, 그 동작과 자세는 체조하듯 엄격하고 정확하였으며, 춤추듯 우아하고 건강한 아름다움이 넘쳤다. 낫질이라고 하면 우푸얼은 자세와 이어지는 동작이 정석에 가까운 대가라고 할 수 있었다.

지금 그와 함께 밭에서 개자리를 베고 있는 몇몇 사람들 중에는 그보다 동작이 민첩해 보이는 사람도 있고, 팔을 휘두르는 힘이 더 좋아 보이는 사람도 있으며, 보폭이 그보다 크거나, 낫을 후리는 면적이 더욱 넓어 보이는 사람도 있었지만, 실제로 그를 따라갈 만한 사람은 아무도 없었다. 선명하게 앞서나가는 우푸얼의 밭고랑은 남들보다 넓었고, 바리캉으로 민 듯 낫질이 가지런하고 깔끔하니 보기가 좋았다. 그리고 베어낸 개자리의 더미도 크고 정연하였으며, 모든 더미는 일정한 간격을 두고 한 직선에 놓여 있었다.

리시티는 말을 많이 하지 않고, 밭의 가장자리로 걸어가 예비용 벌낫을 집어 들었다. 낫자루에 눌려 있던 덤불 속에서 리시티는 4개의 새알을 발견하였다. 어떤 세심하지 못한 어미 새가 사람들이 자주 오가는 이곳에 알을 낳았는지, 리시티는 안타까웠다. 리시티는 미소를 지으며 영롱한 새알을 조심스럽게 들어올렸다. 그는 우푸얼에게 보여주려고 하였지만, 전심전력으로 노동에 몰두하고 있는 모습에 그만두었다. 그는 새알을 멀리 떨어져 있는 후미지고 방수가 되는 깊은 풀숲에 옮겨놓고 다시 밭으로 돌아왔다. 리시티는 벌낫을 다시 집어 들고 손톱으로 날을 체크해 보더니, 낫자루를 땅에 내려놓았다. 그리고 한쪽 다리로 낫자루를 누르고, 왼손으로 낫 끝을 잡고 나서, 오른손을 뻗은 채 우푸얼을 불렀다.

"우푸얼!"

리시티 쪽을 힐끗 쳐다본 우푸얼은 아무것도 묻지 않고, 곧바로 주머니 속에서 타원형의 작고 납작한 숫돌을 꺼내더니, 리시티에게 휙 던져주었다. 리시티도 아무 말 없이 숫돌을 받아, 그 위에 침을 뱉고는, 묵묵히 낫을 갈기 시작하였다. 그렇게 한참을 갈자 드디어 날이 서고 반짝반짝 빛이 났다. 그동안 우푸얼도 벌써 밭머리까지 다 베고, 새 고랑을 잡고 다시 낫질을 시작하려던 중이었다.

리시티는 낫자루를 단단히 조이며 서둘러 뒤를 따라갔다. 그는 우푸얼 바로 옆의 고랑에 서서 낫을 든 팔을 휘두르기 시작하였다. 처음 몇 번은 팔에 지나치게 힘이 들어갔는지, 윗몸까지 흔들릴 정도였다. 그리하여 몸의 중심이 흔들리는 바람에, 휘두른 낫이 평탄하지도 고르지도 않았다. 자세를 바로잡고 힘을 제대로 쓰기까지 리시티는 약간의 시간을 허비하였다. 하지만 얼마 지나지 않아, 리시티는 동작의 균형과 리듬을 찾았고, 낫질이 조화로워졌으며, 전체적으로 감을 되찾아가기 시작하였다. 알고 보면 그도 오래된 농부였다!

노동이 궤도에 올랐다는 건, 배우가 배역에 몰입하게 되고, 시인에게 시상이 떠오른 것과 같아, 노동자의 모든 움직임은 개인의 주관적 의지에 의해 좌우되는 것이 아니라, 위대한 사업에 완전히 몰두함으로써, 그 사업의 수요에 따른 것이다. 그러나 리시티가 오른 이 '궤도'는 연극이나 시 창작보다 더 위대하고 근본적이며 보다 방대한 사업이고, 그 사업이 바로 생산이며 노동이었다. 언제나 그렇듯 진정한 노동자는 헌신적이다.

생산 노동의 객관적 규칙과 요구에 따라, 리시티의 팔과 다리는 리듬에 맞춰 활기차게 움직이고 있었다. 현재 그에게는 단 한 가지 생각, 하나의 바람뿐이었다. 즉 올바른 자세와 조화로운 동작을 유지하며, 힘을 아끼지 않고 최선을 다하되, 또 절대 헛되이 힘을 쓰지도 않으면서, 가장 정확하고 힘찬 움직임으로, 우푸얼의 속도에 맞춰, 빠르고 정연하게 더욱 많은 개자리를 베려는 마음이었다. 땀방울이 비 오듯 흘러내리자, 더욱 통쾌하고 가뿐하였다! 짜디 짠 땀방울들이 이마에서 눈썹으로, 눈썹에서 눈 안으로 흘러드는 바람에 눈이 따가웠지만, 닦아낼 틈도 없이 낫질에 몰두하였다.

얼굴에 맺혔던 땀은 목으로 흘러내렸고, 머리의 땀은 귀 뒤로부터 목덜미를 타고 흘렀으며, 등을 적시던 땀방울들은 이미 허리까지 흘러내렸고……

그들 뒤에서 따라오고 있던 한 젊은 사원은, 잠시 낫질을 멈추고 머리를 들어, 앞에서 나아가고 있는 우푸얼과 리시티를 바라보면서, 혼자서 감탄하며 중얼거렸다.

"참 멋있네!"

멋있다, 무엇이 멋있다는 것일까? 우푸얼과 리시티는 그들의 동작과 자세가 아름다운지 어떤지 관심조차 없을 것이다. 그들은 오로지 성실한 마음으로, 조금의 소홀함도 없이 열정을 다해, 낫질을 하고 있을 뿐이었다. 동시에 그들은 경험도 많고, 능숙하며, 기교까지 겸비하고 있어, 그야말로 일품이었다. 아마 사람들을 경탄케 하는 이유가 바로 여기에 있을 것이다!

　성실하고 열정적이며 숙련된 노동은 언제나 가장 아름다운 법이고, 반대로 게으르고 무성의하게 적당히 얼버무리며, 허장성세나 부리는 서툰 노동은 어쩔 수 없이 추악하고 혐오스럽게 느껴진다. 아름다움의 범주는 때론 도덕적이고 과학적인 범주와 갈라놓고 논할 수는 없는 것이다. 단순하게 아름다움만 추구하려고 하면, 오히려 아름다움을 이룰 수 없게 된다. 개자리를 베는 일이 바로 그러하듯, 다른 일도 이와 마찬가지일 것이다!

　시간은 누구도 모르는 사이에 한 시간 또 한 시간이 흘렀다. 자신을 잊고 헌신적으로 일하다 보니 시간마저 잊고 있었다. 개자리를 베어낸 개활지는 신속하게 확대되어 갔고, 눈 깜짝할 사이에 넓은 개자리 밭은 깔끔하게 정리가 되었다. 이제 남은 임무는 베어낸 개자리를 며칠 동안 햇볕 아래에서 말리는 일이었다. 그리고 말린 개자리들을 큰 더미로 쌓아서 한데 묶어 두어야 했다. 우푸얼은 허리를 쭉 펴며 리시티를 힐끔 쳐다보았다. 마침 리시티도 웃으며 그를 보고 있었다.

　“좀 쉽시다!”

　우푸얼이 소리쳤다.

　“너무 무리하지 말아요!”

　우푸얼은 미안한 마음에 낮은 소리로 말했다. 이렇게 긴 시간을 일하도록 리시티를 홀로 내버려두는 것이 아니었는데, 좀 더 일찍 쉬자고 외칠 걸, 우푸얼은 그제야 “아차” 싶었다.

　“괜찮아요. 아직 살아있어요!”

　리시티는 가느다란 팔을 내보이며 말했다. 보지 않았으면 몰랐을 텐데, 리시티의 여윈 팔을 보고나니 우푸얼은 가슴이 쓰렸고, 무관심하고 챙겨주지 못한 자신이 더욱 후회스러웠다. 우푸얼은 머리를 숙여버렸다.

두 사람은 함께 밭의 가장자리로 걸어갔다. 그들은 수로 둑 위에 앉아 아무 생각 없이 땅에 자란 풀을 만지작거렸다. 한참 후 리시티가 입을 열었다.

"음, 무슨 상황인지 얘기해 봐요, 대장."

"쯧!"

우푸얼은 혀를 차 소리를 냈다(혀를 차 "쯧" 소리를 내는 행동은, 이리 사람들에게 있어 부정을 나타낸다).

"왜 그래요?"

리시티는 그런 우푸얼을 잠깐 노려보았다.

"난…… 대장이 아니에요."

우푸얼은 쓴웃음을 지으며 대답하였다.

"그게 무슨 말이에요?"

리시티는 엄숙한 표정으로 되물었다.

우푸얼은 말을 하지 않았다. 그는 바지를 걷어 올리고, 다리 위로 기어 올라간 개미를 찾았다. 리시티는 재차 따지고 물었다. 그러자 우푸얼은 한숨을 내쉬며 말했다.

"무슨 방법이 있어요? 사람들은 나를 믿지 못하고, 상급부서에서도 나를 믿어주지 않는데요. 심지어 내가 중국인이 아니라고 의심하고 있어요. 그런데 어떻게 대장 직을 계속 맡아요?"

"뭐라고요?"

리시티는 뭐에 쏘인 것처럼 갑자기 웅크리고 앉더니, 한쪽 손으로 우푸얼의 무릎을 짚었다.

"소문을 듣지 못했어요?"

우푸얼은 비애에 젖은 목소리로 물었다.

"악마들이나 그런 허튼소리를 듣겠죠!"

리시티는 화가 나 욕을 퍼부었다.

"허튼소리가 아니라…… 나에게 일이 생겼어요."

우푸얼은 고개를 가로저었다.

"무슨 일이 생겼어요? 내가 모르는 일이에요? 난 단지 당신이 대장 직에서 손을 뗐다는 소문밖에 듣지 못했는데……"

"내가…… 후!"

우푸얼은 또 한숨을 쉬더니, 불쑥

"라이이라와 결혼한 내가 잘못이죠!"

라고 말했다.

"라이이라요? 이 일이 라이이라와 무슨 상관이에요?"

"정말 아무것도 몰라요?"

한참 머뭇거리던 우푸얼은, 오래된 지도자이자 친구인 리시티에게 있는 모든 것을 있는 그대로 털어놓아야겠다고 결심하였다.

"지난 달 21일 그 빨간 얼굴 놈이 우리 집에 찾아왔었어요. ……"

"빨간 얼굴 놈이라면?"

"누구겠어요? 무라퉈푸 말이에요. 마침 내가 밭에 일하러 나간 사이에, 우리 집에 찾아왔는데, 아내는 위구르족 예의에 따라 식탁보를 펴고, 탕차(糖茶, 당뇨차 - 역자 주)를 접대하였대요. 그러자 무라퉈푸는 편지 한 통을 꺼내더니 라이이라의 생부가 써서 보낸 편지라며 건네주더래요."

"생부요?"

리시티는 들을수록 기이하다는 표정이었다.

"네, 라이이라 생부가 소련 타타르스탄 자치공화국의 수도인 카잔에서 보낸 편지라고 그러더래요. 편지는 소련교민협회 앞으로 보내왔고, 우리 아내에게 전달해 달라고 했대요. 편지에는 죄다 터무니없는 말들뿐이에요……"

우푸얼은 하려던 말을 다시 삼켰다. 함께 개자리를 베던 청년 사원이 다가와 일깨워주듯 말했다.

"우푸얼 형님, 옥수수 밭에서 김을 매던 사원들은 일을 마쳐 모두 돌아간다고 하는데요. ……"

우푸얼은 머리를 들어 하늘 바라보았다. 태양은 어느새 머리 꼭대기 하늘 한가운데 떠 있었고, 사람들도 잇따라 집으로 돌아가고 있었다. 우푸얼은 손을 휙 저으며 말했다.

"우리 일단 개자리를 묶어 놓을까요?"

7장

곤경에 빠진 우얼한과 이싸무동 부부
차마 돌이키지 못할 이리 변경지대 주민 사건

겨울이 지나 따뜻한 봄바람이 불어왔다고 하여, 쌓여 있던 모든 빙설이 단번에 녹는 것은 아니다. 물리학 이론에 따르면 얼음은 대기압이 똑같은 상태에서는 녹는점도 똑같다. 이곳의 농민들이 대서가 막 지나고 섭씨 32도의 무더위가 기승을 부리는 7월 말에 오랫동안 내버려두었던 수로를 준설하러 가서 보면, 나무 아래며, 수로의 깊은 바닥이며, 그늘진 곳이며, 그리고 가득 쌓여 있는 나뭇잎과 흙먼지, 마른 나뭇가지와 건초들 아래에는, 더러워지고 변형된 얼음과 눈덩이들이 아직까지도 남아있는 것을 발견할 수 있었다. 만약 농민들이 직접 제거하지 않거나, 큰물이 흘러와 씻어내지 않는다면, 그 눈과 얼음덩이들이 어느 세월에 다 녹을지 누구도 장담할 수 없을 지경이었다.

만약 신장의 고비사막을 여행한 적이 있다면, 예고도 없이 부는 갑작스러운 회오리바람이, 몇 십 미터 높이까지 모래를 휘감아 올리는 기이한 광경도 본 적이 있을 것이다. 멀리에서 보면 그것은 마치 하늘로 치솟는 흑갈색의 연기 기둥과도 같다. 회오리바람은 갑자기 왔다가 또 순식간에 사라진다. 그렇다면 바람이 멎고, 모래는 어디로 날아간 걸까?

앞에서 이미 만난 적이 있는, 이닝시의 터미널 부근에서 목 놓아 슬피 울던 우얼한의 현재 심경이 바로 이와 같을 것은 아니었을까? 갑자기 불어 닥친 회오리바람에 휘감겨 올라간 한 알의 모래와 같지 않았을까? 사회주의 조국의 품속에서 노동자가 자신의 운명을 스스로 결정할 수 있는 시대를 살아가고 있는 그녀는, 마오 주석과 공산당의 기대 및 약속에 어긋나지 않도록 대다수 마을 사람들과 함께, 국내외 투쟁의 폭풍우 속에서도 확고한 의지와 예리한 통찰력으로 침착하게 대응함으로써, 마오쩌둥 주석의 뒤를 따라 영원히 앞을 향해 나아가야 마땅했다. ……

하지만, 그녀에게는 그러한 가능성이 아직 없었다. 그때의 카자흐스탄은 소련에 가맹한 공화국이었다. 중국 신장의 이리카자흐자치주는 지리적으로 소련의 카자흐스탄과 인접해 있고, 거주민들 중 일부 사람들은 종족과 혈통적으로도 '그쪽'과 많은 관련이 있었다. 이러한 상황들이 중국과 소련의 우호적인 관계가 지속될 때에는 긍정적으로 작용하였지만, 두 나라 사이에 틈이 벌어지기 시작하면서 상황은 180도로 바뀌게 되었다.

수정주의의 해로움과 위험성, 중국공산당 '9차례의 평론(九評, 옛 소련공산당 중앙위원회에 대한 중국공산당 중앙위원회의 9차례에 걸친 반박문 - 역자 주)'의 반수정주의 격문의 의미, 중·소 두 사회주의 대국이 친밀한 동맹국으로부터 관계가 급격히 악화된 이유와 그 이치에 대해 중국 쪽의 각 민족 농민들이 누구나 명확하게 인식하기를 요구하는 것은 결코 쉬운 일이 아니었다. 이와 같은 거대한 사건 속에서 우얼한 일가는 동요와 분리를 겪게 되었고, 가족 파탄의 재난을 당하게 되었던 것이다.

무엇보다 그녀의 머리와 지식으로는 도무지 이해할 수 없는 천지개벽과 같은 재앙이 일어났던 것이다. 그녀의 온몸을 뒤덮고 있는 모래와 자갈, 짙은 안개, 먼지와 마른 풀 더미는 너무나 무거웠다. 하지만 상부의 지도와 가르침은 제국주의를 반대하고 수정주의를 반대하며, 레닌과 스탈린의 기치를 수호하고, 4가지 '무(無)'·3가지 '화(和)'·2가지 '전(全)'의 노선[13]을 반대하라는 것이었다. 그리고 아직 생각이 트이지 않은 이리저리 흩날리고 있는 이 모래알이, 하루빨리 높고 든든한 사회주의 마르크스·레닌주의의 빌딩을 구축하는 콘크리트 속에 합류하여 힘을 이바지할 수 있기를 바라고 있었다. 어떻게 하면 일반 백성들의 자각을 향상시킬 수 있을까? 이 문제에 관해서는 이리하무 본인도 오리무중이었다. 뿐만 아니라 수정주의를 반대하고 방지해야 한다는 이치는 정작 그도 확실하게 설명하기 어려웠다.

어렵다. 어려워. 생활도 사업도 정말 어렵다. 더할 나위 없이 좋은 것 뒤에는 왜 항상 더욱더 어려운 것만 나타나는 것일까?

28년 전 우얼한은 빈곤과 질병에 끊임없이 시달리며 살아가야 하는 다자녀 농민가정에서 태어났다. 그러한 가정에서 우얼한은 맏이였고, 아래로 줄줄이 8명의 형제자매가 있었다. 농민가정의 장녀로 태어난 우얼한은 찬양받아 마땅하였다. 그는 가장 행복한 자신의 어린 시절을 동생들에게 바쳤고, 양친은 조금 더 어린 아이들 때문에, 맏딸에게는 끊임없이 요구하고 원망과 질책을 하면서 모질게 대하였다.

"너는 맏이로서……"를 시작으로, 수많은 의무와 책임, 희생이 그녀를 따랐고, 피할 수 없는 몫이 되었다. 그래봤자 기껏해야 7살 난 어린 아이였다.

---

13) 4가지 '무(無)'·3가지 '화(和)'·2가지 '전(全)'의 노선 : 군비(軍備)가 없고, 전쟁이 없다는 등의 '사무(四無)'; 평화 공존(和平共處), 평화적 경쟁(和平競賽), 평화적 이행(和平過渡) 등의 '삼화(三和)'; 전 인민의 국가라는 '전민국가(全民國家)'와 전 인민의 당이라는 '전민당(全民黨)'의 '양전(兩全)'을 일컫는다.

1951년 토지개혁운동을 통해 일정한 혜택을 받게 된 우얼한 네 가족은, 생활이 전에 비해 풍족해졌고, 동생들이 하루하루 크면서 그녀에게도 약간의 여가가 있게 되었다. 당시 토지개혁 공작대의 한 여성 간부가 우얼한 네 집에 묵게 되었는데, 부대의 문화 선전공작단(文工團)의 배우이기도 한 그녀는 우얼한을 새롭고 광활한 세계로 이끌었다.

우얼한은 여러 가지 회의와 학습에 참가하고, 열심히 노래를 부르고 선전활동을 하였으며, 공작대의 지휘부, 향(鄕) 인민정부(人民政府)와 농민협회에 부지런히 드나들었고, 청년 및 부녀자들의 집회에도 적극적으로 참여하였다. 15살의 우얼한은 어느 때보다 얼굴이 환하고 원기 왕성하였으며, 드디어 인생의 즐거움을 느끼게 되었다. 오랜 가뭄 끝에 단비를 맞이한 작물의 새싹처럼, 건강하게 쑥쑥 성장해 나가는 그녀의 모습은 눈부시게 빛나고 아름다웠다.

이처럼 생동감 있는 그들이 하는 공연은 많은 사람들을 흥겹게 했고 감동을 선사했다. 특히 그들이 공연하는 것들 중 「영춘무(迎春舞)」는 많은 사람들의 호응을 얻기에 충분했다.

우리는 오성홍기(五星紅旗) 아래에서 마음껏 도약할 수 있고,
우리는 즐거운 마음으로 이 아름다운 봄날을 맞이하고 있다네.

원래 이름은 「영춘무곡(迎春舞曲)」이었다. 온몸을 들썩거리게 만드는 흥겨운 노래와 열정적이고 기세 넘치는 춤이 어우러져, 관중들의 뜨거운 환호성을 자아냈고, 눈물까지 쏟을 만큼 큰 감동을 선사하였다. 사실 이 노래의

가락은 「12무카무(十二木卡姆)¹⁴」에서 따온 것으로 세간에 나오자마자 장성(長城) 내외에 모르는 사람이 없게 되었고, 전국 곳곳에 울려 퍼지기 시작하였다. 우얼한은 감성적인 목소리와 가벼운 몸놀림으로 노랫말의 감정을 남김없이 담아내고 승화시켰다. 호쾌함 속에서 부드러움을 나타냈고, 단순함 속에서 신중함을 토로하였으며, 여유와 소탈함 속에서 소녀의 수줍음을 잃지 않았고, 즐거움 속에서 종교 신도 유신론자의 순종·숭배·고마움·기원 등을 표현하였다.

공연은 1945년 이래 천지개벽과 같은 변화, 쇠하여 없어진 온갖 일들이 다시 살아나는 모습, 가슴 가득한 봄의 기운을 그려냈고, 춤·노래·음악·악기가 일체된 종합예술형식으로써 신장 위구르족의 넘치는 매력과 생기를 구현하였다.

이미 행복의 눈물로 범벅이 된 우얼한은 숨이 가쁠 정도로 가슴이 벅차올랐다. 공연이 끝난 후 현위서기와 토지개혁 공작대 대장은 함께 무대에 올라 우얼한의 어리지만 거칠고 뜨거운 손을 꽉 잡아주었다.

현에서 공연을 마친 후 우얼한을 비롯한 선전원들은 바닥에 건초와 탄자를 두껍게 깐 '6개 막대기(六根棍)' 덮개가 있는 경마차를 타고 집으로 돌아왔다. 전에는 쑤리탄·마무티와 같은 부자들만 타고 다니던 고급스러운 마차였다. 이닝시의 번화가를 나는 듯이 달리고 있는 마차의 좌우 양쪽으로, 백양나무·주택·가로등·가게·행인들과 도랑의 흐르는 물이 빠르게 스쳐지나갔다. "다그닥 다그닥" 나는 말발굽소리, 딸랑딸랑 말의 목에 단 방울소리, 여자아이들의 깔깔 웃으며 재잘거리는 소리 속에서 행복한 하루가 지

---

14) 「12무카무(十二木卡姆)」: 무카무는 위구르족의 우수한 고전음악인 대형음악으로 일종의 노래와 춤을 말하는데, 음악이 일체된 대형 종합예술형식이다. 그중 12무카무는 위구르 음악의 근간이고 무카무의 대표작이다.

나가고 있었다.

우얼한은 처음으로, 세상은 이처럼 완벽하게 아름다울 수 있고, 생활은 이 토록 즐겁고 행복할 수 있으며, 청춘은 알록달록 다채로운 색채이고, 현실도 가슴이 들먹일 만큼 환상적이고 꿈과 같을 수 있다는 것을 깨닫게 되었다.

악덕 지주들이 타도되었고, 여러 부류의 나쁜 사람들을 짓밟았으며 승리로 나아가고 있다는 기쁜 소식이 들려오는 지금 우얼한은 모든 것이 아름답고 원만하며 만족스러웠다. 공산당은 인민들에게 고통을 주는 나쁜 사람들을 물리치기 위해 이곳에 왔고, 공산당은 그 어떤 적이든 싸워서 이길 수 있다는 믿음에, 그녀는 마음이 든든해졌다. 다가올 생활은 이루 다 헤아릴 수 없이 훌륭한 번화가에서 마음껏 질주하는 경마차와 같지 않을까 하고 생각했다. 그저 앞으로 나아만 가고, 웃음이 넘치며, 불빛이 밝게 비추고, 행복의 눈물이 가득한 미래만이 떠올랐다.

하지만 이렇게 모든 부담을 내려놓은 행복함은 잠깐 나타났다가 바로 사라졌다. 소농제의 농업경제는 전망이 없다는 마오 주석의 말처럼, 우얼한 일가의 생활은 날이 갈수록 궁핍해져 갔다. 우얼한 모친은 "딸이 크니, 옷이 몸을 가릴 수 없구나.", "다 큰 딸인데, 다리를 내놓고 다니게 해서는 안 돼요. 스타킹(長筒襪子)을 사줘야 되겠어요.", "열여덟 여자애가 꽃무늬 두건 한 장 없어서야 되겠어요?", "그래요. 우리는 가난해요. 우리는 돈이 없어요." 라며 잔소리와 한탄을 입에 달고 살아야 했다. 그리고 우얼한의 부친은 "불쌍한 우얼 커쯔(克孜, 커쯔는 일반적으로 미혼 여자를 가리키고, 한[汗]은 기혼 여성을 가리킨다 – 역자 주)!" 라고 하며 한숨을 쉬었다. 그 다음에 모친은 거의 동시에 입버릇처럼 말했다.

"하루빨리 시집을 보냅시다. 두건과 스타킹을 사줄 수 있는 집으로 시집을 보내야겠어요. 부모로서 해주지 못한 걸, 미래의 남편에게서 받으며 살게 해야죠. 정말 창피한 일이긴 하지만 말이에요……"

　그리하여 우얼한은 결혼을 하였다. 남편은 그녀보다 13살 연상인 이싸무동이었다.

　이싸무동은 중농 가정의 아들이었고, 첫 부인은 상한(傷寒)으로 돌아갔다. 솔직히 말해서 이싸무동은 결혼 후 처음 몇 년 동안 아내 우얼한에게 정말 자상한 남편이었다. 우얼한에게 두건부터 스타킹 · 가죽부츠 · 원피스 · 귀걸이와 반지까지 끊임없이 선물도 하였고, 일체 힘든 일과 농사일은 물론 물을 긷거나 땔감을 하고 석탄을 부리는 등 일까지 우얼한이 신경 쓸 겨를도 없이 이싸무동 혼자서 해치웠다. 그는 갸름하면서 동그란 얼굴에, 옅은 눈썹, 뾰족한 코를 가진 아이처럼 겁이 많고 고분고분한 아내를 정말 사랑하였던 것이다.

　처음 이싸무동 네 집에 갔을 때, 우얼한은 너무 한가하고 심심하여 괴로울 지경이었다. 그리하여 그녀는 쓴 바닥을 다시 쓸고, 닦은 창문을 다시 닦았으며, 그릇을 정리하고 또 정리하였다. 그리고 해 떨어지기 한 시간 전부터, 부뚜막의 가마솥 안에서는 벌써 국이 부글부글 끓었고, 우얼한은 대문 앞에 서서 밭에서 돌아올 이싸무동을 기다렸다. 그러다가 멀리서 이싸무동의 그림자가 나타나면, 우얼한은 기쁜 마음에 집안으로 나는 듯이 뛰어 들어가, 몇 번이나 닳아서 다시 물을 부은 부글부글 끓고 있는 국에 국수를 집어넣었다. 이싸무동은 우얼한이 학습과 회의에 참가하는 것을 결사적으로 반대하였다.

　이싸무동은 늘 "내가 참가하면 되니까, 밖의 일에 대해 당신은 신경 쓸 필요가 없어요.", "내가 있는 한 당신은 잘 먹고 잘 입을 수 있으니, 걱정 말아요." 라고 말했다. 우얼한은 매일 밤 이부자리를 펴놓고 이싸무동이 돌아오기만을 기다렸다. 기다리다가 지쳐 먼저 잠이 들 때도 있지만, 그 사이에 돌아와 곁에서 잠 들어있는 이싸무동의 코고는 소리에 그녀는 일어나 낮은 지붕 위의 삿자리(갈대를 여러 가닥으로 줄지어 매거나 묶어서 만든 자리 – 역자 주)와 서까래를 물끄러미 바라보곤 하였다. 그녀 자신도 알 수가 없었다. 지금의 '안락'한 생활과 지난날의 어렵고 매일 악착같이 일해야 했던 생활 중 어느 쪽이 더 소중한 것인지 혼란스럽게 느껴지곤 했다.

얼마 지나지 않아, 그녀는 자신보다 나이가 퍽 많고, 생활형편이 비교적 좋은 기혼 부녀들과 어울리게 되었다. 그녀는 새 옷을 차려입고, 오늘은 이 집 아이의 만 사순(滿四旬, 한족들의 만 한 달(滿月) 잔치와 아이가 만 40일이 되는 날에 베푸는 위구르족들의 잔치로서, 야오촹시[搖床喜]라고도 부른다 – 역자 주) 잔치에 참석하고, 내일은 저 집 결혼식에 참석하였다. 그리고 오랫동안 식탁보 앞에 모여앉아 한도 끝도 없이 차를 마시며, 마이마이티 네 집 며느리가 뽑은 국수는 쉽게 끊어지고, 싸이마이티 네 집 며느리가 만든 바오쯔 소에는 콧물이 떨어져 들어갔다는 둥 끊임없이 쓸데없는 험담과 잡담을 늘어놓으며 일상을 보냈다.

1년 후 그녀는 임신하였고 아이는 태어난 지 3일 만에 폐렴으로 죽었다. 그 뒤로도 두 번이나 임신을 하였지만, 한 달을 넘기지 못한 채 모두 유산되고 말았다. 갓 20살을 넘긴 우얼한의 눈가에는 선명한 주름이 생겼고, 볼 살도 처지게 되었다. 1956년 집단화가 고조되던 시기, 그녀는 드디어 네 번째이자 첫 아들인 보라티쟝을 낳았다.

번번이 유산을 겪으면서 그녀는 한밤중이 되면, 지난날 자질구레한 집안일로 수없이 늘어놓은 한담들과 너무나 한가한 생활 때문에, 자신에게 악귀가 붙은 것이라며 스스로 반성하곤 하였다. 그리하여 세 번이나 임신하였지만 유산된 것이라고 생각하였다. 고난 끝에 간신히 얻게 된 아들 보라티쟝은 그녀의 전부가 되었고, 아이가 태어나면서 다시는 이 집 저 집 돌아다니지 않았다. 그녀는 아침부터 밤까지 아들을 보살피느라, 자신의 부드럽고 긴 머리카락마저 빗질하거나 꾸밀 시간이 없었다.

사회주의화 과정에서 상농·중농계급은 여러 면으로 곤란을 겪는 일이 많았지만, 이싸무동은 합작사에 가입하는 과정에서 별로 번거로움을 겪지 않았다. 약간의 문화적 교양이 있는 그의 말에 의하면, 그는 '지식인'들과 교제하기를 좋아한다고 하였다.

이싸무동은 구(區)로부터 향(鄕)에 이르는 간부들에게서 수많은 이치를 듣고 배웠으며, 집단화는 전체적 발전인 추세이고, 반드시 사회주의를 받아들여야 한다는 것을 누구보다 잘 알고 있었다. 때문에 그는 당연히 사회주의를 반대하는 적수가 되려고 하지 않았다.

그는 사회주의의 길로 나아가는 것을 옹호하는 중농계급의 대표자가 되었고, 고급합작사 관리위원회 위원으로 선정되었다. 비록 합작사의 정식 간부는 아니지만, 그는 늘 합작사를 도와 사원들의 노동 점수를 기록하고, 결산·구입 및 기타 사무를 맡아하였다. 항상 예의를 지키고, 인정과 안면을 중요시 하는 그는, 사람들이 부탁해 오면 그것이 어떤 일이든 절대 면전에서 바로 거절하지 않았다. 때문에 그는 붙임성이 좋고 사람들에게 인기가 많았다. 그 뒤 이싸무동은 대대의 창고 관리인으로 선정되면서 지위와 위신이 더욱 높아졌고, 대대의 실권을 장악하고 있는 중요한 인물 중의 한 사람이 되었다.

이렇게 중요한 인물은 사람들의 존경을 받았다. 그가 어디로 가든 누구나 반갑게 맞아 집으로 안내하고, 집안에 들어서면 주인들은 항상 맨 윗자리로 모시곤 하였다. 주인들이 서둘러 우유차를 내오면, 그의 앞에 놓인 사발 안의 유피(奶皮)는 언제나 가장 두껍고, 국수를 건져내고 보면, 그의 그릇에는 가장 큰 고깃덩이가 들어 있었다.

이싸무동보다 나이가 많은 사람들도 그에게 잘 보이기 위해 "이싸무동형"이라고 불렀다. 그는 간부라는 신분이 가져다주는 여러 가지 좋은 점과 편리함을 깨닫게 되었고 그 단맛에 빠지게 되었다. 그리고 조직이 구성된 후에도, 그는 여전히 민중들보다 높은 위치에서 부유한 생활을 할 수 있다는 사실에 마음이 놓이고 흐뭇하였다.

즉 "공급수매합작사(供銷合作社)에 한 번 다녀오고 창고를 빙 둘러보아도, 하루의 작업 시간(량)을 채우고 노동 점수를 딸 수 있는데, 굳이 햇볕이 쨍쨍 내리쬐는 아래에서 힘들게 농사일을 할 필요가 있겠는가? 가만히 있으면 누군가 좌판, 서우좌러우(手抓肉, 손으로 집어 먹는 방식의 양고기 음식 – 역자 주)를 접대하고, 현악기 연주를 들으며 술까지 마실 수 있는데, 굳이 집으로 돌아가 우얼한이 아이를 돌보다가 잠깐 시간을 내 대충 만든 단출한 몇 가지 음식을 먹을 필요가 있겠는가?

마음이 내키는 대로 타인에게 약간의 혜택 – 식량을 배급할 때 옹골차고 건조하며 깨끗한 낟알을 골라 저울 지레대가 평형보다 올라갈 정도로 넉넉하게 달아 준다거나, 석탄을 부릴 때 덩이가 많고 가루가 적은 차를 선택하여 부려 준다거나, 밀짚을 차에 실을 때 최대한 꾹꾹 눌러 높게 쌓는다거나 하는 등의 편리를 봐줄 수 있는데, 굳이 타인의 성의와 선물을 마다할 필요가 있겠는가? 타인의 성의 표시를 당연하게 생각하고 기꺼이 받아도 되지 않는가?"라고 생각하게 되었던 것이다.

오는 정이 있으면 가는 정도 있어야 한다. 여기저기에서 수도 없이 얻어먹고 폐를 끼쳤으니 이싸무동은 받은 만큼 갚아야 했다. 뿐만 아니라 술과 고기가 넘쳐나는 식탁 앞에 수많은 손님들을 초대하여 노래와 음악을 들으며 함께 즐기는 것도 아주 근사한 일이라고 생각하였다. 술자리에서 사람들은 관계가 더욱 친밀해지고, 스스럼없이 서로의 이익을 위해 관계를 맺으며,

서로 치켜세웠다.

사람마다 금 쟁반 하나씩 들고 정중하게 옆 사람의 '파오다커(泡達克, 중국 어로 고환[卵子]을 뜻한다. 들 거[擧]자를 붙여 '쥐뤈쯔[擧卵子]'라고 하면, '파이마피 [拍馬屁, 아부하다]'라는 뜻으로서, '파이마피'보다 더욱 속된 표현이다)'를 쳐주며 비위를 맞춘다. 이싸무동은 인색한 사람이 아니었다. 그는 자신이 받은 것에 대해 반드시 답례할 뿐만 아니라, 배로 확대하여 갚으며 그 씀씀이와 규모 는 누구도 따라갈 수 없었다.

그는 우얼한에게 명령을 내렸다. 열 명 넘는 손님을 초대하였으니, 그에 맞 게 음식을 준비하라는 것이었다. 하지만 실제로 온 손님은 20명도 넘었는데, 그 중에는 대대의 대장 쿠투쿠자얼, 인민공사의 민정 간부 한 명이 있었고, 노란 수염에 얼굴에 약간 곰보자국이 있는 작고 뚱뚱한 사람도 참석하였다.

그 사람의 이름은 라이티푸였고, 주(州)의 간부라고 하였다. 우얼한은 비 록 마음이 내키지 않았지만, 이싸무동의 명령에 따라 또 예의를 갖춰 손님 접대에 필요한 일체의 서비스를 도맡아 하였다.

많은 술을 마신 손님들은 우스갯소리도 하고, 노래도 부르고, 너풀너풀 춤 까지 추며 밤새도록 즐겼다. 손님들이 다 가고 나서 이싸무동은 우얼한 앞 에서 득의양양하여 말했다.

"이보게나! 이게 바로 진정한 사나이의 생활이라네!"

그날 이후 이싸무동의 담은 점점 더 커졌다. 누군가가 아들의 결혼 잔치를 치르기 위해 배급 정량 외에 쌀 몇 십kg을 추가로 빌려 달라고 하자 이싸무 동은 두말없이 승낙하였다. 그리고 누군가가 외삼촌이 돌아갔다는 이유로 식용유 몇 kg을 더 달라고 하자 이싸무동은 여전히 거절하지 않았다. 창고 안의 어떤 물건이든 모두 그의 뜻대로 지배할 수 있다는 듯하였다. 그리하여 그의 '위신'은 최고봉에 이르렀고, 몇몇은 하루 종일 그의 주위만 맴돌았다.

'주의 간부' 라이티푸는 몇 번이나 귀한 선물을 들고 그의 집으로 찾아왔다.

그는 날이 갈수록 일상생활에서 돈을 물 쓰듯 하였고, 하루라도 술·고기 파티를 열지 않으면 온몸이 근질근질하여 못 견딜 지경이었다. 그는 가끔 밤이 새도록 집에 들어오지 않을 때가 있었는데, 여러 여성들과 그렇고 그런 사이라는 소문이 파다하였다. 이러한 생활 패턴으로 인해 이싸무동은 건강이 점점 나빠졌고, 퉁퉁하던 두 볼이 푹 꺼져 들어갔으며, 불그스름하고 윤기 나던 얼굴은 혈색을 잃어갔다.

남편의 건강 상태와 떠도는 소문 때문에 우얼한은 몹시 두렵고 불안하였다. 그녀는 걱정되는 마음에 몇 번이나 남편을 타일렀다. "당신이 만약 계속 악과 가까이 한다면 끝내는 진흙구덩이에 빠져 익사하게 될 거예요.", "세상에는 정의와 진리가 살아 있고, 공사에도 정의와 임자가 있을 테고, 대대의 양식과 재산도 눈먼 것이 아니라 임자가 있어요. 언젠가 결산하는 날이 올 거예요.", "금전은 손톱 밑에 때와 같고, 목구멍(喉嚨, 탐욕을 가리킴 – 역자 주)은 죄악의 근원이에요." 라며 이러저러한 속담을 인용하여 남편에게 정신 차릴 것을 부탁하였다. 그러면 이싸무동은 사내대장부 흉내를 내며 "내가 알아서 해!", "오늘은 오늘 일에만 신경 쓰라고. 내일이면 내일의 해결책이 있을 테니까 말이야!" 라고 자신만만하게 대답하였다. 그리고는 앞으로 좀 더 주의를 기울이고 신중할 테니까 걱정 말라고 하며 머리를 끄덕거렸다.

어느 날 밤 오랜만에 일찍 귀가한 이싸무동은 표정이 몹시 어두워 있었다. 우얼한이 한참을 끈질기게 캐물어서야 리시티 서기에게 불려가서 엄중한 경고를 받았다는 사실을 털어놓았다. 우얼한은 끝내 어린 보라티쟝을 안고 울먹이며 말했다.

"당신은 벌써 사십이고, 우리에게는 자식이 아들 하나밖에 없어요. 하나뿐인 아들 생각을 해야 되잖아요. 아들이 당신 때문에 평생 머리를 들지 못하고 사는 모습을 보고 싶어요?"

이싸무동은 시선을 바닥에 고정하고, 우울한 표정으로 앉아 아무 말도 하지 않았다. 그날 이후 이싸무동은 언행이 신중해졌다.

1961년 말 마이쑤무가 이 농촌에 내려와 실질적인 작업에 참가하고 조사연구와 사업을 지도하던 그 당시, 수많은 사원들이 이싸무동에 관한 문제를 제기하였다. 그 동안 이싸무동은 긴장하고 불안한 나머지 제대로 먹지도 잠을 이루지도 못했다. 하지만 결국 일은 흐지부지 되고 말았다.

창고 관리원으로서 물품 관리를 잘하지 못했고, 엄격하게 제도를 따르지 않았으며, 장부 계산이 확실치 않다고 비판하였지만, 장부의 기재 상에서 천 근이 넘는 결손을 충당하기만 하면 된다고 하였다. 뿐만 아니라 마이쑤무는 사원들에게 이러저러한 '이치'를 가르치며, 이싸무동의 탐오에 관해 조사하고 심사해 본 결과 확실한 증거가 없었다는 둥, 매번 양식을 창고에 부릴 때 기록한 무게가 컸는데, 현재 총 무게가 작은 것으로 보아, 물기가 채 마르지 않은 상태로 창고에 들어온 양식들이, 시간이 흐를수록 마르고 가벼워진 것이라고 하는 둥…… 변명을 해주었다.

아무튼 천 근이 넘는 결손에도 그만한 이유가 있다는 결론이 내려졌고, 한 사람당 평균 한두 근 결손을 본 셈이니, 집에 놓아둔다고 하여도 쥐들이 충분히 먹어치울 수 있는 양이라는 것이었다. 그리하여 이싸무동도 전혀 예상하지 못한 결론이 났고, 공사의 정돈에서 무사히 넘어갈 수 있었다. 이 일이 지나간 후 어느 날 이싸무동이 우얼한에게 솔직하게 털어놓았다.

"그때는 새로 취임한 서기 쿠투쿠자얼의 비호 덕분에 무사하게 넘어갈 수 있었어요."

그리고 앞으로는 공무에 충실하고 법을 잘 지키며, 공사(公事)에 사사로운 감정을 개입하지 않고, 조금의 빈틈도 보여주지 않을 것이라고 하면서 비장한 표정으로 소리 높이 맹세하였다. 지금처럼 제멋대로 못된 짓을 하다가는 좋은 결말이 없을 거라며 반성하였던 것이다. 남편의 결심을 들은 우얼한의 얼굴에는 다년간 잃고 살았던 웃음이 다시 피어났고, 이싸무동도 몇 년 만에 집에서 가족들과 보내며, 칸투만(곡괭이의 일종 - 역자 주) 자루도 깎고 아들과 놀아주기도 하였다. 그 행복감에 우얼한은 문득 그들의 가장 아름다웠던 신혼생활이 떠올랐다.

하지만 평화로운 생활은 오랫동안 지속되지 못했다. 어느 날 라이티푸가 불쑥 찾아왔다. 이싸무동은 아주 냉담한 태도로 그를 대하였지만, 그는 전혀 개의치 않고 시종일관 뻔뻔하게 웃으며 말했다.

"마이쑤무 과장이 당신을 각별히 아낀다는 걸 알고 있죠? 나는 그 분의 가장 친한 친구예요. 당신 일 때문에 나도 꽤 힘을 썼어요. 우정이란 그런 거 아닌가요? 나는 온힘을 다해 다른 사람들을 돕지만, 그 사람에게서 어떤 것도 바라지 않는 그런 사람이에요. 세상에 나와 같은 진정한 사내대장부가 더 많았으면 좋겠다고 생각할 뿐이에요!"

그러더니 갑자기 목소리를 낮게 깔고 이싸무동과 수군거리는 바람에, 우얼한은 그들의 대화를 명확히 들을 수가 없었다. 그 날 밤 이싸무동은 다시 술을 들이 붓기 시작하였다. 이튿날 이싸무동은 새로 분배받은 백여 근의 밀을 주머니에 담더니 자전거에 실었다.

"어디로 가요?" "이닝시요." "무슨 일인데요?" "한 친구가 급히 밀이 필요하다고 해서요." "누구요? 라이티푸 말인가요?" "어…… 아니요. 절대 아니에요." "설마, 당신 또……" "안 그래요. 걱정 말아요……"

짧고 급한 대화를 마치고 이싸무동은 자전거를 타고 떠났다. 우얼한은 가슴이 낭떠러지로 떨어져 내리는 것 같았다. 그날 밤 이싸무동은 집으로 돌아오지 않았다.

이싸무동의 방탕한 생활은 또 시작되었다. 예전의 방탕했던 행동들이 몽땅 그의 몸에 다시 돌아온 것 외에도 눈빛마저 초점을 잃고 흐리멍텅 해졌으며, 입도 점점 비뚤어져갔다.

어느 날 남편의 옷을 빨려고 호주머니에 든 물건을 꺼내던 우얼한이 콩 같이 생긴 검은색 알갱이들을 발견하였다. 우얼한은 약인 줄 알고 꺼내서 창문턱에 올려놓았다. 집으로 돌아온 이싸무동이 창턱에 놓인 검은 알갱이들을 보더니, 얼굴이 허옇게 질려 벌벌 떨었다. 그리고 이 알갱이들을 본 사람이 또 없는지 우얼한에게 따지고 들면서, 이렇게 '함부로' 두어서는 안 되는 물건이라며 불같이 화까지 냈다.

우얼한은 그제야 이 검은색 알갱이들의 정체를 인식하게 되었고, 타락의 길에 잘못 들어선 남편이 이번엔 더욱 돌이킬 수 없는 한 걸음을 내디뎠다는 것을 깨닫게 되었다. 이싸무동은 대마의 잎으로 제작된 마약에 손을 댔던 것이다.

이는 자살과 같이 치명적인 것일 뿐만 아니라, 법을 어긴 범죄 행위였다. 우얼한은 낡은 사회에서 대마초를 피우는 사람들이 정신에 이상이 생겨 점점 미쳐가다가 마비 생태에 빠지고, 결국엔 산송장이나 다름없는 폐인이 되는 비참한 결말을 본 적이 있었다. 우얼한은 남편에게 매달려 엉엉 울다가 무릎을 꿇고 엎드려 빌었다.

"당신 이러지 말아요. 이러면 안 돼요. 이건 자기 손으로 목숨을 끊는 일이고, 나와 아이도 같이 죽이는 거란 말이에요……"

이싸무동은 미간을 잔뜩 찌푸리며, 바짓가랑이를 붙잡고 악을 쓰는 우얼한을 난폭하게 밀쳐버렸다. 우얼한이 다시 달려들어 팔을 부여잡고 사정하자, 그는 몹시 귀찮아하며 우얼한을 향해 온갖 욕설을 퍼부으며 모욕을 주었다.

"이 거지같은 여편네야! 네가 뭔데 감히 나에게 이래라저래라 하는 거야!……"

이 어마어마한 일을 알게 되었을 당시, 우얼한은 당장 공사에 찾아가 남편의 범죄행위를 고발해야겠다고 생각하였지만, 차마 마지막 결심을 내리지 못하고 아이를 품에 꼭 껴안은 채 울기만 하였다. 그러다가 우얼한은 속으로 남편이 없는 셈 치고 이미 죽었다고 생각하면 그만이라며, 매 순간 고통과 공포에 시달리는 자신의 마음을 간신히 달래고 진정시켰다.

그다음은 1962년의 흑풍이었다. 무라퉈푸가 우얼한 네 집으로 찾아왔고, 라이티푸도 그녀의 집으로 찾아왔다. 이싸무동은 가시 방석에 앉은 듯 안절부절 불안에 떨었다. 어느 날 밤 쿠투쿠자얼의 아내 파샤한이 갑자기 찾아왔다. 살이 쪄 둥글둥글한 그녀는 들어서자마자 모기처럼 앵앵거리며 역사적 고증이라도 하듯 말했다.

"저기, 음, 아, 어, 알라신이시여! 알고 보니 우리는 친척이었어요. 어쩐지 처음부터 당신이 남 같지 않고 친근하게 느껴졌어요. 우얼한 나의 동생, 오! 와! 예! ……"

파샤한의 한 마디에는 절반 이상이 감탄사였다. 이틀 전, 파샤한의 매제가 집에 놀러 왔었는데, 그녀의 사촌 여동생과 갓 결혼하여 훠청(霍城, 신장 이리주의 현)에서 살고 있는 그 매제에게서 들었다고 하였다. 매제의 이모되는 사람에게 딸이 있는데, 그 딸의 시어머니와 우얼한의 아버지가 친척 관계라는 것이었다. 우얼한이 이 친척 관계 사이에 이어져 있는 일부 사람들을 기억 못하자 파샤한은 적극적으로 일깨워 주었다.

"바로 그 왼쪽 눈 밑에 흉터가 있고, 몸을 좌우로 흔들며 걷는 사람 말이에요……"

"까치라고 불리는 사람 말인가요?"

"그래요, 맞아요. 바로 그 사람이에요. 아, 아니요. 그 사람은 까치라고 불리는 여자의 사촌 언니예요……"

그렇게 한 시간도 넘게 고증한 끝에, 우얼한은 드디어 기뻐하며 파샤한이 자신의 언니라는 사실을 인정하였다. 바로 그때 파샤한은 아주 엄숙하고 신비로운 표정을 짓더니, 모든 감탄사를 생략하고 은밀하게 우얼한 부부에게 일러주었다.

남편 쿠투쿠자얼에게서 무심코 들었는데 공사와 대대에 또 우얼한 남편에 관한 대량의 고발장이 들어왔다는 것이었다. 그리고 그들은 이미 이싸무동이의 탐오와 수뢰, 양식 절도, 마약을 복용한 범죄행위에 대해 충분한 증거를 확보하였고, 그 증거자료들을 정리하여 이싸무동을 체포하고 법에 따라 처벌할 예정이라고 하였다. 파샤한은 자신도 위험을 무릅쓰고 몰래 소식을 전하러 온 것이라면서, 그들에게 빨리 대책을 세우라고 충고하였다. 파샤한은 떠나갔고, 이싸무동은 온몸을 부들부들 떨었다.

"이제 어떻게 해요?"

이싸무동이 겁에 질려 묻자 우얼한은 눈물을 훔치며,

"어서 가서 자백해요. 그게 당신에게 남은 유일한 살길이에요."

라고 대답하였다.

"무라퉈푸가 우리에게 이곳을 떠나라고 했어요. 그쪽으로 넘어가면 구제될 수 있다며……"

이싸무동은 당황한 나머지 어찌할 바를 몰라 하며 말했다.

"그쪽으로 간다고요? 그쪽에 우리의 것이 뭐가 있는데요?!"

몇 년 동안 억눌리고 닳아 없어지고 부식되었던 빈농의 딸 우얼한은, 자신의 북받쳐 오르는 감정을 더 이상 억제할 수 없었다. 그녀는 스스로도 깜짝 놀랄 만큼 단호한 태도와 큰 소리로 울부짖었다.

"그쪽에 우리의 무엇이 있어요? 우리의 친척들이 있어요? 우리의 집, 땅, 밥을 짓는 부뚜막, 선조들의 무덤이 어디에 있는데요? '구제' 받는다고 했어요? 평생 망명생활을 하다가 죽어서도 타국에 뼈를 버려두어야 하는 신세가 구제되는 거예요? 마오 주석께서 우리를 구제해 주었어요. 마오 주석이 없었더라면, 우리의 부모와 형제자매들은 벌써 수염풀(芨芨草) 숲에 버려져 까마귀의 밥이 되었을지도 몰라요. 그런데 어찌 마오 주석을 배신하고 떠날 생각을 해요? 어찌 공산당·조국·고향의 친인척들을 등지고 떠나 살 수가 있어요? 또 어찌 우리를 낳고 기른 연로하신 양친을 버릴 수 있어요? 이리와 중국이 바로 우리를 낳은 어머니예요. 옷차림이 남루한들 어때요? 내 발 아래에 조국의 땅이 있어, 나는 삶의 희망을 느끼는데요. 자신을 낳아 기른 친모를 배신하고 어디에 가서 똑같이 사랑해줄 수 있는 계모를 찾아요? 자신을 낳은 친모를 배신한 사람은 세상의 모든 어머니와 그 자식들에게서 등돌림을 당할 거예요! 이런 말을 들어본 적이 없어요?"

우얼한은 매우 비통하여 울면서 하소연하였다.

"그럼…… 난 감옥살이를 해야 하는 처지가 되는데……"

이싸무동은 의기소침하여 힘없는 말투로 대꾸하였다. 그 소리에 우얼한은 아무 말도 하지 않았다. 한참 후 그녀는 이를 악물고 다시 단호하게 말했다.

"가서 자백해요. 어서 가요! 공사에 가서 당신이 저지른 죄를 하나하나 빠짐없이 정확하게 말해요. 조금도 숨기지 말고요. 어쨌든 총살은 당하지 않을 테니까요. 감옥살이를 해야 한다면 해야죠. 5년이면 5년, 10년이면 10년, 아무리 긴 시간이라도 나는 기다릴 거예요. 당신에게 매일 도시락을 가져다주면서 기다릴게요! 만약 당신이 정말 총살을 당한다면, 나도 남은 생을 혼자 살며, 보라티쟝을 잘 기를게요. 그리고 아들이 성인이 되면 아버지가 절대

부끄러운 사람이 아니라고 말해 줄 거예요. 아버지는 자발적으로 조국의 심판을 받은 용기 있는 사람이었다고요……"

우얼한은 비 오듯 눈물을 펑펑 쏟았다. 그녀는 목이 메어 말을 잇지 못하고 흐느꼈다.

"그런데 우리 집 이 물건들은……"

"이 물건들은 하나도 필요 없어요! 나는 내일 당장 당나귀 우리 옆에 있는 작은 방으로 옮겨 갈 거예요. 그 동안 당신이 무언가를 가져올 때마다, 내 마음에는 가시가 하나씩 박히는 것 같았어요. 그것도 독 묻은 가시 말이에요. 이젠 지긋지긋해요. 다시는 그렇게 살아갈 수 없어요! 다른 사람의 것을 탐하지도 말고 온전히 우리들 것으로만 살아요.

당신과 나의 두 손으로 열심히 가꾸며 살아가면 돼요. 앞으로는 우리 아들의 두 손도 보탬이 될 거구요. 남들도 잘 하는데, 우리는 뭐가 모자라서 안 되겠어요? 당신 어서 가서 자백해요. 기껏해야 노동교화형을 받겠죠. 노동교화도 노동이니 지금보다는 나은 생활을 할 수 있어요. 그리고 죗값을 다 치르고 나면, 언젠가 자유를 되찾을 날이 올 거예요. 그땐 보라티쟝도 어엿한 청년이 되었을 것이고, 우리 셋이 함께 밭에 나가 일하면서, 낭 하나를 벌면, 세 개로 나눠 먹고, 낭 3개를 벌면, 한 사람이 하나씩 먹으며 오순도순 살아요. 우리에게는 아직 행복한 앞날과 생활이 남아 있어요. ……"

이싸무동은 아내의 말에 크게 감동하였다. 해방 이래 자신이 겪은 모든 일을 돌이켜보면서 그는 긴 한숨을 내쉬었다. 그날 밤 이싸무동은 몸을 뒤척이며 좀처럼 잠을 이루지 못했다. 이싸무동은 "어중이떠중이 친구들이 정말 원망스럽네 그려……" 라고 말했다. 그리고 한참 후에는 또 "맞아요. 나는 조직에 미안하고, 마을 사람들에게 죄송한 짓을 했어요. …… 무엇보다 당신에게 가장 미안해요!" 라며 중얼거렸다.

새 날이 밝았다. 나무에 가려진 아침 햇살은 땅 위에 들쭉날쭉한 그림자를 만들었고, 그림자 사이사이로 밝은 햇빛이 어른거리며 반짝거렸다. 게으른 젖소마저 아침을 알리듯 생기발랄하게 큰소리로 울며 목을 풀었고, 강아지들은 아침인사라도 주고받는 듯이 이쪽에서 짖어대면 저쪽에서 대답하며 너도나도 우렁차게 "왈왈" 짖어댔다. 우얼한은 얼른 공사에 가라고 남편을 재촉하였고, 이싸무동도 머리를 끄덕거렸다.

자백으로 인해 얼마나 큰 대가를 치르든, 또 얼마나 많은 고난을 겪든, 악몽과 같던 중압감에서 벗어나, 마음껏 이리하곡의 맑은 공기를 마실 수 있다는 생각에 마음이 후련하였다. 이싸무동은 우얼한이 끓인 향기로운 우유차를 벌컥벌컥 마신 후, 머리를 푹 숙이고 부뚜막 옆에 한참 동안 앉아 있었다. 이싸무동이 옷을 새로 갈아입고 집을 나설 준비를 하자, 우얼한은 또 그에게 몇 가지 일용품을 간단하게 챙겨 주었다. 준비를 마친 이싸무동은 뒤도 돌아보지 않고, 기운차게 집을 뛰쳐나갔다. ……

그는 집에서 뛰쳐나와 몇 걸음도 채 가지 못하고 이내 다시 돌아왔다. 그러더니 짐을 내려놓고 우얼한을 보며 말했다.

"우리 집에 수리해야 할 곳이 한두 군데가 아닌데…… 대문 경첩도 떨어져 나갔고, 부뚜막 아궁이도 점점 더 막혀가고 있고…… 오늘 아니면 수리할 수가 없는데…… 물이 새는 물통도 있고, 몇 년 동안 집안일에 소홀했더니, 문제가 많고 반드시 해야 하는 일들이 수두룩한데…… 오늘 그런 일들을 다 해결하고, 내일 공사에 갈게. 이번에 가면 조만간 돌아올 수도 없는데……"

사정하듯 말하는 남편을 우얼한은 차마 쫓아내듯 재촉할 수가 없었다. 다시 돌아온 남편을 보며 우얼한은 심지어 잃었던 것을 되찾은 것 같은 안도감까지 들었다. 잠깐 돌아온 것이라 '되찾다'까지는 아니더라도, 지금 곁에 있다는 것만으로도 약간의 위로가 되었다. 이싸무동은 그날 묵묵히 대문을 수리하고, 물통도 고치고, 가축을 묶어두는 줄도 손보고, 막혔던 온돌의 아궁이와 지붕 위의 굴뚝도 시원하게 뚫어놓았다. 굴뚝 청소를 하느라 이싸무동의 얼굴은 눈만 빼고 온통 까맣게 검댕이 범벅이 되었다.

마치 새까만 가면을 쓴 것 같은 얼굴은 어딘가 귀여워 보였다. '人'자형 지붕의 양 측면 벽의 아랫부분이 소금기에 의해 완전히 침식된 것을 보고, 이싸무동은 삽으로 부식되어 푸석푸석해진 표면의 흙을 긁어 버린 후, 새 황토에 진흙을 섞어 다시 벽을 발랐다. 그리고 지난 해 태우고 남은 석탄재가 있어, 거기에 소똥·황토·물을 적당하게 배합하여 연탄을 만들었다. 뿐만 아니라 우얼한이 나중에 쓰기 쉽게 이싸무동은 연탄을 벽에 붙여 차곡차곡 쌓아 놓았다.

이와 같은 일은 보통 남자가 직접 나서서 하지 않지만 우얼한에 대한 미안함 때문에 이싸무동은 오늘 특별히 모든 일을 도맡아 하였다. 남자로서 또한 여인의 남편으로서 아내에게 부유함과 영광을 안겨주어야 하는 것은 의심할 여지조차 없는 마땅한 도리가 아닌가?

이싸무동은 하루를 무언의 노동 속에서 보냈다. 남편이 자수하러 가기 전날 밤, 우얼한은 여전히 일말의 희망을 버리지 못했다. 남편이 주도적으로 죄를 고백하면 조금이나마 관대한 처분을 받고 몇 년이라도 감형되기를 기대하였다. 그건 천지신명께 감사드릴 일이라고 생각하며 속으로 기도하였다. 그들은 늦은 시간에 저녁 식사를 하게 되었다. 몇 술 뜨던 이싸무동은 또 자신이 하루 동안 해낸 성과물들을 둘러보며 혼잣말처럼 중얼거렸다.

"됐어. 이제는 걱정 없어. 내일 아침 일찍 일어나 이대로 작별한다 해도 말이야……"

하지만 내일 아침이 오기도 전, 바로 이날 밤 10시 잠자리에 들기 위해 모자를 벗고 옷을 벗으려고 하던 찰나에 이싸무동은 누군가가 부르는 소리에 밖으로 나갔다.

우얼한은 이싸무동을 불러낸 사람이 누군지 얼굴을 보지 못했지만, 목소리는 들었기에 불러낸 사람을 충분히 짐작할 수 있었다. 하지만 밖으로 나간 이싸무동은 돌아오지 않았고, 그 날 밤중에 밀 절도사건까지 발생하자 그녀는 여간 놀라지 않았던 것이다. 그녀가 품고 있던 일말의 희망은 물거품이 되었고, 남편에게는 더 이상 속죄할 기회조차 남지 않았으며, 더욱 엄중한 새로운 골칫거리까지 남겨놓은 상황이 되었다.

그녀는 희미해진 정신으로 상상해 보았다. 이싸무동이 저지른 일이 단순한 절도가 아니라, 외국과 내통하고 반혁명적 성격을 띤 명실상부한 범죄로 충분히 단정할 수 있는 절도일지도 모른다고 생각하였다. 그리고 그녀가 바로 이 반혁명적 절도범의 가족이 되었던 것이다. 그날 밤 많은 사람들이 그녀의 집으로 몰려와서 취조하듯 이것저것 물었지만 그녀는 한 마디도 대답하지 못했다.

"당신 남편이 이 며칠 어떤 사람들과 왕래가 있었어요? 어떤 말들을 했어요? 사상과 정서가 어땠어요?"

타례푸가 물었다. 우얼한은 기껏해야 머리를 흔들 뿐, 입을 꼭 다문 채 아무 대답도 하지 않았다. 그녀가 무슨 말을 할 수 있겠는가? 남편이 사상투쟁 끝에 공사에 가서 죄를 솔직하게 고백하려고 하였고, 죗값을 치르고 나서 새 사람이 되려고도 결심하였다고 아무리 말한들 누가 믿어줄 것인가? 다른 사람은 물론 우얼한 본인마저 믿을 수 없는 말들이었다. 그녀 앞에는 과거에 저지른 죄에 비해 열 배 더 무거운 남편의 죄행이 놓여 있었다. 이러한 상황에서 남편이 자백을 결심하기까지 그녀가 옆에서 이런저런 권유와 노력을 하였다고 말한들 또 누가 믿어줄 것인가?

"당신 남편을 불러 간 사람은 누구지요?"

타례푸가 또 물었다. 우얼한은 여전히 아무 대답도 할 수 없었다. 전에 들은 목소리로 짐작해 보았을 때, 남편을 불러낸 사람은 바로 지금 공안 특파원 옆에 앉아 그녀에 대한 취조에 참여하고 있는 그 사람이었다. 그녀는 눈앞의 충격적인 이 사실에 목이 메어 전혀 소리조차 낼 수가 없었다. 이것은 하늘이 무너지고 땅이 꺼지는 것보다, 또 강물이 거꾸로 흐르는 것보다도 더 놀랍고 소름 끼치는 일이었다. 그녀는 자신이 알고 있는 사실을 명확하게 대답할 용기가 도무지 생각이 나지가 않았다. 우얼한은 자신에게 닥칠 불행을 묵묵히 기다리는 수밖에 없었던 것이다.

다음 날 타례푸 특파원은 우얼한을 공사로 불러서 다시 한 번 엄중하게 물었다. 그러자 이번에 그녀는 자신이 알고 있는 남편의 탐오 · 수뢰 · 부패 · 마약 흡입 등 여러 가지 죄행과 상황에 대해 솔직하게 털어놓았다. 하지만 최근에 있었던 상황, 특히 전날 밤에 벌어진 절도 사건에 관해서는 한마디도 하지 않았다. 남편이 이번 범죄를 저지르기 위해 사전 모의를 하고, 범죄를 저지른 후 외국으로 도망치려고 한 어떤 조짐도 발견하지 못한 상황에서, 그녀는 시치미를 뚝 뗄 수밖에 없었다.

남편의 새로운 죄행에 대해 갈피조차 잡을 수 없는데, 어찌 고발할 수 있단 말인가! 수사에 도움이 되지 못하는 것에 대해 그녀는 어쩔 줄 몰랐다. 그런데 또 어찌 상황과 반대되는 사실을 말할 수 있겠는가? 만약 남편이 밀을 훔치고 외국으로 도망칠 의도가 전혀 없었다는 사실을 밝히고 증명하려 한들, 눈을 가리고 확고부동한 사실을 부인함으로써 남편의 무죄를 얻어내기 위해 억지를 쓰고 변명하는 짓거리밖에 더 되겠는가?

이는 사람들의 질타와 멸시를 받을 뿐만 아니라, 그녀 본인의 양심도 허락하지 않는 행위였다. 지금 그녀가 할 수 있는 건 이싸무동이 용서받을 수 없는 죄인이라는 사실을 인정하고, 그 죄인이 저지른 범죄를 벗기기 위해 더 이상 변명하지 않는 것이었다.

　며칠이 지났지만 우얼한의 남편은 여전히 깜깜무소식이었다. 지병이 도진 시아버지는 자리에 누워 일어나지 못하고 있었다. 그녀는 대대에 나가지 않았고 당연히 노동에도 참가하지 않았지만, 그를 찾으러 오는 사람은 아무도 없었다. 그녀의 친정도 지금은 여기에 없었다. 돌 다루는 솜씨가 능한 우얼한의 아버지는 공사화시기에 돌 자원이 풍부한 제6 대대에서 모셔 갔고, 따라서 우얼한의 친정은 여기에서 십여 ㎞나 떨어진 6대대로 이사를 갔다. 우얼한은 양친 앞에서 남편에게 벌어진 일에 관해 한 번도 말한 적이 없었다.

　고지식하고 언제나 본분을 지키며 살아온 양친에게는 감당할 수 없을 만큼 충격적인 일일 테니 말이다. 우얼한은 정신이 혼미한 상태로 지난 사흘을 보냈다. 넷째 날 오후 라이티푸가 살그머니 찾아와 지금 이싸무동이 이닝시의 한 곳에서 그녀가 오기를 기다리고 있다고 귀띔해 주었다. 라이티푸는 우얼한에게 생각이나 반박할 여지도 주지 않고 아이를 안고 있는 그녀를 무작정 데리고 나가더니, 융쥬(永久)표 중량자전거 뒤의 짐받이에 태우고 떠났다.

　어리둥절한 상태로 라이티푸의 뒤에 탄 우얼한은 남편을 만난 후 어떻게 해야 할지 고민이었다. 한편 다시 일말의 희망이 보이는 것 같아 그녀는 기뻤다. 그는 남편을 만나면 마지막으로 한 번 더 설득하거나 안 되면 무릎을 꿇고 애원해서라도 반드시 남편을 데리고 경찰서에 가서 자수시킬 것이라고 다짐하였다. 남편이 이미 타락의 길을 따라 너무 멀리까지 가버렸지만 그녀는 알고 있었다. 남편이 결코 본성이 나쁜 사람이 아니고, 외국과 내통하여 조국을 배반하지도 않았으며, 절도를 저지르고 외국으로 도망칠 생각도 없다는 것을 그녀는 믿어 의심치 않았다. 때문에 남편을 만날 수만 있다면,

이번 일을 좋은 방향으로 풀어갈 수 있다고 생각하였다.

라이티푸는 이닝시에서 누하이투(努海圖)라고 불리는 곳으로 우얼한을 데리고 왔다. 중국어에서 이리와 이닝은 한 글자 차이다. 그리하여 이곳의 한족 거주민들은 습관적으로 이닝 시에 간다고 말하는 대신 이리에 간다고 표현하였다. 그러나 위구르어에서 이닝시와 이닝 현의 '이닝'을 '후얼쟈(胡爾加)'라고 말하는데, 이는 고대 튀르크어(突厥語)로서, 큰뿔양(大頭羊)이라는 뜻이었다. 위구르족들은 시장을 구두어로 흔히들 바자(巴紮)라고 부르는데, 즉 농촌·소도시의 재래시장을 지칭하는 단어였다.

이닝시 서북 모퉁이의 서공원(西公園) 일대, 현재 아허마이티쟝로(阿合買提江路)라고 이름 지어진 지역을 가리켜, '뤄웨이궈얼터(諾威果爾特)'라고 부르는데, 원래는 이곳에 타타르 인민들이 거주하고 있다는 뜻의 타타르어라는 의견도 있고, 또 새로운 도시를 의미하는 러시아어 '뤄웨이거라더(諾威格拉得)'가 그 어원이라는 의견도 있다. 아무튼 당지 사람들에 의해 위구르어·카자흐어화 되었고, '뤄하이궈얼터(諾海果爾特)'라고 불렸다. 이곳에는 옛날의 카자흐 중학교 즉 이닝시 제1중학교가 있고, 타타르 초등학교 즉 제6초등학교가 있었다. 그리고 러시아식인지 달단식인지 모를 복도와 복도 양쪽으로 방이 있는 주택(雙面房屋)·차고(車場)·화원식(花園式) 정원 건축들이 적잖게 있었다.

대수로 옆 버드나무 숲속 깊은 곳에는 한 정원이 있었다. 이런 정원에는 일반적으로 공터와 무겁고 큰 문짝이 있고, 그 대문은 주로 마차가 드나드는 데 사용되었다. 따라서 공터는 몸집이 큰 가축과 가축이 끄는 차량을 놓아두는 곳이었다. 공터의 좌측에는 높은 토대 위에 지어진 몇 개의 집채들이 이어져 있었고, 그 집채들에는 유난히 깊게 들어가 있는 나무문이 하나 있었다. 그 나무문에는 무늬가 정교하게 조각되어 있었고, 평소에는 항상 꽁꽁 닫혀있었다. 나무문의 앞부분은 먼동(門洞, 굴처럼 생긴 문 – 역자 주)이었고, 먼동은 공터의 대문과 평행이 되는 방향으로 나 있었다.

라이티푸는 우얼한 모자를 데리고 먼동으로 들어가더니 큰 열쇠로 잠겨있던 문을 열었다. 문이 열리고 그들은 어두컴컴하고 은밀하면서도 일정한 온도를 유지하고 있는 복도로 들어섰다. 복도 양쪽에는 각각 3개의 문이 있었고, 그 6개의 문은 전부 단단히 닫혀 있었다. 그리고 복도의 끝에 이르자 또 하나의 문이 나타났다. 긴 복도를 사이에 두고 방금 전 열고 들어온 복도의 앞문과 마주하고 있는 이 문은 뒤뜰과 통하는 문이었다. 라이티푸는 이 문을 열고 낮은 나무 사다리를 걸어 내려갔다.

라이티푸는 우얼한 모자를 데리고 사면이 높은 담으로 둘러싸인 뒤뜰 과수원으로 왔다. 이 과수원과 공터의 사이에는 일렬로 늘어선 가축우리와 창고가 가로막고 있었고, 바깥쪽인 공터에서 볼 때 뒤뜰은 무척 은폐되어 있고 신비로운 공간이었다. 뒤뜰을 드나들 수 있는 통로도 단지 이것뿐이었다.

뒤뜰 마당에는 구덩이를 파 임시로 만든 아궁이와 부뚜막이 있었고, 그 위에는 큰 가마솥 하나가 놓여 있었다. 라이티푸는 이제 날이 저물면 이싸무동이 올 것이라며, 우얼한에게 미리 장작을 쪼개서 물을 끓이고, 감자를 손질하고 고기를 썰어 저녁식사 준비를 하라고 하였다. 그는 30여 명이 먹을 만큼의 당근ㆍ감자ㆍ양고기를 넣고 국을 끓이라고 하였다. 이 요리의 이름은 위구르어로 쿠얼다커(庫爾達克)인데, 당지의 한족 주민들은 이것을 후얼된(胡爾燉, 즉 당근ㆍ감자ㆍ양고기를 넣고 끓인 요리로서, 정확한 발음은 '쿠얼다커'이다)이라고 불렀다.

라이티는 떠났고, 이 뒤뜰 과수원의 유일한 출입구인 복도의 뒷문은 다시 쇠장대를 가로질러 잠가두었다. 과수원에는 그들 외에 얼굴에 검은 수염이 더부룩하고 용모가 흉악한 절름발이 한 명이 있었다. 머리카락 하나 없이 번

들번들한 그의 머리는 검은 털이 빼곡하게 자란 턱과 목에 비해 아주 대조적이었다. 얼핏 머리카락이 잘못 난 것 같았다.

절름발이의 옆에는 회백색 털에 무섭게 생긴 큰 개 한 마리가 혀를 축 늘어뜨리고 서 있었다. 까무러치게 놀란 우얼한은 떨리는 가슴을 간신히 진정시켰다. 보라티쟝은 무서워 두 눈을 꼭 감은 채, 작은 손으로 어머니의 다리를 부둥켜안았다. 검은 털 절름발이는 매서운 눈빛으로 그들 모자를 쏘아보았다. 우얼한은 허둥지둥 떨고 있는 아들을 달래며, 라이티푸의 지시대로 저녁식사 준비를 시작하였다. 드디어 해가 지고 밤이 되었다. 얼마 후 한 무리의 사내들이 찾아왔지만, 서른 명이 아닌 열 한두 명이었다.

그들은 복도의 오른쪽 두 번째 방으로 들어가 먹고, 마시고, 웃고, 욕하고 싸우며 시끌벅적 떠들어댔다. 우얼한은 이싸무동도 왔는지 궁금하여 다가가 확인하고 싶었지만, 방으로 들어갈 수가 없었다. 창문을 통해 들려오는 말소리와 유리에 비친 그림자로 보아, 그들의 행동 하나하나와 말 한 마디 한 마디는 야만과 난폭 그 자체였다. 그 와중에 여성에 대한 극히 모욕적인 말들도 몇 마디 오갔다. 아무리 그렇다고 보라티쟝의 아버지 이싸무동을 만나지 못하게 하겠는가! 우얼한은 용기를 내 방문 앞에 다가섰다.

그녀는 문틈으로 머리를 쑥 들이밀고 샅샅이 훑어보았지만, 방안에 이싸무동은 없었고 라이티푸도 보이지 않았다. 대신 무라퉈푸가 있었다. 술에 취한 원숭이 같은 무라퉈푸가 그녀를 발견하고 다가오더니, "뭐야?" 하며 무작정 주먹을 들어 때릴 것처럼 위협하는 동작을 취했다.

"애 아빠를 찾아요. 라이티푸가 여기에 있다고 해서 왔어요."

더 이상 물러날 곳이 없는 우얼한은 두려움을 꾹꾹 누르며 죽을 각오로 과감하게 대답하였다.

무라퉈푸는 작은 썩은 동태눈을 희번덕거리더니 그제야 우얼한인 것을 알아보고, 그녀를 구석진 곳으로 데리고 갔다. 이싸무동은 지명 수배 중인 위험한 처지이기 때문에, 오늘 밤은 여기에 올 수 없으며, 대신 우얼한과 남편은 내일 새벽 훠청현 칭수이허쯔(清水河子, 훠청현 관할에 속하는 행정단위인 칭수우이허진(鎭)을 달리 부르는 이름 - 역자 주) 검문소의 여객버스에서 만나게 되어 있다고 하였다. 모든 수속 절차는 이미 마친 상태이고, 버스 티켓도 준비되었으니, 그들 부부와 아들은 소련 교민의 신분으로 '귀국'하게 될 것이라고 하였다. 무라퉈푸는 '구제'를 받게 된 것과 '행복한 생활'의 시작을 축하한다고도 하였다.

"나는 아무데도 안 가요!"

우얼한은 작지만 단호한 목소리로 말했다.

"가기 싫어도 가야 돼요. 그리고 당신에게는 다른 선택이 없어요."

무라퉈푸는 냉소하면서 말했다.

"나는 죽은 한이 있더라도 고향으로 돌아갈 거예요."

우얼한은 큰소리로 용기를 내어 말했다.

"그래? 그렇게 해봐요. 마음대로 되는지……"

무라퉈푸는 귀찮아하며 그녀를 한 쪽으로 밀쳤다.

"가든지 말든지, 내일 새벽 터미널에서 남편과 만나 둘이 상의해요."

그러더니 검은 털 절름발이에게 우얼한과 아이를 과수원에 있는 목초를 넣어두는 작은 방으로 데리고 가 재우라고 명령하였다.

"밤에 함부로 밖에 나오지 말아요. 이 개에게 물리면 죽을 수도 있어요."

절름발이는 작은 방을 나가면서 우얼한을 노려보며 경고하였다.

동틀 무렵 하늘이 어렴풋이 밝아오자, 절름발이가 와서 우얼한 모자를 불러냈다. 어제 밤 이곳에 온 십여 명 사내들과 우얼한의 '귀국'을 돕기 위해 절름발이가 동행한다는 것이었다. 버스터미널에 도착하였지만, 이싸무동은 여전히 그림자도 보이지 않았다. 우얼한은 또 한 번의 통보를 받았다. 안전을 위해 이싸무동은 이미 먼저 쑤이딩(綏定, 신장위구르자치구 서북부 쑤이딩현의 현청 소재지)에 도착해 있고, 내일 국경지대로 가는 도중에 쑤이딩 역에서 합류하여, 가족들과 만나게 된다는 것이었다. 터미널은 아주 혼란스러웠고 우얼한의 머리도 복잡하였다. 우얼한은 차에 오르기 싫었다.

"아이를 이리 줘요! 먼저 차에 타요. 아이는 버스 창문으로 건네줄게요."

이렇게 말하면서 절름발이는 보라티쟝을 우얼한의 품에서 빼앗아갔다. 보라티쟝은 울며 애타게 엄마를 불렀고, 우얼한은 가지 않을 테니 아이를 돌려달라고 말하고 싶었다. 그러나 때는 이미 늦었고, 우얼한도 어쩔 수 없는 상황이 되었다. 그녀는 10여 명의 흥분에 겨워 마구 소리를 질러대는 사나이들 속에 끼워져 밀고 떠밀리고 누르고 당기는 사이에 납치되듯 차에 올려졌다.

"내 아들!"

우얼한은 간신히 머리를 돌려 아들을 부르며 악을 썼다. 하지만 동시에 누군가 뒤에서 주먹으로 그녀의 등을 때렸고, 머리끄덩이를 잡아당겼으며, 은밀한 부분이라고 생각하는 신체의 일부 부위마저 공격을 하였다. 그제야 우얼한은 자신이 사기를 당했다는 것을 깨달았다. 어쩌면 다시는 남편을 만나지 못할 것이고, 만난다고 해도 더 이상 구제할 수 없으며, 심지어 이대로 아들을 잃고 자신도 아들도 위험에서 탈출할 희망이 없다는 생각이 들었다. 지금으로서는 이 사람들로부터 도망쳐 자신부터 구해야겠다고 생각하였다. 버스는 그들을 싣고 2시간이나 달려 쑤이딩 역에 도착하였으나 이싸무동은 역시 나타나지 않았다. 우얼한은 이 모든 것이 속임수라는 사실을 더욱 확신하게 되었다.

그녀는 주위를 둘러보았다. 그가 알 만한 사람은 한 사람도 없었다. 사기를 친 그들에게 있어 중요한 건 계획대로 사람들을 차에 실어 그쪽으로 운반한 것뿐이었다. 그렇기 때문에 사람들을 실은 차가 이닝시를 떠나고 나면, 그들은 완벽하게 임무를 완수하였다고 믿었던 것이다. 한참 후 길 옆에 주유소가 나타나자 차는 거기에서 잠시 멈췄다. 승객들은 너도나도 차에서 내려 뻐근한 몸을 풀고 화장실을 다녀왔다.

우얼한은 화장실에 가는 척 하고는, 다른 후미진 곳으로 들어가 몸을 숨겼다. 그리고 주위에 누구도 없는 것을 확인하고는 재빨리 물이 마른 수로 밑으로 뛰어 들어갔다. 우얼한은 수로를 따라 네 발로 기기도 하고, 최대한 몸을 낮춰 달리기도 하면서 비틀거리며 황급하게 도망쳤다. 사실 들킬까 두려워 허둥거릴 필요가 전혀 없었다. 지금은 그녀를 감시하거나 쫓아올 사람이 아무도 없었기 때문이었다. 미쳐서 날뛰는 사람들이 안달하는 것은 빨리 차를 타고 이곳을 떠나는 것뿐이었다.

우얼한은 장장 7시간을 기다려, 돌아가는 장거리버스 한 대를 타게 되었다. 그녀가 가지고 있던 돈으로 하마터면 돌아가는 티켓을 구매할 수 없을 뻔하였다. 하지만 전례 없는 혼란 속에서 그녀는 놀랍게도 또 다행히 차에 올랐고, 다시 이닝시로 돌아오게 되었다. 이닝시 터미널에서 이리하무가 보게 된 우얼한은 바로 이러한 상황에서였다.

"돌아왔어요? 당신 처지가 정말 난처하게 됐어요. 공사의 당원들은 당신을 체포하여 법에 따라 처분해야 한다고 난리들이에요!"

"체포하라고 하세요! 체포되는 것이 당연하지요! 당연히 심판받고, 당연히 판결을 받아야지요! 나는 죽어야 마땅해요!"

"그런 말 말아요, 자네에게는 아들도 있는데 감옥에 잡혀 들어가면 아이는 어떻게 해요?"

"내 아들을 찾을 수 있을까요? 아니 찾을 수 있어요! 암요 찾고말고요!"

"정신 차리고 진정해요. 아이가 돌아왔는데 아버지는 도망치고 없고, 엄마마저 감옥에 들어가면, 그땐 어쩌려고 그래요?"

"하늘이시어……"

"두려워하지 말고, 너무 속상해하지도 말아요. 내가 있잖아요. 나는 당신 언니고, 우리 집 양반은 당신 오빠나 다름없어요. 그이가 어떻게든 당신을 보호해줄 거예요. 우선 당신 스스로 자신을 지킬 줄 알아야 해요. 절대 절망하지 말아요. 스스로 희망을 버린 사람은 그 누구도 도와줄 수 없어요. 사실대로 따지고 보면, 당신이 저지른 죄행이 그리 심각하다고 할 수 없어요. 가녀린 여인이 죄를 지어 봤자 결국은 불행하고 가엾은 여자죠. 그런데 왜 외국으로 도망치려고 했어요? 도망을 쳤다가 왜 다시 돌아왔어요? 이렇게 되면, 반혁명분자, 절도범, 나를 배반한 배신자의 가족일 뿐만 아니라, 당신 본인마저…… 당신은 평생 사람들의 손가락질을 당하며 살아야 할지도 몰라요……"

"라이티푸가 나를 속였어요! 나는 외국으로 도망칠 마음이 전혀 없었는데……"

"라이티푸인지 마이티푸인지 그 이름은 꺼내지도 말아요. 지금 어디에 가서 라이티푸란 사람을 찾는다고 그래요? 당신 세 살 먹은 어린애도 아니고, 라이티푸가 당신 부부의 손발을 꽁꽁 묶었나요? 당신들을 마대에 넣어 버스에 태웠나요? 도망칠 생각이 없다고 하지만, 어쨌든 차를 탔잖아요. …… 그런데 누가 당신이 하는 말을 믿겠어요? …… 그러니까 우선 정신부터 똑바로 차리고 마음을 진정시켜요. 함부로 말을 뱉지도 말고 조리 없이 이것저것 말하지도 말아요. 우얼한 동생, 당신은 잘 몰라요. 이 몇 년 동안 우리 집에 드나드는 사람들은 하나같이 지위 높은 간부들이었어요. 때문에 공사의 업무나 정부에 관한 일은, 내가 아무래도 당신보다 많이 알 거예요……"

이것은 우얼한이 집으로 돌아온 후, 첫 방문자인 파샤한과 우얼한의 대화 내용이었다. 떠나기 전 파샤한도 눈시울이 붉어져서는 말했다.

"보라티쟝, 참으로 기특한 아이에요! 동글한 얼굴이 귀엽기도 하죠. 아파(阿帕, 엄마)! 아포(阿婆, 엄마)! 하며 작은 입으로 잘도 불렀는데……"

우얼한은 머리가 어지럽고, 눈앞이 아물거리며, 사지가 나른한 상태에서 휘청거리며 옥수수 밭으로 왔다. 그녀는 머리를 숙이고 사람들을 쳐다보지 않았고, 사람들의 말에 아무 대답도 하지 않았다. 그는 묵묵히 흙을 고르고, 김을 매고, 싹을 솎고, 또 다시 김을 매고, 흙을 고르면서 끊임없이 일만 하였다. 빼곡하게 돋아난 새싹, 무성하게 자란 잡초, 두꺼운 토양, 찌는 듯한 날씨. 오전 내내 일을 하느라 많이 지쳤지만, 우얼한은 여전히 밥이 넘어가지 않았다.

오후에도 그의 노동은 계속되었다. 그러나 얼마 하지 못하고, 그에게 이상한 증세가 나타나기 시작하였다. 새싹과 잡초가 그의 눈앞에서 점점 커지고 많아지더니, 옥수수 싹들은 한 그루 한 그루의 큰 나무가 되었고, 잡초는 뻗고 뻗어 숲을 이루었으며…… 파란 싹과 잡초가 황갈색으로 변하고, 하늘도 땅도 황갈색으로 변하더니, 끝내 들려오는 모든 소리, 옥수수 싹, 모든 것이 순식간에 사라져 버렸다…… 결국 그녀는 쓰러지고 말았다.

정신이 들어 눈을 떴을 때, 그녀는 이미 집에 돌아와 있었고, 주위에는 이리하무, 짜이나푸와 디리나얼이 있었다.

"건강상태가 좋지 않아요. 집에서 푹 쉬도록 해요. 곁에서 보살펴 줄 사람이 없어서, 방금 부대장에게 말씀드렸어요. 이따가 수레에 태워 친정으로 데려다 줄게요."

"아니요. 싫어요. 안 갈래요……"

"왜 그래요?"

"여기서 아들을 기다리고 있을래요."

"아들에 관한 소식이 있으면, 바로 당신에게 전해줄게요. 그러니까 일단 친정으로 돌아가요. 물론 당신 의견에 따르겠지만, 만약 친정이 있는 제6 대대에서 살기를 원한다면, 호적을 옮겨갈 수 있도록 우리가 도와줄게요. 그쪽 대대에 가서 노동에 참가해도 마찬가지에요."

"싫어요. 친정에 갈 수 없어요. 돌아갈 염치가 없어요. 우리 부모는 나 같은 딸을 둔 적이 없어요. 두 분께도 죄송하고, 당신들에게도 죄송해요……"

"그런 말 하지 말아요. 어떤 문제든 일단 건강을 회복하고 나서 천천히 말해요. 시간이 많아요. 디리나얼 동지, 이렇게 해요. 당신에게 자전거가 있잖아요? 자전거를 타고 제6대대에 다녀와요. 우얼한 누님의 부모님께 말씀드리고, 여동생들 중 우얼한 누님을 보살펴 줄 수 있는 사람을 데리고 오도록 해요. 이렇게 하면 될까요? 우얼한 누님?"

이리하무는 우얼한의 의사를 존중하여 누이 좋고 매부 좋은 대책을 생각해 냈다. 그리고 지체 없이 디리나얼에게 임무를 주었다. 우얼한은 침묵으로 찬성의 뜻을 표시하였고, 디리나얼도 그러겠다고 하며 머리를 끄덕였다.

병석에 누워 있는 우얼한은 전갈 한 마리가 파고들어간 것처럼 머리가 아팠고, 천장은 빙빙 도는 것 같았으며, 몸은 물 위에서 파도를 타는 것 같이 울렁거렸다. 우얼한은 힘겹게 입술을 움직였다. 그는 고맙다는 한 마디 인사를 하고 싶었지만, 입을 열었을 때 나온 것은 가냘픈 신음이 섞인 가슴 찢기는 부르짖음이었다.

"보라티쟝, 내 아들, 어디 있니?"

소설가의 말

  40년 전 젊은 시절의 창작. 당신의 영원한 영춘무곡, 역사의 맥박과 생명의 선율, 시대를 구가하는 아름다운 꿈, 청춘에 대한 당신의 절절한 그리움, 세월에 대한 당신의 아끼고 사랑하는 마음 및 애틋함, 유수같이 흘러가는 세월에 대한 당신의 탄식과 망설임, 우얼한에 대한 당신의 동정과 안타까움 속에서 다시금 『만세(萬歲)15』, 「젊은이(年輕人)16」, 「인웨이웨이(尹薇薇)17」의 가락이 울려 퍼지고 있었다.

---

15) 장편소설 『청춘만세(靑春萬歲)』
16) 단편소설 「조직부에 새로 온 젊은이(組織部來了個年輕人)」
17) 단편소설 「지해구침 – 인웨이웨이(紙海勾沉 – 尹薇薇)」

8 장

감당 못할 충격 – 말없이 떠난 딸

대장부의 난감한 선물 – 양지방(羊油) 두 근

이리하무와 미치얼완은 각자 생산대의 일을 마치고 집으로 돌아왔다. 집에 들어온 이리하무를 보며 외할머니 챠오파한이 말했다.

"한 대장부가 왔었어."

"어느 대장부 말씀하세요?"

전혀 이해하지 못한 이리하무가 물었다.

"그 대머리 말이다."

"대머리요?"

"그 멍청이 있잖니."

"멍청이요?"

"사기꾼 말이야."

"사기꾼이라고요?"

"내 말은, 바로 그 대장부가 왔었단다."

대화는 돌고 돌아 다시 '대장부'에 돌아왔다. 길고 결론이 나지 않는 두 사람의 대화에 짜증이 난 미치얼완은 옆에서 듣고 있다가 결국 머리를 숙였다. 그러나 외할머니가 가리키는 사람이 도대체 누구인지, 이리하무는 아직도 눈치를 채지 못했다.

"아마도 무싸를 말하는 것 같아요."

미치얼완은 오리무중인 이리하무에게 눈짓을 하며 귀띔해주었다. 챠오파한은 늘 마을 사람들의 이름을 잊어버리고, 늘 자신의 생각과 이해에 따라 사람들에게 별명을 지어주며, 또 상황에 따라 수시로 그 별명을 바꾸기도 한다는 것을 미치얼완은 알고 있었다.

"무싸 대장이 우리 집에 왔었다는 말씀이죠?"

미치얼완은 높은 소리로 챠오파한에게 확인 차 물어보았다. 그러자 챠오파한은 꿈에서 놀라 깨어난 듯 몸을 움찔하더니, 기분이 언짢아서 말했다.

"이른바 '대장'이란 무슨 뜻이냐? 그 같은 사람도 대장이 될 수 있다느냐? 내 상식으로는 그런 대장이 있을 수 없단다. 그 건달, 원숭이, 치켜 올린 팔자수염!"

"무싸가 대장으로 임명되었다고 말씀드렸잖아요!"

미치얼완은 웃음을 참으며 다시 설명하였다.

"나에게 일러 줬지, 일러 줬어. 일러 줬는데 뭐 어쩌라고? 아무리 말해도 나는 너희들에게 안 가르쳐 줄 거다!"

챠오파한은 쉽게 말이 통하거나 생각을 바꾸지 않았다. 그는 알아듣지 못할 말들을 중얼거리며, 지금의 대화를 계속하고 싶지 않다는 듯이 몸을 틀더니 자리를 약간 옮겨 앉았다. 노인들은 사람들이 자신이 한 말을 알아듣지 못하면 언짢아하고, 자신의 말을 반박하거나 따져 물으면 더욱 싫어하였다. 해야 할 말은 이미 다 했다. 귀담아듣고 곰곰이 생각해 보면, 언젠가 노인의 완고한 말 속에 포함된 경험과 지혜, 식견을 깨닫게 될 것이다. 그러니 이

밖에 할 말이 뭐가 더 있겠는가!

이리하무도 미치얼완에게 그만하라고 눈짓을 하였다. 그들은 더 이상 노인의 속을 시끄럽게 하지 않고, 조용하게 저녁식사를 준비하였다.

"너 옆집에 다녀와야겠다. 러허마 나훙(熱合瑪那洪, 러허만 아훙[阿洪]이라고도 함, 이슬람의 학자나 이맘[18]에 대한 존칭의 연독 – 역자 주)이 불쌍해 어쩌니. 딸때문에 상심이 클 거다."

"네!"

이리하무는 자초지종을 몰라 또 어리둥절하였지만, 이번엔 빠르고 짧게 대답하였다.

"배은망덕한 젊은이가 글쎄 행복해지기를 원한다고 했단다. 마치 어른들이 자기에게 빚지고 부족한 존재인 것처럼 말이야! 넌 어렸을 때에도 나에게 행복인지 뭔지 그따위 것을 요구한 적이 없었어. 너는 추운 겨울에도 가죽 모자를 내놓으라고 조른 적이 한 번도 없었지. 네가 낭 한 조각을 달라고 하면, 그것은 배가 하도 고파서 참을 수 없을 때이고, 집에 낭이 남아 있을 때였단다. 집에 낭이 없는 날에는 배가 고파 침을 꼴깍꼴깍 삼키면서도, 벽 한쪽 모퉁이에 쪼그리고 앉아 작은 두 눈으로 나를 바라볼 뿐, 아무것도 달라고 하지 않았지……"

챠오파한은 느닷없이 옛말을 하며 감격에 젖었다. 깊은 추억에 빠진 차요파한의 두 눈에는 눈물까지 고였다. 그는 눈물을 훔치더니 자리에서 일어나 안방으로 들어갔다. 그리고 대들보에 매단 널빤지 위에서 감귤색의 큰 낭 하

---

18) 이맘(阿訇) : 예배할 때 맨 앞에서 예배를 인도하는 사람. 이슬람교에는 성직자 제도가 없다. 이 점은 이슬람이 기독교·유대교·불교 등 다른 종교와 구별되는 중요한 차이점 중 하나다. 이슬람은 인간과 하나님 사이에 어떠한 영적 중간 매개체도 인정하지 않는다. 그러므로 무슬림들은 중간 매개체를 거치지 않고 언제나 하나님과 직접 대화할 수 있는 것이다. 그런 점에서 이맘의 역할은 중요하다.

나를 꺼내들고 미소를 지으며 걸어 나왔다. 미치얼완은 눈치를 채고 얼른 작은 온돌 탁자를 가운데로 옮겨 놓았다. 챠오파한은 마치 큰 손북(手鼓, 위구르 족의 타악기)을 들듯이 두 손으로 낭을 정성스럽게 들고 와서 조심스럽게 탁자의 중간에 내려놓았는데, 그 모습은 정중하게까지 느껴졌다.

"먼저 차를 좀 마시자! 밥은 나중에 하고."

챠오파한의 뜻에 따라, 이리하무와 미치얼완은 두말없이 탁자 옆으로 다가 앉았다.

"지금은 우리 집에도 이렇게 큰 낭이 있지만, 이게 어디 쉬운 일인 줄 아니? 낭은 정말 대단하고 신성한 것이야. 우린 누구도 낭 없이 살 수 없고, 아무리 먹어도 질리지 않는 것이 낭이지. 어렸을 때, 어른들에게서 들은 말이 있어. 낭은 무엇보다 숭고한 것이라고. 그걸 알고 있니?"

"네. 알아요."

외할머니는 이리하무의 간결하고 즉각적인 대답에 무척 만족스러워하였다. 그는 웃으며 "그러니까, 집에 돌아와 밭을 가꾸는 것은 올바른 일이란다."

라고 말했다. 이때, 문이 열리더니 노란 체크무늬 두건을 쓰고, 검푸른 색의 긴 면바지를 입은 회족 소녀가 걸어 들어왔다. 그녀의 이름은 마위펑이고, 무싸의 아내 마위친의 여동생이었다. 손에 빨간색 천 가방 하나를 든 마위펑이 쑥스러운 듯 머뭇거리자, 미치얼완이 일어나서 인사를 건네며 친근하게 맞아주었다.

"어서 와요! 탁자 쪽으로 와 앉아요!"

"괜찮아요, 고맙습니다!"

마위펑은 회족 여성 특유의 나긋나긋하고 부드러운 어투로 위구르어를 사용하며 정중하게 말했다.

"무싸 오라버니가 집으로 모시고 오라고 해서요, 이리하무 오라버니."

이리하무는 슬쩍 웃었을 뿐 대답은 하지 않았다. 그러자 마위펑이 당황해하며 말했다.

"지금 바로 오시라고 했어요."

"알았다. 조금 이따가 갈게."

"무싸 오라버니가 지금 집에 아무도 없다며, 꼭 오시라고 했어요."

"알았다니까. 꼭 갈게……"

"그리고 무싸 오라버니가 이걸 가져다드리라고 했어요."

마위펑은 빨간 가방을 열더니, 불룩한 양의 위 하나를 꺼냈다. 양의 위 안에는 이미 정제된 눈 같이 하얀 양지방이 가득 들어있었다.

무싸가 처제를 시켜 많은 양지방을 선물로 보내온 것이었다. 이리하무네 세 식구는 서로 마주보다가 챠오파한은 아예 얼굴을 돌려 버렸다. 미치얼완이 입을 뗐다.

"고마워요, 착한 동생. 하지만 양지방은 받을 수 없어요. 가지고 가서 댁에서 쓰도록 해요."

미치얼완은 이렇게 말하며 양지방을 원래대로 다시 싸서 돌려주었다.

"댁에서 이걸 받지 않으면 무싸 오라버니에게 제가 혼나요……"

두려워서인지 아니면 쑥스러워서인지, 마위펑은 얼굴이 빨개지더니, 당장 눈물을 흘릴 것 같았다. 그녀는 재차 빨간 가방을 열어 양지방을 부뚜막 위에 놓고는 간청하는 눈빛으로 미치얼완을 바라보았다. 그리고 주인이 뭐라고 할 겨를도 없이, 밖으로 나가버렸다.

"어이 동생……"

뒤에서 미치얼완이 부르는 소리에 그녀는 더욱 재빠른 걸음으로 나갔다.

양의 위 안에 가득한 양지방 때문에 이리하무는 적잖이 난감한 처지가 되었다. 그는 어떻게 하면 좋을지 적절한 수가 떠오르지 않아, 눈빛으로 가족들의 의견을 물었지만, 챠오파한은 "흥" 하고 콧방귀를 뀌며 눈을 피했다.

"어쩌면 좋지요?"

미치얼완도 당황스러운 상황을 어떻게 해결해야 할지 묘책이 떠오르지 않아 난처해 하는 듯했다.

"지금이라도 다시 포장해서 가져다줄까요? 그럼 보기가 안 좋겠죠? 무싸로부터 원망을 살 수도 있겠어요. 그렇다고 이대로 받을 수도 없고…… 이렇게 많은 양의 양지방을 주다니, 너무 과분한 선물이 아니에요? 아니면 일단 양지방을 받고, 내일 내가 수유(酥油, 소·양의 젖에서 얻어낸 유지방) 한 동이를 들고 마위친을 찾아가는 건 어때요?"

사실 이건 아주 간단한 일이기도 하지만 대처하기 어려운 일이기도 하였다. 서로 돕고, 나눠 쓰고, 유무상통하는 것은 농촌 사람들에게 있어서 아주 보편적이고 흔한 일이었다. 더욱이 이슬람교는 남에게 베풀고 선사하는 것을 높이 사고 그렇게 하라고 늘 말하곤 한다. 그러나 선물이라고 해서 다 똑같은 선물은 아니었다. 경우에 따라 상황과 성질이 다른 선물도 있었다. 이곳 농민들은 인정이 후하고 체면을 차려서 아주 평범한 낭 한 가마를 구워냈더라도 이웃이나 친구들에게 나눠주곤 하였다. 그렇기 때문에 선물을 거절하거나 하는 경우가 극히 드물었고, 받은 물건 그대로 다시 돌려보낸다는 것은 그야말로 쇼킹할만한 일이었다.

무싸는 필경 네 가지 유형의 반동분자가 아니고, 또 양지방을 선물한 진정한 동기를 엄격하게 조사하고 검증할 수 있는 것도 아니었다. 때문에 어떤 것이 정상적인 선의의 선물이고, 어떤 것이 졸렬하고 속된 예물인지, 판단할 수 있는 정확한 기준을 세우기란 쉬운 일이 아니었다! 판단의 기준을 세우기가 어렵다고 하여, 그러한 기준이 존재하지 않는 것은 아니었다. 그 기준은 분명히 존재하였다. 사람마다 마음속에 자신만의 판단의 척도가 있었다.

이리하무는 미치얼완을 바라보며 말했다.

"그것도 방법이라고 말하는 거요? 그쪽에서 오늘 양지방 한가득 선물했으니, 내일 당신은 수유 한 동이를 답례하겠다는 말이죠? 두 집이 북적북적 대는 것 보면 참 보기 좋겠어요."

"그럼……"

남편의 말에 미치얼완은 얼굴이 살짝 달아올랐다. 말은 그렇게 하였지만, 그녀도 자신의 생각이 가당치 않다는 것을 알고 있었다.

"급할 거 없어요. 저녁을 먹고 나서 먼저 러허만 형을 찾아뵙고, 그다음 무싸를 찾아가도록 하지 뭐."

그새 눈이 푹 꺼진 아부두러허만은 낯빛이 벌개져서 특별히 그를 위해쌓아 둔 세 개의 큰 베개에 비스듬히 몸을 기대고 앉아 있었다. 거친 숨을 내쉬며 죽상을 하고 있는 그의 모습은 흡사 고열환자 같았다.

이리하무는 그의 모습을 보고 깜짝 놀랐다. 아침에 만나 회의를 할 때까지만 해도 기운이 넘치고 멀쩡하던 러허만이었다. 이리하무를 보자 러하만은 눈을 번쩍 뜨고 손가락으로 자기 옆을 가리키며 "어서 와요. 여기 앉아요." 라고 인사를 하면서 반가워하였다. 그리고 엉덩이 밑에서 편지 한 통을 꺼내 이리하무에게 주며 명령하듯 말했다.

"저기, 이거 다시 한 번만 읽어줘요!"

그러자 옆에 있던 그의 부인 이타한이,

"지금 뭐 하는 거예요! 그걸 왜 남에게 읽으라고……"

"뭐긴 뭐야! 이리하무가 반드시 읽어야 해. 다른 사람들도 우리 둘이 당한 수모를 알아야 할 필요가 있어서 그러는 거니까 잠자코 있으라고. 자, 읽어

주게나, 어서!"

이리하무는 편지를 받았다. 편지 봉투에는 "타청 신가(新街) 35번 하리다(哈麗姐)"라고 적혀 있었다. 하리다는 러허만의 여동생 딸이었다. 결혼생활이 여의치 않아 러허만의 여동생은 하리다를 낳고 얼마 뒤 재가하였다. 그리하여 아이는 러하만 부부가 데려다 부양하게 되었고, 러하만의 막내딸이나 다름없었다. 러하만의 아내 이타한은 아들 셋을 낳았지만, 두 사람은 늘 딸아이를 낳아 기르고 싶어 하였다. 그들은 아이를 낳아 기르는 일을 번거롭거나 부담스럽게 생각하지 않았다. 러허만은 늘 "포도나무 한 그루를 심더라도 많은 시간과 정성이 필요해요. 조금 더 걱정하고, 조금 더 고생하여 한 사람을 길러낸다는 것은, 얼마나 위대하고 즐거운 일이에요!"라고 말하곤 했다. 수양딸 하리다는 어리고 영리하여, 러허만 부부의 친자식인 아들들보다 더 사랑을 받으며 컸다. 그런데 이 아이가 어찌하여 타청에 가게 되었을까? 그녀의 편지가 왜 러허만의 불안정한 정서와 연관이 있는 걸까? 이리하무는 의아함을 참지 못하고 편지를 열어 읽기 시작하였다.

사랑하는 러허만 아버지, 자애로운 어머니 이타한, 당신들의 막내 딸 하리다가 두 분께 인사를 올립니다. 두 분 근황은 어떠세요? 모두 잘 지내시나요? 아픈 데는 없으신지요? 가족 모두 다 무탈한가요? 커리무(克裏木) 오라버니, 바라티(巴拉提) 오라버니, 아이무(阿依姆) 형님, 구리자얼(姑麗紮爾) 형님, 그리고 아이하이티(艾海提) 조카, 와리쓰(瓦力斯) 조카, 칸베이얼(坎貝爾) 조카도 모두 잘 지내고 있지요? 우리 가족들이 무척 그리워요. 여기서 가족 여러분 모두 건강하고 행복하기를 빌게요.

"가족들 이름을 하나도 빠뜨리지 않고 다 불러주었네. 한 사람도 잊은 적이 없다는 걸 보여주려는 듯이……"

러허만이 침울한 표정으로 끼어들어 말했다. 이리하무는 그의 이러한 행동이 도무지 이해가 되지 않아 힐끔 쳐다보았다. 그리고 계속해서 편지를 읽어 내려갔다.

저는 지금 타청 친구 아이산쟝 네 집에 와 있어요. 우리는 이미 혼인하기로 결정했어요. 아버지, 어머니, 두 분께서 부디 저희의 결혼을 허락해주시고, 용서해주시기를 바라요. 아이산쟝의 부모님들은 이미 교민증을 발급받았어요. 내일이면 이곳을 떠나게 되는데, 저도 그들과 함께 가려고 해요. 두 분이 이 편지를 받았을 때에는, 우리는 이미 그쪽에 있을 거예요……

이리하무는 넋이 나간 사람처럼 멍해서 읽던 것을 멈췄다. 그리고 러허만의 표정을 살폈다. 엄숙한 표정을 짓고 있는 러허만의 얼굴에는 서리가 내린 것처럼 차갑게 굳어 있었다. 러허만에게서 한 번도 본 적이 없었던 늙고 초췌한 모습이었다. 몸이 얼어붙은 것처럼 한껏 웅크리고 앉아 있는 이타한의 눈시울도 붉어져 있었다. 러허만은 고뇌에 빠진 손동작을 하며 이리하무에게 계속해서 읽으라고 하였다. 이리하무는 조심스럽게 다시 입을 뗐다.

……저는 아직 젊어요. 저는 행복하고 부유한 생활을 누리고 싶어요. 그런데 우리가 살고 있는 나라는 너무 가난해요……

"잠깐, 그 부분을 다시 읽어봐요!"

러허만은 이리하무의 손을 잡으며 말했다. 이리하무는 그의 손이 떨리는 것을 느꼈다.

"여보!"

이타한이 기겁을 하며 소리쳤다. 그러나 러허만은 편지를 가리키며 다시 읽으라고 하였다. 이리하무는 어쩔 수 없이 그의 말을 따랐다.

"……우리가 살고 있는 나라는 너무 가난해요……"

"들었어요? 이리하무 동지! 이건 한 아이가 자기 엄마 얼굴에 주름이 많고, 손에 굳은살이 박혔다고 책망하는 것과 같은 거예요!"

러허만의 표정은 무서웠다. 그는 심하게 기침을 하였다.

"화 내지 말고, 누워서 쉬어요."

이리하무는 걱정 되는 마음에 위로하였다. 그리고 남은 부분을 읽으려고 하자, 러허만이 또 저지하며 말했다.

"아까 그 부분 한 번만 더 읽어봐요!"

"……너무 가난해요!"

"우리가 아주 가난해요? 그럴 수 있어요. 그래요. 맞아요. 하지만 우리 같은 가난한 사람들이 아껴 먹고 아껴 입고 아껴 쓰면서, 그 애에게 따뜻한 옷을 입히고 맛있는 것을 먹여 키운 거 아닌가요? 그뿐인가요? 기 죽을까봐 예쁘게 꾸미며, 자동차를 태우고 기차에 앉혀 상하이에 있는 대학에 보내줬는데…… 스무 살이 넘었어요! 20년 동안, 우리의 사랑과 보살핌을 받으며 컸고, 중국 땅에서 먹고 자랐으면서, 어떻게 이제 와서 우리에게 가난하다고 말할 수 있는지 모르겠네 그려……"

러하만은 소리를 지르며 말했다. 눈물이 줄 끊어진 구슬처럼 볼을 타고 주룩주룩 흘렀지만, 그는 눈물을 닦을 정신도 없는 듯했다. 그는 흐느끼며 말했다.

"다시 한 번 읽어보시게. 착한 아우님!"

이리하무가 머뭇거리며 쉽게 입을 떼지 못했다.

"읽어보게! 괜찮다니까, 어서 읽으라고! 우리 다 같이 들어봅시다! 다들 귀담아들어요! 우리 이 세대가 어떻게 살아왔고, 우리의 앞 세대는 또 어떻게 살아왔는가? 우리는 피와 땀을 흘렸고, 갖은 고생을 겪었으며, 산산 조각난 땅을 다시 끌어 모았고⋯⋯ 우리가 땀을 흘리며 논밭을 가꾸어가고 있을 때, 정작 하리다와 같은 젊은이들은 우리를 원망하고 있었다는 거네. 자기에게 둥근 그릇에 좌판을 담아 바치지 않는다고 질책하고 있는 거야.

우리에게 수월하고 안락한 생활을 요구할 권리라도 그들에게 있다는 건가? 우리에게는 또 마땅히 그렇게 해야 할 의무가 있는 건가? 우리가 앞 세대에서 물려받은 것은 뜨끈한 자판이 담긴 김이 모락모락 나는 그릇이 아니었잖은가?

우리가 물려받은 것은 족쇄와 수갑 · 밧줄 · 목에 매다는 간판이 아니었던가? 오늘과 같이 인민이 나라의 주인이 되어 살아가는 행복한 생활은 수많은 사람들의 피와 땀으로 이루어낸 것인데 말이지. 고생이 뭔지도 모르고 자란 이 죽일 놈의 하리다 아가씨는 편지에다 가족들의 이름을 하나하나 거론했고, 우리 손녀 이름마저 빼놓지 않고 썼으면서, 왜 하필 우리 집 장남, 하리다의 오라버니 아이커바이얼(艾克拜爾) 이름만 쓰지 않았는지 모르겠네 그려?"

아이커바이얼은 아부두러허만의 장남이었다. 1944년 삼구혁명(三區革命, 이리 · 타청 · 아러타이[阿勒泰] 등 3개 지구에서 국민당의 반동통치에 대항하여 일어난 혁명) 정부가 영도하는 민족군(民族軍, 삼구혁명의 무장 부대)에 참가하여,

국민당 군대와 용맹하게 싸우다가 마나스(瑪納斯) 전선에서 희생되었다.

아이커바이얼이란 이름이 나오자 이타한은 대성통곡하였다.

"하리다는 정말 양심이 없는 애야. 그는 위선을 떨며 살아 있는 가족들의 이름만 불렀을 뿐, 정작 아이커바이얼의 이름은 꺼내지도 않았지. 살아 있는 가족들의 안전과 행복을 위해 투쟁 중에 희생된 오라버니를 차마 떠올릴 수 없었다는 말인가? 그 애는 아이커방이얼의 이름을 입에 담을 자격도 없어. '그쪽' 생활이 어떤지 나는 모르지만, '그쪽'에 가면 사탕 한 알을 더 얻어먹게 된다는 것인가? 왜 그런 비열한 놈들이 있잖아요. 사탕 한 알을 들고 집에 가서 어머니와 아버지에게 욕하고, 자기에게 오면 사탕을 주겠다며 어린애들을 꼬드기는 그런 놈들 말이요. 하지만 어린애도 어린애 나름이지. 아무리 사탕이 탐나고 무지한 어린애라고 해도, 그런 꼬드김에 넘어가는 경우는 많지가 않지. 왜냐하면 어려도 그들에게는 이미 존엄과 양심이라는 것이 있기 때문이지. 하리다는 어린애들보다도 어리석고 이기적이며 잔인한 애야……"

"여보, 그만해요. 제발 그만해요. 우리 하리다……"

이타한은 남편을 말렸다.

"아니, 우리 하리다? 우리에게 하리다라는 딸이 있어? 없어. 절대 없어. 차라리 강아지 한 마리를 길렀더라면 집이라도 지키고, 고양이를 길렀더라면 쥐라도 잡았을 텐데, 우리 하리다 아가씨는 도대체 뭐하는 인간이지? 누굴 탓하겠나? 다 자업자득이지, 이타한 할망구! 후! 어려서부터 지나치게 오냐오냐해서 이렇게 된 거야. 위로 세 아들은 학교를 다닌 적이 있나? 없지, 없어! 하지만 하리다는 학교를 다녔지. 아들들은 하루라도 밭에 나가지 않은 적이 있나? 하리다는? 한 번도 일하러 간 적이 없지.

상하이에서 1년 동안 음악공부를 하고 여름 방학에 돌아왔을 때, 마을 사람들이 가득 몰려와 노래 한 곡 들어보자고 그렇게 사정해도, 그 애 태도가 어땠지? 노래 한 마디 듣기가 참 어려웠지. 교활하고 냉정하고 오만함 그 자체였지! 숱한 사람들을 버려두고 5분만 나갔다가 와서 노래를 부르겠다고 속이고는 도망치고 말았지. 5시간이 지나서야 돌아오자 마을 사람들은 실망하여 너도나도 머리를 흔들며 가버렸지.

사실 그때 우리가 따끔하게 혼내고 가르쳐야 했어. 그러한 상황들을 그 애 학교 영도자에게 알려주었어야 했는데…… 그래서도 고쳐지지 않으면, 어릴 때처럼 귀를 잡아당기고 벌을 줘야 했어. 후! 여보, 우리가 잘못 가르쳤어. 나라를 위해 인민을 위해 노래 부르는 훌륭한 가수로 키우지는 못할망정, 이…… 이게 뭐야? 하리다라는 애는 도대체 어떻게 생겨먹은 애야?"

"너무 화내지 마세요. 너무 마음 상해하지도 말고요. 고정하세요, 러허만 형!"

비록 편지를 읽고 러허만의 말을 듣고 나자 이리하무의 마음도 어수선하였지만, 차분하게 러허만을 위로해 주었다. 하필이면 누구보다 승부 근성이 강하고, 성격이 불같으며, 사회주의 조국을 자신의 생명보다 더 사랑하는 아부두러허만의 막내딸, 꾀꼬리 같은 목청을 타고났으며, 꽃처럼 아름답게 단장하고 다니던 하리다, 마을 전체를 통틀어 처음으로 상하이에 공부하러 떠난 대학생, 마을에서 가장 행복한 젊은이로 사람들의 부러움을 한 몸에 받던 하리다가, 오늘날 두 늙은 부모와 마을 사람들에게 한마디 말도 없이 훌쩍 떠나버렸으니 누군들 이러한 배신과 모독, 잔인함을 감당할 수 있을 것인가?

이리하무는,

"가겠으면 가라고 해요. 이건 우리의 뜻에 따라 좌지우지할 수 있는 일이 아닙니다. 그 애가 떠났고, 다른 사람들도 떠났지만, 톈산은 여전히 그 자리에 있고, 이리하도 아직 거기에서 흐르고 있어요. 또 우리도 여기에 있잖아요! 무엇보다 우리의 조국이 여전히 여기에 있고, 인민들도 이곳에 있으니, 경망스러운 애 하나 때문에 그렇게 마음 아파하지 마세요. ……"

"그 애 때문에 마음 아픈 것이 아니라……"

러허만은 숨을 깊게 들이마시고 나서 다시 말을 이었다.

"마음속에 담아두었던 누구에게도 할 수 없었던 말을 아우에게 털어놓는 거네. 떠나기 전에 왜 마지막으로 우리 두 늙은이를 한 번만 보러 오지 않았을까? 설사 와서 떠나겠다고 해도 나는 말리지 않았을 텐데 말이네. 그 애의 옷자락을 붙잡고 사정하지 않았을 텐데…… 다만 그 대신 얼굴을 못 들게 책망하고 꾸짖었겠지! 어디로 가든 나의 질책과 분노가 그림자처럼 영원히 그 애를 따라다니게 말일세. 내가 바라는 건 바로 그 거네. 하지만 이 교활한 계집애가 나에게 그런 기회조차 주지 않고 도망쳤으니…… 지금 와서 누굴 욕하고 탓하겠나? 그래서 지금 난 이 분노를 삼킬 수 없어 죽을 것 같은 심정이라네!"

"감히 만나러 올 엄두도 못 냈을 거예요. 그런 사람들은 하나같이 나약하고 비겁하죠. 편지 아래 부분을 봐요."

이리하무는 편지를 들고 다시 읽었다.

"알아요. 아버지께서 저를 아주 못마땅하게 생각하시고 욕하실 거라는 걸. 그래서 감히 얼굴을 대하고 작별 인사를 드리지도 못하고 떠나요. 그래도 부디 저를 용서해주시길 바라요……"

"아니, 절대 용서하지 못해!"

러허만은 아주 우렁찬 목소리로 천천히 한 글자씩 무게를 실어 선고하듯 말했다. 그리고 먼 곳을 응시하였다. 그러더니 베개 밑에서 사진 한 장을 꺼냈다. 하리다가 상하이에서 찍은 사진이었다. 원래는 사진틀에 꽂아 벽에 걸어두었던 것이었다. 아부두러허만은 사진을 꺼내 지긋이 바라보다가 천천히 찢었다. 두 조각으로, 네 조각으로…… 누구도 막는 사람이 없었다. 이타한와 이리하무는 묵묵히 앉아 러허만과 점점 잘게 찢기는 사진을 바라볼 뿐이었다. 러허만은 냉정하고 또렷하게 또 한 번 강조하여 말했다.

"아냐, 절대로 용서하지 못해!"

이 말은 아부두러허만의 내면에서 우러나오는 소리였고, 마음속에서 내린 심판이었다. 1962년 이리·타청 사건 중에는 하리다와 같은 사람이 한둘이 아니었고, 사람에 따라 사정과 상황도 달랐다. 그 중에는 부추김에 넘어가고, 소란과 난동 속에서 잘못된 판단을 하여 그쪽으로 도망친 사람들이 대부분이었다. 그러나 많은 사람들은 그런 상황에서도 결코 해서는 안 될 일을 하지 않았고, 여전히 우리의 친인, 친구, 이웃이라고 믿고 있었다.

사실도 그러하였다. 먼 훗날 시대가 바뀌고 나서 천신만고도 마다하지 않고 다시 고국의 품속으로 돌아온 사람들도 적지 않게 있었다. 조국으로 돌아온 그들은 대성통곡을 하였고, 사람들도 그들을 차별하거나 귀에 거슬리는 말로 괴롭히지 않았다. 어떤 말로 이러한 인민들을 설명할 수 있을까? 가장 지혜로운 것도 인민이고, 가끔 가장 어리석은 것도 인민이며, 가장 위대한 것도 인민이고, 가장 가엾은 것도 인민이었다. 하지만 인민에게도 단호하고 절대적인 목소리가 있었다.

아부두러허만이 말한 "용서하지 못해" 라는 부정하는 위구르어 동사는, 앞으로도 생활과 공기 속에 영원히 남아있어 사람들에게 경종을 울리고, 사람들을 슬프게 하며, 사람들로 하여금 신중을 기하여 깊이 생각하게 할 것이다.

이리하무는 동정어린 눈빛으로 러허만을 바라면서 충분히 마음을 이해한다는 듯 머리를 끄덕이었다. 그리고 한참을 침묵하더니 말했다.

"러허만 형, 그 편지를 투얼쉰베이웨이에게 빌려주면 안 될까요?"

"투얼쉰베이웨이에게요?"

러허만은 어리둥절해졌다.

"그게 말이에요, 편지를 투얼쉰베이웨이에게 맡김으로써, 공청단 지부에서 젊은이들을 조직하여 하리다의 편지를 들려주도록 하자는 거예요. 젊은이들끼리 이 편지에 대해 의논할 수도 있고, 또 그들의 의견도 들어볼 수 있어서 도움이 될 거 같아요."

아부두러허만이 이리하무를 힐끗 보았다. 이리하무가 한발 더 나아가 설명하였다.

"마오 주석께서도 말씀하셨죠. 긍정적인 교원과 교재가 필요할 뿐만 아니라, 부정적인 교원과 교재도 필요하다고요. 하리다가 떠났어요. 그것도 한마디 인사도 없이 당신들을 버리고, 우리 모두를 버리고 떠났어요. 이는 경사가 아니지만, 젊은이들은 이 일로부터 자극과 교육을 받게 될 것이고, 따라서 조국을 더욱 사랑하고, 자신의 고향과 가정을 더욱 아름답게 꾸려가야 한다는 깨달음을 얻게 될 거예요. 결론적으로 말하면, 우리의 생활이 그쪽보다 여의치 못해서도 안 되지만, 우리의 인민들이 그쪽을 부러워하고 동경할 이유가 없도록 노력해야 한다는 거지요. 이렇게 되면 오히려 좋은 일이 아니겠어요?"

"그렇기는 하지만 그게 우리 입장에서는 얼마나 난처한 일인가요!"

이리하무의 의견을 듣고 나서, 이타한은 난감해하며 말했다. 그러자 이리하무는 웃으며 말했다.

"러허만 형, 그리고 형이 직접 공청단지부에서 조직하는 이 집회에 참가해요. 그 자리에서 전체 대대의 젊은이들에게 형 마음속의 말을 들려주세요. 할 말이 있으면 인민 앞에서 이 시대의 젊은이들 앞에서 당당하게 솔직하게 말하는 게 맞는 일이라고 생각해요."

"아우, 정말 좋은 생각이네. 나를 보러 조금만 더 일찍 왔더라면 이렇게까지 화를 내지는 않았을 텐데 말일세."

러허만은 그제야 약간의 미소를 지었다.

"오늘 이 영감이 화나서 돌아가는 줄 알았어요. 점심도 안 들고, 갑자기 열병에 걸린 사람처럼 누워서 온몸을 부들부들 떨 때는 정말 잘못되는 줄 알았지요."

이타한이 사실을 증명하듯 말했다.

"화를 낸다고 하여 바뀌는 것은 아무것도 없어요. 그 애는 떠났으니 우리가 보란 듯이 더 잘 살면 되죠. 두고 보라고 해요. 곰곰이 생각해 보라고 해요. 우리는 화를 낼 이유가 전혀 없어요. 러허만 형, 말이 나온 김에 한 가지 물어볼 일이 있어요."

그리하여 이리하무는 4월 30일 밤 간선 수로가 터진 상황에 대해 자세한 설명을 듣게 되었다.

무싸는 집에서 이리하무가 오기만을 고대하고 있었다.

널찍한 응접실에는 큰 바람막이 램프가 온 집안을 환하게 비추고 있었다. 생산대의 대장으로 임명된 후, 야간에 업무를 점검해야 한다며 생산대의 바람막이 램프를 집으로 가져온 것이었다. 무싸의 아내는 회족이었다. 그리하여 무싸 네 집은 위구르족의 화려함과 회족의 정교한 특색이 모두 돋보이게 꾸며져 있었다. 무늬가 새겨져 있는 순백색의 커튼과 발, 금색 나무오리로 테를 두른 궤와 정숙미가 흐르는 구리 항아리는 위구르식의 장식이었고, 높은 온돌, 네모난 큰 목조 탁자, 세트로 된 찻주전자와 찻종지에는 또 회족의 특색이 묻어나 있었다.

이 집은 무싸에게 있어 아주 어렵게 얻은 집이었다. 출신성분으로 볼 때, 그는 고농(雇農, 고용농)으로서 각각 위구르족, 한족, 회족, 만주족(滿族) 네 개 민족의 지주에게 고용되어 일을 한 적이 있었다. 하지만 어려서부터 부랑자 심지어 건달들과 어울려 다니면서 그러한 습성들이 적잖게 몸에 배어 있었다. 만약 무싸 얼굴의 마맛자국만 아니면 그는 생김생김이 아주 준수한 편이었다. 그리고 신체가 건장하고 힘이 좋아 일도 잘하고 머리도 영민하였다. 뿐만 아니라 그는 말주변이 좋고, 뛰어난 승부 근성을 타고났으며, 모험을 두려워하지 않는 용감한 사람이었다.

소년시절 한 늙은 지주네 집에서 일을 하였는데, 지주의 아들은 연회에 참석하고, 사냥을 하고, 도박을 하며, 경마에 참가할 때는 물론, 쾌락을 즐길 때에도 항상 무싸를 데리고 다녔다. 무싸는 그 집에서 몇 년을 일하면서 돈을 꽤 모았다. 이 상황을 아는 지주의 아들은 어느 날 무싸에게 뼈로 만든 공기(놀이)인 양과이(羊拐)를 하자고 도전장을 내밀었다. 무싸도 흔쾌히 도전을 받아드렸고, 관전하는 사람들까지 있었다.

무싸는 머리가 좋아 계산이 빠르고 정확하였으며, 놀이 솜씨가 능숙하였다. 밤새 놀음을 한 결과 무싸가 여유 있게 승리를 거두었고, 지주의 아들은 모든 것을 잃고 마지막에 속옷 한 장밖에 남지 않았을 뿐만 아니라, 무싸에게 빚을 졌다는 증서까지 쓰는 처지가 되었다. 늙은 지주가 이 사실을 알고는 아들의 노름빚 대신 무싸에게 집을 주겠다고 하였다. 무싸는 처음으로 생긴 자신의 집으로 살림을 옮겼고, 거기에서 가정을 이루고 출세하는 야무진 꿈까지 꾸었다. 하지만 지주가 무싸에게 선뜻 집을 내준 데는 다른 목적이 있었다.

어느 날 깊은 밤 지주의 아들은 무싸 네 집 옥상으로 살그머니 기어 올라가, 굴뚝을 흙벽돌로 막아 놓았다. 때는 겨울이었다. 무싸는 잠자리에 들기 전 부뚜막 아궁이의 불이 꺼지지 않도록 석탄을 넣고 잠들었다. 이 점을 이용하여 지주는 피를 보지 않고 무싸를 가스 중독으로 죽게 할 작정이었다. 사건이 벌어져 집 주인이 죽게 되더라도, 사람들은 딴 의심을 하지 않고, 굴뚝이 스스로 무너져 벽돌에 막혔다고 짐작하게 될 것이기에 완벽한 작전이라고 생각하였다. 하지만 작전은 실패하였다. 건장한 덕분이었는지 가스를 마시고 이미 중독된 무싸는 정신이 몽롱하고 힘이 빠져 일어설 수 없는 상태에서도 문어귀까지 기어 나와 출입문을 열었던 것이다. 겨울의 찬바람에 그는 정신을 차리고는 당장 옥상으로 올라가 굴뚝을 확인하였다. 그리고 옥상에 덮인 눈 위에 찍혀 있는 발자국을 발견하였다. 그 발자국을 따라 가다 보니 지주네 집 앞에서 멈추게 되었다.

무싸는 자신이 당한 만큼 그 놈들의 수법 그대로 똑같이 갚아주겠다고 결심하였다. 무싸도 지주 네 집 굴뚝을 막아 놓았지만, 결국 그의 소행임이 발각되어 멀리 달아나는 수밖에 없었다. 그는 도망쳐 자오쭈현의 다른 한 대지주 집에서 일을 하게 되었다. 일솜씨가 좋고 눈치가 빠를 뿐만 아니라 사람들 앞에 나서서 과시하기를 좋아하는 성격 때문에, 지주의 눈에 들어 일꾼들을 다스리는 우두머리로 승진하였다. 그러나 그것도 오래 가지 못하고, 지주의 첩과 눈이 맞아 암암리에 추파를 던지다가 걸려서 또 쫓겨나고 말았다. …… 삼구혁명 때 그는 민족군에 참가하여 소대장까지 맡고 있다가 백성들의 재물을 강탈하여, 그것도 몇 번이고 타일러도 고치지 않아, 결국 파면되었고 닷새 동안 감금까지 당했었다.

해방 후 무싸는 제5대대에 속해 있었고, 토지개혁 운동 당시, 농민협회(農會) 위원으로 임명되기도 하였다. 토지개혁 이후 그는 농업에 열중하는 대신 돈벌이에 연연하여, 신장 생산건설병단(生産建設兵團)에서 개발한 탄광에 가서 일하게 되었다. 처음엔 역시나 여러 면에서 출중하여 작업반장을 맡게 되었다. 그러나 이번에는 또 술을 마시고 갱으로 들어가는 바람에 작업규정을 어기고 엄청난 사고까지 초래할 뻔하였다.

영도자들이 그를 불러 잘못을 지적하고 교육하자 그는 몹시 언짢아했다. 그리하여 또 탄광을 떠나 애국대대로 돌아오게 되었던 것이다. 애국대대에 구두쇠 한 명이 있었는데 바로 회족 중농계급의 마원핑이었다. 마원핑의 세례명은 누하이쯔였다. 이미 나이가 든 누하이쯔는 슬하에 딸 넷만 있고, 아들이 없었다. 그러다보니 노동력이 부족하여 그는 늘 고생이었다. 마침 무싸가 돌아왔고, 마원핑은 이 허풍쟁이 총각을 눈 여겨 보았다. 아부하는 말을 듣기 좋아하고, 가끔 멍청해 보이기도 한 무싸가 염가 노동력으로 이용하기에 딱 좋겠다고 생각하였다.

누하이쯔는 늘 무싸를 집으로 불러 한두 끼 맛있는 음식을 대접하고, 듣기 좋은 말들로 비위를 맞춰주었다. 그러자 무싸는 누하이쯔 대신 장작을 패고, 풀을 베고, 집을 수리하였으며 밭에 채소까지 심어주었다. 누하이쯔는 의외로 의리 있고, 인심이 후한 무싸의 장점을 보게 되었다. 그리고 자신의 의무를 다함에 있어 힘을 아끼거나 대가를 요구하는 사람도 아니라는 것을 깨달았다. 누하이쯔에게 마침 스무 살이 넘는 미혼의 큰딸 마위친이 있었다. 그런데 누하이쯔가 결혼 예물을 지나치게 요구하는 바람에 무싸와 둘의 결혼은 미루어지게 되었고, 그 바람에 마위친의 '청춘'은 기약 없이 흘러갔고, 아래의 여동생들도 덩달아 시집을 갈 수 없게 되었다.

마위친의 여동생들은 아버지에게 점점 불만이 쌓여갔다. 무싸는 그 당시 벌써 사십 가까이 되었고, 치켜 올린 팔자수염은 상당히 풍치가 있고 멋스러웠다. 무싸는 별로 힘 들이지 않고 마위친의 마음과 몸을 모두 얻을 수 있었다. 그 후의 일은 누구도 단정 지을 수 없는데, 마원핑이 맏딸과 무싸 사이의 일을 알고 나서는 화병이 나 돌아갔다는 설과, 병이 위독해지자 마원핑이 직접 무싸를 불러 맏딸과의 결혼을 허락하였다는 설 두 가지가 있었다.

아무튼 누하이쯔가 죽고, 무싸와 마위친은 혼인을 하였다. 무싸는 자연스럽게 마원핑의 거의 전 재산을 물려받았고, 마원핑 네 세 채의 남향 북쪽 집으로 들어가 살게 되었다. 그리고 둘째와 셋째 동생들을 모두 먼 곳으로 시집을 보냈고, 지금은 막내 동생 위펑만이 남아 그들과 함께 살고 있는 것이다.

대다수의 농민에 비해 무싸가 걸어온 길은 순탄치 않았기에 견식도 비교적 넓었다. 오르막과 내리막이 반복되는 생활 속에서 그는 독특한 체험을 얻을 수 있었던 것이다. 그는 운명을 믿었다. 왜냐하면 운명으로밖에 해석할 수 없는 일들도 있었기 때문이었다. 예를 들면, 사십 가까이 된 나이에 젊고 정숙하며, 상속된 재산마저 상당한 한 젊은 회족 여성을 만나 결혼할 줄을 누가 알았겠는가? 그리하여 떠돌아다니며 방탕하고, 고독하며 오르락내리락하던 생활을 한 번에 청산하게 될 줄은 꿈에도 생각하지 못했던 것이었다.

이전에 구애하던 위구르족 처녀와 과부는 모두 물거품으로 돌아가지 않았던가? 병단의 탄광에서 작업반장이 되었을 때에도 그는 아주 기뻤다. 그는 하루빨리 승진하여 영도간부가 되고 싶었고, 자신에게 건 기대치가 높았다. 하지만 결국 우연한 사건 때문에 쌓은 공적이 모두 무너지고 말았다. 돌아온 이후에도 사람들에게 할 일 없이 빈둥거리고 품행이 올바르지 않은 소인 취급을 당했다. 그러던 그가 1962년 초에 대장으로 임명될 거라고 누가 상상이나 했겠는가? 이것이 바로 '운명'이라고 무싸는 생각하였다. 동시에 그는 자신에 대한 믿음도 컸다. 그는 재능과 견식, 담력과 용기, 체력과 용모가 보통 사람에 비해 출중하고, 행운이 항상 자신을 따른다고 믿었으며, 잠깐의 불행도 두려워하지 않았다.

그렇기 때문에 그는 오래 전부터 간부가 되기를 기다려왔던 것이다. 그의

'재능'과 '담력'으로 볼 때, 어찌 밭에서 삽질하는 것만으로 만족할 수 있겠는 가? 쿠투쿠자얼이 대대의 지부서기가 되고, 러이무가 누가 뭐래도 다시는 대장 직을 맡지 않겠다고 할 때, 무싸는 자천하는 식으로 여러 장소에서 '경 선활동'을 벌이며, 자진하여 대장의 중임을 맡겠다고 하였다. 쿠투쿠자얼은 그를 지지하였고, 그는 끝내 대장으로 임명되었다.

그에게는 대장으로서의 남다른 '원칙' 혹은 요령이 있었다. 첫째, 한몫 벌 수 있는 기회는 절대 놓치지 않는다는 것이었다. 대장이라면 모름지기 위세 를 부리고, 부당하더라도 이득을 차지할 수 있는 특혜가 있어야 한다는 생 각이었다. 관직을 벗기 전까지 하나라도 더 챙기자는 것이 그의 원칙이었 다. 어차피 평생 대장을 할 생각이 아니었으니 그 자리에서 물러나도 아쉬 울 것이 없었다. 둘째, 큰 잘못은 저지르지 않고, 작은 잘못은 끊임없이 저지 른다는 것이었다.

그는 정치적인 불법 언행에는 절대 참여하지 않으면서도, 먹고 마시고 놀 고 즐기는 것과 공적인 것을 사적인 것으로 만드는 일에는 절대로 대충하는 법이 없었다. 전에는 거슬리는 사람이 있으면 함부로 욕설을 퍼붓고, 주먹을 휘둘러 위협하던 무싸가 사실상 대장이 된 후로는 자신의 언행에 신경을 많 이 썼다. 함부로 주먹을 휘둘렀다가 일이라도 나면 대장으로서 면목이 없고, 상급부서에도 찍히게 된다는 것을 알기 때문이었다.

그가 바라는 것은 손자병법에서도 가장 높은 수인 '부전승'이었다. 셋째, 강한 자를 자기편으로 만들고 약한 자를 억압한다는 것이었다. 이것은 그가 주장하는 뚜렷한 '조직노선'이었다. 그가 생각하는 한 생산대의 강자, 즉 위 신이 높고, 영향력이 있으며, 활동을 조직할 수 있고, 하고 싶은 말을 다할 수 있는 사람은 기껏해야 몇몇밖에 없었다. 따라서 그 몇몇 사람들과 친하게 지 내고 그들을 자기편으로 끌어와 함께 이익을 챙기게 된다면, 다수의 구성원들은 찍소리도 못하고 머리를 숙여 명령을 받들 수밖에 없을 것이라는 속셈이었다. 넷째, 생산대의 업무에 탈이 없게 잘 처리한다는 것이었다.

앞의 세 가지 원칙으로만 볼 때, 무싸는 생산대의 피를 빨아먹음으로써 자신의 배를 채우려는 진드기 같은 존재로 느껴지지만, 오로지 그렇기만 한 것도 아니었다. 무싸가 그리는 이상적인 그림은 생산대가 자신을 위해 복무하고 자신을 먹여 살리는 만큼 생산대의 업무도 절대 뒤처져서는 안 된다는 것이었다. 무싸는 구성원들의 매일의 노동시간(량)을 특히 엄격하게 통제하는 편이었다. 그는 농사일의 기준량을 전보다 높여 놓음으로써, 설사 총수입과 인구의 평균수입이 한 푼도 증가되지 않더라도, 노동일의 노동 시간(량)의 수치를 제고시킬 수는 있었다. 또 예를 들면, 앞에서 이야기한 바와 같이 봄에 있었던 농사준비 사업에서도 무싸는 영광의 붉은 기를 획득하였던 것이다.

오늘 저녁 이리하무를 집으로 초대하고 양지방을 선물한 것은 바로 세 번째 원칙의 실행이라고 할 수 있었다. 이리하무는 강자 중의 강자이고, 자신이 정치 · 문화 · 상급의 믿음·군중의 옹호 등 많은 면에서 이리하무를 따라가지 못한다는 것을 무싸는 잘 알고 있었다. 하지만 자신이 이리하무보다 나은 점도 많다고 생각하였다. 이리하무에 비해 영리하고 융통성이 있으며, 눈치가 빠르고, 경험이 풍부하다고 믿었고, 여러 가지 관계의 처리에서도 더 능하다고 자부하였다.

특히 이리하무보다 기회를 적절하게 이용하고 시기를 놓치지 않고 즐길 줄 안다는 점에서, 자신이 더 매력적이라고 생각하였다. 그리고 이리하무가 양지방 때문에 자기 쪽으로 넘어올 사람이 아니라는 것도 알고 있었다. 그것이 두 근이든, 열 근이든 모두 소용없다는 것을 짐작하고 있었다. 이리하무는 그의 그러한 '원칙'에 찬성할 수 없었고, 고분고분 그의 뜻에 따르는 추종자가 될 리도 없었다. 하지만 동시에 이리하무가 뒤에서 허튼 수작을 부리거나, 생산대의 일상적인 생산과 조직·지도 등 업무에 소극적인 영향을 끼칠 사람은 절대 아니라는 것도 정확하게 파악하고 있었다.

이러한 분석 결과에 근거하여 무싸는 이리하무를 집으로 초대하기로 하였던 것이다. 그 목적은 우의를 쌓고, 정감을 나누며, 사상적 교류를 하고, 툭 터놓고 '협상'함으로써, 이리하무의 '협력'을 쟁취하려는 것이었다. 만약 '협력'이 안 되면, '중립'이라도 얻어낼 목적이었다.

그런데 반시간이 지나고 한 시간이 흘렀는데도 이리하무는 여전히 나타나지 않았다.

"위펑, 아까 가서 뭐라고 하면서 초대했니? 이리하무 본인을 만나 직접 전달한 거 맞아?"

"맞아요. '무싸 오라버니에게 지금 바로 오시라고 했다'고 말했어요."

"그러니까 뭐라고 하더냐?"

"방금 말씀드렸잖아요. 알았다며 그러겠다고 했어요."

"그럼 한 번 더 다녀오너라. 그를 기다렸다가 같이 오거라."

"그건……"

마위펑은 썩 내키지 않는 표정이었다.

"얼른 가서 모시고 오지 않고 뭐해!"

무싸가 눈을 부라리며 명령하였다.

마위펑이 무싸의 닦달에 못 이겨 하는 수 없이 막 나가려고 하는데, 무싸가 불러 세우더니 물었다.

"아까, 양지방에 대해서는 뭐라고 설명했니?"

"무싸 오라버니가 가져다 드리라고 해서 가져왔다고 했어요."

"그러니까 뭐라고 하더냐?"

"받을 수 없다고 했어요. 그래서 '이걸 받아주지 않으면, 무싸 오라버니에게 제가 혼나요.'라고 했어요."

"누가 그렇게 말하라고 했니? 내가 가르쳐줬잖아. 이렇게 말했어야지. 이리하무 오라버니가 외지에서 돌아온 지 얼마 되지 않았고, 또 일전에 챠오파한 외할머니를 잘 보살펴드리지 못했고 해서……"

"그렇게 긴 말을 난 할 줄 몰라요. 기억 못해요. 이리하무 오라버니를 만나면 직접 하세요."

"너…… 흥, 얼른 갔다 와!"

마위펑이 떠났다. 그런데 시간이 얼마 지나지 않아 다시 돌아왔다.

"이리하무 오라버니가 집에 없어요. 그러나 우리 집에 꼭 올 거라고 미치얼완 언니가 그랬어요."

이리하무가 꼭 올 거라는 말에 무싸는 마음이 놓였다. 이리하무를 기다려 함께 저녁식사를 하려고 하였는데, 시간이 늦어지면서 무싸는 배가 고팠다. 그리하여 그는 바깥방으로 나가 밥 한 사발을 들고 아쉬운 대로 먼저 요기를 하였다. 마파람에 게 눈 감추듯 밥을 먹고 있는데, 마침 이리하무가 왔다.

이리하무는 무슬림의 예의를 갖춰 손을 가슴에 얹고 정중하게 인사를 하였다.

"아이싸라무아이라이이쿠무!"

"아이아이아이아이이……라이이쿠무……아이쓰……싸라무!"

무싸는 허둥지둥 일어나 답례를 하면서, 위치를 제대로 보지 않고 밥그릇을 올려놓은 바람에 밥그릇이 부뚜막에서 바닥으로 굴러 떨어지고 말았다. 그리고 급하게 삼킨 고기에 입이 데이고, 목이 메서 말을 더듬었다.

두 사람은 함께 방안으로 들어가, 손님과 주인의 자리에 각각 앉았다. 무싸가 부르자 임신 중이어서 배가 불룩한 마위친이 들어왔다. 마위친은 탁자를 놓고 그 위에 식탁보를 폈다. 그리고 낭·쿠처의 싱바오런(杏包仁, 살구 과육 속에 딱딱한 껍질을 제거한 은행이 들어 있는 정과 – 역자 주)·투루판(吐魯番)의 건포도·건하미과(哈密瓜干)·당지의 눈같이 새하얀 꿀과 직접 만든 사과 설탕절임(蜜餞蘋果) 등 여러 가지를 내왔다.

"됐어요, 그만 차리세요. 오늘이 설 명절은 아니죠?"

이리하무가 사양하며 말했다.

"이리하무 동지! 당신이 광림하는 날이 바로 '설' 명절이 아니겠습니까?"

무싸는 이렇게 말하며, 자신의 친근하고 훌륭한 대답에 득의양양하여 혀로 입술 위의 팔자수염을 살짝 핥았다.

"그 말은 내가 이드알피트르(開齋節, 회교의 라마단[Ramadan]이 끝나는 날로 회교 최고의 명절 – 역자 주) 그 달의 초승달이란 말인가요?" 이리하무가 웃으며 말했다. 무싸도 따라서 웃음이 터졌다. 무싸는 속으로 꽤 좋은 시작이라고 만족스러워하였다. "우리에게 필요한 것은 달이 아니지요. 우리에게는 사람이 필요하지요. 사람과 사람 사이의 우정이 달보다 더 아름답지 않나요? 지금처럼 말이에요. 당신도 있고, 나도 있고. 우리는 모두 약간의 재능과 능력이 있는 사람들이잖아요. 따라서 이 세상에 살아 있는 동안 반드시 매일을 명절처럼 즐겁게 살아야 하지 않나요?" 무싸는 문화 교양이 있는 지식인은 아니었지만 말주변은 좋았다. 위구르족은 언어의 가치를 추앙하고, 시를 사랑하며, 유머러스한 민족이었다. 문맹이라고 하여도, 시를 사랑하고 시인을 동경하는 마음은 똑같았다. 민간전설에는 정교한 은어와 비유, 해음(諧音)[19], 우스운 이야기들이 많이 포함되어 있었다. 심지어 언어를 업으로 살아

---

19) 해음(諧音) : 중국어에서 글자나 단어의 발음이 서로 같거나 비슷한 경우를 이르는 언어현상을 말한다.

가는 사람들도 있었다. 오늘에 이르기까지, 이리에 있는 유명한 언어의 대가 한 사람이 탄생했는데, 그는 유머리스트라고 불렸다.

이 유머리스트는 병에 걸려 노동 능력을 잃게 되었는데, 그에게는 시의 적절하게 아주 재밌고 탁월한 우스운 이야기와 경구(警句)들을 막힘없이 엮어 내는 남다른 재주가 있었다. 그리하여 그는 각종 연회에서 가장 선호하고 주목 받는 귀빈이 되었고, 어떤 즐거운 축하연 같은 모임에서 빠질 수 없는 사람이 되었다. 매일 수많은 사람들과 연회에서 그를 귀빈으로 초대하기 위해 찾아왔는데, 미리 예약하거나 줄을 서서 기다려야 만날 수 있을 만큼 인기가 많았다. 무싸의 말에는 남의 것을 기계적으로 모방하는 면이 없지 않았지만, 이리하무가 온 후로부터, 그는 어떤 기회든 놓치지 않고 센스 있고 듣기 좋은 말들로 자신의 호의를 적극적으로 표현하였다.

"우리 둘만 즐거우면 되겠어요?"

이리하무가 미소를 지으며 말했다.

"당연히 안 되죠. 우…… 우리만 즐거워야 한다는 말이 아니지요."

무싸의 말은 약간 서툴렀다.

"대장님! 우리 생산대의 업무를 잘 맡아주길 바래요. 우리 고향사람들은 집단적 부유화로 나아가는 이 시대에, 모두 똑같이 부유하고 행복한 생활을 가꾸어 갈 수 있어야겠지요!"

이리하무는 정성을 담아 진지하게 말했다.

"맞아요. 차 좀 들어요! 그래서 나도 당신이 나를 도와 함께 우리 생산대 업무를 훌륭하게 완성해 나가기를 바라는 바지요. 나의 좋은 동지인 당신의 한 마디가 꼭 필요하지요."

무싸는 손가락 하나를 펴서 흔들며 딱 한 가지만이라는 것을 강조하며 물었다.

"터놓고 솔직하게 물을 게요. 당신도 숨김없이 솔직하게 대답해줘요. 내가 대장이 되었는데 당신은 나를 도와줄 건가요? 아니면 끌어내릴 건가요?"

"아, 물론 도와드려야지요."

"진심인가요?"

"당연하지요. 전심전력으로 도와드릴 겁니다."

이리하무는 가슴에 손을 얹고 대답하였다.

"그렇다면 아주 좋지요! 멋집니다! 역시 당신다운 대답이네요!"

무싸는 흥분되어 격앙된 목소리로 말하면서, 옷깃 아래 첫 번째 단추를 풀었다. 그리고 소리 높게 불렀다.

"여보, 이리 와 봐요!"

마위친이 오자 들뜬 어조로 말했다.

"이 자질구레한 간식들을 치우고 술이랑 고기랑 준비해줘요!"

마위친은 그의 말대로 술과 고기를 내왔다. 무싸는 잔에 술을 가득 채우더니, 술잔을 높게 들고 감격에 젖은 듯이 말했다.

"내 친구 이리하무 동지! 솔직하게 털어놓을게요. 알다시피 나는 당신처럼 지식수준이 높고 깨달음이 깊은 사람이 못 됩니다. 당신에 비해 많이 부족하고 서툴고 거칠다는 말들을 자주 듣곤 하지요. 나도 그걸 인정하고요. 그러나 우리 이 생산대 만큼은 나의 이 사상과 능력만으로도 충분히 이끌어갈 자신은 있어요. 당신이 돌아왔기 때문이지요. 이 '대장' 자리는 원래 당신 건데 당신이 자리를 비운 사이에 사람들이 나를 뽑았어요. 그러니 내가 뭘 어쩌겠어요? 대장 자리를 지금이라도 돌려줄까 하는데 어떠세요?"

그러자 이리하무가 무싸의 말을 중단시키면서,

"대장의 업무는 술 한 잔처럼 마셔버리고 끝나는 것이 아닙니다. 당신과 내가 서로 양보한다고 해서 되는 사적인 재산이나 물건이 아니라는 말이지요……"

"그건 알지요. 맞는 말이고요. 그런데 내 말 좀을 들어봐요. 나에게서 꼬투리를 잡고 흠을 들춰내려고 한다면 그건 아주 쉬운 일이에요. 그래서 아예 분명하게 까놓고 말하자는 거지요. 만약 내가 마음에 들지 않고, 내가 대장인 것이 못마땅하게 생각되어 나를 이 자리에서 끌어내리고 싶다면, 번거롭게 신경을 쓸 필요가 전혀 없다는 말입니다. 지금이라도 나 스스로 대장 자리에서 물러나면 그만이라는 말이지요. 그런데 만약 당신이 이런 사심을 품은 적이 없다면, 내가 못나고 사상이 낙후하고 각성 수준이 낮아서 그렇다고 생각하고 나의 무례함을 용서해 달라 이겁니다. 나는 당신이 거짓말을 못하는 사람이라는 걸 잘 알아요."

말을 마친 무싸는 목을 뒤로 젖히며 한 번에 호탕하게 술잔을 쭉 비웠다. 위구르족들의 술 마시는 습관에 따라 주인의 신분으로써 첫 잔을 비웠던 것이다. 그는 흐뭇한 미소를 지으며 같은 술잔에 다시 술을 가득 채웠다. 그리고 먼저 왼팔을 굽힌 다음 왼쪽 손바닥을 펴, 다섯 손가락으로 오른손을 가리키는 동작을 하였다. 다음 오른쪽 팔을 곧게 뻗고, 이어 오른손으로 술잔을 받쳐 들더니, 예의를 갖춰 정중하게 이리하무의 손에다 술잔을 건네주었다.

"자, 마셔요!"

"좋아요, 마실게요. 이 술을 마시기 전에 나도 당신에게 물어볼 말이 있는데, 물어봐도 될까요?"

"그럼요. 물어봐요. 궁금한 게 있으면 얼마든지 물어봐요."

"당신이 말하는 도움이란 어떤 것을 말하는 거지요? 어떻게 하면 도울 수 있는 건가요? 당신을 도와서 무엇을 하는 것인지 말해주세요."

"아! 그거요. 도움이란 말 그대로 도움 그 자체죠 뭐…… 다시 말해서 내가 이 대장 역할을 잘 해낼 수 있게 도와달라는 겁니다."

"방금 전에 꼬투리를 잡는다고 말했는데, 만약 앞으로 당신의 업무상에 문제가 있다면, 나는 적절한 의견도 말씀드리고, 과감하게 비판도 할 거예요. 그래야 당신을 도와 잘못을 바로잡을 수 있으니까요. 그렇다면 이렇게 하는 것이 당신을 돕는다고 생각하나요? 아니면 흠을 잡는다고 생각하나요?"

"그…… 그거야 당연히 도움을 주는 것이죠. 그런데……"

"그런데 뭐죠?"

이리하무가 따지듯이 물었다.

앞에서 무싸가 말한 축배사가 직접적이고 날카로운 면이 없지 않았지만, 그 속에는 덫이 숨어 있다는 것을 이리하무는 눈치 챘던 것이다. 우선 대장이라는 문제를 제기하고 나서 그 뒤에 여러 가지 성격이 다른 문제를 한데 엮어서 말했던 것이다. 즉 무싸에 대한 어떠한 의견을 제기하는 것은 바로 꼬투리를 잡는 것이고, 꼬투리를 잡는다는 것은 그를 돕지 않고 오히려 끌어내리는 행위이며, 그를 끌어내리려 한다는 것은 곧 이리하무 본인이 대장 자리를 탐낸다는 말이 된다고 올가미를 놓았던 것이다. 무싸의 논리는 이리하무를 무장 해제시키려는 데 목적을 두고 있었던 것이다. 이리하무는 그 속의 오묘한 이치를 눈치 챘기에 그의 논리에 맞서 한 가지씩 예리하게 따져보려고 한 것이었다.

"…… 그런데, 수많은 사람들 앞에서 대놓고 나에 대한 의견을 말하지는 말았으면 하는 겁니다."

무싸는 수비하는 데에 조금은 지친다는 듯이 말했다.

"나에게 문제가 있거나 잘못이 있으면, 나에게만 조용하게 말해주면 되잖아요? 사람마다 의견이 다 다르고, 사람마다 한 마디씩 하다 보면, 사원들 전체가 제각기 떠들어대고 말이 많아지게 되지 않겠어요? 그럼 대장 노릇 하기가 힘들어지겠죠."

"그럼 당신은 왜 대장이 된 건가요? 대장이 되어서 생산대를 위해 어떤 일을 하려고 생각하고 있는 건가요?"

"아 그거야 사람들이 나를 뽑아줬으니 하는 거지요. 대장이란 군중들의 일꾼이 되어 중임을 떠맡는 게 아닌가요?"

"좋은 말씀이에요. 당신이 대장으로 된 것은 사람들이 투표하여 뽑은 겁니다. 그렇기 때문에 사람들을 위해서 헌신적으로 일을 해야 하는 거지요. 그렇기 때문에 당연히 군중들의 감독을 받아야 하고, 또 군중들이 제기하는 의견을 받아들여야 되는 겁니다."

"그 말씀은 당신이 앞장서서 군중들을 동원하여 공공연히 나에게 대항하겠다는 건가요? 아무리 그렇게 해도 나는 두려워하지 않을 겁니다."

무싸는 머리를 갸우뚱하면서 마음에 안 든다는 듯이 입을 삐죽거리며 진심 반 거짓 반으로 말했다.

"꼭 그렇다고 말할 수 없지요. 만약 당신이 잘못한 일이 없다면 당연히 대립되는 의견도 없을 것이고, 나도 당신을 적극적으로 지지할 겁니다. 그리고 당신에게 잘못이 있다면, 당신 말 대로 먼저 당신을 찾아 개별적으로 조용하게 문제를 반영하도록 최선을 다할게요."

이리하무는 흔들림 없이 차분하게 무싸를 바라보며 또박또박 할 말을 다 하였다.

"그래요? 그럼 지금 이 자리에서 나에 대한 의견을 좀 말해 봐요."

무싸는 조금 언짢은 듯이 약간 경멸 섞인 어투로 말했다. 그는 이런 난감한 문제를 던짐으로써 이리하무를 당황시키고 곤경에 빠뜨릴 작정이었다. 동시에 이리하무의 속마음을 캐보려는 속셈도 있었다.

이리하무는 머리를 숙이고 아주 진지하게 고민하더니 입을 열었다.

"돌아온 지 얼마 되지 않아서, 아직 모든 상황에 대해 다 파악하지는 못했어요. 오늘 아침 생산대의 간부들이 모여 간단하게 회의를 했는데, 러이무 대장이 당신을 부르러 왔었지요. 그런데 당신이 일어나지를 않아서……"

"알고 있어요."

"회의에서 우리가 의논한 문제는 이렇게 몇 가지예요. 나쁜 사람들의 파괴활동에 대해 직격탄을 날리고, 꼼꼼하고 섬세하게 사상교육을 하며, 국내외적들의 반동 선전을 듣고 그대로 방임해서는 안 된다는 것이었지요. 그리고이제는 농사일이 가장 바쁜 계절이 되었어요. 이 시점에서는 모든 인력과 축력, 차량들을 농업에 집중시켜야 해요. 그런데 타이와이쿠는 아직도 물품을나르는 일을 하고 있고, 니야쯔는 당신의 허락을 받고 패모를 채집하러 산에 올라갔어요. 게다가 물고기 잡는 일에다 또 인력을 투입하려고 한다던데, 이 일에 대해서 다시 한 번 생각해 보고 더 합리적으로 배치하는 게 좋지 않을까요? 생산 대장은 생산과 멀어져서는 안 되는 거지요.

이 문제에 대해서는 상급기관에서도 일찍 명확하게 지도하였어요. 큰 말을 타고 높은 곳에 앉아 여기저기 돌아다니기만 해서는 안 됩니다. 직접 노동현장에 나가 사원들과 함께 농업생산에 참여해야 하고, 그 과정에서 문제가 생기면 즉시 밭에서 군중들과 의논하여 해결해야 하지요. 상황에 따라특별히 필요하다면, 당연히 여기저기를 뛰어다니며 이것저것 돌아볼 수도있어요. 하지만 대부분 시간은 노동현장에서 사원들과 함께 해야 한다고 생각합니다. 제 말이 맞다고 생각하나요? 그리고 회계가 말하길 당신의 가불이 지나치게 많다고 하던데, 대장으로서 썩 보기 좋은 일은 아닌 것 같아요.

당신의 가불이 많아지면, 기타 사원들에게 분배하기로 했던 할당량을 제대로 이행할 수 없게 되지요. 그러면 노동에 따라 분배하는 원칙을 어기게되고 실행할 수 없게 됩니다. 그리고 또 생활상의 기풍과 태도에 대한 지적도 있었어요. 걸핏하면 사원들에게 눈을 부라리며 화를 내는 건 적절하지 못한 행동이라고 봅니다……"

무싸는 처음에는 잠자코 앉아 이리하무의 말을 듣고 있었지만 갈수록 귀에 거슬리는 말이 나오자 그는 참을 수가 없었다. 몇 번이고 화를 내고 판을 엎고 싶었지만 꾹 참고 있었다. 그는 눈을 깜빡거리더니 엄지를 치켜들고 호탕하게 웃으며 말했다.

"좋아요, 좋아요! 최상의 의견이네요! 전부 인정하고 받아드릴게요!"

무싸의 반응은 그야말로 의외였다. 무싸는 "전부 인정하고 받아들인다"는 입 발린 말로 이리하무의 입을 막으려는 의도였다. 그러나 이러한 얄팍한 수를 알아챈 이리하무가,

"내가 바라는 건 당신이……"

라고 말을 꺼내자,

"알았어요."

라고 하면서 무싸가 다시 말허리를 잘랐다.

"나는 노동에 참가해야 하고, 가불을 줄여야 하며, 사원들을 자애롭고 친근한 태도로 대해야 하고, 노동력을 농업생산의 제1전선으로 집중시켜야 한다는 거죠? 맞죠? 이게 뭐 그리 어렵겠나요? 수탉에게 알을 낳으라는 것도 아니고, 고양이에게 쟁기를 끌라는 것도 아닌데, 뭐가 어렵겠어요. 이건 단지 안배와 배치의 문제이고, 방법에 달린 문제라고 봅니다. 또 다른 의견이 있나요?"

"없습니다. 당신도 나에 대해 많은 의견을 제시해 주기 바라요. 우리는 마땅히 서로 돕고 함께 성장해야 하니까요."

"좋아요. 나는 워낙 거친 사람이에요. 가장 큰 단점은 글자를 모른다는 거지요. 식자반(識字班)에 몇 번 나갔었는데, 연필만 들면 머리가 아파서 못 배

웠어요. 글자를 모르면 어때요? 결점 없는 사람이 어디 있나요? 나를 놓고
보아도 그래요. 신체가 건강하고, 힘이 무척 좋고, 머리도 잘 돌아가는 편이
고, 일 처리에도 꽤 능하죠. 그리고 젊은 아내가 있고, 집도 재산도 있으며,
이미 딸아이 하나가 있는데, 몇 달 뒤엔 알라신의 뜻에 의해 아들을 보게 될
지도 모르고요. 지금은 한 생산대의 대장으로 임명되었어요. 이런 내가 문
화교양까지 겸비했더라면, 세상에서 가장 행복한 완전무결한 사람이 아니
고 뭐일까요? 그렇게 되면 악마의 눈의 저주를 받게 되고, 암에 걸리고, 종
기가 나고, 단명하게 되겠죠. 이런 생각을 해 본 적이 없나요? 세상이 그래
요. 완전무결한 사람은 없고, 사람마다 옥에 티를 가지고 있죠. 머리가 똑똑
하고, 용모도 수려하며, 능력이 있고, 부지런한 근성도 지니고 있지만, 생활
이 가난한 사람이 있는가 하면, 생활이 부유하고 모든 일이 순조롭게 풀리
기는 하지만, 아내가 불임인 사람도 있고, 또 학식도 있고 부유하고 일도 마
음먹는 대로 되고 슬하에 아들이 다섯이나 있지만, 어려서 한 쪽 눈이 먼 그
런 사람도 있지요. ……"

"그건 미신이에요."

무싸의 말에 이리하무는 웃음을 터트렸다.

"미신인지 아닌지는 모르겠고요. 아무튼 나는 그렇다고 믿어요. 됐어요.
이제 이런 말은 그만하지요. 방금 전 당신에 대한 나의 의견도 듣고 싶다고
했죠?"

"네."

"안 그래도 말하려고 했어요. 첫 번째는 내가 학식이 없어서, 시간 날 때
면 신문에서 읽은 것들을 들려달라는 부탁을 하고 싶네요. 신문에 어떤 중
요한 문건이 있는지, 어떤 새로운 정책, 새로운 주지 사항과 사상들이 있는
지를 말이죠."

"좋습니다. 좋은 생각이에요. 앞으로 꼭 실행에 옮기도록 할게요."

이리하무는 연신 머리를 끄덕였다.

"두 번째는 거친 사람은 거친 사람의 방법이 있어요. 사람마다 각자의 방법이 있잖아요. 예를 들어, 한족 목수들은 대패를 밀고, 우리의 목수들은 대패를 당기죠. 하지만 똑같은 대패질이에요. 한족 여성들은 옷을 깁을 때 바늘을 안에서 바깥으로 뽑지만, 우리 민족 여성들은 바깥에서 안으로 당겨서 뽑아요. 또 예를 들면, 우유차를 마실 때, 카자흐족 사람들은 우유를 각자의 찻종지에 따라 섞어서 마시지만, 우리는 유피를 직접 찻주전자에 넣어 섞어서 다 같이 마시죠."

"그 말은 무슨 뜻인가요?"

이리하무는 무싸가 무슨 말을 하려고 하는 건지 도무지 이해할 수가 없었다. 각 민족의 생활 습성에 대한 고증에는 어떤 뜻이 들어있는지 알 수가 없었다.

"무슨 뜻인지는 천천히 생각해 보아요. 똑똑한 사람이니까⋯⋯"

무싸는 오늘 밤 이리하무와의 대화에서 처음 만족스러운 듯 웃었다.

"의견이 더 없나요?"

"아니요. 마지막 하나가 남았어요. 가장 중요한 한 가지 의견이죠. 당신이 고향을 떠나 지낸지도 꽤 오래되었잖아요. 그래서 일상생활에 어려운 점이 많을 거예요. 내가 대장이니까 당신이 하루 빨리 여기에 적응하도록 도와주는 건 당연한 일이라고 생각해요. 해결하기 어려운 문제가 있으면, 체면 차리지 말고 곧이곧대로 나에게 말해요. 이 마지막 의견을 받아드리면 당신은 오늘부터 나의 좋은 형제이고, 거절하면⋯⋯"

"마지막 의견은 받아드릴게요. 만약 어려운 점이 있으면 숨김없이 당신에게 말할게요. 절대 체면 차리지 않을게요."

"좋아요! 마지막으로 한 가지만 들어주면 나는 더 이상 바랄 게 없을 것 같네요. 자, 마십시다!"

무싸는 오른손을 내밀고 손바닥을 펴 공손하게 술잔을 가리켰다.

이리하무는 술잔을 들고,

"당신 가족들의 건강을 위하여!"

라고 말하고는 시원하게 쭉 들이켰다. 그리고 오른손으로 술잔을 살짝 덮어 가리며, 이미 충분히 마셨다는 뜻을 표시하였다. 하지만 무싸는 그의 행동을 무시하고, 술잔을 빼앗아 가더니, 또 다시 술을 가득 채웠다. 그리고는 자기 앞에다 놓았다.

"지금 한 가지 난제가 있는데, 말하자니 좀 쑥스럽네요……"

이리하무는 미소를 지으며 말했다.

"말해요. 말해 봐요……"

무싸는 흥분하며 얼굴을 가까이하면서 귀를 이리하무의 입 주위에다 가져다 댔다. 아래 이리하무가 할 말은 반드시 귓속말로 해야 하는 비밀스러운 일이라고 단정하였던 것이다.

"내 어려움은 그러니까……"

정작 말을 꺼내고 보니 이리하무는 망설여졌다. 어떤 방식으로 말을 해야 할지 고민하고 있었다. 이리하무가 뜸을 들일수록 무싸는 궁금하여 눈에서 빛이 반짝거렸다. 마치 주인 손에 있는 산 쥐 한 마리 바라보는 고양이의 눈 같았다. 실질적인 문제로 들어가자, 형세가 완전히 뒤바뀌었다. 무싸는 이미 준비가 되어 있었다.

이리하무가 아주 작은 부탁을 하더라도, 그것의 다섯 배, 열 배가 넘는 도움을 줌으로써 충분히 만족시키리라는 마음가짐으로 기다리고 있었다. 그렇게 되면, 이제부터 이 대단하고, 원칙성이 강한 공산당원은, 그에게 잡힌 죽은 쥐가 되고 마는 것이라고 생각하였다. 그는 얼굴에 득의양양한 표정이 선명하게 드러나, 이리하무의 자존심을 자극할까 걱정되어, 억지로 흥분을 가라앉히고 차분한 척 머리를 숙였다. 그의 경험에 따르면 이 시점이 가장 미묘한 순간이었던 것이다. 하지만 그는 가장 의외의 순간을 맞이하게 되었다.

"내 어려움은 바로 당신이 보낸 양지방을 어떻게 처리해야 될지 모르겠다는 겁니다. 우리 집에는 양지방이 필요하지 않아요. 당신은 간부이고, 나는 당원이에요. 당신이 나에게 그렇게 많은 양의 양지방을 선물하는 건 그다지 적절한 행동이 아니라고 생각해서요."

이것이 이리하무가 말하는 어려움이었다.

"당원이면 어때서요? 당원은 양지방을 먹지 않나요? 당원은 위가 없나요?"

무싸는 하려던 말을 멈추었다. 아무리 듣기 좋은 말로 설득해 봤자 아무 소용도 없다는 것을 잘 알고 있었다.

"당원도 위가 있어요. 하지만 당원에게는 더욱 중요한 머리와 마음이 있지요."

이리하무가 말했다.

"그…… 그게 무슨 뜻이지요?"

"무슨 뜻인지는 천천히 생각해 보아요. 당신은 똑똑한 사람이니까요."

무싸는 순간 얼굴이 굳어졌다. 미간을 잔뜩 찌푸린 그의 관자놀이는 혈관이 심하게 맥박치고 있었다. 만약 이리하무가 아닌 다른 사람이 그의 이런 표정을 보았다면, 아마 무서워서 벌벌 떨었을 것이다.

이리하무는 태연자약하게 일어나 조용히 밖으로 나갔다. 그는 실외 벽 위의 나무 말뚝에서 사전에 걸어두었던 가방을 벗겨서 다시 들어왔다. 그리고 가방 안에서 무싸가 보낸 양 위를 꺼내, 벽 모퉁이 눈에 잘 띄지 않는 곳에다 놓아두었다.

"당신…… 나에게 모욕감을 줬네요. 내가 금 쟁반을 높게 들고 당신을 치켜세우며 당신에게 아부를 떠는 거라고 생각하지 말아요. 나는 당신에게 바라는 게 아무것도 없어요! 당신에게 잘 보일 이유도 절대 없지요! 난 두려운 게 없는 사람이다 이 말입니다!"

무싸는 손가락 두 개로 이리하무를 가리키며 떨리는 목소리로 말했다. 무싸가 고래고래 소리를 지르는 바람에 마위친이 놀라 다가와 상황을 살폈다. 그녀는 의아한 표정으로 머리를 들이밀고 무싸를 살폈다.

"괜찮아요? 조금 취한 것 같네요."

이리하무는 놀란 마위친을 위로해 주었다. 그리고 침착하게 식탁 앞으로 다가가 책상다리를 하고 앉았다.

"무싸 형, 화내지 말아요!"

"아니 왜 화가 안 나죠! 나는 지금 너무 너무 화가 나요! 친구라면서 이게 친구를 대하는 태돕니까?"

무싸 얼굴의 마맛자국이 벌겋게 달아올랐다.

"우정과 양지방, 두 가지는 별개의 문제지요."

이리하무는 차분하게 설명하였다.

"나에게 어려운 문제가 있으면 숨기지 말고 말하라고 했잖아요. 그래서 말했는데, 당신이 먼저 이렇게 흥분하고 화를 내면 어떻게 되지요? 이러면 당신이 '치다마쓰' 된 거 아닌가요? 나도 양지방 때문에 당신을 화나게 하고 싶지 않아요. 하지만 체면 때문에 당신의 양지방을 받을 수도 없어요. 선물을 주고받는 것이 우의를 나누는 행위가 될 때도 있지만, 때로는 이와 반대로 아무 선물도 받지 않는 것이 오히려 가장 위대한 우정일 때가 있어요. 그것이 혁명적 우정이고, 원칙을 지키는 우정이죠.

대패를 밀든 당기든 나무를 반반하고 곱게 밀어 깎는다는 점에서는 같아요. 하지만 물질을 토대로 맺어진 우정과 원칙을 토대로 맺어진 우정은 근본적으로 달라요. 무싸 형! 당신은 사회 경험이 풍부한 사람이니 잘 알 거라고 믿어요. 선물을 토대로 맺어진 우정이 얼마나 사람을 비참하고 난처하게 만드는지요. 혁명적 원칙을 기초로 하여 맺어진 우정만이 가장 순수하고 견고한 거예요. 그런데 화낼 필요가 뭐가 있어요? 내가 당신의 양지방을 받지 않았으니, 우리는 앞으로 순수한 친구와 견고한 동지로 지낼 수 있을 것이고, 서로 도와주며 맡은바 업무를 더욱 잘 완성할 수도 있고 하니 더 잘 된 일이 아닌가요? 무싸 형! 당신이 말한바와 같이 당신은 신체가 건강하고, 힘이 좋고, 능력이 있고, 머리도 영리하고, 담력이 있는 사람이에요. 앞으로도 계속 바른 길만 걷기를 진심으로 바랍니다!"

무싸는 주먹을 쥐고 숨을 헐떡거렸다. 늘 청산유수처럼 달변을 토하던 그가 지금은 한마디도 못하였다. 그는 마구 욕설을 퍼붓고 불같이 화를 내고 싶었지만, 이리하무의 악의 없이 맑은 표정과 진심어린 겸손한 태도, 이치에 들어맞는 말 때문에 도무지 발광을 할 수가 없었다.

"고마워요! 당신의 관심과 환대에 진심으로 감사 드려요! 위친 누님, 위펑 동생, 정말 고마워요! 나 때문에 수고 많았어요! 시간이 나면 우리 집에 와서 차도 마시고 이야기도 나누고 그래요. 그리고 곧 태어나게 될 아이를 위해 준비는 다 하셨나요? 아기침대에 쓰일 이불이나 깔개는 다 만들어 놓았나요? 미치얼완에게 도와달라고 하세요……"

이리하무는 인사를 하며 자리에서 일어났다. 무싸는 아무 표정 없이 뻣뻣하게 자리에 앉아 있었다. 이리하무는 그대로 밖으로 나갔다.

이리하무가 바깥방으로 나왔을 때, 마위친이 쫓아 나와서 말했다.

"가지 말아요! 제대로 앉지도 못했는데 왜 벌써 가세요? 식사 대접도 못했는데…… 지금 막 국수를 삶으려고 하고 있던 중이에요."

"고마워요. 누님과 가족들이나 드세요. 나는 이미 충분히 먹었어요. 편안하게 앉았다가 가요. 위친 형수, 무싸 형을 잘 타일러주세요. 근면 성실하게 사람들을 위해 일해야 한다고 잘 말씀드려 주세요. 사욕을 버리고 오로지 공익을 위하여 힘쓰면서, 정직하게 올바른 길을 걸어야 한다고도 꼭 전해주세요. 그리고 함부로 행동하면 집단에 해를 끼치게 되고, 결국 자신이 피해를 입게 되니까요."

"알겠어요."

하며 마위친은 머리를 숙였다.

이리하무가 떠나고 마위친이 방으로 들어왔지만, 무싸는 아직도 그 자리에 그 자세, 그 표정으로 앉아 있었다.

"국수를 삶을까요?"

무싸는 아무 대답이 없었다. 마위친이 또 물었다.

"지금 식사 하실래요?"

"이리하무가 떠나기 전 밖에서 당신에게 뭐라고 했어?"

마위친은 이리하무가 했던 말을 그대로 말하였다. 그리고 말했다.

"당신들이 안에서 하는 말을 나도 조금은 들었어요. 내 생각에는 이리하무의 말이 맞아요. 어른들이 늘 하는 말이 있잖아요. 열매가 많이 열린 가지는 머리를 숙인다고요. 정말 능력이 있는 사람은 모두 겸손하고 신중해요. 그런데 당신은 대장이 된 이후, 하늘 아래 당신을 담을 수 있는 곳이 없는 것처럼 행동하고 있어요!"

"망할 놈! 어디 두고 보자. 이리하무 네놈이 뭐가 그리 잘났냐? 난 친 아비의 단속에도 굴복해 본 적이 없는 사람이야! 네가 내 아비라도 되냐? 네가 뭔데 나를 가르쳐!"

무싸는 이를 부득부득 갈며 이리하무를 욕하였다. 그리고 또 마워친을 가리키며 말했다.

"당신이 뭘 안다고 끼어들어? 당신도 나를 가르쳐? 저리 썩 꺼져 버려!"

무싸가 손을 휙 젓는 바람에 들고 있던 술잔이 바닥으로 날아와 떨어졌다. 술은 사방으로 흩어졌고, 술병도 위태롭게 흔들거렸다……

머리를 내밀고 상황을 살피던 위펑은 놀라고 무서워서 이내 밖으로 나가 버렸다. 얼굴을 감싸고 앉아 있는 위친의 두 눈에서는 눈물이 새어나오고 있었다.

온화한 성품의 쉐린구리
용맹하고 사나운 마부

반듯하게 누워서 작고 고르게 코를 골며 아직 단잠에 빠져 있는 이리하무의 이마에는 송골송골 작은 땀방울이 맺혀 있었다. 생활이 충실하고, 목표가 뚜렷한 사람들에게는 대체적으로 이런 특징이 있다. 일할 때 그들은 힘든 줄 모르고 지치지 않으며, 잠을 잘 때에는 전혀 뒤척이거나 표정을 찌푸리지 않는다.

작은 창문으로 아침 햇살이 밝게 비추었다. 먼저 잠에서 깬 미치얼완은 애틋한 눈빛으로 이리하무를 한참 바라보았다. 그리고 혹시라도 잠에서 깨울까 걱정되어, 자리에 그대로 누워 움직이지 않았다. 이리하무는 항상 잠에서 깨 눈만 뜨면 서둘러 일하러 나가거나 업무를 보곤 하였다. 때문에 이대로 누워 있다가는 아침 차와 식사를 준비하는 시간이 늦어져 이리하무가 끼니를 거르고 나갈지도 모르겠다는 생각이 들었다. 그리하여 그녀는 살금살금 일어나 조심스럽게 옷을 입었다. 최대한 동작을 가볍게 하고 소리를 내지 않으려고 하는 그녀는 마치 한 마리의 민첩한 고양이 같았다.

미치얼완은 마당으로 나왔다. 그녀는 여전히 조용하고 조심스러운 동작으로 솥을 씻고 있었다. 이때 다급한 발걸음 소리가 대문 밖에서 들려왔다. 그리고 크지 않지만 몹시 긴장된 목소리로 그들을 부르는 소리가 들렸다. 미치얼완은 깜짝 놀랐다. 이른 아침부터 집을 찾아온 사람이 누굴까? 미치얼완은 얼른 달려가 대문을 열었다. 문 밖에는 투얼쉰베이웨이가 서있었다.

투얼쉰베이웨이는 잠 많은 젊은이들에게서 흔히 볼 수 있는 표정과 놀란 기색이 섞인 얼굴을 하고 있었다. 아직 빗질을 하지 않아 머리는 약간 헝클어져 있었고, 신발도 미처 신지 못한 채 맨발로 뛰어왔던 것이다.

"이리하무 오라버니는 아직 일어나지 않았어요?"

"아직이요."

미치얼완은 소리를 낮춰 조용하게 말하자는 뜻으로, 손가락을 입술에 가져다 대며 "쉿" 하는 동작을 하였다. 그러자 투얼쉰베이웨이는 낮은 소리로 다급하게 말했다.

"쉐린구리가 왔어요. 타이와이쿠가 때렸대요. 머리가 터져서 지금 우리 집에 와 있어요. 피도 꽤 흘린 것 같던데……"

"뭐라고요?"

미치얼완은 깜짝 놀랐다.

"지금은 아마도 위험한 상태는 아닐 거예요. 아니요, 됐어요, 이따가……"

투얼쉰베이웨이가 가려고 하자 미치얼완이 말리며 말했다.

"잠깐만 기다려요. 이리하무를 깨울게요."

"서두르지 말아요. 좀 더 자게 둬요……"

이번에는 투얼쉰베이웨이가 손가락으로 입술을 막으며 미치얼완을 말렸다.

미치얼완은 투얼쉰베이웨이의 손을 밀치고 방을 향해 걸어갔다. 그리고 문을 열려고 하는 순간 마침 이리하무가 걸어 나왔다.

"무슨 일이에요?"

"타이와이쿠 오라버니가 술을 잔뜩 마시고, 쉐린구리에게 손찌검을 했대요. 쉐린구리가 도망쳐서 우리 집으로 왔더라고요. 타이와이쿠가 지금 제정신이 아니라고 하면서요."

"지금 쉐린구리 상태는 어때요?"

"다친 데는 큰 문제가 없는 것 같아요."

"갑시다. 우리 같이 가 봐요."

세 사람이 함께 쉐린구리를 보러 갔다.

쉐린구리는 투얼쉰베이웨이 방에서 몸을 비스듬히 기대고 누워 있었다. 그녀는 얼굴이 창백하고 옷매무새가 흐트러져 있었으며 숨을 가쁘게 쉬고 있었다. 그리고 임시 깨끗한 천으로 가린 한쪽 관자놀이 부위에서 피가 배어 나와 있었다. 얼굴에도 흘러내린 핏자국이 아직 묻어 있었고, 옷깃에도 손에도 모두 피가 묻어 있었다. 짜이나푸가 곁에 앉아 젖은 수건으로 쉐린구리를 위해 여기저기 묻어있는 피를 조심스럽게 닦아주고 있었다.

"우리 집에 외상에 바르는 약이 있어요?"

이리하무가 미치얼완을 보며 물었다. 그러자 미치얼완은 머리를 흔들었다.

"쓰라무 형이나 러허만 형네 집으로 가 봐요. 혹시 빨간약이나 다른 소독약이 있는지 물어봐요."

"그럴 필요 없어요. 이미 피가 멎었어요."

쉐린구리는 힘겹게 눈을 뜨며 말했다. 이리하무는 미치얼완에게 약을 찾아오라고 손짓을 하였다. 미치얼완이 떠나고, 이리하무는 쉐린구리 쪽으로 다가가 물었다.

"어때요? 상처 난 데가 많이 아파요?"

"괜찮아요."

쉬린구리는 미약한 목소리로 대답하였다.

"이리하무 오라버니, 도와주세요. 다시는 그 사람과 같이 못 살 것 같아요."

"타이와이쿠가 정말 너무하네요!"

짜이나푸가 화가 나서 말했다.

"우리가 반드시 호되게 비판할게요. 그래도 잘못을 뉘우치지 않는다면, 그는 투쟁과 처분을 받게 될 거예요…… 그러니까 다른 생각하지 말고, 우선 편히 쉬어요. 슬퍼하지 말고 화내지도 말고요."

이리하무가 타이르며 위로해 주었다.

"아니요. 그런 게 아니에요."

쉬린구리는 힘써 몸을 일으키며 앉으려고 하였다. 그 모습을 본 투얼쉰베이웨이가 얼른 뛰어가 부축하려고 하자 쉬린구리는 괜찮다고 하며 말했다.

"그 사람은 저를 때리지 않았어요……"

"때리지 않았다고요?"

투얼쉰베이웨이와 짜이나푸 모녀는 거의 동시에 소리를 질렀다.

"그 사람이 취해서 저를 밀쳤어요. 제가 넘어지면서 머리를 솥 언저리에 박은 거예요……"

"밀쳤든 때렸든, 뭐가 달라요?"

투얼쉰베이웨이가 분개하며 말했다.

"같지 않아요. 이건 제 탓이에요. 저와 타이와이쿠는 원래 남과 남이에요. 누굴 탓해야 된다면, 저를 탓해야죠. 그 당시 제가 나약해서 계부 계모의 뜻을 거역하지 못한 게 문제였죠."

쉬린구리의 속눈썹이 길고 동그란 아이 같이 맑은 눈에 눈물이 가득 차올랐다.

"하지만 이리하무 오라버니, 그 사람을 찾아가 좀 타일러 보세요. 그 사람 처지가 지금 위태로워 보여요……"

"그래요. 일단 누워서……"

"아니요. 괜찮아요. 저 아무 일도 없어요……"

언제나 과묵하고 말수가 적기로 이름난 쉐린구리가 지금은 할 말이 많은 듯싶었다. 수도 없이 많은 말을 하고 싶은 눈치였다.

"타이와이쿠는 어제 밤늦게 곤드레만드레가 되어서 집으로 돌아왔어요. 집에 와서 토하고 구역질을 하면서도, 또 술 한 병을 꺼내 사발에 따르는 거예요. 그리고 저에게 술안주를 만들라고 소리를 지르는 거예요. 싫다고 하자, 그는 홧김에 저를 밀쳤어요. 그리고 취한 상태에서 계속 같은 말을 반복하는 거예요. '그 놈을 죽여 버릴 거야! 그 놈을 죽여 버릴 거야!' 도대체 무슨일을 저지르려 하는지 알 수가 없어요?"

"어디에서 술을 마신 거래요?"

"모르겠어요. 그 사람은 한 번도 저에게 그런 말을 한 적이 없어요. 저도 묻지 않고요. 우리는 그렇게 산지 3년이나 되었어요. 그 사람은 집에 나라는 사람이 살고 있다는 것을 전혀 의식하지 않는 것 같아요. 저는 투명인간이에요. ……저에게도 그 사람이 낯선 사람이나 다름없어요. ……"

"또 다른 말은 하지 않던가요?"

"다른 말이요? 누군가 자기를 속였다고 말했던 거 같아요."

이 말을 들은 이리하무는 뭔가 짐작 가는 것이 있다는 듯이 표정이 달라졌다. 미치얼완이 잰걸음으로, 소독약과 붕대를 들고 돌아왔다. 그는 쉐린구리의 상처에 약을 바르고 붕대를 감아주면서 안쓰러워 한 숨을 쉬었다. 그러자 쉐린구리가 오히려 위로하였다.

"괜찮아요. 저 정말 괜찮아요. 언니! 지금 제 마음이 얼마나 후련하고 통쾌한지 알아요? 오늘 여기로 오게 돼서 사실 나는 너무 기뻐요. 이렇게 기분이 좋은 게 얼마만인지 모르겠어요. 머리가 터지고 피를 흘리면서 집을 뛰쳐나왔어요. 그 사람이 또 한 번 밀칠까봐 겁이 났어요. 뛰쳐나올 때는 어디로 가야겠다는 생각도 하지 못했어요. 그런데 저도 모르게 점점 마을 밖을 향해 걷고 있었고, 여러분들이 있는 이곳이 점점 가까워지고 있었어요. 그리하여 저는 더욱 발걸음을 재촉하였고, 그러다가 아예 달리기 시작하였어요. 이상하죠? 왜 일찍 여러분에게 올 생각을 못했을까요?

다리를 들어 걸음을 옮기면 올 수 있는 곳인데 말이죠. 어려운 일도 아니잖아요! 누가 저를 말릴 수 있겠어요! 그런데 전에는 저에게 두 다리가 있는 줄도 모르고 살았어요. …… 그 사람 곁을 떠나니 이렇게 즐겁고 후련한데 여태껏 왜 몰랐을까요? 팔, 다리, 상처 난 머리, 이젠 전부 다 제 거예요. 알아요. 사람들은 그를 좋은 사람이고 평가하죠. 맞아요. 좋은 사람이라고 쳐요. 그런데 저랑 무슨 상관이에요? 제가 왜 그 사람과 같이 살아야 하지요? 그때는 너무 어려서 아무것도 몰랐어요. 저는 당시 18살밖에 되지 않았어요. 계모가 제 나이를 속여서……"

쉐린구리는 울음을 터뜨리고 말았다. 엉엉 소리를 내며 참지 않고 마음껏 하염없이 울었다. 지금처럼 한바탕 후련하게 울 수 있다는 것 때문에 감격하여 또 울었다. 다 울고 나서 눈을 쓱 닦더니 밝은 미소를 지으며 말했다.

"짜이나푸 아주머니, 저를 받아주시면 안 될까요? 저의 친부모님은 일찍 세상을 떴고, 계부와 계모는 이미 아투스로 돌아갔어요. 이런 제가 어디로 가겠어요? 투얼쉰베이웨이 방에서 같이 지내도 될까요? 허락해주시겠어요? 혹시 러이무 아저씨가 싫어하실까요?"

그녀는 또 눈물을 흘렸다.

"그냥 여기에 있어요. 뭘 물어요!"

투얼쉰베이웨이가 쉐린구리의 손을 잡으며 말했다.

"당연한 걸 뭘 물어요! 우리 집에 있어요. 숨부터 돌리고. 타이와이쿠 쪽은 나라도 가만두지 않겠어요!"

짜이나푸는 쉐린구리의 다른 한쪽 손을 잡으며 말했다.

"우리 집에 와 있어도 돼요. 챠오파한 할머니랑 한 방을 쓰면 돼요. 그리고 타이와쿠는……"

미치얼완이 말했다.

"이리하무 오라버니!"

쉐린구리는 이리하무를 부르고 나서 말했다. 동시에 모든 사람들에게 하는 대답이었다.

"혹시 타이와이쿠를 만나게 되면, 전해 주세요. 며칠 후, 저랑 같이 공사에 가서 정식으로 이혼 수속을 밟자고 한다고요. 그 사람도 흔쾌히 이혼에 동의할 거예요. 이혼하더라도 모든 재산은 다 그 사람 거예요. 저는 젓가락 하나도 갖지 않을 거예요."

짜이나푸, 미치얼완과 투얼쉰베이웨이는 서로 눈빛만 주고받을 뿐, 딱히할 말을 찾지 못해 모두 침묵하였다. 이리하무도 묵묵히 머리만 끄덕거렸다. 그리고 쉐린구리에게 누워서 쉬라면서 밖으로 나갔다. 이리하무는 미치얼완에게 살그머니 귀띔하였다.

"지금 마을에 다녀올게. 타이와이쿠가 아무래도 걱정이 되네."

"차……"

"우리 집에서 차를 마시고 가요……"

미치얼완이 한 글자밖에 말하지 않았는데, 짜이나푸와 투얼쉰베이웨이는 이미 알아듣고 같이 만류하였다.

이리하무는 고맙다고 인사를 하고 서둘러 떠났다.

마차를 모는 사람에게 오다가다 만나 사귀게 된 친구가 얼마나 되냐고 물으면, 그 누가 대답할 수 있을까? 겨울철 탄광에는 자동차, 트럭, 마차들이 석탄을 실어가기 위해 길게 줄을 서서 기다리고 있었다. 기다리는 동안 말에게 개자리 한 묶음을 던져주고, 어깨에 두꺼운 외투를 걸치고 연기가 자욱하게 피어오르는 불더미 옆으로 다가가면, 전혀 격의 없고 열정적이며 어떤 얽매임도 끝도 없는 사내들의 대화 속에 스스럼없이 끼어들게 되지 않던가? 그리고 왼쪽 사람이 갓 구워낸 감자 두 개를 꺼내들고, 오른쪽 사람이 보자기 속에서 솥뚜껑만한 낭 하나를 꺼내면, 취향에 따라 거리낌 없이 어느 한쪽으로 손을 뻗어도 되지 않던가?

여관에서 같은 방에 묵게 된 여객, 개표하는 여직원, 복무원들과 농을 주고받으며 이야기꽃을 피우고, 장기를 두고 카드놀이 하는 건 극히 보편적인 일이 아닌가? 길에서 잘난 척 뽐내며 한마디 인사를 주고받고는 전혀 안면이 없는 사람을 대범하게 차에 태워주는 경우도 많지 않던가? 차에 오르게 된 낯선 사람은 매우 고마워하면서 비위를 맞추고 친한 척 말도 걸며, 담배도 건네고…… 그러다가 말이 말을 안 듣고 수레를 진흙탕으로 끌고 가거나, 뒤에 실은 짐이 균형을 잃어 수레가 뒤집어지거나, 혹은 꽝음과 함께 한쪽 바퀴의 튜브가 터져 버리거나, 뒷걸음치던 죽일 놈의 말 때문에 수레가 길 옆 도랑에 빠지거나 하면, 그냥 지나쳐 버리지 못하고 정의롭게 나서서 도움을 주는 사나이들이 있지 않던가?

그들은 아무 말도 없이 운이 나쁜 차량 쪽으로 다가와서 기름때 묻은 무거운 차를 서슴없이 어깨로 떠밀어줌으로써 큰 재난을 피할 수 있게 도와주지 않았던가? 이러한 사람들에게는 고맙다는 인사 한마디마저 필요하지 않다.

그들은 볼일이 끝나면 뒤도 돌아보지 않고 성큼성큼 가버리지 않았던가?

이렇게 오다가다 만나 사귀게 된 친구들을 대하는 태도가 바로 그 사람에게 '사나이 기개'가 있는지 없는지 가늠할 수 있는 척도였다. 앞에서 말한 바와 같이 위구르족 남자들 사이에서 '꼴불견'이란 깔보고 조롱하는 것을 뜻하는 악명이다. 그렇다면 '꼴불견'과 반대되는 사람들이 가장 좋아하는 미덕은 바로 '사나이 기개'이다. '사나이 기개'는 한족들이 말하는 '의리(義氣)'와 비슷한 뜻으로 사용되는 말이지만, '의리'에 비해 그 속에 담겨진 의미가 더욱 광범위하다. 의리의 개념이 내포하고 있는 관대하고 대범하며, 우정을 중요시하고, 다른 사람을 기꺼이 도우며, 사리를 따지지 않는다는(수호지에 나오는 송강[宋江]이 어떻게 '의[義]'를 이용해 이규[李逵]를 회유했는가 하는 것은 별개의 문제이다. 여기에서 의리는 노동인민들 사이에서 관계를 처리함에 있어서의 소박한 도덕적 규범을 말함) 등의 내용 외에, '의리'라는 단어가 가지고 있지 않는 솔직하고 대담하며 견인불발(堅忍不拔)[20]의 의지가 있으며, 호방하고 체면을 중히 여기고 신의(信義)를 지킨다는 등의 내용도 포함되어 있다. 우리의 타이와이쿠가 바로 모두가 인정하는 사나이 기개가 있는 사람이었다.

위구르어의 속담에 마부는 곧 고부(苦夫)라는 말이 있다. 고(苦)란, 새벽같이 일어나 밤늦게까지 애쓰고, 하루 세 끼 제대로 먹지 못하며, 광풍과 벼락, 눈과 비, 추위와 더위를 무릅쓰고, 울퉁불퉁한 산길, 질퍽거리는 진창을 오가며 갖은 위험을 겪어야 하고, 날이면 날마다 가축을 벗 삼아 독행우우(獨行遇雨, 홀로 가다 비를 맞는 것 - 역자 주)의 길에 올라야 하는 처지를 말한다. 위험하고 힘들고 외로울수록 사나이 기개가 더욱 돋보이고 앙양되었다. 처

---

20) 견인불발(堅忍不拔) : 굳세게 참고 견디어 마음을 빼앗기지 않는다는 뜻으로, 아무리 어려운 상황을 맞아도 참고 견디어 마음이 흔들리지 않는 모습을 말한다.

량하고 호매(豪邁, 씩씩하고 똑똑한 모습 - 역자 주)한 마부야 말로 위구르족의 진정한 남아였다!

……타이와이쿠는 이 '친구'와 서로 알고 지낸지 석 달밖에 되지 않다. 2월 초 한파가 들이닥쳐 추위가 기승을 부리던 날, 타이와이쿠는 석탄을 실은 마차를 몰고 이닝시를 지나고 있었다. 서북풍에 흩날리며 펑펑 쏟아지는 눈이 눈앞을 가리고 얼굴을 때렸다. 타이와이쿠는 춥고 배가 고팠다.

이날 그는 새벽 3시에 일어나 말에 수레를 매 집에서 출발하였다. 하지만 탄광에 도착하였을 때, 이미 수많은 차들이 줄을 서서 대기하고 있었다. 그리하여 탄광에서 그는 꼬박 열 시간을 넘게 기다렸다. 그리고 떠나 오다보니, 때는 벌써 오후 5시가 되었다. 하늘은 이미 어두워졌고, 그는 스무 시간이 넘도록 끼니다운 끼니도 때우지 못한 상태였다.

타이와이쿠는 신장 생산건설병단 농업건설 제4사단(農四師) 오아시스구락부(綠洲俱樂部) 옆에 있는 한 음식점 앞에 마차를 세우고, 고삐를 단단히 묶어 놓았다. 그리고 모자를 벗어 옷에 쌓인 눈을 털고 힘껏 발을 굴러 신발 위에 덮인 눈도 털어냈다. 음식점 안은 시끌벅적하고 김이 자욱하였다. 문을 열고 들어서는 순간 술과 음식들의 향기로운 냄새, 국수물과 찜통 안에서 풍겨 나오는 냄새, 모허 담배 냄새, 그리고 하루 종일 고된 노동을 하고도 여건이 변변치 않아 씻지 못한 채 식사하러 온 노동자들, 그들의 몸에서 나는 냄새까지 뒤섞여서 한꺼번에 훅 풍겨왔다. 하지만 10시간 넘게 추위 속에서 떨며 굶주림을 달래야 했고, 몹시 흔들리는 마차 위에서 살다시피 해야 하는, 이미 지칠 대로 지친 사람에게 있어, 이 음식점은 더없이 따뜻하고 유혹적인 그야말로 천국이었다! 타이와이쿠는 눈썹과 수염 위의 채 녹지 않은 눈을 닦으며 계산대 앞으로 걸어갔다.

"유타쯔(油塔子, 모양이 탑(塔)처럼 생긴 위구르족들이 즐겨 먹는 밀가루 음식 - 역자 주) 4개랑, 궈유러우(過油肉) 한 접시, 펀탕(粉湯, 당면과 고기를 주재료로 한 탕면[湯面]) 한 그릇 주세요."

타이와이쿠는 돈과 배급표를 계산대에 있는 여직원에게 내밀었다.

여직원은 입으로는 숫자들을 중얼거리고 손으로는 열심히 주판을 튕기면서, 영수증 부본을 정리하고 있었다. 그녀는 하던 일을 계속하며 타이와이쿠를 쳐다보지도 않고 대답하였다.

"궈유러우는 다 팔리고 없어요. 펀탕도 없어요. 유타쯔도 다 나갔어요."

"그럼 라멘탸오(拉面條, 손으로 뽑은 국수) 400공펀(公分)21 주세요."

"없어요."

"바오쯔, 구운 바오쯔는 돼요?"

"그것도 없어요."

"여기는 아무것도 안 팔아요?"

타이와이쿠의 말투에는 약간의 분노가 섞여 있었다.

퇴근 전에 결산 업무를 끝내기에만 급급한 여직원은 그제야 머리를 들고 타이와이쿠를 쳐다보았다. 그녀는 흘러내린 머리카락을 쓸어 올리며 미안한 표정으로 곱게 살짝 웃어보였다.

"가게가 문 닫을 시간이 다 되었어요. 지금은 찐빵이랑 배추 두부 볶음밖에 남지 않았어요."

타이와이쿠는 찬밥 더운밥 가릴 때가 아니었다. 어쩔 수 없이 찐빵과 그가 제일 싫어하는 두부 요리를 샀다. 그는 200공펀 백주를 마시고 싶었지만, 술도 다 팔고 없었다. 주방의 창구에서 식은 찐빵과 채소를 받아, 두 접시를 들고 앉을 자리를 찾고 있는데, 누군가 갑자기 타이와이쿠를 친근하게 불렀다.

---

21) 공펀(公分) : 센티미터의 중국식 명칭. 신장에서는 도량형을 일반적으로 미터법을 사용하는데, 그램(克)·센티미터(厘米)를 습관적으로 공펀이라고 부른다.

"이리로 오게! 여기 자리 있네, 동생!"

화로 가까이에 있는 탁자 앞에, 안면이 없지만 또 어딘가 낯익은 것 같은 한 중년 남성이 앉아 있었다. 키가 작고 뚱뚱한 체격에 얼굴에는 약간의 마맛자국이 있고, 또 노란 수염이 성기게 자라 있었다. 그 사람은 취기가 약간 올라 불그스름해진 얼굴로 타이와이쿠에게 말을 걸었다.

타이와이쿠는 그 사람 쪽으로 걸어갔다. 이 추운 한겨울에 화로와 가까운 탁자란 얼마나 매력적인가! 자리에 채 앉기도 전에 노란 수염은 공손하게 손바닥을 펴 음식을 가리키며 권하였다.

"어서 들게나. 우리 같이 먹세 그려."

한 사람이 먹으려고 주문한 음식이라고 하기에는 노란 수염 앞에 차려진 한 상이 지나치게 풍성한 감이 없지 않아 있었다. 타이와이쿠가 주문하려고 했지만 다 팔리고 없었던 궈유러우, 펀탕, 유타쯔가 있을 뿐만 아니라, 칭둰(淸燉, 육류 등을 간장을 넣지 않고 구운 것)법으로 조리한 뼈있는 양고기 한 그릇과, 벌어진 입에서 기름이 줄줄 흐르고 있는 투명할 정도로 피(皮)가 엷은 양고기·양파 소 바오피(薄皮) 바오쯔가 한 접시가 있었다. 그 외에도 탁자 위에는 3분의 1가량 마신 정교한 표장의 이리따춰(伊犁大曲, 신장의 유명한 백주 – 역자 주) 한 병이 놓여 있었다. 타이와이쿠는 벌써 그 술의 향기에 취하는 것 같았다.

처음 보는 사람에게 먼저 말을 걸고 또 선뜻 같이 식사를 하자고 하는 것은 위루르족들에게는 흔한 일이었다. 타이와이쿠는 노란 수염을 힐끗 쳐다보았다. 그리고 그 사람이 베푼 호의는 진실한 것이라고 판단하였다. 그리하여 타이와이쿠는 사양하지 않고 젓가락을 들어 바오쯔 하나를 집어 입에 넣었다. 바오피 바오쯔는 입에 들어가는 순간 사르르 녹는 것 같았다. 씹고 삼킬 새도 없이 입안에서 감쪽같이 사라졌다. 목으로 넘어가기도 전에 벌써 형체는 사라졌지만, 고소함이 입 안 가득 퍼져 행복감을 선사하였다. 타이와이쿠는 그렇게 연이어 다섯 개의 바오쯔를 먹었다.

"술도 한 잔 할래요?"

낯선 노란 수염이 물었다.

"네, 한 잔 주시면 마시겠습니다."

타이와이쿠는 정중하게 예의를 갖춰 대답하였다.

……이것이 바로 타이와이쿠와 그의 첫 만남이었다. 타이와이쿠는 이 첫 만남이 아주 만족스러웠다. 낯선 사람에게서 후한 대접을 받았을 뿐만 아니라, 술과 밥을 배불리 먹고, 따뜻해진 몸과 힘찬 발걸음으로 함께 음식점을 나와 작별인사를 나누고 헤어질 때까지, 그들은 심지어 서로의 이름도 성도 몰랐다. 이것이야말로 진정한 사나이 기개가 아니겠는가!

훗날, 그들은 시내에서 또 몇 번 만난 적이 있었다. 노란 수염은 잠깐 들어가서 앉았다 가라며 타이와이쿠를 집으로 초대하였다. 그들은 서로 자기소개를 하였다. 노란 수염은 자신의 이름을 싸타얼(薩塔爾)이라고 소개하면서, 이리주의 한 기본건설부(基建部門) 간부라고 하였다. 씀씀이가 큰 것에 비해 그의 집안 장식은 이상할 만치 간단하고 소박하였다.

4월 30일 아침, 타이와이쿠는 평소와 같이 식품회사의 화물을 받기 위해 마차를 몰고 이닝시로 가고 있는데, 반드시 거쳐야 하는 한인거리(漢人街)의 길목에서 마침 싸타얼을 만나게 되었다. 그는 타이와이쿠를 만나기 위해 일부러 거기에서 기다리고 있었다고 말했다. 싸타얼은 여동생이 저녁에 둥바자(東巴紮)에서 결혼식을 올리게 되는데, 그와 몇몇 친척들이 반드시 그 결혼식에 참석해야 한다고 하였다. 전에 미리 마차 한 대를 섭외했었는데, 마차 주인이 갑자기 사정이 생겨 일이 예정대로 진행될 수 없게 되었다고 하였다.

동생 결혼식에 가지 않는다는 것은 말도 안 되는 일이라며 그는 무척 조급해하였다. 그러니 마차를 하루만 빌려 쓰면 안 되겠냐고 타이와이쿠에게 부탁하면서, 이튿날 아침 이 시간에 반드시 마차를 돌려주겠다고 약속하였다. 싸타얼은 이미 모든 계획을 꼼꼼하게 세워놓은 것 같았다. 타이와이쿠가 마차로 식품회사에 물품을 운송하는 것은 생산대의 현금 수입을 늘이기 위한 목적이었고, 하루의 운반 수입은 15위안이었다. 그렇기 때문에 싸타얼은 마차를 빌려 쓰는 대신 타이와이쿠에게 20위안을 주겠다고 하였다. 즉 그날 운수를 하지 않아도 하루의 임무를 완수할 수 있으며, 오히려 남는 장사라고도 하였다. 그리고 아내와 가족들이 모두 결혼식에 가니 밤에 집으로 돌아가지 말고 자기네 집에서 하룻밤 묵으라고 하며, 타이와이쿠를 위해 이미 집에 건량 · 버터 · 고기반찬을 준비해 두었으니, 마음껏 먹으면서 자기 집이라고 생각하고 편안하게 있으라고 하였다. 뿐만 아니라 원한다면(싸타얼은 건배하는 손시늉을 하였다) '시시(嘻嘻)' – '유리병'도 마련되었다고 하였다.

타이와이쿠는 망설이지도 않고 승낙하였다. 그리고 20위안도 받지 않았다. 타이와이쿠는 자기 돈으로 생산대의 하루치 운반 수입을 메꾸기로 하였다. 싸타얼의 '사나이 기개'에 어찌 '꼴불견'의 시시콜콜함으로 보답할 수 있겠는가! 싸타얼이 자신에게 베푼 호의에 비하면, 이것은 보잘것없는 일이라고 생각하였다. 그리고 밤에 싸타얼 네 집에서 묵으라는 말도 그는 사양하였다. 그날 마침 식품회사의 마부를 도와 차를 수리해 주기로 이미 약속한 상황이었다.

마차를 빌려주기로 결정하였지만 타이와이쿠에게는 작은 의문이 남았다. 순리와 습관에 따르면, 싸타얼은 동생의 결혼 퉈이(托依, 즉 경사)에 타이와이쿠를 초대하여 함께 가야 마땅하였다. 그리고 마차만 빌릴 것이 아니라 초대하여 함께 가면 일거양득 모두가 만족스럽지 않을까 하는 생각이 들었다. 결혼식은 참석하는 사람이 많을수록 좋은 것이기 때문이었다. 그런데 왜 차만 빌리고 사람은 초대하지 않지?

상식적으로 이것은 의심스럽고 불안해할만한 상황이었다. 하지만 사나이 기개가 있는 사람으로서 친구에 대해 의심해서는 안 되는 것이었다. 친구를 의심하는 것은 '치다마쓰'한 표현이고, 의리가 없고 우정을 경시하는 행위였다. 그리고 싸타얼의 바오피 바오쯔와 이리 따취에 대해 보답하려는 마음이 급급하여, 타이와이쿠는 이내 모든 의문을 털어버리고 "하하" 호탕하게 웃으며 마차를 빌려주었다.

그리하여 싸타얼은 타이와이쿠의 마차를 몰고 떠났다. 타이와이쿠는 식품회사에 도착하여 가볍게 인사를 하고, 그의 먼 친척을 찾아갔다.

이튿날 싸타얼은 같은 곳에서 같은 시간에 타이와이쿠에게 마차를 돌려주었다. 수레의 널빤지 틈새에 밀 몇 알이 끼어 있는 것 외에 마차는 멀쩡하였다.

"그들은 결혼식에 가면서 밀을 선물로 가져갔던 건가? 신랑신부가 양식이 부족해 밥을 굶을까 걱정했던 건가?"

타이와이쿠는 이렇게 중얼거리며 웃었다. 그는 손가락으로 밀을 파내서 손바닥 위에 올려놓고 말이 핥아먹게 하였다. 마차를 몰고 생산대에 돌아온 타이와이쿠는 자기의 돈 15위안을 출납원에게 바치고 누구에게도 이 일을 말하지 않았다.

그리고 타이와이쿠 본인도 이 일에 대한 기억을 저 멀리 칠천(七霄, 무슬림은 하늘을 일곱 방위로 나누어 본다 - 역자 주) 하늘 밖으로 날려 버렸다. 이 일이 있은 후 첫째 날 아침, 그는 타례푸 특파원이 4월 30일 밤 그와 그의 마차의 행방에 대해 조사하고 있고, 식품회사에서 이미 서류를 제출하여 그날 그가 운수하러 오지 않은 사실을 증명하였다는 소식을 들었다. 그렇다면 그가 5월 1일에 출납원에게 바친 돈은 출처가 불명하여 의심을 사게 될 뿐만 아니라 랴오니카가 자신의 관찰과 판단에 근거하여 4월 30일 밤 절도범들이 사용한 차량이 타이와이쿠가 모는 마차가 틀림없다고 증명하였다는 소식도 들었다.

타이와이쿠는 단단히 화가 났다. 항상 웃는 서글서글한 인상의 사나이 싸타얼이 그의 마차를 빌려가 나쁜 일을 저질렀다는 건 도저히 믿어지지 않는 일이었다. 그는 타례푸의 그 조사가 완전히 헛된 것을 쫓는 짓이고, 공연히 말썽거리를 만들 뿐이라고 생각하였다. 그리고 평소에 참 괜찮은 젊은이라고 생각했던 러시아 청년이 그에게 밀 절도범의 누명을 씌울 줄은 꿈에도 몰랐던 것이다. 그리하여 타이와이쿠는 함부로 말하는 랴오니카에게 심지어 따끔한 주먹맛을 보여주고 싶었다. 설마 낡은 사회에서 갖은 억압을 받으며 살아온 고아가 지금 영도자와 군중들의 의심을 받고 있다는 건가? 그는 이 수모를 참을 수가 없었다.

그날 시내에 도착한 타이와이쿠는 곧장 싸타얼 네 집으로 찾아갔다. 타이와이쿠는 싸타얼이 자신의 결백을 증명해 줄 수 있는 유력한 증인이 될 것이라고 믿어 의심치 않았다. 30일 밤 타이와이쿠는 마차를 싸타얼에게 빌려주었고, 싸타얼은 친척과 친구들을 모시고 둥바자에서 진행되는 여동생의 결혼식에 참석하기 위해 마차를 빌렸다는 것은 사실이었다. 그렇다면 랴오니카가 그의 마차를 보았다는 것이야말로 귀신이 곡할 노릇이 아닌가! 타이와이쿠는 그의 잘못을 따진다면 기껏해야 조직의 규율을 어기고 멋대로 마차를 빌려준 죄밖에는 없었다. 하지만 이마저도 사나이들의 우정을 위해 베푼 호의이고 배려이니 용서받을 수 있는 것이라고 타이와이쿠는 생각하였다.

넓은 정원 안의 여러 인가들 사이에 위치하여 있는 싸타얼이 살고 있는 그 집에 들어가기 전까지 타이와이쿠는 여전히 싸타얼을 굳게 믿었다. 자신과 똑같이 코 하나, 눈 두 개, 귀 두 개에 완벽하게 대칭되는 좌우 양쪽의 콧구멍 두 개를 가진 사람을 어찌 믿지 않을 수 있겠는가 말이다. 항상 옷차림이 단정하고, 언행이 점잖고 예의 바르며, 대범하고 사나이 기개가 있는 벗을 어찌 의심할 수 있을까? 마침 싸타얼은 집에 있는 듯하였다. 문이 잠겨있지 않았다. 타이와이쿠는 노크를 생략하고 직접 문을 열고 들어서면서 "아이이이싸라무……"라고 인사를 하였다. 하지만 그는 인사를 끝까지 하지 못했다. 왜냐하면 싸타얼의 집에 한족 일가가 살고 있었기 때문이었다. 집안 전체가 한족 식으로 장식되어 있었다. 쪽을 동그랗게 틀어 올린 한 한족 부녀가 당황한 표정으로 타이와이쿠를 바라보았다.

"싸타얼…… 집에 없어요?"

타이와이쿠도 당황하며 물었다.

"싸타얼이 누구예요? 모르는 사람인데요."

혹시 집을 잘못 찾아온 건가? 문밖으로 나와 이리저리 둘러보았지만, 타이와이쿠가 기억하고 있는 집이 맞았다. 그리하여 타이와이쿠는 한 울타리 안에 있는 계단이 가장 높은 큰 집으로 찾아갔다. 그 집에는 위구르족 노부인 한 분이 살고 있었는데, 집의 규모와 구조, 장식들로 보아 집주인인 것 같았다.

"말씀 좀 여쭤 볼게요. 원래 이 울타리 저 집에 살고 있던 싸타얼 아훙이 이사를 갔나요?"

"싸타얼 아훙이 누구예요? 어느 싸타얼 아훙을 말하는 거요?"

노부인은 눈을 치켜뜨며 말했다.

"이상하네요. 제가 분명 저 집에 왔었거든요. 그 때는 분명 싸타얼이 저기에 살고 있었어요. 뚱뚱하고 노란 수염이 난……"

"아, 라이티푸를 말하는군요. 사람 찾으러 왔으면, 그 사람 이름부터 명확하게 알고 왔어야죠. 무슨 일이든 그렇게 흐리터분하게 하지 말게나, 젊은이!"

"그 사람 이름이 싸타얼이 아닌가요?"

"왜 늙은이 말을 못 믿어요? 내가 지금 당신 같이 젊은 사람이랑 여기서 농담하고 있겠어요? 그 사람 이름은 라이티푸가 맞아요, 젊은이. 그 사람은 저 집에 잠깐 세 들어 살던 사람인데, 두 달밖에 살지 않았어요. 5월 1일 이사 갔어요."

"어디로 이사 갔는지 아세요?"

"왜요? 그 사람이 당신에게 빚을 졌나요?"

노부인은 유심히 타이와이쿠를 바라보며 물었다.

"아니요."

"이사 갔으면 간 거지 우리가 남의 일에 상관해서 뭐해요? 집세는 선불로 주더군요. 떠나기 전에 빗자루 하나를 주고 갔는데, 앞으로는 다시 만날 수 없을 거라고 하던데요⋯⋯"

노부인의 어투로부터 싸타윌(혹은 라이티푸)의 행방을 짐작할 수가 있었다. 타이와이쿠는 머리가 복잡하고 심란하였다.

"이리주 기본건설부에서 일하는 사람 맞아요?"

"이리주는 무슨 소리고, 기본 건설부는 또 뭔 말이요? 라이티푸는 개인적으로 의료행위를 하는 사람이라고 스스로 말하던데⋯⋯ 그 사람은 양파, 담배나 아편의 진, 도마뱀을 배합하여 습진을 치료하는 약을 만든다고 했어요. 한 병에 1위안 받고 판다고 했지요. 혹시 필요해요? 나에게 두 병 남겨 주고 갔는데⋯⋯"

그 집에서 나온 타이와이쿠는 정신이 혼미하였고 아무 생각도 나지 않았다. 가슴에서 분노가 치밀어 올랐고, 마음이 아팠으며 어리둥절하였다. 하지만 의심할 여지도 없고 돌이킬 수도 없는 한 가지는 바로 자신이 이미 한 사람에 의해 거짓과 음모의 수렁에 빠져 들어갔다는 사실이었다. "그 사람이 어찌 감히……" 그러나 지금은 그 사람을 찾을 수가 없었다.

　저녁 무렵 이닝시의 음식점에서 타이와이쿠는 곤드레만드레 취하도록 술을 마셨다. 그리고 또 한 병을 사서 품속에 넣었다. 마차를 제자리에 잘 세워놓고 마을로 돌아가는 길에, 그는 수로 옆에 있는 늙은 뽕나무 아래에 혼자 앉아 오랫동안 생각하였다. 그리고 생각할수록 그는 끔찍하고 소름이 끼쳤다. 누구나 만약 누군가의 덫에 결려 얼떨결에 어떤 나쁜 일에 휘말리게 되면 모든 사고력을 잃게 되고, 일을 처리함에 있어서도 관례와 규칙을 잃게 되며, 결국 절망적이고 재수 없는 사람이 되고 만다는 것을 깨닫기 시작하였다.

　타이와이쿠는 이제 어떻게 이 문제를 풀어나가야 할까 하고 생각하였다. 타례푸를 찾아가 싸타얼에게 마차를 빌려준 적이 있고, 그것을 숨긴 잘못은 인정하지만, 마차가 도대체 어떤 일에 쓰였고, 어떤 범죄에 연루되었는지는 전혀 모르는 일이라고 단호하게 밝히면, 들어줄까? 믿어줄까? 그의 무고함은 누가 뭐래도 사실이었다. "쓰라린 과거를 돌아보고, 오늘의 행복을 소중하게 생각하라"는 가르침과 같이, 당이 없고 신사회가 없었더라면 타이와이쿠 그도 벌써 황야에 버려진 백골이 되었을지도 몰랐다. 그런데 아이러니하게도 타이와이쿠는 자기 손으로 나쁜 놈에게 마차와 채찍을 건네주고, 나쁜 놈을 도와 절도를 저지르는 일에 방조한 격이 되었다. ……

　그는 품속에서 술을 꺼내 이로 뚜껑을 따더니, 꿀떡꿀떡 반병이나 들이켰다. 하늘도 돌고 땅도 돌고, 수로는 구불구불한 뱀 같았으며, 밭과 들은 일렁거리는 바다의 파도 같았다. 타이와이쿠는 겨우 일어나서 휘청거리며 집으로 돌아갔다. 그는 가슴이 터질 것처럼 답답하였다…… 그런 상황에서 그는 쉬린구리를 밀쳤던 것이다…… 그리고 그는 정신을 잃었다. 쉬린구리가 언제 어떻게 집을 나갔는지, 그는 아무것도 기억나지 않았다……

짜증을 돋구는 끝없는 "꿀꿀, 꿀꿀" 소리에 타이와이쿠는 할 수 없이 깨어났다. 밖으로 나가 보니 새하얀 새끼돼지 한 마리가 쉐린구리가 갓 심은 가지 모종을 게걸스럽게 뜯어먹고 있는 것이었다. 타이와이쿠는 돌멩이를 들어 새끼돼지를 향해 힘껏 던졌다. 돌에 맞은 새끼돼지는 비명소리를 지르며 비틀거리면서 도망쳤다. 그러나 몇 걸음 가고는 엎어져서 일어나지 못하는 것이었다. 한쪽 다리가 돌에 맞아 상처를 입었거나 끊어진 게 틀림없었다.

　바로 그때 이리하무가 대문을 열고 들어왔다. 타이와이쿠와 인사를 하고는 그가 뿌린 돌멩이 맞아 쓰러진 돼지를 보며 말했다.

　"만약 머리에 맞았으면, 머리가 터져 뇌수가 흘러나왔을 거네. 큰일 날 뻔했어."

　"이리하무 형……"

　타이와이쿠는 반가운 마음에 이리하무의 손을 잡으며 말했다.

　"마침 잘 왔어요. 와 주었네요. 정말 잘 왔어요!"

　그들은 방으로 들어갔다. 타이와이쿠는 누구에게도 말할 수 없었던, 그날 밤의 마차에 관한 일과 그 경과를 이리하무에게 털어놓았다.

　"자네도 참…… 전에도 자네와 몇 번인가 얘기했지 않았는가. 그런데 자네는 여전히 말을 듣지 않고, 학습도 하지 않으며, 정치적 각성 수준을 제고시키려고 하지도 않았지. 더구나 스스로 훌륭하다고 생각하면서 말이네. 어이구!"

　타이와이쿠에게서 일의 자초지종을 듣고 나자 이리하무는 마음이 조급하고 한스러웠으며, 유감스럽기도 하고 웃음이 나기도 하였다.

　타이와이쿠는 허리를 굽히고, 무릎으로 두 팔꿈치를 지탱하면서, 두 손으로 푹 숙인 머리를 감싸 안았다.

　마르크스가 막내딸에게 이런 대답을 한 적이 있다고 한다. 사람들의 잘못과 약점들 중에서, '경신(輕信)'은 비교적 용서받을 수 있는 한 가지라고 말이다. 그러나 타이와이쿠와 이리하무는 이 내용을 읽은 적이 없는 것 같았다. 그리고 설사 읽었다고 하더라도 그들의 기분은 결코 가벼워지지 않았을 것이다.

"오늘은 수레를 끌지 않나?"

이리하무가 물었다.

"아니요. 식품회사의 운수작업은 끝났어요. 어제 무싸 대장이 저에게 쟁기를 메워서 오늘 채소밭을 갈라고 했어요. 그런데 가기가 싫어요."

"가기 싫다고요? 무슨 채소밭인데요?"

"무싸 네 개인 땅이지요. 생산대 쟁기로 그 집 땅을 갈라는데, 난 안 하고 싶네요."

이리하무는 머리를 끄덕이며 말했다.

"내 생각에는 지금 당장 공사에 가서 타례푸 특파원을 찾아 스스로 그 날 일어났던 경과에 대해 자세하게 설명하는 게 맞는 거 같네. 솔직하게 사실 그대로 말하면 해명되지 않을 것도 없지, 그렇지 않은가? 그리고 자네가 말한 싸타얼(라이티푸)에 관한 정보도 매우 중요한 것이네. 다른 문제는 나중에 다시 이야기하고……"

"나 지금 얼른 갈게요?"

이리하무가 대답도 하기 전에 밖에서 통통거리는 모터 소리가 들려왔다. 트랙터 같기도 했지만 트랙터 소리보다 빠르고 높았다. 그리고 모터 소리가 점점 타이와이쿠네 집 쪽으로 가까워졌다. 타이와이쿠는 놀란 표정으로 이리하무를 힐끗 쳐다보았다. 이리하무가 문을 열고 내다보았다. 오토바이 한 대가 멈추더니 공사의 통신원 자커얼장이 차에서 내리고 있었다.

"타이와이쿠 형, 타례푸 동지가 지금 당장 공사로 오래요. 형과 의논할 문제가 있대요. 이 오토바이를 타고 나랑 같이 가요."

그리고 자커얼쟝은 이리하무를 보며 말했다.

"마침 잘 됐네요. 대대를 지나오다가 쿠투쿠자얼 서기를 만났는데, 당신에게 말을 전해달라고 했어요. 급한 일이 있으니 대대 본부로 빨리 오라고요."

공사의 오토바이가 집 앞에 멈춰 서서 재촉하듯 통통 소리를 내자, 이 일이 왠지 일반적이지 않고 더욱 긴박한 상황인 것처럼 느껴졌다. 타이와이쿠는 불안해하며 모자를 고쳐 쓰고 옷매무새를 정리하였다. 그런 그에게 이리하무는 격려의 눈빛을 보냈다.

"자, 갑시다."

타이와이쿠가 말했다.

셋은 함께 집에서 걸어 나왔다. 타이와이쿠는 자커얼쟝 뒤에 올라탔다. 오토바이는 뒤꽁무니로 연기를 토해내더니 흙먼지를 자욱하게 일으키며 쏜살같이 앞으로 나갔다. 이리하무도 뒤에서 발걸음을 재촉하였다.

그들은 누구도 발견하지 못했다. 타이와이쿠네 집 건너편 대각선 방향에 있는 두 그루의 대추나무 그 뒷면에 있는 무너진 담의 구멍 사이로 음울한 한 쌍의 눈이 그들을 지켜보고 있다는 사실을…… 그곳에는 등이 굽고, 가죽이 축 처진 얼굴에 주름이 가득하며, 매부리코가 인상적인 한 노파가 서 있었다. 그 노파는 눈이 팅팅 부어 있었다. 노파가 하나라도 놓칠세라 뚫어지게 쳐다보고 있는 것은 바로 이미 멀어진 오토바이와 그 뒤를 걷고 있는 이리하무의 뒷모습이었다. 그는 문득 주변을 두리번거리다가 언뜻 한 사람의 그림자를 발견하였다. 그는 담 뒤에서 살그머니 걸어 나와 발걸음을 다그치며 불렀다.

"니자훙(尼紮洪)[22]!"

그녀는 니야쯔 쪽으로 다급하게 뛰어가더니, 점점 멀어지는 먼지와 연기 쪽을 가리키며 말했다.

"공사에서 타이와이쿠를 잡아 가던데."

"뭐라고요?"

니야쯔가 깜짝 놀라며 되물었다.

"내 눈으로 직접 봤어."

이렇게 말하고 있는 노파는 다른 사람이 아니라 바로 배불뚝이 마무티의 아내이자 미망인인 마리한이었다.

---

22) 니자훙(尼紮洪) : 니야쯔 아훙의 연독. '아훙(阿洪)'은 중국어에서 성씨 앞에 늙을 노(老)자를 붙여 부르는 것과 같은 의미이다.

새끼돼지 사건
민족문제는 결국 계급문제다

쿠투쿠자얼은 미간을 잔뜩 찌푸리고 조금도 빈틈없는 굳은 표정으로 기다리고 있었다. 그리고 이리하무를 보자마자 그는 묻지도 따지지도 않고 기세 사납게 몰아붙이며 문책하였다.

"정말 막무가내군요. 세상에 어디 이런 도리가 있어요? 당신이 누군데, 뭘 하자는 겁니까요? 도대체 원하는 게 뭡니까? 당신이 지금 어떤 영향을 끼치고 있는지 알기나 해요?"

"……"

이리하무는 눈만 껌벅일 뿐 미처 무슨 상황인지 몰라 대답을 못했다.

"도대체 왜 타이와이쿠를 싸고도는 거지요? 왜 타이와이쿠가 사람을 폭행하게 내버려 두는 거예요? 타이와이쿠가 새끼돼지 대신 물어준 돈을 왜 다시 돌려달라고 했어요? 지금 당신이 타이와이쿠의 반동적 정서를 조장시키고 있다는 걸 알아요? 당신은 누굴 위해 충성을 바치고 있나요? 누구의 편리를 들어주고, 누구의 비위를 맞추고 있는 거지요? 지금 이리에 위험한 부정적인 정서가 일어나고 있는 걸 몰라요? 이 시점에서 한족 사원의 돼지를 때려죽이면 어쩌자는 거예요? 이게 무슨 성질의 문제인지 알기나 해요? 어떤 심각한 영향, 어떤 결과를 몰고 올지 짐작이나 해요? 당신 어깨가 그렇게 넓어요? 이 사건의 정치적 책임을 혼자서 감당할 수 있어요?"

이렇게 세게 몰아붙이고, 억지로 누명을 씌우며 당장 씹어 삼킬 듯이 면박을 주면, 누구라도 겁을 먹고 평정심을 잃게 될 것이다. 하지만 상대는 이리하무였다. 이리하무는 결코 호락호락하게 물러서지 않았다. 그는 치밀어 오르는 분노를 누르며, 의자 하나를 당겨서 거기에 앉았다. 인내심 있게 쿠투쿠자얼의 말을 끝까지 들어볼 작정이었다.

잠자코 앉아 듣고만 있는 이리하무를 보며, 쿠투쿠자얼은 속으로 자신이 큰소리로 따끔하게 경고한 것이 먹혔다고 생각하였다. 그리하여 어투를 바꿨지만 여전히 엄숙한 표정으로 말했다.

"당신은 돌아온 지 얼마 되지도 않았기에 다른 사람들보다 더 신중하지 않아서야 되겠어요? 이번 일로 많은 교훈을 얻길 바라요."

"말씀 끝나셨나요?"

이리하무가 물었다.

"그래요! 이 일은 당신이 나서서 처리하도록 해요."

"어떻게 처리하라는 거죠?"

"타이와이쿠를 설득하여 잘못을 인정하게 해요. 그리고 무싸 대장에게 협조해서 마을에서 사원회의를 소집하도록 하세요. 그 자리에서 타이와이쿠를 호되게 비판하고, 바오팅구이에게 사죄하고 손실을 배상하게 해야죠. 타이와이쿠가 만약 그렇게 한다면 형사 처분은 면할 수 있을 겁니다."

"쿠투쿠자얼 서기! 도대체 어떤 근거로 이런 처리 방법을 생각하게 된 건가요? 상황은 전혀 그렇지 않은데 말이죠! 이 사건에 대해 조사를 해본 다음 말하시지 그래요……"

　이리하무는 사건의 경과와 자초지종을 설명하였다. 그러자 쿠투쿠자얼은 이리하무의 말허리를 툭 자르면서 말했다.

　"상황은 나도 알아봤고 잘 알고 있어요. 그러니까 타이와이쿠의 도리에 어긋나는 행동들에 대해 변명하려고 하지 말아요. 사사로운 감정에 휘말려 문제를 해결하면 되겠어요? 민족 감정에 사로잡혀 민감해지거나, 정상적인 판단이 흐려져서는 안 돼요."

　"쿠투쿠자얼 서기! 당신이 이 사건 때문에 이렇게 흥분하고 경솔하게 행동하니까, 제가 오히려 당황스럽네요."

　이리하무도 목소리를 높였다.

　"남에게 함부로 누명을 덮어씌우지 마세요. 누가 민족감정에 사로잡혀 정상적인 판단을 하지 못하고 있다는 겁니까? 바오팅구이라면 몰라도요. 바오팅구이는 지금 일부러 사태를 키우고 있어요. 그렇기 때문에 당신은 바오팅구이와 하오위란 두 사람의 고자질만 듣고 그들의 말만 믿어서는 안 됩니다. 그렇게 처리하면 누구도 인정 못할 것이고, 누구도 복종하지 않을 테니까요."

　"당신 태도와 입장이 정 그렇다면, 그럼 한번 해봅시다."

　"이리하무 오라버니, 이리하무 오라버니! 여기 계세요?"

　문밖에서 한 여성의 목소리가 들려왔다.

　"여기 있어요!"

　이리하무가 서둘러 대답하였다. 문이 벌컥 열렸다. 디리나얼이었다. 그녀는 얼굴이 새빨개져서, 숨을 헐떡거리며 안으로 들어오더니,

　"서기! 이리하무 오라버니!"

　라고 각각 부르며 간단하게 인사를 하였다.

"무슨 일이 생겼어요?"

"공사에서 타이와이쿠 오라버니를 체포했다는 소문이 온 마을에 퍼졌어요."

"뭐라고요? 타이와이쿠가 체포되었다고요? 누가 체포되었다고 그래요?" 이리하무는 깜짝 놀랐다.

"다들 그러던데요! 타이와이쿠 오라버니가 바오팅구이 네 돼지를 때려눕히는 바람에 오토바이에 실려 갔다고 하던데요. 이 소식을 듣고 마을 사람들의 분위기가 엄청 긴장해졌어요. 이 짧은 시간에 어떻게 알고 모여왔는지, 제4생산대, 제5생산대 사람들도 왔어요. 그들은 타이와이쿠를 풀어주고, 바오팅구이를 마을에서 쫓아내라는 청원을 하러 대대로 가야 한다며, 고함을 지르고 난리였어요. ……그들이 지금 농사일을 제쳐두고 이쪽으로 오고 있대요. 랴오니카가 이 상황을 알고 저에게 자전거를 빌려주면서 이 소식을 전하라고 하였어요……"

"기어코 유언비어를 퍼뜨려 사달을 내려는 거군요. 누가 그런 말도 안 되는 소리들을 해요? 언제 그런 일이 있었다고요? 타이와이쿠가 체포되었다고 누가 그래요?"

이리하무는 화가 나서 물었다. 그러자 쿠투쿠자얼이 냉담하게 말했다.

"그런 식으로 말하지 말아요! 타이와이쿠가 저지른 잘못이 있으니까. 만약 잘못을 인정하지 않고 머리를 숙이지 않는다면, 체포하지 않을 이유가 없죠. 체포하든 말든, 그건 상급기관에서 결정할 문제고요."

"지금 불난 집에 기름을 끼얹자는 겁니까?!"

"당신!"

쿠투쿠자얼은 디리나얼이 있든 말든 신경 쓰지 않고, 이리하무를 가리키며 소리를 질렀다.

"이 모든 건, 당신이 책임져야 해요! 당신의 그러한 태도와 처사가 그들의 반동적 기염을 조장시켰다고요……"

"디리나얼, 물어볼 게 있어요. 타이와이쿠가 체포되었다는 소식을 누가 제일 먼저 퍼뜨렸어요? ……"

이리하무는 쿠투쿠자얼의 방해에도 아랑곳하지 않고 자신의 입장을 견지하며 따져 물었다.

"방앗간에서요. 니야쯔가 알려준 소식이에요. 마리한도 오늘은 집밖으로 나와 이 일에 대해 여기저기 말하고 다니는 것 같아요. 그리고 제4생산대의 이부라신 지주의 조카도 왔어요……"

"마리한 그들도 이 사건에 나섰단 말이죠? 일이 참 묘하게 돌아가네요!"

"당신이 마을에서 허튼 짓을 해서 지금 사태가 이렇게 커진 거 아닌가요? 그야말로 엉망진창이네 그려. 그런데도 이 시점에서 '묘하게 돌아간다'는 말이 나와요? 얼른 나가봐요! 그 사람들을 막아야 해요. 당신이 전적으로 책임지고, 군중들에게 해명해요……"

"왜 막죠! 도대체 어떤 사람들인지, 어쩌려고 온 건지 두고 보면 알겠죠! 그렇지 않아요?"

"당신……"

쿠투쿠자얼은 턱밑까지 차오른 분노를 간신히 삼키며 전화기를 들고 마구 누르고 힘껏 두들겨댔다.

"여보세요, 교환대! 어, 네! 공사 당위원회지요…… 뭐라고요, 통화중이라고요? 그럼 타례푸 특파원은요, 거기도 통화중이라고요?"

쿠투쿠자얼은 쾅 하고 전화기를 내려놓더니, 정신이 나간 듯이 분노하여 이리하무를 가리키며 말했다.

"당신 문제는 우리 나중에 다시 얘기합시다. 나는 지금 당장 공사에 가봐야 할 것 같으니까. 나쁜 풍조를 반드시 멈추게 하고, 타이와이쿠의 일은 엄격하게 처리하도록 할 것이며, 필요하면 무장 민병을 동원해서라도 큰 사고를 막아야겠군 그래. 이대로 둬서는 정말 안 되겠네…… 허허!"

"쿠투쿠자얼 동지!"

이리하무가 불렀지만, 쿠투쿠자얼은 못 들은 척 무시하고, 뒤도 돌아보지 않고 급히 나가버렸다. 디리나얼은 아연실색한 얼굴로 눈이 휘둥그레져서 두 사람을 번갈아 보았다.

"디리나얼, 당신이 올 때 그 사람들이 어디까지 왔는지 확인해 봤어요?"

"아, 예 제5생산대 채소밭까지 온 걸 봤어요."

이리하무는 머리를 끄덕이며,

"리시티 형은 만났어요?"

라고 물었다.

"아니요."

"리시티 형이 제4생산대 마을에 있어요. 이렇게 해요. 지금 당장 제4생산대 마을로 가서 이 상황들을 리시티 형에게 말씀드려요."

"알겠어요."

디리나얼이 떠났다. 이리하무는 이제 어떻게 해야 할지 고민하고 있었다. 그도 공사로 가서 자신의 의견을 당위원회에 보고해야 하지 않을까 하고도 생각했지만, 그럼 마을에서 '청원'하러 온 사람들을 맞이할 사람이 없게 되니까, 여기에 남아서 '청원'자들을 기다리는 게 좋지 않을까 하고도 생각했다. 그러면서도 쿠투쿠자얼이 불난데 기름 붓는 수법을 누가 가서 제지하나 하고 난감한 처지에 빠져 고민하고 있는데, 갑자기 전화 벨소리가 울렸다.

"여보세요, 애국대대예요. 쿠투쿠자얼 동지는 나가고 없어요. 저요? 이리하무인데요."

수화기 반대편에서 자오 서기의 목소리가 들렸다.

"공사 당위원회인데요. 지금 그쪽 대대의 바오팅구이 돼지사건은 어떻게 된 일이지요? 바오팅구이가 직접 공사에 와서 고해바치고 있는데……"

"자오 서기 맞아요? 이 사건의 경과를 말씀드리면……"

이리하무는 간단하게 설명하고 나서 말했다.

"지금 유언비어를 퍼뜨려 대중을 미혹시키려는 몇몇 사람들이 있어요. 공사에서 타이와이쿠를 체포해 갔다는 허튼소리들로 사람들을 부추기고 있어요. 그래서 사람들이 대대에 청원하러 오고 있다고 해요. 아마도 사건을 야기 시키면서 소란을 피울 모양입니다……"

"소란을 피운다고요?"

수화기 너머로 자오 서기의 놀라고 의아해하는 목소리가 들려왔다.

"네, 마리한과 이부라신의 조카도 움직이기 시작했어요. 아마도 바오팅구이가 저지른 못된 짓과 그로 인한 사람들의 불만 정서를 이용하여 민족분쟁 사건을 야기 시키려는 것 같아요…… 타이와이쿠에게도 결점과 잘못이 있지만, 바오팅구이가 일부러 말썽을 부리는 거라고 생각해요. 바오팅구이에 대한 군중들의 불만은 절대 근거 없는 억지가 아니고, 이번 사건에서 사람들이 타이와이쿠를 동정하고 타이와이쿠의 편을 들어주는 것도 그만한 이유가 있는 거라고 생각해요. 그런데 이 일에 지주분자까지 끼어들면서, 일이 복잡해졌어요. 쿠투쿠자얼은 이 일에 대해 다른 입장과 생각이 있는 것 같아요. 쿠투쿠자얼이 방금 공사로 떠났어요."

"흠! 그래요? 알겠어요. 바오팅구이와 타이와이쿠가 지금 모두 공사에 와 있어요. 쿠투쿠자얼 동지가 오면 같이 의논해 볼게요. 그들 헛소문을 퍼뜨리고 소란을 피우는 행위와 목적은 반드시 주의를 불러일으켜야 할 문제예요. 모순이 표면으로 드러난 것은 좋은 일이에요. 두 가지 성질의 다른 모순을 정확하게 구분하여 처리하는 것이 관건이지요. ……계급 적들의 파괴활동에 대해서는 단호하고 엄중하게 타격을 가해 그들의 기염을 꺾어야 하지요. 인민군중 내부의 분쟁은 적절한 방법으로 해결해야 합니다…… 여기 일이 끝나면 나도 최대한 빨리 그쪽으로 갈게요……"

자오 서기와 통화를 마치고 나자 이리하무는 한결 마음이 놓였다. 그는 옷매무새를 정리하고 대대 본부에서 나와 '소란을 피우러 오는 사람들'을 맞이할 준비를 하였다.

소란 피우러 온 사람들은 이리하무의 생각보다 빠른 속도로 다가오고 있었다. 이리하무가 대대 본부에서 나와 얼마 가지도 않았는데, 벌써 떠들썩한 인파가 밀려오는 것이 보였다. 그들은 몹시 흥분하여 소리를 지르고 비명까지 지르며 주먹을 머리 위로 쳐들고 휘둘러댔다. 인원수도 많았는데, 마을에서 온 사람들보다 도중에 인파를 발견하고 구경할 겸 따라온 사람과 사건에 대한 설명과 선동을 듣고 뒤늦게 합류하여 소리를 지르는 사람들이 더 많았다. 전체적으로 보았을 때, 소리를 지르는 사람들보다 옆에서 구경하는 사람들이 더 많았다. 쿠투쿠자얼은 사람들 가운데 포위되어 있었다. 공사까지 채 가지 못하고 도중에 인파와 마주친 모양새였다.

"다들 지금 무엇을 하자는 겁니까? 도대체 왜들 이래요?"

쿠투쿠자얼은 쉰 소리로 고래고래 소리를 질렀다.

"타이와이쿠를 풀어줘요!"

"돼지는 우리에 가두어서 기르라고 해요!"

"바오팅구이를 내놓아요!"

"허튼수작 부리지 말라고 해요!"

사람들은 제각기 떠들며 불만을 토해냈다.

"당신들 그야말로 막무가내네요. 이건 억지이고 규율을 어기는 것이고, 단결을 파괴하는 행위에요! 이건 반혁명이란 말이죠! 타이와이쿠 문제는 정부에서 결정할 텐데, 당신들이 왜 함부로 떠들어 대고 있어요? 한족사원이 돼지를 기르든 말든 당신들이 무슨 자격으로 간섭을 해요? 당신들의 행위는 쟁단(爭端, 다툼의 실마리 - 역자 주)을 야기하는 행위이고, 정부에 대한 도발이며, 소란을 피우는 거예요! 여기서 떠들지 말고 다들 돌아가세요! 밭에 나가 일이나 하세요! 깊이 반성하고 자기비판을 하면서요! 요즘 세상에는 두려운 것이 없나 보죠? 뜨거운 맛을 보여줘야 정신 차리겠어요? 총대가 무엇인지, 관인(官印)의 손잡이가 무엇인지, 정말 몰라서 이래요?"

쿠투쿠자얼의 말투는 심상치 않게 강경하였다.

사람들은 물 뿌린 듯이 조용해졌다. 이때 조용해진 인파 속에서 한 늙은 이의 목소리가 들렸다.

"쿠투쿠자얼 서기, 지금 무슨 말을 그렇게 해요? 왜 우리에게 그런 무시무시한 누명을 덮어씌우는 거예요! 우리는 인민공사의 구성원들이고, 공무에 충실하고 법을 잘 지키며, 가진 게 맨주먹밖에 없는 농민들이에요. 우리는 반혁명하려는 게 아니에요!"

이 사람은 바로 디리나얼의 아버지 야썬이었다. 넓은 얼굴, 큼직한 귀를 가지고 있는 그는 은색 긴 수염을 날리며 우렁찬 목소리로 말했다. 야썬의 직업은 목수이고, 종교적으로는 또 무에진의 직무를 맡고 있었다. 무에진으로서의 그의 임무는 규정된 시간에 하루에 5번 이슬람 사원의 첨탑에 올라가 예배시간을 알리는 것이었다. 그는 두 손바닥을 활짝 펴서 귀 뒤에다 대고 소리를 길게 끌며 육성으로 신도들에게 예배시간을 알렸다. 오랜 기간 동안 이 방면에서의 실천으로 인해 그는 평소에도 묵직하고 침착하였는데, 이제 맑고 우렁찬 목소리로 말을 하였던 것이다.

"이건 반혁명이 아니에요!"

"우리에게 누명을 덮어씌우지 말아요!"

사람들은 야썬의 말을 따라하며, 또 다시 소리를 지르기 시작하였다.

인파 속에서 야썬은 유일한 노인이었고, 유일하게 덕망이 높은 인물이었다. 흥분한 상태에서도 그는 여전히 예의를 잃지 않은 모습으로 침착하게 계속하여 말했다.

"쿠투쿠자얼 서기, 그 동안 마을사람들은 바오팅구이에게 능욕을 당하면서도 꾹 참아왔어요! 우리가 바오팅구이를 아니꼽게 본다고 하여 한족을 반대한다는 건 아닙니다. 당과 정부를 반대하는 건 더더욱 아니고요. 타이와이쿠 아훙이 돌멩이로 그 집 돼지에게 던진 것은 그 집 돼지가 타이와이쿠네 뜰에 들어와 채소를 훔쳐 먹었기 때문이에요. 이게 그렇게 큰 잘못인가요? 바오팅구이도 돌멩이를 다른 집의 소, 양, 닭과 오리에게 던진 적이 있어요. 그런데 왜 시비곡직을 불문하고 타이와이쿠만 체포하는 거죠? 한 위구르족 사원과 한 한족 사원이 다투면, 무조건 위구르족 사원이 잘못한 건가요? 당의 정책은 그렇지 않다고 나는 믿어요!"

"무슬림을 능멸하지 말아요! 우리는 아무나 능멸해도 되는 소, 양이 아니란 말이에요! 가죽부츠와 뱀을 마을에서 쫓아내요!"

단단한 거죽 모자를 쓴 한 청년이 악을 쓰며 소리를 질렀다. 모자 아래로 여자와 같은 빽빽한 머리카락이 보였다.

"야썬 목수! 야썬 무에진!"

쿠투쿠자얼은 야썬 앞에 바싹 다가가서 손가락으로 눈을 찌를 듯 가리키며 말했다.

"당신은 어떤 사람입니까? 자신의 신분을 잊지 마세요. 당신은 종교인이고, 무에진이에요. 그런데 어찌 소동을 부리는 일에 앞장서서 사람들을 부추기고, 위구르족과 위대한 한족의 관계를 이간시키는 거지요? 이건 명백한 반혁명 활동이에요. 이렇게 함으로써 어떤 결과를 낳게 될지 생각해 봤어요?"

"……내가 뭘 이간질시켰다고 그래요? 어떤 결과를 가지고 그런 말을 하는 거죠?"

야썬은 화가 나서 말까지 더듬었다.

"이것만 알고 있어요. 우리에게는 군대도 있어요. 누가 일을 크게 만들면 당장 총살이에요!"

쿠투쿠자얼은 힘껏 손을 휘두르며 위협하였다.

"지금 누굴 총살하겠다는 말이에요?"

야썬은 휘청거리며 물었다.

"여러분! 우리를 총으로 쏴 죽이겠다고 하네요! 에구머니나!"

니야쯔는 울음 섞인 목소리로 소리를 질러댔다.

"당신이 뭔데 우리를 총살해요? 기가 막혀서 더 이상 참을 수 없네요!"

긴 머리 청년이 고함을 질렀다.

"누가 감히 우리를 총살해요!"

"총살할 거면 가죽부츠나 총살해요!"

"아니면 쿠투쿠자얼 당신이나 총살 되던지……"

사람들은 분개하며 제각기 마구 떠들어댔다. 긴 머리 청년은 이 기세를 몰아 크게 소리쳤다.

"이 비겁한 놈을 때려줍시다! 우리를 배신한 이 놈을 죽도록 패줍시다!"

그의 말에 호응하며 주먹을 들고 쿠투쿠자얼을 향해 몰려오는 사람들이 있었다.

그리고 거의 동시에 서로 다른 방향으로 다우티 대장장이와 무싸 대장이 뛰어 나왔다. 다우티는 쿠투쿠자얼 쪽으로 다가가더니 팔을 벌려 난간처럼 앞을 막아서며 소리 쳤다.

"누구도 손대면 안 됩니다!"

무싸는 비단 셔츠를 풀어헤치고, 털이 더부룩한 가슴팍을 내밀며 으름장을 놓았다.

"아니, 간이 배 밖으로 나왔습니까? 당신들 목 위에 달린 건 머리가 아니라 조롱박입니까? 당신들 엄마 젖 뗀지 얼마 되지 않았죠? 이 망할 놈들, 바보 멍청이 같은 놈들, 비겁한 놈들아! 어디 쿠투쿠자얼 서기 머리털 하나라도 건들기만 해봐!"

그러나,

"때려! 때려! 때려!"

하고 긴 머리 청년과 니야쯔 두 사람이 소리를 지르자, 사람들은 갑자기 흥분하며 난리법석이 되었다. 여기에 온 원래의 목적을 깨끗하게 잊어버리고, 단지 떠들어대고 소란 피우러 온 사람들 같았다. '소동'을 부리는 것이 수단이 아니라 점점 목적으로 변해갔다. 하지만 사람들은 고래고래 소리를 지르며 공중에서 주먹만 휘두를 뿐, 아직 누군가를 때리지는 않았다. 그리고 일부 나이 먹은 사람들은 오히려 약간 뒤로 물러서 있었다.

바로 이때 누군가 뒤에서 야썬을 떠미는 바람에 야썬은 본의 아니게 무싸를 덮치게 되었다. 이에 무싸가 팔을 들어 야썬을 밀쳐냈고, 그 바람에 야썬은 또 사람들 쪽으로 넘어지게 되었다.

"이것 봐요! 저들이 손찌검을 했어요. 저들이 야썬 아저씨를 때렸어요!"

긴 머리 청년이 처절하게 괴성을 질렀다. 이번에는 사람들이 정말로 격노하였다. 화난 사람들이 한바탕 밀치고 잡아끌고 주먹을 휘두르기 시작하였다. 무싸는 엉겁결에 몇 대를 맞았고, 쿠투쿠자얼도 등 뒤에서 한 대 얻어맞았으며 모자까지 벗겨졌다. 지금까지 강경한 태도를 유지하고 있던 쿠투쿠자얼은 놀라서 얼굴이 백지장이 되었다.

"다들 그만해요!"

이리하무는 마구 날아오는 눈먼 주먹도 아랑곳하지 않고 인파 속으로 비집고 들어갔다. 혼란 속에서 이리하무도 몇 번이나 밀려 비틀거렸다.

"야썬 아저씨!"

이리하무가 높게 불렀다.

"여기 있어요!"

야썬이 대답하였다. 두 사람의 일문일답이 사람들의 주의를 끌었다. 그러자 사람들은 싸움을 멈추었다.

"여러분, 타이와이쿠 일 때문에 온 거 아니었어요? 그렇지 않은가요?"

"맞아요, 맞아요!"

야썬이 다급하게 대답하였다.

"도대체 누가 여러분께 타이와이쿠가 체포되었다고 말했습니까?"

"우리가 직접 보았어요. 타이와이쿠가 오토바이 뒤에 실려 잡혀가는 것을……"

"말도 안 되는 소리!"

이리하무는 단호하게 부정하며 소리쳤다.

"타이와이쿠가 스스로 오토바이에 올라타는 걸 내가 직접 보았고, 또 내가 배웅해 주었어요. 공사의 통신원이 타이와이쿠를 찾아왔고, 공사에서 의논할 일이 있다고 해서 같이 나간 거예요."

"거짓말이다! 저 사람이 우리를 속이고 있어요!"

긴 머리 청년이 말했다.

"타이와이쿠의 일은 정부에서 알아서 결정할 거예요. 잡을만하면 잡고, 풀어줄만하면 풀어주고, 감옥살이를 해야 되면 감옥에 보내고, 총살해야 할 죄면 총살할 것이고! 당신들이 왜 나서서 난리지요!"

쿠투쿠자얼이 말했다.

"저 봐요. 타이와이쿠를 총살하려는 게 확실해요!"

니야쯔가 말했다.

"아닙니다. 쿠투쿠자얼 서기! 당신이 말한 건 사실이 아닙니다. 아침에 타이와이쿠와 함께 있었던 사람은 나예요. 공사에서 타이와이쿠를 불러간 것은 다른 일 때문이에요. 바오팅구이네 새끼돼지사건과는 큰 상관이 없어요. 방금 전 공사 당위원회에서 대대에 전화가 왔었어요. 구성원 여러분께 솔직하게 말씀드릴게요. 타이와이쿠는 체포된 게 절대 아니에요. 여러분이 누군가가 퍼뜨린 소문에 속은 겁니다!"

이리하무가 말했다.

"맞아요! 여러분이 이 놈들에게 속은 거예요!"

또 한 사람이 이리하무의 주장을 거들며 나타났다. 그 사람은 리시티였다. 그는 땀을 뻘뻘 흘리며, 뒤에서 걸어오고 있는 또 한 무리의 사람들을 힘겹게 가리키며 말했다. 마을에서 또 한 무리의 사람들이 몰려오고 있었다. 우푸얼, 싸니얼, 이밍쟝, 왕씨와 디리나얼이 마리한과 이부라신 두 지주분자들을 끌고 이쪽을 향해 걸어오고 있는 것이었다. 마리한과 이부라신은 비록 머리를 숙이고 있지만, 아래로부터 치켜뜬 눈에는 보기 드문 흉악한 눈빛이 서려 있었다. 이 한바탕의 소동에서 고무된 게 틀림없었다.

"여러분! 우리가 이미 상황을 조사해서 밝혀냈어요. 타이와이쿠가 체포되었다는 헛소문은 바로 이 개 같은 지주 놈들이 퍼뜨린 거예요. 여러분이 속아서 농사일을 제쳐 두고 여기에서 분개하고 있을 때, 이부라신 네 집에서 마리한과 두 사람은 쾌재를 부르고 있었어요. '흥! 멍청한 것들 같으니라고, 자기들 기름으로 자기들 고기나 지져먹으라 하지!' 라고 하면서 즐거워하고 있었어요. 하지만 너무 일찍 기뻐했던 거죠. 득의양양하여 자기 정체도 모르고 있을 때, 흉악한 몰골이 여지없이 드러났을 때, 혁명 인민들이 그 현장을 덮쳤고, 한꺼번에 두 놈을 잡은 겁니다!"

리시티가 사건의 자초지종과 나쁜 놈을 잡게 된 경과를 설명하였다.

"이게 어떻게 된 일이에요?"

야썬이 당황하며 물었다.

"저 말을 믿지 말아요! 우리하고 저 두 지주하고 무슨 상관이에요? 저들이 우리를 속이고 있어요!"

긴 머리 청년이 또 나서서 말했다.

"솔직히 말해서……"

형세가 바뀐 것을 보고, 쿠투쿠자얼은 다시 위엄 있고 강경한 태도 말했다.

"타이와이쿠의 죄행은 아주 심각합니다. 첫째, 그는 한족 사원의 돼지를 때려죽였고, 둘째, 그는 사람을 폭행했어요. 그는 인권을 침범하였고, 바오팅구이와 하오위란을 구타했어요. 그렇기 때문에 제재를 받아 마땅해요! 당신들은 왜 범죄자를 비호하고, 그 범죄자를 위해 모여와서 난동까지 부리는 겁니까? 그리고 방금 일부 사람들은 심지어……"

"지금 뭐라고 하는지 들었나요? 타이와이쿠가 제재까지 받아야 한다고 했어요! 이리하무와 리시티의 거짓말에 넘어가서는 안 됩니다!"

긴 머리 청년이 펄쩍 뛰며 난리를 쳤다.

"이봐요 젊은이, 이쪽으로 가까이 와 봐요. 당신 누굽니까? 여기 왜 온 거지요?"

이리하무가 긴 머리 청년을 오라고 손짓하며 말했다.

"내가 누구든 당신이 무슨 상관이에요?"

"당신은 우리 사원이 아니라 그럽니다!"

"나는 같은 편 맞아요! 같은 편이니 당연히 우리 편 사람을 두둔해야죠! 여러분! 우리는 반드시 단결해야 합니다!"

긴 머리 청년은 팔을 높게 쳐들며 사람들을 부추겼다. 하지만 호응하는 사람이 없었다. 처음엔 대부분 사람들이 타이와이쿠의 억울함을 호소하기 위해 같은 마음으로 모여왔지만, 지금은 인파가 여러 갈래로 나뉘어 있었다. 이리하무와 리시티의 설명을 듣고, "자신이 성급하게 나선 것이 아닐까?" 라고 의심하는 사람들도 있고, 두 지주와 더욱 많은 사람들이 오자, 일이 커질까 두려워 물러나려는 사람들도 있었으며, 이 사건이 어떻게 마무리될지 궁금하여, 남아서 구경이나 해야겠다고 생각하는 사람들도 있었다. 또 쿠투쿠자얼의 말을 듣고 나서 타이와이쿠가 체포된 게 확실하다고 생각하여, 여전히 불만이 가득한 사람들도 있었으며…… 리시티와 함께 온 사람들도 먼저 와서 소동을 부린 군중들에게 두 지주분자의 파괴적인 활동에 대해 폭로하느라 여념이 없었다.

"사원 동지 여러분! 이 사람이 누구예요? 여러분은 이 사람을 알아요? 야썬 아저씨, 아저씨는 이 사람이 누군지 아세요?"

이리하무가 긴 머리 청년을 가리키며 사람들에게 물었다.

"그…… 그 사람은 아부라신의 조카인데요."

야썬이 대답하였다.

"과연 그렇군요! 어쩐지 '같은 편'끼리 단결해야 한다며 소리를 지른다 했지요. 우리에게 이부라신과 마리한 같은 사람과 단결하라는 뜻이었군요."

"당신…… 당신…… 당신 꼬투리 잡지 말아요. 여러분! 이 사람 말 믿지 말아요……"

긴 머리 청년은 겉으로는 여전히 센 척하였지만, 실제로는 무척 겁을 먹은 것 같았다. 그는 이렇게 소리를 지르며 뒷걸음질 치다가 기회를 엿봐 도

망칠 생각이었다. 그러자,

"거기 당장 서요!"

리시티가 소리를 질렀다.

"다들 가지 말아요! 여러분은 타이와이쿠 일 때문에 온 거 아니었어요? 타이와이쿠를 만나고 가야 되지 않겠어요? 저기 봐요, 오고 있어요!"

사람들은 일제히 리시티의 손가락을 따라 큰길 쪽으로 눈길을 돌렸다. 자오지형, 타례푸, 그리고 공사의 두 명의 간부가 타이와이쿠와 바오팅구이를 데리고 대대 쪽으로 오고 있었다. 바오팅구이는 딱 보아도 마지못해 따라오는 것 같았다. 그는 맨 뒤에서 터덜터덜 걸었고 자오지형은 그런 그를 돌아보며 재촉하였다. 그들이 걸어오는 모습을 바라보며 모든 사람들은 믿기지 않는 듯 눈을 크게 더 크게 떴다.

그리고 자오 서기가 말을 꺼내기도 전에, 긴 머리 청년이 또 소리를 질렀다!

"저기 봐요, 가죽부츠가 오고 있어요. 저 사람이 또 다시 우리를 능멸하게 둬서는 안 돼요. 바오팅구이를 마을에서 쫓아냅시다."

바오팅구이가 재빨리 내빼려했다.

"가긴 어디 가요?"

자오지형이 불러 세웠다.

"자오 서기! 저 사람들이 날 때려죽일 거예요!"

바오팅구이는 당장 울 것처럼 다급하게 소리를 질렀다.

"하하, 무섭긴 하나 보지, 때려라! 때려!"

니야쯔가 고함을 질렀다.

"누가 감히 한족 사원을 때려!"

쿠투쿠자얼이 잇따라 소리쳤다.

자오지헝은 손을 흔들어 쿠투쿠자얼을 제지하였다. 그리고 대중들 쪽을 바라보며 말했다.

"많은 분들이 이 자리에 모였네요. 무슨 일이든 우리 함께 의논해 봅시다. 다들 조급해하지 말아요……"

사람들은 서로 눈빛만 교환할 뿐 아무 말도 하지 않았다. 야썬은 기침 한 번 쿨럭하더니 말했다.

"아침에 우리는 이미 밭에 나가서 일하고 있었어요. 그런데 갑자기 이런 저런 말들이 도는 거예요. 바오팅구이 네 돼지가 죽었는데 저들이 타이와이쿠가 때려죽인 거라고 모함했다는 거예요. 그래서 타이와이쿠가 결국 체포되었다는 소식을 듣게 되었어요. 우리 마을 사원들이 바오팅구이에 대해 신임하지 않는 것은 하루 이틀 사이에 생긴 게 아니에요. 그런데 이런 말까지 들으니, 사람들이 모두 분노하고 불쾌해 했던 것이죠. 그래서 이 사람이 저 사람에게 말하고, 저 사람이 또 이 사람에게 전하다 보니, 결국 이렇게 모여서 오게 되었어요."

"뭐라고요? 내가 체포되었다고요?"

타이와이쿠가 대중들을 향해 말했다.

"이건 완전히 없는 사실을 날조한 헛소문이에요. 공사에서 나를 찾은 건 전적으로 다른 일 때문이었어요……"

"자커얼장을 보내 타이와이쿠를 부른 사람은 접니다. 그 땐 아침이었고, 갓 출근하였을 때였어요. 바오팅구이 부부가 아직 공사에 오지 않았을 때라 우리는 마을에 새끼돼지사건이 일어났는지도 전혀 모르고 있었어요."

타례푸가 말했다. 사람들은 또 서로 눈빛을 주고받았다.

"야썬 아저씨!"

이리하무가 물었다.

"타이와이쿠가 체포되었다는 소식을 도대체 누구에게서 들은 거예요? 그리고 다른 분들도 누구에게서 들은 건지 말해 봐요. 우리에게 솔직하게 말해주세요."

"여기, 이 청년이 말하던데……"

야썬은 긴 머리 청년을 가리켰다.

"우리도 이 청년에게서……"

또 몇몇 사람이 말했다.

타이와이쿠는 긴 머리 청년의 옷깃을 붙잡고 따졌다.

"당신이 말했나요?"

"나…… 나도 다른 사람에게서 들었어요."

긴 머리 청년은 타이와이쿠의 힘에 겁을 먹고 벌벌 떨었다. 이리하무는 흥분한 타이와이쿠를 말리며 물었다.

"그럼 당신은 또 누구에게서 들은 거죠? 이부라신이 당신에게 이렇게 하라고 시킨 건가요?"

"그…… 게 니야쯔 형에게서 들었어요."

긴 머리 청년은 머리를 숙였다.

"말도 안 되는 소리! 나는 이 사람을 전혀 몰라요……"

니야쯔가 소리를 지르며 변명하였다.

"니야쯔!"

쿠투쿠자얼은 사나운 목소리와 표정으로 버럭 소리를 질렀다.

"방금 전에 당신 입으로 그랬죠? 당신 눈으로 직접 보았다고……"

"맞아요. 내 눈으로 직접 보았어요. 이……"

"도대체 뭘 봤다는 거예요?"

쿠투쿠자얼이 따지고 물었다.

"사실 나는…… 아무것도 보지 못했어요……"

니야쯔는 덜컥 겁이 났다. 그는 불안해하며 대답하였다.

"아까 오토바이를 보았다고 하지 않았어요? 그래서 당신은 지레 짐작……"

타이와이쿠는 니야쯔의 주의를 환기시키며 대신 대답하려고 하였다.

"니야쯔 스스로 대답하게 하죠!"

자오지형이 쿠투쿠자얼을 제지하였다.

"오토바이도 보았고, 이 마리한도 보았어요……"

니야쯔는 어물어물거리며 말했다. 천하가 태평하면 가장 슬퍼하는 사람
이 니야쯔였다. 첫째, 그는 '실리파(實利派)'로서 1전을 위해 똥이라도 먹을
수 있었다. 둘째, 그에게는 예술을 위한 예술을 추구하는 정취가 있었다. 언
쟁·말다툼이나 싸움이 벌어진 장소에는 항상 니야쯔가 있었고, 고소와 이
혼, 간통과 같은 소식에 가장 먼저 반응하는 사람도 니야쯔였다. 수로 물이
터지거나 화재와 차사고가 일어났을 때에도, 그리고 누구네 집이 무너지거
나 가축이 놀라 뛰쳐나갔다고 할 때에도 그는 언제나 앞장섰다. 그는 천하
가 태평하지 않으면 이상할 만큼 기뻐하였다. 오늘도 그는 영웅처럼 나서서
우쭐대고 능력을 과시하고 싶었지만, 결국 난처한 경지에 빠지게 되었다. 하
지만 다행히도 그는 그다지 슬프지는 않았다. 기세등등하게 나갔다가, 황급
히 도망쳐 들어오는 일이 더 많았던 그에게 이러한 경험은 처음이 아니었
기 때문이다.

니야쯔보다 더 큰 정신적 압력과 부담을 느끼는 사람은 야썬 목수였다. 그
는 자신의 신분과 본분을 스스로 잘 아는 사람이었고, 일반 사람보다 뛰어
나야 한다고 생각해 오던 무에진이었다. 그는 사고방식이 고루하고, 언어가
진부하며, 생활상에서도 보수적이었다. 하지만 공익을 위해서는 누구보다
도 열정적인 사람이었다. 어느 집에서 상을 당하거나, 분쟁이 일어나거나,

누가 먼 길을 떠난다거나 하면, 설사 그와 상관이 없는 일일지라도 언제나 열정적으로 도움을 주었다. 그리하여 각종 결혼식이나 장례식에서도 가장 먼저 그를 초대하였다. 그는 항상 그를 필요로 하는 곳에 나타났다. 동시에 그는 근검 소박하고, 분수를 지키며, 규율을 준수하고, 공무에 충실하고 법을 잘 지킬 뿐만 아니라, 어떤 일에서든 경솔하지 않았다. 하지만 오늘 그는 소란을 피우는 사람들 속에서 선도자 역할을 하였다. 그는 마음이 어지럽고 부끄러워서 몸 둘 바를 몰랐다.

한바탕 추궁 끝에 드디어 사건의 진실이 밝혀졌다. 타이와이쿠가 체포되었다는 헛소문은 마리한이 가장 먼저 퍼뜨렸던 것이다. 자오지헝과 공사, 대대의 간부들은 간단하게 의견을 주고받고 나서 쿠투쿠자얼이 결과를 선포하였다.

"사원 동지 여러분, 공사 당위원회의 지시에 따라, 대대 당지부에서 지금 바로 비판투쟁 대회를 소집할 것을 결정하였어요. 이 비판투쟁대회를 통해, 마리한과 이부라신 등 지주분자의 파괴활동을 철저하게 밝히고 비판하도록 할 겁니다. 우리 모두 대대의 가공공장 넓은 마당으로 자리를 옮깁시다!"

반동파는 언제나 돌을 들어 제 발등을 찍기 마련이다. 마리한은 올해 나이 50도 채 되지 않았지만, 벌써 늙어서 동작이 굼뜨고, 머리가 벗겨졌으며, 등이 굽고, 두 눈에 음울함과 절망이 가득하였다. 40세가 넘은 이부라신은 노동 개조에서 풀려난 후, 체머리를 앓아 계속하여 머리를 흔들어 댔다. 말라서 뼈밖에 남지 않은 그는 일처리가 노련하고 생각이 주도면밀한 사람이었다. 이 두 사람은 한 달 전부터 나타나기 시작한 여러 가지 난국, 특히 떠도는 잡다한 소문들에 의해 무척 고무되어 있었다. 그들은 꿈에도 바라던 '변천(變天)'의 시각이 곧 도래할 것이라고 믿었다. 이 날 아침 바오팅구이와 타이와이쿠 사이에 충돌이 생긴 것을 보고 마리한은 속으로 기뻐서 어쩔 줄을 몰랐다. 바오팅구이의 부적절한 행위에 대해, 마을 사람들이 이미 불만이 많다는 것을 마리한은 잘 알고 있었다. 이런 때 성냥을 그어 도화선에 불만 붙여주면 한 동안 활활 잘 탈 것이라고 생각하였다. 그리고 타이와이쿠가 공사의 오토바이를 타고 나가는 것을 목격하였을 때, 마리한은 소원이 곧 현실이 될 거라는 믿음이 더욱 확실해졌다.

마리한은 어느 정도는 타이와이쿠가 실제로 체포되었다고 생각하고 있었다. 반동적 본성으로 인해 그녀는 필연적으로 이러한 자극을 받게 되었던 것이다. 돼지 사건은 작은 문제이지만, 민감하고 쉽게 감정을 촉발할 수 있으며, 또 쉽게 모순을 조장할 수 있는 주제라는 것도 그녀는 알고 있었다. 때문에 이러한 주제를 둘러싸고 트집을 잡고 일을 만들어낸다는 것은, 이보다 더 묘할 순 없는 일이었다. 이처럼 미칠 것 같이 흥분되는 기분으로 그녀는 이 사건에 덮쳐들었고, 이부라신도 기뻐서 날뛰었던 것이다.

……비록 그들은 사람들에게 붙잡혀 끌려왔고, 한 자리에 모인 공사와 대대 간부들도 보았으며, 타이와이쿠가 멀쩡하게 돌아온 것도 알게 되었고, 또 상벌전(賞罰戰)은 이미 진거나 다름없다는 사실도 알게 되었지만 여전히 희망을 버리지 않았다. 그들은 민감한 촉각으로 군중들의 소동과 불안정한 정서를 읽었고, 바오팅구이가 여전히 재난과 변란의 근원이라는 것을 알고 있었기 때문이다. 그들은 대회가 소집되기 직전까지도 정신을 가다듬고, 이 험한 지형을 이용하여 완강하게 저항할 수 있는 수단을 찾기 위해 부지런히 머리를 굴렸다.

회의는 갑자기 결정된 것이었다. 하지만 소란을 피우러 왔던 군중들과 리시티가 데리고 온 마을 쪽 세 생산대의 전체 사원들, 그리고 근처 논밭에서 일하고 있던 사원들까지 불러 오고 나니, 대대의 거의 모든 사원들이 대회에 참가하게 되었다. 나쁜 사람이든 좋은 사람이든 이번 대회에 대해 모두 갑작스럽게 생각하고 있었다. 사람들은 오늘 어떤 일이든 일어날 것이고 한바탕 대결이 벌어질 것이라고 미리 짐작하고 있었다. 무더운 날씨에 사람들이 곧 폭우가 내릴 거라고 예측하거나 바라는 것과 같은 이치였다. 자오 서기와 대대 지부위원들은 회의소집 방법에 대해 논의하였고, 전기(戰機)를 잃지 말고 추세에 따라 유리한 방향으로 이끌며 위기를 기회로 바꿈으로써 투쟁에서 반드시 승리를 거두어야 한다고 하였다. 그들은 또 마치 공격하기 전 돌격나팔 신호를 기다리는 전사들처럼 몹시 흥분되어 있었다.

대회가 시작되었다. 마리한과 이부라신은 군중들 앞으로 끌려 나왔다. 우푸얼 대장이 우선 마을의 세 생산대를 대표하여 군중들에게 두 지주분자의 활동상황에 대해 소개하였다. 그리고 그들에게 스스로 자신의 죄행을 밝히라고 명령하였다.

"죽을죄를 졌습니다! 내가 잠시 미쳤었나봅니다. 나는 멍청이에요. 나는 가죽부츠가⋯⋯"

"그 입 다물어요!"

쿠투쿠자얼이 호통을 쳤다.

"함부로 한족사원을 모욕해도 된다고 누가 그래요?"

"말을 끝까지 들어봐요."

자오지형이 낮은 목소리로 말했다. 마리한은 울기 시작하였다.

"어이고! 예, 그래요. 바오팅구이예요. 바오팅구이 네 돼지가 마구 돌아다니는 것을 봤어요. 나는 참을 수가 없었어요! 그리고 바오팅구이가 타이와이쿠를 능욕하고, 타이와이쿠의 돈을 사취하는 것도 보았어요. 또 타이와이쿠 아홍이 체포되어 가는 장면을 보았어요⋯⋯"

"누가 체포되었다고 그래요?"

타이와이쿠는 화를 내며 버럭 소리를 질렀다.

"공사 오토바이에 앉아 가는 것을 보고, 나는 또……"

"당신! 뭐라고 생각했는데요?"

일부 사원들이 나서서 추궁하였다.

"어찌된 일인지 명확히도 모르면서 동네방네 소문내고, 사람들을 부추기면서 다닌 거요? 당신 같은 지주는 언행이 단정하고 정직해야만 살아갈 수 있다는 거 몰라요? 입을 함부로 놀려서도 안 되고, 마구 날뛰지도 말아야 된다는 것을 잊었나 봐요."

"이러면 안 된다는 걸 잊고 있었어요. 우리 다 한 마을 사람들이니까, 타이와이쿠 일이지만, 나도 걱정이 돼서……"

"당신도 타이와이쿠가 걱정이 돼요? 관심은 있어요?"

자리에서 일어난 리시티는 눈에서 불이 뿜어져 나올 것 같았다.

"당신 입으로 지금 한 고향 사람 사이의 정이라고 했나요?! 그럼 어디 말해 봐요. 타이와이쿠 부모님과 당신은 두 동향인이면서 예전에 당신과 당신 남편이 악질 토호 마무티로부터 어떤 관심을 받았었는지, 말해 봐요!"

마리한은 얼굴색이 변하였다. 그는 머리를 숙이고 아무 대답도 하지 못했다. 타이와이쿠도 낯빛이 바뀌었다.

이리하무는 마리한 앞으로 뛰쳐나가더니 군중들을 바라보며 말했다.

"사원 동지 여러분, 명확히 들었죠? 오늘 마리한이 우리들에게 동향인의 정에 대해 얘기하고 있어요. 그리고 이 이부라신의 조카는 심지어 우리 한 고장 사람들끼리 단결해야 된다는 구호까지 외쳤어요. 우리 다 같이 지난날 이부라신, 마무티, 쑤리탄, 마리한이 우리들에 대한 정과 단결을 돌이켜 봅시다. ……타이와이쿠의 아버지가 마무티 네 농지 앞을 지나가면서 노래 한 마디를 불렀다는 이유로 마무티의 '예법(禮法)'을 어겼다는 죄명을 쓰게 되었고, 그 때문에 붙잡아서 느릅나무 위에 매달지 않았나요?…… 나는 그때를 잘 기억합니다. 당시 야썬 아저씨가 나서서 한 고향 사람인데 한 번만 너그러이 봐줄 수 없겠냐며 타이와이쿠 아버지 대신 사정 또 사정을 하였어요. 그런데도 마무티가 뭐라고 대답했어요? 야썬 아저씨, 아직 마무티가 했던 말을 기억해요?"

"기……기억하지요."

아썬이 말했다.

"뭐라고 했지요?"

"'이런 동향인, 이런 이웃은 1전의 가치도 없어. 한 고향 사람이고 뭐고, 개나 줘버리는 게 낫지……' 라고 말했어요."

"개 같은 지주 놈!"

사원들이 분노하며 소리를 질렀다.

"타이와이쿠 어머니는 또 어떻고요. 일꾼들의 밥을 지으면서 순무(蔓菁) 두 덩이를 더 넣어주었다고…… 당시 일꾼들은 매일 배를 곯으면서 일했거든요! 그것을 발견한 이 마귀할멈 마리한이 귀신처럼 타이와이쿠 어머니에게 달려들어 난리를 부렸지요. 싸얼한 아주머니가 '우리 모두 무슬림으로서, 하루 종일 노동해야 하는 일꾼들을 어찌 배를 곯게 할 수 있어요……'라고 하자, 이 개 같은 지주 할망구는 글쎄 부집게를 들어 그대로 싸얼한 아주머니 머리를 내리쳤지 않았나요?…… 다들 잊었습니까?"

이리하무가 말했다.

"아니요! 어찌 잊을 수 있나요?"

"이게 바로 저들이 말하는 정입니까?"

이리하무는 계속하여 말했다.

"오늘 오전 일부 사원들이 밭일을 제쳐두고 대대로 왔어요. 그들은 단지 바오팅구이에 대한 불만과 타이와이쿠에 대한 억울함을 호소하려고 왔던 거예요······ 바오팅구이에 대한 문제는 바오팅구이 개인의 문제예요. 그러나 이 문제도 여전히 우리가 해결을 해야 할 문제예요. 하지만 마리한과 이부라신 이 두 사람에게는 처음부터 다른 속셈이 있었지요. 그들은 타이와이쿠가 체포되었다는 헛소문을 날조하였을 뿐만 아니라, 있는 힘을 다해 이 사건을 무슬림과 비 무슬림, 한 민족과 다른 한 민족 사이의 모순과 분쟁을 야기 시키도록 했지요. 이들이 원하는 것이 도대체 무엇일까요? 이들이 도대체 누구의 장단에 맞춰 춤을 추고 있는지, 우리가 잘 생각해 봐야 할 문제가 아닙니까?"

"이런 개 같은 놈!"

치미는 분노를 참지 못하고 뛰쳐나온 타이와이쿠는 발로 마리한을 걷어차려고 하였다. 하지만 이리하무가 말렸다.

"이 사람을 해치는 요괴! 나를 걱정하는 척 연기를 하다니! 한 달 전부터 나에게 귀띔해 주었지. 한족들이 대거 들어올 거라고. 앞으로 위구르족 사람들이 그들의 시중을 들게 될 거라면서······"

"말해 봐! 그런 말을 한 이유가 뭔지?"

사람들이 소리를 질러댔다.

그러자 마리한이 머리를 쳐들고 눈을 가늘게 뜨면서 눈동자를 좌우로 굴리더니, 아주 작은 소리로 말했다.

"나······ 나는 그런 말 한 적이 없어요."

"뭐라고? 말한 적이 없다고? 그럼 타이와이쿠가 꾸며내서 당신에게 덮어씌웠다는 건가?"

"당신이 타이와이쿠 아훙에게만 말한 게 아니잖아. 옥수수 심던 날 밭머리에서 나에게 뭐라고 했어?"

"공급수매합작사 문 어구에서 나에게······"

"당신이 그날 수로 옆에서……"

군중들은 분개하며 지주 할망구의 반동 선전을 일일이 폭로하기 시작하였다. 드디어 니야쯔도 나서서 말했다.

"오늘 아침 마리한 이 마귀할망구가 말했어요. 나에게 다가와서 타이와이쿠가 체포되었다고 말했어요!"

"어머, 어머, 지금 무슨 말을 하는 거예요? 내가 언제 당신에게 무슨 말을 했다고……"

니야쯔는 홧김에 뛰어나와서 마리한의 뺨을 한 대 갈기자 사람들이 말렸다.

"말해라! 말해!"

사람들의 광풍노도 같은 고함소리가 한바탕 이어졌다. 마리한은 갑자기 경기를 일으키더니 땅에 푹 엎드려 쓰러지고 말았다.

뻔뻔한 니야쯔는 소 내장탕을 많이 먹었다
능글맞은 흰소리 대장 무싸

밀을 수확하는 계절이 눈앞에 다가왔다. 전체 마을은 한바탕 대전을 벌이기 전의 다급함, 북적북적함, 어수선함으로 들끓고 있었다. 하지만 동시에 부담 없이 즐거운 분위기이기도 했다. 이리지구의 주요한 농작물은 밀이었다. 때문에 이곳에서 밀을 수확하는 것은 가을에 추수하는 것보다 훨씬 더 중요한 임무였다.

약진회사의 애국대대 제7생산대의 사원은 어른과 아이들을 모두 포함하여 약 300여 명이나 되었다. 경작지 면적은 4천여 무(畝)²³인데 그 중 2천 5백 무의 경작지에는 모두 밀을 심었다. 그 외에 한전의 봄밀도 몇 백 무나 되었는데 올해의 수확은 그럭저럭 괜찮았다.

이 숫자로부터 이리지구(신장의 북부지구도 비슷하다)의 여름 수확의 규모

---

23) 무(畝) : 논밭 넓이의 단위이다. 중국과 일본에서 사용하는데, 중국의 경우는 약 200평 정도이나 시대와 지역에 따라 다르다. 일본에서의 1무는 한 단(段)의 10분의 1, 곧 30평으로 약 99.174㎡에 해당한다.

가, 관내의 기타 밀 생산지들과는 비교도 할 수 없을 만큼 상당하다는 것을 미루어 짐작할 수 있을 것이다. 노동자 당 평균 30여 무의 밀 밭을 맡아 수확을 해야 했기에 20여 일의 시간이 걸렸다. 그러나 사실 밭에서 수확하는 시간은 한 달 남짓 걸려야 했다. 왜냐하면 건장한 일꾼들은 다른 일에도 배치되었기 때문이었다. 그리고 체력이 약한 노동자 혹은 가벼운 노동밖에 할 수 없는 노동자들은 매일의 할당량을 완성하지 못하였다. 뿐만 아니라 이곳 여름 수확기간에는 비가 내릴 가능성이 낮고 강우량이 아주 적어서, 여름 수확이라고는 하지만 내륙의 다른 곳들처럼 수확기에 폭우와 싸우며 농작물을 급히 거두어들이거나, 조금도 시간을 늦출 수 없는 그러한 성질은 띠지 않았다. 즉 규모가 크고, 시간이 긴 것이 바로 이곳 여름 수확의 특징이었다. 낫질을 시작해서부터 입고하기까지, 일반적으로 두 달 전후의 시간이 걸렸다. 그리고 비록 드문 경우지만 경작면적이 넓고, 노동력이 적으며, 게다가 시간까지 끌다 보니, 탈곡장에서 밀을 탈곡하는 작업을 이듬해 봄까지 끄는 지방도 있었다. 이런 경우는 내륙에서 있어서는 믿기 어려운 진기한 이야기일 수도 있었다.

그렇기 때문에 밀 수확을 시작하기 전에 동원 대회를 거행하는 습관이 있었다. 목수, 대장장이, 재봉사, 이발사, 방앗간 관리인, 도자기 굽는 장인……어떤 일을 하는 사람이든 이 수확의 달에는 전부 수확하는 일에 뛰어들어야 했다. 공급수매합작사의 판매원, 위생소(衛生站)의 의사, 학교의 교사, 대외 무역소에서 모피를 무두질하는 기능공 등에게도 상당이 높은 밀 수확 노동량이 배당되었다.

일반 사원들은 더 말할 것도 없었다. 맹인이나 절름발이에게도 수염풀을 물에 담그거나, 매끼(腰子)를 트는 등 비교적 가벼운 노동임무가 주어졌다. 아무튼 숨을 쉬고 움직일 수 있는 노동력은 누구도 예외도 없이 전부 밀 수확하는 일에 힘을 보태야 했다. 이때는 사상적으로든 뭐든 가장 낙후한 인간들까지도 일반적으로 감히 도피하려는 생각은 하지 않았다.

오늘도 관례에 따라 제7생산대의 사원들은 이른 아침부터 마을 쪽으로 모여들기 시작하였다. 마을에서 밀 수확 동원대회를 거행할 예정이었다. 대회를 마치면 집집마다 소금, 차, 신, 전지, 등유 등 자질구레한 물건을 구매할 수 있도록 몇 위안의 용돈을 미리 발급하는데, 이는 전투에 나가기 전에 후방의 물자 조달을 하는 작업 중의 한 부분이었다.

일단 '전투(仗)'가 시작되면, 결근을 신청하고 공급수매합작사에 가서 물건을 사거나 하는 것은 허락되지 않았다. 동원대회의 마지막은 회식이었다. 농번기 식당은 이미 모든 준비가 갖추어져 있었다. 일손 배치가 완료되었고, 충분히 많은 양의 밀가루를 빻아놓았으며, 부뚜막을 쌓아올렸고, 솥을 걸어놓았으며, 흙으로 화덕을 만들었고, 주방까지 냈다. 뿐만 아니라 가장 유혹적인 것은 이미 새벽같이 소를 잡았다는 것이었다.

마을에 들어서자 이미 명절 분위기로 들끓고 있었다. 공기 속에는 싱싱한 풀냄새와 소똥, 장작을 태우는 냄새가 가득하였다. 우얼한을 비롯한 몇 명의 부녀들이 소 내장을 씻고 있었는데, 한 쪽의 작은 도랑에서는 녹색의 물이 흘렀다.

미치얼완은 다른 한 쪽에 있는 큰 나무통 안에서 밀반죽을 씻고 있었다. 그리고 씻어낸 녹말 물을 소의 폐 안에 부어 넣었다. 주먹만 한 크기이던 소의 폐는, 다섯 배, 열 배로 커지면서 둥글둥글하게 팽창되어 갔다. 익숙하지 않은 사람이 보면, 저렇게 부풀어 가다가 급기야 '폭발(爆炸)' 하는 것이 아닐까 하고 걱정할 것도 같았다. 타이와이쿠는 주방의 처마 아래에서 쾌도로 소 껍질을 벗기고 있었다. 그는 옷차림이 깔끔하였고, 허리에 새 요대를 묶고 있었다. 모자를 비스듬하게 쓰고 능숙하게 칼질하는 모습은, 어쩐지 생기가 넘쳐 보였다.

오늘 타이와이쿠는 도살업자로 변신하여, 식당 일꾼으로 특별 출연하게 되었다. 아침 일찍 소를 잡은 사람도 타이와이쿠였다. 오늘의 신분과 역할로 인해 그는 영광스럽고 체면이 서는 것 같았다. 사람들은 기쁜 마음으로 다가와 그에게 존경의 뜻을 담아 인사를 하였다.

다른 한 쪽에서는 러이무 대장이 '제낭사(製馕師)'로 변신하여 열심히 활동하고 있었다. 러이무는 해방 전 쑤리탄 바이네 집에서 낭을 만드는 전임 요리사로 일한 경력이 있었다. 반죽을 이기고 반죽 덩이를 빚을 때, 리듬감 있게 목이 기복을 이루는 모습에서 어려서부터 낭 만드는 전문 훈련을 받은 전문가라는 것을 알 수가 있었다.

이 전문가는 모든 동작의 세부적인 면까지도 고정된 일정한 형식이 있었다. 무싸의 아내 마위친은 러이무 제낭사의 옆에서 보조를 맡고 있었다. 자욱한 연기는 흙화덕의 첫 사용에서 나온 것이었다. 위구르족의 주식은 낭이다. 낭은 구워서 만든 면식이다. 낭을 가열하고 구워서 익히는 도구의 이름을 본 책에서는 '흙화덕(土爐)'이라고 하는데, 배가 불룩하고 아가리가 작은 거대한 도자기 항아리이다. 낭을 굽는 항아리는 일반 항아리보다 낮고 뚱뚱하며 크다. 그리고 땅에 고정되어 있으며, 사용할 때는 땔감에 불을 붙여 먼저 항아리를 가열하고, 다음 빚은 반죽 덩이를 항아리 벽과 화덕 벽에 붙여서 굽는다.

소위 낭을 '만들다(打)' 라는 말에는 두 가지 의미가 포함되어 있다. 한 가지는 도구를 사용하지 않고 손으로 반죽의 작은 덩어리를 여러 가지 모양으로 빚는다는 뜻이고, 다른 한 가지는 손으로 빚은 반죽 덩이를 촘촘하고 정연하게 화덕 벽에 붙인다는 뜻이다. 마위친의 여동생 마위펑은 한 살도 채 안 된 조카를 안고 한쪽에서 일을 거들고 있었다. 연기 때문에 아이가 가끔

씩 콜록콜록 기침을 하자, 마위친은 동생을 돌아보며 눈빛을 보냈지만 러이무 제낭사의 리듬과 율동에 완전히 정신이 팔려 언니의 눈치를 미처 알아채지 못했다.

뜰 한 가운데에는 이번에 새로 사들인, 말이 끄는(馬拉) 수확기(收割機)가 놓여 있었는데, 그 앞에 사람들이 가득 모여 구경하고 있었다. 올해 그것도 처음으로 밀 수확에 말이 끄는 농기구를 사용할 계획이었다. 사람들은 수확기를 가리키며 이러쿵저러쿵 의논하면서 관찰하는 중이었다. 그리고 이 처음 보는 녀석이 과연 어떠할지 의심하는 사람들도 있었고, 감탄을 금치 못하는 사람도 있었지만, 모두가 신기하고 흥미로운 도전이라고 생각하였다.

수확기를 꼼꼼하게 점검하고 있는 아이바이두라는 깨끗한 수건으로 수확기를 여기저기를 문지르며 나사 하나하나를 더 단단하게 조이고 손잡이도 한 번 더 체크하였다. 그리고 때때로 사람들의 질문에도 대답하였다. 앞으로 이 수확기를 다루는 권한은 아이바이두라에게 있었다. 그러기 위해 그는 공사의 농기계 보급소에서 미리 단기 훈련까지 받았던 것이다.

거의 모든 사원들이 다 모였다. 공급수매합작사의 판매원은 잡다한 물품을 손수레 한가득 밀고 사람들과 함께 마을에 도착하였다. 그 속에는 여름 수확에 쓰일 낫, 숫돌, 삼지창(木叉), 빗자루, 넉가래 등 농기구가 있었고, 또 일상생활에 쓰이는 물품들도 있었다. 뿐만 아니라 과자와 사탕도 있었다. 물품을 실은 손수레가 도착하자, 일부 사람들이 또 이쪽으로 몰려와 구경하였다. 그 중에 대부분은 아이와 같이 온 어머니들이었다.

대회가 시작되었다. 무싸 대장이 나와서 연설을 시작하였다. 그리고 낭을 만들고, 폐에 녹말 물을 채우며, 물건을 팔고, 수확기를 점검하는 등 일체의 작업은 동시에 진행되고 있었다. 이와 같이 떠들썩한 일들과 대회는 전혀 서로 화합할 수 없는 것이었다. 그러나 지금 이 공간과 이 시간 안에서는 모든 것이 하나의 유기적인 조합을 이루며 진행될 수 있었다. 사방에서 일렁이고 있는 녹색과 노란색으로 물든 드넓은 밀밭, 연설 중인 무싸, 낫과 수확기, 그리고 미치얼완의 몐페이쯔(面肺子, 동물 폐와 전분을 주재료로 한 신장식 순대 - 역자 주), 러이무의 워워(窩窩, 옥수수 가루·수수 가루 따위의 잡곡 가루를 원추형으로 빚어서 찐 음식 - 역자 주)·낭은 모두 하나의 주제를 이루었고, 함께 곧 다가올 신성한 노동을 부르고 있었다. 심지어 회의를 하고 있는 중에 카자흐족 청년이 말을 몰고 마을로 들어오는 바람에 말도 울고 사람들도 소리를 지르며 한바탕 시끌벅적하였지만, 누구도 이 동원대회를 방해하였다는 생각은 하지 않았다. 모든 것은 여전히 자연스럽게 이어지고 있었다.

　이곳에는 한 가지 규정이 있었다. 봄갈이가 끝난 후, 대부분의 말들을 산으로 올려 보냄으로써 목축업 작업조의 말무리와 함께 뛰놀면서 번식하고 살을 찌우고 힘을 축적하도록 하는 것이었다. 그런 말들을 밀 수확의 계절이 다가오자 산에서 몰고 내려오는 길이었다. 무싸는 말의 울음소리와 사람들의 외침 속에서도 여전히 희색이 도는 가운데 연설을 이어갔다.

　"영도자들의 지시를 따르지 않아서는 절대 안 됩니다."

　그는 불끈 쥔 주먹을 힘 있게 흔들며 약간 협박하는 것과 같은 말투로 말했다. 협박이든 뭐든 그의 연설은 여전히 즐겁고 요란한 소리 속에 잘 화합되어 들어갔다. 조화롭게 악기를 합주하는 가운데 함부로 현을 켜는 사람이 있다고 해서 전체적인 화음이 깨어지지 않는 것과 같은 도리였다. 이때 어느 집의 어머니가 데려온 남자아이들인지, 두 형제 사이에 사탕 쟁탈전이 벌어졌다. 두 아이가 서로 발로 차고 때리자 모든 꼬마아이들이 모여들어 고래고래 소리를 지르며 갈채를 보냈다. 급기야 두 아이의 어머니가 화를 내며 모여든 꼬마들에게 "이 죽일 놈들! 개 같은 자식들!" 하며 날카로운 목소리로 욕을 퍼부었다. 그제야 무싸는 눈을 치켜뜨고 버럭 소리를 질렀다.

"조용히 해요!"

"올해 밀을 수확하는 데에는 특히 정치적 이념이 돋보여야 해요! 다들 잘 알아들었죠? 밀 수확에서 정치적 이념이 돋보여야 한다 이 말이에요. 밀 수확을 잘 하는지 아닌지는 정치예요, 정치. 알겠어요? 도대체 이런 각성이 다들 있는 겁니까? 없는 겁니까? 없어요? 정말 기가 막히는 군요!"

무싸의 예상 못한 말에 사람들은 깜짝 놀랐다. 그는 연설을 계속하였다.

"우리가 반드시 기억해야 할 중요한 세 사람이 있어요. 한 분은 노먼 베순(白求恩), 즉 캐나다의 공산당원이고, 다른 한 분은 우공(愚公), 즉 중국공산당의 원로 혁명가이며, 마지막 한 분은 약진공사 애국대대의 제7생산대 대장 당신들의 큰형, 바로 나 무싸입니다……"

사람들이 그제서야 알아듣고는 한바탕 떠들썩하게 웃어 댔다. 그리고 박자를 맞춰 일제히 "파오(泡, '췌이뉴[吹牛]'라는 뜻으로, '허풍을 떨다, 큰소리치다'는 뜻)! 파오! 파오!"를 외쳤다.

시끌벅적한 속에서 사람들은 대장이 말한 몇 마디를 명확히 들었다. 대장은 몇 번이고 반복하며 강조한 말이 있었다.

"우리는 이미 상급기관에 말씀드렸어요. 열흘 안에 밀 수확을 전부 끝내고, 밀밭을 깨끗하게 만들며, 20일 안에 탈곡을 마치고 입고까지 완성함으로써 탈곡장을 깨끗하게 만들겠다고 약속했지요. 우리는 반드시 첫 번째로 공사에 희소식을 전하고, 첫 번째로 양곡 수매소(糧站)에 밀을 팔아야 하며……"

대장의 시간표를 들은 이리하무는 의아하지 않을 수가 없었다. 대대지부에서 여름 수확에 대해 연구 및 의논할 때, 쿠투쿠자얼도 이와 비슷한 '계획'을 제기한 적이 있었다. 하지만 당시 대다수 지부위원들이 동의하지 않았다. 사람들은 세밀한 계산을 통해 대책을 결정해야 하고, 비약적인 것도 중요하지만 무엇보다 실행 가능한 계획을 세워야 한다고 말했다. 그 뒤 쿠투쿠자얼은 공사에서 회의할 때, 또 허풍을 떨었다는 소문이 들렸다. 그런데 오늘 무싸의 입에서 또 한 번 이러한 근거 없는 큰소리를 듣게 되었던 것이다.

"그런데 열흘 안에 다 완성할 수는 있는가요?"

이리하무는 옆에 앉아 있는 아부두러허만에게 의문을 제기하였다. 그러자 러허만은 콧방귀로 대답하였다.

이리하무는 손가락을 접으며 자세하게 계산해 보았다. 그것을 본 러허만이 말했다.

"생산대위원회에서 회의할 때, 우리는 이미 말한 적이 있어요. 그러자 무싸 대장이 표정이 굳어서 우리에게 지나치게 보수적이고 추진력이 부족하다며 한소리 했어요. 목표를 세우는 의도는 바로 사람들을 고무하고 격려하기 위한 것이라면서 말이에요! 목표를 높게 잡아 사람들을 고무시키는 건 나쁠 게 없지 않으냐고도 했죠. 그런데 스스로 또 이런 말도 했어요. 열흘 안에 완성 못하면 열한 번째 날이 있고, 열한 번째 날에도 완성 못하면 또 열두 번째 날이 있고…… 아무튼 일단 구호를 외쳐놓고, 열닷새든 열여드레든, 최대한 빨리 완성하면 좋지 않겠냐고 했어요……"

"뭐라고요? 열여드레요? 구호요? 그럴 거면 이런 계획은 뭣 하러 세워요?"

러허만은 쓴웃음을 지었다. 그 웃음에는 이런 수법이 하루 이틀이 아니고, 한두 달도 아니며, 심지어 일이 년도 아니라는 것과 걸핏하면 어이없이 크게 고무시켰다가, 바로 기약 없이 길게 지연시키는 일이 어디 적었던가요, 하는 조롱의 뜻이 포함되어 있었다.

드디어 회의가 끝나고 용돈도 나누어 주었다. 그리고 대회의 마지막 사항인 밀 수확 식당에서 다함께 첫 끼 식사를 할 때 작은 소란이 있었다.

식당의 취사원 우얼한과 쉐린구리는 각각 두 개의 솥으로 나누어, 사람들에게 소의 머리와 족발, 내장을 넣고 끓인 국을 떠 주었다. 한 사람 당 한 그릇이고, 각자 또 마위친에게서 낭을 받아 가면 끝이었다. 사람들은 세 사람씩 두 사람씩 모여 앉아 얘기하고 웃고 떠들며 즐겁게 식사를 하고 있었다. 1958년부터 1960년에 이르기까지 식당의 음식이 몹시 빈궁했음에도 불구하고, 수확의 계절에는 여전히 인심과 정감을 나누고, 북적거리는 분위기를 만드는 데 큰 도움이 되었다.

니야쯔는 큰 법랑(搪瓷) 냄비 하나를 들고 와서 먼저 우얼한 앞에 섰다. 그리고 냄비를 건네주면서 "많이 떠줘요. 내 동생!" 이라고 말했다. 냄비가 워낙 크다 보니 규정된 두 국자를 퍼주었지만, 냄비가 텅 비어 보기가 안 좋았다. 그리하여 우얼한은 내장탕을 반 국자를 더 퍼주었다. 중국 사람은 한족이든 위구르족이든 어떤 민족이든 다 똑같다. 즉 규정과 수량도 중요하게 생각하지만, 더욱 중요하게 생각하는 것은 보이는 느낌이었다.

니야쯔는 거대한 냄비에 소 내장탕을 가득 받아갔다. 그리고 5분도 지나지 않아(몹시 뜨거운 내장탕을 어떻게 빨리 삼켰는지 참으로 미지수다) 어느새 깨끗하게 비운 냄비를 들고, 이번에는 쉬린구리 앞에 늘어선 사람들의 줄에 비집고 들어갔다. 그리고 냄비를 쉬린구리에게 넘겨주며, "착한 우리 딸, 많이 퍼줘요!" 라며 친한 척 하였다. 쉬린구리는 사람들의 그릇을 받고 줄 때 항상 머리를 숙이고 있었다(이렇게 함으로써 누군가의 사정을 봐준다는 의심을 피할 수 있었다). 그런데 니야쯔의 수다 때문에 그녀는 집중할 수가 없어 머리를 들고 쳐다보았다. 냄비를 받고 보니 아직 손이 델 듯이 따가웠고, 냄비 벽에는 기름이 한 층 묻어 있는 것이었다. 그런 니야쯔를 보며 그녀는 참지 못하고 한 마디 물어보았다.

"아직 한 번도 드시지 않았나요?"

"아니요. 안 먹었어요."

니야쯔가 대답하였다.

"뭐가 아니에요?"

옆에서 지켜보고 있던 짜이나푸가 하하 웃으며 까발려 놓았다.

"방금 전에 우얼한에게서 한 그릇 받아 갔잖아요. 입에 묻은 기름이나 닦고 말해요!"

"그게 그러니까……"

니야쯔는 궁지에 몰려 말을 잇지 못했다.

"여기에 솥이 두 개이니 망정이지, 여덟 개였으면…… 니자훙이 아마도 여덟 그릇은 먹을 거예요!" 짜이나푸가 비웃으며 말했다. 그러자 주위의 사람들도 따라서 웃기 시작하였다.

"내장탕을 그렇게 많이 먹고, 배탈 나면 어쩌려고 그래요?"

한 사람이 물었다. 쉐린구리는 니야쯔의 냄비를 들고 무척 난감해하였다. 그때 뒤에 있던 사람이 또 자기 그릇을 건네주며 말했다.

"먼저 아직 한 번도 먹지 못한 사람부터 줘요!"

쉐린구리는 니야쯔의 냄비를 내려놓았다. 그러자 니야쯔는 얼굴이 벌겋게 달아오르더니, 쉐린구리 손에서 국자를 빼앗아 갔다. 그리고 변명하며 말했다.

"이, 이건 쿠와한의 몫을 받아가려는 거예요."

"쿠와한(庫瓦汗) 언니가 아직 오지 않았잖아요?"

쉐린구리가 말도 안 된다는 듯이 물었다.

"안 왔어요, 오지 않았어요. 왜 안 오겠어요? 밀 수확할 때 안 오면 되겠어요? 당신들이 부르러 가지 않았을 거예요. 그 사람은 우리 사원이 아닌가요? 내 아내가 아닌가요?"

니야쯔는 논리도 없고 무슨 뜻인지도 모를 말들로 억지를 부렸다. 그러더니 또 한 가지 새로운 근거를 제기하였다.

"다시 한 번 말하는데, 방금 전 우얼한이 나에게 떠준 그 한 그릇에는 멀건 국물밖에 없었어요. 다들 간부들이나 열성분자들의 비위만 맞추려고 난리지 나 같은 열성분자도 아닌 사람에게는 국물밖에 없어요! 이렇게 사람을 차별하고 무시해도 되는 거예요?!"

그는 말하다 보니 화가 치미는 듯하였다.

"니자훙, 소간 하나 때문에 고래고래 소리 지를 필요 있어요?"

쓰라무 노한이 타일렀다.

"소간 때문에 억울하다는 게 아니에요."

니야쯔는 아예 태도를 바꾸더니 목숨을 걸고 한 번 해보겠다는 태세를 보여주었다.

"내가 필요한 건 소간이 아니라 사람의 양심(心肝)이에요. 내가 바라는 건 공평, 공정, 정의로움이에요. 나는 이런 수모를 당할 수가 없어요. 나는 삼대가 빈농이고……"

슬픔에 쓰라린 추억까지 더하던 니야쯔는 심지어 맑은 콧물까지 흘렸다. 그의 울음 섞인 어투와 울음소리가 사람들의 주목을 끌었다. 무싸 대장이 사유를 묻더니 명령을 내렸다.

"그만해요! 니야쯔에게 한 그릇 더 줘요."

니야쯔도 무싸 대장이 중점적으로 단결해야 하는 '능력자(有本事)'들 중 한 사람이었다. 그는 낯가죽이 두꺼우며, 일을 어수선하게 만들고, 성가시게 하며, 정상적인 사람으로 하여금 진절머리가 나서 결국 자신에게 양보하도록 만드는 사람이었다. 그야말로 일을 성사시키기에는 부족하고 일을 망치기에는 남는 사람이지만, 이것도 어찌 보면 지방 특유의 '능력(本事)'이었다.

하지만 군중들은 허락할 수가 없었다.

"이게 뭐예요? 소란을 피우면 한 그릇 더 주는 거예요? 그럼 식당은 앞으로 어떻게 꾸려가요?" "나도 한 그릇 더 먹고 싶은데, 더 줄 수 있어요?"

사람들은 너도나도 의견이 분분하였다.

쉬린구리는 국자를 들고 어쩔 바를 몰라 망설였다. 이때 바오팅구이가 머리를 쑥 내밀더니 허허 웃으며 말했다.

"주방장! 나와 내 아내는 소 내장탕을 안 먹어요. 두 그릇 몽땅 니야쯔 형에게 줘요. 그까짓 내장탕이 뭐가 그리 대수라고!"

……그래서 니야쯔는 또 두 사람 몫의 내장탕을 받아갔다. 뿐만 아니라 더욱 기가 찬 일은 얼마 지나지 않아 쿠와한도 왔다는 것이다. 그녀는 비록 동원대회에 참석하지 않았지만, 소 머리와 족발, 내장을 넣고 끓인 국을 먹을 수 있는 기회를 놓치려고 하지 않았다. 쉬린구리는 말다툼과 분쟁을 일으키지 않기 위해, 그녀에게 한 그릇을 떠줄 수밖에 없었다.

결국 쉬린구리는 자신의 몫으로 한 사발의 멀건 국물을 남긴 채 모두 퍼주었다. 그녀는 반 사발의 국을 퍼내고, 빈 솥에 물 한 바지를 부었다. 그리고 건더기도 없는 반 사발의 국을 들고, 한 입 마시고는 한숨을 한 번 내쉬며 먹었다. 그러면서 속으로 사람들을 위해 일하기란 쉬운 일이 아니라는 것을 깊이 깨달았다. 그런데 바로 그때 아이바이두라가 질그릇 하나를 들고 다가왔다. 그는 솥 안을 힐끗 들여다보더니 씩 웃으며 돌아서서 나가려고 하였다. 그제야 뭔가 깨달은 쉬린구리는 아이바이두라를 보며 물었다.

"아이바이두라 오라버니, 아직 아무것도 먹지 못했죠?"

아이바이두라는 돌아보며 애매하게 대충 대답하였다. 그의 왼쪽 눈썹 위에는 채 씻어지지 않은 검은 기름때가 묻어있었다. 쉬린구리는 사실 아이바이두라를 다 지켜보고 있었다. 아이바이두라는 수확기 점검을 마치고, 우라쯔를 도와 말들을 묶어두었고, 그리고는 또 식당을 위해 땔감을 날라 왔으며, 땔감을 나르고 나서는 탈곡장에 물을 대는(밀 탈곡장의 바닥을 단단하게 하기 위해 물에 잠기도록 미리 물을 대야 한다) 사람을 교대해 주러 갔던 것이다. 하지만 니야쯔 때문에 정신이 없어 쉐린구리가 그만 그를 잊고 있었다. 그러다 보니 마지막에 온 아이바이두라에게는 아무것도 남은 것이 없었다. 솥은 바닥을 드러낸 지 이미 오래되었던 것이다.

"우얼한 언니!"

쉐린구리가 불렀다. 솥을 씻던 우얼한이 돌아보았다. 그는 아이바이두라를 보고 나서 곧바로 알아차렸다. 우얼한은 미안한 마음에 다급하게 말했다.

"엉망이 됐네, 당신을 미처 생각 못했어요! 이렇게 해요. 쉐린구리, 아이바이두라에게 반찬 한 가지 얼른 볶아 줘요!"

"아니요, 괜찮아요!"

아이바이두라는 일어나 반찬을 만들어 주려는 쉐린구리를 재빨리 말리며 말했다.

"낭만 있으면 돼요!"

이렇게 말하며 그는 마위친 쪽으로 걸어갔다. 그리고 낭 하나를 받아 들었다. 하지만 그 낭은 러이무의 작품들 중에서 유일한 하나의 조악품이었다. 그 낭은 화덕의 벽에서 떨어지는 바람에, 일부분이 탔고, 변두리가 말렸으며, 재가 묻어 있어서 볼품이 없었다. 화덕이 가정집 것에 비해 훨씬 크고, 또 이 화덕을 처음 사용하다 보니, 러이무도 성능을 완전하게 알지를 못했던 것이다. 그렇지 않았더라면 이와 같은 불합격품이 나올 리가 없었다.

"마……"

아이바이두라가 받은 것이 그 조악품이라는 것을 발견한 쉐린구리는 저도 모르게 소리가 나갔다. 하지만 뒷말을 다시 삼켰다.

"어머나!"

마워친도 자신의 실수를 알아차렸던 것이다.

"어쩌다가 그걸 줬어요? 이리 줘요. 다른 걸로 바꿔줄게요……"

"바꾸긴 뭘요?"

아이바이두라는 웃으며, 한 조각을 떼어 입안에 넣었다.

아이바이두라는 냉수 한 사발을 퍼서 나가더니 담장 아래 둔덕 위에서 책상다리를 하고 앉았다. 그는 낭에 묻은 재를 툭툭 털더니, 손으로 잘게 쪼개서 천천히 냉수 속에 담갔다. 냉수에 낭을 담가 먹고 있는 그의 얼굴에는 만족스러운 미소가 번졌다. 넓고 힘 있는 아래턱은 씹는 동작에 따라 열렸다 닫혔다 하였다.

"이거라도 같이 먹어요."

쉐린구리는 주방에서 양파 두 개를 가져와, 아이바이두란에게 건네주었다.

"고마워요. 그런데 난 괜찮아요. 신경 쓰지 말고 어서 들어가 쉬어요."

아이바이두라는 양파를 먹지 않았다. 그는 냉수에 담갔던 낭을 맛있게 먹고 나서, 양파를 그대로 들고 주방에 돌려주었다. 바로 그 때 이밍쟝이 달려와 말했다.

"아이바이두라 형! 민병들이 준비를 마쳤어요. 다들 기다리고 있어요!"

아이바이두라는 이밍쟝과 함께 서둘러 떠나갔다. 쉐린구리는 그의 건장한 뒷모습을 보며 "미안해요……"

라고 낮은 소리로 말했다. 세상에는 부도덕한 놈들도 많은데, 왜 하필 아이바이두라와 같이 착한 사람들이 매번 손해를 봐야 하는 걸까? 쉐린구리는 못내 마음이 아팠고 눈가에 눈물이 맺혔다. ……

셋째 날 아침 일찍, 타이와이쿠는 마차를 몰고 가서 도로 옆에 사는 사원들과 그들의 짐까지 모두 마을로 실어왔다. 사람도 말도 모두 준비되었다. 정식으로 낫질이 시작되었다. '정식'이라고 말하는 이유는 앞으로 탈곡장으로 쓰일 공간을 마련하고, 미리 굴레 등으로 탈곡장 마당을 고르고 다지는 작업을 하기 위해 며칠 전에 이미 일부분 밀을 수확하여 탈곡장에 남겨 두었기 때문이다. 이번의 밀 수확은 두 개 큰 팀으로 나뉘어 진행될 예정이었다. 대부분의 건장한 노동력은 낫질하는 팀에 배치되었고, 그들은 다시 몇 개의 작은 조로 나뉘었다. 그리고 밭을 무 단위로 몇 개의 부분으로 나누고, 각각 담당 구역을 맡아 밀 수확을 진행하였다.

다른 한 팀은 마라 수확기 팀이었다. 이 팀에는 대부분 약한 노동력들이 배치되었다. 그들은 수확기를 따라 다니며 거둔 밀을 단으로 묶는 작업만 하면 되었다. 이리하무가 이 팀의 팀장을 맡게 되었다. 수확기를 운행하기 전 밭 뙈기마다 반드시 먼저 낫으로 밀을 거둬냄으로써 2미터 가량의 긴 고랑을 터놓아야 했기 때문이었다. 그렇지 않으면 말이 발을 디딜 공간이 없었다. 그리고 약한 노동력일수록 관리가 어렵고, 수확기도 처음으로 사용하다 보니 문제가 많았다. 그리하여 대장은 이리하무를 이 팀의 팀장으로 배치하였고, 고랑을 트고 길을 내주는 임무를 맡도록 하였다.

동시에 수확기와 협력하여 제때에 밀단을 묶도록 사람들을 관리하고 조직해야 했다. 양후이도 제7생산대의 마을로 이사를 왔고, 이 팀에서 일하였다. 작년 가을 그녀는 새벽같이 일어나 밤늦게까지 일하며, 100무가 넘는 경작지에 산시(陝西) 134호 다수확 조숙성 품종을 재배하였다. 오늘 수확기는 바로 그녀가 재배한 그 경작지부터 수확을 시작하게 되었던 것이다.

그녀는 우량종 밀이 다른 일반 밀과 섞이지 않도록 따로 수확하고 따로 운반하며, 따로 타작하고 따로 거두어 보관하는 등 모든 작업을 책임지고 엄격하게 실행하기 위해, 이곳 이 팀에서 일하게 된 것이다. 만약 조금이라도 소홀하여 엄격한 과학적 요구에 따라 농사를 짓는 것이 아직 익숙하지 않은 농민들이 여러 가지 밀을 섞어놓기라도 하면, 우량종 밀을 널리 보급하기 위해 쏟은 양후이의 모든 노력은 수포로 돌아가고 말 것이었다.

이리하무는 우선 노동 점수 기록원으로부터 받은 명단에 따라, 사원들의 출석을 체크하였다. 경작지의 구역을 나누어 노동력을 합리적으로 배치하기 위한 것이었다. 그런데 이상한 일이 벌어졌다. 이리하무가 명단 위에 적힌 이름 '파샤한'을 불렀을 때, 대답한 것은 쿠투쿠자얼의 아내 파샤한이 아니라, 그들의 '아들' 쿠얼반이었다.

"파샤한은 오지 않았느냐?"

"어머니가 아파서 제가 대신 나왔어요."

쿠얼반은 낮은 소리로 대답하였다. 마르고 약한 쿠얼반은 자기 몸에 맞지도 않는 헐렁한 옷(아마 쿠투쿠자얼이 입다가 해져서 버려둔 옷인 것 같았다)을 입고 있었다.

"뭐라고? 어머니 대신 나왔다고?"

이리하무는 자신의 귀를 의심하며 물었다.

"그럼 노동점수 기록부는 어디에 있는 거냐?"

쿠얼반은 주머니 속에서 노동점수 기록부를 꺼내 이리하무에게 건네주었다. 기록부의 표지에는 파샤한의 이름이 적혀 있었다. 이리하무는 기록부를 펼쳐 보았다. 작년 11월 이전까지의 기록은 거의 공백이었다. 그리고 그 뒤로 노동점수 기록이 빼곡하게 적히기 시작하다가, 요즘 들어 또 다시 하루의 기록도 적혀 있지 않았다.

"어느 부분이 네가 한 거고, 어느 부분이 너의 어머니가 한 기록이냐?"

"전부 제가 한 기록이에요."

쿠얼반이 말했다.

"오래 전부터 파샤한은 노동에 참가하지 않았어요."

"집을 새로 수리한 다음부터는 줄곧 쿠얼반이 어머니 대신 일했어요."

사원들이 옆에서 끼어들어 증언해 주었다.

"그럼 넌 왜 따로 너의 기록부를 받지 않았느냐?"

이리하무는 이상하게 생각되어 또 물었다. 그러자 쿠얼반은 머리를 숙이고, 마치 약점이라도 잡힌 듯, 얼굴이 빨개지면서 우물거렸다.

"전 호적이 없어요."

"호적이 없다고?"

이리하무는 더욱 이해할 수 없다는 듯이 놀라며 물었다.

"넌 쿠투쿠자얼의 아들인데, 왜 호적이 없다는 거냐?"

쿠얼반은 신발만 내려다 볼 뿐, 아무 대답도 하지 않았다.

"쿠투쿠자얼이 호적이 올려주지 않은 게 분명해요!"

"바오팅구의는 오자마자 호적이 있었는데 왜 쿠얼반은 없어요?"

사원들은 저마다 의논하며 불공평하다고 떠들었다.

"그래, 알았다. 그럼"

이리하무는 너무 많은 시간을 지체할 수 없어, 일단 노동점수 기록부를 쿠얼반에게 돌려주었다.

수확기가 움직이기 시작했다. 그것은 마치 거대한 바리캉처럼 톱니 모양의 칼날이 서로 교차하고 맞물리면서 밀을 '깎(剪)아' 나가고 있었다. 수확기는 한꺼번에 수많은 밀을 베었고, 아니 깎았고, 깎아낸 밀들은 짧은 시간에 더미를 이루고 한 뙈기를 이루었다. 그리고 회전하는 방사형 나무막대기는 깎아낸 밀들을 다시 한 아름씩 모아 놓았다.

한 아름이란 한 사람이 밀 더미 위에 엎드렸을 때, 두 팔을 벌려 최대한 많이 끌어안을 수 있는 양을 말한다. 처음에는 아이바이두라도 감이 잘 잡히지 않아 한 번 나아가고는 말고삐를 잡아당겨 멈춰 세우고, 수확기에서 내려와 확인하곤 하였다. 하지만 베어낸 밀이 깨끗하고 정연한 것이, 수확기의 성능이 괜찮은 것 같았다. 다만 밭이 고르지 않고 울퉁불퉁하여 수확기의 칼날을 더 아래로 조절할 수 없다는 것이 아쉬웠다. 그리하여 밀의 그루터기가 손으로 낫질을 한 것에 비해 약간 높았다. 사원들은 너도나도 수확기에 대한 찬사를 금치 못하였다. 구조가 간단하고, 원가가 낮으며, 사용법이 간단하고 편리하며, 효율이 높다고 기뻐하였다. 공사의 농기계 보급소에는 원래 두 대의 복식수확기(聯合收割機)가 있었다. 그런데 사람이 적고 땅이 넓은 오아시스와 신지(新地) 두 대대에서 넓은 면적의 황무지를 개간하기 시작한 이래, 그들 쪽으로 장기 지원을 나간 이 두 대의 '콤바인(康拜因)'은, 애국대대에 도무지 모습을 나타내지 않았다.

지난 날 우루무치에서 일하고 있을 때, 이리하무는 아코디언 반주에 맞춰 부르는 러시아 민요 「콤바인은 베는 일과 탈곡하는 일을 동시에 한다(康拜因機能割又能打)」를 들은 적이 있었다. 이 민요의 제목을 들었을 때, 이리하무는 왠지 아주 친근하게 느껴졌다. 이전에 이리지역에는 러시아족 사람들이 많이 살았었기 때문에 그들의 민요풍에 대해 이리하무는 익숙하게 알고 있었다. 오늘날 제7생산대도 우리의 마라 농기구를 갖추게 되었다. 그렇다면 「마라 수확기는 간편하고 성능이 좋다(馬拉收割機方便又好使)」는 제목으로 위구르족 민요를 만들어도 되지 않을까? 그리하여 이리하무는 부르기 시작하였다.

마라 수확기 성능이 얼마나 좋으냐고요?
인민공사의 사원들 중 누구도 따라갈 수 없어요!

사원들의 찬양과 박수 속에서 아이바이두라는 걱정을 내려놓고 수확기의 운행 속도를 높였다. 얼마 지나지 않아 넓은 밭은 깨끗하게 이발을 마쳤고, 깎아낸 밀은 한 아름씩 척척 쌓여갔다. 마라 수확기가 지나간 곳에는, 흰색의 낮은 밀 그루터기와, 작고 부드러워서 베어지지 않은 약한 풀들만이 남아서 하느작거리고 있었다.

시야가 한 순간에 확 트였다. 사람들은 사방으로 흩어져 일하면서도 서로 호응하며, 큰 원을 그리며 둥그렇게 둘러싸고 있었다. 그리고 수확기의 속도에 맞춰 사람들도 밀단 묶는 속도를 높였다. 아시무의 딸, 공사에 새로 취임한 의사 아이미라커쯔도 여기서 밀단을 묶는 노동에 참여하고 있었다. 비록 그는 한쪽 손밖에 없지만 이 일에는 능숙해져 있었다. 자신만의 독특한 방법으로 밀단을 묶고 있는 그녀는 두 손 멀쩡한 사람들에 비해 전혀 뒤처지지 않았다.

사람마다 담당구역이 나뉘어져 있었다. 자신이 맡은 구역을 다 묶고 나면 잠시 휴식하는 사람도 있었고, 또 다른 사람의 몫을 도와주기도 하였다. 말의 네 발굽에 땀이 날 정도가 되어서야, 아이바이두라는 잠시 수확기를 멈추고 휴식을 취했으며, 밀단을 묶는 사람들도 맡은 임무를 완성하고, 잇따라 밭머리로 나가 휴식을 취하기 시작하였다. 위구르족 농민들은 휴식할 때, 묶어놓은 농작물 위에 앉는 것을 몹시 꺼렸다. 알라신이 하사한 양식에 대한 경의와 정중한 마음 때문이기도 하고, 잘 묶은 밀단이 터지지 않을까 하는 걱정 때문이기도 하였다.

태양은 이미 중천에 높게 떠 있었다. 금빛 햇살이 황금빛 밀 이삭 위를 비추고 있었다. 공기 속에는 온통 사람을 태울 것 같은 이글이글한 노란색 빛만 내리 쬐고 있었다. 이런 날씨에 야외 노동을 하고 있는 사람들이 만약 도시인이었다면, 반드시 끝없는 불평과 불만을 쏟아냈을 것이다. 태양이 뜨겁고 밝은 것이 마치 비정상적인 현상인 것처럼 말이다. 그리고 휴식시간에도 밭머리에 햇볕을 가리고 시원한 바람을 쐴 수 있는 회화나무 한 그루도 자라지 않았다는 둥 말들이 많았을 것이다. 하지만 농민들은 신바람이 나서 작렬하는 태양 아래에서 일하고 휴식을 하고 있었다.

농민들이 바람이 불고 햇볕이 내리 쬐이며, 눈을 맞고 비에 젖는 생활에 익숙해진 것도 있겠지만, 이곳의 농민들은 오늘과 같은 무더운 날씨를 진심으로 사랑하기 때문이었다. 신장 이곳은 기후의 특징상 1년 중 반년은 거의 빙설이 뒤덮인 겨울철이었다. 그런데 여름마저 작렬하는 태양과 내리쬐는 햇볕이 없다면, 밀은 어떻게 여물고, 옥수수는 어떻게 무럭무럭 자라며, 과일들은 어떻게 당분을 축적하고, 소·양은 어떻게 풍성한 목초를 먹을 수 있을 것인가? 뿐만 아니라, 이곳에는 농민들이 신봉하는 한 가지 양생하는 방법(養生之道)이 있었다.

여름에 땀을 비 오듯 흐르게 하는 혹서가 없으면, 역병을 몸속에서 제거할 수 없고 따라서 건강을 유지할 수 없다는 것이었다. 때문에 신장 사람들은 보편적으로 여름을 사랑하고, 여름이 오기를 기다리며, 여름을 찬양하고, 여름을 즐기는 특성을 가지고 있었다. 날이 더울수록 생기가 넘치고, 땀을 흘릴수록 기분이 상쾌하다고 생각하였던 것이다.

그러나 더운 것은 사실이었다. 화덕처럼 뜨거운 날씨 속에서 사람들은 목이 마르고 몸에 열이 오르기 시작하여 사람들이 지쳐서 앉아 휴식하고 있을 때, 때마침 '취사원' 쉐린구리가 시원한 차를 들고 왔다. 그는 한 그릇을 퍼서 먼저 양후이에게 주었다. 이건 특별히 경의를 표하는 것이었다. 그 다음 사람들은 작은 법랑 그릇 하나를 돌려가며 차를 마셨다. 신장의 소수민족들이 즐겨 마시는 차에는 주로 세 가지가 있다.

한 가지는 후난(湖南)성에서 제조되는 복전차(茯磚茶)인데, 위구르어로 헤이차(黑茶)라고 부른다. 이 차는 발효시킨 차로서 압착하여 형테를 만든 차이다. 다른 한 가지는 장시(江西)에서 제조되는 돌처럼 단단한 전차(磚茶)인데, 위구르어로 석차(石茶)라고 부른다. 이 차는 발효시키지 않은 차이다. 또 다른 한 가지는 카쟈흐족들이 가장 즐겨 마시는 색깔이 진하고 향이 좋은 미싱차(米星茶)가 있다. 그 중에서 위구르족들이 가장 좋아하는 차는 복전차였다. 복전차는 몸을 따뜻하게 하고, 비장과 위에 좋으며, 차갑게 마셔도 몸에 해롭지 않다고 생각하기 때문이었다. 쉐린구리는 우려낸 복전차를 일부러 그늘진 곳에 놓아두어 시원하게 식힌 다음 가져온 것이었다. 사람들은 향긋한 차로 노동의 고단함을 씻어내고 있었다. 많은 사람들이 하나의 그릇으로 돌려 마시다 보니, 사이가 더욱 끈끈해지는 것 같았다.

"아, 정말 상쾌하다!"

짜이나푸는 한 숨에 한 그릇을 들이키고는, 눈을 감고 숨을 길게 내쉬면서 만족스러운 감탄사를 연발했다. 그리고 또 한 그릇을 퍼서 디리나얼에게 주면서 또 감탄했다.

"찻잎은 그야말로 진귀한 물건이에요! 물만 부으면 바로 달달한(甜甜, 위구르어에서는 일반적으로 달 '첨(甜)'자를 사용하여, 여러 가지 미각상의 만족스러움을 나타낸다) 맛을 낼 수 있으니까 말이에요."

그녀의 어조와 표정에는 천진난만하고 꾸밈없는 통쾌함이 곧이곧대로 남김없이 묻어나 있었다. 사람들은 그런 그녀를 보며 웃었다. 그녀도 웃었다.

그녀는 갑자기 웃음을 멈추고, 뭔가 생각난 듯 물었다.

"차를 마신지 몇 십 년이 되었지만, 차가 도대체 어디에서 어떻게 나는 건지 모르고 있어요. 정말이지 차는 어떤 곳에서 나고 자라는 걸까요?"

"땅에서 자라겠죠 뭐!"

디리나얼이 말했다.

"땅에서 자란다면, 어떤 모습일까요? 밀처럼 파종하여 수확하는 걸까요? 개자리처럼 여러 해 동안 자라면서, 줄기가 밑에서 여러 개로 갈라지는 걸까요? 아니면 패모처럼 야생으로 산언덕에서 자라는 걸까요?"

사람들은 의문이 가득한 눈빛으로 양후이를 바라보았다. 그러자 양후이는 고향의 차나무를 심은 산과 차나무 및 찻잎 따기, 찻잎 덖기에 대해 설명하였고, 서역과 내륙 사이의 빈번한 물산 교류 및 그 오래된 역사에 대해 말했으며, 차·비단·자기의 전파와 수박·포도·호두가 동쪽으로 전파한 것에 대해서도 이야기하였다. 그리고 화제는 또 장난(江南, 창장[長江] 이남 지역)의 풍광과 특산물로까지 이어졌다. 비록 키가 작고 견식은 얕지만 온화하고 선량하며 다정다감한 러허만의 아내 이타한이 양후이의 손을 잡으며 말했다.

"나에게 털어놓아 봐요, 고향이 그립지 않아요?"

"여기도 제 집인데요, 뭘!"

양후이는 덤덤하고 천연스레 대답하였다.

"그게 아니라, 당신 고향 말이에요. 그곳은 사계절이 봄 같고, 산은 온통 나무로 뒤덮였으며, 못에는 물고기와 새우가 살고 있고, 못 옆에는 오리와 거위들이 뒤뚱거리며 거닌다고 했잖아요?"

"하지만 우리 이곳도 좋아요! 저 산을 봐요."

양후이는 하늘 높게 치솟은, 어렴풋이 보이는 설봉을 가리키며 말했다.

"저 산에는 소·양들이 있고, 소나무 숲이 있으며, 풍성한 목초지가 있고, 여러 가지 약재도 있어요. 그리고 이 토지를 보세요."

양후이는 눈앞에 펼쳐진 논과 들을 가리키며 말을 이었다.

"농작물이 얼마나 무성하고 건실하게 자라고 있어요! 논과 들은 광활하게 펼쳐져 있고요……"

"당신의 고향에 비하면, 여름에 비가 적고, 또 겨울이 너무 길잖아요?"

디리나얼이 물었다.

"비가 적으면 우리는 관개를 할 수 있잖아요. 신장의 관개면적이 전체 농경지 면적에서 가장 큰 비중을 차지해요. 그리고 비가 적고 흐린 날씨가 적으며, 일조량이 풍부하고, 일교차가 크기 때문에, 이곳 농작물의 성장에 더욱 유리하지요! 지세가 높은 한랭한 지역이다 보니 이곳만의 특산물이 있는 거예요. 약재, 가죽과 털, 임목 등이 그것들이죠. 겨울나기가 어렵다고들 하지만, 사실 신장의 겨울이 우리 고향의 겨울보다 더 따뜻하다고 생각해요. 여기에는 충분한 석탄이 있고, 또 난방설비도 잘 되어 있지 않아요?"

양후이는 신장에 오자마자, 이곳의 토지와 인민을 사랑하게 되었고, 이곳의 생활방식을 사랑하게 되었다. 신장에는 그와 같은 기술자가 필요하고, 그와 같이 늘 가슴에 열정이 가득하고, 그 열정을 조국에 바치고 싶어 하는 젊은이들, 특히 그녀에게는 신장과 같이 광활하고 소박하며 개발 중에 있고 신속하게 발전하고 있는 환경이 필요하다는 것을 잘 알고 있었다.

여기에 온 이후 그녀는 자신도 모르게 신장을 위해 변론하는 습관이 몸에 배게 되었다. 옆 사람이 신장의 결점 혹은 부족하고 낙후한 면을 말하면, 그는 곧바로 같은 화제에서 그 사물의 다른 면을 보고 그것의 장점과 사랑스러운 점, 그것이 가지고 있는 우월한 조건 등을 찾아내어 설명하였다. 소중한 어린 시절과 학창 시절을 장난(江南)에서 보냈고, 부모와 형제자매들도 모두 내륙에 있는 이 한족 처녀가, 현지에서 나고 자란 이리 위구르족 여성 디리나얼에게 한창 이리의 장점과 원대한 전망에 대해 말하고 있었다. 어쩌면 이건 불필요한 일일지도 몰랐다. 이리에서 나고 자란 사람들 중에 이리를 사랑하지 않고, 이리의 장점을 모르는 사람은 없을 것이기 때문이다.

그렇다면 디리나얼이 이리는 비가 적고, 겨울이 길다고 했던 말에는 양후이를 떠보고 시험해 보려는 의도가 있었다는 것일까? 아니, 그것은 떠보려는 의도가 아니라 그녀에 대한 관심에서 한 말이었다. 현지의 농민들은 항상 양후이를 걱정하면서 관심을 두었다. 고향을 그리워하는 그녀의 마음과 고초를 조금이나마 분담해 주고 싶은 마음에서였던 것이다. 하지만 그녀는 한 번도 그러한 고초와 고뇌를 말한 적이 없었다. 이타한은 그녀가 말하는 이리에 대한 말을 들으며 그녀의 마음을 헤아리고 있었다. 정든 고향을 떠나 멀고먼 타지 변경지대에까지 와서 그들과 같은 방에서 잠 자고, 질그릇 하나를 가지고 나누어 쓰며, 같은 땅에서 노동하는 이 한족 처녀가 안쓰럽고 기특하여 이타한은 코끝이 찡하였다. 이타한은 문득 들었던 말이 떠올라 양후이에게 물었다.

"전에 당신이 뭐라고 했는데…… 응, 그래! 샤미(蝦米, 껍질을 제거한 작은 새우 – 역자 주)라고 했지요? 난 당신들이 즐겨 먹는 이 음식이 가장 무서워요. 가까이에서 보니, 온통 눈밖에 없더라고요……"

사람들은 "하하" 하고 크게 웃었다. 여성들은 여기에 모여 이것저것 끝없이 잡담을 나누고 있었다. 쉐린구리는 반 통 남은 차를 들고 기계를 점검하고 말의 상태를 돌보고 있는 이리하무와 아이바이두라 쪽으로 걸어갔다. 쉐린구리는 차를 한 그릇 가득 퍼서 건넸다.

"마시세요!"

그녀가 말했다. 이리하무는 고맙다고 인사를 하며 차 그릇을 받았다. 그는 두어 모금 마시고 나서, 아이바이두라에게 넘겨주었다. 차를 받고 씩 웃는 아이바이두라의 얼굴은 땀과 기름때 범벅이었다. 마치 경극에 나는 검은 화검(花臉)[24] 같았다. 웃음 속에서 드러난 정연하고 윤기 나는 흰 치아는 얼

---

24) 화검 : 경극에서 호방한 남자 연기자로 얼굴에 온갖 무늬를 그려 화안(花臉)이라고도 하는 정(淨)을 분장한 것으로, 정정(正淨), 부정(副淨), 무정(武淨), 모정(毛淨)으로 구분하고 있다.

굴과 대조되어 더욱 돋보였다. 그는 한 손에는 차 그릇을 들고, 다른 한 손은 가슴 앞으로부터 손바닥을 내밀어, 앞을 가리켰다(이것은 위구르족들이 물건을 주고받을 때, 상대방에 대한 존경의 뜻을 나타내는 자세이다). 그는 아주 공손한 자세로 예의를 갖추며 쉐린구리에게 그릇을 돌려주었다. 수확기는 다시 운행을 시작하였다. 통을 들고 떠나가면서 쉐린구리는 저도 모르게 머리를 돌려, 수확기 위에 앉아 전심전력으로 일에 몰두하면서(그녀의 눈에는 위풍당당해 보이기도 하였다) 능숙하게 기계를 다루고 있는 아이바이두라를 자꾸 쳐다보았다.

디리나얼과 쿠와한이 대판 싸우다
밀 수확 철의 해학곡(諧謔曲)과 소야곡(小夜曲)

"우리를 잠깐만 도와주고 가면 안 돼요?"

디리나얼이 쉐린구리를 불렀다. 식당에서 배식을 시작하려면 아직 시간이 많이 남았다. 지금은 취사원들이 휴식할 시간이지만, 넓은 밭에 모여 다들 일하는 모습이 부러웠던 쉐린구리는 남아서 일손을 돕기로 하였다.

그와 디리나얼은 나란히 서서 일을 시작하였다. 그리고 다른 한 쪽에는 쿠와한이 있었다. 대충대충 일하는 쿠와한은 밀단을 허술하게 묶으면서 속도에만 신경을 썼다. 그는 밀을 대충 한 쪽으로 모으고, 무릎으로 꾹꾹 누르는 과정을 생략한 채, 매번 단단하게 당기지도 않고 가볍게 한 바퀴 돌려서 매듭을 짓는 것으로 끝내었다.

쉐린구리는 그의 이상한 동작에 자꾸만 눈이 갔다. 그리고 아주 의식하고 한 행동은 아니지만, 쉐린구리는 쿠와한 쪽으로 다가가 쿠와한이 묶은 밀단을 자세하게 보았다. 그의 밀단은 모양도 남달랐다. 다른 사람들이 묶은 밀단은 보통 중간이 가늘고 양끝이 굵고 허리가 잘록한 모양이었지만, 그가 묶

303

은 밀단은 텁수룩하고 앞뒤와 중간의 굵기가 똑같은 물통 모양이었다. 쉐린구리는 그가 묶은 밀단을 들어올렸다. 그러자 끈이 풀리고 바닥에 밀들이 후루룩 흘러내렸다. 그리고 쿠와한이 밀단을 묶으며 지나간 곳곳에는 많은 밀들이 떨어져 널려 있었다. 이를 발견한 쉐린구리가 쿠와한을 불렀다.

"쿠와한 언니!"

쿠와한이 머리를 돌리고 쳐다보았다.

"언니가 묶은 밀단이 너무 헐렁해요!"

쿠와한은 다시 머리를 홱 돌려 버렸다.

세린구리는 거리가 있어서 쿠와한이 알아듣지 못한 줄 알고 다시 한 번 말했다.

"쿠와한 언니, 밀단을 너무 헐렁하게 묶었어요! 그리고 떨어트린 밀도 너무 많아요."

쿠와한이 돌아서더니 아무 걱정 없다는 듯이 껑충껑충 뛰다가 걷다가 하면서 쉐린구리 앞으로 다가왔다. 그리고 오른손을 펼치고 손바닥을 위로 한 채 쉐린구리에게 내밀며 말했다.

"당신은 누구예요? 새로 취임한 대장인가요? 당신 할 일이나 하지, 왜 여기서 내게 트집을 잡지요?"

"내가 누구냐고요?"

쉐린구리는 눈을 깜박거리며 쿠와한의 분노를 미처 눈치를 채지 못한 채 말을 이었다.

"밀을 이렇게 헐렁하게 묶어 놓으면, 어떻게 차에 싣고, 어떻게 날라요? 그리고 여기저기다 밀을 흘리는 건 낭비예요."

"그게 대체 그쪽이랑 무슨 상관이에요?"

쿠와한은 쉐린구리를 '그쪽(你)'라고 부르기 시작하였다.

위구르족들의 예의범절에 따르면 성인들끼리 서로 대화를 할 때, '그쪽 (你)'이란 말은 거의 사용하지 않는다. 심지어 취조 중인 범인에 대해서도, 혹은 부부 사이, 부자지간에도, 일반적으로 '당신(您)'이라고 부른다. 쿠와한 의 '그쪽(你)'은 상당히 야만적이고, 쉬린구리에게 일부러 상처를 주기 위한 것이었다. 쉬린구리가 대답하였다.

"당연히 나에게도 상관이 있는 일이고 모든 사람들의 일이기도 해요!"

"어머, 어머!"

쿠와한은 무척 화가 나서 소리를 질렀다.

"어디서 그쪽 같은 대단한 인물이 납셨는지 난 한 번도 본적이 없네요! 겨 우 스무 살 넘은 그쪽이 주제넘게 내 어미라도 되려는 건가요? 명확히 말하 는데 내 엄마는 일찍 돌아갔네요! 식당에서 밥이나 짓지, 왜 여기서 시시덕 거려요? 누구에게 꼬리 치려고……"

쿠와한의 악담은 미리 저축해 놓은 것 같이 거침이 없었다. 저수지에 가득 차 있는 물처럼, 갑문 같은 얇은 위·아래 입술 두 개만 열면 아무 때나 걷잡 을 수 없게 쏟아져 나오는 것 같았다.

쉬린구리는 얼굴이 빨갛게 달아올랐다. 그는 떨리는 목소리로 말했다.

"그쪽 입이나 보며 말해요(즉 허튼소리를 하지 말라는 뜻)."

"그쪽 내 욕하는 거 맞지요? 내가 그쪽에게 욕했어요? 그래서 뭐 어쩌겠 다는 거죠?"

쿠와한의 홍수는 더욱 기세가 등등해졌다.

"파렴치한 년, 그쪽이 뭔데 내 잘못을 따지냔 말이야? 세상에! 원 참 나, 감 히 내 머리 위에 올라앉으려고 하네. 내 머리 꼭대기에서 똥까지 싸려고 드 는 거야 지금? 재주가 좋네, 능력이 좋아. 이년아, 그렇게 능력이 좋으면 타 이와이쿠에게 애나 낳아주지 그래……"

쿠와한은 점점 더 들어줄 수 없는 욕을 퍼부었다. 특히 타이와이쿠에 관한 말을 듣자, 쉐린구리는 화가 치밀었고, 동시에 몹시 치욕스러웠다. 쉐린구리는 끝내 눈물을 흘렸다.

"그 입 좀 다물어요!"

디리나얼은 더 이상 참을 수가 없었다. 그는 성큼성큼 걸어오더니, 벌컥 화를 내며 쿠와한을 질책하였다.

"두 사람이 결탁해서 지금 나 한 사람을 괴롭히려는 거야? 이 불결한 것들이!"

쿠와한이 다시 욕설을 퍼부었다. 여기서 '불결(不潔)'이란 두 글자는 비 무슬림인 러시아 사람과 결혼한 디리나얼을 암시하는 말이었다.

"까불지 말고 본분이나 지켜!"

디리나얼도 크게 화를 내며 소리를 질렀다. 그는 쿠와환과 부딪칠 정도로 바짝 다가서며 말했다.

쿠와한은 재빨리 머리를 굴리며 지금의 형세를 파악하였다. 비록 1대 2의 상황이지만, 쉐린구리는 힘이 약하고, 디리나얼은 아직 어리기 때문에, 승세는 여전히 자신에게 있다고 생각하였다. 쿠와한은 인정사정 따지지 않고 그 어떤 다툼이나 싸움에서도 절대 약한 모습을 드러내지 않는 습관을 어려서부터 길러온 싸움꾼이었다. 뿐만 아니라 쿠와한과 같은 여자에게 있어 말다툼과 싸움은 흥미롭고 흥분되는 일이었다. 마치 발정 나거나 경기에 나가는 사람처럼 흥분을 가라앉히지 못하고, 이런 경우가 되면 말재주와 체력이 갑자기 활기를 띠기 시작하는 것이다. 그리고 이 경지에 이르고 나면 무엇 때문에 싸우는가 하는 문제는 안중에도 없고, 중요한 건 싸움 그 자체였다. 끝까지 싸워서 '예술을 위한 예술'의 만족감과 희열감을 얻어야만 했다.

쿠와한은 입으로 욕을 뱉으면서 동시에 손을 뻗어 디리나얼의 얼굴을 잡아 뜯으려고 하였다. 디리나얼이 민첩하게 피하는 바람에 잡히지는 않았지만, 왼쪽 얼굴이 쿠와한의 길고 뾰족한 손톱에 긁혀 상처가 났다. 그러자 쿠와한은 다년간 스스로 연마한 권술에 근거하여 머리로 디리나얼의 가슴 쪽을 들이받았다. 쿠와한의 두 번째 공격을 미처 피하지 못한 디리나얼은 몸을 휘청거리며 넘어질 뻔하였다. 하지만 디리나얼도 당하고만 있을 사람이 아니었다.

디리나얼은 곧바로 중심을 잡고 쿠와한의 얼굴을 향해 주먹 한 대를 날렸다. 단단한 이 주먹은 정확히 날아가 쿠와한의 윗입술에 제대로 꽂혔다. 쿠와한은 입을 막고 아파서 고래고래 소리를 질렀다. 디리나얼이 쉬운 상대가 아니라는 것을 감지한 쿠와한은 다시 정신을 가다듬고 상대가 상대적으로 약해보이는 것을 공격하였다. 그는 갑자기 쉐린구리의 머리채를 꽉 틀어쥐었다. 쉐린구리도 아파서 소리를 질렀다.

사람들이 우르르 그들 쪽으로 뛰어왔다. 아이바이두라도 수확기를 멈추고 걸어왔다. 짜이나푸는 쿠와한을 뜯어 말렸고, 이타한은 쉐린구리를 위로하였으며, 양후이는 쿠와한을 향해 돌진하려는 디리나얼을 붙잡았다. 쉐린구리의 머리카락은 헝클어져 있었다. 쿠와한은 윗잇몸에서 난 피를 침과 함께 뱉어내며 씩씩거렸다. 디리나얼은 이 싸움이 벌어지게 된 이유를 사람들에게 설명하였다. 디리나얼의 말을 듣고 나서 아이바이두라는 쿠와한이 묶은 밀단을 직접 검사해 보았다. 그리고 돌아와 미간을 찌푸리며 말했다.

"쿠와한 누님! 이건 해도 너무 한 거 아니에요? 누님이 묶은 단은 전부 불합격이에요. 쉐린구리가 의견을 말한 건 누님에게 오히려 좋은 일이 아니었던가요?"

"뭐라고요? 그쪽도 나를 몰아세우는 건가요? 내가 나이가 들어서 얼굴에 주름이 많다고, 지금 다들 나를 무시하고 욕하는 거예요? 이 어린 과부가 예뻐서 딴 마음이 있나 봐요!"

쿠와한은 주먹으로 이루어내지 못한 '승리'를, 다시 입과 혀로 빼앗아 올 작정인 것 같았다.

쉐린구리는 두 손으로 얼굴을 가렸고, 아이바이두라의 얼굴도 벌겋게 달아올랐다.

"그쪽 인간 맞아요? 인간이라면 어찌 그런 말을 함부로 해욧!"

듣다 못한 짜이나푸가 나서서 소리를 지르며 한 마디 하였다.

"그런 말을 하는 당신이 더 추하다는 생각이 안 들어요?"

양후이도 한 마디 하였다.

그리고 옆에서 듣고 있던 다른 사람들도 분분히 쿠와한이 잘못했다며 책망하였다. 쿠와한은 그제야 마지못해 입을 다물었다. 하지만 그녀는 말하지 않으면 분이 풀리지 않는 듯, 혼자만 알아들을 수 있는 낮은 소리로, 악독하고 불결한 말들을 여전히 입속으로 중얼거렸다. 그것은 마치 제방이 터진 수로와 같았다. 즉 터진 부분을 다시 막아도, 물은 한 동안 터졌던 그 제방 앞에서 소용돌이치게 마련이기 때문이다.

"쿠와한 누님, 누님이 묶은 밀단은 모두 다시 해야 해요!"

이리하무가 말했다. 이리하무는 건들기만 해도 흩어지는 밀단을 들고, 발아래 가득 흘린 밀들을 보며 쿠와한에게 임무를 주었다.

"알라신이시여……"

불 같이 타오르던 분노와 영웅 같던 기개는 일순간 무한한 억울함으로 바뀌더니, 쿠와한은 불쌍하고 괴로운 표정을 지으며 말했다.

"다들 나만 만만한 거지……"

그녀는 엉엉 울음을 터뜨렸다. 쉐린구리는 돌아서서 한 손으로 여전히 얼굴을 가리고, 다른 한 손으로 멜대를 들어 어깨에 걸치더니 물통을 가지고 떠났다.

쿠와한이 점점 더 슬프게 울자 짜이나푸는 하하 크게 웃으며 말했다.

"어이구! 쿠와한, 어이구! 정말 감동적이네요. 싸울 때는 소처럼 힘이 좋더니, 왜 밀단 묶을 때에는 굶은 사람처럼 맥을 못 추는 거지요?"

"쿠와한 언니, 눈물로는 밀을 묶을 수 없어요. 내가 도와줄게요. 그러니까 딴소리 하지 말고, 나랑 같이 다시 묶어요!"

양후이는 비꼬면서, 대치하고 있는 그에게 이 난처한 상황에서 벗어날 기회를 넌지시 주었다.

쿠와한은 그 자리에 서서 울다가 진퇴양난의 처지에 놓이게 되었다. 양후이는 이미 그 대신 밀단을 다시 묶고 있었다.

"도대체 뭐 하자는 거요? 당신 대신 기술자 양후이가 일하라는 건가요? 당신 염치라는 게 있어요? 저녁에 노동점수를 평할 텐데 그때 가서 우리를 탓하지 말아요?"

짜이나푸가 협박조로 말했다.

드디어 쿠와한도 일을 다시 시작하였다. 하지만 그녀는 입속으로 괴롭고 사악한 신음소리를 연신 내뱉었다.

짜이나푸가 이리하무에게 말을 걸었다.

"내가 말했죠. 세상에서 상대하기 가장 어려운 사람이 몰상식하고 거센 여자라고요. 장제스(蔣介石, 중화민국의 군인, 정치가이며 국민 정부 때 총통)보다 더 어려워요. 장제스가 거느린 군대는 포 없이도 궤멸시킬 수 있지만, 몰상식하고 무지막지한 여자의 입은 칼로 찌르겠어요, 아니면 수류탄으로 폭파시키겠어요?"

"전에 들은 적이 있어요."

옆에서 듣던 이타한이 상당히 진지한 표정으로 말했다.

"당나귀 오줌을 조금 받아서 쿠와한 같은 사람 입에 부어넣으면, 그런 나쁜 버릇을 고칠 수 있다고 했어요."

사람들은 한바탕 크게 껄껄 웃었다.

저녁 무렵 하늘에서는 갑자기 가랑비가 내리기 시작하였다. 하지만 그 비는 아주 작고 잠깐이어서 땅의 표면도 채 젖지 않았다. 뜰 안의 땅바닥은 몸집이 큰 가축이 짓밟아서, 표면에 푹신푹신한 한 층이 생겼다. 비가 그친 뒤 땅의 표면에 균일하게 파인 작은 곰보 자국들이 나타났지만, 물기는 전혀 보이지 않았다. 이렇게 적고 짧은 비가 내렸음에도 불구하고, 공기는 갑자기 시원해지고 촉촉해졌다.

쉐린구리는 사원들을 위해 임시로 마련한 합숙소에 누워 있었다. 반쯤 열려 있는 문으로 은은한 달빛이 들어와 그녀의 얼굴을 비추었다. 밝은 달빛으로 인해 그녀는 더욱 잠을 이룰 수 없었다. 그녀의 옆에는 디리나얼이 잠들어 있었다. 디리나얼 네 집은 마을에 있었기에 합숙소에서 잘 필요가 없었다. 하지만 이 날 오전, 쿠와한에게서 모욕을 당해 하루 종일 마음이 답답하고 울적해 있는 쉐린구리 때문에, 디리나얼은 집으로 돌아가지 않기로 결정하였던 것이다. 디리나얼은 쉐린구리와 한 이불을 덮고 누워서 이러저러한 잡담을 나누며, 쉐린구리의 꿀꿀한 기분을 풀어주려고 남았다. 그런데 자리에 누워 몇 마디 말도 하지 않았는데, 그녀는 벌써 멀리 꿈나라로 날아가 버렸던 것이다.

반면에 쉐린구리는 전혀 잠이 오지를 않았다. 달빛을 보며 그녀는 끝없이 상상의 나래를 펼쳤다. 별마다 한 사람의 운명을 게시하고 있다는 말이 있다. 그렇다면 그의 불행한 처지와 이어져 있는 그 별은, 저 수많은 무언의 별들 중 어느 것이란 말인가? 어릴 때 아버지의 품에 안겨 달을 보았던 적이 있었다. 그때 그는 생각했다. 카스가얼에 있는 아이티가얼(艾提尕爾) 사원의 첨탑 위에서 보는 달과, 이리하곡 상공의 달은 과연 똑같은 달일까? 끝없이 펼쳐져 있는 밤하늘, 구름, 달, 별은 또 땅 위의 생활과 어떤 연관이 있는 것일까?

……오늘 오전에 있었던 일이 그녀를 괴롭혔다. 가장 상처가 되고, 마음이 분하고 답답하며, 가슴이 쓰리고 괴로운 것은, 쿠와한의 그에 대한 욕설과 모욕 때문이 아니었다. 쿠와한 같은 사람이 그의 이마를 어루만지며 듣기 좋은 말을 할 거라고는 처음부터 기대하지는 않았다. 그러나 아직도 이해가 되지 않고 마음에 걸려 답답한 것은 쿠와한이 왜 무고한 아이바이두라에게 오만한 태도로 무례한 말을 하고, 그를 함부로 모함했느냐는 것이었다. 눈 같이 새하얀 자기 그릇이 있는데, 그 위에 꼭 얼룩을 입혀야 직성이 풀리는 건가? 깨끗한 우유 한 통이 있으면 거기에다 모질게 침을 뱉어야 신원한가? 왜 그렇게 하지 않으면 안 되지?

한 마리의 사자처럼 건장하지만, 또 한 마리의 양처럼 온순한 아이바이두라가 설마 무슨 나쁜 일이라도 했단 말인가? 그가 생각 없이 쿠와한의 앞길을 막은 적이라도 있단 말인가? 수년 전의 일이었다. 쉬린구리가 초등학교 2학년 때, 아이바이두라는 그와 같은 반 동창이었다. 어느 날 음악 선생님이 결근 신청을 내는 바람에 수업은 자습시간으로 대체했다. 그런데 어찌 된 영문인지 조용하던 교실에서 갑자기 남녀 사이의 대전이 벌어지게 되었다. 남학생들이 한 편이 되고, 여학생들이 같은 편이 되어 서로 양보하지 않고, 소리를 지르며 욕을 하기 시작하였다. 어떤 학생들은 책상 위에 올라서서 마구 주먹을 휘둘렀다. 그러나 아이바이두라만 '남학생 진영'에 참가하지 않았고, 오히려 여학생들을 욕하지 말라며 남학생들을 설득하는 것이었다. 이것을 본 건달 티가 나는 한 어린놈이 괴성을 지르며 아이바이두라를 몰아세웠다.

"너 왜 여학생들 편을 드는 거냐? 설마 너도 혹시 계집애냐?"

'계집애'라는 말에 한바탕 웃음이 터져 나왔다. 그 건달 티 나는 어린놈은 즉흥적으로 우스운 문구 몇 마디를 만들어, 남학생들과 함께 외워대면서 아이바이두라를 끊임없이 조롱하였다. 이에 화가 난 아이바이두라는 의자를 집어 그 어린놈에게 던졌다. 여학생들은 놀라서 비명을 질렀고…… 다행히 사람은 멀쩡하였다. 하지만 아이바이두라 덕분에 교실 안의 남녀 혼전이 진압될 수 있었다.

어린 쉐린구리는 계모의 무지막지함과 계부의 냉담함 때문에, 사흘간 고기를 잡고 이틀간 그물을 말리는 식으로 학교에 나가다 말다 하였다. 그리하여 쉐린구리는 어릴 때 숙제도 제때에 완성하지 못했고, 시험 성적도 뒤처졌다. 그 당시 반장이었던 아이바이두라는 쉐린구리 때문에 여간 속을 썩지 않았다! 그는 쉐린구리에게 한 번 또 한 번 수학문제를 설명해주었다. 그럴 때마다 그녀는 자신의 둔한 머리를 용서할 수 없을 만큼 화가 났다. 그리하여 가끔 이해하지 못했음에도 불구하고 그녀는 이해했다고, 문제를 풀 수 있다고 거짓말을 한 적도 있었다. 그러다가 모르면서 아는 척을 한 쉐린구리를 발견하였을 때, 아이바이두라는 애가 타서 눈물까지 흘린 적도 있었다.

초등학교 졸업 후, 그들은 모두 대대로 돌아와 생산 노동에 참가하였다. 어느 해 봄, 눈이 녹는 계절이 되자 사방 모두가 발이 빠지는 진창길이 되었다. 도로 위를 달리던 생산 건설 병단의 자동차 한 대가 갑자기 시동이 꺼졌다. 운전사는 내려와 차를 함께 밀어달라며 간절하게 행인들의 도움을 구하고 있었다. 아이바이두라는 그 날 마침 새 옷을 입고 집을 나섰다. 하지만 그는 한 치의 망설임도 없이 뛰어들어, 차를 앞으로 힘껏 밀었다. 차가 천천히 움직이며 큰 물웅덩이까지 가게 되었다. 그와 함께 밀던 다른 행인들은 서서히 차에서 손을 뗐지만, 아이바이두라는 흙탕물에 빠지면서도 계속하여 차를 밀었다. 그러는데 갑자기 차에 시동이 걸리면서 차가 앞으로 나아갔다. 이에 아이바이두라는 중심을 잃고 앞에 있는 물웅덩이에 넘어지고 말았다. 그리고 자동차 뒷바퀴가 돌아가면서 그의 머리에는 많은 흙탕물이 튀게 되었다. 그의 꼴은 그야말로 엉망진창이 되었다. 하지만 그는 일어서서 점점 멀어져가는 자동차를 보며 얼굴에 만족스러운 미소를 지었다.

　이루 다 말할 수 없는 사소한 일들, 사람들 기억 속에서 잊혀진 일들이 수두룩하였다. 누구네 힘 좋은 송아지가 목줄을 끊고 달아났다거나, 누구네 집에 아픈 사람이 있어 급하게 병원으로 이송해야 한다거나 하면, 아이바이두라는 두말없이 나서서 송아지를 찾아오고, 환자를 병원까지 실어다 주었다. 그리고 그는 소리 없이 모 생산대의 터진 수로를 막아준 적도 있었다. 그는 길바닥에 떨어진 밀 이삭 하나도, 채소의 씨앗 한 알도 지나치지 않고, 주워서 공사에 가져다 바치는 사람이었다. ……아이바이두라는 쉬린구리에게 있어 알고 지낸지 오래된 사람이었다. 긴 세월 동안 쉬린구리는 아이바이두라의 선행과 정직함을 눈으로 봐 왔고, 또 잊고 살아왔다. 하지만 오늘 밤, 갑자기 그런 기억들이 다시 되살아났고 새로운 의미와 빛깔로 다가왔다.

　만약 공사의 모든 사원들이 아이바이두라와 같이 노동과 집단을 사랑하고, 고향 사람들과 공공재산을 아낀다면, 인민공사의 생활이 얼마나 아름다워지겠는가! 하지만 공교롭게도 쿠와한 같은 사람들도 있었다. 그들은 지주도 아니고, 반혁명분자도 아니며, 강도나 토비도 아니지만, 착한 사람들을 증오하는 사람들이었다. 착한 사람들이 그들의 미움을 받게 되는 것은, 오로지 그들이 착하다는 이유 때문이었다. 품행이 단정하고, 고상하며, 전심전력으로 대중을 위하는 사람이라고 생각되면, 그들은 그 사람의 얼굴에 먹칠을 하고 그 사람을 깎아내리느라 여념이 없었다. 착한 사람이 흠잡을 데 없이 훌륭할수록, 그들은 더욱 질투심으로 불탔고, 가슴에 노기를 품었다. 그리하여 반드시 그 사람에게 똥칠을 해야 직성이 풀렸다. 심지어 먹칠을 해서 그들에게 하등 도움이 안 되더라도 그들은 끝까지 칠하고, 칠하고 또 칠했다…… 그들은 착한 사람에게 먹칠하고 똥칠하는 것을 자기 인생의 가장 중요한 첫째가는 목표로 정하고, 좋은 사람들의 정상적인 생활에 대한 방해와 파괴를 삶의 이유라고 생각하는 것 같았다. 아마 나쁜 사람들에게 있어 착하고 좋은 사람들의 존재 자체가 막대한 위협이라는 것을 본능적으로 느끼는 듯했다.

사실 만약 아이바이두라와 같은 많은 사람들이 없다면, 공사는 조직될 수 없고 집단생산은 이루어질 수 없으며, 공공재산은 지킬 수 없을 것이다. 만약 정말 그렇게 된다면, 니야쯔나 쿠와한과 같이 게으르고, 교활하며, 아무런 능력도 없는 사람들은 벌써 굶어죽었을지도 모른다. 평소에 집단에 대해 큰 관심이 없는 쉬린구리마저 알 수 있는 간단한 도리를 왜 그들만 모르고 있는 걸까? 뿐만 아니라 평소에 입만 열면 아이바이두라가 그들에게 피해를 입히고, 생산대와 집단의 이익에 손실을 입혔으며, 모두에게 큰 빚이라도 진 것처럼 몰아세웠다. 설마 악인은 뻔뻔하고 호인은 자존하며, 악인은 방종하고 호인은 엄격하며, 악인은 쟁탈하고 호인은 겸손하다는 말대로라면, 악인은 영원히 호인보다 우위를 점하게 된다는 말인가? 소 내장탕을 먹던 그 날에도, 니야쯔는 세 그릇을 먹었지만, 반면에 아이바이두라는 한 그릇도 먹지 못했다. 뿐만 아니라 두 개의 피야쯔(皮牙孜, 양파)마저도 그는 다시 주방에 돌려주었다……

두 개의 양파 때문에 마음 속 깊이 숨겨두었던 쉬린구리의 부드럽고 따뜻한 감정이 솟아나게 되었다. 쉬린구리 자신마저 영문을 모르는 그 특별한 애정과 아껴주고 싶은 감정 속에서 그녀는 왠지 자꾸 아버지가 떠올랐다. 세상에서 유일하게 그녀를 사랑하고 유일하게 그녀가 사랑했던 아버지가 생각났다. 카스가얼에 살던 그녀의 친아버지는 아이티가얼 사원처럼 늠름하고,

위엄이 넘쳤으며, 긴 수염을 기른 그는 온화하고 점잖으며, 자상하고 정다운 사람이었다. 아버지는 늘 그녀를 무릎에 앉히고, 품에 껴안아 주었으며, "나의 순백한 딸, 나의 전부" 라고 부르며 입을 맞출 때에는, 수염이 그녀의 볼을 간질이곤 했다…… 한 번만 더 아버지를 볼 수 있다면 얼마나 좋을까…… 아무리 애를 써도 아버지의 얼굴은 뚜렷하게 떠오르지 않았다…… 후! 만약 아버지가 살아 계신다면, 만약 아버지가 이 모든 것을 보고 계신다면…… 그녀는 엎치락뒤치락하며 잠을 이루지 못했다…… 밤새도록 그녀는 여전히 엎치락뒤치락 거리기만 하였다……

> 이 어두운 밤에 나는 잠을 이룰 수가 없네요, 아, 나의 도련님……
>
> 나무 위 까마귀와 참새는 왜 저리 부산스러운가요,
>
> 아, 나의 도련님이시여……
>
> – 카스 민요 「아나얼구리(阿娜爾姑麗)」

그녀는 아예 일어나 앉았다. 그리고 어둠속에서 더듬으며 신발을 찾았지만 없었다. 그리하여 그는 맨발로 살그머니 걸어 나왔다. 뜰에는 시원한 바람을 탐하여 노숙하고 있는 사원들이 가로세로 누워 자고 있었다. 그녀는 조용히 달빛을 따라 뜰 입구로 걸어 나왔다. 그리고 밝은 달빛 아래서 푸르게 빛나는 수로 옆에 앉았다. 긴 수로를 따라 반짝이는 푸른빛은 길어졌다가 다시 줄어들고, 흩어졌다가 다시 모이면서 흐르고 있었다. 주위의 모든 것은 이 신비롭고 온화한 빛 속에 휩싸여 있었다. 대지는 마치 엷은 면사포를 쓴 듯 정숙하고 아름다웠다.

여름밤의 끝없는 고요함 속에서 각양각색의 소리가 더욱 뚜렷하게 들렸다. 말·소의 질근질근 풀 씹는 소리, 멀리에서 들려오는 기운 넘치는 개 짖는 소리, 야간 운전 중인 자동차가 지나가는 "부르릉" 소리가 선명하게 들려 왔다. 시원한 바람이 옥수수 잎을 스치는 "솨솨" 하는 소리도 들려왔다. 숨을 죽이고 귀를 기울이니, 작고 희미하게 "카카" 하는 소리가 들리는 것 같았다. 쉬린구리는 문득 아버지가 하던 말이 떠올랐다. 7월은 옥수수의 마디마다가 무럭무럭 자라는 시기여서, 비가 내린 뒤에는 옥수수가 우후죽순처럼 우쑥우쑥 자라며, 고요하고 깊은 밤이면 옥수수 마디마디가 자라는 소리를 들을 수 있다고 하였다. 혹시 이것이 정말로 생명이 성장하고 강해지는 소리인가?

한여름 밤, 들과 밭에는 달콤한 향기로 가득했다. 숨을 크게 들이마셨더니, 파란 풀들의 싱싱한 냄새, 개자리의 달콤한 냄새, 나뭇잎의 술 냄새, 옥수수의 풋풋한 냄새, 밀의 영근 냄새, 비온 뒤의 흙냄새 등 매력적인 냄새가 바람에 실려 그녀의 콧구멍 안으로 들어왔다. 사람으로 하여금 그야말로 취한 듯 홀린 듯 빠져들게 하였다.

빛, 소리, 냄새, 모든 것은 정겹고, 소박하며, 편안하고 익숙하였다. 쉬린구리는 이리에 온지 16, 17년이 되었지만, 이곳 여름밤의 아름다움을 오늘 처음 알게 되었다. 그녀는 자신과 주위의 세상이 이렇게 가까이에 있고, 생활이 이토록 마음을 즐겁게 한다는 것을 처음 느끼게 되었던 것이다……

달빛 아래, 갑자기 은회색의 작은 동물이 그녀의 앞을 한줄기 연기처럼 빠르게 지나갔다. 그녀는 깜짝 놀라 뒤로 넘어갈 뻔하였다.

"무서워하지 말아요. 오소리예요."

등 뒤에서 디리나얼의 목소리가 들렸다. 디리나얼은 막 잠에서 깨 게슴츠레 뜬 눈으로 쉬린구리를 찾아 밖으로 나왔던 것이다. 그녀는 들고 온 겉옷을 쉬린구리에게 걸쳐주었다.

"왜 더 안 자고 나왔어요?"

쉐린구리가 물었다.

"당신은요?"

디리나얼이 물었다.

"잠이 안 와서요."

쉐린구리는 잠이 오지 않는 이유를 설명하였다.

"식당 일은 하나도 힘들지 않아요. 아궁이 앞에 서있다 보면, 불이 뜨거워서 괴로운 거 말고는 힘들지 않아요. 나와서 이렇게 시원한 바람을 쐬는 게, 잠을 자는 것보다 피로가 더 잘 풀리는 것 같아요."

디리나얼은 머리를 끄덕거렸다. 그녀는 손등으로 입을 가리고 하품을 하였다. 그리고 주위의 싱싱한 농작물들을 둘러보더니, 숨을 깊게 몇 모금 들이마시면서 말했다.

"참 좋네요!"

그는 잠기운이 채 가시지 않은 목소리로 말하며 쉐린구리에게 기댔다. 갑자기 그녀는 웃기 시작하였다.

"왜 웃어요?"

쉐린구리가 어리둥절하여 물었다.

"오전에 있었던 일이 생각나서요."

디리나얼은 "껄껄" 웃었다.

"쿠와한 언니(위구르족들은 손위 사람에게는 반드시 오라버니, 언니를 붙여 부르는데, 엄격하게 지켜야 하는 예의이다. 설사 싫어하는 사람이라도, 일반적으로 이렇게 부른다)가 나와 맞장을 뜨다니, 상대를 잘 못 골랐지요. 솔직히 말해서 니야쯔 오라버니까지 와도 나는 두렵지 않아요. 만약 양 기술원이 말리지 않았더라면 그 여자 귀를 비틀었을 거예요. 기억해요? 초등학교 때 나를 늘 괴롭히던 한 남자애가 있었어요. 어느 날 하도 귀찮게 굴어서 필통을 들어

317

그 애 머리를 내리쳤어요. 딱 한 번 내리쳤거든요. 그런데 그 애 머리에 호두 만한 혹이 부어올랐지 뭐예요. 글쎄 그 혹이 일주일 동안이나 내려가지 않았어요……”

“뭐 이런 허풍이 다 있어요?”

“허풍이요? 허풍 쳐서 뭐하게요? 내가 체격은 말랐어도, 겁이 없어요! 눈에는 눈, 이에는 이, 상대방이 공격해 오면, 같이 반격하면 돼요. 나는 절대화를 내지 않아요. 그런데 당신, 당신은 왜 그렇게 온순해요? 너무 착해요.”

“그러게요!”

쉐린구리는 한숨을 내쉬었다.

“나는 당신과 비할 수 없어요. 그래서 부러워요. 당신은 하고 싶은 일, 하고 싶은 말을 다 하며 살지만, 난 늘 그렇게 하지 못해요. 생각만 하고 감히 행동에 옮기지 못해요……”

“말 해봐요! 하고 싶은 일이 뭔데요?”

“……”

쉐린구리는 아무 대답도 하지 못했다. 이게 바로 그녀의 불행이 아닐까? 그녀도 자신이 원하는 것이 뭔지를 모르고 있었다!

디리나얼도 한참 동안 말이 없었다. 그녀는 쉐린구리의 무릎을 베고 누워서 높은 하늘 엷은 구름 뒤로 점점 멀어져가는 달을 올려다보았다. 눈은 하늘에 두고 있지만 마음은 인간 세상에 있었다. 생각할수록 흥분되는 가슴을 참을 수 없었다. 디리나얼은 갑자기 뭔가 떠오른 듯 벌떡 일어나 쉐린구리를 향해 앉더니 흘러내린 머리카락을 뒤로 넘기며 쉐린구리의 손을 잡았다. 그리고 눈을 크게 뜨고 쉐린구리의 귀에 대고, 뜨거운 입김을 뿜으며 작은 소리로 비밀스럽게 말했다.

“솔직하게 말 해봐요! 아이바이두라를 어떻게 생각해요?”

쉬린구리는 깜짝 놀라며 눈을 깜박거렸다. 도대체 왜 이런 질문을 하는지 알 수가 없었다. 쉬린구리는 불에 덴 사람처럼 디리나얼에게서 손을 빼며 당황하여 말까지 더듬었다.

"당신, 당신, 왜 그런 말을 해요?"

그는 디리나얼을 '당신'으로 강조하여 부르면서 조금은 화 난 듯이 말했다.

"당신 왜 그런 말을 해요? 당신이 어떻게 그런 말을 할 수 있지요?"

자신의 성급함과 경솔함 때문에 디리나얼도 후회하는 중이었다. 하필 왜 이 때 혓바닥을 제대로 단속하지 못했을까? 사람들에게 교훈을 주기 위해, 디리나얼의 아버지 야썬 목수가 항상 하는 말이 있다. "혀가 진 빚은, 머리로 갚게 된다." 이 얄밉고 말 안 듣는, 원수 같은 혀! 얼굴이 빨개진 쉬린구리를 보며 디리나얼은 재빨리 화제를 돌렸다.

"해충 피해를 입은 유채 밭 몇 뙈기 빼고는 봄 농사가 정말 잘 되었어요! 며칠 지나면 수확해도 되겠어요!"

쉬린구리는 대답이 없었다. 벌렁거리는 가슴이 좀처럼 진정이 되지 않았다. 그녀의 마음속에서 아이바이두라는 세상에서 가장 웅장하고 완벽한 사람이었다. 그 때문에 누구든 그에 대해 함부로 의논하는 건 절대 허용할 수 없는 일이었다. 그녀와 아이바이두라를 엮어서 말하는 것은 더더욱 용서할 수가 없었다. 쿠와한도 이런 말을 했고, 디리나얼까지도…… 하늘이여! 그녀 자신은 생각조차 해본 적이 없고, 또 생각만으로도 너무 아름답고 행복한 이 불가사의한 화제가 어떻게 쿠와한 같이 몰상식한 여자의 입을 통해 가장 먼저 나오게 되었고, 그것도 몹시 저속하고 비열한 어투로 내뱉게 된 걸까? 이 말을 들었을 때, 아이바이두라가 얼마나 굴욕적이었을까 생각하니 쉬린구리는 더욱 괴로웠다!

"작년 5월에 우리 집 상황이 얼마나 심각했었는지 알아요? 이리하무 오라버니가 찾아와준 덕분에 상황이 호전되었던 거예요. 그 후 한동안 그 사람은 일도 열심히 하고 아주 적극적이었어요. 이리하무 오라버니의 가르침을 늘 입에 달고 살면서, 매일 신문도 읽고, 시간이 날 때는 대대를 도와 다른 일도 찾아했어요. 그런데 작년 가을부터 또 다시 긴장이 풀리기 시작했어요. 그래서 정말 걱정이에요……"

쉐린구리는 여전히 말이 없었다. 디리나얼은 잠깐 멈췄다가 다시 이어갔다.

"그 사람은 하루 종일 방앗간에 있어요. 일의 특수성 때문인지 회의든 학습이든 그와는 상관이 없어요. 그리고 낡은 의식을 버리지 못한 사람들이 그 사람에게 잘 보이기 위해 작은 이익을 주며 천방백계로 꼬드기려 들어요. 밀가루를 빻을 때 '도와주기(幫幫忙)'를 바라는 거죠! 몇 번 더 빻아줌으로써 밀기울이 적게 나오게 하거나, 기다리는 사람이 많아 줄을 서야 할 때 먼저 빻을 수 있게 편리를 주거나 뭐 그런 거예요. 그런데 요즘 또 일이 생기는 바람에 정말 걱정이에요……"

디리나얼은 말을 계속해야 할지, 갑자기 망설였다.

"무슨 일이 있어요?" 그제야 쉐린구리는 마음을 진정시키고 물었다.

"왜 말을 하다 말아요? 듣고 있어요!"

쉐린구리는 디리나얼의 말에 귀를 기울이지 않은 자신 때문에 화가 난 줄 알고 다급히 재촉하며 물었다.

"이런 일이 있었어요. 며칠 전 무싸가 와서 식당에서 대량의 밀가루를 써야 하니, 밀 몇 천 근을 빻으라고 명령하였어요. 몇 천 근 밀을 빻고 나니 몇 백 근의 밀기울이 남은 거예요. 원래대로라면 남은 밀기울은 생산대의 마구간에 보내야 하는데 무싸가 직접 랴오니카를 찾아와서는 생산대 마구간은 밀기울이 필요하지 않으니 알아서 처리하라고 했어요. 그래서 랴오니카는 밀기울을 십 몇 위안을 받고 팔았지요. 그리고 밀기울 값을 출납원에게 바치기도 전에 무싸가 와서 급히 쓸 데가 있다며 가져갔어요. 농촌의 일에 대해 잘 모르는 우리는 아무런 수속 절차도 없이 돈을 넘겼어요. 그러니 그 십 몇 위안은 무싸 주머니에 들어가게 된 거죠! 랴오니카에게 출납에게 찾아가 상황을 설명하라고 했지만, 그는 기어코 가지 않았어요. 대장에게 밉보이면 안 된다고 하면서요…… 이 일을 이대로 두어서는 안 돼요…… 그런데 다른 사람에게 이 일을 말하면 절대 안 돼요! 비밀은 지켜야 해요!"

디리나얼은 또 후회하였다. 방금 전 혀가 저지른 실수를 만회하려고, 다급하게 화제를 찾다 보니, 또 경솔한 말을 하게 되었던 것이다. 이미 뱉은 말이니 어쩔 수 없지만, 워낙 떳떳하고 숨길 게 없는 사람이니 두려울 것도 없었다.

"랴오니카를 다시 잘 설득해 봐요."

쉐린구리가 말했다.

"아무리 설득해도 소용없어요. 사람의 사상이란 게 그래요. 한동안 차갑게 식었다가, 또 한동안 뜨거워졌다 하는 거예요. 그리고 우리 아버지 일도 마음에 걸려요. 작년에 두 지주의 속임수에 넘어가, 대대를 찾아가서 한바탕 소란을 벌인 적이 있어요. 그 일로 큰 충격을 받은 것 같아요. 그 일이 있은 후, 아버지를 보러 집에 간 적이 있어요. 그 때부터 우리 두 부녀도 화해를 하게 되었고요. 아버지는 드디어 우리를 용서해 주었고, 나 스스로 결정한 혼인을 인정해 주었어요. 그런데…… 지금 가장 걱정되는 건……"

디리나얼은 갑자기 소리를 낮게 깔더니, 랴오니카의 일을 말할 때보다 더욱 심각하고 엄숙한 표정으로 말했다.

"아버지가 마이쑤무랑 가깝게 지내고 있어요. 마이쑤무 이 사람은 아무리 봐도 무서운 사람인 거 같아요……"

"왜요?"

"딱히 이유는 모르겠지만, 아무튼 우리와는 전혀 다른 사람이에요."

"야썬 아저씨는 어쩌다 그 사람과 왕래하게 된 거예요?"

"후! 우리 아버지를 잘 몰라서 그래요. 아버지는 글자는 다소 알고 있지만, 문화적 소양이 깊지는 않아요. 그래서 문화를 아주 사랑하고, 책을 병적으로 좋아하며 숭배할 지경이에요. 아버지가 늘 하시는 말씀이 있어요. 모든 새로운 기술, 새로운 발명, 새로운 조치는, 일찍 책에 적혀 있던 것이라고 말이에요.

성인들이 일찍 수많은 서적을 남겨두었는데, 그 속에는 자동차를 어떻게 제조하고, 비행기는 어떻게 운전하며, 라디오는 어떻게 조작해야 한다는 글들이 모두 적혀 있다는 거예요…… 그리고 지식분자와 학자들이 그 서적들을 발견하게 되었고, 그 속의 가르침을 이해하고 터득함으로써, 자동차·비행기·라디오·확성기 등을 제조했다는 거예요. 정말 웃기지 않아요? ……"

"우리가 학교에서 배운, 와트(瓦特)가 증기기관을 발명하였고, 스티븐슨(史蒂文森)이 증기기관차를 발명하였다는 사실을 말씀드리지요……"

"안 돼요, 안 돼."

디리나얼은 연신 손을 흔들며 말했다.

"누구 말도 듣지 않아요. 우리 아버지만 이런 인식을 가지고 있는 줄 알아요? 거의 대부분의 노인들이 이런 설을 다소 신봉하는 편이에요. 우리 어릴 때부터 어른들은 늘 이렇게 말했잖아요……"

"그렇지 않아요. 아부두러허만 아저씨는 그렇지 않아요."

쉐린구리는 동의할 수 없다며 말했다.

"아저씨가 기술원에게 질문한 거 본 적 있어요? 러허만 아저씨는 새로운 지식, 새로운 기술, 새로운 용어에만 관심이 있어요! 아저씨는 새로운 것에 대해 우리보다 더 많이 알고 있어요."

"그건 맞아요. 하지만 러허만 아저씨는 특수한 경우에요. 먼저 내 말부터 들어 봐요. 마이쑤무는 집에 천 커버를 씌운 양장본 몇 권을 꽂아놓고, 그걸로 우리 아버지를 매료시킨 거예요. 종교라는 둥, 역사라는 둥, 페르시아어와 아랍어라는 둥, 그리고 『소약전(小藥典)』, 『부하라(布哈拉) 기사(紀事)』라는 둥 하면서 말이에요. 우리 아버지는 마이쑤무 네 집에 가서 요란스럽게 지껄여대는 그의 허언들을 듣고는 흥이 올라서 좋아하죠!"

"그럼 어떻게 되는 거예요?"

"어떻게 될지 누가 알겠어요? 아, 쉐린구리, 내가 뭘 말하려고 하는지 알겠어요? 아마 내 뜻을 정확하게 몽땅 전달할 수는 없을 거예요. 아무튼 생활은 순풍에 돛단배가 아니에요. 쉐린구리, 기억해요? 55년에 집단화가 고조되던 시기, 당시 제사해(除四害, 네 가지 해로운 것을 제거하는 운동 - 역자 주)를 외쳤죠. 선생님은 초등학생인 우리들에게 매일 백 마리의 파리를 잡으라는 파리 박멸 임무를 주셨지요.

우리는 너도나도 파리채를 들고 뛰어다니며, 참 열심히 임무를 수행하였죠. 그리고 며칠 뒤 99마리 파리를 때려잡고 나니, 나는 백 번째 파리를 찾을 수가 없었어요. 조급한 마음에 엉엉 울다가, 이튿날 솔직하게 선생님에게 보고하였어요. 다른 친구들도 임무를 완수하지 못했어요. 그러나 선생님은 파리를 모조리 잡았다며 우리들을 칭찬하였어요. 그리고 구(區)에서는 우리들에게 '우리 구의 첫 번째 파리 없는 마을'이라는 문구가 적힌 상장을 발급하였어요! 그런데 파리가 과연 박멸되었을까요? 아니요. 우리가 비록 대량의 파리를 때려잡았지만, 여전히 살아남은 파리가 있었어요. 이 1·2년 사이 파리 박멸운동이 느슨해지자, 파리들이 또 점점 많아지고 있어요…… 아직도 내가 하려는 말뜻을 모르겠어요? 모든 게 쉽지 않다는 말이지요. 앞으로 한 걸음 나아갔지만, 조금만 힘을 풀면 다시 원점으로 돌아갈 수 있다는 말이에요. 애국위생(愛國衛生)운동은 해마다 진행해야 하고, 몇 년에 한 번씩 크게 대규모적으로 벌임으로써, '제사해 운동'의 성과를 공고하게 다져야 하듯이 사람도 마찬가지예요. 우리는 이미 오래전에 사회주의 사회로 들어섰어요.

우리는 사회주의가 인류 역사상 가장 진보적이고, 가장 공정하며 합리적인 사회제도라는 것을 알고 있어요. 하지만 우리의 사상은 어때요? 우리의 주위를 둘러봐요. 쿠와한, 혹은 다른 사람이 아닌 우리 자신, 또 우리 아버지, 랴오니카, 나를 봐요…… 결혼을 너무 일찍 한 게, 내가 저지른 가장 큰 실수가 아닐까라는 생각이 드네요……"

"무슨 그런 말을 해요! 랴오니카가 잘 대해주잖아요?"

"랴오니카는 나에게 잘해주죠. 하지만 그게 가장 중요한 게 아니에요."

"가장 중요한 건 뭔데요? 디리나얼, 나는 당신을 알아요. 당신은 어릴 때부터 환상하기를 좋아했어요……"

디리나얼은 뒷말을 이어가지 않았다. 그녀는 때때로 자신의 머릿속을 어지럽히는 고뇌를 정확하게 전달하거나, 이해받을 수 없다고 생각하였다. 어릴 때부터 환상이 많은 아이였다고? 그녀는 또 어떤 환상들을 했을까? 아버지가 자신에게 캐시미어 두건을 사주는 환상을 했었는데, 그 환상은 이미 실현되지 않았는가? 나이팅게일(夜鶯), 성스러운 샘(聖泉), 준마, 왕자와 공주를 꿈꾼 적이 있었지만, 나이를 먹으면서 이런 전설적인 이야기도 점점 마음을 움직일 수 없게 되지 않았는가? 그리고 학문을 더 닦고, 한 가지 특기를 배워, 간부 혹은 도시의 노동자가 됨으로써 달마다 임금을 받으며 살고 싶었다. 그리하여 (중국의) 중등전문학교(中等專業學校) 입시에 응시하였지만 낙방하는 바람에, 이마저도 일찍 마음을 접지 않았던가! 그 뒤 그녀는 늘 사랑, 가정의 행복을 갈망하였고, 아이까지도 상상해 보았다. 지금 마지막 꿈은 모두 이루어졌다. 가정에 충실하고 그녀밖에 모르는 랴오니카가 있고, 벌써 "응애, 응애" 우렁차게 울면서, 고사리 같은 손을 뱅글뱅글 돌리며 재롱을 부리는 아이도 있다. 하지만 그녀는 여전히 가끔 한 가지 소원을 이루지 못한 것 같은 아쉬움과 깊게 잠재되어 있는 강렬한 열정을 느끼곤 하였다. 1962년 소동이 일어났을 당시 디리나얼은 비로소 깨달았다. 그녀는 랴오니카와 협소한 세계에서 살아가는 것으로는 더 이상 만족을 느낄 수가 없었다. 그러나 그녀는 아직까지 자신의 정력과 열정을 착실하고 건실하게 집단사업에 이바지하지 못하고 있다. 그녀의 이런 고뇌는 쉐린구리가 이해할 수 없는 것이었다.

두 사람은 한참 동안 아무 말도 하지 않고 조용하게 앉아 있었다. 엷은 구름 한 점이 바람에 날려 왔다가 다시 실려 갔다. 가볍게 불던 시원한 바람도 멈췄다. 달빛 아래 나무 그림자도 자리를 옮겼다. 밤이슬이 그녀들의 머리카락과 옷을 적셨다.

"그만 들어가 잡시다."

디리나얼이 쉐린구리의 손을 잡아당기며 막 몸을 일으키려고 하는데, 뒤에서 발자국소리가 들려왔다.

"누구예요?"

두 사람은 거의 동시에 물었다.

아이바이두라였다. 그는 총을 메고 야간 순찰 중이었다.

"왜 아직까지 자지 않고 있어요? 하루 종일 일하느라 힘들었을 텐데……"

"당신은요? 당신도 하루종일 일했는데, 피곤하지 않아요? 왜 지금까지 자지 않고 있어요?" 디리나얼이 물었다.

"난 민병이잖아요! 한 시간 뒤에 교대할 거예요. 쉐린구리, 식당일은 아침 일찍부터 시작될 텐데 얼른 들어가 쉬어요."

달빛 아래에 서 있는 그는 더욱 늠름해 보였다. 뒤에 한 말은 쉐린구리 한 사람에게 하는 말이었다. 말을 마치고 그는 머리를 약간 숙였다. 어둠 속에서 쉐린구리는 그의 수줍은 미소, 그의 반짝이는 눈동자, 새하얀 이에 반사된 빛이 보이는 것만 같았다.

쉐린구리와 디리나얼은 일어나서 천천히 합숙소를 향해 걸어갔다. 쉐린구리는 점점 멀어지는 아이바이두라의 발자국 소리를 들으며 천천히 걸었다. 그는 뒤를 돌아보고 싶었다. 뒤를 돌아 아이바이두라에게 영리하고, 친근하며, 예의바른 말 한 마디를 해주고 싶었다. 하지만 그 순간 그녀의 언어는 고갈된 것 같았다. 끝내는 마땅한 말이 떠오르지 않아 아무 말도 하지 못한 채 합숙소로 돌아오게 되었다. 자리에 누운 쉐린구리는 살며시 눈물을 흘렸다. 하고 싶은 일이 무엇이냐고 디리나얼이 물었었다.

방금 그녀는 다만 아이바이두라에게 선의의 듣기 좋은 말 한 마디를 하고 싶었을 뿐이었다. 하지만 왜 그 한 마디조차 끝내 하지 못했고, 감히 말할 수 없었던 걸까? 심지어, 한 번 돌아보지도 못했다…… 쉐린구리는 속상해서 소리를 죽이고 울었다. 그리고 편안한 표정으로 잠이 들었다. 달빛은 다른 사람 쪽으로 옮겨갔다. 다행이었다. 잠결에 번지는 그녀의 미소를 다른 사람들에게 들키지 않을 수 있었기 때문이었다.

쿠투쿠자얼 서기가 참외·수박밭에 가다
수박은 먹기보다 흡입 - 기세가 대단한 흡입술
향락을 즐기다가 난처한 입장이 되다

넷째 날이었다. 구름 한 점, 바람 한 점 없는 무더운 날씨였다. 조금도 움직이지 않고 있는 수림과 농작물의 잎은 마치 화염 같은 공기 속에서 응결된 것 같았다. 그리고 새와 부지런한 꿀벌도 화덕 같은 날씨를 당할 엄두가 나지 않는지 날갯짓을 멈추고 자취를 감추었다. 소의 콧구멍과 강아지의 혓바닥에서는 침이 질질 흘렀다. 닭마저 나무그늘 아래에 입을 벌린 채 멍하니 서 있었는데, 목구멍 안에서 나는 '그르렁, 그르렁' 소리는, 마치 천식 환자 같았다.

이 날 오전 쿠투쿠자얼은 제7생산대 마을에 와서 밀 수확을 하였다. 공사와 현의 지도간부들이 농사일 하러 내려온다는 소식을 미리 듣고 아침 일찍 마을로 왔던 것이다. 그런데 점심이 다 되어도 온다고 하던 지도간부들은 모습을 드러내지 않았고, 쿠투쿠자얼만 지쳐서 반쯤 죽어가고 있었다. 사실 농사일이 그에겐 전혀 낯설지 않은 일이었다. 신체가 좋은 편인 그는 필요시 사원들 사이에서 아주 잠깐 '선도자 역할'을 할 수도 있었다. 하지만 첫째, 점점 몸이 나면서 조금만 일해도 그는 숨이 차오르고, 심장이 빨리 뛰었으며, 손발이 무거워졌다. 둘째, 오늘은 확실히 특별하게 더운 날씨였다. 셋째, 적극적으로 농사일을 했던 이유는 미리 와서 지도간부들에 잘 보이려 한 것인데 허탕을 치게 되어서 그야말로 몹시 기분이 깨지는 일이 아닐 수 없었다. 넷째, 아마도 그는 정말 심장병에 걸렸을지도 몰랐다.

심장병에 걸렸다는 것을 그는 얼마 전에 발견하게 되었다. 봄에 있었던 일이었다. 보수작업을 하던 어느 날 일을 모두 마치고 돌아온 쿠투쿠자얼은 자신의 심장이 마구 뛰는 것을 느꼈다. 이튿날 그는 이닝시에 있는 연합병원(聯合醫院)을 찾았다. 그는 공사의 보건소를 종래 믿지 못했다. 그를 진찰해준 의사는 안경을 쓴 한 카자흐족 여의사였다. 의사는 청진기로 혈압을 재고, 목과 혓바닥 상태를 체크하고 나서, 식사·수면·대소변 상황에 대해 물어보았다. 마지막에 의사가 말했다.

"심장에는 문제가 없어요. 약간의 신경쇠약인 것 같은데, 마음에 여유를 가지고 충분히 휴식을 취하도록 하세요. 그럼 말끔히 나을 거예요."

쿠투쿠자얼은 심장 쪽에 불편한 감이 있다며 변명하듯 열정적으로 설명하였다. 어떻게든 의사를 설득하여 심장병 진단을 받아낼 계획이었다. 그러기 위해 그는 증상을 과장하여 말하였고, 심장 쪽을 붙잡고 아픈 척을 하였다. 의사는 미간을 찌푸리며 이틀간 휴식해야 한다는 증명서를 써주고 진정제를 처방하였다.

의사의 진단 결과가 그는 썩 마음에 들지 않았다. 일개 카자흐족 여자, 마유가 든 주머니나 주무르고(마유주[酸馬奶]를 제조하기 위해, 마유를 양가죽으로 특수 제작한 주머니에 넣고, 부단히 주물러야 한다), '싸마우얼(薩瑪烏爾, 어원은 러시아어의 사모바르[銅茶炊]이고, 차를 끓이는 주전자)'이나 끓이던 사람이, 어찌 병을 볼 수 있겠는가! 처방전에 따라 약값과 진료비를 산출하고 보니 약값은 1위안도 채 안 되었다. 지나치게 저렴한 약값도 그는 마음에 들지 않았다. 좋은 약을 처방하지 않았다면, 그런 약에 돈을 쓸 필요가 없다고 생각하였다. 반면에 휴식증명서는 애지중지하였다. 그는 증명서를 보며 병이 있는 건 확실한데 의사가 능력이 부족하여 병을 정확하게 진단하지 못하는 것이라고 생각하였다. 그렇지 않다면 왜 굳이 증명서까지 써 주었을까? 집으로 돌아온 그는 끝내 하오위란을 불러왔다. 하오위란은 반복적으로 들어보고 두들겨 보며 반시간 동안 난리를 피우더니 말했다.

"심장 뛰는 소리가 들려요. '스, 스' 하는 소리가 나는데요. 그리고 심박동이 빨랐다 느렸다 불규칙하네요." "간장도 좀 부은 거 같고요." "비장 위치도 이상하네요……" "아무튼, 너무 피로해서 생긴 병들이에요. 절대 과로해서는 안 돼요."

……하오위란의 진단은 쿠투쿠자얼의 마음에 쏙 들었다. 하지만 한참 후 그는 또 의심을 품기 시작하였다. 바오팅구이란 사람에 대해 너무나 잘 아는 만큼 문득 하오위란 이 의사의 믿음성에 대해서도 똑같이 회의가 들었다.

하지만 오늘 쿠투쿠자얼은 자신의 심장에 문제가 생겼다고 확신하게 되었다. 만약 멀쩡하다면 점심 식사 때 왜 밀랍을 씹는 듯 아무 맛을 느끼지 못하고 먹었던 걸까? 식당 메뉴가 국수, 토마토무침, 소고기 고추볶음이 있었고, 200공펀(g)밖에 안 되는 양을 그는 겨우 삼켰던 것이다. 계속 뒤죽박죽으로 뛰는 심장은 초보자가 마구 두드려대는 하나의 손북 같았다.

그는 합숙소에서 억지로 잠깐 눈을 붙였다. 한 잠 자고 일어나 그는 태양을 올려다보았다. 아직 오후 참이 시작될 시간이 아니라는 것을 알고는 살그머니 빠져나왔다. 그리고 한참을 생각하다가 참외·수박밭을 향해 걸어갔다. 지금과 같은 시기는 어디로 가든 밀 수확의 열기가 하늘을 찌르는 때라 그는 숨 돌릴 곳이 없었다. 그리하여 참외·수박밭이 떠올랐던 것이다.

제7생산대의 참외·수박밭은 아주 구석진 곳에 있었다. 그는 이닝시로 통하는 흙길을 가로지르고 오래전 홍수에 의해 일부분이 무너지면서 생긴 성벽의 통구(豁子)를 건너, 그리고 넓은 해바라기 밭과 어저귀(青麻) 밭을 지나자, 저 멀리 참외·수박밭을 지키고 감시하며 혹시 있을지 모를 좀도둑들에게 겁을 주기 위해 높은 곳에 지어진 초막과 땅에 납작 엎드려 있는 파란색 잎사귀들이 눈에 들어왔다. 조금 더 가까이 다가가자, V자 혹은 M자 모양의 큰 두렁이 보였고, 어떤 것이 작고 둥근 참외 잎이고, 어떤 것이 방사형의 수박 잎인지 구별할 수 있었다.

박과 식물들은 이어짓기를 가장 꺼린다. 즉 한 번 재배했던 땅에는 몇 십년 동안 다시 박과 식물을 재배하지 않도록 주의해야 했다. 때문에 해마다 수박이나 참외를 심기 전에는 반드시 마을 노인들의 기억을 빌려야 했다. 만약 잘못 선택한 땅에 종자를 뿌려 이어짓기라도 한다면, 기생성 유해초(害草)와 바이러스가 번식하게 되어 수박에 딱딱한 흉터가 생기게 된다. 그리하여 올해는 이런 가장자리 지대를 선택하였던 것이고, 조금만 더 아래로 걸으면 강변이었다.

올해 참외·수박밭을 지키는 사람은 아시무였다. 부지런한 아시무는 밭 중간에 벌써 숙박이 가능한 작은 움집을 지어놓았다. 말하자면 맨땅에 깊이가 1.5미터 가량 되는 움 하나를 파고, 그 위에 지붕을 덮은 것이었다. 바닥에 융단을 깔고 간단한 가구 몇 개를 들여 놓으면, 사람이 임시로 묵을 수 있는 밭두렁 집이 탄생하는 것이었다.

움집 옆에는 방수를 위해 제방을 쌓았고, 바로 옆에 흙으로 만든 간단한 부뚜막이 있었으며, 그 위에 작은 가마 하나가 걸려 있었다. 그리고 아시무는 움집 앞에 또 조롱박과 호박을 심었고, 시렁까지 세웠다. 넝쿨과 잎사귀들이 시렁 위로 빼곡하게 타고 올라가 지금은 밭을 지키는 사람과 수박·참외 먹으러 온 사람들에게 햇빛을 가려주는 천연적인 그늘막이 되어 있었다. 동시에 밭을 지키는 사람의 밥상에 보탬이 되는 채소이기도 하였다. 장난꾸러기 아이들이 와서 수박과 참외를 함부로 따가거나 줄기를 마구 짓밟는 것을 대비하여, 아시무는 또 집에서 기르던 누렁개를 데리고 왔다. 누렁개는 그와 협력하여 밭 지킴이 노릇을 하고 있었다. 강아지가 따라오자 방금 새끼 여섯 마리를 출산한 흰색 바탕에 검은 얼룩이 있는 암고양이도 틈을 타 새끼들을 거느리고 벌써 왕림하였다. 아시무 노인의 또 다른 집에서의 자연스럽고 자유로우며 유유자적한 여름 생활이 이렇게 이곳에서 시작되었다.

동생 쿠투쿠자얼의 방문이 아시무에게는 특별하게 반가운 일이 아니었다. 어릴 때부터 두 사람은 천성이 전혀 달랐고, 항상 각자의 길을 걸었을 뿐, 서로에 대해 큰 관심이 없었다. 아시무는 이곳을 찾아온 농촌의 한 중요한 인물을 대하듯 시렁 밑을 깨끗하게 쓸고 주위에 물을 뿌렸다. 그리고 움집 안에서 낡은 융단 하나를 꺼내다 시렁 밑바닥에 깔면서, '서기'에게 앉으라며 자리를 만들어주었다. 그다음 공손하게 물었다.

"수박 아니면 참외?"

"참외." 쿠투쿠자얼은 간략하게 대답하였다. 그리고는 "베개 있어요?" 라고 물었다. 아시무 네 밭두렁 집에는 베개가 없었다. 그는 낡은 솜옷 하나를 둘둘 말아서 건넸다. 쿠투쿠자얼은 그것을 받아 머리 밑에 받치면서 벌러덩 사지를 쭉 뻗고 누웠다. 그는 숨을 길게 내쉬고는 시렁 위에 주렁주렁 매달린 녹색의 작은 조롱박들을 감상하였다. 햇빛이 잎사귀들 사이를 비집고 들어와 그의 얼굴에서 장난을 쳤고, 나비 한 마리가 그의 머리 위에서 두어 바퀴 맴돌더니 날아갔다.

쿠투쿠자얼은 이 무더위 속의 밀 수확이라는 고역을 피해 여기로 오기를 참 잘했다고 생각하였다. 그는 마음이 가볍고 기분이 상쾌하였다. 이 편안하고 쾌적한 곳에서 오후 내내 휴식을 취하며 보낼 작정이었다. 그리고 해가 서산으로 넘어갈 때쯤, 느긋하게 산책이나 하면서 다시 제4 생산대로 돌아가 일이 끝날 무렵 밭에 도착하게 되면, 마지막에 일하는 척 시늉을 하다가 검사나 하고, 사원들을 독촉하고 지시나 내림으로써, 오늘을 일과를 마무리할 생각이었다.

아시무는 한쪽 손에 큰 쿠이커치(奎克其) 하나를 들고 돌아왔다. 쿠이커치(즉 하미과[哈密瓜])는 일찍 여무는 여름 참외(夏瓜) 중의 한 가지 우량 품종이다. 크고 과육이 아삭아삭하며 당분이 많다. 아시무는 쿠이커치를 내려놓더니 칼을 뽑아 들고 한쪽 무릎을 땅에 꿇었다. 그리고 마치 양 한 마리를 잡듯이 먼저 머리(꼭지가 달린 쪽) 쪽 껍질을 한 조각 벗겼다.

다음 머리 부분부터 아래로 자르기 시작하더니, 크기가 균일하게 조각을 냈다. 그리고 또 매 한 조각의 과육에 가볍게 몇 개의 칼집을 냈는데, 스스로 끊어지지 않을 만큼의 칼집이었다. 먹을 때, 칼집을 따라 손으로 살짝 때면, 작은 조각들이 쉽게 떨어지게 되는데, 한입에 한 조각씩 먹을 수 있어서 편리하고, 과즙이 입가와 턱을 따라 흐르는 것을 방지할 수 있고 보기에도 좋았다. 위구르족 사람들은 음식을 먹을 때 지켜야 하는 규정과 예절이 비교적 많은 편인데, 먹는 법, 차리는 법, 자르는 법 등 여러 가지 규정과 습관이 있다. 낭이나 찐빵을 먹을 때에도 규정이 있는데, 즉 통째로 들고 입을 크게 벌리며 뜯어먹으면 절대 안 되는 것이었다.

쿠투쿠자얼은 작은 조각 하나를 떼어 한 입 베어 넣더니, 미간을 찌푸리며 말했다. "왜 이리 셔!" 그러더니, 손에 남은 부분을 멀리 휙 던지고 나머지 것도 한쪽으로 밀어버렸다.

아시무는 그럴 리 없다는 표정으로 쿠투쿠자얼을 바라보았다. 쿠이커치든 수박이든 아시무는 가장 좋은 걸로 고를 수 있다는 자부심을 가지고 있었다. 그리하여 아시무도 한 조각을 떼어서 먹어보았다. 아삭아삭한 것이 아주 달고 맛있었다. 그런데 아무시무가 직접 고른 이 쿠이커치를 시다고 나무라다니 이건 과일을 재배하고 보살펴온 사람에 대한 가장 심각한 모욕이었다. 하지만 아시무는 아무 말도 하지 않았다. 나머지 쿠이커치를 거두어서 움집 안으로 옮겨 놓았다.

저녁 무렵 식탐이 많은 아이들이 찾아오면 나누어줄 생각이었다. 그리고 말없이 나가더니 한쪽 면은 희고, 다른 한쪽 면은 우윳빛의 담황색이며, 표면에 세로로 녹색 줄무늬가 있고, 양쪽 끝이 약간 갈라져 향기가 솔솔 풍겨 나오며, 냄새만 맡아도 군침이 흐를 것 같은 다른 한 큰 쿠이커치를 들고 돌아왔다. 그리고 쿠투쿠자얼이 즐길 수 있도록, 방금 전과 같은 방법과 순서대로 조각을 내고 보기 좋게 놓아두었다.

"이것도 맛없어요. 올해 쿠이커치가 왜 이래요? 물 너무 많이 준 거 아니에요?"

아시무는 이 모욕적이고 도발적인 질문에 아무 대답도 하지 않았다. 물을 주는 양과 시기를 적절하게 조절함으로써 참외(쿠이커치)와 수박을 빨리 영글게 하고 더 크게 자라도록 하는데 순결한 무슬림이 어찌 그런 파렴치한 짓을 할 수 있단 말인가! 이건 우유에 물을 섞어 파는 것과 같아, 죽으면 시체가 까맣게 변하고, 땅에 묻혀도 무덤이 무너지게 될 만한 일이었다. 하지만 아시무는 꾹 참았다.

만약 오늘 여기에 온 사람이 쿠투쿠자얼이 아니라 다른 사람이라면 분노를 참고 몇 개 뜯어다 주었을 것이다. 자기 마음에 들고 입맛에 맞는 것을 골라 먹는 것, 이것은 참외·수박밭을 직접 찾아와서 참외나 수박을 먹는 사람에게 주어지는 누구도 나무랄 수 없는 특권이었다. 농촌 사람이니 이런 약간의 '우월감'을 가질 수 있었다. 그러나 아무리 쿠투쿠자얼 서기라고 하여도,

어디까지나 친동생이 아닌가! 무엇보다 한창 바쁜 시기인데 찾아와서 영감님 행세를 하니, 아시무로서는 반감이 들 수밖에 없었다. 아시무는 침울한 표정으로 입을 꾹 다물고, 공손하게 동생의 등 뒤로 돌아 자리를 떠났다. 한참 후 겉보기에 방금 전 두 개보다 훨씬 작은 등외품 같은 쿠이커치 하나를 들고 나타났다. 쿠투쿠자얼 앞에 척 내려놓더니, 이번에는 자르지도 않고 거들떠보지도 않고 휙 돌아서더니, 칸투만을 메고 밭으로 나가 김을 매었다.

쿠투쿠자얼은 그런 아시무의 뒷모습을 보며 피식 웃었다. 그는 형의 성격을 잘 알고 있었다. 그는 스스로 그 작은 쿠이커치를 잘라서 달든 말든 두어 입 먹더니 맥이 빠져 다시 누웠다.

졸려서 의식이 몽롱해질 때 쯤, 누렁개가 갑자기 목줄을 끊을 기세로 악을 쓰며 왈왈 크게 짖어댔다. 쿠투쿠자얼과 아시무는 모두 의아해하며 누렁개의 시선을 따라 쳐다보았다. 낮에 사원들이 와도 누렁개는 한 번도 그렇게 짖은 적이 없었다. 쿠투쿠자얼은 한 쪽으로 햇빛을 가리며 길을 따라 내다보았다. 작은 사람 그림자가 언뜻 보였는데, 마르고 큰 키에, 등이 굽고, 걸을 때 머리를 기우뚱거렸다. 바오팅구이라는 것을 눈치 챈 쿠투쿠자얼은 다시 누웠다. 한참 후 바오팅구이는 위구르어와 한어를 반씩 섞은 어설픈 언어로 물어보았다.

"아시마훙(阿西馬洪, 즉 아시무 아훙)! 서기 여기 있어요?"

"있어요!" 아시무가 손가락으로 가리키며 대답하였다.

바오팅구이는 허리를 굽히고 시렁 쪽으로 걸어왔다. 누워 있는 쿠투쿠자얼을 보더니 몹시 기뻐하며 말했다.

"서기! 한참 찾았잖아요. 점심에 한 번 찾으러 갔었는데, 잠들어 있었어요. 한참 후에 다시 갔더니 보이지 않기에 여기로 왔을 거라고 딱 눈치를 챘죠."

'어떻게 그리 쉽게 단번에 딱 눈치를 챘어?'

쿠투쿠자얼은 속으로 말했다. 그리고 바오팅구이의 그런 말투가 썩 언짢아서, 냉담하게 물었다.

"무슨 일이요?"

바오팅구이는 쿠투쿠자얼의 물음에 답하지도 않고, 먼저 맛없어서 먹다 남긴 쿠이커치 몇 조각을 집어 게걸스럽게 먹기 시작하였다. 온 얼굴에 과즙이 범벅이 되고 나서야 쿠투쿠자얼에게 잘 보이기 위해 친밀한 척 가까이 다가가서 히죽거리며 말했다.

"편지가 왔어요."

"무슨 편지요?"

쿠투쿠자얼은 여전히 별로 신경을 쓰지 않으며 물었다.

바오팅구이는 주머니 속에서 세로로 된 그라프트지 편지봉투 하나를 꺼냈다. 봉투 아래의 발신인 난에는 빨간색 단위 명칭이 활자로 찍혀있었다. 바오팅구이는 봉투 속에서 편지지 두 장을 꺼냈는데, 편지지 위에도 똑같이 빨간색 글자가 활자로 찍혀 있었다. 공용 편지지임을 확인한 쿠투쿠자얼은 갑자기 큰 관심을 가지기 시작하면서 벌떡 일어나 앉았다.

"친구에게 편지가 왔어요. 자동차가 있대요! 나에게 빠른 시일 내에 오라고 하는데……" 바오팅구이가 흥분되어 말했다.

이 일의 경과는 다음과 같았다. 1962년 겨울 트랙터를 장만하기 위해 각 생산대로부터 일부 적금을 거두어 공사에 집결시켰는데, 돈이 모여졌을 때는 이미 트랙터의 지표(指標)가 분배된 후였다. 그렇게 시기를 놓치는 바람에 끝내 트랙터를 놓치고 말았다. 바오팅구이와 잡담을 나누면서 쿠투쿠자얼이 이 일을 언급한 적이 있었다. 그 당시 이 말을 듣자마자 바오팅구이는 한 가지 대책을 내놓았다.

"트랙터를 구입해서 뭐해요? 자동차 한 대를 장만해요! 자동차만 있으면 모든 것이 해결돼요! 자동차는 돈줄이고 화수분이며 재물신이에요! 바퀴가 돌아가면 인민폐는 알아서 튀라튀라(脫拉脫拉, 위구르어이고 많다는 뜻임 - 역자 주) 들어오게 돼 있어요. 뭘 하든 걱정이 없죠……"

"자동차는 나라에서 통일적으로 분배하는 건데, 어디 가서 지표를 얻지요?"

쿠투쿠자얼은 불가능한 일이라며 머리를 흔들었다.

"나에게 방법이 있어요!"

바오팅구이는 득의양양하여 가슴 앞에서 엄지를 흔들어대며 말했다.

"낡은 차를 사면 돼요! 여기에 관해 내가 잘 아는 사람이 있어요. 낡은 차를 사는 건 지표가 필요하지 않아요. 가격도 저렴하고요."

"오래 전부터 자동차를 사려고 생각했어요. 나라의 통일적인 분배가 없으면, 차를 구입한다고 해도 차에 넣을 휘발유가 또 문제라고 하던데……"

"나만 믿고, 나에게 맡겨요!"

"정말이요? 허풍 치지 말고요!"

"허풍 치는 거라면 나는 사람도 아니에요. 살 건지 안 살 건지, 정확하게 딱 잘라 말해요. 사겠다는 말 한 마디만 하면, 당장 편지를 쓸게요."

"사요! 사!"

쿠투쿠자얼은 웃으며 말했다. 하지만 정말 성사될 거라고는 생각하지 않았다. 그는 어려서부터 입 발린 말만 번지르르한 곳에서 생활하였고, 큰소리를 치는 데 돈이 드는 것도 아닌 환경에서 자랐으며, 헛된 공상만 가득한 시대를 살아왔기에 설마하는 심정으로 말했던 것이다.

그리고 몇 달이 흘렀다. 쿠투쿠자얼은 이 일을 까맣게 잊고 있었다. 그런데 오늘 바오팅구이가 공용 편지봉투와 편지지를 들고 그를 쫓아 참외밭까지 왔던 것이다.

"편지에서 친구가 자기네 공장에 지금 방금 폐기 신고한 미국 다다오치(大道奇) 한 대가 있는데, 처분을 기다리고 있다고 해요. 그 전에 우리가 빨리 도착하면 구입할 수 있다고 했어요."

"폐기 신고한 차를 우리가 사서 뭐해요?"

"어이구구, 존경하는 서기님…… 내가 본 당신은 총명하고, 능력이 있으며, 담력도 있고, 계산도 빠르고, 지략도 뛰어난 사람이에요. 그래서 우리에게는 모두의 다당쯔(大當子, 한족들이 위구르어의 '아버지'를 모방한, 비규범적인 말)와 같다고 당신을 생각하는데, 오늘은 어찌 이런 꽉 막힌 고지식한 소리만 하십니까? 폐기 신고를 했다고는 말하지만, 사실은 사용기한이 넘은 것뿐이에요. 중요한 부속품 몇 개가 고장 난 거 빼고는 아직 멀쩡한 차입니다. 부속품을 바꾸고, 손을 좀 보면, 바퀴는 문제없이 돌아가요. 그리고 차 수리를 다른 사람에게 맡길 필요도 없어요. 내가 하면 되니까요!

우리 대대에서 큰마음 먹고 투자만 한다면, 그리고 협동 관계를 잘 처리한다면, 나머지는 문제될 게 하나도 없어요. 부속품은 틀림없이 교체할 것이고, 페인트칠과 전기 도금까지 싹 다시 해서 새 차처럼 번쩍거리는 자동차를 몰고 돌아올 수 있을 겁니다! 이렇게 저렴하고 좋은 차를 또 어디 가서 구합니까? 나는 서기에게 일편단심이에요. 그렇지 않으면 나랑 상관도 없는 일에 발 벗고 나서겠어요!"

이렇게 말하며 바오팅구이는 손등으로 편지지를 툭툭 쳤다.

"이걸 봤죠? 편지를 쓴 이 친구는 본인이 자동차를 관리하고 있는 사람이에요. 다른 건 다 빼고 직접 편지를 써서 우리에게 이 소식을 전했다는 것만으로도, 열성적이고 친근한 사람이란 걸 알 수 있지 않아요? 이 고마움을 어떻게 갚아야 할지 모르겠어요."

"우리에게 자동차를 파는 일은 당신 친구가 결정할 수 있는 문젠가요?"

"당연하죠. 문제없어요. 어떤 일이든 혼자서 결정할 수는 없잖아요. 상·하·좌·우 관계를 어떻게 처리하느냐에 달렸죠."

"확실히 좋은 기회이긴 하군요!"

쿠투쿠자얼이 머리를 끄덕이며 말했다.

"빠를수록 좋아요! 만약 의향이 있으시다면, 내일 당장 떠날게요. 늦으면 다른 사람에게 넘어갈 수도 있어요!"

"이 일은…… 대대장과도 의논해 봐야겠어요."

"관둬요, 관둬. 번거롭게 그렇게 할 거면요…… 아이라이바이라이(艾來白來, 위구르어, '여차여차하다[如此這般]', '이러이러하다'의 뜻이고, 동시에 '쓸데없는 소리를 늘어놓다', '말이 많다'와 같은 폄하의 뜻도 있다. 신장에 거주하는 한족들이 자주 쓰는 말 – 역자 주)하며 어물거리다가는 절호의 기회를 놓치고 말아요. 정말 이해가 안 되네요. 당신이 우리의 우두머리잖아요.

마침 여러 가지 부업도 관장하고 있고, 자동차를 사려는 것도 당신 혼자 생각이 아닌데 망설일 게 뭐 있어요? 당신을 위하는 일이 아니면, 나도 신경 쓰지 않아요! 팔인교(八抬大轎, 청나라 이전의 고관이나 신부가 타던 가마 – 역자 주)가 모시러 와도 소용없다니까요! 작년에 돼지사건 때문에 나는 우리 마을에 대해 이미 철저하게 실망했어요. 그 당시 만약 당신이 붙잡아 주지 않았더라면, 아무 미련 없이 떠났을 거예요…… 마누라 옆에서 편안하게 잠이나 자면 얼마나 좋아요! 그 먼 길을 떠나 고생스럽게 출장을 가야 하는, 이런 생고생을 찾아 할 이유가 뭐가 있어요! 게다가 내 돈까지 보태야 할 판인데……"

바오팅구이는 형식과 내용이 모두 겸비된 훌륭한 웅변으로 끝내 쿠투쿠자얼을 설득하였다.

"좋아요. 당신 일단 떠날 채비를 하고 있어요. 그런데 돈은 지금 당장 가지고 가야 하나요?"

쿠투쿠자얼이 말했다.

"아니요, 그럴 필요 없어요. 걱정 말아요. 우선 출장비 백 위안 정도에, 연락비(聯絡費) 백 위안 정도만 가지고 떠나면 돼요. 일이 성사되면, 그때 돈을 부쳐주면 돼요!"

쿠투쿠자얼은 머리를 끄덕거렸다. 그리고 말했다.

"이렇게 해요. 내가 좀 더 생각해보고, 만약 별 문제가 없으면, 내일 아침 당신에게 결정을 말해 줄게요. 그럼 당신은 모레 떠나도록 해요."

"그럼 그렇게 하세요. 당신이 시키는 대로 할게요. 길을 떠날 때, 유치기름, 꿀, 사과, 모허 담배 등도 가지고 가야겠어요⋯⋯"

그러더니 바오팅구이는 갑자기 소리를 낮추며 기괴한 표정을 지으며 말했다. "대외 무역부에도 친구가 있어요. 거기에 요즘 처분해야 할 허톈 벽걸이 융단(壁毯)이 수두룩하다고 하던데, 다녀올 때 들려서 하나 가져다 드릴게요. 당신 네 집에는 없는 거 빼고 다 있지만, 벽걸이 융단 하나가 없다는 것이 아쉬워요. 벽걸이 융단까지 걸어놓으면, 주장(州長)네 생활이 서기 네를 따라올 수 없을 겁니다."

바오팅구이는 소리를 내어 크게 웃었다. 쿠투쿠자얼은 마지막 말은 못 들었다는 듯이 손을 흔들었다.

바오팅구이는 시렁 안에서 나와 앞으로 몇 걸음 걸었다. 그 때 쿠투쿠자얼이 그를 불러 세우더니 물었다.

"바오 씨, 솔직하게 말 해봐요. 도대체 얼마만큼 확신할 수 있는 겁니까?"

"어이구, 서기 님⋯⋯

바오팅구이는 쓴 웃음을 지으며 말했다.

"어떤 말을 해야 안심할 수 있겠어요? 만약 확신이 없다면, 굳이 왜 당신을 찾아왔겠어요? 80%, 90%, 99.9% 자신이 있다고 말할 수 있어요. 하지만 자동차를 몰아오기 전까지는 100%라고는 말할 수 없잖아요. 당신의 말을 인용한다면, 마지막 0.1%는 알라신의 뜻에 따라야죠. 자신 있어요. 하지만 장담 할 수는 없어요. 속된 말로 호랑이 굴에 들어가지 않고, 어찌 호랑이 새끼를 잡을 수 있겠어요? 그리고 밑져야 본전 아니겠어요? 자동차를 사오지 못했더라도, 손실이라고 해봐야 돈 몇 푼에, 특산물 몇 가지겠죠. 비록 수고스럽지만요…… 이 기회에 우루무치 큰 지방의 부유한 단위랑 연락도 맺고, 여차여차 떼를 써서 자동차 자재라도 얻어올 수도 있잖아요. 대대에서 차 수리를 하는 건 나에게만 이득이 되는 일이 아니라는 걸 잘 아시잖아요……"

이렇게 따지면 전혀 말이 안 되는 건 아니었다. 다만 마지막 한 마디가 지나치게 노골적이었다. 쿠투쿠자얼은 위엄 있는 기침으로 이 헤이다이(嘿達依, 즉 '한족'을 음역한 말로서, 러시아어의 '키따이 즉 중국'과 발음이 비슷하고, 혹은 한어 발음이 '契丹[거란]'과 비슷하다는 설도 있는데, 긴 시간 여러 입을 거쳐 전해지면서, 약간의 폄하하는 뜻도 담기게 되었다 – 역자 주)의 끊임없는 잔소리를 제지하였다.

드디어 바오팅구이가 떠났다. 쿠투쿠자얼은 한참을 곰곰이 생각하였다. 일이 성사되면 자동차 한 대가 생기는 건데 이건 아주 대단한 일이었다. 쿠투쿠자얼의 머릿속에는 늘 한 가지 문제가 자리 잡고 있었다. 대대의 간부란 도대체 얼마나 대단한 걸까? 그는 때때로 이 문제를 꺼내 생각하기를 즐겼다. 옛날의 백호장(百戶長)이라고 해야 하나의 작은 지방도시에는 백여 가구에 불과하였다. 그런데 오늘날 그는 몇 천 가구를 관리하고 있다. 지난 날 명성이 자자했던 배불뚝이 마무티네 집에는 기껏해야 몇 십 마리의 말이 있었지만, 지금 그는 곧 자동차 한 대를 마련하게 된다. 예전에는 적어도 네다섯 아내를 맞을 수 있었는데…… 이건 더 이상 바랄 수 없는 일이지만……

만약 성사되지 않는다면 어떤가? 성사되지 않으면 기껏해야 200위안 정도 손해를 보게 될 뿐 그다지 많은 돈은 아니었다. 이 일에서 리시티와 이리하무가 방해하여 나설 수 있다는 것이 문제의 관건이었다. 이렇게 생각하던 그는 갑자기 미소를 지었다. 악마도 그의 속셈을 미처 파악하지 못할 것이고, 요정도 그의 지혜를 당하지 못할 것이다. 근 몇 년 동안의 기량 겨룸을 통해, 그는 자신의 매끄러운 일 처리 능력과 누구에게나 환심을 사는 재주, 전화위복의 재능에 대해 더욱 자부심을 가지게 되었다.

만약 상대 쪽에서 왈가왈부하면서 떠들어댈 뿐 손을 쓰지 않는다면, 대치하는 국면이 이루어 질 것이고, 대치 상태는 그에게 있어 나쁘지 않았다. 왜냐하면 정상적인 상황에서 그는 자신이 장악하고 있는 권력을 충분히 이용하여 지위를 공고히 다질 것이고, 눈앞에 놓인 그 어떤 이익이라도 절대 놓치지 않을 자신이 있었기 때문이었다. 위구르족 특히 이리 사람들에게는 신봉하는 한 가지 격언이 있다. 즉 "오늘은 오늘에만 집중하라. 내일까지 걱정할 이유가 없다!" 는 말인데, 쿠투쿠자얼도 이 말을 굳게 믿고 있었다.

뿐만 아니라, 사태가 갑자기 바뀐다고 해도 그에게는 미리 준비해둔 대책이 있었다. 그는 미리 밑거름을 해 두었고, 종자를 뿌렸으며, 기후가 적절해져 꽃이 피고 열매를 맺고 수확하기만을 기다리고 있는 중이다.

하지만 얄미운 이리하무가 있다. 쿠투쿠자얼은 처음엔 이리하무가 단지 어린애에 지나지 않을 거라고 생각하고, 자신의 기민함과 열정으로 그의 마음을 얻고 '함께'하려고 시도하였다. 하지만 뜻대로 되지 않았다. 이리하무는 항상 자신의 머리로 문제를 사고할 뿐 절대 그의 영향을 받지 않았다. 처음의 방법이 먹히지 않자, 쿠투쿠자얼은 리시티를 대처하던 방법으로 이리하무를 밀어냈다. 하지만 이리하무는 결코 기가 죽거나 열정이 식거나 침울해지지 않았다. 뿐만 아니라 업무로부터 시작하여 쿠투쿠자얼 본인에 이르기까지 그에 대해 끊임없이 의견을 제출하는 것이었다. 겨울 한 차례의 당 생활회의에서 이리하무는 이름을 찍어 말하면서 긴 말로 그를 공격한 적이 있었다. 그리하여 명불허전의 오리임에도 불구하고 그는 물기를 깨끗하게 털어버릴 수가 없었다. ……의견을 제출하는 것이 공산당 사이에서는 왜 성행하게 되었을까? 의견, 의견, 그야말로 골 때리는 찬바람이었다! 지난 날 백호장은 이런 난무하는 의견들을 허용하지 않았다…… 의견을 제출하면 또 어떤가? 누가 뭐라 해도 대대의 서기는 나인데, 이리하무인들 무슨 방법이 있겠는가!

이렇게 생각하며 쿠투쿠자얼은 득의양양하게 웃었다. 몸도 마음도 가볍고 상쾌해지는 느낌이었다. 그는 가벼운 걸음을 디디며, 김을 매고 있는 아시무 옆으로 다가가 쪼그리고 앉았다. 그리고 주머니 속을 한참 뒤지더니 모허 담배 한 줌을 꺼냈다. 또 다른 쪽 주머니 속에서 때 지난 신문 한 조각을 꺼내, 길고 좁게 찢더니, 그 위에 담배를 덜어 놓고 돌돌 말았다. 마지막에 침을 발라 마무리한 후, 불을 붙이고 두어 모금 깊게 빨았다. 그리고 친근하게 불렀다.

"형!"

참외·수박밭에 온 이래, 쿠투투자얼은 처음으로 인정미 있게 불렀다. 아시무는 칸투만을 멈추고 머리를 돌려 쳐다보았다.

"이쪽으로 와요! 좀 쉬다가 해요……"

"난 괜찮은데……"

"이쪽으로 오라니까요. 할 말이 있어서 그래요."

아시무는 칸투만을 둔덕 옆에 세워놓고 천천히 걸어왔다. 두 사람은 나란히 땅 위에 앉았다.

"집사람이 이미 말했죠?"

쿠투쿠자얼이 물었다.

아시무는 얼굴 근육이 움찔하였다. 그는 갑자기 우울한 표정을 지으면서 머리를 살짝 끄덕하였다.

"어때요?"

아시무는 한숨을 내쉬었다. 그리고 난감해 하며 말했다.

"딸이 싫다고 그러는데……"

"뭐요? 딸이 싫어한다, 이 말이 형 입에서 나온 말 맞아요? 내 소중한 형님아!"

쿠투쿠자얼은 흥분하며 벌떡 일어섰다.

"우리의 예의 법도는 안중에도 없네! 그 애 내키는 대로 하게 내버려두면 어떻게 해요! 아이미라커쯔는 이미 23살이에요. 여자들은 벌써 서너 명 아이를 낳아 기르고도 남을 나이란 말이죠! ……내가 소개한 남자는 번듯한 직장이 있는 도시 사람이에요. 한 달에 6, 70 위안을 벌 수 있단 말이에요. 형 네 쪽에서 아이미라커쯔를 그 남자에게 시집보낼 의향만 있다면, 그 사람은 형, 형수, 이밍쟝까지, 매 사람 앞에 각각 코르덴 저고리와 바지를 새로 장만해 줄 수도 있어요. 총 세 세트를 받을 수 있을 뿐만 아니라, 형네 쪽에서는 직물 배급표(布票) 걱정도 전혀 할 필요 없어요!"

"그런데 나이가 좀 많다고 들었는데……"

"아이 참, 이봐요…… 남자가 47살이면, 한창 기운이 펄펄한 젊은 나이 아니에요? 잊었어요? 쑤리탄 바이는 67세 나이에 16살 난 어린 계집을 아내로 맞이했잖아요……"

"딸애가 혼사 말만 나오면 그렇게 울기만 하는데……"

"운다고요?"

쿠투쿠자얼은 의아해하며 소리를 질렀다.

"다 큰 계집애에게 좋은 시댁 알아봐 줬으면, 기뻐서 싱글벙글 웃어야죠. 몰래 뒤에서 웃고 있을지도 몰라요."

쿠투쿠자얼은 "하하" 하며 크게 웃었다. 그러다가 형의 불쾌한 표정을 보고 나서야, 삼촌으로서 그다지 적절치 않은 태도라는 것을 깨닫고 곧바로 웃음을 멈추었다. 그리고 정색하며 말했다.

"우는 척 하는 것뿐이에요……"

아시무가 벌떡 일어섰다. 더 이상 그와 대화하고 싶지 않다는 뜻이었다. 쿠투쿠자얼은 쫓아가서 강조하며 말했다.

"미리 경고해 둘게요. 아이미라커쯔의 혼사는 이미 잠시도 늦출 수 없는 시기예요. 이 시기를 놓치면, 그 애와 결혼해 줄 무슬림은 더 이상 없어요. 하루 종일 숱한 사내들 몸을 만지는 여의사를 누가 아내로 맞고 싶겠어요? 이러다가 일이 날지도 몰라요."

아시무는 묵묵히 머리를 끄덕거렸다.

"형님 네 대대 대장은 어때요?"

쿠투쿠자얼이 물었다.

"좋은 사람이지."

"그럼 형님 생산대에서 이리하무는 어때요?"

"좋은 사람이야!"

그러자 쿠투쿠자얼은 소리를 버럭 지르면서 말했다.

"뭐가 그리 좋은 사람이라는 거요? 그 사람은 속부터 겉까지 알라신에 대한 불신으로 가득 찬 사람이라는 걸 몰라서 그런 소리를 해요?"

"그런 너는 어떤데?"

아시무는 쿠투쿠자얼을 돌아보며 엄격한 눈빛으로 째려보았다.

"나는 겉으로만 그렇지 사실상 믿고 있어요. 내 오른쪽 어깨 위의 신(위구르족들은 사람의 양쪽 어깨 위에 각각 신이 있다고 믿는다. 왼쪽 신은 그 사람의 '악'을 기록하고, 오른쪽 신은 그 사람의 '선'을 기록한다고 한다 – 역자 주)이 증명할 수 있지요. 나는 알라신에 대해 불경스런 일을 해본 적이 한 번도 없어요."

"이리하무도 좋은 사람이라네. 작년에 만약 그가 아니었더라면, 나는 겁에 질려 벌써 큰 병에 걸렸을지도 몰라!"

"흥흥!"

쿠투쿠자얼은 냉소하더니 곧바로 말을 엮어냈다.

"그거 알아요? 올해 4월에 이리하무가 글쎄 목축업 작업대에서 자연사한 가축(즉 도살이 아닌 다른 이유로 죽은 가축으로서, 이슬람교에서 식용을 엄금하는 것 중의 하나)의 고기를 사원들에게 팔자고 주장했던 것, 그러면서 모든 낡은 관례는 엄수할 필요가 없다는 것이에요. 내가 나서서 거의 치고받다시피 하지 않았더라면, 형님 생산대 사람들은 벌써 그 불결한 고기를 먹었을 거예요! 그 후에,"

쿠투쿠자얼은 얼굴을 아시무 귀에 가까이 붙이면서 말했다.

"이 일 때문에 나는 당의 비판까지 받아야 했어요!"

아시무는 얼굴색이 급격히 나빠졌다. 그는 명치를 부여잡고, "알라신이시여!" 하고 중얼중얼 외웠다. 뿐만 아니라 몸을 가누기조차 힘든 듯 휘청거렸다. 만약 생산대 간부가 앞장서서 함부로 자연사한 가축고기를 사원들에게 판다면, 그건 앞으로 살아가기 어려운 크나큰 죄였던 것이었기 때문이었다. 그는 최근 몇 년 사이 생산대로부터 분배 받았던 두 차례의 고기들을 돌이켜 보았다. 그러고 보니 고기의 색깔이 어둡고 피가 검은 빛깔이었던 것 같았다. 설마 그 고기들이 모두 불결한 음식이었단 말인가!…… 순간 속이 울렁거리며, 당장 토할 것만 같았다.

그들의 대화는 계속되지 않았다. 웃고 떠드는 소리와 함께 또 다른 두 사

람이 참외·수박밭을 찾아온 것을 알았고, 그들은 아시무쪽을 향해 걸어오
고 있었다. 큰 걸음으로 성큼성큼 걷고 있는 앞사람은 호탕하게 웃으며 큰
소리로 뭐라고 말하였지만, 뒤에서 따라오는 사람은 비굴하게 굽실거리며
조심스러운 모습이었다. 앞사람은 바로 무싸 대장이었고, 뒷사람이 바로 공
사의 신입 사원인 도망치다가 중간에 다시 돌아온 예전의 과장 반라쯔(半拉
子) 하지(哈吉, 위구르어로 성지순례를 마친 사람의 호칭) 마이쑤무, 곧 마이쓰
모푸였다.

"우리 생산대의 참외·수박밭이 바로 여기예요! 한 번도 와본 적이 없죠?
어이구, 과장님! 당신도 참 너무도 융통성이 없으시네요! 사람은 때와 상황
에 맞춰 말과 행동을 해야 하고, 어느 고장에 가면 그 고장의 풍속을 따라야
하는 법이에요. 오늘날에는 당신의 과장인지 모장(摩長, '과장인가 뭔가 하는'
라는 뜻이다)" 인지 하는 시대는 이미 끝났어요. 아마 다시는 돌아오지 않을
수도 있어요. 그렇지만 그게 뭐가 중요해요! 능력이 있어서 과장직까지 맡
았던 사람인데, 그까짓 벼슬을 잃은 게 대숩니까? 나를 보세요. 간부로 임
명되었다가 다른 사람에 의해 세 번이나 파직될 뻔 했잖아요. 에잇, 에잇, 에
잇, 사내대장부로 살다보면 어떤 일인들 겪지 않겠어요? 불쾌하게 생각하
지 말고, 우리 같이 농사나 지어요. 농민도 농민 나름의 재미가 있고, 진정한
농민이 되는 법이 있지요. 내가 대장이라면 당신을 절대로 푸대접하지는 않
을 겁니다. 하하……"

무싸는 득의만만한 표정으로 말하며 걸어왔다. 마이쑤무는 머리를 약간
끄덕이며, 겸손하게 웃었다.

"아시무 형!"

무싸가 불렀다. 하지만 눈에 먼저 들어온 것은 쿠투쿠자얼이었다.

"어머! 서기 형님이네. 여기 있었어요?"

쿠투쿠자얼은 이곳에서 그들 두 사람을 만나게 된 것에 대해 낭패라고 생각하였다. 특히 마이쑤무를 만나게 되어서 난감하였다. 마이쑤무 앞에서 쿠투쿠자얼은 항상 엄숙한 태도를 유지해 왔던 것이다. 마이쑤무가 불편한 이유는 반라쯔 하지라서가 아니라, 사람들이 리시티를 대체하여 대대의 서기가 된 자신과 상갓집의 개 신세가 된 마이쑤무를 한데 엮어 말하는 것이 싫어서였다. 마이쑤무는 이 대대로 배치되어 오자마자 복차 한 덩이를 가지고 쿠투쿠자얼네 집으로 찾아왔었다.

쿠투쿠자얼은 정색하며 마이쑤무를 한바탕 비판하였고, 복차를 그대로 다시 돌려보냈다. 그리고 쿠투쿠자얼은 자신이 마이쑤무의 복차를 받지 않았다는 사실을, 대대 지부 위원회의에서 거리낌 없이 크게 떠벌렸다. 이에 싸니얼과 무밍은 그의 '원칙성'에 탄복하였고, 동시에 이 사건을 통해, 그는 자신과 마이쑤무 사이에 아무런 개인적인 친분이나 정실 관계가 없다는 것을 증명하려고 하였던 것이다. 그리고 뒤로는 파샤한을 보내 마이쑤무의 아내 구하이리하눙(古海麗哈儂)에게 호의의 뜻을 전달하였던 것이다.

"과장께 전해주도록 해요. 우리는 양심적인 사람들이고, 우정을 중요하게 생각하는 사람들이라고 말이에요."

얼마 후 구리하이리하눙은 복차 두 덩이와 3미터나 되는 꽃무늬 비단을 파샤한에게 선물하였고, 파샤한은 기쁜 마음으로 받았다. 이 일은 마이쑤무와 쿠투쿠자얼과는 아무런 관계가 없었다. 요즘 쿠투쿠자얼이 한 가지 결정을 내렸다. 여름 수확이 끝난 다음 마이쑤무를 대대의 가공 공장의 출납원으로 임명할 예정이었다. 이 소식은 이미 마이쑤무의 귀에 들어갔다. 그리하여 마이쑤무의 표정과 발걸음이 훨씬 침착하고 자유로워진 것 같았다. 그리고 이 소식은 또 무싸에게 전해졌다.

무싸는 즉시 이 '신입사원'에 대한 '배려'를 강화하였다. 오늘 마이쑤무를 데리고 참외·수박밭에 와서 실컷 먹으러 온 것도 그 배려 차원이었다. 그러나 쿠투쿠자얼은 마이쑤무에 대한 정감을 한 번도 표면으로 드러낸 적이 없었고, 마이쑤무에게 아무런 승낙이나 약속도 한 적이 없었다. 쿠투쿠자얼은 마이쑤무를 대함에 있어, 여전히 공적인 일은 원칙에 따라 공정하게 처리하였고 거만을 떨었다. 그렇기 때문에 밀 수확의 열기가 하늘을 찌르는 이 중요한 시기에, 참외·수박밭에서 우연히 만나게 된 것에 대하여 쿠투쿠자얼은 불편하게 생각하였고, 심지어 무싸에 대해 혐오감을 느꼈다.

세상에 어쩜 이렇게 멍청한 놈이 다 있을까? 무싸는 괜찮은 재목이었다. 반반한 탁자는 아니더라도 의자 한 대는 만들 수 있는 재목이었다. 그래서 잘 다듬어 뭔가를 만들어 보려고 대패질을 시작하였는데, 그 재목이 완전히 정신이 나가 버린 것이었다. 대패 밑에서 자꾸 튀어 오르고 미끄러지는 바람에 쓸모없는 놈이 되고 말았다!

서기의 부자연스러운 표정을 눈치 챈 마이쑤무는 얼른 몸을 공손히 하며 사죄하는 어투로 말을 건넸다.

"심장이 안 좋다고 들었는데 정말이에요? 점심 때 보니까 식사도 제대로 못하시던데……"

마이쑤무의 자상한 안부를 묻는 덕분에 쿠투쿠자얼의 난감함이 약간 사라진 것 같았다. 그러자 또 곧바로 말을 이어나갔다.

"그럼 안 돼요. 절대 안 되고말고요. 건강이 무너지면 큰일이에요. 아마도 너무 피로해서 일거에요. 그러게 너무 무리하면 안 된다니까요. 심장이 안 좋으면 뭘 먹어도 맛이 없고, 뭘 먹어도 쓴맛이 나게 마련이거든요. 이것 보세요. 참외마저도 입맛 없어서 안 드셨잖아요!"

"요즘 너무 과로했어요. 충분히 휴식을 취해야 하는데……"

마이쑤무는 눈을 아래로 깔면서 적절한 때에 말을 멈추었다. 너무 많은 말을 하면 방자하게 느껴질 수 있다고 생각하였다. 하지만 그는 속으로는 비웃고 있었던 것이다.

이때 아시무가 걸어와 물었다.

"수박 먹을래요? 참외 먹을래요?"

무싸는 눈을 게슴츠레 뜨고, 자신이 가장 좋아하는 가락을 한 곡 뽑았다.

언니가 좋아, 동생이 좋아?

누가 내 마음에 드니(叮心)? 누가 좋지?

수박이 좋아? 참외가 좋아?

어느 게 내 입에 맞나(叮口)? 어느 게 달지?

그러더니 소리쳤다.

"수박이든 참외든, 맛있고 예쁜 걸로 많이만 따다 줘요!"

아시무는 수박이든 참외든 뜯으러 갔다. 무싸가 쿠투쿠자얼의 상태를 살피며 말했다.

"요즘 너무 피곤한 것 같아요! 안색 좀 안 좋네요! 우리는 사람이지 기계가 아니에요. 기계도 기름칠을 하고, 정기적으로 정비해야 하잖아요! 산으로 올라가세요. 여름 목장에 가도록 하세요. 지금 산 위에는 시원하고 먹을 것도 많을 때니, 카즈흐족들의 장막에 묵으면서, 날마다 수유, 좌러우(抓肉), 말 젖 등을 마시도록 하면…… 아마 산에서 내려올 즈음이면 건장해져서 그야말로……"

무싸는 그야말로 씨황소도 능가할 것이라고 말하고 싶었다. 하지만 서기를 이런 식으로 비유한다는 건 교양이 없는 일인 것 같아 입 앞까지 나왔던 말을 다시 삼켜버렸다. 그런데 이보다 더 적절한 말을 찾지 못해, 결국 말이 끊기고 말았다. 사실 뒤룩뒤룩 살이 쪄서 목 돌리기마저 힘들어하는 쿠투쿠자얼의 모습은 꼭 한 마리의 씨황소 같았다. 이보다 더 적절한 표현이 또 있을까?

아시무는 잇따라 세 개의 참외와 두 개의 수박을 따서 안고 왔다. 무싸는 엄청 빠른 속도를 자랑하며 먹어치웠다. 특히 수박을 먹는 솜씨가 아주 뛰어났다. "후루룩 쩝쩝" 하며 국물 마시듯 삼키면서, "후루룩 퉤퉤" 하며 씨를 뱉어내는 동작은 신기할 정도였다. 수박을 먹는다기보다는 차라리 "들이마신다, 흡입한다, 삼킨다, 쑤셔 넣는다, 소멸시킨다"는 말로 표현하는 것이 더 적절한 것 같았다. 과육을 넘기는 동시에 씨는 그의 입아귀로부터 자동적으로 뿜어져 나왔는데, 과즙과 과육을 넘기고 씨를 뱉어내는 사이에는 잠시 쉴 틈도 없었다. 이것도 하나의 뛰어난 재주라면 재주였다. 2·3분 사이에 그는 두 개의 수박을 전혀 종적을 찾아볼 수 없을 만큼 깨끗하게 먹어치웠다. 그리고 아시무의 수박 농사가 참 잘 되었다면서 연신 칭찬하였다. 그러더니 쿠투쿠자얼에게 몇 조각이라도 먹으라고 권하였다.

"당신도 수박 좀 드세요! 열기를 식혀줘야 당신 건강에도 좋아요."

쿠투쿠자얼은 손을 흔들며,

"전혀 입맛이 없어요."

라고 말했다.

"당신 비장과 위의 상태를 보아 피오(啤渥)를 좀 마시는 게 좋을 거 같네요."

마이쑤무가 말했다.

피오란 바로 맥주였다. 이리 사람들은(한족도 포함) 원래의 발음대로 맥주를 피오라고 불렀다. 이런 피오의 발원지는 러시아이고, 당지에 거주하고 있는 러시아인들은 전통적인 방식으로 피오를 양조하는 관습을 가지고 있었다. 그리고 이러한 전통적인 양조방식은 이닝 시내의 위구르족들 사이에 널리 알려지게 되었다. 피오의 제조법은 대체로 이러하였다. 우선 밀기울을(보리가 있으면 더욱 좋다) 물에 넣고 푹 삶아서 걸러낸 다음, 그 물에 홉(啤酒花), 설탕, 꿀을 넣어서 병에 담아둔다. 마지막에 병 입구를 큰 고무마개로 막아놓는데, 널빤지로 고무마개를 단단하게 박아 넣음으로써, 완전히 밀봉 상태로 만드는 것이 좋다. 그리고 햇빛이 좋은 직사광선 아래에 놓아둠으로써, 온도가 올라감에 따라 스스로 발효될 때까지 기다리면 되었다. 경험에 따라 불의 세기와 시간을 적절하게 조절하는 것이 중요한 포인트이고, 마시기 전에 얼음이나 찬물로 냉각시키면 더욱 맛이 좋다. 이렇게 빚은 피오의 맛은 관내에서 파는 맥주의 맛과 다른데, 이산화탄소가 풍부하여 마시면 더욱 시원하고 상쾌한 느낌이 들었다. 그러나 꿀과 설탕을 넣었기 때문에 단맛이 비교적 강하고 효모의 신맛도 있다. 당지에서 양조한 피오에 맛을 들인 대부분의 이리 사람들은 이 때문에 병으로 포장된 유명한 브랜드의 맥주라도 무작정 마음에 들어 하지 않았다.

사실 러시아에서는 이렇게 제조한 음료를 크바스라고 불렀다. 그런데 왜 이리 쪽으로 넘어오면서 '맥주'가 되었을까? 이건 조사와 검토가 필요한 문제였다.

쿠투쿠자얼은 피오를 특별히 즐겨 마셨다. 그는 스스로 양조해 보려고 몇 번이나 시도해 보았지만, 모두 실패하였다. 만들다 보면 식초가 되어 버리거나 심심한 것이 아무 맛도 없었다. 다행히 피오를 양조하는 베테랑인 랴오니카의 아버지 마얼커푸가 있었다. 해마다 늦은 봄이 되면 쿠투쿠자얼은 마얼커푸에게 미리 일정한 금액의 돈을 지불하고(미리 지불하지 않으면, 돈과 재물에 눈이 먼 이 늙정이는 전혀 체면을 봐주지 않았다) 만들어 달라고 부탁하였다. 그러면 여름 내내 마얼커푸는 쿠투쿠자얼에게 음료를 공급해 주었다. 그런데 마얼커푸는 이미 떠나고 없었다. 쿠투쿠자얼은 마얼커푸의 이름을 들을 때마다 여간 슬프고 망연자실하지 않을 수 없었다.

"피오를 마시고 싶으세요? 그건 일도 아니에요. 우리 과장 네 집에 가면 얼마든지 있어요."

무싸가 말했다.

"정말 당신 집에 있어요?"

쿠투쿠자얼은 의문스러운 눈빛으로 마이쑤무를 보았다.

"아내가 만들어 놓은 게 좀 있어요."

마이쑤무는 황공하다는 듯이 머리를 숙이며 말했다.

"그래요?"

쿠투쿠자얼은 반신반의하는 어투로 말했다.

쿠투쿠자얼의 반응이 그리 썩 크지 않자, 무싸가 소리를 지르며 말했다.

"파(帕, 위구르어의 경탄을 나타내는 어조사)! 이 집 피오는 정말 세상에서 제일 맛있어요. 마얼커푸가 빚은 건 비교도 되지 않아요. 청량감이 있고, 향기롭고 달달하며, 식욕을 돋우고, 톡 쏘는 맛이 일품인데다가 도수까지 꽤 있어요. 그건 피오가 아니라, 그야말로 고사포예요! 마개를 여는 순간, '펑' 소리와 함께 거품은 하늘은 몰라도 지붕까지는 솟아오를 겁니다…… 한 잔 쭉 들이키면, 당장 온 몸의 모공이 활짝 열리며 상쾌해서 소리를 지를 거라니까요!"

"정말이요?"

쿠투쿠자얼은 그제서야 흥미를 느끼며 물었다.

"대장이 너무 과장해서 말한 겁니다."

마이쑤무는 안심이 된다는 듯이 느긋한 말투로 겸손하게 말했다.

"집사람이 우즈베크인이에요. 피오를 만들어 온 역사가 꽤 오래 되었지요……"

"지금 집에 있어요?"

쿠투쿠자얼은 눈이 커졌고, 눈에서 빛이 났다.

"있고말고요. 미리 만들어 놓은 게 있지요."

쿠투쿠자얼의 얼굴에는 흥분된 기색이 역력하였다.

"과장,"

무싸는 친근함을 표하느라 마이쑤무의 어깨를 "툭" 치며 말했다.

"저녁 식사 후 내 말을 타고 집에 다녀와요. 집에 있는 피오를 몽땅 가져와요! 밤에 서기랑 나랑 셋이 적당한 곳을 찾아 잠시 앉았다 가죠. ……고기는 내가 준비할게요. 당신 생각은 어때요? 우리 서기님?"

"저는……"

쿠투쿠자얼은 머리를 굴렸다. '바쁜' 중이지만 정신적 긴장을 풀 겸, 무싸가 그토록 허풍을 떨던 과장 아내의 솜씨도 맛볼 겸 괜찮은 제안이라고 생각하였다. 하지만 그런 자리에 아직 마이쑤무랑 같이 '앉기'는 싫었다. 그리하여 차가운 말투로 말했다.

"저녁에 시간이 될지 잘 모르겠네요. 아직 할 일이……"

마이쑤무는 쿠투쿠자얼이 뒷말을 채 꺼내기도 전에, 먼저 웃으며 무싸에게 말했다.

"집에 가서 피오를 가져다 드릴게요. 밤에 두 분이 함께 마시세요. 오늘 밤에 마침 처리해야 할 일들이 남아서요. 저는 두 분과 같이 못 마실 것 같네요. 죄송합니다."

말을 마친 마이쑤무는 알 듯 말 듯하게 무싸에게 눈짓을 하였다. 그리고 일어나더니 조롱박 넝쿨시렁 아래에서 천천히 걸어 나갔다.

"서기는 지금 조용하고 안정된 환경이 필요해요."

마이쑤무는 낮은 소리로 뒤따라 나온 무싸에게 귀띔하였다.

"저 먼저 갈게요. 밤에 피오를 어디로 가져가면 될까요?"

"그게……"

무싸는 주저하기 시작하였다.

"우얼한 네 집은 어때요?

그 집이 가장 조용하고 인기척도 많지 않아서 좋을 거 같은데요. 그리고 우얼한이 서기에게 큰 은혜를 입었다고 들었는데……"

"좋아요."

무싸는 머리를 끄덕거렸다. 동시에 여러 가지 은밀한 상황까지 치밀할 정도로 속속들이 알고 있는 마이쑤무가 이상하게 느껴졌다. 마이쑤무가 떠나려고 하자 무싸는 또 붙잡으며 말했다.

"잠깐만요. 올해 수박이든 참외든 농사가 아주 잘 된 거 같지 않아요? 그래서 말인데 도로에 천막을 치고, 매일 한 차씩 실어다 파는 건 어떨까요? 이 일을 당신이 맡아서 하면 어때요?"

무싸는 친근하게 마이쑤무의 어깨를 다독였다.

"제가 하기엔 그다지 적절하지 않은 것 같네요. 도로에서 노점을 벌인다는 건, 너무 사람들의 눈에 띄는 일이라서요."

마이쑤무의 거절과 부정으로 인해 무싸는 실망하고 불만을 느꼈다. 그는 입을 삐죽이 내밀고 두 손을 허리에 지르더니, 머리를 기우뚱한 채로 눈을 게슴츠레 뜨고 말했다.

"올해의 수박과 참외는 반드시 내가 팔아요. 팔고 말 거예요. 누가 감히 뭐라고 하는데요?"

"그럼 이렇게 하는 건 어때요?"

마이쑤무는 눈동자를 빠르게 굴리면서 말했다. "도로 옆에 노점을 벌여서 주목을 끌기보다, 마을의 흙길 옆에서 파는 게 좋아요. 밭이랑도 가깝고, 차도 필요 없고, 타이바쯔(抬把子, 신장의 특수한 단거리 운반 도구로, 사용할 때는 두 사람이 앞뒤로 서서 같이 들어야 한다 - 역자 주)로 들어서 옮기면 되니까요. 여기에 오가는 행인도 많고 차량도 적지 않아요. 뿐만 아니라 여기서 팔면 번거로운 일도 훨씬 줄어요. 그리고 이 일을 맡아 장사할 사람으로 아무리 생각해도 저는 적합하지 않을 거 같아요. 사람들이 워낙 색안경을 끼고 보는데, 이것까지 하면…… 내 생각엔, 니자훙을 찾아 말해 보세요. 그가 하면 딱 좋을 것 같은데요."

"아, 그거 좋네! 그거 좋아요!"

무싸는 연신 감탄사를 남발하며,

"당신 정말 훌륭한 참모장이네요!"

라고 말했다.

"천만에요, 그런 말씀 마세요!"

마이쑤무는 정색을 하며 말했다.

"오늘 밤 10시, 다들 잠이 든 후에 우얼한 집으로 오세요."

무싸는 다리를 꼬고 비스듬히 누워있는 쿠투쿠자얼에게 보고하였다.

쿠투쿠자얼은 간단하게 응답하고 나서 훈계하듯이 말했다.

"마이쑤무를 대할 때는 엄숙한 태도로 대하도록 하세요."

"난 하나도 두렵지 않습니다!"

무싸는 듣지 않겠다는 듯이 변명하였다.

"나는 당원도 아닌데요 뭘. 누가 감히 나에게 뭐라고 할 수 있나요? 나는 누구도 건들지 못해요!"

"흥!"

쿠투쿠자얼은 경멸의 눈빛으로 무싸를 째려보았다. 그리고 꼬고 있던 다리를 풀고 돌아누워 눈을 감았다.

늦은 밤 참외·수박밭에서 돌아와 우얼한 네 집으로 간 무싸는 "밤에 서기가 잠시 앉았다 갈 것이에요"라며 말을 꺼냈다.

"서기가 양 꼬치구이를 먹고 싶다고 해요. 조리도구와 조미료들을 준비해 두세요."

"양 꼬치구이라고요? 신선한 고기가 어디 있어요?"

"식당에 양 두 마리가 있잖아요? 이미 타이와이쿠에게 말해 두었어요. 이따가 한 마리 잡을 거예요."

"아직 소고기도 남았는데요!"

"소고기는 기름에 슬쩍 튀겨서, 소금에 절였죠? 그럼 변하지 않아요. 사원들에게도 식생활 개선이 필요하지 않겠어요? 입맛도 좀 바꿔가며 먹어야죠."

"그럼…… 양을 잡았다고 해도, 사사로이 우리 집에 가져올 수 없어요!"

"집에 가져오면 왜 안 돼요? 누가 당신에게 훔치라고 했어요?"

무싸는 두 눈을 부릅뜨며 말했다.

"좋은 부위 쪽으로 고기나 잘라 둬요. 몇 근이든 내 앞으로 달아놓고, 당신은 고기를 가져오기만 하면 돼요. 다른 건 신경 쓸 필요 없어요. 내가 있고 서기가 있는데, 뭐가 걱정이에요? 요만한 일을 시켜도 왜 그리 말이 많지요?"

우얼한은 머리를 끄덕이었다.

지금 우얼한 네 앞뜰에는 벌써 전문적으로 양 꼬치 구울 때 사용하는 좁고 긴 상자 모양의 화로가 놓여 있었다. 그리고 그 안에서는 정성들여 골라낸 무연탄 덩이들이 빨갛게 타고 있었다. 우얼한은 작고 일정한 크기로 썬 양 고깃덩이들을 손잡이에 무슬림 문양이 새겨져 있는 특제 철 꼬챙이에 하나씩 끼어 넣고 있었다. 한 꼬챙이에 평균 7, 8 덩이의 기름지고 신선한 고기를 끼웠고, 고기를 끼운 꼬챙이들은 일정한 간격으로 정연하게 화로 위에 올려졌다. 우얼한은 수건 하나를 꺼내더니 화로 안의 불길이 활활 타오르도록 수건을 빙빙 돌리며 바람을 일으켰다. 그리고 또 그 수건으로 꼬챙이 손잡이를 감싸 쥐고, 고깃덩이가 불에 골고루 익을 수 있도록 쉴 새 없이 꼬챙이들을 돌렸다. 화로 안의 뻘겋게 타오르는 화력에 의해 양고기는 차츰 향기를 풍기기 시작하였다.

비곗살이 녹아내리면서 기름방울들이 화로의 석탄 위에 떨어졌다. 찌르륵찌르륵 기름 타는 소리와 함께 파란 연기가 줄기차게 피어올랐고, 그 기름 연기는 다시 고기 위에 달라붙어 고기의 풍미를 더해 주었다. 마지막으로 고기의 겉면이 살짝 타서 바삭하게 되자 물기와 기름이 마르기 전에 불 위에 올린 채로 소금·고춧가루·후춧가루와 쯔란(孜然, '안식회향(安息茴香)'이라고도 부른다)이라고 하는 향신료를 꼬치 위에 흩뿌렸다. 이렇게 하여 남다른 풍미를 자랑하는 신장의 양 꼬치구이가 완성되었다.

피오를 마시면서 양 꼬치를 곁들여 먹는 것은 이곳의 전통 식습관이었다. 관내에서 백주를 마실 때 송화단(松花蛋)을 먹는 것과 같은 도리이다. 완성된 양 꼬치가 오는 것을 보고 무싸는 물통 속에 시원하게 담가 두었던 피오 한 병을 꺼냈다. 병을 따기 전에 미리 사기대접 두 개를 준비하였다. 무싸는 손으로 고무마개를 한참 뽑았지만 끝내 뽑지 못했다. 그러자 이번엔 이로 힘껏 깨물었다.

아슬아슬한 모습에 쿠투쿠자얼이 한 마디 "조심해요." 라고 하였다. 말이 채 떨어지기도 전에 펑 하는 굉장한 소리와 함께 병아가리로부터 거품이 높게 뿜어져 나왔다. 무싸의 얼굴, 코, 눈썹, 손목은 벌써 새하얀 피오 투성이가 되었다.

"얼른 따라요! 어서!"

무싸는 얼굴을 닦으며 다급하게 소리쳤다. 쿠투쿠자얼은 서둘러 두 손으로 병을 들고 대접에 콸콸 따랐다. 그런데 조금밖에 따르지 않았는데 거품이 벌써 대접에 가득 찼다. 다른 대접에도 한 대접 가득 거품이었다. 병 안의 거품은 여전히 늘어날 뿐 수그러들지 않았다. 쿠투쿠자얼은 입을 병아가리에 대고 솟아나오는 거품을 삼키기 시작하였다.

무싸는 손수건을 꺼내 얼굴과 손등, 목덜미까지 닦아냈다. 하지만 여전히 피오의 얼룩은 다 없어지지 않았다. 그리고 엄지를 내두르며 호탕하게 웃었다.

"과장 아내는 그야말로 힘이 좋네요! 이건 대포도 능가할 기세예요!"

쿠투쿠자얼은 검지를 입술에 갖다 대며 무싸에게 높은 소리로 떠들지 말라고 주의를 주었다. 쿠투쿠자얼은 아주 조심성이 있는 사람이었다. 그는 미리 쿠얼반을 데려와서 우얼한 네 대문 앞에 보초를 서게 했다. 우얼한 네 바깥방에서는 아시무의 아내 니사한과 보라티쟝이 벌써 잠들어 있었다.

늦은 밤에 두 남자 손님이 집에 있다는 것이 불편하여 우얼한이 니사한에게 와달라고 부탁했던 것이었다. 니사한은 입이 가볍고 말이 많은 여자가 아니며, 또 친 형수이기 때문에 쿠투쿠자얼은 그녀에 대해 큰 경계심은 없었다. 지금 이곳에는 다른 사람은 없고, 우얼한 네 집 근처에는 붙어있는 이웃도 없지만, 쿠투쿠자얼은 여전히 신중하게 웃고 떠드는 무싸를 제지하였다.

드디어 거품이 수그러들었다. 쿠투쿠자얼은 두 대접에 술을 가득 채웠다. 무싸는 대접을 들더니 숨도 쉬지 않고 목구멍으로 부어넣었다. "어허이, 어허이" 그는 시원하고 만족스러워 연거푸 소리를 내며 한꺼번에 몇 개의 양꼬치를 집어 손잡이 쪽을 입에 대더니 문지르듯 쓱 훑었다. 순식간에 한 꼬치의 양고기가 종적을 감추었고, 잇따라 두 번째 꼬치, 세 번째 꼬치까지 눈 깜짝할 사이에 없어졌다. 세 꼬치의 고깃덩이들은 뒤질세라 앞을 다투며 위장으로 달려 들어갔다. 그는 입술에 묻은 양념과 육즙을 쩝쩝 빨며 감탄하였다.

"정말 다네요! 이게 바로 양 꼬치라는 거죠! 아니 이건 양 꼬치가 아니라, 행복이고 인생이에요. 쾌적함이란 바로 이런 거죠! 또 두타얼(都塔爾, 위구르족의 쌍현[雙弦] 악기) 연주하는 사람 두어 명 불러, 먹고, 마시고, 연주하고, 노래 부르면서, 오늘 밤을 즐겁게 보냅시다! 우리 같은 진정한 이리 사람들에게 있어 인생이란 즐겁게 노는 거 아닙니까? 그거 알아요? 태어나서 죽을 때까지 몇 십 년을 살면서 우리가 해야 하는 것이 무엇인지 압니까? 놀고 즐기는 거예요! 타마샤얼(塔馬霞兒, 행락[行樂]이라는 뜻의 위구르어), 볼 건 보고, 먹을 건 먹으면서 즐기는 거예요. 피오가 모자라면, 바오팅구이를 찾아갈 게요! 그에게 포장된 백주가 있거든요!"

자꾸 머리를 흔드는 쿠투쿠자얼을 보며 물었다.

"당신은 참 이해가 안 돼요! 뭐가 그리 두렵죠? 당신도 저들 한족 사람들을 따라 배우는 겁니까? 은행에 돈 몇 백 위안이나 저축해 놓고는 채소 볶을 때 기름 한 방울이 아까워서 벌벌 떠는…… 퉤!"

"조용히 하라니까요!"

"뭘 조용히 해요? 제7생산대에서 내가 바로 우두머리입니다! 대대에서는 당신이 왕이고요. 근데 뭐가 무섭나요?"

"당신은 좋은 사람이에요. 진정한 위구르 사내죠!"

쿠투쿠자얼은 술 두어 모금 마시더니 높이 앉아 아래를 내려다보듯이 조롱하는 눈빛으로 무싸를 지그시 보면서 말했다.

"근데 아쉬운 것은 당신이 너무 경박하고, 생각이 짧다는 거지요. 당신은 머리로 사고하는 것이 아니라 발꿈치로 생각하는 것 같아요."

"거 그런 허튼소리 마세요!"

무싸는 인정할 수 없다는 듯이 소리를 질렀다. 사적인 자리이기도 하고, 또 술기운을 빌려 오늘 밤에 '서기'를 대하는 무싸의 태도는 평소보다 훨씬 대담해졌다.

"사람들이 나를 건달이라고 손가락질하고, 나쁜 놈이라고 욕하지만, 다섯 살부터 지금까지 나의 영민한 머리에 탄복하지 않은 사람이 없어요! 내가 발이 40개('교활한 속임수나 나쁜 꾀가 매우 많다'는 뜻)라는 걸 모르는 사람이 있어요? 당신 뜻은 내가 너무 떠들고 과시하는 것 같다는 말이죠, 맞죠? 어이구! 그렇게 생각했다면 정말 나에 대해 잘 모르는 거예요. 소리를 지르고, 다투고 싸우고 하는 것도 한 가지 방법이에요. 사람들에게 나를 허풍쟁이, 제정신이 아닌 어리석은 멍청이라고 생각하라고 해요! 나의 계책은 다 이 배속에 있으니까요! 진정 대단한 사람은 뿔이 이마에 나있는 게 아니라 배 속에 있지요!"

"그래요? 정말 대단하군요. 그럼 당신에게는 어떤 계책이 있는지 들어봅시다."

보잘것없는 작은 교활함과 옅은 수를 스스로 자백하며 득의양양해하는 무싸의 모습을 보며, 매우 치밀하고 교활한 쿠투쿠자얼은 빙그레 웃기만 하였다. 그는 무싸를 슬슬 놀리면서, 양 꼬치를 먹고 피오를 마셨다. 거짓말로 다른 사람의 진실한 말을 끄집어내는 것은, 쿠투쿠자얼에게 있어 한 가지 흥미로운 유희와 같았다. 쿠투쿠자얼이라고 러와푸(熱瓦甫)와 두타얼을 연주하는 두 사람을 불러 즐기고 싶지 않겠는가? 하지만 생각이 멀고 높은 그로서는 절대 할 수 없는 일이었다.

"내 계책 말입니까?"

무싸는 갑자기 망설이기 시작하였다. 무싸도 자신의 패를 있는 그대로 다

내보이고 싶지 않았다.

"욕이 입에 붙어서 평소에 욕을 많이 하고, 왁자지껄 소리 지르며, 뽐내기를 좋아할 뿐이에요. 사실 이런 약점과 트집거리를 일부러 사람들 앞에서 드러내는 거예요. 내 꼬투리를 잡고 싶은 사람이 있으면 잡으라고 해요. 아무리 잡아봤자 큰 트집거리도 없어요!"

"큰 트집거리가 없다고요?"

쿠투쿠자얼의 목소리가 갑자기 준엄해졌다.

"당신이 대장이 된지 일 년이 넘었어요. 그동안 당신이 저지른 탐오, 절도, 공금횡령, 그리고 공적인 명의로 자기 잇속을 채운 일, 군중들에 대한 욕설과 폭력이 적어요? 게다가 자본주의 흉내까지 내고 다녔고…… 이래도 트집거리가 많지 않아요? 꼬투리가 아니라 당신 머리를 통째로 잡아 떼어가려고 벼르고 있을지도 몰라요!"

"누가 그래요?"

무싸는 눈을 치켜떴다. 목의 혈관이 세차가 맥박 쳤고, 핏대를 세우며 말했다.

"내가 언제 뭘 훔쳤다고 그래요? 누가 사람을 때렸어요?"

"알았어요, 알았어. 그만둡시다!"

무싸의 반응에 쿠투쿠자얼은 허리를 잡고 웃으며 말했다.

"이것 봐요. 지금 툭 찌르니까 저절로 탄로를 내는 거 아닌가요? 도둑질은 안 했지만, 탐오는 했고, 사람을 때리지는 않았지만, 욕은 했다 그 말 아닌가요? 그럼 다른 죄명도 사실에 맞는 거 아닌가요? 대대 지부위원 회의에서, 당신에 대한 문제를 제기한 사람이 한둘이 아니란 말입니다!"

쿠투쿠자얼은 누구라고 이름을 찍어 말하지는 않았지만 무싸는 속으로 당연히 이리하무일 거라고 생각하였다.

"나에 대해 뭐라고 했는데요?"

무싸의 목소리는 떨리기 시작하였다.

"엄청 많이 말했어요!"

쿠투쿠자얼은 손을 휙 젓더니 말을 이어갔다.

"지금은 제7생산대 우두머리라고 떠들 때가 아니에요. 누군가 조금만 파헤치면, 당신은 우두머리로부터 당장 막내로 떨어지고 말 겁니다!"

"막내면 어때요. 막내가 처음도 아닌데…… 뭘 그리 새삼스럽게! 막내 되는 것이 두렵지 않기 때문에, 나는 마음이 편안하고 담도 커지는 겁니다. 즐겁고 홀가분한 기분으로 우두머리를 할 수 있다 이 말이죠. 당신처럼 사사건건 쓸데없이 신경 쓰고 머리를 짜내다 보면, 피곤해서 심장병이 걸리는 거예요!"

무싸도 맞받아 비난하였다.

"당신 그런 태도가 좋아요! 오늘 이 자리에서 당신과 의논할 문제가 바로 그거예요."

쿠투쿠자얼이 갑자기 진지해지면서 말했다.

"당신도 알다시피, 이리하무가 돌아온 지 1년이 넘었어요. 이리하무는 원래 당신네 생산대의 대장이었어요. 그의 사상적 각성 수준, 군중 속에 세워진 위신, 문화교양, 능력, 어느 하나 당신보다 뒤떨어지는 게 없어요. 솔직하게 말하면 당신보다 몇 배 훌륭하지요! 겨울에 공사 당위원회에서 이리하무에게 공청단 위원회 서기로 임명하려고 했었어요. 그런데 그 당시 이리하무가 생산대에 있기를 원한다며 호소했어요. 아마 이리하무는 생산대에 있는 것이 더 좋은가 봐요! 사실 나였더라도 공사 간부 직무는 거절했을 거예요. 일개 공청단위원회 서기가 누굴 관리할 수 있겠어요? 하지만 한 생산대의 대장이라면…… 아무래도 당신이 대장 자리에서 물러나는 게 어떻겠어요?

만약 당신이 동의한다면, 이번 밀 수확이 끝나는 대로 대장을 새로 선출할까 생각 중인데 말이에요……"

쿠투쿠자얼의 이 말은 무싸를 자극하기 위한 의도가 다는 아닌 것 같았다. 지난 겨울 이리하무가 당 지부위원으로 정식으로 보궐 선거된 후, 쿠투쿠자얼은 자신에 대한 이리하무의 위협이 점점 커진다는 것을 느끼게 되었다. 이리하무에게 구체적인 책임은 없지만 사사건건 나서지 않는 일이 없고 참견하지 않는 문제가 없었다. 이런 상황에서 이리하무의 두 발 두 손을 생산대에 꽁꽁 묶어둠으로써, 대대의 일에 끼어들거나 간섭할 수 없게 하는 것도 좋은 대책이 아닐까 싶었다. 이 방법은 확실히 생각해 볼만한 것이었다.

무싸는 탁자를 탕 내리치며 소리를 질렀다.

"이리하무에게 양보하라고요? 그가 뭔데 내가 양보해요? 그가 처음부터 대장 자리를 노리고 있었다는 걸 알아요! 어쩐지 밭에 나가 생산을 지휘하는 일에까지 신경 쓰고 직접 손을 뻗더라니! 정말 능력이 있으면 나를 밀어내라고 해요. 내 이빨도 미소 지을 때 쓰라고 있는 것만은 아니니까요!"

"그럼 두 사람의 능력 겨루기가 되겠죠!"

쿠투쿠자얼은 손바닥을 펼치고 어깨를 으쓱하며 말했다.

쿠투쿠자얼의 비아냥거리며 염장 지르는 모습에 무싸도 드디어 화가 났다. 무싸는 눈을 게슴츠레 뜨며 말했다.

"방금 전에 당신이 예물로 줄 특산물을 준비하여 바오팅구이에게 들려 보내야겠다고 했잖아요? 내가 곰곰이 생각해 봤는데, 아무래도 그건 안 되겠어요! 그러다가 이리하무에게 또 꼬투리 잡힐 수도 있어요!"

뜻밖에 날아온 무싸의 일격에 쿠투쿠자얼 입장이 몹시 난처해졌다. 놀랍게도 쿠투쿠자얼은 대꾸할 말을 찾지 못하고 앉아 있어야 했다. 때마침 우얼한이 새로 구운 양 꼬치 한 접시를 들고 들어왔다. 쿠투쿠자얼은 우얼한을 도와주는 척 하며 다 먹은 꼬챙이들을 정리하면서 간신이 자신의 궁색함을 감추었다.

우얼한이 나간 다음 쿠투쿠자얼은 손을 마주 비비며 훨씬 진실한 어투로 말했다.

"이봐요, 아우님! 당신 어떻게 호의와 악의, 친구와 적을 구분 할 줄을 모릅니까? 그러니까 나에게 생각이 짧다는 말을 듣죠! 당신 지금 고삐를 당겨 이리하무와 나란히 서서 같은 길을 달릴 생각이에요? 그 사람은 벌써 당신을 지나쳐서 앞서 달리고 있어요. 당신은 그 사람의 말발굽이 일으킨 먼지조차 먹을 수 없어요!

나는 다만 당신의 처지를 일깨워주려는 것뿐이에요. 설마 아직도 우리 사이의 우정과 당신에 대한 나의 도움과 지지를 의심하는 거는 아니지요? 이리하무가 이 대장 자리를 빼앗고 싶어 한다고 해도 괜찮아요. 작게는 한 개 생산대, 크게는 전체 신장, 전국, 전 세계, 어디든 그렇지 않아요? 기억해요. 능력 있고, 세력 있는 사람이 결국 임금이 되고, 우두머리가 된다는 사실을요. 그렇지 못한 사람은 노예, 부하, 윗사람의 시중을 드는 하인뿐이 더 되겠어요? 신장만 놓고 보아도 그래요.

청나라, 중화민국시기의 양쩡신(楊增新)·진수런(金樹仁)·성스차이, 동투르키스탄(東土耳其斯坦), 삼구혁명 정부…… 이 중에 오래 유지된 정권이 하나라도 있어요? 앞으로 어떤 일이 일어날지 누가 알아요? 이봐요! 내 아우 무싸 대장. 얼굴에 수염이 더부룩하게 났어도, 사실 당신은 아직 어린애에요!"

쿠투쿠자얼의 마지막 몇 마디는 처음 듣는 말이었다. 무싸는 그에게서 한 번도 들은 적이 없었고, 자신도 전혀 생각해 본 적이 없는 말들이었다. 그 말의 뜻은, 설마? 무싸는 쿠투쿠자얼을 쳐다보았다. 쿠투쿠자얼은 아무 일도 없다는 듯이 양 꼬치의 맛을 음미하며 입맛을 다시고 있었다. 하지만 그의 눈에는 흉악함과 간사함이 섞인 빛이 어리어 있었다. 무싸는 순간 소름이 끼쳤다. 그는 허리를 숙이며 말했다.

"맞아요. 당신의 지혜는 나 따위가 영원히 따라갈 수 없지요. 그러니 앞으로 많이 끌어주고 일깨워주길 부탁드립니다. 나는 당신의 사람이고, 당신의 말만 따를 테니까요."

그러나 무싸는 속으로 다른 계산을 하고 있었다.

'세상에! 이 사람은 너무 무섭고 위험한 사람이야! 앞으로 이 사람과 점차 거리를 둬야겠어……'

쿠투쿠자얼은 손을 내저었다. 문득 뜰에서 들려오는 인기척에 쿠투쿠자얼은 귀를 세웠다. 누군가의 발자국 소리였다. 우얼한은 막으려고 하는 것 같은데, 쿠얼반은 왜 아무 소식도 알리지 않았을까? 어찌 된 상황인지 미처 알아보기도 전에 문이 벌컥 열렸다. 여름밤의 시원한 바람이 휙 불어 들어왔다. 그리고 그 시원한 바람과 함께 분노로 가득 찬 한 사람이 들어섰다. 그 사람은 문어귀에 서서 이글거리는 눈빛으로 그들을 노려보고 있었다. 그 사람은 바로 이리하무였다.

실종된 쿠얼반러자터(庫爾班惹綮特)
양꼬치 파티에 난입한 이리하무

이 날 이리하무는 긴장되고 억울한 마음으로 긴긴 오후를 보냈다.

점심시간 공사 우체국의 모범 우편배달부 아리무쟝이 말을 타고 마을로 찾아왔다. 그는 이리하무를 만나자 반가워하며 물었다.

"혹시, 이 생산대에 쿠얼반러자터라는 사람이 있습니까?"

"우리 생산대에 쿠얼반러자터는 없고, 쿠얼반쿠투쿠자얼은 있어요."

"다시 한 번 잘 생각해 봐주세요. 그리고 자세하게 물어봐 주시면 안 될까요?"

우체배달부는 실망한 기색이 역력하였지만, 체념하지 않고 우편 낭 안에서 편지 한 통을 꺼냈다.

"이걸 한 번 봐주세요. 편지 봉투에 수취인 주소가 명확하게 적혀있지 않아서, 벌써 몇 개 생산대에 가서 물어보고 오는 길이에요. 누구에게 온 편지일까요?"

이리하무는 편지를 받아 봉투에 적힌 글을 자세하게 읽어 보았다.

이 편지를 이리 약진공사에 있는 나의 아들 쿠얼반러자터 본인에게 직접 전해주길 바랍니다. 카스 좐취(專區, 중화인민공화국 행정 구역의 한 단위로서, 성과 현의 중간에 해당함 – 역자 주)

－ 웨푸후(嶽普湖) 현 양다커(洋達克)공사 3대대 제2 생산대 러자터쿠얼반 보냄.

"수취인이 어느 현에 있는지 적지 않았어요. 그리고 대대와 생산대도 없어요. 원래는 발신지로 돌려보내려고 했는데, 이리 주에 약진공사는 우리 현과 니러커(尼勒克) 현 두 곳밖에 없다는 걸 알고 일단 우리 쪽에서 찾아보기로 한 거예요. 만약 여기서 찾을 수 없으면 니러커의 약진공사에 보낼 예정이에요."

아리무쟝이 땀을 닦으며 설명하였다.

"잠깐만요." 이리하무의 머릿속에 갑자기 한 가지 사실이 떠올랐다.

"쿠투쿠자얼 서기의 양아들 쿠얼반의 본적이 바로 웨푸후예요. 혹시 그 애의 생부 성함이 러자터가 아닐까요? 내가 가서 물어볼게요."

"나도 같이 가요."

단서를 찾았다는 말에 아리무쟝은 무척 기뻐하였다.

그들은 함께 쿠얼반을 찾으러 떠났다. 쿠얼반은 늙은 뽕나무 아래에서 몸을 움츠리고 낮잠을 자고 있었다. 이리하무가 흔들어 깨우며 물었다.

"쿠얼반! 너의 생부 성함이 혹시 러자터냐?"

쿠얼반은 당황해하며 말을 더듬었다.

"뭐라고요? 왜 그래요? 아, 아닌데요. 그게, 아니에요. 무슨 일인데요? 저에게 말해주세요. 왜 그걸 물어요?" 쿠얼반은 벌떡 일어서며 큰 관심을 가지고 물었다.

"여기 편지가 왔는데, 수취인이 쿠얼반러자터라고 적혀 있어."

"편지요?"

쿠얼반은 눈을 동그랗게 뜨며 물었다.

"어디에서 온 편지예요?"

그의 작은 손이 떨리기 시작하였다.

"웨푸후 양다커공사 3대대 제2생산대라고 적혀 있는데……"

아리무쟝은 이미 발신인의 주소를 외우고 있었다. 그리고 그는 또 보충하여 말했다.

"발신인의 이름이 러자터쿠얼반이네요."

"아!"

쿠얼반은 깜짝 놀라 숨을 들이키며,

"우리 아버지예요! 그 편지 내 거 맞아요."

라고 말했다. 그는 두 손을 기도하듯 공손하게 아리무쟝을 향해 내밀었다.

"편지를 저에게 주시면 안돼요?"

그는 간절하게 부탁하였다.

"당신 이름이 뭐지요?"

"쿠얼반쿠……아니요, 저는 쿠얼반러자터예요."

"그런데 방금 전에 아니라고 했잖아요!"

"아까, 아까는 제가 제정신이 아니었어요! 편지를 보여주면 안 돼요?"

아이의 두 눈에는 눈물이 고이기 시작하였다.

아리무쟝은 의심의 눈초리로 쿠얼반을 관찰하였다. 이리하무가 일단 편지를 꺼내 보여주라고 눈짓을 하였다. 편지봉투를 훑어보더니 쿠얼반은 다급하게 말했다.

"제 거예요. 저에게 온 편지 맞아요. 우리 아버지 성함이 러자터쿠얼반이에요. 저는 우리 집에서 독자이고, 우리 아버지도 할아버지의 독자라서, 아버지는 할아버지의 이름을 따서 저에게 지어주셨어요(위구르족들의 이름은 본명 뒤에 부친의 이름을 붙이는 경우가 있고, 붙이지 않는 경우도 있다). 저의 러자터쿠얼반 아버지는 글을 쓸 줄을 몰라요. 그래서 칠순이 넘은 뮬라(毛拉, 이슬람교 학자를 부르는 존칭) 러쑤리(惹蘇裏)께 부탁하여 쓴 게 틀림없어요……"

아리무쟝과 이리하무는 서로 보며 웃었다. 쿠얼반의 설명이 아주 설득력이 있고 믿음이 갔던 것이다. 편지봉투 위에 적힌 글의 서법이나 맞춤법의 특징(대체로 모음을 사용하지 않는다)으로 보아 이 편지는 나이가 지긋한 뮬라가 쓴 것이 분명하였다.

"좋아요. 편지를 받아요! 잊지 말고 아버지에게 꼭 전해줘요. 앞으로 편지를 부칠 때에는, 수취인의 주소를 성·지구·현·공사·대대·생산대 순서로, 자세하게 적어야 한다고 말해요. 그리고 당신 이름이 무엇인지, 아버지의 이름을 뒤에 붙였든 안 붙였든, 헷갈리지 말고 명확하게 기억해요. 자기 이름마저 헷갈리면 안 되죠. 헷갈리는 건 당신들이지만, 힘든 건 우리 우체부들이에요!"

아리무쟝은 배달 불능 편지를 결국 전달하게 되어 몹시 흐뭇해하였다. 그는 그러한 기분과 가벼운 잔소리 같은 어투로 꾸짖었다.

"알겠습니다. 고맙습니다, 형. 정말 고마워요!"

쿠얼반은 연신 머리를 숙여 두 사람에게 고마움을 전하였다.

우체배달부가 떠났다. 쿠얼반은 주위를 살피더니 봉투를 뜯어 편지지를 꺼냈다. 그리고 빠르게 훑어보더니 막 자리를 피하려는 이리하무를 불렀다.

"이리하무 형, 저 대신 이 편지를 좀 읽어줄래요? 낮은 소리로요!"

이리하무가 편지를 받아 읽어 내려갔다.

내 사랑하는 먼 타지 이리의 아름다운 오아시스에서 생활하는 아들 쿠얼반 건강하고 무탈하게 지내고 있느냐? 너의 모든 면 모든 것이 좋을 거라고 믿는다. 너를 보우해 주신 알라신께 우리 함께 천 번 만 번 감사드리자꾸나. 네가 떠난 후 나는 낮에도 밤에도 온통 네 생각뿐이란다. 너에게서 편지가 오기를 기다린단다. 그쪽에서 하루빨리 자리 잡고 돈을 붙여주기를 기다린다. 돈을 붙여주면 하루도 지체하지 않고 당장 이리로 출발하여 너에게로 가고 싶단다. 너의 고모부와 고모는 어김없이 있는 힘껏 너를 도와주고 우리 부자를 도와줄 거라고 믿는다.

너의 자애로운 어머니 나의 충실한 벗이자 동반자인 루츠한(如兹汗)이 먼저 우리 곁을 떠났지만, 나는 다른 여자와 혼인하여 새로운 가정을 이룰 생각은 전혀 없단다. 나는 나의 공손하고 착한 아들과 나의 남은 생을 보내고 싶을 뿐이란다. 나는 매일매일 너의 소식만 기다리고 있단다. 너에 대한 그리움으로 나의 하루는 일 년 같단다. 요즘 나의 폐병이 다시 도졌다. 의사가 뢴트겐(倫琴, 즉 x-ray, 외래어, 러시아어 단어를 사용하였다)으로 나의 폐를 검사하고 나서 말하더구나. 주사를 맞고 약을 먹어야 한다고. 위대하고 공정한 당과 우리의 각 민족들의 구세주 마오 주석, 그리고 공산주의 금교(金橋)로 통하는 규모가 크고 집단화 수준이 높은(一大二公, 인민공사 조직화의 주요 방침) 인민공사가 나의 일상생활을 보살펴 주고, 의료 및 약품을 제공해주고 있단다. 하지만 줄곧 나라의 구호를 받으며 살아가는 것을 나는 원하지 않는다.

이건 창피하고 면목이 없는 일이라고 생각한다. 나는 나의 사랑하는 아들이 이리 그 풍요롭고 아름다운 곳에서도 고향에 있을 때와 마찬가지로 틀림없이 열심히 일하고 알뜰하게 살아갈 거라고 믿는다. 그리고 사회주의 위대한 국가의 건설 사업에서도 절대 게으름을 피우지 않고 해이해지지 않을 거라고 생각한다. 하루빨리 돈을 부쳐주기를 바라며 동시에 너와 너의 고모가 사는 그곳, 내가 동경하고 있는 풍요로운 이리로 언제 갈 수 있는지 말해주길 바란다. 그리고 자주 편지하는 걸 잊지 말거라. 편지가 서툴러도 괜찮다. 네가 건강하고 무탈하다는 것만 확인할 수 있으면 나는 그것만으로 큰 위로가 된단다. 우리 고향도 지금 많이 좋아졌단다. 농업 생산면에서 한창 대규모적으로 비교하고, 배우고, 앞선 자를 따라잡고, 낙오자를 돕는(比學趕幫, 작업 태도를 나타낸 표어) 운동을 실시하면서 분발하여 앞으로 나아가고 있단다. 아버지가……

편지 본문에는 문장부호가 없었고(번역문에는 읽기의 편리함을 위해 문장부호를 넣었음 – 역자 주), 대부분 단어의 맞춤법에는 모음이 생략되어 있었다. 이것은 아주 오래 전의 아랍 문자로 위구르어를 표기하던 습관이었다. 구식의 문체에 시대성을 띤 신조어들이 섞여 있어, 이리하무는 간신히 편지를 다 읽었다. 편지를 끝까지 읽고 나니 이마에 땀이 송골송골 맺혔다.

편지의 내용을 다 듣고 난 쿠얼반은 이리하무에게서 편지지를 건네받더니, 보고 또 보며 눈물을 흘렸다.

"어떻게 된 일인지 나에게 말해주겠니?"

이리하무는 걱정되는 마음에 친근하게 물었다.

"나 어떻게 해? 이제 어떻게 해?"

쿠얼반은 혼잣말로 중얼거렸다.

"너의 러자터 아버지에게 편지를 보내려무나. 아버지가 널 걱정하고 계셔. 이리로 오고 싶어 하시는데……"

"여기로 오시면 안 돼요! 오시지 못하게 해야 해요!"

쿠얼반은 몹시 두려워하며 머리를 흔들었다. 이리하무는 그런 그를 바라보며 의문이 들었다. 쿠얼반은 편지지를 아래위로 훑으며 뭔가를 찾고 있었다.

"뭘 찾니?"

"편지 속에 날짜가 없어요. 이리하무 형, 이것 봐요. 편지에 날짜가 없죠?"

쿠얼반의 표정으로부터, 편지를 쓴 날짜가 아주 중요한 문제인 것 같았다.

"그래, 편지 속에는 적지 않았어."

이리하무는 편지봉투를 다시 받아서, 일부인(日附印)을 살펴보았다.

"우표 위에 찍힌 일부인으로 미루어 보면, 12일 전에 발신한 것 같은데……"

"그럼, 그건 거짓이에요! 진짜가 아니에요."

"뭐가 가짜란 말이냐? 설마 아버지 성함이 러자터가 아니란 말이냐?"

"아니요. 아버지의 편지는 진짜예요. 아버지는 돌아가시지 않았어요. 아버지는 살아계셔요. 우리 아버지가 돌아가셨다는 말은 거짓말이에요."

"당연하지. 죽은 사람이 어찌 편지를 쓸 수 있단 말이냐?"

"그러니까, 2월에 그들이 저에게 한 말은 거짓말이었어요. 우리 아버지가 돌아가셨다고 한 말은 가짜예요. 거짓말이에요. 사기를 친 거예요……"

"누가 너의 아버지가 돌아가셨다고 말했다는 거냐?"

"만약 웨푸후로 돌아갈 수 있다면! 만약 고향으로 돌아갈 수 있다면! 만약 우리 아버지 곁으로 돌아갈 수만 있다면……"

쿠얼반은 엉엉 흐느끼며 울었다. 슬픔을 못 이겨 마구 흔들리는 그의 작은 체구는 마치 큰 바람을 감당 못해 똑바로 설 수 없는 작은 나무 같았다. 이리하무가 그를 부축하며 다독였다.

이 며칠 함께 밀 수확을 하면서 이리하무와 쿠얼반은 퍽 친해졌다. 밤에 잠을 잘 때, 이불이 없는 쿠얼반(온통 솜 부스러기인 낡은 솜옷 하나밖에 없었다)을 배려하여 이리하무는 늘 그와 한 이불을 같이 덮었다. 그리고 낮에 짬이 날 때면 이리하무는 그에게 글을 가르치고, 신문도 읽어주었다. 비록 쿠얼반은 여전히 괴팍하고 말수가 적은 편이지만, 이리하무와 함께 있을 때에는 가끔 보기 드문 웃음도 짓곤 하였다. 여러 번 물어서야 쿠얼반은 드디어 이리하무에게 자신에 관한 모든 것을 털어놓았다.

"저의 아버지 러자터와 파샤한 고모는 배다른 남매예요. 해방 전 파샤한 엄마(媽媽, 위구르어에서 고모와 엄마는 같은 단어를 쓴다)는 벌써 베이쟝(北疆, 신장 북부지역)으로 왔어요. 그 뒤로 우리 두 집은 서로 연락이 없었어요. 1961년에 파샤한 엄마는 훠청에 사는 그의 친 남동생의 혼사 때문에 동생과 함께 고향에 돌아오게 된 거예요. 양다커 공사에서 동생의 결혼 상대를 찾아주었거든요. 마침 우리 어머니가 병으로 세상을 뜬지 얼마 지나지 않았을 때였어요.

그 당시 아버지가 무척 우울해했어요. 게다가 아버지 건강이 좋지 않아서, 생활이 여간 어렵지 않았어요. 그때 파샤한 엄마가 아버지에게 제안했죠. 이리가 얼마나 아름답고, 풍요로우며, 돈 벌기는 또 얼마나 쉬운지 모른다며 엄청 자랑했어요. 그러니 우선 저를 이리로 데리고 가서 돈을 좀 모으면, 이리에 집을 짓고, 그런 다음 아버지도 모셔가는 것이 좋겠다며 건의했던 거예요. 그리고 자기네 집에 아들은 없고 딸만 하나 있는데, 다 커서 이미 시집을 갔으며, 마침 집에 남자애가 필요하다고 말했어요. 그러면서 저를 이리로 데리고 가줄 테니 앞으로 저는 두 집의 아들이고, 두 집에서 함께 저를 보살피며 어른이 되면 두 집 모두 돌봐야 한다고 하였어요. 이밖에도 파샤한 엄마는 수많은 듣기 좋은 말들을 했어요. 엄마 잃은 아이는 옷이 해져도 꿰매줄 사람이 없고, 이불이 더러워져도 빨아줄 사람이 없으며, 탕면을 먹고 싶어도 만들어줄 사람이 없다며, 얼마나 가여운지 모른다고 눈물까지 흘렸어요. 그리고 아버지가 계모라도 들이는 날에는, 저의 처지는 고모로서 참아 두고 볼 수 없을 것이고, 또 계모를 들이지 않는다고 해도, 아이가 홀아비 밑에서 엄마도 없고 집안일 거드는 여자도 없이, 힘들게 살아야 한다는 생각을 하면, 그것도 고모로서 가슴이 아파 견딜 수 없다고 했어요. 이런 말도 했어요. 고향에 갇혀 낡은 것들을 지키며 살다 보면, 이미 떠난 사람에 대한 그리움으로, 영원히 슬픔 속에서 살게 되지만, 먼 곳으로 떠나 새로운 환경에서 살다 보면, 슬픔을 잊고 새로운 즐거움을 찾을 수 있다고요. 뿐만 아니라, 쿠투쿠자얼 아버지도 저를 무척 아껴줄 거라고 했어요……

우리 아버지가 그를 따라 저와 함께 이리에 오면 안 되겠냐고 물었을 때, 파샤한 엄마는 이리가 워낙 살기 좋은 곳이라서, 이사 오려고 하는 사람이 지나치게 많다 보니, 호적 신고가 쉽지 않다는 이유로 거절했어요. 그래서 저만 먼저 데리고 가서, 그들의 양자로 호적 신고를 한 다음, 아버지를 모셔 옴으로써, 저와의 부자관계를 이용하여 신고해야만 아버지가 호적을 가질 수 있다고 했어요.

아버지가 망설이자 대부분 이웃들도 전설과 신화 속에 나오는 말들로 이리를 형용하며 설득하였어요. 그 때 아버지가 저의 생각도 물었어요. 그 당시 저는 몸이 허약하고 잔병이 많은 아버지를 위해 뭔가라도 하고 싶었고, 많은 사람들이 입을 모아 칭찬하는 이리가 도대체 어떤 곳인지 와보고도 싶었어요. 그래서 동의했어요. 그렇게 되어 저는 이곳에 오게 되었어요…… 그런데 올해 2월에 쿠투쿠자얼 아버지가 저에게 말하는 거예요. 웨푸후에서 우리 아버지가 이미 세상을 떠났다는 전보가 왔다는 거예요."

"전보는 직접 보았니?"

"예, 봤어요."

"어떤 내용이었어?"

"'아버지께서 1월 26일 병으로 사망하였습니다.' 라고 적혀 있었어요."

"그 전보는 너에게 온 거였어? 어디에서 온 전보였어?"

"이름은 신문자(新文字) 자모로 적혀 있어서, 알아볼 수 없었어요. 어디에서 보내 온 건지도 모르겠어요. 저는 그 때 울기만 했어요."

"왜 이런 말 한 번도 하지 않았냐?"

"누구에게 말하겠어요? 소식을 듣고 몇날 며칠 울기만 했어요. 제가 아버지를 위해 나이쯔얼(乃孜爾, 신장 위구르족 무슬림들이 망인을 기념하는 추도행사 – 역자 주)을 하겠다고 하였을 때, 쿠투쿠자얼 아버지는 그건 낡은 풍습이라 공개적으로 할 수 없다고 했어요."

"아무리 그래도 마을 사람들에게 말은 할 수 있잖아. 사람이 죽었는데 조문은 해야 하지 않겠니."

"그런데 제가 호적이 없어서……"

"이게 호적이랑 무슨 상관이야?"

이리하무는 소리를 질렀다.

"그런데, 넌 왜 여태 호적이 없는 거야?"

"상급에서 허가하지 않을 거라고, 쿠투쿠자얼 아버지가 그랬어요. 적절한 시기를 기다려야 한다면서요. 후에 제가 호적을 신고할 수 없으면, 그만 난쟝(南疆, 신장 남부지역)으로 돌아가겠다고 말했어요. 그리고 며칠 뒤 아버지가 돌아갔다는 소식을 듣게 된 거예요. 그러다 보니 나는 오갈 데 없는 처지가 된 거예요."

한참 침묵하더니, 쿠얼반이 말했다.

"어찌 되었든, 지금 사실을 알게 되었어요. 우리 아버지는 돌아가시지 않았어요. 우리 아버지는 살아 계셔요. 이건 정말이겠죠? 믿어도 되겠죠?"

"맞아. 사실이야."

쿠얼반의 비참한 얼굴에 웃음기가 어리었다.

"저는 더 이상 이리에서 지내고 싶지 않아요. 두 발로 걸어가거나, 기어가더라도, 저는 아버지 곁으로 한 걸음 한 걸음 돌아갈 거예요!"

"왜 걸어가? 차 탈 돈이 없는 거야?"

"허…… 그러네요. 차를 탈 수도 있죠, 참. 형 말이 맞아요. 저의 아버지께 편지를 써야겠어요. 저를 도와줄 수 있어요? 제가 여기서…… 잘…… 지내고 있다고 우리 아버지께 전해줘요."

이리하무는 주머니 속에서 노트를 꺼내어 종이 한 장을 찢었다. 몇 마디 적어 내려가고 있는데, 쿠얼반이 말했다.

"아니요. 안 쓸래요."

"왜 그러냐?"

이리하무가 물었다.

"아버지께서는 제가 돈을 부쳐주길 기다리고 계실 텐데, 정작 저는 종이 한 장밖에 보내드릴 수 없으니. 크게 실망할 거예요."

"너…… 아버지께 부쳐줄 돈이 없느냐?"

"쿠투쿠자얼 아버지가 제가 번 돈을 모두 저축했다고 했어요. 훗날 모아둔 돈이 있어야 장가갈 수 있다며, 지금 1전도 건드려서는 안 된다고 했어요……"

"너에게 그렇게 말하더냐?"

이리하무는 잠긴 목소리로 겨우 말을 뱉었다.

갑자기 감정이 격해지는 이리하무를 보며 쿠얼반은 미처 이해할 수 없었다.

"이리하무 형, 왜 그래요? 괜찮아요?"

"아니야, 아무것도."

이리하무는 북받치는 감정을 억제하며 낮은 소리로 대답하였다. 그리고 다시 말을 이었다.

"만약 아버지께 돈을 보내드려야 한다면, 나에게 조금 있어……"

"아니에요…… 제가 어떻게 형 돈을 써요."

쿠얼반은 어른처럼 오른손을 가슴에 얹고, 고마움을 표시하였다.

"쿠투쿠자얼 아버지에게 달라고 하면 돼요. 그럼 줄 거예요. 일단 10위안만 보내고 밀 수확이 끝나는 대로, 저는 고향으로 돌아갈 생각이에요."

"만약 이리에 남아 생활하고 싶다면, 호적은 당연히 신고할 수 있단다."

이리하무가 일깨워주었다.

"괜찮아요. 집으로 돌아가고 싶어요. 우리 집 앞에 뽕나무 한 그루가 있는데, 이것보다 훨씬 커요."

쿠얼반은 감회가 깊은 듯 뽕나무를 어루만지며 말했다.

"우리 온 가족은 큰 토담집에서 살아요. 벽은 나뭇가지로 엮은 바자 위에 흙을 발라 만든 거예요. 겨울이 되면, 양과 닭은 우리와 함께 집 안에서 지내요. 이리하무 형, 그렇다고 우리를 비웃지 말아요. 우리 고향은 모래바람이 심하고, 물이 적으며, 여러 조건과 환경면에서 이리와 비교할 수 없이 나빠요. 우리 고장에서도 차를 마신다고 하지만, 사실은 찻잎을 넣지 않은 끓인 물을 마시는 거예요. 우리는 찻잎 살 돈이 없거든요.

해방 전 우리는 대대로 호자(胡子)의 노예였어요. 겨울에 추우면, 아버지는 가끔 흙 난로에 올려놓은 타이바쯔 위에서 주무시곤 하였어요. 위에는 찬바람을 맞고, 아래로는 난로를 뜨겁게 쬐다 보니, 아버지는 폐병에 걸리게 되었어요. 하지만 우리 고향의 농민들은 정말 좋은 사람들이에요. 순박하고, 성실하며, 인정이 많아서, 맛있는 음식을 하면, 항상 이웃들과 함께 나누어 먹어요. 한 집에서 양을 잡으면, 열 집에서 입에 기름칠을 할 수 있어요. 금전이나 재물 때문에 아웅다웅하는 일은 더더욱 없어요. ……위선적이고 각박한 이리 사람들과는 전혀 달라요……"

"이리 사람들이 위선적이고 각박하냐?"

이리하무가 웃었다.

"그런 뜻이 아니에요. 제 말은 일부 사람들이 교활하고 몰인정하다는 뜻이에요……"

노동시간을 알리는 종소리가 울리는 바람에, 그들의 대화는 여기서 마무리하게 되었다. 일하러 나가는 사원들이 하나둘씩 그들 곁으로 지나갔다. 두 사람도 일어나서 밭으로 향하였다.

오후 내내 이리하무의 머릿속은 온통 쿠얼반의 일로 복잡하였다. 쿠투쿠자얼네 집에서 처음 쿠얼반을 만났던 장면이 불쑥 떠올랐다. 과묵한 아이, 흙투성이가 된 다리…… 쿠얼반의 첫인상이었다. 밥을 먹을 때에 쿠얼반의 행동은 지나치게 조심스러웠고, 고기를 좋아하지 않는다고도 하였다…… 일은 쿠얼반이 하지만, '호적이 없다'는 핑계로, 노동 점수는 파샤한의 이름 아래에 적혀 있다. 평소에 아이바이두라와 투얼쉰베이웨이에게서 이런 말도 들은 적이 있었다.

생산대와 공청단 지부에서 활동을 조직할 때마다 쿠투쿠자얼은 쿠얼반이 이 고장 사람이 아니라는, 즉 호적이 없다는 이유로 쿠얼반에게 알리지 못하게 하였다고 하였다. 그저께 리시티가 제7생산대에 왔었는데, 이리하무는 이 문제에 관하여 물어보았다. 그러자 리시티도 이 일이 너무 수상하다며 지난 날 있었던 일을 이야기하였다. 대대에서 민정 업무를 분담하고 있는 비서가 쿠얼반의 호적 문제로 쿠투쿠자얼에게 의논하자, 그 애는 이곳에 당분간 거주하는 것뿐이고, 언젠가 다시 난쟝으로 돌아가기 때문에 호적을 신고할 필요가 없다며 쿠투쿠자얼이 거절하였다는 것이었다. 그런데 쿠투쿠자얼은 또 사람들 앞에서는 쿠얼반이 자기의 아들이라고 공공연하게 말하고 있다…… 이러한 상황은 그야말로 얼마나 의심스러운가! 이러한 상황과 오늘 오후 읽었던 편지, 쿠얼반이 털어놓은 모든 일들을 전부 종합해 보면, 의심할 여지조차 없고, 또 차마 믿기 힘든 결론을 얻을 수 있었다. 특히 쿠얼반 생부가 죽었다는 쿠투쿠자얼의 거짓말과 장가갈 때 써야 한다며 쿠얼반이 번 돈을 대신 저축해주겠다고 했다는 말을 들었을 때 이리하무는 전혀 낯설게 느껴지지 않았다……

설마 쿠투쿠자얼이 정말 이토록 몰인정하게 쿠얼반을 대하고 있는 걸까?

이리하무는 저도 모르게 몸서리를 쳤다.

이리하무의 갑작스러운 방문으로 쿠투쿠자얼과 무싸는 깜짝 놀랐다. 하지만 1분도 지나지 않아 두 사람은 다시 웃는 표정으로 얼굴을 고쳤다. 쿠투쿠자얼은 몸을 앞으로 약간 구부리며 일어날 듯 말 듯한 자세를 취하였다. 반면에 무싸는 마치 손님을 반기는 듯한 주인 자세를 취하며 일어서서 말했다.

"어서 오세요! 마침 잘 왔습니다! 이리로 와서 앉으시죠! 우리 같이 이야기나 나눕시다!"

이리하무는 무싸의 이런 '호의'에 대해 관례대로 선뜻 받아들이거나 예의 있게 사절한 것이 아니라, 아예 아무 대답도 하지 않았다. 그리고 쿠투쿠자얼을 보며 말했다.

"쿠투쿠자얼 형, 여기저기 정말 애타게 찾아다녔는데, 여기에 있었네요.

형님은 정말 편안하고 즐거워 보여요!"

이리하무의 어투는 전에 없이 냉담하고 준엄하였다.

"무슨 일인데 그리 애타게 찾았다는 거요?"

쿠투쿠자얼은 예의 있게 물어보면서 경계하는 눈빛으로 이리하무를 바라보았다.

"쿠얼반 아버지, 진짜 아버지에게서 편지가 왔어요……"

"응? 그래요?" 쿠투쿠자얼은 순간 움찔하더니 곧바로 무덤덤한 척 하며 대충 대답하였다.

"쿠얼반에게 그의 생부가 이미 돌아갔다고 했다면서요? 왜 그랬지요?"

이 말을 듣는 순간 쿠얼반은 머리를 숙였다. 무싸는 놀라서 얼빠진 사람처럼 멍해졌다. 고요함 속에서 분노를 간신히 억누르며 가쁘게 몰아쉬는 이리하무의 숨소리가 유난히 거칠고 무겁게 들렸다.

전혀 갈피를 잡을 수 없어 어리둥절한 무싸는 자신과는 무관한 일이라는 걸 알고 다시 자리에 앉았다. 그리고 손을 내밀어 양 꼬치 하나를 집어 들었다. 재미나는 구경거리가 생겼다는 표정이었다.

쿠투쿠자얼은 중지를 구부려 중간 관절로 갑자기 식탁을 탕 내리치더니 언성을 높여 말했다.

"아니 왜 쓸데없는 헛소리를 함부로 하는 거요! 거짓말도 어느 정도 껏 해야지 안 그래요? 내가 언제 그 애 그 아버지가 죽었다고 말했다는 거요? 쿠얼반이 당신에게 뭐라고 했나요? 이 나쁜 자식! 식탐 많고 게으른 놈아! 공부하기도 싫어하고 일하기도 싫어하는 놈이 이젠 입만 벌리면 거짓말이네 그려!"

"맞아요. 쿠얼반은 식탐이 많고 게을러요! 그래서 당신은 안에서 고기를 먹고, 그 애는 밖에서 찬바람을 마시고 있는 건가요? ……"

이리하무는 크게 분노하며 매섭게 몰아붙였다.

"참 웃기는 사람이네요! 혹시 취한 거 아닌가요? 한밤중에 우얼한 네 집으로 찾아와서 다짜고짜 화를 내는 이유는 설마 나 혼자 고기 먹은 것 때문에 배 아파서 그러는 거요?"

쿠투쿠자얼은 부자연스럽게 크게 웃었다.

"그 이유만은 아니죠. 사원들의 말에 의하면, 우얼한이 식당의 양고기를 가져갔다고 하던데……"

"뭐, 뭐라고요? 저 사람이 지금 뭐라는 거요? 무싸 대장! 이 양고기는 훔친 거요 뭐요? 도대체 어떻게 된 일입니까?"

쿠투쿠자얼 자신은 영문도 모르겠다는 가식적인 표정으로 턱을 삐죽거렸다. 고기는 자신과 상관없다는 뜻이었다.

무싸는 방금 집어든 양 꼬치를 식탁 위에 떨어뜨렸다. 그는 양쪽으로 갈라진 팔자수염을 만지더니, 몸을 흔들거리며 흉악한 눈빛으로 이리하무를 힐끗 째려보았다.

"그야말로 어이가 없네요! 당신은 여기에 도둑 잡으러 온 겁니까? 우얼한! 우얼한!"

그는 큰소리로 불렀다. 미적거리며 들어온 우얼한은 당황한 나머지 어찌할 바를 몰라 하며, 문가에 붙어 서 있었다. 우얼한의 얼굴에는 수치스러움과 난감함이 역력하였다. 이리하무는 약한 모습을 드러내지 않기 위해 더욱 큰소리로 말했다.

"우얼한! 이리하무가 당신을 도둑이라고 하는데, 어떻게 생각해요? 지금 당신 집까지 쫓아왔어요! 당장 우얼한을 체포하려고 그러나요? 명확히 말해 둘게요. 고기는 내 거예요! 내가 산 고기란 말입니다. 내가 돈을 지불할 거란 말이요! 출납원에게 가서 내 앞으로 달아놓으라고 말할 거예요. 우얼한에게 고기를 가져오라고 시킨 사람은 나예요. 우얼한, 맞죠? 왜 아무 말도 못해요? 이리하무 동지, 어서 말해 봐요. 또 뭐 다른 할 말이 있나요?"

이리하무는 무싸의 말에 즉시 응대하지 않고, 우얼한을 유심히 관찰하였다. 자신의 기세로 이리하무를 완전히 제압하였다고 생각한 무싸는 수비에서 공격 태세로 돌입하며 냉소적으로 말했다.

"이리하무 아우, 당신 도대체 왜 그래요? 왜 자꾸 내 꼬투리를 잡지 못해 안달인 건데요? 작년에 당신이 고향에 돌아온 지 얼마 되지 않았을 때, 이미 나랑 남자답게 시원하게 얘기했잖아요. 그 때 당신도 남자답게 시원하게 내 사업을 지지하고 협조하겠다고 약속하지 않았나요? 그런데 그 약속은 어디로 갔나요? 당신이 말한 협조와 지지는 어디에 있단 말입니까? 작년 밀 수확 철에 당신이 어떻게 했어요? 공사에 희소식을 전하고 형제대대를 지원하기 위해 조직한 대오를 당신이 중도에서 파괴했어요. 올해 밀 수확 철에는 또 어땠나요? 당신은 내가 배치한 노동력을 엉망으로 만들어 놓지 않았나요? 오늘 오후에도 나는 당신에게 많이 참아주었어요. 어디 한 번 다른 사람들에게 물어봐요.

항상 패기 넘치는 나 무싸가 한 번이라도 머리를 숙이고 양보한 적이 있는 지요? 칼이 목에 들어와도 나는 눈 하나 깜짝하지 않는 사람이에요! 그런데도 오늘 오후 나는 당신에게 양보했어요. 왜냐고요? 솔직히 말해서 난 당신이 좋기 때문에 그랬어요. 난 당신의 가치를 알기 때문이죠. …… 그리고 우리 위구르족 사내들은 비록 누구나 허리에 비수 한 자루씩 차고 다니고, 술에 취하면 싸움도 하지만, 본질적으로 온화하고 유순한 사람들이에요.

우리는 마음이 약하고, 인정과 체면을 중요하게 생각하며, 듣기 좋은 말 한 마디에 곧바로 마음을 푸는 그런 사람들입니다…… 나는 나의 선의에 당신도 감동할 거라고 믿었는데…… 내 발자국을 따라 여기까지 쫓아올 줄은 꿈에도 몰랐네요! 이건 해도 너무 하는 거 아닙니까? …… 그만하죠. 모든 일은 다 지나가니까요. 한 사람은 하루에 29가지 다른 성질을 드러낸다고 하죠? 아마도 지금은 당신의 불같은 성질도 약간 누그러들지 않았나요? 자 그러지 말고 식탁 가까이 와서 앉아요. 어서 앉으라니까요!"

이리하무는 한바탕 '인정'과 '도리', 채찍과 당근을 쏟아내고는 승자인양 득의양양해 있는 무싸를 주시하며, 잠시 생각에 잠겼다……

무싸가 말한 밀 수확 철에 있었던 두 번의 충돌은 아래와 같았다:

작년 여름 수확을 시작하여 20 여 일이 지났을 때, 큰 면적의 밀 수확은 대체적으로 완성된 상황이었다. 그러나 흙길 건너편 지금의 해바라기 밭과 참외·수박밭에는 약 40무 좌우 인 밀 밭이 있었는데, 농사가 잘 되지 않은 밀이 아직 남아 있었다. 이러한 상황에서 무싸는 한 무리의 사람들을 데리고 징을 치고 북을 울리며, 기쁜 소식을 알리는 빨간 대자보를 들고 공사로 가기로 하였다. 그리고 15명의 건장한 노동력을 선출하여 각각 낫 한 자루씩 들려서 신생활(新生活)대대로 '지원'하러 가라고 지시하였던 것이다.

이리하무는 그 날 지금의 참외·수박밭에서 한창 밀 수확을 하고 있었다. 이 소식을 듣고 이리하무는 부랴부랴 마을로 뛰어가 무싸를 찾았다. 하지만 무싸는 벌써 희소식을 알리는 한 무리 사람들과 지원 대오를 이끌고 출발하였다. 이리하무는 대로까지 달려가 제4생산대로 꺾어 도는 건널목까지 쫓아가서 숨을 헐떡이며 말했다.

"어디로 가는 겁니까?"

"보면 몰라요?"

무싸는 징과 북, 그리고 대자보를 가리켰다.

희소식을 알리는 대자보에는 이런 내용이 적혀 있었다.

"……애국대대는 예정일보다 11일 앞당겨 오늘 오전에 질과 양 어느 하나 빠지지 않는 노동을 통해 매우 성공적으로 밀 수확의 모든 임무를 완성하였습니다. 동시에 우리는 훌륭한 품격을 발양하여, 15명의 건장한 노동력을 무대가로 신생활대대에 파견하여 지원합니다. ……"

"이 봐요. 대장!"

이리하무가 말했다.

"췌얼꺼우(雀兒溝) 쪽에 있는 40무의 밀은 아직 베지도 않았고, 아시무 형네 집 앞에 있는 약 100무나 되는 밀은 단을 채 묶지도 못했어요. 그런데 어떻게 오늘 오전에 전부 완성하였다고 말할 수 있지요? 남은 밀까지 여름걷이를 마치려면 내일까지는 해야 될 것 같은데……"

"완성했다고 하면 완성한 거 아닙니까? 대체적으로 완성하지 않았나요?"

"대체적으로 완성했다는 건 대체적인 완성이죠. '질과 양 어느 하나 빠지지 않는 노동으로, 매우 성공적으로 전부 완성하였다'는 건 아니잖아요? 이 두 가지 의미는 완전히 다른 겁니다. 기어이 희소식을 전하려 한다면, '대체적으로 완성하였습니다'라고 적어야죠!"

"희소식을 알리는 대자보에, 그렇게 쓰는 법이 어디 있어요?"

"그럼 내일까지 기다렸다가 희소식을 전하면 되잖아요."

"그건 안 되죠. 오늘 밤에 제4 생산대의 우푸얼 판판쯔가 우리보다 먼저 희소식을 전할지도 모르는데……!"

"그거야 어쩔 수 없는 일이죠. 사실 완성하지 못했으면서 일등이라는 명예 때문에 거짓으로 꾸며낼 수는 없는 거잖아요!"

"맞아요!"

희소식 대자보를 든 대오의 청년들도 의견이 분분하였다.

"거짓된 희소식 대자보를 들고 공사에 가서 허풍을 떠는 건 정말 민망한 일입니다." "우리는 안 갈래요, 우리는 돌아가서 마무리 작업이나 할랍니다……"

……희소식을 전하러 가려던 사람들이 뿔뿔이 흩어져 일하러 떠나자 무싸는 이를 부득부득 갈았다.

오늘 오후에 있었던 마찰은 이보다는 훨씬 작은 일 때문이었다. 오후 노동을 시작한 지 한 시간이 지났을 때, 이리하무가 책임진 마라 수확기 팀은 200무나 되는 가장 큰 면적의 밭에서 여름걷이를 마치고, 점심시간에 무싸 대장이 아이바이두라에게 내린 지시에 따라 관개 수로의 다른 한쪽에 있는 가까운 밀밭으로 옮기기로 하였다. 아이바이두라는 수확기를 정리하고 말 장비들을 챙겨 그쪽 밭으로 넘어가려고 준비하고 있었다.

그때 양후이가 다른 의견을 제기하였다. 무싸가 수확을 지시한 밭은 우크라이나 무망(無芒) 4호를 재배한 밭이었다. 이 품종의 밀은 종자 껍질이 단단하여, 수확 시 작물에서 낟알이 쉽게 탈립(脫粒)하지 않는 특점이 있었다. 탈립성이 적으므로 타곡 시 많은 노력이 필요하고 어려움이 있지만, 작물이 잘 여물어도 탈립 현상이 적어 손실은 크게 줄일 수 있었다. 그리고 장원의 뒷면 옥수수밭 뒤에는 100무나 되는 길고 좁은 밭이 하나 있었는데, 그 밭에 재배한 품종은 산시 134호였다. 산시 134호는 생산량이 높고, 조숙하며, 병에 강하고, 이삭이 옹골진 특점이 있는 반면, 일단 종자가 다 여물면 낟알이 이삭으로부터 쉽게 떨어지는 현상이 있었다.

품종들의 이러한 특점에 근거하여 양후이는 시기를 늦추지 말고, 먼저 산시 134호를 재배한 밭부터 수확하기를 건의하였다. 그는 자신의 의견이 합리적이라는 점을 설명하기 위해 이리하무와 아이바이두라를 데리고 직접 산시 134호를 재배한 밭으로 갔다. 그들이 보는 앞에서 산시 134호 밀을 툭 건드렸다. 그러자 낟알이 이삭에서 술술 떨어지는 것이었다.

이리하무는 무싸를 찾아 한참을 헤맸지만 끝내 찾지 못했다. 그리하여 러이무 부대장을 찾아가 의논하였다. 그 결과 양후이의 합리적인 의견이 받아들여졌고, 인력과 축력, 기구까지 전부 비좁고 긴 밭으로 옮겨가게 되었던 것이다.

바로 이 때 무싸가 돌아왔다(참외·수박밭에서 돌아오는 길이다). 상황이 바뀐 것을 보더니 그는 노기가 등등하여, 어찌 함부로 자기의 지시를 어길 수 있느냐며 이리하무를 추궁하기 시작하였다. 이리하무는 어찌 된 일인지 차근차근 설명하였다. 하지만 무싸는 동의할 수 없다며 여전히 화를 냈다. 그리고 반드시 원래의 지시에 따라야 한다고 주장하였다. 왜냐하면 곧 공사와 대대의 간부들이 여름 수확의 진도를 조사하러 오기 때문이었다. 무망 4호 밀을 재배한 그 밭이 마침 길옆에 있어, 만약 여름걷이를 하지 않고 그대로 둔다면, 간부들에게 수확 진행 속도가 느리다는 인상을 남길 수 있다는 것이었다. 뿐만 아니라 무망 4호 밀밭과 갓 수확을 마친 200무의 밭이 가깝게 붙어 있어, 만약 한꺼번에 두 밭의 수확을 마친다면, 끝없이 펼쳐진 밭이 한눈에 들어와 얼마나 장관이겠느냐는 것이었다.

이리하무는 단순하게 보여주기 위해서 하지 말고, 생산적 차원에서 출발하여 실효성을 따지는 것이 더욱 중요하다며 입이 닳도록 설득하였다. 그리고 당장 거마를 동원하여 운반을 시작해야 한다는 의견도 제기하였다. 동시에 운반을 시작하지 않으면 거마의 작업이 중단되어 시간과 노동력의 낭비를 초래할 수 있고, 이미 벤 밀들을 밭에 널브러뜨려 두면 바람·비·새·짐승들에 의한 손실을 볼 수 있다고도 말했다. 하지만 이리하무의 두 번째 의견도 무싸는 부정하였다.

그의 계획은 베는 작업에 전부의 인력을 집중시키는 것이었다. 단을 묶든 말든 상관이 없고, 탈곡장으로의 운반은 더더욱 급한 일이 아니었다. 그는 전부의 인력을 집중하여, 밀을 베어 눕히기만 하면 승리라는 생각을 하고 있었다. 작년에 이리하무의 교란 때문에 아깝게 눈앞에서 놓친, 전 공사를 통틀어 수확 속도가 일등이라는 명예를 되찾고 싶은 마음뿐이었다. 이리하무의 설득을 무시하고, 무싸는 소리를 고래고래 지르며, 사원들을 다시 무망 4호 밀밭으로 옮기라고 지시하고 있었다. 그 때 양후이가 왔다. 키가 작달막한 양후이는 머리를 들고 무싸를 올려다보며 사근사근하면서도 박력있게 말했다.

"이봐요, 대장! 산시 134호 밀이 탈립한 낱알이 많은 것을 보지 못했나요? 그걸 보고도 가슴이 아프지 않아요! 설마, 우리의 여름걷이가 정말로 이발하는 거라고 생각하는 건 아니죠? 용모를 단장하게 하여 다른 사람에게 보여주려는 건 아니죠? 탈립성이 강한 조숙성 품종은 일찍 거두어야 해요. 이건 기술적 요구일 뿐만 아니라, 정치적 요구예요. 3년 동안의 자연재해를 통해 깨달은 것이 없어요? 양식 낭비는 곧 범죄예요!"

무싸는 아무 말도 하지 못하고 떠났다. 그는 양후이와 입씨름 하는 것을 원하지 않았다. 그리고 기타 사원들도 모두 이리하무와 양후이의 의견에 동의하는 눈치였다.

이리하무는 이 구체적인 문제는, 당시 밭에서 이미 해결되었다고 생각하였다. 무싸가 지금까지 마음속에 담아두고 있고, 또 이런 식으로 말을 꺼낼 줄은 몰랐던 것이다.

이리하무는 조용히 세 사람을 관찰하였다. 모욕을 당한 우열한, 기세등등하고 득의양양한 무싸, 악랄한 쿠투쿠자얼. 그는 마음을 진정시키면서 우선 무싸의 말에 대답하기로 결정하였다. 그는 "무싸 형!" 하고 부르며 미소를 지었다.

"형은 정말 혓바닥으로 성루를 함락시킬 수 있다고 생각하나요? 부디 자신의 감언이설에 도취되지 말아요!"

무싸는 얼굴이 벌겋게 달아올랐다. 이리하무는 계속해서 말했다.

"'내 장부에 달아놓았다'는 말 한 마디면, 당신의 행위가 합법적인 것이 된다고 생각해요? 우얼한 누님, 내 장부에 달아놓으라는 말 한 마디면, 모든 사원들이 마음대로 식당의 고기를 가져갈 수 있는 건가요? 게다가 무싸 형 당신의 장부가 어떤 상황인지 사람들은 불 보듯 훤히 다 알고 있어요.

대장으로 임명된 후부터 지금까지 장부상에 기재된 내용만 보아도, 당신이 가불한 현금이 벌써 얼마예요? 그리고 방금 생산대의 업무와 생산에 대해 말했죠? 우리는 당신의 영도 아래 모두가 함께 사회주의를 건설해 나가기를 바라고 있어요. 이건 의심할 여지도 없는 문제예요. 하지만 당신이 자본주의의 길로 나아가려 하고, 속임수를 쓰거나 정당하지 못한 수단을 사용하여 군중의 이익을 파괴한다면, 우리에게는 당신을 도와 잘못을 바로잡아 줄 의무도 있어요.

이런 게 바로 당신에 대한 나의 가장 큰 지지이고 협조라고 생각해요. 참 신기해요. 당신은 고농 출신이고, 머리도 명석하며, 박력도 있고, 경험도 많기 때문에 인민들에게 유익한 일들을 하려는 마음만 있다면, 분명 누구보다도 더 훌륭하게 해낼 수 있을 거고, 군중들의 옹호와 존경을 받을 수 있을 거예요. 그런데 이런 올바른 길을 두고 왜 하필 비뚤어진 길을 가려고 하는 거예요? 나에게 몰인정하고 체면을 따지지 않는다고 했죠? 그럼 당신은 사원들의 마음을 헤아린 적이 있어요? 불과 몇 시간 전에 공사의 자오 서기가 우리 생산대에 왔었어요.

기상대로부터 날씨예보를 받았는데, 오늘 밤에 폭풍우가 휘몰아칠 가능성이 있다고 했어요. 그런데 당신이 전력을 다해 베어 눕히기만 하면 된다는 지시 때문에, 100무 넘는 밭에 베어 눕힌 채로 단을 묶지 않은 밀이 아직 남아있어요. 비바람이 불어 닥치면 어떤 심각한 결과를 초래할지 생각해 봤어요? ……"

"뭐라고요? 오늘 밤에 폭풍우가 온다고요?"

무싸는 긴장하기 시작하였다. 그는 더 이상 편하게 앉아 있을 수가 없었다.

"걱정 말아요! 자오 서기가 우리를 거느리고 야간작업을 했어요. 그 100무 되는 밀을 모두 묶었어요. 그리고 일부분은 이미 탈곡장으로 운반했고, 또 일부분은 한 곳으로 모아 놓았어요. 그런데 당신은 뭐 하는 거예요? 대장으로서 지금과 같이 가장 바쁜 시기에, 여기에 숨어서 맥주나 마시고, 양 꼬치나 먹고 있었던 거예요? 게다가 고기는 식당에서 가져왔네요. 당신의 이러한 행위를 인민들이 감정적으로 이해할 수 있을 거라고 생각합니까?"

이리하무는 우얼한을 힐끔 쳐다보고 나서 말을 끝까지 해야겠다는 결심을 내렸다.

"무싸 형, 이렇게 가다가 어디까지 갈 생각이에요? 이 집에 앉아 고기를 먹으면서, 바로 이 집 주인이었던 이싸무동이 어떤 최후를 맞았는지는 생각하지 않는 겁니까?"

사람들에게서 잊혀지고, 더 이상 사람들의 입에 오르지 않는 이름인 이싸무동이 나오자, 우얼한은 맥이 풀려 바닥에 주저앉고 말았다. 그녀는 얼굴을 감싸고 흐느끼기 시작하였다.

"우얼한 누님! 오늘 밤 이렇게 불쑥 찾아와서 실례가 많았어요. 그리고 무례하게 보라티쟝의 아버지를 거론한 것에 대해 용서를 구합니다. 하지만 난 당신을 이해할 수 없어요. 당신이 지금 뭐 하는 건지 압니까? 지금 손님을 접대하고 있는 거예요? 당신 지금 귀인들을 접대하고 있는 거예요? 정말 이해할 수 없네요. 작년에 당신이 돌아왔을 때, 마을 사람들이 당신을 어떻게 대해 주었고, 영도자들은 또 어떻게 보듬어 주었어요. 왜 그렇게 잘해주었냐하면, 당신은 빈농의 딸이고, 인민공사의 사원이기 때문이었어요. 빈농이면 빈농으로서의 줏대가 있어야 하고, 사원이면 사원으로서의 존엄성이 있어야 해요. 그런 당신이 지금……"

쿠투쿠자얼은 잠자코 이리하무의 말을 들으며 부지런히 대책을 생각하고 있었다. 이리하무가 한 말 중에 그의 마음을 움직인 대목이 있었던 건 사실이었다. 바로 저녁 식사 후, 자오 서기가 왔었고 사원들을 거느리고 밀단을 묶고 운반하였다는 대목이었다. 쿠투쿠자얼은 심히 유감스럽게 생각하였다. 오늘 제7생산대에 온 이유는 사실 영도자들에게 자신의 부지런한 모습을 보여주기 한 것이 아니었던가!

그 외의 말은 들으면 들을수록 협박 같았다. 무싸의 말을 듣고 만약 이리하무가 분노하여 무싸, 가장 좋기로는 우얼한까지 싸잡아 한바탕 욕을 퍼부었더라면, 쿠투쿠자얼의 입장에서는 오히려 가볍고 재미나는 일이 되었을 수가 있었다. 그런데 영리한 이리하무는 욕 대신 정확하지만 부드러운 말로 그들에게 충고해 주었던 것이다. 정말 무서운 사람이다! 이리하무는 떠민다고 해서 쉽게 밀려날 사람이 아니고, 구슬린다고 해서 노발대발 이성을 잃을 사람도 아니며, 부드러운 수단으로 굴복시킬 수 있는 사람은 더욱이 아니라는 것을 깨닫게 되었다. 그렇다면 이제 남은 유일한 현명한 방법은 바로 이 자리에서 벗어나는 것이었다. 비록 물통 속에 아직 마개를 따지 않은 두 병의 피오가 있다는 것을 잘 알지만 더 앉아 있을 방법이 없었다.

"다들 그만해요."

그는 화해시키듯 손을 흔들며 무거운 몸을 일으켰다.

"우리 셋은 손님이잖아요."

그는 무싸, 이리하무, 자신을 가리키며 말했다.

"이리하무의 의견이 아주 좋아요. 무싸는 귀담아 들을 필요가 있어요! 하지만 의견을 제기하는 일은 내일 낮에 사무실에서 하는 게 좋을 것 같아요. 우얼한, 환대해줘서 고마워요. 접대를 너무 잘해 주었어요! 참 좋았어요! 덕분에 맛있게 먹었고, 즐겁게 대화 나눌 수 있었어요. 그럼 이만 가 볼게요……"

"잠깐만요!"

이리하무는 쿠투쿠자얼의 비열함과 교활함에 격노하였다.

"아직 당신에게 할 말이 남아 있어요. 여기에 온 이유는 바로 당신 때문이거든요! 당신과 나는 공산당원이에요. 우리는 적어도 착실한 사람이어야 하고, 정직한 사람이어야 해요. 쿠얼반에게 어떤 짓을 저질렀는지, 당신 스스로가 더 잘 알 겁니다! 당신의 잘못을 증명할 제삼자가 없을 거라고 생각하지 마세요! 속담에 눈 가리고 아웅 한다는 말이 있죠! 어디든 지켜보는 눈이 있다는 말입니다. 당이 우리를 지켜보고 있고, 인민이 우리를 지켜보고 있어요! 언젠가 당신이 한 언행에 대해 책임을 물을 것이고, 당신은 반드시 합리적으로 답변해야 할 겁니다!"

이리하무는 강력한 한 방을 날리고는 돌아서서 성큼성큼 걸어 나갔다.

쿠투쿠자얼은 그 자리에 멍하니 서 있을 수밖에 없었다. 한참 후 그는 눈이 빨갛게 충혈된 두 눈을 부릅뜨고 노기등등하여 집밖으로 뛰쳐나갔다. 대문 어귀까지 가더니 고래고래 소리를 질렀다. 무싸는 그 소리에 깜짝 놀라 헉 하고 숨을 들이켰다.

"쿠얼반! 쿠얼반! 당장 튀어와!"

그러나 쿠얼반은 대답이 없었다.

　우얼한 네 집을 나온 이리하무도 쿠얼반을 찾아 사방을 돌아다녔다. 그러나 끝내 찾지 못했다.

　이튿날 아침 식사 때에도 쿠얼반은 나타나지 않았다. 일이 시작될 시간에도 여전히 쿠얼반은 보이지 않았다. 이리하무는 불길한 느낌이 들기 시작하였다. 점심에 밭일을 마치고 이리하무는 끼니도 거른 채 디리나얼의 자전거를 빌려 타고, 대대 본부의 맞은편에 있는 쿠투쿠자얼 네 집으로 찾아갔다. 파샤한은 냉담하게 그를 맞아들였다. 이리하무가 오기 전에 남편이 다녀간 것이 분명했다. 파샤한이 말했다.

　"어떻게 우리 집에서 쿠얼반을 찾지요? 요 며칠 날마다 그 애랑 같이 있었다고 들었는데……! 나야 말로 당신을 찾아가 애를 내놓으라고 할 판이에요. 쿠얼반을 어디에 숨겼지요? 아니면, 그 애를 어딘가로 보냈나요?"

　이리하무는 파샤한의 도발적인 말에 반박할 겨를이 없었다. 그는 다만 문제의 심각성만은 분명하게 깨달았다. 그 뒤 공사로 갔지만, 공사의 전체 간부들은 여름 수확 때문에 각 생산대로 내려가고 없었다. 비서 한 명이 남아 숫자 통계를 내고, 등사판 소형신문을 출판하고 있었다. 비서는 오전에 벌써 파샤한의 방문을 접대한 뒤였다. 파샤한은 이리하무가 고의적으로 그들 가족의 관계를 끼어들어 이간질하였고, 그들 부(모)자 사이의 감정이 멀어지도록 충동질하였다고 고발하였다.

　쿠얼반 "이 불쌍하고 멍청한 애"라고 말하면서, 파샤한은 살쪄서 공처럼 통통한 작은 손으로 눈가를 닦았다. 파샤한이 만성질환 환자처럼 신음 같은 가느다란 말소리로 말하는 바람에, 비서는 귀를 세우고 들어도 명확히 알아들 수가 없었다. 그러다가 마지막에 파샤한은 비밀스런 말을 하겠다는 표정을 지으면서 강렬하지만 낮은 소리로 바꾸어 넌지시 말을 흘렸다. 즉 쿠얼반의 생부는 건달이고, 그들 부부를 협박하여 재물을 갈취한 적이 있으며, 쿠얼반도 손버릇이 나쁘다고 하였다. 쿠얼반이 그의 집에 온 후로 먹다 남은 수이젠바오(水煎包)가 온 데 간 데 없어졌고, 긴 탁자 위에 올려놓은 거스름돈도 갑자기 사라지곤 한다는 것이었다.

뒤에 온 이리하무도 마찬가지로 쿠얼반에 관한 상황을 보고하였다. 이 일에 대대의 지도 간부가 연루되어 있기 때문에, 공사의 비서도 처리하기가 곤란하였다. 그가 할 수 있는 건 두 가지밖에 없었다. 하나는 사람 찾는 일에 협조하도록 각 대대에 통지를 전달하는 것이고, 다른 하나는 이 일을 자오지형 서기에게 보고하는 것이었다.

이리하무는 공사를 나와 자전거를 타고 교통관리소(交通管理站)로 갔다. 그리고 길옆에 있는 생산 건설 병단에 속하는 몇 개의 단위에도 들렀다. 제7생산대의 다른 한 밭인 췌얼꺼우에 가서 찾았고, 이닝시, 터미널, 화물운송장 등 많은 곳을 찾아다녔다. 그러나 어디에서도 쿠얼반의 종적을 찾을 수는 없었다. 이들 장소 외에 또 어디로 갈 수 있는지 이리하무는 전혀 갈피를 잡을 수 없었다. 그의 머릿속에는 쿠얼반의 "한 걸음 한 걸음 걸어서 난쟝으로 돌아갈 거예요"라는 한 마디 말이 계속 맴돌았다…… 그러나 상식적으로 그건 불가능하다는 것을 그는 알고 있었다. 돈도 없고, 건량도 없으며, 갈아입을 옷 한 벌도 없는 어린 아이가, 난쟝까지 걸어간다는 것은 절대 불가능한 일이었기 때문이었다.

저녁이 되어 지칠 대로 지친 이리하무는 마을로 돌아갈 수밖에 없었다. 그는 스스로 위로하였다. 마을에 도착하였을 때 쿠얼반이 이미 돌아왔기를 그는 상상하였다. 기분이 우울하여 어느 옥수수 밭에 숨어있는 건 아닐까? ……그러나 현실은 그렇지 않았다. 마을에 도착하였을 때 기타 사원들도 초조하고 불안한 표정으로 쿠얼반을 찾고 있었다. 이리하무는 가슴이 철렁하였다.

밤이 깊어갔다. 사람들은 더욱 조급해하였다. 이렇게 되자 쿠투쿠자얼도 덜컥 겁이 났다. 쿠얼반이 현재 맞닥뜨린 상황과 기분을 잘 알기 때문에, 혹시 자살을 기도라도 한 것은 아닐까 하고 걱정도 되고 두려웠다. 만약 어딘가에서 쿠얼반의 시체라도 발견된다면, 그는 평생 씻을 수 없는 죄명을 안고 살아가야 한다는 것을 누구보다 잘 알고 있었다. 비록 미리 파샤한을 시켜 여론 준비를 하였고, 잡아떼기와 책임을 전가시키는 두 가지 방법을 강구해 놓기는 했지만, 만약 정말 일이 커지면 아무리 잡아떼도 완전히 뗄 수 없고, 아무리 미루어도 깨끗하게 미룰 수 없다는 것도 알고 있었다. 이 일에 있어서 그와 이리하무는 완전히 적대적이지만 쿠얼반을 다급하게 찾고 있다는 점에서는 또 완전히 일치하였다. 그리하여 쿠얼반을 찾는 일이 급선무인 이 시각, 이 날 밤에 쿠투쿠자얼은 이리하무를 찾아가 서로 정보를 교환하였다. 그리고 두 사람은 동시에 기타 사원들을 찾아가 도움을 청하였고, 각각 흩어져, 또 맹목적으로 온밤을 헤매며 찾았다.

그렇게 또 하루가 지났다. 그들은 쿠얼반이 정말로 도망쳤다는 사실을 직시할 수밖에 없었다. 이리하무와 쿠투쿠자얼은 모두 안절부절못하였다. 하지만 착안점이 달랐다. 쿠투쿠자얼은 죄명이 자신의 머리 위에 떨어질까 걱정이었고, 이리하무는 쿠얼반의 운명을 걱정하고 있었다. 자오지형 서기는 비서의 보고를 듣고 마을에 왔다. 쿠투쿠자얼은 뒤질세라 자기비판과 반성을 하였다.

첫째, 아이의 정치 사상적 교육에 대해 홀시하였다는 것이었다. 아이의 각성 수준을 제때에 높여주지 못하고, 나쁜 버릇을 잡아주지 못한 것에 대해, 심히 자책을 느낀다고 하였다. 둘째, 자신에 대해 과분할 정도로 엄격하게 요구하였다는 것이었다. 쿠얼반을 위해 호적 신고를 하면, 다른 사람들에게 나쁜 영향을 끼칠 거라고 생각하였다는 것이다. 재해지역에 사는 친척들의 호적을 본 대대로 옮겨 오겠다고 하는 사원들이 꽤 많은 상황에서, 그리고 재해지역에서 온 사람들이 고향으로 돌아가 분투하여 함께 어려움을 이겨 내도록 동원사업을 실시하라는 상급의 지시가 내려진 상황에서, 차마 입이 떨어지지 않았다는 것이었다. 그래서 쿠얼반의 호적 문제가 미루어지게 되었고, 그 애에게 사상적 부담을 안기게 되었으며, 생활 공급 상의 불편함이 생기게 되었다고 하였다. 셋째, 자신의 교육이 지나치게 교조(教條)적이었다는 것이다. 생활상에서 소박하기를 요구하였지만, 쿠얼반이 친아들이 아니라는 사실을 간과하였다는 것이다. 그리하여 쿠얼반이 자신을 오해하게 되었고, 두 부자 사이에 간격이 벌어지게 된 것 같다고 하였다. 넷째, 일부 사람 및 일부 사건에 대해, 경각성을 높이고 주의를 기울이도록 쿠얼반에게 충분하게 설명하지 못했다는 것이다. 이 말을 할 때, 그는 말을 얼버무렸다. 그는 자오 서기를 보며 말했다.

"일부 사람들이 시비를 일으키려는 못된 버릇이 있는 줄을 전혀 몰랐어요. 눈이 벌게서 '어느 집 부부가 말다툼하지는 않나?', '어느 집 부자가 싸우지는 않나?' 하고 고대하고 있는 사람들이 있어요. 서기가 만약 홀아비라면, 그 사람들은 갖은 수를 써서 당신의 왼쪽 눈을 부추겨 콧등을 넘어가 오른쪽 눈을 파먹게 만들 수도 있을 겁니다."

"당신이 말하는 그들이 누구지요?"

자오지형이 물었다.

"구체적으로 콕 집어 누구라고 말할 수는 없지만, 의심하고는 있지요. 아니, 그 사람이 우리 생산대에 있다고 단정할 수는 있어요."

쿠투쿠자얼이 대답하였다.

이리하무도 자신이 알고 있는 사실을 곧이곧대로 자오 서기에게 보고하였다. 그는 개인적인 판단이나 견해를 말하지는 않았다. 이토록 심각한 견해를 정식으로 조직에 보고하기엔 근거가 아직 미약하다고 생각하였기 때문이었다. 동지를 대함에 있어, 반드시 책임감 있고 신중한 태도여야 한다고 생각하였던 것이다.

이리하무는 자신을 반성하였다. 그 날 밤 경거망동하지 말았어야 하며, 우얼한 네 집에 경솔하게 쳐들어가지 말았어야 했다고 후회하였다. 그의 행동이 쿠얼반에게 두려움을 조성했을 것이고, 그것이 쿠얼반을 도망치게 만든 원인이 되었다며 자책하였다. 자오지형은 쿠투쿠자얼이 우얼한 네 집에서 피오를 마셨다는 맥락에서 경각성을 높였다. 왜냐하면 지난해 봄에 우얼한이 '외국으로 도망치다가' 다시 마을로 돌아왔을 때, 쿠투쿠자얼의 태도가 얼마나 강렬하였는지, 아직도 기억에 생생하기 때문이었다.

자오지형은 마을을 떠나며 세 가지를 말했다. 첫째, 사람은 계속하여 찾아야 한다. 둘째, 이 일 때문에 생산에 영향을 끼쳐서는 안 된다. 셋째, 이 문제에 대해 당의 생활회의에서 다 함께 의논할 필요가 있다. 도대체 누구에게 잘못이 있고, 어떤 잘못이 있으며, 어떤 교훈을 얻을 수 있는지에 대해, 당원 동지들이 같이 분석하고 판단해야 한다는 것이었다. 자오지형은 무싸의 "베어 눕히면 곧 승리이다"라는 여름수확에 대한 조치에 대해 비판하였다. 그리고 당장 밀을 싣고, 운반하고, 타작하는 일에 착수하도록 하고, 타작을 마친 양식은 즉시 차에 실어 입고까지 완성하라는 지시를 내렸다.

그 당시 자오 서기는 이 몇 가지에 대해서만 이야기하였다. 그 당시 그가 할 수 있는 말도 그 몇 가지뿐이었기 때문이었다.

15장

대(大) 황취(湟渠) 롱커우(龍口)에서의 심사숙고
어린 시절의 추억
밀 탈곡장에서

자오지형이 떠나자마자 무싸가 이리하무를 찾아왔다. 그는 이리하무에게 임시적인 한 가지 임무를 위임하여 파견하였다. 즉 모래와 자갈, 목재, 시초(柴草, 땔 것으로 쓸 풀)들을 차에 싣고 대 황취 롱커우 댐으로 가라는 것이었다. 대 황취는 이리에서 가장 큰 대형 간선 수로였다. 더 정확하게 말하면 인공하천이었다. 대 황취는 이리하의 상류 하스허(哈什河)에서 시작되는데, 그 지점에는 고정된 수문이 없었다. 하스허 급커브 구간의 지세를 이용하고, 흐르는 물의 양에 근거하여 일부분 혹은 전부의 강물을 차단함으로써, 강제로 황취에 흘러들어가도록 한 것이었다.

황취의 수위를 높여 두 개 현과 한 개 시의 토지를 관개하고 있었다. 대 황취는 이리의 아름다움, 풍요로움과 즐거움의 원천이었다. 우뚝 솟은 백양나무와 울창한 과수원, 넓디넓은 들판, 사람·가축·공업·농업·상업 등 모든 업계와 모든 생명은 이 젖줄에 의존하여 살아가고 있었다. 하지만 동시에 해방 전 황취 입구 즉 분류(分流) 지점 즉 통속적으로 롱커우라고 부르는 구간

397

은 몹시 음산하고 무서운 곳이었다. 하스허의 유량이 극히 불안정하여, 일단 홍수가 밀려오면 나뭇가지, 목재, 돌, 시초, 흙으로 쌓아 놓은 임시 댐이 터지게 되는데, 그러면 황취의 관개를 받던 두 개 현과 한 개 시의 대부분의 수로는 고갈되고 마는 것이었다. 그 때마다 사람들은 목숨을 걸고 댐을 새로 쌓아 물을 막아 황취로 방류하게 해야 했다.

댐이 터지는 일은 1년에도 몇 번씩 일어났고, 그 때마다 사람들은 물불 가리지 않고 뛰어들어 임시 댐 공사를 진행해야 했다. 가끔은 댐에 들어가는 재료와 사람이 같이 들어가 물막이를 할 때도 있었고, 악독하고 미신적인 관리가 퉈후디(托乎地, '잠깐 멈춘다'는 뜻 – 역자 주) 혹은 투얼쉰(吐爾遜, '멈춰서다'라는 뜻 – 역자 주)이라는 이름을 가진 사람들을 선출하여, 홍수 속에 밀어넣을 때도 있었다. 사람으로 물에 제사를 지내면 날뛰는 강물을 다스릴 수 있을 거라고 생각했던 것이다. 또는 일을 이루어내기 위해 목숨까지 받쳤다고 했을 때, 동원과 독촉의 효과가 크고, 목숨을 내걸고 하면 불가능한 일도 가능해질 수 있다는 뜻으로 해석될 수도 있었기 때문이었다.

사면이 황량하고 끼니조차 의지할 곳이 없는 이곳에서, 풍찬노숙하며 고되고 힘든 노동을 해야 하는 어려움은 더 말할 나위도 없었다. 해방 후 황취에 대해 여러 차례 약간의 보수작업을 하였고, 국부적으로 개선도 하였다. 특히 1958년에 칭녠취(靑年渠) 하나를 가설함으로써 관개면적을 확대하였다. 그러나 강물을 조절해야 하는 댐에 관한 문제는 1963년까지도 해결되지 않았고, 여전히 인공으로 임시 댐을 쌓아 막곤 하였다.

주관 부문에서는 댐 수리작업에 필요한 인력, 선반공, 재료를 수혜면적에 따라 합리적으로 분담할 수 있도록 대책을 마련하였다. 그리하여 바이(巴依, 위구르어로 부자, 귀족이라는 뜻 – 역자 주)나 관리들이 행패를 부리고, 가난한 사람들이 목숨을 잃는 일은 더 이상 없었다. 뿐만 아니라 나무랄 데 없는 안

전시설이 점점 갖추어지면서, 사람과 차량들이 물에 빠지는 참사도 두 번 다시 일어나지 않았다. 하지만 생활시설이 충분하지 않고, 재난이란 인정사정이 없는 것이며, 또 시간이 촉박하다 보니, 롱커우에서의 물막이 작업은 여전히 겁이 나고 힘든 일이었다.

무싸 대장이 갑자기 이리하무에게 이런 일을 위임한 것은 당연히 의도적인 것이었다. 당신이 내 꼬투리를 잡고 놓지 않으면 나도 똑같이 당신을 괴롭혀 주겠다는 뻔히 들여다보이는 속셈이었다. 무싸는 이리하무에게 임무를 전달하면서 눈을 게슴츠레 뜨고 이리하무를 째려보았다. 자신의 저의를 감출 생각조차 없었다. 그의 의도와는 달리 이리하무는 황취로 갈 수 있어서 기뻤다. 이리 농민과 대 황취는 떼려야 뗄 수 없는 밀접한 관계라는 것을 모르는 사람은 없었다. 그는 하스허 젖줄의 근황이 어떤지 오래전부터 가보고 싶었다. 그리하여 이리하무는 유쾌하게 대답하였다.

"좋아요. 내일 재료들을 준비하여, 모레 아침 일찍 출발하도록 할게요."

이리하무는 공손하게 대장이라고 부르면서 말을 이었다.

"그 동안 군중들과 동고동락하면서, 밀 수확을 잘 끝내주길 바래요. 우리 사회주의 나라에서 대장은 물론, 현장(縣長), 주장(州長)은 모두 인민의 공복이에요. 이 새로운 사회는 더 이상 옛날의 촌장, 백극(伯克, 중국 신강성에 거주하는 회족[回族]의 대 · 소 직관을 총칭하는 말 – 역자 주), 패왕(霸王) 등이 존재하지 않습니다."

무싸는 얼굴이 붉으락푸르락하였다. 이 한마디 말의 무게에 대해 이리하무 본인도 예상하지 못했다. 이렇게 말하면서 이리하무 본인도 감정이 북받쳤고, 스스로 마음의 진동을 느꼈다.

대 황취 롱커우에서 이리하무는 열흘 넘게 분투하였다. 생활이 힘들고, 시간을 다투어 일해야 했지만, 그는 더욱 기운이 넘치고 활기찼다. 이곳에서 그는 평소에 만날 수 없는 사람들을 만났고, 들을 수 없는 일들을 듣게 되었다. 그리하여 새로운 계시를 얻게 되었다. 수많은 수리 기술자들이 수평기·삼각대를 메고 이곳의 모래바람 속에서 바쁘게 뛰어다니고 있었다. 그들은 깃발을 흔들고 호루라기를 불며, 말뚝을 박고 측량하며, 줄을 긋고 번호를 표시하였다…… 그 중에 한 중년이 된 한족 동지가 있었는데, 사람들이 그를 '기사(工程師)'라고 부르기 전까지, 가무잡잡하고 객지를 떠돌며 갖은 고생을 겪은 듯한 얼굴로 보았을 때, 이리하무는 당연히 건축 공사현장의 미장이인줄 알았다.

중간에 주(州)의 영도자 동지들이 이곳으로 시찰을 다녀갔다. 영도자들은 각 공사에서 파견되어 온 노동자들을 찾아와 안부를 물으면서 얼마 지나지 않아 롱커우를 근본적으로 다스리기 위한 대규모 작업이 시작될 거라고 말했다. 이리하무는 이곳에서 각 현의 공사(公司)와 생산 건설병단의 농장에서 온 노동자들도 만나게 되었다.

그들과의 대화중에서 이리하무는 여러 가지 새로운 사실을 알게 되었다. 훠청현(霍城县)의 고조(高潮)공사에서는, 농작물과 콩을 간작(間作)하고, 여름 그루갈이와 정방형경작(方塊耕作)을 통해 전에 없이 높은 생산량을 수확했다는 것이었다. 그리고 이닝시의 과일 농사를 짓는 농부들은 관내 사과의 우량품종인 황샹쟈오(黃香蕉), 궈광(國光), 훙위(紅玉)의 가지를 이리 사과의 대목에 접목하여 품종 개량을 하고 있다는 것이다.

이닝 현 훙우웨(紅五月)공사에서는 작년에 대면적의 알칼리성 땅을 개조하였고, 멧돼지 출몰지역이고, 물풀이 가득 자란 늪을 개간하여 논밭길이 종횡으로 나 있는 논으로 만들었다고 하였다. 그리고 병단농장에서 토지를 고르고, 관개작업을 개량하여 물의 흐름대로 물을 대던 자연 관개를 고랑 관개(병단농장에서는 서너 명의 부녀가 한 수로의 물을 관개할 수 있다)로 바꾼 경험에 대해 이리하무는 큰 흥미를 가지게 되었다. 이러한 담화 속에서 이리하무는 자신이 속해 있는 대대와 생산대가 지금 얼마나 뒤처지고 있고, 발전 속도가 얼마나 느린지를 깨닫게 되었다. 동시에 얼마나 많은 잠재력이 발휘되지 못하고 있고, 얼마나 많은 재부의 원천이 발굴되지 못하고 있는지를 새삼 느끼게 되었다.

왜 그런 것일까? 일부 사람들이 신속하게 발전을 요구하는 생산력 향상을 하는데 걸림돌이 되고 있음을 알았다. 그런 사람들 중에는 적도 있고, 자본주의 경향이 강한 사람들도 있으며, 지도자 직책을 맡고 있는 사람들도 있었다. 그들은 대대와 생산대를 어디로 이끌어가야 할지 아무런 목표도 없었다.

이곳에서는 북적북적 대며 모든 사람들이 한 결 같이 바쁘게 돌아가고 있는데, 이곳 상황과는 전연 다른 모습의 자신의 대대와 생산대를 생각하니 한심하기 짝이 없었다. 이리하무는 이 넓은 '황야'에서, 자신의 대대와 생산대를 떠나 있는 상황에서 이것저것을 생각하고 곱씹으며 많은 사색을 하게 되었다. 그는 당의 제8차 10중전회(十中全會)의 성명을 학습하였다. 그렇다. 사회주의 사회에는 아직도 계급, 계급 모순, 계급투쟁이 존재하고, 완전히 두 노선 사이의 투쟁이 존재하며, 자본주의로 회귀하려는 위험이 존재한다. 이건 확실한 사실이다.

이리로 돌아온 이래 투쟁 없이 순조롭게 해결된 일이 하나도 없었고, 투쟁 없이 조용하게 지나간 날도 없었다. 하스허로 출발하기 전 날 다우티가 그에게 귀띔하였다. 바오팅구이가 대량의 특산물(그 중에 대부분은 국가가 계획적으로 일괄 수매하여 일괄 판매하는 상품이다)과 현금을 가지고 우루무치로 떠났다는 것이었다. 또 아부두러허만이 보고하였다. 니야쯔는 명령에 따라 이리하 강변의 흙길 옆에 천막을 치고 참외와 수박을 팔려고 준비하고 있다고 하였다. 그리고 러이무의 말에 따르면 쿠투쿠자얼은 이미 마이쑤무를 대대

가공 공장의 출납원으로 임명하였다는 것이었다. 랴오니카도 한 가지 사실을 말했다. 밀기울의 값을 무싸가 중간에서 착취하였다는 것이다. 그들은 이리하무를 배웅하러 왔다가 겸사겸사 이러저러한 상황을 말하게 되었다. 그리고 그러한 상황 중에 도대체 무엇을 의미하는 건지, 미처 알 수 없는 몇 가지 일들도 있었다. 그러나 한 가지 확실한 사실은, 그의 주변에 무엇인가 어두운 그림자가 움직이고 있다는 것이었다.

각급 지도자들이 희망하는 공평무사, 우공이산(愚公移山)의 풍조, 사회적인 면모를 철저히 일신하고, 레이펑(雷鋒) 정신을 선양하며, 왕제(王傑)를 따라 배우자는 풍조의 형성은, 이러한 어두운 그림자의 움직임에 비해 지나치게 느렸다. 더구나 말로만 떠들어댈 뿐 실제로 행동에 옮기는 경우는 너무나 적었다. 그는 이러한 상황과 자신의 생각을 리시티와 의논한 적이 있었다.

상황은 아주 복잡했다. 밀 절도사건은 아직 진실이 밝혀지지 않았고, 인민들 속에서 섞여 있는 적대세력의 앞잡이도 아직 잡아내지 못했다. 이런 앞잡이가 없다면 밀도 도둑 당하지 않았을 것이라고 이리하무는 굳게 믿고 있었다. 무라퉈푸, 이싸무동, 하리다 등은 '그쪽'으로 도망쳤다.

그들은 도대체 어떻게 각자 도망치게 되었을까? 그들의 친척과 가족들은 언제까지 그들에 대해 질책, 원망, 기억, 그리움을 안고 살아가야 할까? 또 그들의 도망으로 인해 어떤 후속적인 효과가 일어나게 될까? 마이쑤무는 다시 돌아왔다. 다시 돌아온 마이쑤무는 지나치게 소심하고 신중하며 과묵해졌다. 도대체 어떤 생각을 하고 있는지, 또 앞으로 어떤 일을 벌일 것인지, 누구도 알 수 없었다.

한 가지 분명한 건 그가 차츰 자신의 활동범위를 넓혀가고 있다는 사실이었다…… 그렇다고 하여 그와 같은 사원을 받아들이지 않을 수도 없고, 마을 밖으로 밀어내거나 다른 사람들과 격리시킬 수도 없는 일이었다. 마리한과 이부라신은 큰 타격을 받았다. 그들의 소란은 일격에 파괴되고 말았다. 그들의 근황은 어떠할까? 세상이 어지러워질수록 희열을 느끼는 사고뭉치 바오팅구이와 니야쯔, 그들은 도대체 무엇을 하려는 속셈일까? 그들의 속내가 무엇인지 누가 알겠는가?

사회주의 건설이란 왜 이리도 힘든 것일까? 적들이 사회주의를 반대하고, 사회주의를 파괴하려 하는 것이 당연한 것이라고 한다면, 적들과 투쟁하고, 투쟁하고 또 투쟁하는 것도 당연히 우리가 해야 할 일이다. 그러나 니야쯔야 등은 너무나도 이기적이었다. 그들은 왜 사회주의의 좀 벌레가 되지 못해 안달인 것일까? 이기심, 이기심, 이기심, 이리하무는 이 이기심이 가장 무서운 것이라고 생각하였다…… 인민공사의 생산효율은 왜 아무리 노력해도 높아지지 않는가? 바로 이 이기심 때문이다.

사람들은 사회주의를 위한 노동에는 게으르고, 자신을 위한 노동에만 적극적이었다. 정말로 안타깝고 마음 아픈 일이었다. 지도자들은 "사회주의는 천국이고, 인민공사는 금교(金橋)이며, 인민공사의 금교를 따라 가면, 사회주의 천국에 이를 수 있다고 하였다. 그리고 농업의 기계화와 자동화를 실현할 수 있고, 우량종과 식물 보호를 통해, 1무 당 1,000근의 양식과 100근의 면화를 수확할 수 있으며, 농촌은 전면적인 전기화(電氣化)를 실현하게 된다"고 하였다. 따라서 도시와 농촌, 노동자와 농민, 간부와 백성의 격차는 점점 사라지게 될 것이다…… 그러나 이리하무가 보고 느낀 것은 이와 같은 아름다운 풍경이 아니라, 60년대의 기근, 중국과 소련의 반목, 내외 계급투쟁의 위급함을 알리는 급보들 뿐이었다……

사회주의 국가로 나아가고 있는 백성들은 여기저기에 부딪치고, 비틀거리며, 뒷걸음질치고, 괴이하고 허황한 말들만 늘어놓고 있으며, 끊임없이 고통만을 호소하고 있다. 그 이유는 무엇일까? 자오 서기, 양후이, 싸이리무 서기, 아부두러허만, 리시티와 같은 수많은 착한 사람들이 죽을 둥 살 둥 뛰어다니고, 공사를 위해 피땀을 흘리는데, 어찌하여 사람들이 바라는 그 만큼의 성과는 거두지를 못하는 것일까?

이 모든 일과 사람들 중에서, 가장 경각심을 높여야 하는 인물, 분노와 고민의 가장 큰 유발자는 바로 쿠투쿠자얼이었다. 1년 남짓한 시간을 통해 이리하무는 쿠투쿠자얼이라는 사람의 됨됨이를 철저하게 간파하였다. 쿠투쿠자얼은 당과 군중들 앞에서 한 번도 진실한 모습을 보여주지 않았고, 거짓말들로 모든 사람들을 속여 왔다. 그는 물을 흐리는 미꾸라지와 같았다. 입으로는 동쪽을 말하고, 마음속으로는 서쪽을 생각하면서 실제로는 남쪽으로 가는 사람이었다.

1962년 사건이 발발하였을 당시 쿠투쿠자얼이 흔들림 없이 사회주의 조국의 편에 서서 입장을 고수하였다는 것에 대해, 이리하무는 생각할수록 믿을 수가 없었다. 그 당시를 돌이켜보면, 그의 언행은 분명히 불 난 곳에 기름을 붓는 식이었고, 소란을 조성하는 성질을 띠고 있었다. 그러나 그는 지금까지도 자신을 반수정주의, 반민족분열주의의 사내대장부라고 허풍을 치고 있다. 특히 요즘 일어난 쿠얼반에 관한 모든 사건으로부터 쿠투쿠자얼의 잔인하고, 음흉하며, 교활하고, 비겁한 영혼을 명확히 들여다 볼 수가 있었다. 이 일만 생각하면 이리하무는 화가 나서 온몸이 부들부들 떨리고, 1분 1초도 견딜 수 없을 것 같았다. 그러나 그는 "아니지, 아냐! 조급하게 서두르면 안 되지. 감정에 사로잡혀 경솔하게 행동하다가는 오히려 일을 그르칠 수가 있어. 그날 밤에 있었던 일만 봐도 그렇지 않은가?" 하고 감정을 억제했다.

그날 밤 이리하무는 사실 쿠투쿠자얼과 무싸의 양 꼬치 파티에 난입할 생각이 전혀 없었다. 자오 서기를 따라 야간작업을 하고 나서, 즉 밀단을 묶고 급히 운송까지 한 후, 러이무 부대장이 주재한 생산대 간부와 열성분자들의 면담에 참석하였다. 면담이 끝나자 이미 늦은 밤이 되어 대부분의 사원들은 잠자리에 들었을 시간이었다. 이리하무는 온 곳을 찾아다녔지만, 끝내 쿠투쿠자얼을 찾지 못하였다. 그리고 쿠얼반마저도 어디로 갔는지 보이지 않았다. 그 때 쉐린구리가 허둥지둥 이리하무를 찾아왔다. 그는 이리하무를 구석진 곳으로 안내하더니 두려움에 떨며 낮은 소리로 말했다.

"방금 전에, 우얼한 언니가 식당에서 뭔가를 한 주머니 가지고 나갔어요."

"뭐라고요?"

이리하무는 흠칫 놀랐다.

"방금 전에요. 사원들이 숙소로 돌아가고 나서, 나는 뽕나무에 기대어 시원한 바람을 쏘이며 쉬고 있었거든요. 그 때 우얼한이 식당 문어귀에서 서슴거리며 사방을 둘러보더니 식당 문을 열고 들어가는 거예요. 이상하다고 생각했죠. 저녁식사 시간이 지난지도 오래고, 주방용구들도 모두 씻어서 정리하였고, 아궁이 불도 꺼졌는데, 살그머니 들어가서 뭘 하려는 걸까하는 의문이 들었지요. 한참 있다가 그녀는 치마를 걷어 올린 채 걸어 나왔어요. 치마 속에 뭔가 한 주머니나 되는 물건이 있었어요. 어찌 그런 일을 할 수 있어요? 정말 깜짝 놀랐어요……"

쉐린구리는 숨을 헐떡거리며 상황을 설명하였다.

"당신이 왜 더 긴장해 해요?"

이리하무가 웃으며 말했다.

"당신과 전혀 무관한 일이잖아요."

"무섭잖아요! 그 장면을 하필이면 내가 목격했으니 말이에요!"

"당신에게 주방 열쇠가 있어요?"

"있어요."

"가서 주방에 들어가 무엇이 없어졌는지 보죠."

주방에 들어선 그들은 불을 켜고, 샅샅이 뒤져보았다. 방금 잡은 양 고기가 눈에 띄게 줄어들어 있었던 것이었다.

"알았어요. 내일 다시 얘기합시다."

이리하무는 자신의 자리에 누워 잠을 청하려고 하였지만, 마음이 놓이지 않았다. 그는 다시 일어나 우얼한 네 집을 향해 천천히 발걸음을 옮겼다. 우얼한의 뒤를 밟아 쫓아가려는 것이 아니라, 늦은 시간에도 돌아오지 않는 쿠얼반을 찾아 나선 것이었다.

우얼한 네 집까지 가려면 한참 먼 거리였는데, 달빛 아래 우얼한 네 뜰에서 푸른빛과 자주빛이 섞인 연기가 무럭무럭 피어오르고 있는 것이 보였다. 이 야밤에 낭이라도 굽는 걸까? 밥을 하는 걸까? 그런데 자세히 보니 굴뚝에서 나오는 연기가 아니었다. 혹시 불이 난 걸까? 이리하무는 달리기 시작하였다. 얼마 가지 않아 익숙하고 고소하며 매캐한 양고기 굽는 냄새를 맡게 되었다. 이리하무는 도무지 갈피를 잡을 수 없었다.

그는 속도를 줄여 다시 천천히 걷기 시작하였다. 바로 그때 이리하무는 쿠얼반을 발견하였다.

쿠얼반은 길옆의 풀숲에 있는 큰 돌멩이 위에 앉아 있었다. 달빛 아래에서 그는 몸을 웅크린 채 작은 뭉치의 그림자가 되어 있었다. 머리를 무릎에 기대고 손은 힘없이 떨어뜨린 채 돌멩이 위에 앉아 잠들어 있었던 것이다.

"쿠얼반!"

이리하무가 조심스럽게 어깨를 밀며 이름을 불렀다.

쿠얼반은 깜짝 놀라며 눈을 떴다. 그리고 긴장하여 말했다.

"누구예요?"

하고 물었지만 그는 곧바로 이리하무인 것을 알아차리고는 친근하게 불렀다.

"이리하무 형!"

"왜 여기서 자고 있어?"

"아버지가 여기에 있어요. 저에게 밖에서 기다리라고 했어요. 그리고 사람이 오면 곧바로 달려와 알려야 한다며, 절대 잠이 들면 안 된다고 했는데……"

"아버지가 우얼한 네 집에 있었구나!"

그야말로 놀라운 사실이었다.

"다른 사람은 없니?"

"무싸 대장도 있어요."

"그들이 안에서 뭐하고 있는데, 너에게 여기서 보초까지 서라고 하는 거니?"

"몰라요."

"넌 들어가지 않았어?"

"들어오라고 하지 않았어요."

"아버지랑 그 일에 대해 말하지 않았어?"

"경황이 없었어요."

달밤…… 기름 연기…… 고기 냄새…… 돌멩이 위에 앉아 잠이 든 쿠얼반…… 이 또한 낯설지 않은 상황이었다! 이리하무는 속으로부터 분노가 끓어올랐다. 그는 더 이상 참을 수 없었다.

"내가 가서 얘기 좀 해야겠다!"

이리하무가 이를 갈며 말했다.

"그러지 마세요!"

쿠얼반이 간절하게 말렸다. 이리하무는 쿠얼반이 붙잡은 손을 밀치고 뛰어 들어갔다. 대문을 열어젖혔을 때, 안에서는 양 꼬치 파티가 한창이었다. 우얼한은 경악한 표정으로 이리하무와 한 마디 말도 하지 않고 방으로 들어갔다……

20년 전에 있었던 일이었다.

이리하무 일가는 마무티 촌장 네 집에서 머슴살이를 하고 있었다. 아버지는 말을 돌보고, 어머니는 빨래하고 밥을 지었으며, 아이는 양치기를 하였다.

어느 날 마리한은 목욕을 해야겠다며 이리하무 어머니를 불렀다. 게으르고 더러운 이 여자가 글쎄 이리하무 어머니에게 목욕을 시켜달라고 명령하는 것이었다. 이리하무의 어머니는 속이 울렁거리는 것을 참고, 살이 뒤룩뒤룩 찐 더러운 몸을 씻겨주었다. 그때 마무티 촌장이 들어왔다. 그는 옷을 벗으면서 어처구니없게 자기 몸도 씻겨달라고 하였다.

이리하무 어머니는 이러한 무리한 요구를 거절하였다. 그러자 촌장 부부는 마치 맹수처럼 이리하무 어머니를 때릴 기세로 덮쳐갔다. 그 바람에 이리하무 어머니는 훨훨 타고 있던 철화로 위에 넘어지면서 펄펄 끓고 있던 물까지 뒤집어쓰게 되었다.

하루가 지나서 어머니는 심한 화상 때문에 그만 돌아가셨다. 얼마 후 아버지는 또 폐결핵에 걸렸다. 그러다 보니 9살 밖에 안 된 이리하무가 생활의 무게를 다 짊어져야 했다. 낮에는 마무티 네 집일을 거들어야 했는데, 뜰이든 집안이든 전부 이리하무의 몫이었다. '주인'에게 시중을 들고 나면, 가축 시중을 들어야 했기에 눈코 뜰 새가 없었다. 그리하여 환자인 아버지를 돌볼 수 있는 시간은 밤에만 있었다. 그나마 물 한 사발을 끓여 드리는 것이 그가 할 수 있는 전부였다.

그렇게 3년이 지났다. 아버지는 죽지도 못하고, 그저 목숨만 붙어 있는 생활을 하고 있었다. 그러던 겨울 어느 날 엄동설한의 이른 새벽에 아버지는 끝내 눈을 감고 말았다. 인간세상의 온갖 고초를 다 겪고 봐온 그가 결국 눈을 감았던 것이다. 가난한 사람들은 삶의 권리가 없을 뿐만 아니라, 죽을 권리도 없었다. 하루가 지났지만 아버지의 시체는 그 자리에 그대로 있어야 했다. 이마무(依麻穆)는 코란경을 읽으러 오지 않았고, 이리하무는 아버지의 시체를 묶을 흰 천조차 없었다. 이런 상황에서 교사(敎士)께 드릴 예물과 돈이 어디 있었겠는가? 이리하무는 울음을 참고 마무티를 찾아가 말했다.

"주인님 집에서 일한지도 벌써 4년이 되었어요. 주인님은 1년에 은화 다섯 개를 준다고 약속하지 않으셨던가요?"

그러자 마무티는 수염을 훑으며 대답하였다.

"넌 아버지도 없고, 어머니도 없잖니? 그러니까 넌 내 자식과도 같단다. 네가 번 돈은 일단 내가 간수하고 있을 테니, 훗날 장가 들 때, 돌려주마. ……"

그때도 7월의 어느 날 밤이었다. 마무티는 이부라신네 집을 방문하였다. 뜰에는 화로를 지폈고, 석탄 연기와 기름 연기가 휘영청 달 밝은 밤하늘로 향해 피어올랐다. 지주들은 집안에서 피오와 마유주를 실컷 마시면서, 13살 이리하무에게는 밖에서 마무티의 말을 보살피라고 하였다. 마무티가 타고 다니는 미간이 희고, 발굽도 흰, 밤색 말을 돌보는 일은 언제나 이리하무의 몫이었다.

이 고귀한 말이 자유롭게 초지에서 뛰놀며 풀을 뜯어 먹을 수 있고, 동시에 멀리 갔다가 길을 잃거나 도둑 맞을 위험성을 없애기 위해, 마무티는 고삐를 매 두지 않았고, 앞다리도 묶지 않았다. 대신 이리하무에게 항상 말 옆을 지키라고 하였다. 그는 특별히 강조하여 말했다. "절대 잠이 들면 안 돼!" 그는 주먹을 휘두르며 이리하무를 위협하였다. 이리하무는 이미 아침부터 저녁까지 숨 돌릴 틈도 없이 일을 하느라 많이 지친 상태였다. 그는 길옆의 풀숲 속에 있는 돌멩이 위에 앉아 말을 지키고 있었다. 눈꺼풀이 깔깔하고 뻣뻣했다. 아직 저녁밥도 먹지 못한 이리하무는, 양고기의 유혹적인 기름 연기 냄새를 맡으며 배고픔에 시달려야 했다. 말의 쩝쩝대는 소리를 들으며 이리하무는 몽롱하게 잠에 빠져 들어갔다. 꾸벅꾸벅 졸던 이리하무의 머리는 얼마 후 무릎 위에 맥없이 놓여졌다. 돌멩이 위에 앉아서 잠이 들었던 것이다.

시간이 얼마나 흘렀는지 모르지만, 잠결에 갑자기 다리 쪽에서 차갑고 미끌미끌한 느낌이 전해졌다. 이리하무는 놀라서 깼다. 달빛 아래에서 이리하무는 명확히 보았다. 그의 다리 위에 그다지 크지 않은 뱀 한 마리가 있었는데, 푸른 껍질에 검은 점박이의 뱀은 혀를 길게 내밀고 있었다. 남루한 바짓가랑이는 그의 살갗을 막아주지 못하고 있었다.

그는 깜짝 놀라 소리를 지르며 위로 튀어 올랐다. 그 바람에 뱀은 풀숲으로 순식간에 사라졌다. 그러자 밤색 말도 놀라 뒷다리를 들며 울부짖었다. 어디에서 나오는 힘인지 이리하무는 큰 돌멩이 하나를 두 손으로 들어 올려 뱀이 기어간 쪽을 향해 힘껏 던졌다. 뱀은 돌을 맞고 죽었다. 그런데 그 돌이 말의 한 쪽 다리에 가서 부딪쳤다. 놀란 말은 미친 듯이 날뛰었고, 갈기를 흔들어대며 길게 울부짖었다. 말은 작물들을 짓밟고, 도랑과 밭 두렁이를 넘어 달아났다. 이리하무는 숨을 헐떡거리며 말의 뒤꽁무니를 쫓았고, 휘파람을 불며, 흰색 미간 말의 이름인 '아허하시카(阿赫哈希卡)'를 목청껏 불러댔다.

이리하무는 안간 힘을 써서 마침내 도망친 '아허하시카'를 끌고 이부라신의 장원 문어귀로 돌아왔다. 그런데 그를 기다리고 있는 것은 마무티의 가죽 채찍이었다. 이리하무를 본 마무티는 말도 없이 채찍을 휘둘렀다. 수없이 채찍질을 받아야 했던 이리하무는 그만 바닥에 쓰러지고 말았다……

그러나 곧바로 다시 벌떡 일어났다. 마무티가 채찍질을 거두고 다가오더니 이리하무의 귀를 잡고 힘껏 비틀었다. 이리하무의 얼굴에 난 채찍 자국에서 피가 스며 나왔고, 비틀린 귀에서도 피가 났다. 그는 간신히 중심을 잡으며 똑바로 서려고 노력하고 또 노력했다. 이리하무는 비명 소리 한 마디 내지 않았고, 아픈 내색조차 하지 않았다.

귀를 비틀고 또 비틀다가 피오와 마유주에 곤드레만드레가 된 마무티는 뭔가 떠오른 듯 잡고 있던 귀를 놓았다. 그리고 이리하무의 얼굴, 어깨, 팔, 넓적다리를 꼬집기 시작하였다. 이리하무는 여전히 찍 소리 하나 내지 않았다. 마무티가 갑자기 소리 내어 크게 웃기 시작하였다. 그의 웃음소리는 채찍질로 육체를 학대하는 것보다도 음흉하고 무서웠다. 그는 이리하무를 끌고 이부라신네 장원으로 들어갔다. 그들은 높은 전랑으로 올라가 홀로 들어갔다. 홀에는 손님이 북적거렸고, 촛불이 밝게 비추고 있었다. 손님들은 넘쳐나는 술과 고기를 배불리 먹고, 마침 피로하고 지루함을 느끼던 참이었다. 마무티는 이리하무를 홀의 정중앙으로 밀치며 높게 소리를 질렀다.

"누가 나랑 내기 할래요?"

"무슨 내기죠?"

손님들이 궁금해 하며 물었다.

"나한테 어린 노예 하나가 있는데……"

마무티가 말했다. 입안에 마치 뜨거운 달걀 한 알을 문 것처럼, 술에 취해 굳어진 혀로 얼버무리며 말했다.

"이 애의 몸은 살과 가죽으로 만들어진 것이 아니라, 고무로 만들어졌어요. 못 믿겠나요? 그럼 나랑 내기해요! 여러분이 이 애 몸을 아무리 힘껏 꼬집어도, 이 애는 저항하지도 않고, 소리도 지르지 않으며, 눈물도 흘리지 않지요. 다시 말해서 이 애는 아픔을 느끼지 못한다 이 말이죠! 만약 이 애가 조금이라도 아파서 힘들어 하는 내색을 보인다면, 내가 진 것으로 인정하고, 내 말을 주겠습니다. 그러나 만약 이 애가 울지도 아파하지도 않으면, 당신들 몸에 지니고 있는 물건들 중 가장 귀중한 것을 내놓으세요! 좋습니까?"

"세상에나! 너무나 재밌겠네요! 거짓말을 하는 거죠? 세상에 그런 사람이 어디 있어요! 정말 말 한 필을 주는 건가요? 누가 증명하죠?"

마무티의 뜬금없는 선포로 인해 한바탕 소란이 일어났고, 환호가 터져 나왔다. 호응하는 사람도 있고, 의혹을 가지는 사람도 있었으며, 심판을 자청하는 사람도 있었다. 이부라신은 주인으로서 손님들의 흥미를 불러일으키기 위해 자신의 왼손 약지에 끼고 있던 큰 다이아몬드가 박힌 금반지를 빼며 소리를 질렀다.

"나랑 내기합시다! 이 금반지를 걸죠!"

야수와 같은 함성 속에서, 이부라신은 이리하무를 향해 걸어 나왔다. 그는 빨갛게 충혈 된 두 눈으로 이리하무를 노려보며, 천천히 털이 수북한 손을 내밀었다. 그리고 이리하무의 왼쪽 볼을 힘껏 꼬집었다.

이리하무는 잽싸게 그의 손바닥을 잡아서, 오른쪽으로 힘껏 잡아당겼다. 그리고 입가까지 잡아당겨 온 손바닥을 힘껏 물었다······ 그러나 이부라신이 재빨리 손을 빼는 바람에 미처 물지는 못했다.

이리하무의 행동에 구경꾼들은 만족스러워하였고, 더욱 신이 나서 지켜보았다. 약간의 위험성이 유희에 흥미를 더해 주었던 것이다. 늑대들의 울부짖음 같은 웃음소리에 집이 떠나갈 지경이었다.

그런 웃음소리 속에서, 하늘이 돌아가고 땅도 돌아가더니, 이리하무는 끝내 이부라신의 호화로운 페르시아 카펫 위에 쓰러지고 말았다······

이리하무에게 있어 지난 세월 속의 많은 경험들 중에서 이것이 가장 두드러지고 가장 중요한 사건은 아닐지 몰라도, 그에게 가장 강렬한 혐오감을 남긴 사건인 것만은 확실하였다. 20년이 흘렀지만 그 날의 일을 떠올릴 때마다 이리하무는 아직도 괴수의 울부짖음 같은 웃음소리가 생생하게 들리는 것 같았고, 머리부터 발끝까지 영원히 꺼지지 않는 분노의 불길이 활활 타올랐다. 착취자의 만행, 야만, 잔혹함이 남김없이 드러난 사건이었다. 그 뒷면에는 피 착취자의 굶주림, 괴로움, 수치스러움이 있었다. 착취자의 즐거움은 피착취자의 고통 위에 세워진다는 진리를, 이리하무는 바로 이 사건을 통해 깨닫게 되었다.

지난 20년 동안 그는 당시 털 많은 이부라신의 손을 물어뜯지 못한 것에 대해 무척 유감스러워 했다. 그러면서 그는 결심하였다. 어떤 대가를 치르더라도, 수단과 방법(이로 물어뜯는 방법까지 포함하여)을 가리지 않고, 피 착취자 및 피압박자의 육체와 영혼을 괴롭히는 검은 손들을 반드시 절단 내 버릴 것이라고 마음을 먹었던 것이다.

그런데 왜 오늘날 해방된 이 시대에, 사회주의의 땅에서, 밝고 행복한 인민공사 안에서, 쿠투쿠자얼을 통해 마무티와 이부라신의 그림자를 볼 수 있는 것일까? 비록 조금이지만 분명이 닮아 있는 모습이었다. 사람이 사람을 착취하고, 사람이 사람을 압박하며, 사람이 사람을 짓밟는 현상이, 약간만 남아 있더라도, 그것은 겉모습만 바꾼 채 여전히 남아있다는 것일까? 수많은 가난한 사람들의 항쟁, 수많은 혁명 열사들의 뜨거운 피로 이루어냈고, 모든 착취제도의 뿌리를 뽑음으로써 만들어진 사회주의 사회 안에서, 극히 개별적일지라도 여전히 남아 있는 착취의 현상을 그냥 두고만 보아야 한다는 말인가 하고 한탄하면서 속으로 생각했다.

"아냐. 절대 그럴 수는 없지! 우리에게는 마오 주석이 있고, 당이 있으며, 인민공사가 있고! 인민이 있지 않은가! 이런 현상 앞에서, 어찌 격분하지 않을 수 있겠는가? 그렇다. 나의 격분은 합리적인 것이다."

그러나 이리하무는 생각하였다. 격분과 흥분은 오히려 일을 그르치게 된다. 나는 비록 쿠투쿠자얼과 무싸에게 경고를 주었지만, 쿠투쿠자얼의 검은 손을 현장에서 잡지는 못했다. 쿠얼반에 관해 쿠투쿠자얼은 처음부터 끝까지 허위적인 해명, 변명, 자기변호를 늘어놓았지만, 그의 거짓말을 밝힐 수 있는 충분한 근거가 아직 나에게는 없다. 일이 벌어진 후 응당 쿠얼반과 먼저 마음을 열고 차근차근 얘기를 나눴어야 했고, 치밀한 조사를 통해 확실한 근거를 잡아야 했으며, 그 날이 아니라 더 적절한 기회를 찾아, 우얼한, 무싸 그리고 쿠투쿠자얼과 각각 얘기를 나눴어야 했다. 그랬더라면, 더욱 합리적인 방법으로 문제를 해결했을 것이다. 그런데 나는 당시 분을 참지 못하고 경거망동하였다.

그 결과 쿠투쿠자얼과 무싸와의 대치 국면이 형성되었고, 우얼한이 겁을 먹었으며, 쿠얼반이 도망치게 되었던 것이다.

우얼한에 대한 설득과 교육은, 하스허로 오기 전에 이미 미치얼완과 짜이나푸에 위탁해 놓았었다. 그런데 쿠얼반은? 쿠얼반 문제는 어떻게 해결해야 할까?

그리고 쿠얼반의 생부는 어쩌면 좋을까? 가엾은 러자터……

하스허로 오기 전날, 나는 쿠얼반의 이름으로 웨푸후 현 양다커공사에 있는 러자터 아훙에게 편지 한 통을 썼다. 그리고 편지와 함께 돈 20위안을 부쳤다. 그 돈은 미치얼완이 나에게 유아용 침대를 사오라며 준 돈이었다. 미치얼완이 임신하였다. 우리가 결혼한 지 4년 만에 가지게 된 첫 아이였다. 나는 그녀를 설득하였다. 나는 짜이나푸 누님 네 낡은 유아용 침대를 빌려다가 새것처럼 알록달록 예쁜 칠을 하였다. 이것도 남을 도울 수 있는 한 가지 좋은 일이었다. 하지만 쿠얼반을 속이고, 착취한 검은손은 아직 잡지를 못했다.

"만약 이 일을 공사 당 위원회에 고발하면 어떻게 될까? 몇 가지 상황을 보고할 수는 있겠지만, 공사 당위원회에서 즉시 권위 있는 판결을 내리지는 못할 것이다. 우리의 주위, 우리의 고향 사람들은 원칙상 상황을 보고하거나, 누군가를 고발하기를 좋아하지 않는다. 내 입장에서야 쿠투쿠자얼의 성품과 도덕에 대해 관찰하고, 판단을 내릴 수 있으며, 그를 싫어하고 의심하며, 심지어 증오할 권리도 있다. 그러나 나 개인의 판단과 감정으로, 한 사람에 대해 내리는 엄중하고 신중한 정치적 결론을 내린다는 것은 아직은 너무 지나친 사견이고, 한 간부의 업무에 대한 전면적 평가를 내릴 수는 없는 것이다. 뿐만 아니라 쿠투쿠자얼은 나의 상급 지도자이다.

나는 반드시 대대 당 지부 지도자에게 복종해야 하고, 그의 직권을 존중해야 한다. 그리고 이것은 문제의 핵심이 아니다. 만약 지위를 바꾸어 내가 그의 상급이자이고, 내가 공사 당위원회의 최고 책임자라고 할 때, 나 개인의 의심과 증오 때문에 조직적으로 대책을 강구하여 상대방을 대대 지부의 지도자 직책에서 끌어내려서야 되겠는가 말이다. 아니다. 이렇게 간단하고 경솔하게 처리할 수 있는 일이 아니다. 경거망동했다가는 우리 당의 생활준칙과 나라의 생활준칙을 파괴하게 되고, 더욱 많은 혼란을 일으키게 되며, 적들에게 더 많은 빈틈을 보이는 격이 된다. 그렇다. 원칙성 문제에서 나는 결코 양보하거나 타협해서는 안 되고, 또 양보하거나 타협한 적도 없다. 그러나 이 1년 동안 쿠투쿠자얼 및 무싸에 대한 나의 투쟁이 적었던가?

작년 겨울 당 조직 내의 생활에서, 나는 지부의 정치사상 사업, 지부위원회의 집단지도, 대대의 가공공장이 나아가야 할 방향, 대대와 생산대 간부들이 노동에 참가하는 등의 문제에 대해 많은 의견을 제출하였다. 그리하여 많은 문제가 해결되었지만, 곧바로 또 새로운 문제가 나타났다. 작년 가을에 풀을 벨 때, 무싸 대장은 자기가 벤 풀은 자기가 팔도록 하자며 자본주의식 방법을 제기하였다. 그 때 나는 무싸를 제지하였다. 그런데 올해 그는 또 길옆에 천막을 치고 참외와 수박을 팔겠다고 한다. 돼지사건을 처리함에 있어 나는 쿠투쿠자얼의 비호에도 아랑곳하지 않고 바오팅구이를 비평하였다. 그리하여 바오팅구이는 언행 면에서 약간의 삼가 하는 면이 나타났다. 그런데 지금 그는 또 현금과 물품을 챙겨 우루무치로 갔다. 나의 이러한 투쟁은 턱없이 부족하고, 효과적으로도 한계가 있다고 밖에 말할 수 없다.

대부분의 문제는 근본적인 것을 해결하지 못하고, 지엽적인 문제만을 해결하는 성질을 띠고 있다. 나는 그들 곁에서 항상 밀착 감시할 수 있는 것도 아니고, 그렇다고 허튼 짓을 벌이는 그들의 손과 허튼소리를 떠벌리는 그들의 혀를 묶어둘 수도 없는 것이다. 그리고 내가 하고 있는 이러한 일들은 해결하기가 너무 어렵고 힘든 문제이다. 상급기관에서 이러한 문제들은 '자본주의로 미끄러져가는' 행위라고 항상 가르치고 있고, 내가 해야 할 일은 '사회주의를 굳건히 견지하는' 것이다.

가볍게 미끄러지기만 하면 자본주의가 되는 것에 비해, 사회주의는 왜 젖먹던 힘까지 다 하여 이를 악물고 버텨야 지켜낼 수 있는 걸까? 자본주의는 물의 흐름에 따라 흘러내려가는 하스허와 같고, 사회주의는 보수하기 어려운 단단한 댐과 같아 홍수에 의해 터질 위험성을 항상 감당해야만 하는 걸까? 그렇다면, 어떻게 해야 할까? 무슨 방법으로 농촌의 계급투쟁을 전면적이고, 체계적이며, 철저하고 깊게 해 나갈 수 있을까?"

이리하무는 지금까지의 일들을 생각하며 곰곰이 반성하고 자아비판을 해 보았다. 그러면서 항상 몸에 지니고 다니는 사진 한 장을 꺼냈다. 마오 주석께서 쿠얼반투루무(庫爾班吐魯木)를 접견하는 장면이었다. 그는 사진을 보며 자신에게 말하듯 중얼거렸다.

"마오 주석! 해방 초기 우리를 이끌고 지주계급을 뒤엎고, 자유와 해방을 쟁취한 분은 당신입니다. 50년대 중기, 당신은 우리들에게 사회주의 노선을 가르쳐 주셨어요. 작년 당신은 전 당, 전 인민들을 향해 '계급투쟁을 절대 잊어서는 안 된다'고 호소하였어요. 지금 당신은 또 무슨 일 때문에 힘든 싸움을 하고 계신가요? 당신은 무엇을 기획하고 있으신가요? 우리를 영솔하여 어떤 새로운 전투를 벌일 건가요? 당신은 제8차 10중전회에서 사회주의 시기 당의 완전한 기본노선을 제기하였고, 앞으로 우리들을 무장시켜 어떤 첫 걸음을 내딛게 할 건가요?"

넘실거리는 파도, 거세찬 물살, 우렁찬 굉음을 내며 흐르는 하스허는 마치 울부짖으며 내달리는 천군만마처럼 보였다.

이리하무가 생산대로 복귀하였을 때, 바쁜 '삼하(三夏, 여름걷이, 여름 파종, 수확물 관리 등 여름의 세 가지 농사일)가 전면적으로 진행 중이었다. 마을 일대의 밀 여름걷이가 모두 끝나자, 부녀자들과 소년들은 췌얼꺼우로 이동하였고, 췌얼꺼우의 밀 수확도 마치자, 한전(旱田)의 봄밀 수확이 또 시작되었다. 날마다 가축들을 상대하다 보니 약간 거칠고 사납게 보이는 젊은 청년이 모자를 비스듬히 쓰고 두 다리를 쩍 벌린 채 끌채 위에 서서 10대가 넘는 큰 나무바퀴(중국 고대 서부 지구에 까오처[高車]라고 불리는 종족이 있었다. 도랑과 자갈, 늪이 조밀하게 분포된 지역에서는 까오륀처(高輪車)만이 유용하게 쓰일 수 있었다 - 역자 주)가 달린 소가 끄는 수레를 몰고 밀단을 나르고 있었다. 이런 수레는 선진적이지 않지만 안정적이었다.

아주 큰 까오륀(직경이 1.5미터 가량 됨)은 도랑을 건너고 언덕을 넘기에도 편리했다. 그리고 생산 경험이 비교적 풍부한 건장한 노동력들은 각각 세 개의 탈곡장으로 분포되어, 동시에 밀을 쌓고, 말리고, 뒤집고, 다지고, 때리고, 날리는 일을 하고 있었다. 황금색 밀 낟알은 벌써 산더미처럼 쌓여 있었다. 생산대의 재무와 회계를 맡아 보는 사람은 타작한 밀을 마대에 넣고, 저울에 달고, 장부에 기재하고, 차에 싣고, 상납하고, 입고 및 분배까지 하느라 바쁘게 움직였다. 랴오니카가 관리하고 있는 물레방아는 벌써 향기가 코를 찌르는 밀가루를 빻아냈다. 수많은 가정에서는 벌써 새 밀가루로 희고 약한 국수를 뽑았다. 이와 동시에 유채와 호마(胡麻, 깨)의 수확 및 운반, 이모작을 한 개자리의 수확, 옥수수·완두·잠두(蠶豆)의 김매기·웃거름 주기·물 대기, 논의 피 뽑기 등 작업도 분분히 진행 중이었다.

기술자 양후이도 여기서 밀 종자를 따로 수확하고, 따로 타작하고, 따로 보관하는 작업을 직접 책임지고 완성하였다. 그 외에 양후이는 탈곡장에서 종자용 이삭을 선별할 것을 주장하였지만, 노동력 부족으로 인해 뜻대로 되지 않았다. 그래서 그녀는 요 며칠 기분이 그다지 좋지가 않았다. 그러나 그녀는 밀의 그루터기가 남은 밭에 물을 뿌리고, 여름갈이 하는 일까지 도맡아 하였다. 토양의 비옥도를 제고시키기 위해 밀 수확을 마친 후, 즉시 물을 뿌리고 깊이 갈아야 했다.

트랙터의 엔진은 밤낮을 가리지 않고 '투 투 투' 하며 쉬지 않고 돌아갔다. 기타 일부 농민 기술자들은 이미 가을밀의 파종 준비 작업에 들어갔다. 쟁기, 파종기 및 마구류들을 정리하고, 종자를 선별하고 선별한 종자에다 살균제·살충제 등을 섞는 작업도 하였다. 그리고는 구체적으로 윤작하는 일을 기획하였다. 이리의 기후 특징과 거대한 파종 면적 때문에 입추가 되자마자 췌얼꺼우의 경작지에는 바로 밀을 재배해야 했다. 그 때까지 시간이 얼마 남지 않았다.

그야말로 바쁘고 노력을 배가해야 할 계절이 다가왔던 것이다. 그렇지만 어느 계절과도 비할 수 없는 아름다운 황금계절이기도 했다! 밭에는 해도 해도 다 못할 일이 있고, 탈곡장에는 날라도 날라도 다 못 나를 양식과 작물이 있으며, 수로에는 마를 줄 모르는 물이 흐리고, 가지 끝에는 먹고 또 먹어도 다 먹지 못할 과일들, 즉 금색 멍파이쓰(蒙派斯, 사과의 일종 – 역자 주), 유백색 토란, 빨간색 얼츄쯔(二秋子, 이모작하는 보리 – 역자 주), 진한 녹색에 연한 노란색이 섞인 토마토, 파란 고추, 오이, 가지, 관내는 물론 홍콩 및 마카오에까지 먼 곳으로 판매되는 이리 마늘이 있었다. 항아리와 작은 단지 안에는 마시고 마셔도 다 마실 수 없는 요구르트, 꿀과 집에서 빚은 보짜(波雜, 일종의 탁주)가 있다. 식탁 위에는 넘쳐나는 빠오즈(만두)와 좌판이 있다. 아이들 손에는 자류지에서 뜯은 풋옥수수가 가득 들려 있다……

말, 소, 양마저도 배를 열어젖히고, 비옥하고 싱싱한 풀을 마음껏 즐기고 있다. 뿐만 아니라 여름걷이와 운반에 참여하거나, 탈곡장에 있는 큰 가축들에게는 바로 그 자리에서 양식을 마음껏 먹을 수 있는 특권이 있다. 양식을 절약하는 면에서 볼 때 이건 좋은 현상은 아니었다. 상급기관에서도 일하는 가축들에게 부리망(입마개, 짚으로 엮어 소의 입에 씌우는 망 - 역자 주)을 씌우라고 몇 번이고 되풀이하여 경고하였지만, 대부분의 농민들은 전혀 개의치 않았다.

농민들은 부리망을 말의 귀에 걸어놓았다가 상급기관의 간부들이 시찰을 오면 얼른 말 주둥이에 씌우곤 하였다. 그리고 간부들이 떠나면 다시 벗겨서 귀에 걸어줌으로써, 마음껏 밀을 먹는 자유과 권리를 주었다. 위구르족 농민들은 이런 면에서 확실히 천진하고 고집이 센 편이다. 그들은 "말도 사람과 똑같아요. 이 수확의 계절에 말들도 마음껏 먹어야죠." 라고 말했다. 그 결과 대충 씹고 넘기고 소화시키는 말은 물론, 4개 위장을 가진 소의 대변에서도 대량의 미처 소화되지 않은 밀 낱알을 통째로 발견할 수 있었다.

"사랑하는 위구르족 농민이여! 당신들의 착한 마음 씀씀이는 의심
할 여지가 없지만, 이처럼 양식을 낭비하고 사육에 유익하지도 않은
나쁜 습관은, 고치는 것이 어떨까요?"

사람들의 마음속에도 입가에도 노래가 끊이지 않았다. 이 짧고 소중한 여름, 시간을 다투어 노동하고 생활하는 이 이 시각, 풍요롭다는 것이 어찌 물질적인 곡식, 기름, 박과작물, 과일들뿐이겠는가! 풍부한 것은 자연의 햇빛, 비와 이슬, 시원한 바람만도 아니었다. 사람들 마음속에서도 물결이 점차 활발하게 일고, 풍부하고 힘차게 일어나고 있었다. 물을 대는 사람, 수레를 모는 사람, 길을 가는 사람, 사과 따는 사람, 남자, 여자, 늙은이, 젊은이, 밤과 낮, 곳곳에서 노래 소리가 끊이지 않았다.

13세기 위구르족의 유명한 시인 나와이(納瓦依)가 "우울함은 노래의 영혼"이라고 말한 적이 있고, 일부 사람들은 습관적으로 여전히 처량한 노래 「내가 죽은 뒤 당신은 나를 어디에 묻을 건가요?」를 부르기도 하지만, 긍지와 즐거움이 넘쳐나는 가락을 부르는 사람들이 더 많았다. 해방된 자유로운 시대를 노래하고, 공사 사원들의 노동을 노래하며, 고향을 노래하고, 그리고 또…… 구태여 숨길 필요가 없는 사랑의 달콤함과 쓰라림을 노래하고 있다. 밤이 깊어질수록 가락은 점점 더 간드러지고 감동적이었다. 아마도 이리 사람이라면 누구나 한 번 쯤은 이러한 경험이 있을 것이다.

깊은 밤에 문득 잠에서 깨었는데, 먼 곳에서 누군지 모를 사람이 마음속 깊은 곳에서 우러나와 부르는 감동적이고 황홀한 노래 소리에 저도 모르게 가슴이 뜨거워지고, 눈물이 줄줄 흐르는 그런 경험이 있을 것이다……

이리하무는 생산대에 돌아오자마자 삼하전투에 뛰어들었다. 그는 탈곡장에서 넉가래질을 담당하였다. 이 일은 밤낮이 없고, 노동시간의 시작과 끝이 명확하지 않으며, 바람이 불면 계속해야 하고, 바람이 멎으면 그만두어야 하는 일이었다. 이 날 오후 계속 바람이 불지 않았다. 이리하무는 미치얼완이 가져온 요구르트에 불린 낭으로 배를 든든하게 채우고, 팔다리를 쩍 벌리고 탈곡장을 지키는 사람을 위해 임시로 지은 작디작은 움집 안에 누워 깊은 잠에 빠졌다. 사람들의 시끌벅적한 고함소리도, 궁글대로 땅을 다지는 진동과 우르릉 소리도, 중간 휴식시간에 사람들이 수박이나 참외를 먹으며 웃고 떠드는 소리도, 이리하무의 달콤한 잠을 깨우지 못했다. 저녁 무렵 미치얼완이 또 끼니를 챙겨왔다.

미치얼완이 한참 흔들어 깨워서야 이리하무는 겨우 잠에서 깼다. 그리고 김이 무럭무럭 나는 탕면 한 그릇을 먹었다. 미치얼완을 집으로 돌려보내고 나서도 이리하무는 잠이 부족한 사람처럼 다시 자리에 누워 몸을 옆으로 기울이더니 또 잠이 들었다…… 도대체 언제까지 잘 셈인지……!

갑자기 미풍이 불어왔다. 이리하무는 용수철처럼 벌떡 일어났다. 때는 이미 늦은 밤이었다. 캄캄한 하늘에 뭇별들이 눈을 깜빡이고 있었다. 이리하무는 오지창(다섯 갈래로 된 창 - 역자 주)을 들고, 곡식을 공중에 둬 번 뿌려 바람의 방향과 세기를 체크해 보았다. 그리고 곧바로 자세를 잡더니, 한 번 다시 또 한 번 재빠르게 공중에 대고 뿌리며 쭉정이를 날리기 시작하였다. 바람이 좋으니 넉가래질도 한 결 쉬웠다. 먼지와 흙, 짚, 까끄라기, 잎사귀들이 가득 섞여 있어 더부룩하고 볼품없던 한 더미의 혼잡하고 더럽던 물건들이, 오지창이 가볍게 뿌려주고 바람이 약간 다듬어주자 곧바로 조리가 분명해지고, 질서가 정연해졌으며, 모두 제자리를 찾아갔다. 별빛 아래 먼지 뭉치들이 연기처럼 뭉게뭉게 피어오르고 넓게 퍼지더니 먼 곳으로 날려갔다.

짚은 바람에 하늘거리고 어지러이 흩날리며 부드럽게 소리 없이 탈곡장 가장자리에 떨어졌다. 밀의 낟알은 밤하늘에서 마치 훈련이 잘 되어있는 이등병들처럼, 삽시간에 크기에 따라 순서대로 정열을 마치더니, 아주 규칙적으로 지정해준 지점에 떨어졌다. 먼저 오지창으로 한가득 퍼서 공중에 날리고, 다음 넉가래로 두 번째로 뿌려주었다. "솨" 소리와 함께 넉가래가 채 깨끗해지지 않은 밀 더미 속으로 깊숙이 들어갔고, "차" 소리와 함께, 넉가래

한가득의 밀이 높게 뿌려지면서 공중에서 흩어졌다. 마치 한 마리의 금 빛나는 용처럼 넉가래 끝에서 하늘을 향해 날아올라 공중에서 부채형 혜성처럼 잠시 머무르며 모습을 깜짝 드러냈다가, 끝내는 빗방울들처럼 "솨" 하고 땅으로 떨어졌다.

이리하무는 자유자재로 자신의 속도와 힘을 조절하며, 그 '혜성'으로 하여금 항상 같은 높이에서 같은 크기, 같은 형태로 나타났다가, 동일한 지점에서 떨어지게 하였다. 머리는 머리대로, 끝은 끝대로, 뾰족한 부분은 뾰족한 부분대로, 옆구리는 옆구리대로, 정연하게 떨어졌다. 황갈색의 밀 더미는 마술처럼 신속하게 불어갔다. 이리하무는 단숨에 4시간 반 동안 넉가래질을 하였다. 창을 들었다가 내려놓고, 넉가래를 들었다가 내려놓기를 반복하며, 순서와 단계를 정확하게 하면서 단숨에 일을 해치웠다.

탈곡장의 가장자리에는 부서진 짚더미가 높게 쌓여 작은 산을 이루었고, 눈앞에는 풍성하고 깨끗한 밀 낟알이 큰 더미를 이루고 있었다. 이 두 더미를 보며 특히 눈앞의 깨끗하고 알알이 영롱한 밀 낟알들을 보며, 이리하무는 형용할 수 없는 기쁨을 느꼈다! 그는 목으로부터 시작하여 다리, 허리, 팔의 근육까지 아주 특별한 만족감과 쾌적함을 느꼈다.

바람이 멎었다. 이리하무는 공구들을 하나하나 정리하여 잘 모아놓고, 천천히 걸어 길가에 있는 수로 옆에 도착하였다. 탈곡장의 먼지는 일반 먼지와는 다르다. 탈곡장의 먼지에는 대량의 섬유와 까끄라기가 들어 있어서, 만약 깨끗하게 씻지 않으면 무척 불편했다.

이리하무는 손으로 수로의 물을 떠서 몸에 묻은 얄미운 먼지를 씻어냈다. 별빛이 높은 하늘에서 반짝였다. 수로 옆의 잡초들은 어두운 밤이 되자 더욱 무성하고 크게 보였다. 고요함 속에서 "돌돌돌" 물 흐르는 소리는 더욱 듣기 좋았다. 이리하무는 눈을 감고 상쾌함과 후련함을 만끽하고 있었다.

그때 갑자기 먼 곳에서 노래 소리가 들려왔다. 노래 소리는 들릴 듯 안 들릴 듯하더니 차츰 가까이서 들려왔다. 약간의 목 쉰 소리였지만 노랫소리는 크고 낭랑하였으며, 자유로웠고, 박자는 일반 이리 민요에 비해 많이 빨랐다. 결혼식에서 아주 듣는 무곡 같았다. 그러나 그것은 아니었다. 이 가락이 더 두텁고 강건했다. 이 가락은 술 마실 때 부르는 서정곡(대부분 위구르족들은 술 마실 때, 자신의 감정을 토로하기를 좋아한다)인가? 아니 그것보다도 더욱 활기찼고 생생했다.

이리하무는 노랫소리에서 여름철 이리의 맑고 아름다운 햇빛, 백양나무와 히말라야 삼목이 우뚝 솟은 드넓은 들을 느꼈다. 이 깊은 밤에 도대체 누가 소리 높이 노래를 부르며 이쪽을 향해 걸어오고 있는 걸까? 그런데 목소리가 낯설지 않았다……

이리하무는 수로에서 둑 위로 올라왔다. 깨끗하게 턴 옷으로 몸의 물기를 닦았다. 그리고 축축해진 옷을 다시 몸에 걸치고, 길 쪽으로 걸어 나왔다. 그는 작던 모습에서 점점 커지는 사람의 그림자를 뚫어지게 쳐다보았다. 노랫소리의 주인공은 꿈에도 생각 못 한 사람이었다. 바로 리시티였다.

"이――리하――무."

탈곡장과 아직 스무 걸음 넘게 떨어진 곳까지 왔을 때, 리시티는 노래를 멈추고 이리하무를 불렀다.

노랫소리와 부름소리, 리시티의 걸음걸이에서 보기 드문 기쁨과 활력이 드러났다. 이러한 기쁨과 활력은 이내 이리하무에게도 전염되었다. 이리하무도 소리를 높여 대답하였다.

"네! 여기 있어요!"

리시티는 나머지 몇 걸음은 거의 뛰다시피 하여 다가와서는 이리하무의 손을 꼭 잡았다.

"정말 형이로군요. 리시티형, 많이 늦었네요!"

"좋은 소식을 전하러 오는 사람은 언제나 너무 늦었다고 생각 할 때 도착하는 거라네." 리시티는 속어 한 마디를 인용하여 대답하였다.

"무슨 소식인데요?"

이리하무는 리시티의 손을 잡고 놓지 않았다.

"저쪽으로 가서 앉아서 얘기하세."

리시티와 이리하무는 손을 마주잡고 탈곡장으로 갔다. 그들은 부드럽고 따뜻한 밀짚더미에 비스듬히 기대어 앉았다.

"마오 주석께서 지시하셨네!"

리시티가 말했다. 이 어두운 밤에 이리하무는 리시티의 두 눈이 반짝이는 것을 보았다.

"곧 운동을 개시할 거래!"

"운동을 개시한다고요?"

"그러네. 새로운 투쟁을 벌일 것 같네. 공사에서 이틀 동안 회의를 하고 막 돌아오는 길일세. 마오 주석께서 최근에 농촌사업에 대한 일련의 문서를 결재하고 발송했는데, 아주 중요한 지시라네. ……"

리시티가 말했다. 그리고 그는 공사 당위원회 확대회의에서 전달한 문서의 취지를 한꺼번에 이리하무에게 모두 전달하고 싶었기에 급히 말문을 열었다.

"3년이라는 자연재해 기간의 국민경제에 대한 조정을 거쳐, 농촌은 좋은 추세로 나아가고 있고, 생산도 눈에 띠게 회복되고 발전하였으며, 인민공사는 한층 더 공고해졌다고는 하지만, 동시에 농촌의 계급투쟁도 아주 심각하다. 지주·부농·반혁명 분자·악질분자·우귀사신(地, 富, 反, 壞牛, 鬼蛇神)은 진격해 들어갔다가 끄집어내는 방법을 이용하여, 천방백계로 간부 대오 속에서 그들의 앞잡이를 키워내려 하고 있다. 현재 관내의 일부지역에서는 이미 '네 가지 정돈'이라고 하는 새로운 혁명운동을 시작하였다. 즉 노동점수 정돈(淸工分), 장부 정돈(淸賬目), 현금 정돈(淸現金), 창고 정돈(淸倉庫)을 시작으로 앞으로는 점차 정치, 조직, 경제, 사상 정돈으로 발전해야 한다. 그리고 강대한 공작대를 농촌으로 파견해야 하고, 간부들도 노동에 참가하는 문제를 해결해야 하며, 빈·하·중농의 무산계급 대오를 조직하고, 다시 가르치며, 계급상 적들의 광폭한 공격을 물리쳐야 한다……"

리시티는 말하면 할수록 감정이 북받쳐 올라, 허리를 곧게 세우고, 손짓을 하며 말을 이어갔다.

"몇 년 동안 정말 화가 나는 일이 많아서 속이 답답했었지! 자연재해를 당했고, 외적들이 그 기회를 틈타 우리의 목을 졸랐으며, 우리 업무상의 결함도 많았고, 그로 인해 우리는 수많은 어려움을 겪어야 했지. 계급상의 적들은 우리의 이러한 불행을 보며 즐거워하였고, 또 일부 딴 마음을 품고 있는 사람들은 우리를 비웃고 풍자하며 제멋대로 나쁜 짓을 벌였지. 그리고 국외의 나쁜 사람들은 이 기회를 틈타 우리에게로 검은손을 뻗었고…… 나는 이 날이 오기만을 참으로 오랫동안 기다렸다네. 마오 주석께서 명령을 내렸고, 우리는 그 명령에 따라 오랫동안 가면을 쓰고 연기를 해 온 놈들을 하나하나 잡아서 제대로 본때를 보여줘야 해!"

"다시 한 번만 더 말해줘요. 마오 주석께서 지시한 주지가 무엇이라고요?"

이리하무는 리시티의 말에 완전히 빠져 들어갔다. 그는 마치 오래 굶주린 사람처럼 절실하게 부탁하였다.

"마오 주석은 베이징(北京)에 계시네. 하지만 주석은 우리의 상황, 우리의 소원을 누구보다도 정확히 알고 있어. 마오 주석께서 한 가지 위대한 혁명운동을 전개할 때라고 지시하였어. '계급투쟁은 제대로 하면 바로 효과가 나타난다.' 또 '생산투쟁, 계급투쟁, 과학실험 등 총 3가지 중요한 혁명운동이 있다. 이 3가지 혁명운동은 우리 공산당들이 수정주의를 반대하고 방지하며, 불패의 확고한 위치를 지키기 위한 보장이다.' 이러한 학습내용은 곧 전 공산당원들에게 전달될 것이고, 학습반을 조직하게 될 거래. 현위서기 싸이리무 동지도 우리 대대로 오게 되고, 토지개혁, 집단화와 같은 또 한 번의 천지개벽하는 혁명운동이 곧 시작될 거래…… 생각해 봐.

옛날 우리 마을은 어떤 모습이었어? 바이(위구르족의 귀족)들이 큰 말을 타고 높은 곳에 앉아 위풍당당하게 지나가면, 가난한 사람들은 누추한 옷을 입고 공손하게 두 손을 포개고 머리를 숙여 인사를 해야 했어. 그리고 가죽 채찍과 몽둥이를 우리의 머리 위에서 마음대로 휘둘렀지. 부유한 사람들은 여러 가지 거짓말로 우리를 속이면서, 우리로 하여금 평생 순종적인 노예로 살도록 세뇌 하였지…… 만약 한 차례 또 한 차례의 혁명운동이 없었더라면, 어찌 압박과 고난에서 벗어날 수 있었겠나? 또 해방과 사회주의가 어디에 있고, 오늘날과 같은 평안함이 어디에 있겠어? 그런데 마오 주석께서 우리를 거느리고 또 한 번 운동을 개시한다고 하니, 내가 어찌 기쁘지 않겠어? 나는 지금 날개가 돋친 것 같아…… 무슨 말인지 알아듣겠나? 동의하는가? 왜 아무 말이 없나 자네?"

이리하무는 멍하니 리시티를 쳐다보았다. 계급, 계급투쟁, 너무나도 감동적이고, 너무나도 기다리던 것이었다. 해방 초기 그들은 촌장, 백극, 악질 토호에 대해 투쟁하였고, 또 각종 분자들에게 대해 투쟁하였다. 원쑤얼(溫素爾, 분자[分子]를 말하는데, 분자란 하나의 단체를 이루어 나가는 하나하나의 구성원을 말함 - 역자 주)이라고 하면, 지주·부농·반혁명분자·악질분자·부르주아 우파, 소수민족주의(地方民族主義), 민족분열주의(民族分裂主義), 수정주의, 역사적 반혁명(歷史的反革命) 분자, 현행 반혁명(現行反革命) 분자, 은폐된 반혁명(暗藏反革命) 분자, 계급적 이분자(階級異己分子), 우경기회주의(右傾機會主義) 분자 등 여러 가지 분자들이 있다. 이들은 모두 나쁜 사람이고, 악인이며 적이다. 우리는 그들과 격렬하게 투쟁해야 한다. 그들을 쓸어 눕히면, 붉게 타오르는 태양이 전 지구를 밝게 비추고, 한족 동지들이 항상 하는 말처럼, 천둥이 치고 큰바람이 휘몰아칠 것이며(골고루 내리치는 벽력에 새 우주가 열리고[千釣霹靂開新宇], 만리동풍이 남은 구름을 쫓는다[萬裏東風掃殘雲]), 그들도 우리도 모두 꿀단지에 빠지는 것이다! (꽤 오랫동안, 신장의 소수민족들은 '분자'를 하나의 고유명사처럼 사용하였다. 무슨 명목의 분자인지는 명확히 모르지만, 아무아무가 무슨 '분자'가 되었다고 하면, 그들은 조금도 의심의 여지가 없이 그 사람은 잘못을 저질렀고, 재수 없는 사람이며, 관직과 밥그릇을 잃은 사람이라고 했으며, 난처한 처지에 빠진 사람이라고 혀를 찼다)

마오 주석께서는 모든 것을 꿰뚫어보고 있다. 마오 주석께서 지시한 것은 마침 이리하무도 바라던 것이었고, 마오 주석께서 걱정하신 것도 마침 이리하무도 고뇌하던 것이었다. 모든 나쁜 사람들을 때려눕히고, 모든 해충을 박멸하는 것은 선량한 빈·하·중농 모두의 소원이었던 것이다. 모든 적을 소멸하고 나면 윗집 아랫집 층층마다 전등·전화기가 있게 되고, 참기름·설탕이 있게 되며, 양 꼬치와 빠오즈(만두) 좌판이 넘쳐날 것이다.

인민공사는 평탄한 길을 따라 한 걸음 한 걸음 높이 올라갈 것이고, 공사 사원들의 생활은 풍요롭고 즐거움이 끊이지 않을 것이다. 이것이 그가 바라고 기원하고 믿는 앞날이었고, 한편으로는 이루어지지 못할까봐 염려되기도 하는 일이었다.

한 공산당원으로서 식견이 높고 선견지명이 있는 지도자와 의기투합하여 자신의 소망, 자신의 생사존망, 승패 및 영욕을 아낌없이 지도자의 정책에 쏟아 붓는 것보다 더 행복하고, 충실하며, 감동적인 것이 어디 있겠는가? 지도자들과 함께 걱정하고 같은 것을 우려하는 것보다 더 중요한 일이 또 어디 있겠는가? 햇살이 밝게, 따뜻하게 그의 마음을 비추어주었다…… 눈물이 저도 모르게 흘러나와 그의 얼굴을 적셨다.

옛 일 : 성스차이 도독(督辦), 열사, 삼구혁명
한마디로 다 설명할 수 없는 신장이여!
현위서기 싸이리무가 대중 속으로 깊이 파고들다

현위서기 싸이리무가 약진공사 애국대대로 왔다.

「목전의 농촌사업에 관한 중앙의 몇 가지 의견(中央關於當前農村工作的若干意見)」(즉 「앞 10가지 사항(前十條)」)이 하달되면서, 싸이리무는 농촌사업에 대한 자신의 인식이 새로운 높이에 이르렀다고 생각하게 되었다. 그는 사회주의 시기 당의 기본노선을 무기로 삼아, 농촌의 정세, 문제, 임무를 분석하기 시작하였다.

상급 당위원회에서는 올해 추수 이후, 강대한 공작대를 조직하여, 이웃 현에서 '네 가지 정돈'을 시행하기로 결정하였다. 그리하여 싸이리무는 상급에서 조직하는 공작대 업무에 자신도 참가하겠다고 자진하여 나섰고, 원래 맡고 있던 업무를 부책임자에게 위탁할 것이라고 보고하였다. 새로운 조건 아래, 새로운 형식으로 전개되는 농촌의 사회주의 혁명의 경험과 교훈을 싸이리무는 몸소 체험하고 탐색하고 싶었다. 상급의 배치로부터 보았을 때, '네 가지 정돈' 운동은 때와 차례를 나누어 단계적으로 진행되지만, 아래의 매개 인민공사, 대대와 생산대, 그리고 매개 현에 있어서 이 세 가지 혁명운동은 날마다 시시각각 종사하고, 진행 중이며, 꿈틀거리고 있는 현실적인 임무이자 일상생활이었다. 그렇기 때문에 여기에는 기다림이나 짬이 있을 수 없었다.

프롤레타리아 독재 아래에서 혁명을 계속해야 한다는 마오 주석의 위대한 이론과 당 중앙의 문건이 관철되면, 반드시 거대한 반향을 일으키게 될 것이고, 수천 수백만 대중들이 곧바로 행동에 옮길 것이며, 농촌의 계급투쟁 형세와 도시 및 농촌 인민들의 일상생활에도 변화가 찾아올 것이 분명했다. 현재 공작대를 조직하기까지 아직 약간의 시간이 남아 있었다. 현 위원회에서는 '네 가지 정돈' 운동이 고조로 치닫기 위한 워밍업으로 몇 명의 책임자들이 농촌으로 내려가 각각 「앞 10가지 사항」의 전달과 학습, 해결해야 하고 해결 가능성이 있는 문제들을 처리하도록 의논하여 결정하였다. 그리하여 싸이리무는 약진공사로 오게 되었던 것이다.

싸이리무는 두뇌가 명석하고 생각이 깊으며, 진중하고 사려가 깊을 뿐만 아니라, 꾸밈이 없고 질박한 사람이었다. 올해 나이 35살이지만 실제 나이에 비해 늙어 보이는 편이고, 머리는 검지만 수염은 벌써 희끗희끗하였다. 그의 두 손은 보통에 비해 컸고, 두 발은 특제한 큰 사이즈 가죽 부츠를 신어야 할 만큼 컸는데, 노동자의 특색이 돋보이는 특징이기도 하였다. 아주 보편적인 그의 네모난 얼굴은 용모나 풍채가 전혀 특별한 데가 없었다. 그다지 크지 않은 두 눈과 습관적으로 사람을 꼬나보는 그의 시선이 사람들의 속을 꿰뚫어보는 듯한 위압감을 주는 것 외에 얼굴의 표정에는 별로 뛰어난 표현력이나 호소력은 없어 보였다.

그는 대부분 남색 제복 차림을 했고, 상의의 하단이 펄럭이며 방해되는 것을 제일 못 견뎌하는 성격 때문에, 허리에는 늘 허리띠, 때로는 아예 끈 하나를 질끈 묶고 있었다. 남색과 회색 두 가지 색깔의 평직(平紋), 능직(斜紋), 카키색 목면(卡嘰), 개버딘(華達呢)[25], 신장에서는 코르덴까지 5가지 옷감으로 만든 의복만 입는 시대였기에 사람들에게 질박함과 평등함을 더해주었다. 그리하여 식품회사 구매 담당 직원인 검은 수염 미지티(米吉提)가 싸이리무를 보자마자 첫눈에 서무·행정 간부일 것이라고 단정 지어 말할 수 있었다. 측면과 뒷면으로부터 자세하게 살펴보면, 싸이리무의 유별나게 큰 뒤통수를 발견할 수 있는데, 심사숙고할 때 아래로 약간 내리 붙은 것 같은 그의 뒤통수는 꽤 무게감 있게 느껴졌다.

싸이리무는 난쟝 아커쑤(阿克蘇) 좐취 쿠처현에서 태어났다. 그의 고향은 씨가 큰 아몬드(巴旦木, Almond)가 자라고, 사람들이 보편적으로 장미꽃을 재배하며, 장미를 장식품으로 지니고 다니는 것으로 유명하다. 질박한 민풍으로 인해 아커쑤 사람들은 '호박'이라는 별명을 얻게 되었는데, 머리가 호박처럼 단순하다는 뜻이 담겨 있다. 하지만 유전자가 훌륭할 뿐만 아니라, 단장하기를 좋아하는 이 고장의 여성들은, '한 송이 꽃'이라는 명성을 가지게 되었다. 동시에 중년이 넘어가면 '바람이 든다(學壞)'는 근거 없는 소문도 있었다.

어릴 때 싸이리무는 지주네 집에서 머슴살이를 하였는데, 땔감을 하고, 물을 끓이고, 마당 청소를 하고, 풀을 써는 등의 잡일을 하였다. 지주에게 응석받이로 자란 외동아들 하나가 있었는데, 10살이 되면서 현 정부 소재지에 있는 한 학교에 입학하게 되었다. 그 때부터 싸이리무는 응석받이 도련님의 공부친구가 되고, 시중을 들기 위해 함께 진학하게 되었다. 길을 가다가 도

---

25) 개버딘(gabardine) : 날실에 양털을, 씨실에 무명을 사용하여 능직(綾織)으로 조밀하게 짠 옷감

랑이나 진창을 만나거나 힘이 빠지면, 싸이리무는 도련님을 업고 가야 했고, 건량이나 간식주머니, 며칠에 한 번씩 선생님들께 드리는 선물, 날씨 변화에 대비하여 준비한 숱한 여벌들도, 전부 싸이리무가 메고 다녔다.

수업시간에 싸이리무는 함께 교실에 들어가 수업을 들었고, 수업을 마치면 싸이리무는 또 도련님과 같이 놀아주어야 할 뿐만 아니라, 도시의 상인 혹은 관리의 자제들에게 업신여김을 당하지 않도록 보호해야 했다. 도련님은 학업에 전혀 흥미가 없었다. 그리하여 싸이리무에게 또 한 가지 임무가 늘어났다. 즉 지주 도련님 대신 노트 필기를 하고 숙제까지 써주어야 했다. 그 결과 4년 동안 학교를 다녔지만, 지주 도련님은 자신의 이름조차 쓸 줄 몰랐고, 싸이리무는 자유자재로 글을 읽고 쓸 수 있게 되었다.

30년대 말기 신장의 토호이자 '도독'인 성스차이(盛世才)가 진보인사인 척 흉내를 내며, 몇몇 공산당원의 도움을 받아 '6가지 정책(六大政策)'을 실시함으로써, 도독으로서의 자신의 체면을 세웠다. 중국공산당은 신장에 혁명의 불씨를 뿌리고, 신장의 특수한 지리적 위치를 이용하여 공산당의 국제적 교통노선을 개통시키기 위해, 천탄츄(陈潭秋), 마오쩌민(毛泽民), 린지루(林基路) 등 인사들을 신장으로 파견하였다.

그중 젊고 재능이 뛰어난 유명한 공산당원인 린지루는 신장에 온 후, 신장학원(新疆學院)에서 교무주임을 선임하였다. 그런데 그의 혁명운동으로 인해 문화 교육계와 청년학생들 사이에 항일구국과 민주적 및 진보적인 새로운 국면이 나타나자 몹시 불안했던 성스차이는 린지루를 멀리 쿠처로 파견하여 현장으로 취임시켰다. 그리고 그 동안 지주 도련님 대신 열심히 공부하여 성적이 우수했던 싸이리무가 쿠처의 초등학교 교사를 맡고 있었는데, 싸이리무는 린 현장의 강연장을 직접 찾아가 귀담아 들은 적이 있었다. 린지루의 강연을 통해 그는 마오 주석과 당을 알게 되었고, 당의 항일통일전선

정책과 민족정책을 배우게 되었으며, '혁명'·'사회주의'·'해방(翻身)'·'광명'과 같이 아주 흥미로운 새로운 명사들을 접하기 시작하였다. 싸이리무는 마치 신중국(新中國)의 서광을 본 것 같은 감명을 받게 되었다.

40년대 초 성스차이는 소련을 한 차례 방문한 적이 있었는데, 소련에 대해 무척 실망을 하게 되었다. 그리하여 성스차이는 자신의 가면을 벗어던지고, 린지루와 천탄츄, 마오쩌민 등을 모두 감옥에 잡아넣었으며 그들을 잔혹하게 살해하였다. 뿐만 아니라 혁명사상의 영향을 받고 자란 수많은 청년들도 성스차이 특무기구의 체포 살해의 대상이 되었다.

그 수배자 명단에는 싸이리무의 이름도 있었는데, 친구가 제때에 소식을 알려준 덕분에 그는 한밤중에 도망쳐 목숨을 건질 수 있었다. 그는 한동안 바이청(拜城)현의 농촌에서 날품팔이를 하며 생계를 유지하였다. '부유바이(富裕拜, 바이[巴依]의 또 다른 표현으로 부유, 재부, 부자 등의 의미를 가진다 - 역자 주)'의 대명사로 알려진 이곳에서 그는 가난과 굶주림, 추위 등 온갖 시련을 다 겪었다.

1944년 전국 인민의 혁명투쟁 영향 하에, 그리고 소련 측의 선동과 책동으로 인해 이리(伊犁)·타청(塔城)·아러타이(阿勒泰) 등 세 개 좐취(專區)의 인민들이 장제스 및 국민당을 반대하는 무장봉기를 일으켰다. 이 소식은 신속하게 전 신장지역에 전해졌다. 이에 싸이리무는 톈산(天山)을 넘고 다반(達阪, 즉 골짜기)을 건너, 신위안(新源)을 거치고, 이리를 지나, 삼구혁명정부로 가기로 마음을 먹었다. '삼구혁명'에 대해 마오 주석은 일찍이 "삼구혁명은 중국 신민주주의 혁명의 한 부분이다." 라고 명확하게 결론을 내린 바 있었다. 그런데 타리무분지(塔裏木盆地)와 준가얼분지(准噶爾盆地)가 이어지는 무자얼(穆紮爾) 산 어귀에서, 싸이리무는 그만 국민당군에게 체포당하게 되었다. 국민당군은 그의 몸에서 삼구(三區)에서 보내 온 신문과 소책자를 찾아냈고 그 자리에서 죽도록 심하게 때렸다. 그리고 또 총검의 협박 아래 그는 국민당의 한 수송대에서 낙타를 몰게 되었다. 그는 타클라마칸사막(塔克拉瑪幹沙漠)의 가장자리 지대를 따라 극심한 굶주림과 갈증을 참아가며 석 달을 걸었다. 피가 줄줄 흐르는 발로 걷고 걸어 변두리 지방에서도 가장 변두리인 허톈(和田)에 도착하였다. 당시의 교통조건과 허리띠 속에 한 푼도 남지 않은 싸이리무의 개인 상황에 비추어 보았을 때, 이리의 혁명운동은 이미 물 건너간 딴 세상의 일이 되었다고 볼 수 있었다. 그리하여 국민당 군대들도 그가 다시는 삼구 쪽으로 도망치지 못할 것이라고 안심하였다.

지식이 있다는 이유로 싸이리무는 허톈의 대교장(大敎長)인 위구르어로 셰허쓰라무(謝赫斯拉木)라고 불리는 한 큰 인물의 마음에 들게 되었다. 그는 그를 자신의 하인으로 받아주었다. 농사일이 바쁜 시절에는 그의 밭에서 농사일을 거들었고, 겨울철에는 무슬림을 도와 경문을 필사했다. 그렇게 어느 덧 5년이라는 시간이 흘렀다.

허톈은 황량하고 외지며 낙후한 곳이었다. 돈 많은 사람들은 전국적으로 유명한 허톈 카펫, 허톈위(和田玉), 아이더라이쓰비단(艾得萊斯絲綢, 재래식 수공으로 짠 비단. 자연스럽고 임의적으로 변하는 색채와 무늬가 특징이다)을 마음껏 누리면서 살지만, 가난한 노동 인민들에게는 오직 노예의 수갑과 족쇄, 밧줄밖에 없었다. 동시에 황달, 나병(麻風), 성병과 같은 전염병이 창궐하는 위험에 항상 노출되어 있었다. 그러나 허톈의 생활은 싸이리무의 의지를 꺾지 못했다. 혁명과 새로운 생활, 새로운 사회 분위기에 대한 그의 갈망은 오히려 백 배 천 배 더 강렬해졌다.

1949년 말 신장에서도 평화적 해방을 선고하였다. 해방군의 선발인원들이 허톈으로 왔다. 당시 국민당 군대의 일부 완고분자들은 상류계층의 반동분자들과 결탁하여 해방군이 허톈에 제대로 발을 붙이기 전에 반란을 일으켜 선발 공작대 간부들을 살해한 후, 외국으로 도망치려고 꾀하였다. 그들의 반란 계획을 미리 알게 된 싸이리무는 위험을 무릅쓰고 당일 밤으로 해방군 공작대를 찾아가 이 소식을 보고하였다. 그리하여 제때에 대비책을 세울 수가 있었다. 대부대는 용맹무쌍한 정신으로 스웨덴(瑞典)의 탐험가 스벤 헤딘(斯文赫定)이 세 차례 도전했지만 세 차례 모두 중도에서 되돌아왔다는 아커티아오스(阿克梯奧什古路) 옛길을 따라 사막을 가로질러 놀라울 정도의 강행군을 하였다. 그리하여 다행히 아커쑤로부터 신속하게 허톈으로 올 수 있었고, 적들의 최후의 몸부림과 반격을 분쇄할 수 있었다.

그 뒤 싸이리무는 해방군에 가입하고 입당하였다. 1950년부터 1951년까지 그는 줄곧 해방군 지도자의 신분으로 농촌에서 농민들의 소작료와 이자를 삭감하고 악질 토호에 맞서는 운동과 토지개혁 운동을 벌여왔다. 1953년 이후 그는 지방에 정식으로 편입되면서 구청장으로 부임하였고, 1957년에 현장으로 임명되었다. 1962년에 '반수정주의'의 최전선인 이리지역의 혁명 사업을 강화하기 위해 그와 기타 소수민족 지도간부들은 베이쟝으로 발령되어 왔다.

십여 년 전 이리로 와서 혁명 사업에 몸담으려고 하였던 싸이리무는 그 꿈을 이루지 못하였다. 그런데 오늘날 새로운 조건 아래에서 그에게 다시 꿈을 이룰 기회가 찾아왔던 것이다. 그는 10여 년 전보다 열 배 더 무거워진 역사적 중임과 당의 당부를 떠메고 이리로 왔다.

이리는 유구한 혁명적 전통을 가지고 있는 곳으로 싸이리무가 오랫동안 동경해 온 곳이었다. 이곳은 그에게 있어 완전히 새롭고 또 퍽이나 복잡한 환경이었다. 이리는 대외 교류, 민족 분포, 지연정치, 경제, 문화의 관계가 복잡한 특징을 가지고 있었다. 이곳은 민족 성분이 아주 다양하다. 신장의 13개 민족 중에서 타지크족(塔吉克族)을 제외하고, 위구르족, 한족, 카자흐족,

회족, 만주족, 시버족, 몽골족(蒙古族), 타타르족, 키리키스족(柯爾克孜族), 우즈베크족, 다우르족(達斡爾族), 러시아족들은 대대로 이곳에 거주하고 있다.

이곳의 생산과 문화는 상대적으로 발달하였고, 사람들의 견문은 넓은 편이었다. 그리하여 사람들의 언행 속에는 영리함과 담대함이 묻어나 있었다. 싸이리무에게 익숙한 난쟝, 특히 허톈과 비교할 때, 이러한 면이 달랐다. 뿐만 아니라 말할 때의 어조며 일부 어휘들도 허톈과 비교하면 현저한 차이가 있었다.

허톈에서 숫자 '1'을 '비(畢)'라고 발음하지만, 이리에서는 '보얼(勃爾)'이라고 읽는다. 이리로 떠나오기 전에 동료와 마을 사람들이 그를 걱정하여 이러저러한 조언을 하였다. 이리 사람들이 '교활하고' '허풍이 심하며' '쿨하여(酷, 위구르어에서 '쿨하다'는 단어는 자기방어 의식이 강하고, 깐깐하며, 계산에 밝고, 손해를 보려하지 않는다는 등의 의미로 많이 쓰인다. 한어의 '간사하다[奸]'는 뜻을 포함하고 있으면서, '간사하다'에 비해 듣기 거북하지 않고, 칭찬과 폄하의 두 가지 뜻이 두루 포함되어 있다)' 함께 일하고 살아가기 쉽지 않을 것이라고 하였다. 사람들은 "그 노래를 들어본 적이 있나요? 이리 사람들은 사내대장부라서 추운 날씨에도 양장을 하고 덜덜 떨며, 한밤중에 담을 넘다가 개만 보면 식은땀을 줄줄 흘린다는 노래가 있어요." 라고 말했다. 그리고 "우리 허톈 사람들은 얼마나 순박해요! 옛날부터 살구 장사를 하는 허톈의 여인들은 고객들이 우선 살구를 실컷 먹고 나서, 고객들이 스스로 살구 씨를 헤아려 개수만큼 살구 값을 지불하도록 하고 있지요. 만약 이런 방식으로 이리에서 살구장사를 한다면, 이리 사람들은 100알을 먹고 15알 값만 치를 거예요. 그들은 분명히 나머지 85알의 살구 씨를 주머니 속에 숨겼다가 집에 와서 살구 씨를 까먹을 거예요!" 라고도 하였다.

이에 싸이리무가 답변하였다.

"타지 사람들에 대한 이러저러한 조롱하는 말들을 곧이곧대로 믿지 마세요. 허톈 사람들도 비웃음을 어디 적게 당하나요? 허톈에 오기 전에 사람들에게서 이런 말을 들은 적이 있었지요. 허톈에는 우매하고 완고한 사람들이 살고 있는 곳이라고요. 허톈 장사꾼에게서 한 바구니에 1위안 하는 달걀을 사려면, 반드시 액면가가 1위안인 지폐 한 장을 지불해야 한다고 했어요. 50전짜리 두 장이나, 10전짜리 열 장을 주면, 장사꾼은 자신을 속이는 줄 알고, 한판 붙으려 할 거라던데요……"

싸이리무의 말에 사람들은 배를 안고 웃었다.

싸이리무는 드디어 오매불망 그리던 이리에 오게 되었다. 그는 지도자들로부터 이곳의 복잡한 계급투쟁에 대해 설명을 들었기에 계급 간 적들의 교활함과 음험함을 알게 되었다. 그리고 무엇보다 이곳 인민들의 높은 각성과 성숙한 의식을 느끼게 되었다. 여기에 온지 얼마 안 되는 그였지만, 비교적 발달하고 문명하며, 세상 물정이 밝은 곳이라는 것을 실감할 수 있었다. 이리의 인민들은 긴 시간의 국제적·국내적 투쟁의 시련과 단련을 겪어 왔다. 이 또한 간과할 수 없는 사실이었다. 지도자들이 지적하여 말했다.

"1962년에 이리에서 벌어진 동란에 대해 아주 놀랍고 두려운 시각으로 볼 필요가 없다. 이리의 지리적 위치와 연역으로부터 볼 때, 이는 필연적이고 불가피한 사건이었다. 오히려 전대미문의 소란 속에서 나라에서 이와 같은 사건에 대비하여 충분한 준비를 하지 않았던 상황이었다. 그럼에도 1962년 사건이 발발하였을 당시 우리의 국경에는 방어시설이 거의 갖추어져 있지 않았던 상황임에도 불구하고, 우리 인민들이 일시적인 혼란을 굳건하게 버텨내고, 곧바로 모든 사업을 다시 정상적인 궤도로 이끌었다는 점에 대해 경이롭게 생각해야 한다"고 하였다.

그리고 "하늘이 무너진 것도, 이리하의 강물이 거꾸로 흐른 것도 아니며,

조국의 통일과 각 민족의 단결은 모든 충격을 이겨냈고, 풍파 속에 떠내려 간 것은 단지 보잘 것 없는 흙모래일 뿐이며, 단결과 통일은 여전히 톈산처럼 견고하게 우뚝 솟아 있다"고 강조하였다.

그러나 투쟁에서 승리를 거두었다고 하여 투쟁이 끝난 것은 아니었다. 싸이리무는 이와 같은 특수한 형식의 겨룸이 끝난 뒤, 전쟁터와 대오에 대한 정리의 임무가 무엇보다 중요하고 막중하다는 것을 알고 있었다. 중상위급 지도자들이 모여 3급 지도자회의(三級幹部會)를 열었다. 회의 관련 전달 내용과 보고에 따르면, 군중들 속에 깊게 은폐되어 있던 1962년 사건 당시 양면 수법을 부리고 소란을 일으켰으며, 모반을 선동하고 적과 내통한 몇몇 고위급 지도자들의 죄행이 대명천지에 낱낱이 까밝혀졌다고 하였다.

지도자들은 사실이 증명하다시피 당시 외부세력들이 인민들 속에서 보잘 것없는 몇 개의 파문을 일으킬 수 있었던 것은, 우리의 내부에 숨어있던 일부 나쁜 사람들의 협력과 호응의 영향이 꽤 크게 작용하였다고 지적하였다. 적대세력은 우리의 대오 속에 크고 작은 밀정을 박아 놓았으며, 우리에게 있어 이것은 큰 화근이었다고 말했다. 1962년의 사건은 한 차례의 재난이었지만, 이 재난을 일으킨 사람들은 반드시 흔적을 남기기 마련이고, 장차 반드시 정체를 드러내게 될 것이라고 했다. 그렇다면 이것은 우리들에게 그들의 종적을 좇아 근원을 파헤침으로써 박혀있던 크고 작은 밀정들을 제거할 수 있는 공전의 유리한 기회와 조건을 창조해준 셈이었다. 그야말로 대단한 호기가 아닐 수 없었던 것이었다.

싸이리무는 가장 먼저 농촌을 떠올렸다. 머릿속에는 온통 "어떻게 하면 농촌에서의 투쟁을 잘할 수 있을까?" 하는 생각뿐이었다. 마침 이때 마오 주석의 지시가 하달되었다. 그것은 정말 다행스런 일이었다. 마오 주석의 지시는 군중 속에서 얻어지고, 실제를 기반으로 한 것임을 싸이리무는 믿어 의심치 않았다. 그는 "군중의 이익과 염원, 실생활의 객관적 필요성이 위대한 혁명 영수에 의해 집결되고, 그것을 실현하기 위해 확고부동하게 견지해 나간다면, 앞으로 펼쳐지게 될 한 번 또 한 번의 활극은 얼마나 위풍당당하고 생동적이며 웅장할 것인가!" 하고 생각했다.

숙련된 음악가에게 있어 악보는 어느새 관·현·타악기가 서로 어우러진 교향곡이 되어 들릴 것이고, 설계도를 본 건축가는 어느덧 눈앞에 고층 빌딩을 그려볼 것이다. 이와 마찬가지로 싸이리무는 실제적 경험이 풍부한 지도자로서, 마오 주석의 지시와 중공중앙 문건을 통해 계속하여 혁명을 이어나가고 역사를 창조하기 위한 천만 군중들의 힘찬 발걸음을 느낄 수 있었다. 당의 부름은 마치 따스한 봄바람처럼 전국 각지로 불어들었고, 투쟁의 비바람은 조국의 금수강산을 더욱 맑고 아름답게 씻어줄 것이라 믿어 의심치 않았다. 이번 투쟁에서 승리를 거두게 되면, 인민들은 근심걱정 없이 행복한 생활을 누릴 수 있을 것이다. 이 목표에 도달하기 위해 그는 참을성을 가지고 장기적으로 세밀하고 번거로운 사업에 몰두해야 한다고 다짐하고 또 다짐했다.

마오 주석은 「앞 10가지 사항」을 위해, 앞부분에 「사람의 정확한 사상은 어디에서 오는가(人的正確思想是從哪裏來的)」라는 글을 덧붙였다. 이 글에서 마오 주석은 정확한 인식이란, 물질로부터 정신, 정신으로부터 물질에 이르는 여러 차례의 반복적인 과정을 거쳐 이루어지는 것이라고 지적하였다. 이 부분을 읽고 나서 싸이리무는 큰 깨우침을 얻게 되었다. 그는 그 말이 뜻하는 것은 "「앞 10가지 사항」은 결코 쉽게 얻어진 것이 아니고, 그 속에는 풍부한 내용이 내포되어 있으며, 장기적인 농촌사업에서 얻은 우리 당의 경험(물론 교훈도 포함된다)을 종합한 것임을 설명해주고 있다. 따라서 「앞 10가지 사항」에 대한 이해와 그 뜻을 관철하는 길은 험난하고 우여곡절의 과정이 될 것" 이라고 생각했다.

　마오 주석의 '반복적인 과정'이란 말에 근거하여 싸이리무는, 1958년부터 1960년까지의 총 노선(總路線), 대약진, 인민공사 등 이 삼면홍기(三面紅旗)[26]가 겪었던 어려움을 비로소 이해할 수 있었다. 삼면홍기가 위대하고 굉장한 만큼, 그것을 실현하기까지 반드시 여러 차례 반복적인 과정을 거쳐야 한다는 것도 깨닫게 되었다. 이처럼 중국공산당은 온갖 시련을 겪으면서도 절대 물러서지 않는 당이라는 사실도 재삼 느끼게 되었다. 1921년의 당의 창건으로부터 지금까지 우리 당보다 더 확고부동하고 소박하며 노고를 아끼지 않는 당이 또 있을까? 싸이리무 마음속의 모든 공산당원은 누구나 할 것 없이 구사일생의 백전노장이고, 창을 베고 날이 새기를 기다리면서 가슴에 큰 뜻을 품고 항상 분발하는 기세가 왕성하고 죽어도 굴복하지 않는 용사였다. 동서고금을 막론하고 그 어떤 조직의 성원도 그들과 견줄 수가 없다고 확신하였다!

　마오 주석의 지시와 중공중앙의 문건의 내용을 하루빨리 또 정확하게 깨닫게 하기 위해 농촌으로 가는 것이 급선무였다. 농촌에 내려가 상황을 직접 조사하여 자료를 얻고, 전형적인 사례를 통해 사물에 대한 전반적인 이해를 가져야 한다는 것을 깨달았다. 다년간 기층 사업에서 쌓아온 경험을 통해 싸이리무는 민정을 정확하게 파악하는 것이 무엇보다 중요하고 힘든 일이라는 것을 깊이 알고 있었다. 그렇기 때문에 어떤 일에서나 쉽게 판단을 내리고 지시를 하달하는 일부 지도자들의 행위에 대해 싸이리무는 늘 납득이 되지 않았다.

---

26) 삼면홍기 : 세 개의 붉은 기라는 뜻으로, 1958년에 중국공산당이 마오쩌둥(毛澤東)의 지도 아래 팔전(八全) 대회에서 결정한 사회주의 혁명의 기본 노선을 이르는 말. 총노선(總路線), 대약진(大躍進), 인민공사를 상징한다.

차를 타고 건성건성 돌아보고 차에서 내려 먼발치에서 대충 둘러보거나, 혹은 하급의 보고를 들어보고 나서 몇 개 숫자만 물어보고는 장황하게 지시를 내리는 것을 그는 정말 이해가 안 되었다. 길가에서 잡초 몇 그루를 발견하고, 곧바로 경지관리 사업의 부실함을 지적하였지만, 대다수 경지의 구체적 상황에 대해서는 사실상 전혀 모르는 간부들이 대다수였다. 또 생산대의 문화실(文化室) 안에 서적이 가득 쌓여있으면, 평소에 항상 문을 닫아걸고 있다가 상급기관에서 시찰이 있을 때만 잠깐 연다는 사실도 모른 채, 흐뭇한 표정으로 바라보다가 머리를 끄덕이며 그 생산대의 사상 정치 교육 사업에 대해 칭찬을 늘어놓는 것이 그들의 작풍이었다. 정확한 상황을 파악하고 나서 발언하면 안 되는지, 지시가 몇 시간 늦어진다고 해서 낮게 평가하거나 존경하지 않는 사람이 아무도 없을 텐데 말이지……

싸이리무는 기타 직원의 동반도, 자동차도, 운전기사도 없이 홀로 조용하게 이리에 왔다. 자신의 부임으로 인해 조금이라도 시끄러워지는 것을 원치 않았다. 그는 겸허한 마음가짐으로 몸소 체험하고 상황을 관찰하라는 마오주석의 간곡한 타이름을 한시도 잊은 적이 없었다.

농촌에서 한 사람 혹은 한 가지 사건에 대해 판단하는 일이 쉽다고 생각한다면 큰 오산이기 때문이었다. 직접 체험하지 않고서는 그 속의 어려움을 알 수 없는 것이다. 허톈에서 있을 때 싸이리무가 속해있던 현에 한족 부 현장(副縣長)이 있었다. 1960년에 부현장은 통역사와 함께 하향하여 그곳에서 마음에 꼭 드는 열성분자 네 명을 키워냈다고 자랑스러워하였다. 뿐만 아니라 그들을 위해 보고문학(報告文學)을 쓸 것이라고도 하였다.

이 네 명의 열성분자는 용모가 단정하고, 발음이 또랑또랑하며, 회의를 열면 항상 적극적으로 나서서 발언하는 사람들이었다. 특히 부 현장이 직접 주재한 회의장에 썰렁한 분위기가 돈다 싶으면, 그들은 서로 앞장서서 발언을

함과 동시에 다른 사람들의 참여도 이끌어냈다.

"여러분도 말해 보세요! 어떤 것도 좋으니, 적극적으로 말해 보세요! 주저하지 말고요! 한 가지 의견이라도 좋으니, 적극적으로 발언해 주세요……"

이 얼마나 사랑스러운 아이들인가! 그들은 지도간부들을 만나면 주도적으로 다가와 뜨겁게 악수를 청하였고, 친근하게 담화를 나누고 적극적으로 상황을 보고하였다. 그리고 항상 해바라기처럼 환한 웃음으로 지도자들을 바라보았다. 부 현장이 발언할 때에는 연신 머리를 끄덕이며 호응을 아끼지 않았고, 또랑또랑한 목소리로 끊임없이 "맞아요!", "좋아요!", "여부가 있겠어요!", "바로 그거예요!"라고 하며 맞장구를 쳤다. 뿐만 아니라 이 네 사람은 뒤질세라 너도나도 부 현장을 집으로 모셔 음식을 접대하였다. 음식의 양과 맛은 더 말할 것도 없었다. 그리고 음식을 내오면서 부연설명도 빠지지 않았다.

"우리의 행복을 위해, 이 누추한 곳까지 찾아와 주신 부 현장께 정말 감사드립니다! 이 고마움에 어떻게 보답해야 할지 몸 둘 바를 모르겠습니다. 유일한 소망이 있다면, 변변찮은 음식이지만 배불리 많이 드시길 바라는 것뿐입니다. 한 그릇이라도 더 드세요! 우리 같은 사람들이 음식을 축내면서 하는 일이란, 기껏해야 흙 몇 지게 더 퍼서 나르는 것이지만, 현장님은 아니지요. 한 그릇 더 잡수시면 혁명과 인민들을 위해 더욱 많은 일들을 하시게 되니까요!"

그리고 부 현장이 만족스럽게 음식을 음미하는 모습을 보며, 그들은 같은 생산대의 다른 사람들의 흉을 보기 시작하였다. 분위기가 무르익어갈 때쯤, 개인적인 부탁을 적절하게 포장하여 청하기도 하였다.

"지난날 몸에 탈이 생기는 바람에 부득이하게 우리 생산대에 200위안의 빚을 지게 되었지 뭡니까……"

"아들이 결혼을 앞두고 있어, 생산대에서 200위안을 빌려 쓰려고 하는데, 대장이 기어코 허락하지를 않네요……"

…… 얼마 지나지 않아 부 현장이 배양한 네 명의 열성분자의 실체가 드러났다. 그 중 가장 나이가 많은 늙은이는 옛날에 가축 장수 혹은 가축 아행(牙行)이라고 불리는 거간꾼이었다. 그는 세상 물정에 밝으며, 장사 경험이 풍부한 사람이었다. 그가 가장 두려워하는 것은 밭에서 땀을 흘리며 일하는 것이었고, 반대로 회의에서 발언하고 상급 지도간부들과 담화를 나누는 일에 가장 능하였다.

그는 줄곧 '열성분자'였고, '열성적'인 이유는 힘든 노동을 하지 않고도 노동점수와 수당을 받고, 혹은 최소한의 구제와 복지를 챙기기 위함이었다. 두 번째 젊은이는 원래 좐취 사범학교의 교사였다. 학교에서 여 제자와 난잡하게 놀아나는 바람에, 겨우 감옥살이를 면했지만, 결국 교사 대열에서 쫓겨나게 되었다. 그러나 그는 부 현장에게 이러한 사실을 은폐하고, 집에 연로한 어머니를 보살필 사람이 없어서 부득이하게 직장을 포기하고 고향으로 돌아오게 되었다고 둘러댔다.

세 번째 중년은 말도 곧잘 하고, 노동도 게을리 하지 않으며, 내력도 별다른 문제가 없는 사람이었다. 그런데 그는 상습 절도범이었다. 닭을 훔치고 양을 훔칠 뿐만 아니라, 소와 말도 훔치곤 하였다. 네 번째 열성분자는 올해 23살이 된 부녀였다. 그녀는 언행이 시원시원하고, 사상이 개방적이며, 평소에 새로운 용어들을 많이 사용하였다. 그런데 그녀에게는 벌써 다섯 번 결혼하고 네 번 이혼한 화려한 경력이 있었다. …… 한마디로 말해서 부 현장이 배양한 그들 열성분자들은 하나같이 그다지 조건에 부합되는 자들은 아니었다.

네 명의 열성분자들에게 빠져 있는 동안 부 현장은 기타 수많은 보물 같은 사람들을 놓쳐버렸다. 회의장에서 어쩌다 한 번 졸았다거나(그 회의는 너무나도 길고 지루하였다고 한다), 혹은 상급 지도자들을 만났을 때 표정이 차가웠다거나, 혹은 네 명의 '열성분자'들이 모함을 당하였다거나 하는 등의 이유로 부 현장은 인재들을 등한시하였다.

그리고 일에 대해 말한다면 아무리 보잘것없는 사건이라도 농촌이란 무대 위에서는 자연스럽게 전혀 다른 여러 가지 버전이 생성되는 법이었다. 그야말로 어느 버전이 진실이고 어떤 말이 옳은지 판단하기 어렵다는 것이다. 예를 들어, 한 사람의 성별이란 사실 의논할 여지조차 없이 명확한 것이다. 그 사람이 세상에 태어나는 찰나에 산파는 형식과 논리의 동일률(同一律), 모순율(矛盾律), 배중률(排中律)에 근거하여, 죽어도 변하지 않을 만큼 단호하게 결론을 내리게 된다. 하지만 농촌에서는 경우에 따라 이마저도 화제의 여지가 된다.

만약 혼기가 넘도록 결혼하지 않았다거나, 혼인하고 나서 오랫동안 아이가 없다거나, 부부 싸움이 잦다거나, 결혼한 지 얼마 되지 않아 이내 이혼하였다거나, 배우자의 품행이 바르지 않다거나 하면, 당신의 성별은 곧바로 마을 사람들의 화젯거리가 되고, 각종 억측이 난무하게 되며, 심지어 각양각색의 이야기들을 날조하여 소문을 퍼뜨리게 된다. 그러나 농촌의 사회주의 개조, 특히 인민공사화가 시작된 이후, 이러한 풍습은 이미 거대한 변화를 가져왔고, 지금도 빠르게 변하고 있다.

싸이리무도 이러한 변화를 감지하고 있었다. 사람들에게는 '공사의 구성원'이라는 동일한 신분이 생기게 되었고, 사회주의의 집단적 생산은 일치된 도덕적 기준과 문제를 취급하는 방식을 수립하기 위해 조건을 창조해주고 있었다. 그러나 몇 천 년의 봉건 통치와 분산적인 소농제 농업경제의 영향은 절대 하루아침에 말끔하게 벗어던질 수 없는 것이었다. 뿐만 아니라 농촌에 거주하는 사람들은 도시의 어떤 기관 단체에 비해서도, 출신, 경력, 문화, 나이, 정치적 태도, 사상과 품성, 천성과 품행 등 면에서 그 격차가 훨씬 컸다. 그렇기 때문에 농촌의 일들은 언제나 그러니 저러니 설이 분분하고, 의견이 일치를 이루기까지 시간이 꽤 걸렸으며, 이는 아주 자연스러운 것이었다.

그리하여 싸이리무는 초등학생이 될 각오와 태도로 이곳에 왔던 것이다. 마음속에 세운 목표도 그다지 높지 않았다. 그는 자신이 만능 지도자라고 절대 생각하지 않았기 때문이었다.

공사에서 그와 자오지헝은 구체적인 상황에 대해 이야기를 나누었다. 자오지헝은 싸이리무에게 애국대대로 갈 것을 건의하였다. 애국대대는 꽤 괜찮은 대대이고, 그 대대의 공산당원과 지도간부, 열성분자들 중에 아주 훌륭한 인물들이 있는데, 그들은 생산과 대적 투쟁에서 지대한 승리를 거두었다고 소개하였다. 동시에 아주 민감한 대대라고도 하였다. 공로(국도) 옆에 위치하였고, 소련교민협회의 일원인 무라퉈푸가 당시 그 대대에서 활동한 적이 있으며, 밀 절도사건과 돼지사건으로 인해 소란이 있었다고 하였다. 그리고 일부 사건은 복잡하게 뒤섞여 있어 구별하고 처리하기가 어려운 상황이라고 설명하였다.

"대대의 지도부에도 아마 문제가 있는 것으로 짐작합니다. 1961년에 마이쑤무가 거기에서 실질적인 작업에 참가하고 조사 연구와 사업을 지도하였는데, 당시 리시티의 교체에 대해 나는 찬성하지 않았지만, 마이쑤무가 끝까지 주장을 굽히지 않고, 공사 지도자들의 의견이 일치하지 않은 탓에, 결국 교체되고 말았지요."

자오지헝이 말했다.

"지금의 지도자인 쿠투쿠자얼은 어떤 사람인가요?"

싸이리무가 물었다.

"쿠투쿠자얼도 경험이 많은 노장이에요. 능력도 있고, 의욕도 넘치죠. 그런데 성실하지 못한 면이 있어요. 가끔 거짓된 말도 하고요."

자오지형은 말을 아꼈다. 자신의 미숙한 견해로 인해 지도자 동지의 직접적인 조사와 분석하는 사로(思路)에 혼란을 일으키는 것을 원치 않았기 때문이었다.

마을로 향하던 길에 싸이리무는 마침 곡식을 실으러 가는 트럭을 만났다. 이 트럭은 우루무치에서 오는 길이었다. 싸이리무는 그 트럭을 빌려 타고, 곧장 아부두러허만이 진두지휘하고 있는 한 탈곡장으로 갔다. 트럭에다 탈곡한 밀을 적재하는 일은 모두가 몹시 기뻐하고 좋아하는 일이었다. 트럭 운전기사는 싱글벙글 웃으며 양곡 수매소에서 뗀 석 장의 전표(三聯單, 석 장이 한 조로 되어 있는 전표나 증서)를 꺼내주고, 생산대는 양곡 수매소에 가서 증표에 따라 결산을 받게 되는데, 계산된 수치가 규정된 납부 및 판매 임무를 초과하지 않을 경우, 양곡 수매소를 거치지 않고도, 탈곡장에서 직접 트럭에 적재 가능하였다.

이런 방식을 통해 수속과 절차가 간소화되었고, 생산대에서 스스로 수레와 말을 동원하여 인력으로 곡식을 적재하고 운송하는 번거로움을 면할 수 있었다. 트럭 한 대의 한 번의 수송량은 농촌의 수많은 까오륜처(高輪車)와 고무 타이어 마차의 수송량에 맞먹을 뿐만 아니라, 이와 같은 적재 방식을 통해 운송기관으로부터 후한 보수를 받을 수 있었다. 그리고 밀을 보다 깔끔하고 빠르게 싣고 간편하게 부릴 수 있으며, 수송 과정이 안전하고, 용적 톤수가 많아, 톤킬로미터(噸公裏) 지표를 더욱 훌륭하게 완성할 수 있었다. 더욱이 이러한 방식의 적재와 운송을 통해, 농민과 국가, 농민과 공인, 농촌과 도시 사이에 직접적인 소통이 이루어지게 되었고, 서로의 관계가 밀접해지게 되었다.

이 과정에서 운전기사와 농민은 더 이상 단순한 운수와 화물 적재의 관계가 아니었다. 운전기사는 자신이 자치구 및 우루무치시를 대표하고 있음을, 공사의 구성원들은 자신의 노동으로 나라와 도시, 노동자 계급을 지원하고 있다는 자랑스러운 사실을, 바로 눈앞에서 보고 만지면서 생생하게 느낄 수 있게 되었다.

트럭이 멈추자 사람들은 기다렸다는 듯이 신이 나서 우르르 몰려왔다. 농민들은 운전기사와 반갑게 악수를 하며 인사를 주고받았고, 싸이리무와도 인사를 나누었다. 사람들은 싸이리무를 운전기사의 조수 혹은 양곡 수매소의 회계라고 생각하였다. 인사를 마치자 농민들은 마치 트럭 시간의 소중함을 아는 듯 지체 없이 움직이기 시작하였다. 넉가래와 빗자루를 들고, 마대 자루에 담기 전에 마지막으로 탈곡장을 깨끗이 정리하는 사람도 있고, 마대 자루에 혹시 구멍이 나지 않았는지 확인하는 사람도 있으며, 밀을 담은 마대 자루를 빠르게 바꿔가며 무게를 다는 사람도 있었다. 그리고 땅바닥에 가득 놓여있는 밀 자루를 어깨에 메고, 트럭의 발판을 오르내리며, 화물칸에 차곡차곡 쌓는 사람도 있고, 서둘러 종이와 필, 주판을 준비하는 사람도 있었다.

마대를 벌려 밀을 퍼 담고, 저울에 달아 숫자를 기입하고 나서, 어깨로 둘러메고 트럭 화물칸으로 올라가 차곡차곡 쌓는 일들이 신속하게 진행되고 있었다. 싸이리무도 아무 말 없이 나서서 밀 자루를 둘러멨다. 그러나 아무도 그를 이상하게 생각하지 않았다. 대형 트럭을 자유자재로 운전하는 기술이 뛰어난 '노' 기사인 21살의 운전기사(탈곡장에서 사람들의 존경을 한 몸에 받고 있는 능력자이다)마저 전례를 깨고, 밀 자루를 둘러메고 트럭을 오르내리는 상황에서, 사람들은 조수 혹은 양곡 수매소의 회계처럼 보이는 낯선 사람이, 목을 내밀고 하나 또 하나의 밀 자루를 메고 나른다는 것은 너무나 당연한 일로 여겼다. 120kg 내지 160kg에 달하는 밀 자루들을 목덜미와 어깨,

그리고 등 부위에 둘러멘 채 번쩍거리는 트럭 발판을 딛고 화물칸으로 올라가, 밀 자루를 내려놓고 잘 쌓아두는 일을 반복하였다.

싸이리무는 두 번 만에 벌써 숨이 차오르고, 얼굴이 벌겋게 달아올랐으며, 온몸에 후끈거렸지만, 힘을 쓰고 나니 한편 말할 수 없는 상쾌함이 느껴졌다. 다만 발판을 딛고 올라갈 때, 종아리 쪽이 약간 뻐근하였다. 최근 반년 동안 노동에 참가한 횟수가 적은 탓인 것 같았다.

"135kg이요!"

"또 135kg이요!"

"142kg이요!"

"이 마대 자루는 무게가 엄청 나가요. 몸집이 큰 사람이 메야겠어요."

"쓸데없는 소리 말고, 여기에 얹어요……"

"171kg이라고요?"

"뭐, 뭐라고요?"

장부에 적는 사람이 귀를 의심하며 되물었다. 사람들은 소리를 지르고 웃고 떠들며 일하고 있었다. 탈곡장의 분위기는 명절처럼 즐거웠고, 바자(시장)처럼 시끌벅적하였다.

이때 하얀 피부에 눈썹이 약간 올라간 키 큰 처녀가 유채 씨를 가득 실은 소달구지를 몰고 탈곡장으로 왔다. 이것만으로도 충분히 보기 드문 일이었다. 그녀는 소달구지에서 유채 씨를 후딱 부리고 나서, 소의 코를 꿰고 있는 가죽 끈을 소의 목에 휙 둘러놓더니, 무게를 단 밀 자루를 메고 나르기 위해 기다리고 있는 대오 쪽으로 달려와 줄을 섰다.

"저에게도 밀 자루를 메어 나를 기회를 주세요! 두 번만 할게요."

그렇게 말하는 그녀는 마치 행운의 기회를 갈망하는 사람 같았다.

"이건 여자들이 할 수 있는 일이 아니에요! 만만하게 봐서는 안 돼요!"

사람들이 그녀를 훈계하며 말했다. 하지만 그녀는 고집을 쉽게 꺾지 않았고, 결국 기회를 얻게 되었다. 그녀는 두 번도 아니고 세 번씩이나 밀 자루를 둘러메고 트럭을 오르내렸다. 무게를 달아 가장 가벼운 자루를 그녀에게 메워준 것은 사실이었다.

"저 여자애는 누구예요?"

싸이리무가 물었다.

"투얼쉰베이웨이라고 해요. 부대장의 딸이지요."

옆 사람이 대답하였다. 싸이리무는 그녀의 이름을 마음에 새겨두었다.

사람들은 밀 자루를 메고 나르는 일에 박차를 가하였다. 그러나 마대 자루에 밀을 퍼 담는 작업이 그 속도를 따라가지 못했다. 그리하여 밀 자루를 메려고 기다리는 사람들이 저울 앞에 길게 줄 서 있었다. 싸이리무는 어떻게 하면 이러한 상황을 개선할 수 있을까 곰곰이 생각하였다. 이때 탈곡장 밖으로부터 키가 작고 뚱뚱한 몸집에, 눈시울이 빨갛게 부은 사람이 흔들거리며 걸어왔다. 기름때가 가득 묻은 낡은 모자를 쓰고 있는 그 사람은 탈곡장으로 걸어와 주위를 두리번거리더니, 넉가래를 챙겨 들고 싸이리무를 향해 손짓을 하였다.

"나랑 같이 저쪽으로 갑시다!"

그는 싸이리무를 데리고 탈곡장 다른 한쪽에 있는 밀 더미 옆으로 걸어갔다. 그리고 싸이리무에게 마대 자루를 벌리라고 하더니, 밀을 대충대충 퍼 담기 시작하였다. 그런데 어딘가에서 그들을 향해 고함지르는 소리가 들려왔다.

"니자훙! 당신 왜 그 더미의 밀을 담고 있어요?"

이 소리는 키가 작지만 활기가 넘치고, 수염이 약간 앞으로 들린 노한에게서 나는 목소리였다.

"그게 무슨 말이에요? 다 같은 밀이잖아요!"

니야쯔는 노한을 향해 눈을 흘기며 말했다.

"밀은 맞지만, 품질이 달라요. 그 더미는 췌얼꺼우의 밀이라서, 기껏해야 2등급밖에 되지 않아요. 몰랐던 건 아니잖아요?"

노한의 목소리는 우렁차고 고양되었다. 그의 목소리는 종경(鐘磬)의 소리와 같이 싸이리무의 고막을 울렸다.

"그래요, 알았어요, 이 더미를 다시는 담지 않을게요."

니야쯔는 대강 얼버무리면서 여전히 넉가래로 밀을 퍼 담았다. 그리고 싸이리무를 보며 작은 소리로 말했다.

"우리 탈곡장의 우두머리는 아주 무서운 사람이에요! 이 한 자루만 담고, 나는 다시 저쪽 탈곡장으로 넘어 가야겠어요……"

노한은 달리듯 하며 재빨리 그들 쪽으로 다가왔다. 그리고 싸이리무가 벌리고 있는 마대 자루를 덥석 빼앗아가더니, 아랫부분을 잡고 밀을 전부 쏟아냈다. '솨……' 하는 소리와 함께 밀은 다시 더미 위에 쌓여갔다. 노한은 화가 나서 니야쯔를 꾸짖었다.

"니자훙! 자네는 노동시간에 늦었을 뿐만 아니라, 오자마자 사고까지 치네 그려! 저 트럭은 밀을 우루무치로 실어가는 차인데, 전표에는 1등급 밀이라고 적혀있어. 양곡 수매소에서는 1등급 밀의 가격으로 계산하여 우리에게 돈을 지불하는데 우리가 어찌 나라를 속이고, 2등급밖에 되지 않는 밀로 눈속임을 하겠는가!"

노한은 또 싸이리무를 바라보며 말했다.

"동지! 어떤 일을 하든지 책임감을 가지고 해야 해요! 트럭과 함께 온 사람이니 실어갈 밀의 품질에 대해 검사해 보아야 하는 게 아닌가요? 묻지도 따지지도 않고, 담아서 나르기만 하면 어찌 되겠습니까?"

싸이리무는 묵묵히 머리를 끄덕였다. 그는 밀 한줌을 잡아 살펴보았다. 이 더미의 밀에는 물에 젖은 낟알과 쭉정이가 많았고, 앞서 담던 더미에 비해 품질이 훨씬 떨어졌다. 싸이리무는 부끄러워서 얼굴을 들 수가 없었다. 또 하나의 주의하라는 신호였다! 하향하여 참가한 첫 노동에서 싸이리무는 자신과 농민 사이의 거리감을 느끼게 되었다.

이 거리는 절대 무시해서는 안 되는 것이었다. 만약 수시로 자각적으로 그 거리를 발견하고 좁히고 없애지 않는다면, 군중과 가까이 하고, 민정을 알며, 진정으로 인민의 이익을 위하는 훌륭한 지도자가 될 수 없기 때문이었다. 싸이리무는 노한을 향해 잘못을 뉘우치고 반성하려는 말을 하려고 하였다. 그런데 갑자기 누군가 그를 반갑게 불렀다.

"싸이리무 서기, 맞죠?"

이리하무였다. 탈곡장의 한쪽 끝에서 열심히 넉가래질을 하고 있던 이리하무가, 아부두러허만의 고함소리를 듣고 시선을 이쪽으로 돌렸던 것이다. 그리하여 싸이리무를 발견할 수 있었다.

이리하무가 다가와 러허만 노한에게 현위서기 싸이리무를 소개하였다. 멋쩍어하는 노한의 짙은 눈썹 아래 두 눈에는 부끄러움이 어리어 있었다. 러허만은 우물거리며 말했다.

"목소리가 너무 커서 죄송합니다!"

"아니에요. 나라와 이익을 위해 목소리를 높이고 고함을 지르는 것은 마땅한 일이에요. 당신의 지적은 하나도 과하지 않아요. 지적을 받아 마땅하다고 생각해요. 그리고 두 조로 나누어 동시에 밀을 담으면 어떨까요? 그러면 일이 중단되어 일손을 놀리는 현상을 피할 수 있을 거 같은데요."

"좋아요! 좋아요!" 아부두러허만은 인력을 다시 두 개 조로 나누어, 두 곳에서 동시에 밀을 담도록 지시하였다. 그러자 빈 마대 자루를 들고 서서 기다리는 일이 사라졌다.

"저 더미의 밀은 왜 품질이 떨어지는 건가요?"

저울에 달 때 싸이리무가 노한에게 물었다.

"저 밀은 췌얼꺼우에서 걷은 밀이에요. 그곳은 땅이 고르지 않고, 관개가 균일하게 되지 않아요. 물살이 작은 곳은 아예 관개를 할 수 없지요…… 그래서 마을 쪽의 경지에 비해 관개 횟수가 거의 한 차례 정도가 적은 셈이죠."

"그럼 그곳의 땅을 고르게 할 방법은 없는 건가요?"

아부두러허만은 콧방귀를 뀌면서, 저울 위에 놓여 있는 마대 자루 안에서 말똥 몇 개를 꺼내더니 말했다.

"재작년 겨울에 그곳 땅을 평평하게 고르려고 하였어요. 그런데 마침 마이쑤무가 노동과 휴식을 적당히 안배해야 한다는 원칙을 관철시키는 바람에 계획이 무산되고 말았어요. 마이쑤무는 일을 하지 말고, 집에서 잠이나 푹 자라고 했죠. 작년 겨울에도 다시 시도하였지만, 다 같이 식초를 담그라는 대장의 지시 때문에, 생산대 전체가 식초공장이 되었어요."

"어느 분이 대장인가요?"

"어이구!"

러허만은 대답대신 손을 휙 저었다. 대장에 대해서는 언급하지 말자는 뜻이었다. 러허만은 처음 만난 현위서기 앞에서 자신이 지나치게 수다를 떨었다는 생각이 들었다. 그는 비록 성격이 불같지만, 지도자들 앞에서 넋두리를 늘어놓기를 싫어하였고, 본인도 불평불만이 많은 사람을 거북해하였다. 러허만은 씩 웃으면서, 마대 자루 입구를 단단히 부여잡더니, 허리와 팔에 바짝 힘을 주면서 번쩍 들어올렸다. 그러자 싸이리무는 서둘러 그 마대 자루 주둥이를 잡고, 허리를 숙여 어깨에 둘러멨다.

빠른 시간 안에 트럭의 화물칸은 이미 밀 자루로 가득 찼다. 운전기사는 화물칸으로 올라가서 대체적으로 체크하더니, 만족스러운 표정을 지으며, 다시 뛰어내렸다. 사람들이 화물칸의 옆판을 달아 걸자, 트럭이 시동을 걸었다. 운전기사는 창밖으로 한쪽 손을 내밀고 농민들에게 작별 인사를 하며 떠났다.

트럭에 적재를 마친 사원들은 앉아서 잠시 휴식을 취했다. 담배 피우기를 원하는 사람들은 탈곡장 밖으로 걸어 나가 멀찌감치 수로 옆에 웅크리고 앉아 담배를 피웠다. 탈곡장 안에서 흡연은 금기사항이었다. 싸이리무는 아부두러허만과 더욱 많은 이야기를 나누고 싶었지만, 노한은 더 이상 얘기하기를 원치 않았다. 그는 몇몇 말 타는 소년들을 부르며, 방금 전 트럭에 밀 자루를 싣는 동안 한가하게 개자리를 먹고 있던 여섯 마리 말을 몰아오라고 하였다. 그리고 잠시 후 굴레로 탈곡할 수 있도록 말들에게 미리 돌 굴레를 메워놓으라고 지시하였다. 그리고 싸이리무는 천천히 다른 한 쪽으로 걸어갔다. 산처럼 높게 쌓여 있는 밀짚더미 뒤에서 세 여성이 웅크리고 앉아 이삭줍기 작업을 하고 있었다.

그 중 한 여성은 나이가 지긋하였고, 흰색 두건 아래로 회백색의 땋은 머리가 보였다. 다른 한 여인은 얼굴 혈색이 좋고 윤기가 흘렀으며, 체격이 건장하였다. 또 다른 한 여인은 피부가 가무잡잡하였고, 반짝거리는 두 눈에 총기가 어리어 있었다. 기색과 자태, 무늬 있는 비단 두건, 핑크색의 실크 원피스, 밖에 걸친 검은색 플란넬[27]의 꽃무늬 조끼, 귀고리에 달린 가짜 보석으로 보아 그녀는 농촌의 평범한 여사원이 아니라는 것을 짐작할 수 있었

---

27) flannel(플란넬) : 영국 웨일스 지방에서 생산되기 시작한 평직이나 능직의 방모직물로 가볍고 부드러우며 표면에 솜털이 있다. 16세기경 영국에서 많은 품종을 생산했으며, 주로 슈트 · 바지 · 양복 · 유니폼 등에 사용한다. 부드럽고 촉감이 좋으며 탄력성 있는 것이 특징이며, 면 플란넬은 잠옷 · 속옷 · 유아복 등에 사용된다. flannel을 뜻하는 프랑스어 flanelle은 17세기 말부터, 독일어의 Flanell은 18세기 초부터 사용되었다.

다. 그들은 이삭줍기라는 일을 하고 있었는데, 이것은 번거로운 뒤처리 작업이다.

경지에서 실어온 밀은 햇볕에 널어 말리고 탈곡하는 과정을 통해, 낟알이 대부분 이삭에서 분리된다. 그러나 극히 적은 부분의 밀은 껍질이 단단하여 탈곡이 되지 않거나, 심지어 완전한 이삭의 형태가 그대로 남게 된다. 이러한 나머지 이삭과 낟알을 줍고 정리하는 것을 이삭줍기라고 한다. 넉가래질하는 과정에 빗자루를 사용하는 이유가 바로 밀 낟알의 비중보다 결코 가볍지 않은 이러한 이삭들을 정리하기 위한 것이었다. 왜냐하면 이러한 이삭들과 흙덩이·돌덩이들은 넉가래질을 해도 바람으로 날려버릴 수 없기 때문이었다.

이런 이삭들은 마지막에 한 곳으로 쓸어 모아놓고, 말발굽으로 밟음으로써, 말발굽에 박은 편자에 의해 단단한 껍질이 벗겨져야 비로소 탈립에 도달할 수 있다. 이것은 낙후한 방법이긴 하나 탈곡기가 널리 보급되지 않은 상황에서 이를 대체할 수 있는 더 좋은 방법은 없었다. 말발굽이 짓밟고 난 뒤, 그 속에는 흙덩이와 돌덩이가 섞여 있어 넉가래질로 낟알을 분리할 수 없었다. 그리하여 여성들은 저마다 광주리를 들고, 껍질, 흙덩이, 돌덩이 등이 섞여 있는 탈립된 낟알을 광주리에 담아 교묘하게 빙빙 돌리며 원심력을 이용하여, 밀 낟알과 이물질을 분리시키는 작업을 해야 했다. 분리가 끝나면, 광주리 바닥의 중심에 모인 이물질을 손가락으로 집어냈다.

이삭줍기 작업 중인 여성들 중 두 명은 싸이리무보다 나이가 훨씬 많아 보였다. 싸이리무는 그들의 곁을 지나가면서, 손을 가슴에 얹고 허리를 숙여 공손하게 인사를 하며 물었다.

"안녕하세요, 여러분!"

"안녕하세요?"

얼굴 혈색이 좋은 여인과 가장 나이 많은 여인이 먼저 대답하였다. 혈색이 좋은 여인이 물었다.

"어디에서 오셨어요? 조금 전에 보니, 줄곧 밀 자루를 나르고 있던데……"

"트럭과 함께 왔어요."

싸이리무가 얼버무리며 대답하였다.

"트럭은 이미 떠났는데, 왜 함께 돌아가지 않았어요?"

나이 지긋한 여인이 다급하게 물었다. 그녀는 부주의로 차를 놓친 여객을 걱정하듯이 말했다.

"저…… 저는 일하러 온 사람이에요."

"혹시 잘못을 저지르고 농촌에 하방(下放)되어 사상 개조하러 온 거에요?"

피부가 가무잡잡한 여인이 머리를 들더니 익살스럽게 눈썹을 치켜 올리며 싸이리무를 뚫어지게 쳐다보았다.

그녀의 말에 싸이리무는 놀라 멈칫하였다. 싸이리무가 놀란 이유는 갑작스럽게 들이닥친 질문과 사람을 집어삼킬 것 같이 강렬하고 불안하게 만드는 그녀의 눈빛 때문만이 아니었다. 남자 목소리에 가까운 저음이지만 애써 교태를 부리려는 톤 때문이었다.

"무슨 말을 그렇게 해요."

나이 지긋한 여인이 그녀를 책망하며 말했다.

"구하이리바눙, 당신은 왜 항상 터무니없는 말을 해요!"

"그 말이 어때서요?"

가무잡잡한 여인이 어깨를 약간 추키며 말했다.

"사내내장부라면 살면서 각양각색의 일을 겪기 미런이에요. 게다가 대부분의 지도간부는 잘못을 저질렀다고 하여도, 이 쪽(싸이리무를 가리킨다. 위구르어에서는 위치를 이르는 지시대명사로 사람을 가리킴으로써 그 사람에 대한 공손함을 나타낸다)처럼 밀 자루를 메 나르는 힘든 일을 하지 않아요.”

“당신들의 생각은 어때요?”

싸이리무는 옆에 있는 두 여인에게 물었다. 세 여인의 이야기에 싸이리무는 흥미를 느꼈다. 그는 한발 가까이 다가가 그들처럼 웅크리고 앉았다.

“우리요?”

혈색이 좋은 여인이 입을 열었다.

“당신이 전력을 다해 밀 자루를 메 나른 것은 바람직한 행동이에요. 지도자 간부들이 노동에 참가하는 것도 좋은 일이에요. 하지만 애석하게도 일부 지도자 간부들은 농촌에 내려와서 일하는 척 시늉만 할 뿐이죠.”

“일하는 척 시늉만 한다는 건 어떤 뜻이에요?”

“잠깐 일하고는 시계를 보며, ‘어이쿠 회의 시간이 다 됐네.’ 하며 뒤도 돌아보지 않고 서둘러 떠나는 지도자 간부들이 있어요. 어찌나 일정이 바쁜지요! 그리고 잠깐 일하고는 대장을 그늘진 곳으로 불러 담화를 나누는 사람도 있어요. 만년필과 공책까지 꺼내들고 뭔가 열심히 적으면서 말이에요. 대장 다음엔 사원, 그렇게 하루 노동을 마치기 10분 전까지, 다섯 사람과 각각 담화를 나누다가 끝나는 거예요.”

자신의 말에 그녀가 먼저 웃었다. 싸이리무도 따라 웃었다.

“함부로 말하지 말아요. 그런 지도자 간부가 어디 있어요?”

나이 지긋한 여인이 말했다.

“이런 사람도 있어요. 하지만 소수 사람이에요.”

싸이리무가 말했다.

“지도간부들에 대해 그렇게 말하지 말아요, 짜이나푸. 일하는 시늉만 해도 좋은 거 아니에요! 어찌 되었든 농촌에 내려왔고, 노동 현장에 와서 많은 사람들과 담화를 나눈다는 것도 좋은 일이 아니겠어요? ……”

노부인이 말했다. 그러자 가무잡잡한 여인은 이 화제에 싫증이 난 듯, 노부인의 말허리를 자르며 말했다.

"남자들은 저기서 휴식을 취하고 있네요. 우리도 잠깐 쉬죠."

그녀는 들고 있던 광주리를 한쪽에 던지고 몇 걸음을 뒷걸음질 치더니, 땅바닥에 주저앉았다. 그리고 신음소리를 내며 말했다.

"한참 빙빙 돌리며 키질을 했더니, 머리가 다 어지러워요. 허리도 아프고요. 아이고, 내 머리! 아이고, 내 허리!"

나머지 두 사람은 그녀를 힐끗 쳐다보고 나서, 못 들은 척 하였다. 그리고 하던 일을 계속하였다. 짜이나푸는 콧방귀를 뀌며 말했다.

"구하이리바눙! 아직 많이 단련해야겠어요!"

"관둬요. 나는 모범 근로자로 거듭날 생각이 전혀 없어요. 우리 여성들이 이런 일이나 하려고 세상에 태어난 거예요?"

구하이리바눙이 표독스럽게 말했다. 그리고 허리를 잡고 몸을 일으키더니, 치마에 묻은 흙을 툭툭 털고 나서 흐느적거리며 자리를 떴다.

싸이리무는 구하이리바눙이 던져놓은 광주리를 들고, 그들의 동작을 흉내 내며 따라서 키질을 하였다. 하지만 어딘가 모르게 어색하고 행동이 굼떠 보였다. 짜이나푸는 싸이리무를 말리며 말했다.

"관두세요. 이건 여인들이 하는 일이에요!"

"저분은 원래 농민이 아닌가요?"

싸이리무가 입을 삐죽거리며 자리를 뜬 구하이리바눙을 가리켜 물었다.

"그녀는 과장의 부인이에요."

싸이리무가 알겠다는 듯이 가볍게 대답하였다. 마이쑤무의 일에 관하여 그도 이미 알고 있었다.

"이봐요, 동지."

짜이나푸는 여전히 힘들게 키질하고 있는 싸이리무를 보며, 다시 한 번 제지하였다.

"광주리를 그만 놓아요. 이건 여인들이 하는 일이에요."

"이 일은 여인들만 할 수 있다는 규정이라도 있어요?"

싸이리무가 물었다.

"당연히 여인들이 할 일이죠! 이 일을 하루 종일 해봤자, 노동점수가 5점밖에 되지 않아요. 널어놓은 곡식이 잘 마르도록 뒤집는 일을 하면, 하루에 8점 내지 9점이에요."

노부인이 말했다.

"이 일의 노동점수가 너무 낮은 거 아니에요?"

"점수가 낮긴요?"

노부인은 싸이리무가 자신의 말을 오해한 것 같아 유감스럽다는 듯이 두 손을 번쩍 들며 설명하였다.

"이 일은 비교적 가벼운 일이잖아요! 나를 봐요. 육십 살에 가깝고 힘도 약한 늙은이가, 무슨 일을 할 수 있겠어요? 파종을 할 수 있을까요? 아니면 밭 갈이를 할 수 있을까요? 아니, 관개는요? 못해요. 못해, 못하고 말구요. 여름걷이와 탈곡은 더더욱 못하지요. 만약 인민공사가 아니었다면, 나 같이 나이든 여자는 하등 쓸모없는 폐물이나 다름없지 않겠어요? 그런데 지금은, 나에게도 할 수 있는 일이 생겼고, 노동점수도 받을 수 있으니 되었지요. 노동점수를 많이 받아 뭘 해요? 배불리 먹을 수 있고, 옷을 입을 수 있으며, 든든한 집이 있는데, 뭐가 더 필요해요? ……"

노부인은 만족스럽게 웃었다.

'존경하고 사랑하는 우리 어머니들! 그들은 생활에서 많은 것을 바라지 않으면서, 자신의 힘을 조금이라도 더 나라에 공헌하려고 노력하는구나.'

싸이리무는 감격하여 속으로 생각하였다.

"당신 생각은 어때요? 설마 당신도 힘이 약해서, 이 비교적 수월한 일을 하고 있는 건가요?"

싸이리무는 짜이나푸를 향해 물었다.

"저는 힘이 엄청 좋아요. 며칠 전까지 줄곧 곡식 뒤집는 일을 하였어요. 매일 이보다 퍽 많은 노동점수를 벌었지요."

짜이나푸가 자랑스러워하며 대답하였다.

"그런데 왜 여기서 일하게 되었어요?"

"이 일도 아주 중요하고 서둘러 완성해야 하는 일이에요. 힘들게 재배하고 수확한 양식을 눈앞에 두고 버릴 수는 없잖아요! 그렇다고 힘이 좋고 거친 사내들 손에 광주리를 들릴 수도 없는 일이고요!"

짜이나푸는 당연한 일이라는 듯이 대답하였다. 그리고 낯선 사람이 왜 이런 것에 대해 묻는지 이해가 되지 않아 싸이리무를 힐끔 쳐다보았다.

짜이나푸의 말을 듣고 나서 싸이리무는 머리를 끄덕거렸다. 짜이나푸의 마음속에는 노동점수보다 중요한 것이 있었다. 그는 다시 노부인을 향해 물었다.

"만약 당신에게 어울리는 가벼운 일이 없다면요? 집에서 가만히 쉬고 있을 수밖에 없겠네요?"

"왜 없어요?"

노부인은 불만스럽게 말하였다.

"경작지가 저렇게 많고, 농작물도 저렇게 많은데, 허다한 일들 중에 내가 할 수 있는 것이 분명 있을 거요. 설사 정말 없다고 하더라도, 나는 여전히 밭에 나와 일할 거예요. 잡초를 뽑고, 흙덩이를 부수더라도 집에만 있지는 않을 겁니다. 집에 갇혀 살아온 지도 어언 50년이나 되었어요! 농업 집단화가 이루어지고 나서야 나는 깨닫게 되었지요. 나라는 사람이 우리 집 영감과 아이들에게만 쓸모 있는 사람이 아니라, 모두들에게 도움이 되는 사람이란 걸 말이죠. 나도 우리 공공단체에 속하는 사람이에요."

"참으로 좋은 말씀이네요. 그럼 그 댁 영감은 누구세요?"

"이분은 우리 탈곡장의 책임자이자 생산대 위원회의 위원인 아부두러허만의 아내예요. 우리들의 이타한 언니죠."

짜이나푸가 대신 소개하였다.

"저 사람의 남편은 부대장 러이무예요. 우리 영감보다 높은 '벼슬'이죠."

이타한은 짜이나푸를 가리키며 말했다. 그리고 두 사람은 동시에 웃음을 터뜨렸다.

"그런데 당신은 누구예요? 우리는 아직 당신의 성함도 모르고 있네요."

두 사람이 거의 동시에 물었다.

"저는 싸이리무라고 해요. 현에서 일하고 있어요."

"현이요?"

이타한은 눈을 끔뻑거렸다. 짜이나푸는 뭔가 떠오른 듯 또 물었다.

"들은 바에 의하면 현의 서기도 성함이 싸이리무라고 하던데…… 맞지요?"

"그럴 수도 있겠죠."

싸이리무는 웃으며 일어나 자리를 떴다.

"성격이 온화하고, 친화력이 좋은 사람인 것 같아요."

짜이나푸가 말했다.

"내 생각에는 잘못을 저지르고 농촌에 내려온 사람은 아닌 것 같네요."

이타한은 싸이리무의 뒷모습을 바라보며 그의 신분에 대해 곰곰이 생각해 보았다.

싸이리무는 넉가래질하고 있는 이리하무를 향해 걸어갔다. 그가 여인들과 모여 한담을 나누고 있는 동안, 짧은 휴식을 마친 남자들은 러허만 노한의 지휘 아래, 크게 빙 둘러서서 각각 긴 삼지창을 들고, 구역을 나누어 널어놓은 밀짚을 뒤집는 작업과 굴레로 타곡하는 작업을 시작하고 있었다. 니야쯔는 삼지창으로 밀짚을 들어 힘없이 흔들었다. 그리고 멀리서 걸어오는 싸이리무를 보더니 하던 일을 팽개치고 삼지창을 들고 달려왔다.

"서기!"

니야쯔는 싸이리무를 따라오며 불렀다. 싸이리무가 발걸음을 멈췄다.

"시원한 그늘을 찾고 있어요?"

싸이리무가 웃으며 물었다.

"탈곡장에 어디 그늘진 곳이 있겠어요? 그늘진 곳에서 어떻게 탈곡을 할 수 있나요?"

"참외밭으로 안내할까요?"

"아니요!"

싸이리무는 간단명료하게 대답하였다. 그리고 가던 길을 가려고 하였다. 그러자 니야쯔는 단도직입적인 말로 싸이리무를 말렸다.

"우리 탈곡장의 우두머리, 조금 전에 나를 훈계하던 노한 아부두러허만 말이에요. 그가 정말 올바른 사상을 가지고 있다고 생각해요? 다 가짜예요. 그의 속임수에 넘어가지 마세요!" 니야쯔는 갑자기 목소리를 낮추더니 말을 이어갔다.

"저 집 딸이 저쪽으로 넘어갔어요. 저 사람은 여기에 문제가 많아요!"

니야쯔는 자신의 머리를 가리켰다.

"뿐만 아니라, 방금 저쪽에서 당신과 이야기를 나누던 두 여인도 모두 몹쓸 것들이에요! 짜이나푸는 미치광이예요. 집에서 자기 남편인 찌질이 부대장 러이무를 함부로 때리는 여인이에요."

니야쯔는 없는 사실을 날조하기 시작하였다.

"스물이 넘은 딸이 아직도 시집을 가지 않았으니, 집에 무슨 좋은 일이 있겠어요? 그리고 저 노파는 아예 바보예요! 믿어지지 않으면 직접 가서 물어봐요. 베이징이 어디에 있고, 우루무치가 어디에 붙어있는 지도 몰라요."

"그 말은, 이 사람들에게 모두 불만이 있다는 거네요?"

"어이구, 말도 말아요, 우리 서기님! 불만을 말할라치면 삼일 밤낮으로 모자라요. 바로 이러한 사람들 때문에, 나는 큰 피해를 입게 되었어요! 식당에서 배식을 시작할 때, 끝내 나에게 소 내장을 떠주지 않는 거예요. 나 니야쯔가 공사에 아무런 공헌이 없단 말인가요? 소 내장을 먹을 가치가 없단 말인가요? 그동안 꾹 참아왔던 말이 많아요. 이런 서러움을 서기에게 말하고 싶어요! 우리 아내도 그들에게서 괴롭힘과 억압을 당했어요! 오늘도 나는 몸이 아파서 지각했던 거예요. 우리 집에는 한 푼도 없어요. 소금 살 돈도 없고, 차를 사 마실 돈도 없으며, 심지어 밀가루 빻을 돈도 없어요. 오늘 저녁 집으로 돌아가면, 나는 맹물에 밀을 삶아 먹어야 해요."

니야쯔는 숨도 고르지 않고 단숨에 많은 불평을 늘어놓았다. 빨갛게 부은 눈에는 눈물이 가득 고였다.

"일단 일하러 갑시다. 저기를 봐요. 말이 돌 굴레를 끌고 벌써 세 바퀴나 돌았는데, 당신이 담당하고 있는 구역의 밀은 줄곧 뒤집지도 못하고 있어요."

전혀 종잡을 수 없는 그의 말에 싸이리무는 통상적이고 일반적인 대답밖에 할 수 없었다.

"당신의 의견과 불만에 대해 나중에 자세하게 들을 게요. 당신네 대대에서 일정기간 동안 머물게 될 테니, 당신의 어려움에 관하여 당신네 생산대의 지도자 간부들에게 물어볼게요. 그 다음에 다시 이야기를 나누도록 합시다."

"우리의 무싸 대장이라면 괜찮은데, 대장 노릇을 하려고 드는 다른 사람들은 두려워요! 그리고 작년 겨울의 전체 사원대회에서, 이리하무는 나에게 생산대에 진 빚을 당장 상환하라고 하였어요. 그런데 빚을 무슨 돈으로 갚아요? 아내를 팔고 아이를 팔아 갚아요? 설마 아직도 구사회인가요? 그 사람들은 지주예요? 우리 백성들은 아직도 압박을 당해야 하는 거예요? ……"

"일단 돌아가요. 우리 따로 시간을 잡아 얘기합시다."

싸이리무는 겨우 설득하여 니야쯔를 일터로 복귀시켰다. 그리고 싸이리무는 이리하무에게 다가갔다. 그는 빗자루를 들고 이리하무를 도와 밀 더미 위의 찌꺼기들을 쓸어냈다. 둘은 손발이 제법 잘 맞았다. 넉가래질, 빗자루질을 하는 한편, 새로 생긴 더미를 큰 더미 쪽으로 모으고, 찌꺼기를 제거하는 작업을 신속하게 진행하였다. 이에 더불어 싸이리무는 느긋하게 이러저러한 질문들을 하였다. 한담하듯 편안한 분위기 속에서 그는 여러 가지 상황에 대해 물었다. 싸이리무가 이곳에 온 것에 대해 또 한 사람이 관심을 갖고 있었다. 그는 싸이리무와 이리하무 두 사람에게 다가갈 수 있는 핑계를 찾으려고 안간힘을 썼다.

그는 두 사람 사이에 오가는 대화 내용을 조금이라도 더 들으려고 귀를 쫑긋 세웠다. 그리고 두 사람에게 자신의 의도를 들키지 않기 위해 조심 또 조심하였다. 동시에 그는 마음이 무척 조급하였다. 중요한 시각에 탈곡장과 마을에는 쿠투쿠자얼 서기도 없고, 무싸 대장도 없었다. 이런 상황에서 어떻게 하면 대장, 특히 서기에게 도움이 될 수 있을까, 재빨리 머리를 굴리기 시작하였다. 이 사람은 다른 사람이 아니라, 평소에는 두각을 거두고, 꼬리를 사린 채, 머리를 숙이고 굽실거리며, 고분고분 순종적인 모습으로, 항상 겸손한 미소를 띤 가면을 쓰고 살아가는, 전임 과장이자 '소련 교민'이었던 마이쑤무였다.

마이쑤무는 이미 대대 가공공장의 출납원이라는 요직을 맡고 있었다. 새로 장만한 비교적 깔끔한 개버딘 제복과 당나귀 수레가 그의 신분이 한 단계 상승되었음을 어느 정도 드러내고 있었다. 트럭이 떠난 후 그는 자신의 당나귀 수레를 몰고, 젖소와 당나귀에게 먹일 부서진 밀짚을 실으러 탈곡장에 왔던 것이다. 그런데 탈곡장에 도착하자마자 니야쯔에게서 현위서기가 왔다는 소식을 듣게 되었다.

이 소식을 듣자마자 그는 본능적으로 긴장하기 시작하였다. 그리고 현재 이리하무의 입에서 흘러나온 '지도부', '계급의 적', '수정주의', '투쟁', '운동' 등 신경을 자극하는 단어들이 바람을 타고 그의 귓속으로 들어오고 있었다…… 그에게 분배된 가축의 사료를 보충해줄 소중한 밀짚임에도 불구하고, 그는 꽁꽁 눌러 밟아야 하는 중요한 절차마저 생략하고, 심지어 수레에 산더미처럼 가득 싣지도 않았으며, 더욱 많이 싣기 위해, 수레의 양측에 미리 백양나무 가지를 빼곡하게 꽂아놓은 수고마저 헛되게, 수레를 절반가량 채우고는, "이랴, 이랴!" 고함을 지르며 수레를 몰고 급급히 탈곡장을 떠났다.

마을에서 공로까지 이어지는 큰길에는 아무도 없었다. 지금 마이쑤무에게는 판매자가 진정한 쿠처 순종의 수나귀라고 자랑하여 150위안이나 치르고 새로 구입한 당나귀마저 아낄 여유가 없었다. 그는 나뭇가지를 들고 당나귀의 엉덩이를 향해 냅다 후려갈겼다. 나뭇가지가 끊어지자 그는 아예 주먹으로 때리고 발로 찼다. 아프고 놀란 당나귀가 뒷다리로 펄쩍 솟아오르는 바람에 하마터면 수레가 전복될 뻔하였다.

다행히 쿠투쿠자얼과 무싸를 발견하였다. 두 사람은 대대 본부 앞에 아름답게 늘어진 버드나무 그늘 아래에서 한가로이 잡담을 나누고 있었다. 마이쑤무는 두 사람과 스무 걸음 정도 떨어진 곳에서 당나귀 수레를 멈췄다. 그는 정신을 가다듬고 천천히 그들을 향해 걸어갔다. 마른기침으로 인기척을 내 그들의 주의를 끌었다.

"무슨 일이요?"

쿠투쿠자얼이 오만한 태도로 물었다. 마이쑤무는 서기를 향해 인사를 하고 나서 곧바로 생각을 바꿔 무싸를 바라보며 말했다.

"대장, 싸이리무가 왔어요."

"싸이리무라면, 누굴 말하는 거죠?"

무싸는 전혀 관심이 없는 듯 물었다.

"현위서기 싸이리무 동지요!"

마이쑤무는 강조하는 어투로 대답하였다. 그리고 눈가로 쿠투쿠자얼의 반응을 살폈다. 쿠투쿠자얼은 어렴풋하게 미간을 약간 찌푸렸을 뿐 별다른 반응을 보이지 않았다.

"어때요?"

무싸는 머리를 갸우뚱하고 눈을 게슴츠레 뜨며 눈의 흰자위를 가득 드러냈다.

"별로예요."

마이쑤무의 어투에는 조롱의 뜻이 묻어 있었다.

"탈곡장에 두 분 모두 없고, 이리하무와 아부두러허만이 있어요. ······"

마이쑤무가 보충하여 말했다.

"그들이 있든 말든 하나도 두렵지 않네요!"

무싸는 갑자기 일어나며 말했다. 쿠투쿠자얼은 일어서는 무싸를 잡아당겼다. 그리고 마이쑤무를 힐끗 쳐다보고 나서 애매한 태도를 지며 불분명하게 말했다.

"알았어요. 돌아가서 당신 볼일이나 봐요!"

'개자식! 망할 개자식!'

마이쑤무는 속으로 욕설을 퍼부었다. 그러나 그의 얼굴에는 아부의 미소를 짓고 있었다. 마이쑤무는,

"알겠어요!"

라고 대답하면서, 굽실거리며 뒤로 몇 걸음 물러섰다. 그리고 돌아서서 떠나갔다.

마이쑤무가 떠난 뒤, 무싸는 미간을 한 덩어리가 되도록 잔뜩 찌푸리고 물었다.

"현위서기가 왜 왔을까요? 혹시 당신이 말한 '네 가지 정돈'과 관련이 있는 걸까요?"

"그걸 누가 알겠나? 당신도 참, 평소에는 왁자지껄 당당하기만 한 사람이, '네 가지 정돈'이란 말만 하면, 어찌 그렇게 당황해서 어쩔 줄을 몰라 하는 거지요!"

쿠투쿠자얼은 무싸를 책망하며 말했다.

"누가 당황했다고 그래요? 난 단지 왜 왔는지 짐작해 보려는 것뿐이에요……"

무싸가 변명하듯이 말했다.

"마이쑤무가 이 소식을 전해주러 왔다는 것은 좋은 일이요. 마을에 가서 상황을 살펴보아야겠군……"

쿠투쿠자얼을 잠시 생각을 하더니 말을 이었다.

"조금 기다렸다가 당신도 마을로 돌아가서 일하도록 해요. 그리고 미리 경고할게요. 첫째, 절대 당황하지 말고, 둘째, 마이쑤무 앞에서 진중한 모습을 보여주도록 노력해요."

쿠투쿠자얼은 오른 손을 들고 검지를 흔들며 말했다. 쿠투쿠자얼은 마을을 향해 걸음을 다그쳤다. 제7생산대의 농경지에 이르렀을 때, 그는 까오륀

처로 유채 씨를 실어 나르는 한 무리 청년들을 발견하였다. 그 중에 그의 조카인 이밍쟝도 있었다. 쿠투쿠자얼은 문득 좋은 생각이 떠올랐다. 그는 마침 유채 씨를 가득 싣고 채찍을 휘두르며 막 떠나려는 이밍쟝을 불러 세웠다.

"애야, 잠깐 멈추려무나. 이 차를 나에게 맡기도록 해라."

"뭐라고요?"

이밍쟝은 어리둥절해 하며 물었다.

"잠깐 휴식을 취하라는 말이다. 이번 한 번은 내가 너 대신 탈곡장으로 몰고 갈 테니까, 넌 쉬어도 좋다."

"괜찮아요. 그럴 필요 없으세요."

이밍쟝은 그의 본뜻을 오해하였다.

"나는 조금도 피곤하지 않아요. 괜찮아요."

"피곤하든 말든, 이 차는 나에게 맡기도록 해."

쿠투쿠자얼은 이밍쟝에게 변명하거나 반박할 여지조차 주지 않고, 그의 손에서 채찍을 빼앗아갔다. 그는 이밍쟝에게 구체적으로 설명할 시간이 없었다. 그는 소달구지를 몰고 곧장 아부두러허만의 관하에 있는 탈곡장을 향해 달렸다.

탈곡장과 아직 꽤 떨어진 곳에서 쿠투쿠자얼은 넉가래질에 전력을 다하고 있는 싸이리무와 이리하무를 발견하였다. 끝내 탈곡장에 도착한 쿠투쿠자얼은 잠깐 머리를 굴리더니, 현위서기를 보지 못한 척 연기를 하였다. 그는 소달구지를 유채 씨를 부리는 곳의 한 쪽에 세워두었다. 그리고 그를 도와 유채 씨를 내리려 달려온 사원들을 향해 일부러 큰 소리로 말했다.

"살살들 하세나! 살실! 조급해하지 말고 말이야! 유채 씨 꼬투리는 쉽게 쪼개지고, 꼬투리가 쪼개지면 씨가 마구 터져 나오기 때문이네……"

어이없는 그의 충고에 사원들은 어리둥절하여 물었다.

"탈곡장 안에서 터져 나온들 뭐가 잘못되었다는 거죠? 씨앗이 저절로 터지지 않으면, 우리가 탈곡을 해야 하는데요!"

쿠투쿠자얼의 실수였다. 밭에서 수확하고 탈곡장으로 운반하는 과정에서 강조해야 하는 주의사항을 탈곡장에서 그대로 사용하였던 것이다.

유채 씨를 다 부리고 나자 쿠투쿠자얼의 이마에는 땀방울이 송골송골 맺혔고, 얼굴은 벌겋게 달아올랐다. 영락없이 줄곧 힘들게 일한 농민의 모습이었다. 그다음에 그는 소달구지를 몰고, 휘파람을 불며 일부러 탈곡장을 크게 한 바퀴 돌아 싸이리무 앞을 지나갔다.

나무바퀴가 탈곡장 바닥 위를 굴러가는 소리와 굴대의 삐걱거리는 마찰 소리에, 싸이리무는 머리를 들어 소리 나는 방향을 따라 둘러보았다. 그때 마침 쿠투쿠자얼과 눈이 마주쳤다. 쿠투쿠자얼은 뜻밖의 반가운 얼굴을 본 듯, 기뻐서 어쩔 줄 모르는 표정으로, 소달구지에서 훌쩍 뛰어내렸다. 그는 한걸음에 달려와서 현위서기와 뜨겁게 악수를 하고 인사를 나누었다.

"아니 언제 오셨어요? 서기? 정말 반갑네요. 어쩜, 공사에서도 사전에 한 마디 통지가 없었는지 모르겠네요."

"따로 통지하고 말고 할 게 뭐 있어요?"

싸이리무는 진실하면서도 의문스러운 표정으로 물었다.

"그러니까 그게…… 미리 통지를 하였으면, 당신에게 보고할 사항들을 준비했을 거란 말이죠! 이렇게 빨리 오실 줄 알았더라면, 유채 씨 실으러 가지 않고 여기서 기다렸을 텐데 말이에요. 잘 모르시겠지만, 유로 작물은 워낙 여려서 젊은 친구들에게 운반 작업을 맡기려고 하면 걱정부터 앞서요…… 그럼, 어떻게 할까요? 오후에 생산대 이상의 지도간부들을 소집하여 사업 보고를 하도록 할까요?"

"서두를 거 없어요. 나는 당신네 대대에서 일정기간 머물 거니까요."

"이내 떠나시는 게 아니었어요? 그거, 잘 된 일이네요! 정말 반가운 소식이에요! 그럼 머무는 동안 우리들에게 중공중앙 문건의 내용에 관해 많이 전달해주시기를 바랍니다."

"나도 여러분 모두와 함께 학습하러 온 사람일 뿐입니다."

쿠투쿠자얼은 "정말 잘 됐네요." 라는 말을 연거푸 대여섯 번 반복하고 나서, 현위서기의 숙식과 생활상의 배려 상황에 대해 자세하게 물었다. 싸이리무는 자기네 집에 묵으면서 지내라는 쿠투쿠자얼의 초대를 사절하고, 짐은 아직 공사에 있다고 설명하였다. 저녁 무렵, 짐을 대대로 옮겨올 것이고, 대대 본부에서 임의로 방 하나를 찾아 잠자리를 해결하면 된다고 하였다. 끼니는 빈농과 하층, 중농 등 농가에서 제공하는 식사를 돌아가면서 먹을 생각이라고 말했다. 자신의 숙식 안배에 대해 말하고 나서 싸이리무가 물었다.

"문건 전달에 관한 일은 어떻게 안배하였지요?"

쿠투쿠자얼은 사실 아무런 준비도 하지 않았다. 하지만 그는 특유의 기민함을 발휘하여, 깊이 고민하지 않고 임기응변으로 대답하였다.

"내일 저녁부터 시작할 예정이에요. 매일 밤마다 지부위원회를 소집하고, 우선 당내에서 전달하고, 차츰 범위를 넓혀 간부와 군중들에게 전달 및 교육을 진행할 생각이에요."

말을 마친 쿠투쿠자얼은 숨 돌릴 틈도 없이 곧바로 이리하무를 향해 소리쳤다.

"이리하무! 마을 이쪽의 당원들에게 모두 알렸나요?"

영문도 모른 채 넉가래질을 하고 있던 이리하무는 어리둥절한 표정으로 쿠투쿠자얼을 힐끗 쳐다보았다.

"왜 그래요? 혹시 잊고 있었나요?"

"내가 뭘 잊었다는 건가요?"

"회의를 소집할 거라고 했잖아요. 당 지부위원회 말이요. 내일 밤부터 소집될 거라고, 어제 당신에게 미리 말했잖아요?"

"어제 나는 당신을 만난 적도 없는데요."

이리하무는 냉담하게 대답하고 나서 머리를 숙이고 하던 일을 계속하였다.

"세상에나!"

쿠투쿠자얼은 소리 높게 한탄하였다. 쿠투쿠자얼은 싸이리무가 지켜보는 앞에서 이리하무에게 일격을 가할 작정이었다. 만약 상대방이 이리하무가 아닌 다른 사람이었다면, 쿠투쿠자얼은 곧바로 당에 대한 충실성이 부족하고, 당에서 소집하는 회의에 대해 무시하는 경향이 있다며 큰소리로 훈계하였을 것이다. 그리고 상대방이 영문을 몰라 당황해할수록 이와 같이 아무렇게나 뱉어낸 불시의 습격은 오히려 반박을 당하지 않게 된다는 것을 잘 알고 있었다. 그러나 상대방은 하필 이리하무였다. 이리하무의 침착하고 냉담한 반격은 그로 하여금 막무가내로 밀고 나갈 수 없게 하였다. 그는 마음이 관대하고 너그러운 척 코웃음을 치며 말을 얼버무렸다.

"아무튼 우리 두 사람 중 한 사람의 기억이 잘못 되었나 봅니다. 관두죠 뭐! 그럼, 지금 정식으로 알려드릴게요. 내일 밤에 지부위원회를 소집할 겁니다. 이번엔 잊어버리지 않겠죠?"

"네!"

이리하무가 대답하였다. 소달구지를 끌고 몇 걸음 갔을 때, 쿠투쿠자얼은 잠깐 멈추라는 싸이리무의 부름 소리를 들었다. 그는 차를 멈추고 의혹스러운 표정으로 돌아보았다. 싸이리무가 다가왔다. 싸이리무는 아무 말도 없이 허리를 숙이더니 길게 드리워져 소의 다리를 감고 있는 고삐를 풀어 빳빳하게 당겨서 단단히 묶었다. 그리고 한 쪽으로 기울어져 무게가 한 쪽으로 쏠려 있는 소 등 위에 있는 안장을 똑바로 잡아 주었다.

쿠투쿠자얼은 이러한 도구들을 살펴보는 것마저 잊고 있었던 것이다. 엉망이 된 도구들을 손수 정리하는 싸이리무의 이런 행동에 쿠투쿠자얼은 순식간에 얼굴이 붉어졌다.

애국대대에서 싸이리무의 첫째 날은 이렇게 지나갔다. 그는 사원들과 함께 노동에 참가하였고, 농작물과 경작지를 보았으며, 참외와 수박을 먹었고, 우유차를 마셨다. 그는 수많은 사람과 일을 접하게 되었고, 그의 머릿속은 허다한 인상과 생각들로 뒤엉켜 있었다.

어느새 어둠이 짙게 깔렸다. 싸이리무는 대대 본부의 당 지부 사무실에서 묵기로 하였다. 그는 임시로 몇 개의 탁자를 붙여 침대로 사용하였다. 사무실 안에는 아직 황산암모니아 냄새가 약간 남아 있었다. 초봄에 여기에 잠시 화학비료를 놓아두었던 것이다. 창틀과 지붕 위의 거적도 낡아 허름하였다. 특히 천장에는 비가 샌 흔적(1년 전부터 지부위원회를 소집할 때마다 쿠투쿠자얼은 업무 보고와 토론에서 대대 본부의 지붕 위에 마른 풀과 흙을 섞어 발라야 한다는 문제를 제기하였지만, 어찌된 영문인지 오늘까지도 실현되지 않고 있었다)이 있었다. 비록 집이 소박하고 남루하지만 싸이리무는 아주 마음에 들었다. 농촌에 내려오자마자 생활방식이며 사고방식, 그리고 정신에 이르기까지 모두 반가운 변화가 생긴 것 같아, 그는 마치 물 만난 고기처럼 생기가 넘쳤다. 그와 인민들 사이의 거리가 더욱 가까워졌다. 머릿속의 실제 상황과 실질적 문제가 더욱 많아졌다.

마음이 더욱 차분해졌고 훨씬 자유로워졌다. 비록 현위서기로 임명된 지 노 벌써 5, 6년이나 뇌었지만, 사무실에 앉아 있나 보면 늘 마음이 어시럽고 안절부절 못하는 자신을 발견할 수 있었다. 얼굴에 흙을 묻히고, 몸을 땀으로 적시며, 코로 소똥 냄새며 싱싱한 풀 냄새, 디젤유 냄새를 맡고, 손에 두

껍고 단단한 굳은살이 박이도록 일하며…… 이렇게 살아야 세상 살맛이 나지 않겠는가!

하향(下鄕), 반드시 하향할 것이고, 하향하지 않고는 견딜 수 없다! 마치 철 조각이 자석에 이끌리듯 생산대의 생활과 마주하는 순간 그는 이곳의 넘쳐흐르는 생기, 다채로운 색깔, 복잡하게 뒤얽힌 모순에 깊이 매료되었다. 마치 근면하고 열성적인 학도가, 채 마르지 않은 잉크 냄새가 풍기는 큰 책 한 권을 펼친 것처럼, 그는 책 속의 풍부하고 생동적이며, 함축된 학문을 깊이 파고들어 탐구하려는 열정으로 가득하였다. 그는 또 망망대해를 항해하는 선장과도 같았다. 높은 하늘 아래, 드넓은 땅, 깊은 바다 위에서 항해하다 보면, 때론 바람이 자고 파도가 잠잠하고, 때론 바람이 세고 파도가 높아 선장으로서의 기량을 검증 받듯이 온갖 시련을 겪게 된다. ……그렇다. 농민들은 그가 현위서기라는 사실을 알게 된 후, 모두 존경하는 마음으로 친근하게 대해 주었다. 하지만 그가 특별히 잘나고, 대단한 사람이기 때문은 아니었다. 만약 당이 없고 신장의 해방이 없었더라면, 그도 역시 대대손손 빈농과 고농으로 살아온 일반적인 위구르족처럼, 평생 사선에서 허덕이며 낭 한 조각을 위해 정처 없이 떠돌아다니고 전전해야 했을 것이며, 온갖 가난과 기아를 견뎌야 했을 것이며, 어느 외진 곳에서 아무런 가치도 없이, 고난 속에서 한 번밖에 없는 인생을 보내야 했을 것이다. 그런데 오늘날 이타한과 같은 노파마저 자랑스럽게 자신을 '공공 단체의 사람'이라고 소개할 수 있게 되었다!

사람들이 현위서기를 존경하는 것도, 역시 당에 대한 사랑과 존경하는 마음 때문이었다. 우리 당은 인민을 격려하는 고무자이고 조직자로서 전혀 손색이 없고, 사회에 대한 혁명적 개조를 통해, 우리 사회를 인류 역사의 발전 단계에서 정점으로 끌어올리는 선구자로서도 손색이 없다. 이보다 더 위대하고, 사람을 황홀케 하는 사업이 또 있을까? 이러한 당의 지도자 간부가 되는 것보다 더 영광스럽고, 더 어려운 책임이 또 있을까?

1950년이었을 것이다. 입당하던 날, 오른손을 들고 선서하던 그 순간, 싸이리무는 몸과 마음을 가득 채우는 장엄한 희열을 느꼈다. 그리고 인민들속에서 그들과 함께 있을 때, 그는 늘 비슷한 희열을 느낄 수 있었다. 인민들 속으로 깊게 들어가야만, 그러한 열정과 책임감이 영원히 퇴색하지 않을 수 있었다.

밤이 깊었다. 싸이리무의 코고는 소리는 점점 낮고 묵직하며 고르게 변해갔다. 그가 설령 달콤한 잠에 빠져있다고 하더라도, 침대 머리맡으로 가까이 다가가면, 그의 얼굴에서 눈부시게 반짝거리는 기쁨의 빛을 볼 수 있었다. 동틀 무렵 그 빛은 동쪽 하늘에 비낀 붉은 노을의 밝은 빛과 서서히 하나로 융합되어갔다.

유혹과 실마리
쿠투쿠자얼과 그의 네 마리 새 이야기

'네 가지 정돈' 운동에 관한 문건의 전달 내용은 쿠투투자얼의 예상과 완전히 달랐다. 공사에서 이틀 동안 회의에 참석하였지만, 여전히 믿기지 않았다. 설마 정말 운동을 진행할 거란 말인가? 아니다, 그럴 리가 없다. 운동을 쉽게 진행할 수 없을 것이다. 3년이란 긴긴 시간을 거쳐 겨우 자연재해의 난관을 넘겼고, 1962년의 풍파를 평정한 지도 얼마 되지 않았다.

쿠투쿠자얼은 사람들의 놀란 가슴이 아직 가라앉지 않은 상황에서, 새로운 운동을 진행한다는 건 불가능한 일이라고 생각하였다. 이른바 '네 가지 정돈'이란, 아마 사람들을 가르치고 사람들의 경각성을 불러일으키기 위한 것으로 말로만 그칠 것이라고 짐작하였다. 그리고 그는 이와 같이 큰 정치적 운동을 전면적으로 전개하려면, 적어도 5년이란 시간을 더 기다려야 한다고 생각하였다. 이리저리 생각하고 짐작하다 보니, 저도 모르게 마음속에 한 가지 일이 많아진 것 같았다.

오늘 갑자기 현위서기가 올 줄을 누가 알았고, 더구나 이 대대에서 일정기간 동안 머문다는 건 그야말로 느닷없는 소식이었다.

　그러나 하향한 간부가 다행히 현위서기 한 사람뿐이었다. 그리고 짧은 첫 만남과 간단한 교류를 통해, 쿠투쿠자얼은 싸이리무에 대해 어렴풋이 인상이 생기게 되었다. "비록 소에 달구지를 메우는 일에 아주 꼼꼼하기는 하지만, 그래봤자 특별한 능력이 없는 평범한 사람일 뿐이라는 인상을 받았다. 그리고 저녁에 그가 현위서기에게 대대의 전반적인 상황에 대해 보고하였을 때에도, 싸이리무는 여전히 별다른 말이 없었고, 호된 훈계도 하지 않았으며, 날카로운 지시는 물론, 심지어 그 어떤 계획도 절차 및 요구사항도 제기하지 않았다.

　쿠투쿠자얼의 이해에 따르면, 과묵의 실질은 결국 자신의 약점을 감추려는 속셈이었다. 만약 이런 속셈이 아니라면, 하급자 앞에서 갖은 방법을 다해 자신의 총명함과 노련함, 정확함과 높은 수준을 뽐내지 않고, 어찌 견딜 수 있단 말인가! 적어도 막힘없는 말주변이라도 보여주려고 하지 않겠는가?" 하고 생각했던 것이다. 그렇다면 "싸이리무는 결국 아무것도 이루어내지 못한 채, 오래 버티지 못하고 이내 떠날 수도 있지 않을까?" 하고도 생각했다.

　이 날 저녁 무렵, 지친 다리를 이끌고 마을에서 집을 향해 걸어가고 있는 (비록 반나절이라고 하지만, 쿠투쿠자얼은 이번에는 실제로 있는 힘을 다해 한바탕 일하였다) 쿠투쿠자얼의 마음속에는, 요행을 바라는 자신감과 약간의 껄끄러운 정서가 깃들어 있었다.

　집에 도착하였을 때, 아내 파샤한이 그에게 편지 한 통을 건네며 말했다.

　"바오팅구이에게서 온 편지예요."

　"그런데 왜 봉투를 뜯었지?"

　쿠투쿠자얼이 눈썹을 치키며 물었다.

"전부 한자로 적혀 있는데, 누가 알아보겠어요? 마침 정오 때, 공급수매합작사 문 앞에서 이밍쟝을 만났어요. 그래서 그를 불러서 편지 내용을 번역해 달라고 했지요."

"당신, 제정신이야? 어떻게 감히 이밍쟝에게 보여줄 생각을 해요! 멍청하긴!"

"……멍청이는 내가 아니라 당신이죠. 이밍쟝에게 보여주지 않으면, 자오 서기 혹은 양 기술원에게 번역해 달라고 부탁해요?"

"당신…… 어디서 말대꾸요!"

쿠투쿠자얼은 작은 소리로 욕하며, 편지를 꺼내 보았다. 아내의 말처럼 안에는 전부 한자로 적혀 있어, 전혀 알아볼 수가 없었다.

"그래서, 이밍쟝이 뭐라고 하던가? 앵클부츠(矮腰皮鞋)가 뭐라고 썼대?"

다른 사람들이 바오팅구이를 '가죽부츠'라고 부르는 데 반하여, 쿠투쿠자얼은 일부러 앵클부츠라고 불렀다.

"그 봐요. 결국 나에게 물어볼 거면서!"

파샤한은 득의양양하여 턱을 높게 쳐들고 말했다.

"도와줘서 고마운 줄 모르고, 오히려 날 탓하다니요! 당신도 참! 이밍쟝의 말에 의하면, 바오팅구이가 편지에 이런 내용을 적었다고 해요. 우루무치 그쪽과 사전에 분명히 말해 두었는데, 와서 보니 공장에서 갑자기 다섯 가지 부분에 대한 반대(오반[五反]운동, 즉 탐오와 절취를 반대하고, 투기로 폭리를 취하는 행위를 반대하며, 낭비를 반대하고, 탈중심주의[分散主義]와 수정주의를 반대하는 운동)인가 뭔가 하는 운동을 진행 중이라고 해요. 탐오를 반대하고 낭비를 반대하며, 투기를 통해 폭리를 취하는 것을 반대하고, 또 무엇을 반대한다고 했는데…… 아무튼, 공산당은 반대하는 것도 많아요. 공장에서 난데없이 운동을 전하는 바람에, 일이 흐지부지되고 말았대요. 그래서 어떻게 하면 좋겠는지 당신의 의견을 물었다고 했어요. 아, 그리고 카펫은 이미 구입했다고 말했대요."

"카펫은 무슨, 융단이겠지!"

"카펫인지 융단인지, 내가 알 게 뭐예요?"

"엉망이 됐네 그려. 이 아낙네야, 당신이 얼마나 바보 같은 짓을 저질렀는지 알기나 해? 이 편지를 이밍쟝에게 보여주어선 절대 안 된단 말이요. ……"

"이밍쟝이 안 되면 누가 되는데요? 말해 봐요! 말해 보라니까요!"

"내가 돌아올 때까지 기다렸어야죠. 내가 하오위란을 찾아가 한어로 해석해 달라고 부탁하면 되잖아요. 천천히 말하면 나도 대체적으로 알아들을 수 있단 말이요……"

"헉."

무안하고 후회스러워 숨을 들이쉰 파샤한은 딸꾹질 같은 소리를 냈다. 여인은 머리가 길고, 견식이 짧다는 속설이 하나도 틀린 말이 없었다. ……

쿠투쿠자얼은 미간을 찌푸리고 앉아, 침묵하였다. 도시에서도 운동을 전개하고 있단 말인가? 운동이 시작되자마자 한꺼번에 다섯 가지씩이나 반대한단 말이지! 한참 잠자코 앉아있던 쿠투쿠자얼의 시선은, 문득 창턱에 놓여있는 새장으로 향하였다. 그리고 눈이 새장에 닿는 순간 그는 다급하게 물었다.

"우리 새들이 어디 갔지?"

"모두 죽었어요!"

"죽었다고? 언제 죽었어? 왜 죽었는데?"

얼굴빛이 달라진 쿠투쿠자얼이 따져 물었다.

"그걸 내가 어떻게 알아요? 내가 생사를 관리하는 알라신이라도 돼요?"

"언제 죽었는지 묻고 있잖아?"

쿠투쿠자얼은 떨리는 목소리로 소리쳤다.

"글쎄, 모른다니까요. 아무튼 죽었어요. 오후에 발견하였는데, 그때 벌써 죽어 있었어요. 그래서 땅에 묻었어요."

"뭐라고? 묻었다고? 어찌 감히 나랑 한마디 의논도 없이!"

"의논할 게 뭐가 있어요? 의논하면 당신이 죽은 새를 다시 살릴 수 있다는 거예요?"

"이런 망할 놈의 여편네야!"

쿠투쿠자얼은 큰소리로 욕설을 퍼부으며 한쪽 부츠를 들고 파샤한에게 달려들었다. 파샤한이 잽싸게 몸을 피하는 바람에 쿠투쿠자얼이 휘두른 부츠가 부뚜막 위에 놓여 있던 접시에 맞았다. "쨍그랑" 거리며 접시 하나가 바닥에 떨어져 산산조각이 났다.

쿠투쿠자얼의 얼굴빛은 더욱 사납게 변해갔다. 파샤한은 깜짝 놀라며 의아한 눈빛으로 그를 쳐다보았다.

쿠투쿠자얼은 그다지 미신을 맹신하는 편이 아니었다. 해방된 이후 새로운 이데올로기 중에서 그에게 유일하게 영향을 미친 것이 바로 무신론이었다. 하지만 지금 그는 황당무계한 생각을 좀처럼 떨쳐낼 수가 없었다. 새장 속의 새의 죽음, 그 죽음이 하필이면 오늘 발생했지? 이 사실로 인해 그의 마음속에는 어두운 그림자가 드리워졌다.

'이건 분명 불길한 조짐이야……'

그의 지난날을 돌이켜보면, 몇 개의 결정적인 순간과 운명의 전환점에 서게 되었을 때, 놀라울 만큼 거의 '새'와 연관이 되어 있었다. "설마 전부 우연이었을까?" 하고 생각하며, 새가 그의 생활에 있어서 신비로운 힘을 가진 존재이고 요소였음을 상기했다.

쿠투쿠자얼의 아버지는 농촌과 소도시에서 꽤 유명한 함석장이(白鐵匠)이었다. 사람들은 그를 칸쟈훙(坎加洪)이라고 불렀다. 말 그대로 칸쟈훙은 쿠투쿠자얼의 아버지이자, 쿠투쿠자얼 할아버지의 막내아들이었다. 칸치(坎其)란 가장 작은 것이라는 뜻이다. 그런데 칸쟈(치아[其阿])훙은 할아버지의 친아들이 아니라, 할아버지와 할머니가 눠하이궈얼터에서 주워온 남자애라는 설도 있었다.

칸쟈훙의 얼굴 생김새로부터 사람들은 그가 러시아 상인의 사생아일 가능성이 높다고 추측하였다. 칸쟈훙의 용모는 꽤 준수한 편이었다. 그는 아버지의 함석업(白鐵業)을 물려받은 후, 수많은 중매자들의 호의를 거절하고 뜻밖에도 추하게 생긴 대머리 여인인 부농의 딸과 혼인하였다. 그들 사이에서 아시무와 쿠투쿠자얼이 태어났다. 소문에 의하면 칸쟈훙은 장가를 들면서 돈 한 푼 쓰지 않았을 뿐만 아니라, 혼수를 넉넉히 받았다고 하였다. 가정을 이룬 후 칸쟈훙은 아침부터 저녁까지 나무망치로 단철을 두드려대던 일을 그만두고, 수공업 공장의 규모를 확대하였을 뿐만 아니라, 두 명의 일꾼까지 고용하였다. …… 하지만 좋은 때는 오래가지 못했다. 한 차례의 큰 화재로 인해 그는 다시 빈털터리가 되었다. 그리하여 그는 죽을 때까지 양동이, 빨래대야, 화로, 연통을 만들거나 수리하는, 대대로 전해 내려온 업종에 종사였다.

칸쟈훙의 성격에는 두 가지 면이 있었는데, 두 아들이 각각 물려받았다. 쿠투쿠자얼은 교제에 능하고, 교활하며, 사람을 속이는 요령꾼의 기질과 게으름뱅이 기질을 물려받았다. 반면에 아시무는 종일 악착같이 일하고, 감기고뿔도 남 안 주며, 의심과 겁이 많은 성격을 물려받았다. 칸쟈훙의 아내이자 쿠투쿠자얼과 아시무의 어머니인 대머리 여인의 말에 의하면, 쿠투쿠자얼은 태어날 때부터 형보다 영리하였다고 하였다. 그는 울음소리마저 형보다 우렁차고 변화무쌍하였다고 하였다. 비록 아시무도 있지만, 쿠투쿠자얼은 아버지의 사랑을 거의 독차지하며 자랐다. 그 어떤 잘못을 저질러도 쿠투쿠자얼은 꾸지람을 듣지 않았다.

아버지가 가장 아끼는 찻종을 깨뜨리거나, 어머니가 고르고 골라 새로 장만한 커튼을 더럽힌 장본인이 쿠투쿠자얼이지만, 형으로서의 책임을 다하지 못했다거나, 동생을 꼬드겨 위험한 일을 저지르게 하였다는 이유로 책망을 받는 사람은 언제나 형 아시무였다. 쿠투쿠자얼은 8살부터 아버지의 작은 작업장에서 자유롭게 뛰놀면서, 공구를 건네주고, 제품을 만들고 남은 자투리들을 정리하며, 일손을 거들었다. 그리하여 그는 칸쟈홍이 가장 사랑하는 어린 조수가 되었다.

어느 날 칸쟈홍이 외출하였다. 외출 전에 아버지는 쿠투쿠자얼에게 한 가지 당부를 하였다. 만약 마얼커푸라고 하는 러시아인이 오면 이미 수공비를 받았으니, 그에게 구멍 땜질을 마친 양동이 두 개를 주면 된다고 하였다. 얼마 후 검은 수염을 기른 마얼커푸가 양동이 찾으러 왔다. 마얼커푸의 어깨 위에는 가슴 부분의 한 자 반 정도의 반짝거리는 흰색 털을 제외하고 온통 녹색 깃털로 뒤덮여 있는 새 한 마리가 앉아 있었다. 그 새는 아주 신기하였다. 발이 줄에 묶여 있지도 않았고, 날개도 자유롭게 풀려 있었지만, 날아가지 않고 얌전하게 마얼커푸의 어깨 위에 앉아 있었다.

쿠투쿠자얼은 새에게 정신이 팔려, 입을 헤 벌린 채 멍하니 새만 쳐다보았다. 마얼커푸가 몇 번이고 재촉을 하였지만, 쿠투쿠자얼은 양동이를 줄 생각을 하지 않았다.

눈치 챈 러시아인은 스스로 양동이를 찾아 바닥에 엎어놓고, 그 위에 걸터앉았다. 그리고 왼손을 내밀더니 휘파람을 살짝 부는 것이었다. 그러자 새는 그의 왼쪽 손바닥 위로 날아와 살포시 내려앉더니, 짹짹 소리를 내며, 깡충 깡충 뛰었다. 마얼커푸가 물었다.

"어때? 신기하지?"

어린 쿠투쿠자얼이 아무 대답도 하지 않자, 러시아인은 웃으며 또 물었다.

"이 새를 빌려줄까? 새랑 같이 놀아 볼래?"

"네, 좋아요!"

쿠투쿠자얼은 기회를 놓칠세라 재빨리 대답하였다.

"유뿌톄(油布貼, 그때 당시 신장에서 사용하던, 유포에 인쇄하여 만든 화폐) 한 장!"

러시아인의 얼굴에는 순간 상냥한 웃음이 사라지고 없었다.

쿠투쿠자얼의 얼굴에 낙심한 표정이 가득하였다.

"이 새는 내가 무척 공들여 훈련시킨 거란다. 손을 내밀어 봐라!"

어린 쿠투쿠자얼은 고분고분 자기의 작은 손을 내밀었다. 마얼커푸는 새를 그의 작은 손바닥 위에 올려놓았다. 새의 가느다란 발이 그의 손바닥을 간질였다. 그리고 마얼커푸가 손을 살짝 휘두르자, 새는 다시 그의 어깨 위로 날아가 살포시 내려앉았다.

러시아인은 양동이를 들고 콧구멍만한 작업장을 나가버렸다. 훗날 매 번 이 일을 떠올릴 때마다, 쿠투쿠자얼은 그것이 알라신의 안배이고, 운명적인 덫인 것이 분명하다고 생각하였다. 극도의 부러움과 어떤 방법으로든 자기 것으로 만들고 싶다는 충동 속에서, 쿠투쿠자얼은 아버지의 솜옷에 눈독을 들였다. 그는 절망 속에서 최후의 발악을 한다는 마음을 품고, 아버지의 솜옷에 손을 댔다…… 솜옷 주머니엔 유뿌톄 한 장이 들어있었다.

쿠투쿠자얼은 러시아인의 뒤를 쫓아 달려 나갔다. 마얼커푸는 돈을 받고 나서, 새를 잠시 나무 막대기에 묶어 두었다.

그리고 러시아인은 떠났다. 쿠투쿠자얼은 가슴이 콩닥콩닥 뛰기 시작하였다. 작은 작업장 안의 모든 철판이 댕그랑 댕그랑 소리를 내는 것 같았고, 깔깔깔 비웃으며 미시미시(密셔密셔, '속닥거리다'는 뜻)거리며 흉보는 것 같았다. 어린 쿠투쿠자얼은 바닥에 쓰러질 것 같은 현기증을 느꼈다.

"어디서 난 새냐?"

집으로 돌아온 아버지가 물었다.

"러시아인이 준 거예요."

쿠투쿠자얼이 대답하였다. 아버지는 솜옷을 들었다. 쿠투쿠자얼은 두 눈을 꼭 감고, 미리 아버지의 나무망치에 맞을 준비를 하였다. 주머니 속의 돈이 없어진 것을 발견하면, 아버지는 자신을 철판처럼 납작하게 만들어 버릴 것이라고 생각하였다.

다행히 아버지는 주머니 속을 살피지 않고 그대로 껴입었다. 하루가 지나 뒤늦게 돈이 없어진 것을 발견한 아버지가 고래고래 소리를 지르며 불같이 화를 낼 때, 쿠투쿠자얼은 찍소리도 내지 않고 잠자코 있었다. 그는 운 좋게 아버지의 의심 범위에서 벗어났다.

첫 번째 모험은 그렇게 순조롭게 성공하였다.

새는 얼마 살지 못하고 죽었다. 새가 가져다준 새로운 경험은 그의 마음속에 깊이 뿌리를 내렸다. 그 날 이후 쿠투쿠자얼은 아버지를 상대로 거짓말을 하고 꾀를 부리기 시작하였다. 그는 점점 대담해졌다. 고객에게서 받은 수공을 중간에서 착복한다거나, 거짓말로 아버지를 속여 돈을 달라고 한다거나, 때로는 아예 집이나 작업장의 물건을 훔치기도 하였다. 그 또래 아이들에게 있어, 사실 돈은 그다지 쓸모가 있지 않았다. 그러나 그는 탐오하거나 훔친 돈으로 말린 살구나 사막보리수나무열매(沙棗)를 사먹으면, 그 맛이 집에 있는 것을 먹는 것보다 훨씬 좋고, 재미가 있다는 것을 알게 되었다. 그의 이런 행동은 점점 잦아졌고, 몇 번이나 들켰다. 매 번 들킬 때마다 아버지에게 죽을 둥 살 둥 맞았지만, 맞고 나서 그는 경험과 교훈을 종합하여, '탐오와 절도'의 기교를 한층 끌어올렸다. 심지어 얻어맞을 수 있다는 위험성 때문에, 그는 불법행위에 대해 특별한 매력까지 느꼈다. 16살이 되던 해 몸집과 힘에서 모두 아버지를 추월한 그는 끝내 해서는 안 될 행동을 하였다. 아버지에게 얻어맞는 과정에서 참지 못하고 반격을 하였던 것이다. …… 결국 비록 아직 장가를 들지는 않았지만, 그는 일찍 아버지와 헤어져 분가하여 살게 되었던 것이다.

그때부터 그는 친구들의 도움을 받아, 자신의 사업을 시작하게 되었다. 여름이 되면 바자에 가서 낮은 품질의 색소를 넣어 만든 빨간색 혹은 녹색의 얼음물과 재래식으로 만든 아이스크림을 팔았고, 겨울에는 탕과(糖瓜, 참외 모양의 엿)와 쑤탕을 만들어 팔았다. 그리고 나쓰(那斯, 담배 등 마약 성분과 조미료를 넣어, 입 안에 머금도록 특제된 작은 환약)를 만들어 팔았고, 아이들에게는 연, 팽이, 양털 제기를 만들어 팔았다. 그는 낙타가시나무를 부숴서 모허 담배에 섞는 법과, 살구나무 잎을 덖어 찻잎에 섞는 방법을 배웠다. 뿐만 아니라, 양의 내장 지방과 질사칼륨(硝鹹)을 섞어, 함수량이 높은 이른바 '비누'를 제작하는 방법도 습득하였다. 이렇게 만든 비누는 처음엔 깔끔하고 광택이 나 제법 그럴듯하게 보인다. 경험이 없는 시골 사람들이 겉만 보고 덥석 샀다가, 며칠 뒤 마르고 찌그러져 원래 체적의 7분의 1가량으로 줄어들면, 그제서야 후회하게 된다.

그는 여러 사람들과 교제하면서, 카자흐어와 한어를 어느 정도 익히게 되었다. 산비탈에 있는 여름 목장에서, 말을 타고 내려온 카자흐족을 만나면, 그는 그들의 말과 안장, 채찍에 이르기까지 칭찬을 아끼지 않으면서, 있는 힘을 다해 허풍을 떨고 아첨하였다. 그리고 쿠투쿠자얼은 그들을 '바이 형'

이라고 불렀다. 카자흐족들이 만족스러워하며 입이 귀에 걸리기 시작하면, 그는 원래 값보다 서너 배 뻥튀기하여 그들에게 물건을 팔았다. 한족 고객을 만나면, 그는 무조건 "물리거나 교환이 가능해요.", "달지 않으면, 돈을 받지 않아요." 라고 보증을 하였다. 이와 같이 처음엔 그의 생활이 순조롭게 풀려나가는 듯하였다.

아버지와 친구들도 모두 새로운 안목으로 그를 대하기 시작하였다. 어느 날 그는 사탕과 차를 들고 아버지를 찾아가 잘못을 빌었다. 그리하여 부자는 화해하고 전처럼 사이좋게 지내게 되었다. 그러나 경제상에서는 여전히 각자 독립적이었다. 하지만 시간이 흐르면서 남을 곤경에 빠뜨리고, 사람들에게 사기를 치는 못된 장사치라는 그의 악명이 널리 퍼지게 되었고, 그 일대에 또 몇몇 장사치들이 나타나면서, 경쟁자가 생기게 되었다. 그리하여 그의 장사는 날이 갈수록 부진하였다.

바로 그때 그는 운명의 전환 요소가 된 두 번째 새를 만나게 되었다.

생계가 막연하여 답답한 마음으로 하루하루를 버틸 때였다. 어느 날 밤, '취덩쯔(불을 붙이는 데 쓰이는 얇은 목편)' 장사를 하고 있는 한 친구가 그를 끌고, 함께 뉘하이궈얼터에 있는 한 타타르인의 집을 방문하였다. 알고 보니 그곳은 작은 도박장이었다. 쿠투쿠자얼은 비록 모험과 농간 부리기를 좋아하지만, 도박에는 절대 손을 대지 않겠다고 스스로 다짐한 적이 있었다. 게다가 그는 의지가 박약한 사람도 아니었다. 타타르인의 집 들보에 새장 하나가 걸려 있었다. 새장 속에는 용모가 변변치 않은 회황색 깃털의 새 한 마리가 있었다. 그런데 그 새의 울음소리에 쿠투쿠자얼은 마음을 빼앗기고 말았다. 맑고 낭랑하며, 감미롭고 은근한 새의 울음소리는 타타르족의 여 가수 못지않았다.

새의 울음소리는 타타르족의 서정 가요와 같이 멜로디가 간단하고 음조의 높낮이 폭이 크지는 않지만, 어딘가 구성지고 변화무쌍하였다. 그 소리를 듣고 있노라니, 소나무 숲의 청신함, 깊은 산 속 샘물의 맑고 투명함, 들꽃의 요요함이 느껴졌다. "나에게도 이런 새 한 마리가 있었으면……" 그는 또 한 번, 어떤 소중한 것을 자기의 소유로 만들고 싶은, 열광적인 충동을 느끼게 되었다. 동시에 새를 통해, 그는 새로운 상상을 펼치게 되었다.

타타르인과 '취덩쯔'를 파는 친구는 그를 양과이 놀이에 참여하도록 온갖 방법을 다해 유인하였다. 하지만 그는 끝까지 거절하였다. 자정이 넘어가자 음주와 도박은 점점 절정으로 향해 달리고 있었다. 쿠투쿠자얼은 마치 어떤 계시와 힘을 받은 사람처럼, 갑자기 나서더니 양과이 놀이에 도전장을 내밀었다. 쿠투쿠자얼은 지금 자신이 신고 있는 새것이나 다름없는 가죽부츠를 걸 테니, 타타르인에게 새장 속의 새를 걸고 한판 붙자고 하였다. 타타르인은 도박에 아주 능한 베테랑이었다. 쿠투쿠자얼은 그에게 있어 상대할 가치도 없는 아마추어였다. 거의 두 손으로 갖다 바친 거나 다름없는 쿠투쿠자얼의 가죽부츠를 손에 넣기 위해서라면, 새는 물론, 낙타 한 마리도 감히 걸 수 있었다. 타타르인은 자신만만하게 웃으며 뼈 공기를 집어 들었다.

그러나 결과는 타타르인의 패배였다.

쿠투쿠자얼은 내기를 통해 재부와 행운을 상징하는 새를 얻게 되었다. 그는 운명적 안배에 또 한 번 감사를 드렸다. 새의 노래 소리는 앞으로 그의 장사에 긍정적인 영향을 미칠 것이라고 믿어 의심치 않았다. 그 날 이후 엄동설한을 제외하고 언제 어디에서 장사를 하든, 그는 항상 새장을 들고 다녔다. 행상지에 도착하여 자리를 잡은 후, 그는 먼저 장막을 치고 새장을 가장 눈에 띄는 높은 곳에 걸어놓곤 하였다.

새의 울음소리가 많은 고객을 불러왔다. 그는 얼음물과 재래식 아이스크림을 파는 모든 경쟁자들을 물리쳤다. 새의 울음소리는 그의 장사에 상쾌함과 즐거움을 더해주었고, 낮은 품질의 상품을 크게 미화시켜 주었다.

쿠투쿠자얼에게 신령한 새 한 마리가 있다는 소문이 널리 전파되었다. 신령한 새의 명성이 마무티 촌장의 귀에까지 전해졌다. 어느 날 오후 촌장의 집사가 쿠투쿠자얼의 집으로 찾아왔다. 쿠투쿠자얼이 갓 결혼했을 때였다. '촌장'이 그 새의 울음소리를 들어보고 싶어 한다는 것이었다.

"새의 소리를 듣고 싶다고요? 그럼 촌장에게 직접 찾아오시라고 해요!"

쿠투쿠자얼이 말했다.

"촌장으로서 이렇게 누추한 집을 어찌 친히 방문할 수 있겠습니까?"

집사는 이렇게 말하면서, 막무가내로 새장을 가져가려고 하였다.

"손대지 마세요!"

쿠투쿠자얼은 격분하여 핏발이 선 눈으로 집사를 노려보며 밀쳐냈다. 그는 새장 앞을 막아서며 새를 지키기 위해서라면, 결투도 마다하지 않을 것이라는 태세를 취하였다.

사흘 뒤 마무티의 부하가 이제 막 꾸려나가고 있는 쿠투쿠자얼의 오붓한 살림집으로 쳐들어왔다. 부하는 부뚜막을 부수고 새로 장만한 부엌 살림살이들을 몽땅 깨버렸으며, 새장을 밟아 망가뜨리고 새까지 짓밟아 죽였다. 그리고 쿠투쿠자얼을 노려보며, 앞으로 다시는 허장성세로 협잡질을 할 수 없을 것이라는 촌장의 말까지 공공연하게 전하고 가버렸다. 쿠투쿠자얼은 울분을 누르고 아무 말도 하지 않은 채, 마무티 촌장의 소작농이 되었다. 그는 이를 부득부득 갈며, 그에게 굴욕과 파멸을 안겨준 악마, 재수 없는 새에게 저주를 퍼부었다.

1949년 말 우루무치의 국민당 낡은 정권과 군대가 이미 무장봉기를 선언하고, 해방군 대군이 신장으로 들어오고 있을 당시, 여러 가지 소문들이 신장 곳곳으로 파다하게 퍼졌다. 그러나 쿠투쿠자얼은 다른 농민들과 마찬가지로, 형세의 새로운 변화에 대한 정확한 소식을 아직 모르고 있었다. 어느 날 밤 전에 왔던 집사가 다시 쿠투쿠자얼을 찾아왔다. 촌장이 집으로 초대하여 잠깐 이야기를 나누려 한다는 것이었다.

쿠투쿠자얼은 마음속에 의심을 가득 품고 이리저리 두리번거리며, 처음으로 마무티네 객실에 들어섰다. 수많은 촛불이 켜져 있는 객실 안은 대낮처럼 환하였고, 벽에 걸려 있는 것과 바닥에는 깔려 있는 것은, 사처(莎車, 신장성에 있는 현 이름)와 쿠처에서 생산하는, 눈부시게 화려하고 현란한 벽걸이 융단과 카펫이었다. 몸집이 웅장하고, 위엄 넘치게 생긴 마무티는 눈처럼 하얀 써라이로 머리를 감쌌고, 칠흑같이 까만 챠판(袷袢)을 입고 있었다. 쿠투쿠자얼이 들어오자, 마무티는 자리에서 일어나 허리를 숙여 맞아주었다. 그리고 반듯하게 깔아놓은 삼 겹으로 된 자수 비단 요를 가리키며 쿠투쿠자얼에게 자리를 권하였다.

그 다음 쿠투쿠자얼은 성대하고 체계적이며, 완벽하고 알찬 접대를 받았다. 먼저 달달한 음식과 녹차, 귀여울 만치 작은 낭을 내왔다. 달달한 음식에는 카스가얼에서 나는 무화과 잼, 쿠처에서 나는 싱바오런, 쿠얼러(庫爾勒, 중국 신장웨이우얼 자치구 중앙부에 있는 도시)의 배 설탕절임, 투루판의 건포도, 산산(鄯善, 신장에 있는 지명)에서 나는 건하미과, 이리에서 나는 꿀 등이 있었다. 다음 순서로 비둘기 고기, 양 꼬치, 유먼러우셴빙(油燜肉餡餅, 기름을 두르고 구워낸 고기소[肉蔬]가 든 빵), 수유낭(酥油饢)과 유피가 솜처럼 두꺼운 우유차를 내왔다. 그리고 정찬으로 좌판바오쯔를 먹었는데, 좌판 접시에 양고기소 가 든 바오피바오쯔 하나가 놓여 있었다.

바오쯔의 투명한 피는 살짝 건드리자 바로 터졌고, 소에서 흘러나온 육즙은, 반지르르 윤기 도는 좌판 속으로 스며들었다. 마지막으로 또 정교하고 작은 사기그릇에 담긴 녹차와 함께, 살구 씨, 호두 살, 손수 만든 과자를 먹었다. 최상급의 음식은 물론, 정교한 식사도구, 빈틈없는 서비스, 식전 손 씻는 데 쓰이는 백동 주전자와 황동 대야, 손 닦는 새하얀 수건, 물 끓이는 데 쓰이는 무늬가 새겨진 큰 사모바르, 말린 과일을 담은 채색의 유리쟁반, 심지어 손님을 안내하는 촌장과 시중드는 하인들의 예의 바른 동작과 자세는, 지금까지 어디에서도 본 적이 없고 들은 적이 없는 것들이었다.

식사를 하면서 쿠투쿠자얼은 마무티에게 몇 번이나 물었다. 혹시 무슨 분부가 있는 건지, 또 자신이 전력을 다해 도울 일이라도 있는 건지, 여러 번 물었지만, 마무티는 끝내 답을 주지 않았다. 쿠투쿠자얼은 식사하는 내내, 의아함과 흠모, 격찬, 만족의 감정에 휩싸여 있었고, 머리가 어지럽고 눈이 돌아갈 지경이었다.

접대의 마지막 순서가 되었다. 마무티는 "자, 들게나!" 라고 하며, 쿠투쿠자얼에게 차를 권하고 나서, 약간 흔들리는 목소리로 말을 꺼냈다.

"사랑하는 내 아우님!"

"네, 귀담아 들을 준비가 되었습니다."

쿠투쿠자얼은 얼른 귀를 기울이며 대답하였다.

"오늘 저녁 당신을 누추한 우리 집으로 초대한 이유는, 다른 게 아니라 자네와 마음속의 말을 좀 나눠 볼까 해서라네. 자네는 세상에서 가장 소중한 재산을 가지고 있지 않은가? 그 재산으로 인해, 자네는 그 어떤 바이, 상인, 촌장, 백극보다도 더 우월하지 않은가? 첫째, 알라신은 당신에게 건강한 신체를 주었고, 수컷 말도 부럽지 않은 힘을 주었네. 둘째, 알라신은 또 자네에게 영리한 두뇌를 주었다네. 다시 한 번 말하지만, 자네는 뚜렷한 주견과 생각이 있는 똑똑한 사람이고, 머리를 쓸 줄 아는 사람이라 이거네. 자네에게는 바다 같이 드넓은 지혜와 계략이 있다는 말이지.

나는 이런 자네의 장점을 일찍부터 알아보았다네. 셋째, 알라신은 자네에게 사내대장부로서의 양심을 내려주었다네. 자네에게는 세상에서 눈을 씻고 보려고 해도 볼 수 없는 인자함과 착한 마음씨가 있지 않은가 말일세. 넷째는 바로 자네의 나이라네. 내가 가장 부러워하는 것이기도 하고 말이네. 자네는 억만금을 주고도 살 수 없는 아름다운 청춘을 가지고 있지 않은가? 자네가 가지고 있는 이 네 가지 위대한 재산에 비하면, 나는 오래지 않아 관속에 들어가게 되는 거지나 다름없지……"

마무티가 말했다.

"과찬이셔요. 절대 그렇지 않습니다, 촌장님!"

쿠투쿠자얼은 다년간 장사를 하면서 쌓아온 고객들을 접대하고 응대하던 경험을 발휘하여 가장 적절하고 품위 있는 대답을 하기 위해 전력을 다했다.

"촌장님 앞에서 저는 어린애(즉 손아랫사람)나 하인에 불과합니다."

"아닐세. 그런 말 말게 나! 하늘의 뜻에 따라, 하늘이 이끄는 대로 반평생을 살아온 나는 이미 먹을 건 다 먹고, 입을 건 다 입어봤다네. 또 해야 할 소비도 다 하고, 볼 것도 다 보았으며, 가야 할 곳도 다 다녀왔다네. 지금의 나는 아무런 욕심도 바라는 것도 없다네. 텐샹(天餉, 즉 수명)을 다하는 날이면, 나는 저곳으로 떠나겠지? 그러나 이 모든 것은 우리의 유일한 신이신 알라신께서 주관하시기 때문에, 우리 일반인은 염려할 필요가 없다네. 그런데……"

마무티는 잠시 머뭇거리다가 다시 말을 이었다.

"요즘 늘 악몽을 꾼다네. 그래서 사원에 찾아가 가장 높으신 뮬라께 여쭤보고, 스스로 해몽서도 찾아보았지. 그러다가 마침내 깨달았다네. 인자(人子)의 일원으로서 나도 극히 평범한 사람이고, 나에게도 보통 사람들이 가지고 있는 그러한 단점과 약점이 있다는 것을 말이네. 인생의 노정에 있었던, 나의 실수·혼란·죄악, 이웃들에게 저지른 못된 짓들, 친척과 친구들에게 한 무례한 짓 등 과오를 돌이켜 볼 때마다, 나는 후회가 밀물처럼 밀려오고,

애간장이 타며, 가슴을 칠 정도로 비통함을 느끼곤 한다네. 그래서 밤마다 눈물로 지새우고 있다네……"

마무티의 움푹한 황갈색의 눈에서 두 줄기의 눈물이 흘러내렸다. 그는 목이 멘 듯 소리 없이 흐느끼기 시작하였다.

상상조차 할 수 없는 광경이 쿠투쿠자얼의 눈앞에 펼쳐졌다. 쿠투쿠자얼은 당황하며,

"그만 고민을 털어버리고 슬퍼하지 마세요…… 슬퍼하시지 말고 그만 고민을 털어버리세요." 라고 연거푸 부탁하였다. 동시에, 상인으로서의 섬세하고 치밀한 두뇌를 재빨리 가동하여, 지금 일어난 사건, 형세, 마무티의 동기에 대해 분석하기 시작하였다.

마무티는 그렇게 한참을 훌쩍이다가 다시 입을 열었다.

"지난 날 나의 수하가 자네의 친형, 즉 나의 목숨과도 같은 형제에게 큰 실례를 범했었지. 이 일을 떠올릴 때마다, 나는 너무나도 부끄럽고 송구스러워 몸 둘 바를 모르겠다네. 내가 저지른 수많은 잘못들 중에, 나로 하여금 가장 불안하고 자책하게 하는 사건이 그것이라네. 그리고 며칠 전 한담을 나누다가, 그들이 또 나도 모르게 당신이 가장 아끼는 소중한 새장과 새를 망가뜨렸다는 사실도 알게 되었지. …… 오늘 이 자리를 빌려 정식으로 자네에게 사죄하려 하네. 부디 넓은 마음으로 용서해주게. 아우, 내 잘못을 용서해주겠나?"

"이미 오래전 일입니다요. 사소한 일이니, 거론할 가치도 없습니다. 입에 올릴 만한 일이 아닙니다!"

쿠투쿠자얼은 손님 신분에 맞게, 격을 갖춰 겸손하게 대답하였다.

오늘 밤 뜻밖의 만남, 이 호화스러운 집과 객실, 풍성한 음식과 마무티 촌장의 기담괴설로 인해 쿠투쿠자얼은 이미 취한 듯 홀린 듯 어리둥절하였다.

심지어 이 모든 것이 꿈이 아닐까 의심까지 하였다. 그런데 마무티가 정중한 태도로 자신의 불행한 새를 거론하는 순간 비로소 이 겉과 속이 다른 위선자 촌장의 추악함을 간파하게 되었다.

'이 마을에서 마무티의 인간성을 모르는 사람이 어디 있겠는가! 이 음산하고 무서운 흡혈귀 같은 인간! 그의 손으로 앗아간 목숨이 적어도 10명은 될 텐데, 평생 저지른 과오 중에서 가장 큰 것이 새 한 마리를 죽인 것이라니! 그야말로 황당무계한 거짓말이고, 음모이며, 염치없는 짓이 아니고 무엇인가?!'

라고 생각한 쿠투쿠자얼은 그에게 되묻고 싶었다. '촌장의 일생에서 이보다 더 큰 과실이 정녕 없으셨다는 건가요?'

내면으로는 큰 소리 치면서 '그럼 저의 조카 아이미라커쯔의 손은요? 타이와이쿠의 아버지는요? 이리하무의 어머니는요? ……' 라고 따지고 싶었다. 하지만 이런 생각은 그의 머릿속에 잠시 머물렀을 뿐 이내 사라져버렸다. 어찌 되었든 간에 지금 마무티는 그의 앞에서 고분고분하고 조심스럽게 용서를 구하고 있고, 그의 발아래에 엎드려 빌기라도 할 태세였다. 참으로 신기한 일이 아닐 수 없었다. 이건 쿠투쿠자얼 본인조차 미처 예상하지 못하고, 깨닫지 못한, 그 어떠한 우세가 이미 자신에게 구비되었다는 뜻이었다. 쿠투쿠자얼은 무척 만족감을 느꼈다.

조금 전 맛있는 음식을 먹을 때보다도 더 즐거운 기분이었다. 그렇다면 쿠투쿠자얼 자신의 "우세한 점은 도대체 무엇일까? 대체 무슨 일이 벌어졌기에, 지난 날 그토록 위풍당당하고, 감히 쳐다볼 수조차 없었던 마무티 이 지주·자산가·촌장·악질 토호가 지금 그의 앞에서 아이처럼 울고 있는 것일까?" 하고 생각했다.

"대답해 주게나. 날 용서할 수 있겠나?"

쿠투쿠자얼은 감히 경솔하게 일을 벌일 수는 없었다. 그는 조심스럽게,

"이러지 마세요. 용서를 구해야 할 사람은 저 쿠투쿠자얼이에요. 소인이 촌장님 댁 집사에게 먼저 교양 없이 실례를 범했기 때문에 그런 것입니다."

라고 대답하였다.

"아닐세, 그건 절대 그런 게 아니라네. 자네에게 백 번 천 번 용서를 빌테니 대답해주게나. 나를 용서해 주겠나?"

마무티는 두 손을 쿠투쿠자얼의 무릎에 올리고 말했다.

"당연하죠, 당연히⋯⋯"

쿠투쿠자얼은 어쩔 수 없이 대답하였다.

"좋네, 좋아! 고마우이! 진심으로 감사하네!"

마무티의 표정과 기분이 갑자기 백팔십도로 바뀌었다. 수염이 흔들리고 눈빛이 반짝거렸으며, 조금 전까지 울상으로 일그러졌던 얼굴과 추하던 주름들이 금세 펴졌다. 그는 소리를 질렀다.

"이봐!"

마무티가 부르자, 화려하고 장중한 차림의 마무티의 부인 마리한이 얼른 걸어 나왔다. 마무티가 명령하듯 말했다.

"꺼내 오게!"

명령을 듣고 물러갔던 마리한이 곧바로 다시 나타났다. 그는 두 손으로 푸젠(福建)성에서 생산한 짙은 색의 옻칠 쟁반을 받쳐 들고 걸어 나왔다. 타원형 모양의 옻칠 쟁반 위에는 쿠투쿠자얼에게 줄 선물이 준비되어 있었는데, 비단 한 단과 각설탕 네 통이었다. 그리고 옆에 정교하고 새로운 새장 하나가 놓여 있었다. 새장 안에는 짙은 화장과 요염한 차림으로 촛불을 반짝반짝 반사하는 앵무새 한 마리가 들어 있었다.

이러한 상황이 벌어지자 쿠투쿠자얼은 또 한 번 놀라서 멍해졌다. 마무티

의 아내는 마무티 본인을 제외하고 누구도 보아서는 안 되는 것으로 알려져 있었다. 만약 외간 남자가 마무티 네 집 앞에서 1분 넘게 머물거나 서성거리거나 하다가 한 번이라도 안을 힐끔거리면, 바로 고의적으로 그의 수많은 아내를 희롱한 죄로 인정되어 벌을 받아야 했다. 심지어 10미터 밖에서 사랑 노래 한 마디를 불러도 똑같은 불똥이 튀었다. 타이와이쿠의 아버지는 우연히 마무티 네 집 앞을 지나가다가 무심코 노래를 흥얼거린 바람에, 늙은 느릅나무에 매달리는 벌을 받기도 했다. 그런데 오늘 하필이면 마리한을 소작인인 그의 앞으로 불러냈고, 또 이러한 물건들을 준비하였으니, 이는 과연 무슨 속셈인지 궁금하기 짝이 없었다.

마무티가 입을 열었다.

"사랑하는 내 아우! 남에게 어떤 부탁을 한다는 것은 재난과 같은 일이라네. 그런데 만약 그 부탁이 거절을 당한다면, 그건 사형을 당하는 것과 다를 바가 없다네. 자네는 워낙 똑똑한 사람이니 이 이치를 모를 리 없잖은가? 이제 자네에게 한 가지 부탁을 할까 하네. 다름 아니라 부디 보잘것없는 이 선물을 받아달라는 거라네. 선물이라고 말하기보다 배상이라고 하는 것이 더 정확하겠군 그래. 이 새는 인도의 상인이 나에게 준 선물이라네. 노래를 부를 줄 모르는 이 새는 당신의 옛 친구였던 몹시 사랑스러운 숲 속의 가수와는 비할 바가 못 되지만, 이 새의 목쉰 울음소리를 들을 때마다 나의 고통과 미안한 마음이라고 생각해주게나!"

"만하타(曼哈塔, 위구르어 '내 잘못이다'라는 뜻이다), 만하타, 만하타……"

마무티가 손가락으로 딱 소리를 내자 앵무새가 사과의 '말'을 하였던 것이다.

그것은 발음이 정확하지도 똑똑하지도 않은 사과의 말이었다. 그것은 위구르족이 하는 위구르어도 아니고, 한족·회족·카자흐족·러시아족, 어느 민족의 발음도 아니었다. 죽도 밥도 아닌 발음에 쿠투쿠자얼은 더욱 마음이 흔들렸고, 감탄하고 신봉하게 되었다! 그야말로 심금을 울리는 소리였다.

쿠투쿠자얼은 이 안에 초자연적인 힘이 있고, 거역할 수 없는 의지가 내포되어 있다고 생각하였다. 그는 갑자기 마무티 앞에 쓰러지듯 무릎을 꿇었다.

그리하여 쿠투쿠자얼은 그의 세 번째 새를 가지게 되었다. 이 새를 통해 마무티와는 애매한 관계가 형성되었다.

이 날의 초대가 있는 뒤, 마무티는 오랫동안 그를 찾지 않았다. 하지만 그날 이후 쿠투쿠자얼은 다음번에 일어날 사건을 기다리며 시시각각 경각성을 늦추지 않았다. 그동안 세상을 떠돌며 쌓은 경험과 배운 물정에 근거해 보았을 때, 남에게 얻어먹었으면 그 열 배가 되는 대가를 치러야 하고, 남의 것을 받았으면 그보다 더 많은 것을 내주어야 한다는 것을 그는 누구보다 더 잘 알고 있었다. 세상에 공짜는 없는 법이다. 선물은 그보다 더 많은 이익을 얻기 위해 투자하는 작은 본전일 뿐이라는 것을 쿠투쿠자얼은 잘 알고 있었다. 쿠투쿠자얼은 마무티에 대해 아내와 의논한 적이 있었다.

"아무리 생각해도 이상하지? 촌장이 놀랍게도 내 환심을 사려고 하지 말이네. 그 늑대 같은 속을 누가 모를까? 그는 절대로 공짜 선물을 하지 않았을 거요."

그러자 아내가 눈을 흘기며 말했다.

"두려워할 거 없어요! 선물 자체는 사람을 잡아먹지 않아요. 놀라서 당황하지 말고, 우리들도 생각과 주관이 있어야 해요. 그에게 얻어먹었어도 여전히 찌를 수 있고, 얻어가졌어도 여전히 물어버릴 수 있어요!"

얼마나 멋진 말인가! 누가 여자는 지혜가 없다고 하였는가? 만약 그녀에게 기마대를 맡긴다면, 칭기즈칸처럼 세계를 정복했을 것이다······

아내의 말을 듣고 나니 쿠투쿠자얼은 마음이 한결 편해졌다. 마무티가 머리를 숙이고 비굴하게 굽실거리는 데에는 그만한 이유가 있을 것이고, 쿠투쿠자얼이 그만큼 우위에 있다는 것을 말해준다. 그렇다면 이건 무엇 때문일까? 쿠투쿠자얼은 문득 최근에 들었던, 곧 공산당이 들어온다는 소문이 떠올랐다. 공산당이란 무엇인가? 비록 공산당에 대해 모르지만, 수많은 왜곡된 적대적인 유언비어들을 통해 공산당의 도래가 곧 천지개벽과 같은 변화를 일으킬 것이라고 그는 단정할 수 있었다.

새와 각설탕(이미 절반가량 먹었다), 비단(여전히 궤 안에 넣어둔 채로 있다)으로부터 그 변화가 자신에게 유리하다는 것을 추리할 수 있었다. 좋다! 공산당은 종교를 갖지 않고, 사람은 원숭이가 진화한 것이라고 믿으며, '유혈투쟁'을 벌인다고 사람들이 말했다. 그렇다 한들 또 어떠랴? 자신에게 유리하다면, 쿠투쿠자얼은 악마와도 손을 잡을 수 있었다.

해방군이 들어오기 직전에, 리시티가 돌아왔다. 그는 해방군이 신장으로 들어왔고, 옛 만청(滿城, 지금의 우루무치시 사이바커구(沙依巴克區) 신장 농업대학교 일대를 가리킴) 마나스에서 삼구혁명 정부의 민족군과 성공적으로 합류하였으며, 지금 서쪽을 향해 힘차게 나아가고 있다는 등 여러 가지 소식을 가지고 왔다. 가난한 사나이들은 리시티를 둘러싸고, 세상이 변할 거라는 희망에 부풀어, 그가 거듭 말하는 새로운 소식에 귀를 기울였다. 그들은 밤마다 어둠 속을 더듬으며 이야기를 나누었다. 리시티 네 집에는 등잔도 없고 불도 없었지만, 희망의 눈부신 빛이 그들의 눈과 마음을 밝혀 주었다. 이 사내들 중에는 쿠투쿠자얼도 있었다.

"요즘 마무티의 별다른 움직임이 있나요? 우리 고향은 어때요?"

리시티도 사내들에게 문제를 제기하였다. 이러쿵저러쿵 분분하게 의논하며 대답하는 사람들과 달리 쿠투쿠자얼은 잠자코 앉아 듣고만 있었다.

이 날 밤 마무티는 사람을 보내 쿠투쿠자얼을 집으로 초대하였다. 쿠투쿠자얼은 처음에는 겉으로만 추종하는 체할 생각이었다.

'공산당이 오기 직전에 날 매수할 속셈이란 말이지? 그렇게 쉽게 넘어가지는 않을 거야.', '나는 톈강(天罡, 즉 은화) 한 닢 때문에, 진창에 뛰어들 바보가 아니란 말이지.'

쿠투쿠자얼은 속으로 이렇게 말했다. 심지어 용기를 내어, '지난번에 당신 입으로 배상이라고 하지 않았나요? 그렇다면, 우리 사이의 관계는 이것으로 말끔하게 청산되었으니, 제발 더 이상 귀찮게 굴지 말아요.'라고 마무티에게 엄중히 경고할 마음까지 먹었다. 그러나 마무티 네 집에 들어서는 순간, 호화로운 진열품과 풍성하고 맛있는 음식, 마무티의 엄숙한 용모와 장중한 태도에, 그는 완전히 최면에 걸리고 말았다. 그는 리시티가 돌아왔다는 사실과 뭇사람들의 반응에 대해 곧이곧대로 촌장에게 보고하였다.

마무티 네 집에서 나온 쿠투쿠자얼은, 주위를 두리번거렸다. 그리고 얼핏 사람 그림자 하나가 지나간 것 같았다. 그는 혼비백산하여 빠르게 머리를 굴리기 시작하였다. 시간을 지체하였다가는 큰일이 날 것 같아 즉각 판단을 내렸다. 그는 즉시 리시티를 찾아가 상황을 보고하였다.

"마무티 촌장이 나를 매수하여 자기편으로 만들려고 해요. 방금 전 나를 집으로 불러, 이것저것을 캐물었어요. 아이라이바이라이. 해방군이 온다는 소식을 듣고 많이 놀라고 당황한 것 같았어요. ……"

쿠투쿠자얼은 자신이 마무티에게 보고한 사실만 생략하고, 마무티의 움직임에 대해서만 '여실'히 보고하였다. 지난번 마무티에게서 얻어먹고 선물까지 받은 사실에 대해서는 더욱 입도 뻥끗하지 않았다.

"개 같은 촌장 놈, 죽음의 날이 다가왔어요. 우리는 반드시 한마음 한뜻으로 그와 끝까지 투쟁해야 해요!"

리시티는 쿠투쿠자얼의 손을 꼭 잡으며 결의를 다졌다.

"달은 15일 동안 차올랐다가, 다시 15일 동안 이지러져요.", "알라신이 그의 자민에게 완정한 낭 하나를 주었어요. 그렇다면 누구도 그 낭을 절반으로 만들 수 없어요."

마무티는 속어들을 인용하며 말했다. 또 한 번 마무티 네 집으로 초대된 쿠투쿠자얼이 새로운 상황을 보고하자 마무티는 그의 손을 꼭 잡았다. 그 뒤 마무티는 쿠투쿠자얼에게 또 고가의 선물들을 보내왔다.

쿠투쿠자얼은 자신이 때론 검은 돌, 때론 흰 돌을 번갈아가며 수를 두 듯이 혼자서 바둑 두는 사람처럼 느껴졌다. 이건 사실 그에게 있어 아주 위험한 상황이었다. 동시에 중간에서 이익을 꾀할 수 없는 좋은 기회이고 게임이었다. 그는 자신의 재능과 지혜, 수완에 대해 무척 자만하였다. 장사를 하며 살아온 인생에서 그는 교묘한 수단으로 사리사욕을 취하고, 빠른 눈치와 융통성으로 줄타기를 잘하는 능력을 키워왔다. 그리고 오늘 이러한 능력이 빛을 발하여 고급적으로 응용되고 있었다. 이는 쿠투쿠자얼 자신도 믿을 수 없는 상황이었다.

1950년 소작료와 이자를 삭감하고, 악질 토호에 맞서기 위해 조직된 공작대가 농촌에 왔고, 마무티에 대한 투쟁의 불길이 맹렬하게 타오르기 시작하였다. 그러자 쿠투쿠자얼은 덜컥 겁이 났다. 그는 마무티를 찾아가 다시는 자신과 '연락'을 하지 말라고 경고를 하였고, 만약 다시 찾아온다면, 지나간 일까지 몽땅 들춰내어 고발하는 등 끝까지 투쟁할 것이라고 협박도 하였다. 반대로, 만약 '자각'하고 분수에 맞게 행동한다면, 알라신이 허용하는 범위 내에서 알아서 마무티 일가를 도와줄 것이라고 회유하였다. 그리고 다른 한편으로 그는 적극적으로 마무티에 대한 투쟁에 참여하였다.

그는 침식을 잊을 만큼 전력을 다해 회의에 참가하고, 적극적으로 발언하였다. 당시 그는 마을에서 한어를 가장 많이 알고 있는 사람으로서, 공작대

대장이 연설할 때면 곁에서 통역을 맡았다. 사실 매번 연설 내용의 3분의 1가량밖에 알아듣지는 못했지만, 워낙 말주변이 뛰어난 그는 스스로 말을 붙이고 늘려, 3분의 3, 심지어 3분의 4를 통역해 말했다. 그리하여 그는 모두가 인정하는 열성분자 중의 한 사람으로 거듭나게 되었다.

공작대 간부가 그가 입당 신청서를 제출한 후 그와 면담을 나누었다.

"당신이 마무티 네 집을 자주 드나들고 있다고 들었어요."

간부의 단도직입적인 말에 쿠투쿠자얼은 식은땀을 흘렸다.

"맞아요. 그게 어떤 상황이었냐면 말이죠."

그는 아무 일도 없는 척 차분하게 말했다.

"내가 그 집을 드나들며 일부러 친한 척 지냈던 건, 바로 마무티의 내막을 염탐하기 위한 것이었어요. 한족들이 자주 하는 말처럼 호랑이 굴에 들어가지 않고, 어찌 호랑이 새끼를 잡을 수 있겠어요! 그가 지금 어떤 상황인지 리시티 형에게 전부 보고 드렸어요. 못 믿겠으면 직접 조사해 보아도 좋아요."

그 뒤부터 그는 더 이상 조사를 받지 않았고, 또 그 뒤에 그는 입당하였다. 결과적으로 그는 촌장 마무티를 도와줄 수 없게 되었다. 마무티도 더 이상 그를 찾아와 도와달라고 할 수 없게 되었다. 의사는 병을 치료할 수 있지만, 죽음은 치료할 수는 없다. 마무티가 저지른 죄악은 산더미 같았고, 그는 한 가지도 아닌 여러 가지 불치병에 걸려 있기도 했다.

쿠투쿠자얼의 도움으로 다섯 가지 죄를 삭감한다고 쳐도, 그밖에 여덟 가지 죄상이 더 남아있기 때문에 멸망은 피할 수 없는 사실이었다. 각성한 인민들은 이 잔인하고 흉악한 악질 토호를 갈기갈기 찢어버리고 싶은 충동과 분노로 들끓기 시작하였다. 인민정부는 민중들의 요구를 받아들여 마무티를 잡아들였다. 마무티 때문에 속을 끓이던 쿠투쿠자얼은 그제야 한시름을 놓을 수 있었다.

마무티가 총살당하던 그 날 밤, 그 동안 마무티의 박해를 당해온 마을의 기타 소작인들과 함께 그도 진심으로 기뻐하였다. 쿠투쿠자얼은 한 마리밖에 남지 않은 양을 잡아 공작대 간부와 이웃들을 접대하였다.

그리고 그는 마을의 촌장이 되었다. 그의 앞에는 얼음물 장사보다 훨씬 휘황찬란하고 더 많은 이익을 꾀할 수 있는 길이 펼쳐졌던 것이다. 그는 공산당을 위해 열심히 일함으로써, 대장부로서 큰 성과를 이루어내겠다고 내심 다짐하였다.

공작대가 떠나고 얼마 지나지 않은 어느 날이었다. 향(鄕)정부에서 사무를 마치고 집으로 돌아온 쿠투쿠자얼은, 아내 파샤한이 새로 구입한 귀고리를 거울 앞에 서서 달아보고 있는 장면을 목격하였다. 반짝반짝 눈부시게 빛나는 루비 귀고리를 보고 쿠투쿠자얼은 깜짝 놀라 소리쳤다.

"어디서 난 귀고리야?"

"잘 익은 오디는 그와 인연이 있는 사람에게 오게 되죠."

"누구네 오디라는 거야? 어서 말하게. 어떻게 된 일인지?"

파샤한은 기쁨을 숨기지 못한 채, 싱글벙글 웃으며 은밀하게 눈짓을 하더니, 출입문을 다시 꼭 닫고 낮은 소리로 말했다.

"마리한이 준 거예요. 조금 전 새 먹일 좁쌀 한 주머니를 들고 찾아왔었어요. 그녀가 돌아간 뒤에 주머니 속에서 이 귀고리를 발견했지 뭐예요. ……"

"아니, 어찌 그럴 수가 있지?"

쿠투쿠자얼은 화가 나 소리를 질렀다.

"지금이 어떤 때인데, 지주가 주는 선물을 함부로 받아 받긴? 누가 알기라도 하면, 내가 끝장이라는 걸 몰라, 이 바보야! 귀고리를 얼른 빼서 나에게 줘. 내가 가서 빌어먹을 지주에게 던져주고 올 테니까." 이렇게 말하면서 쿠투쿠자얼은 아내의 귀를 잡고 귀고리를 억지로 벗기려 하였다.

"이러지 말아요. 돌려주지 않을 거예요! 안 줘요! 안 줘! 이건 여자들 사이의 일이에요. 여자가 사용하는 물건일 뿐이에요. 당신과 결혼한 지 5년이 되었지만, 당신 나에게 귀고리 하나라도 사준 적이 있어요? 빌어먹을, 그런데 어찌 내 귀에서 억지로 빼앗으려고 할 수 있어요?"

파샤한은 눈에 핏발을 세우며, 쿠투쿠자얼의 손을 힘껏 밀쳤다.

"이건 범죄라니까!"

쿠투쿠자얼은 애가 타서 자신의 얼굴을 마구 꼬집었다.

"만약 이게 범죄라면, 당신이 직접 날 향 정부로 잡아가요!"

파샤한은 조금도 양보하지 않았다. 언제나 남편과 의기투합하고, 남편의 지휘에 잘 따르며, 가끔 남편의 책사 노릇까지 해오던 파샤한이 오늘따라 갑자기 놀라울 만큼 강경하게 나왔다. 그녀는 화가 나서 얼굴이 검푸르게 변했고, 온몸이 경직되어 있었다. 그리고 남편을 무섭게 노려보며 콧구멍을 벌름거렸다. 목숨을 걸고 귀고리를 지키겠다는 자세였다.

이 사람이 어찌 감히! 쿠투쿠자얼은 당황해서 넋이 나가버렸다. 그는 귀고리와 루비의 힘을 생생하게 보았다. 인간 세상에서 가장 강한 이 힘을 그도 알고 있었다. 그는 어릴 적에 금전은 사람을 미치게 한다는 이야기에 대해 들어본 적이 있었다. 즉 착하고 온순한 이발사가 면도칼로 이발하고 있는 국왕을 살해하려 했다는 이야기였다. 그 뒤 한 슬기로운 자의 깨우침으로 이발사가 죄를 저지를 뻔 한 그곳 땅 밑에서 대량의 황금을 발굴하게 되었는데, 발아래의 황금 때문에 늘 온순하던 이발사가 이성을 잃고 미친 짓을 한 것으로 밝혀졌다. 그리하여 이발사의 죄는 사면되었다.

"미련한 사람! 당신 때문에 내 앞날이 캄캄해질 수 있어요!"

쿠투쿠자얼은 낙담하며 책망하였다.

"그만해요. 그런 말은 하지도 말아요! 우리가 지주에게서 선물 받은 게 처

음 있는 일이에요? …… 생부가 누군지도 모르는 애를 셋이나 낳은 여자가 처
녀인 척을 해야 하는 거나 뭐가 달라요?"

파샤한은 남편의 책망을 받아들이지 않고 도리어 비난하였다.

……셋째 날, 마리한은 사람들이 아니꼽게 지켜보는 눈앞에서 이대로 살아
갈 수 없으니, 마을로 이사 갈 수 있도록 허락해 달라는 부탁을 해왔고, 이를
파샤한이 쿠투쿠자얼에게 전달하였다. 쿠투쿠자얼은 부탁을 듣고 미간을
찌푸렸다. 그리고 얼마 지나지 않아 마리한의 '이사'를 수락하였다.

그 날부터 마무티의 죽음으로 인해 끊어졌던 무형의 끈은 다시 쿠투쿠자
얼과 마리한을 연결시켰다.

인민정부의 공고화, 혁명사업의 발전과 쿠투쿠자얼의 직무 승진에 따라,
무형의 끈은 점점 번거로운 부담으로 변해갔다. 이러저러한 정치운동을 진
행하거나, 또는 당원을 조직하여 의식을 바로잡고 학습할 때마다, 그는 마치
가시방석에 앉은 것처럼 안절부절못하였다.

1961년 말 마이쑤무 과장이 마을에 왔다. 지난날 현에 가서 회의에 참석한
적이 있었던 쿠투쿠자얼은 마이쑤무 과장에 대해 이미 알고 있었지만, 서로
따로 연락하거나 왕래한 적은 없었다. 상사에 대처하는 경험에 근거하여, 그
는 정성을 다하면서도 신중하고, 엄숙하면서도 친근하게 '과장'을 대하였다.
그리고 말할 때에는 항상 여지를 남겨두고, 입장을 밝힐 때에는 되도록 애
매하게 하는 원칙을 지켰다. 그러나 마이쑤무는 자신의 성향을 전혀 감추려
하지 않았고, 리시티에 대한 적의와 쿠투쿠자얼에 대한 호의도 감추지 않았
다. 당 지부를 개조하고, 쿠투쿠자얼이 리시티를 대체하여 최고 책임자가 되
던 날 밤, 마이쑤무는 쿠투쿠자얼네 집에 초대되어 밥을 먹었다.

쿠투쿠자얼은 내심 기뻐서 어쩔 줄 몰랐지만, 있는 힘을 다해 자신을 억제
하며 과장에게 경망스러운 모습을 보여주지 않았다. 그는 평소처럼 아내에

게 라몐탸오를 하라고 시켰고, 비빔면을 볶을 때 야채소스 안에 고기를 조금 더 넣으라고 하였을 뿐이었다. 그런데 라몐탸오 한 그릇을 먹고 나서 마이쑤무가 물었다.

"술 있어요?"

쿠투쿠자얼은 순간 어떻게 대답하면 좋을지 몰라 당황하였다. 현에서 온 과장이 먼저 술을 찾는다는 것은 그만큼 허물없이 친하고 정답다는 뜻일까? 이건 매우 영광스러운 일일까? 아니면 떠보는 걸까? 혹시 술과 고기를 탐하는 별것 없는 놈인지 시험해 보려는 걸까? 과장 앞에서 아무래도 엄숙하고 신중하며, 검소하고 소박하며, 노고를 아끼지 않고 술을 멀리하는 사람이라는 인상을 심어주어야 하지 않을까? 그렇게 생각한 그는 "아니, 없는데요." 라고 얼버무리며 대답하였다. 여기서 쿠투쿠자얼은 자기만의 규칙이 있음을 알 수 있다. 거짓을 말하는 것이 좋을지, 아니면 진실을 말하는 것이 좋을지 미처 판단이 서지 않을 때, 그는 차라리 거짓을 말하는 쪽을 선택하였던 것이다.

"한 병 얻어 와요!"

마이쑤무는 흥에 겨워 말했다. 마이쑤무는 격려하는 눈빛으로 쿠투쿠자얼을 바라보았다. 쿠투쿠자얼은 술 마시고 싶어 하는 과장의 성의를 그제야 완전히 믿을 수 있었다. 그는 자리에서 일어나더니 건망증에 걸린 신경쇠약 환자와 같은 표정을 지으며 말했다.

"혹시 술이…… 있을지도 모르겠네요."

그는 웃으며 파샤한을 불렀다.

"이봐요, 안주를 더 만들어요!"

마이쑤무는 술 두어 잔을 마시고 나더니, 납작하고 평평한 누런 얼굴에 얼룩얼룩 복숭아 색이 번지기 시작하였다. 그리고 한데 모여 있고, 약간 튀어

나온 두 눈에는 물기가 한층 서려있었고, 매부리코의 끝에는 작은 땀방울들이 송골송골 맺혀 있었다. 드디어 마이쑤무가 입을 열었다.

"이봐요, 자네! 이봐요, 서기! 나는 당신이 참 마음에 들어요. 당신은 머리가 명석한 사람이에요. 당신과 같은 사람은 우리 카스가얼 사람들 중에서, 특히 농촌에서는 눈을 씻고 보아도 찾기 힘든 인재란 말이죠."

과장은 무척 감탄해 하며 계속해서 말했다.

"지금 당신에게 물어볼 문제가 있어요. 우리 민족의 운명이 어떻게 될지 생각해 본 적이 있나요? 우리의 어제와 오늘이 어떤가요? 내일은 또 어떨 것 같아요? 그리고 모레는 어떻게 될 것 같아요?"

"우리……"

쿠투쿠자얼은 정신을 가다듬고 알코올로 인한 어지러움을 극복하며 영리함을 최대한 발휘하여 정확한 대답을 하기 위해 안간힘을 썼다.

"지난날 우리는 봉건제도의 착취와 민족적 억압을 당해 왔어요. 오늘 우리는 사회주의를 건설하고 있고, 내일의 사회주의는 더욱 휘황찬란할 거라고 생각합니다. ……"

"에이 그만둬요!"

마이쑤무는 귀찮다는 듯이 손을 흔들더니 말했다.

"지금 당신에게 그걸 묻는 게 아니에요. 당신이 말한 건 모두가 다 아는 사실이에요. 내가 묻고 싶은 것은, 예를 들어, 현재 중국과 소련의 관계에 대해 어떻게 생각하는가 하는 겁니다."

"그건……"

"이 새는 기른 지 얼마나 됐지요?"

마이쑤무가 또 질문하였다.

"며칠 전에 잡아온 거예요."

쿠투쿠자얼이 대답하였다. (마무티가 선물한 앵무새는 죽은 지 오래되었다)

"좋아요."

마이쑤무는 머리를 끄덕이며 쿠투쿠자얼을 향해 다정하게 웃었다. 그는 창문가에 기대어 서 있었는데 낮은 곳에 놓아둔 석유등 불빛에 반사되어 커다란 그림자가 생겼다.

"주저하지 말고 말해요. 생각하는 그대로 말해 봐요! 나는 당신을 알고, 당신의 모든 것을 알아요! 말 안 할래요? 그럼 내가 천천히 말해 줄게요. 우리 민족은 낙후하고 우매하며, 발전성이 없는 못난 민족이에요. 특히 우리는 분열된 민족이고, 시야가 좁고, 마음이 좁으며, 이웃을 시기질투하고, 남을 해치려다가 자신마저 피해를 입는 미련한 민족이에요.

다오간쯔에 관한 이야기를 들어보았죠? 설마 들어본 적이 없어요? 좋아요, 이제 적당한 시기가 되면 말해줄게요. 우리가 살고 있는 이 신장은 많은 일들이 일어나는 복잡한 곳이에요. 최근 몇 십 년 사이에 벌어진 일들만 보아도 그래요. 우리 신장을 5년 이상 아무 탈 없이 통치했던 정권이 있어요, 없지요? 양쩡신·진수런·성스차이 알죠? ……범투르크주의자(泛土耳其主義者)들이 모위(墨玉)현에서의 반란, 마중잉·마후산(馬虎山)·장페이위안(張培元)·톄무얼(鐵木耳)의 혼전, 이것은 당신도 알고 있죠? 적어도 회족의 폭동은 알고 있잖아요. ……그리고 또 외국이 있어요! 러시아인들의 세력, 영국과 미국의 세력, 독일과 일본 간첩…… 다 알잖아요. 훠자·니야쯔(霍加·尼牙孜)의 통치하에 있던 동투르키스탄이 바로 런던의 요람 속에서 탄생된 거예요. 그리고 아러타이지구에 있던 일본의 적십자회, 미국 영사가 우쓰만바투에게 준 권총…… 러시아는 더 말할 것도 없어요! 그리고 독일인, 예청(葉城)의 인도인들도 있어요. 우리 신장은 열강들의 도박장이에요. 세계 강국들이 가지고 싶어서 침을 질질 흘리는 비계덩이란 말이지요. ……장제스의 부인 쑹

메이링(宋美齡)이 루스벨트(羅斯福)를 어떻게 꼬드겼는지 알아요? 그녀는 루스벨트 대통령의 아들을 전후에 신장으로 초대하였어요. 상하이도 아니고, 항저우(杭州)도 아닌 당신과 내가 살고 있는 신장으로 초대했다는 거예요!"

마이쑤무는 두서없이 이것저것 마구 내뱉었다. 그러다가 잘 모르는 부분에서는 아무렇게나 둘러대며 함부로 지껄였다. 쿠투쿠자얼은 그의 이야기에 흥미진진하게 완전히 몰입하여 듣고 있었다.

마이쑤무는 쿠투쿠자얼에게로 가까이 다가오더니 허리를 숙이고 말했다. 검은 그림자가 천장을 뒤덮었다.

"그 뒤, 형세가 완전히 바뀌었어요. 국민당이 몰락하였고, 훠자·술탄(蘇丹, 일부 이슬람 국가 최고 통치자의 칭호)·장군·도독은 이리하의 물살에 씻겨 몽땅 떠내려갔어요. 영영 돌아올 수 없는 곳으로 사라졌지요. 독일과 일본은 어떻게 됐어요? 모두 패했어요. 영국과 미국의 세력도 신장에서 쫓겨났어요. 그러나 이곳에는 여전히 두 개의 가장 강대한 세력이 남아있어요. 즉 베이징의 중앙정권과 이웃 나라인 소련이에요. ⋯⋯역사가 그래요. 강한 자는 왕이 되고, 다음으로 강한 자는 신하가 되며, 백성들은 조세를 납부하고 곡식을 바쳐야 해요. 그리고 더욱 강한 자가 나타나면, 쟁탈전과 교전이 벌어지고, 수많은 물레방아를 돌릴 수 있을 만큼의 피를 흘리게 되죠! 그 다음, 더욱 강한 자가 원래의 왕을 먹어버리고, 새로운 왕으로 등극하는 거예요.

몇 년 후, 더더욱 강한 자가 또 나타나요. 그럼 또 한 차례의 유혈사태가 벌어져요⋯⋯ 이와 같이 끝도 없고 한도 없이 참혹한 역사가 되풀이되는 거예요. 그렇기 때문에 정의, 진리, 행복은 영원히 있을 수 없는 것이고, 평화와 태평의 세상은 영원히 오지 않는 거예요. 당신은 아마도 해방된 지 10여 년이 되었고, 공산당의 통치하에서 안정적인 생활을 하고 있다고 말하겠죠. 그렇다면 우리 한 번 잘 따져 봅시다. 이 안정적인 생활의 기초란 게 무엇이지요?

20세기 이래 누구든 신장에 발을 붙이려면 반드시 러시아와 좋은 관계를 맺어야 해요. 성스차이도 그렇고, 국민당 정부의 장쯔종(張治中)도 마찬가지예요. 해방 이래 내가 말한 강대한 두 세력은 서로 협력하는 관계였어요. '헤이라라라라 라 헤이라라라, 중소 인민이 단결하여, 미국 병사를 물리쳤다네……' 이 노래가사를 기억해요? 그런데 갑자기 가장 두려운 일이 벌어졌어요. 마지막까지 남은 이 두 개의 강대한 세력이 분열되었다는 거지요!"

마이쑤무는 고래고래 소리를 지르면서 식탁을 쾅 하고 내리쳤다. 쿠투쿠자얼은 갑작스러운 격한 감정에 놀라 얼굴색이 하얗게 변하였다.

마이쑤무는 힘없이 고개를 떨어뜨리더니 천천히 자리에 앉았다. 그리고는 낮은 소리로 말했다.

"1957년에는 조롱박 골통들이 위구르족 독립을 부르짖었고, 나도 그들과 함께 목이 찢어지도록 소리를 쳤어요…… 정말 멍청했어요! 그야말로 정치적 바보이고, 정치적 자살이었죠! 우리는 눈치 빠르고 융통성도 있어야 해요. 누구의 세력이 더 강하고, 누가 더 영민하며, 누가 더 멀리 내다보는 식견이 있는지, 잘 파악해야 해요. ……독립! 우리 카스가얼인들이 어떻게 독립할 수 있어요? 독립해서 할 수 있는 일이 뭐가 있지요? 야쿱벡(阿古柏)의 폭정은 민심을 얻지 못한 청나라의 관료와 호자니야쯔를 초월하였고, 윈난(雲南)에서 온 양쩡신, 간쑤에서 온 진수런, 랴오닝(遼寧) 사람인 성스차이를 넘어섰어요! 우리에게 필요한 것은 독립이 아니에요. 사변에 대처하고, 강한 자의 힘을 빌려, 자신의 이익을 추구하는 것이 진정한 카스가얼주의지요. ……아, 내가…… 지금 무슨 말을 하고 있죠? 술에 취했나 봐요! 무슨 말들을 했죠? 쿠투쿠자얼 동지!"

쿠투쿠자얼은 마이쑤무의 이야기를 들으며, 자신의 몸이 금방 더웠다가, 다시 금방 추워지고, 정신이 금방 흐릿해졌다가 또 금방 맑아지는 것을 경험하였다. 마치 하늘의 계시를 직접 들은 것만 같았다. ……마지막에 마이쑤무가 "서기 동지"라고 불러서야, 그는 크나큰 깨우침을 얻은 흥분 속에서 현실로 돌아오게 되었다. 그는 과장에게 자신의 '명석함'을 보여주고 싶었고, 과장에게서 존경을 받고 싶었다. 그래서 그는 냉담하게 말했다.

"과장께서는 아무 말도 하지 않았어요. 절대 아무 말도 하지 않았어요."

그리고 낮은 소리로 다시,

"과장님 가르침에 진심으로 감사드립니다, 과장 형!"

'과장 형'의 이야기를 통해, 쿠투쿠자얼은 식견을 넓혔고, 이 '두뇌가 명석한 사람'의 두뇌는 두 번째 비약적인 발전을 이룩하였다. 만약 '촌장 형'의 이야기가 그의 영리함을 장사에서 정치로 이끌었다면, '과장 형'은 그의 시야를 국내에서 국제로 넓혀주었고, 그로 하여금 눈앞으로부터 역사와 미래를 보도록 하였으며, 국제적 투쟁에 그의 영리함을 활용해야 할 필요성과 창창한 앞날을 발견하게 되었던 것이다.

마이쑤무의 이 이야기들은 한편 그에게 새로운 불안의 씨앗을 심어주었다. 우환과 지혜는 아마도 쌍둥이 형제인 것 같았다. 쿠투쿠자얼은 말초신경을 곤두세우고, 열심히 파악하고, 귀담아 들었으며, 냄새를 맡았다. …… 그렇다면 앞으로 어떻게 하는 것이 좋을까? 기회를 엿보다가 서기 직함을 벗어던져야 하는 걸까? 참으로 어려웠다.

천리 길도 첫걸음부터 시작된다는 말이 있듯이, 사건은 '과장 형'부터 시작되었다. 마이쑤무가 현으로 돌아간 후, 쿠투쿠자얼은 과장 형에게 유채씨 기름과 살아 있는 양, 말린 토마토, 마른 고추를 두 번이나 보내주었다. 그리고 마리한과도 잊지 않고 왕래를 이어갔다. 그는 마리한 이 할망구가 언제 어디선가 생명의 은인이 될지도 모른다고 생각하였다. 2월에 마리한이 간염에 걸렸다는 소식을 듣고, 그는 마리한이 진료를 받을 수 있도록, 생산대로부터 30위안을 빌려주라고 무싸에게 지시를 내렸다.

아니나 다를까, 끝내 일이 터지고 말았다. 1962년 봄 사방에서 유언비어가 떠돌기 시작하고, 무라튀푸가 찾아왔으며, 공로 위에 '그쪽'으로 넘어가는 일부 남녀들이 나타나기 시작하였을 때, 쿠투쿠자얼은 두렵기도 하고 기쁘기도 하였다. '베이징 중앙정부'는 끝내 신장을 통제할 수 없게 되었다! 그러나 다행히도 그는 미리 마음의 준비를 하고 있었고, 그에게는 마이쑤무와 같은 은사도 있으며, 여러 번 은혜를 베풀어준 촌장 형의 미망인이 있었다. 그러나 누가 뭐라고 해도 그는 공산당원이고, 서기 동지였다. 그러면서도 만일의 경우, "혼란 속에서 미처 자신의 진상을 밝히지 못해, '그쪽' 사람들에게 살해당하지는 않을까? 혹은 어느 하루 '그쪽'에서 원자탄을 던지지는 않을까? 원자탄은 두뇌가 명석하든 말든 상관하지 않는다!"는 걱정도 해야 했다.

그날 밤 밤이 깊어지자 분홍색 피부에 키가 크고 호리호리한 몸매의 손님이 쥐도 새도 모르게 그의 집으로 찾아왔다. 귓바퀴가 앞으로 도드라져 있어 바람을 잘 막을 것 같이 생긴 손님이 말했다.

"마이쑤무 과장과 저는 가장 친한 친구예요. 전에 나에게 특별히 당신을 소개해 준 적이 있어요. 당신은 두뇌가 명석한 영리한 사람이라는 걸, 저도 잘 알고 있어요(이 소련교민협회의 특파원도 역시 보자마자 쿠투쿠자얼의 두뇌부터 칭찬하였다. 쿠투쿠자얼은 저도 모르게 몸서리를 쳤다). 마이쑤무는 도움이 필요한 상황에서 당신을 찾아오면, 당신이 반드시 협조할 것이라고 말했어요."

"더 많은 사람들을 데리고 가는 것이 좋겠죠?" 쿠투쿠자얼은 마치 물에 빠진 사람이 지푸라기라도 잡듯이 무라튀푸를 붙잡고 부탁하였다.

"저에게도 교민증 하나를 주세요. 특파원 형! 소련의 국적을 가질 수 있다면, 공개적으로 선전하겠어요. 이 대대 3분의 1의 사람을 데리고 갈 수도 있어요. ……"

"내 뜻을 완전히 오해했네요."

무라튀푸는 전혀 그렇지 않다는 듯 머리를 흔들었다. 그리고 외국어가 섞인 말투와 그다지 능숙하지 않은 위구르어로 말했다.

"여기서 하나 물어볼게요. 왜 사람들을 그쪽으로 데려가려고 하는 거죠? 왜죠?"

"이곳의 정권에 타격을 입히기 위한 것이죠. 이곳 민심을 동요시켜 그쪽의 세력을 강화하기 위한 것이라고요……, 아니, 그뿐이 아니에요."

무라튀푸는 러시아어로 바꾸어 말했다.

"다시 한 번 잘 생각해봐요…… 그밖에 또 무슨 이유가 있다는 거죠?"

쿠투쿠자얼은 다른 말이 떠오르지 않았다.

"잘 모르겠어요……"

쿠투쿠자얼은 마지막 한마디 "잘 모르겠다"는 말은 러시아어로 말했다. 이것은 마얼커푸에게서 배운 유일한 한마디 러시아어였다. 드디어 이번에 써먹게 되었던 것이다.

"가는 목적은 다시 돌아오기 위한 것이지요."

"왜 다시 돌아와요?"

쿠투쿠자얼은 놀라서 가슴이 움찔하였다.

"그래요, 길면 3년 내지 5년이 걸릴 거고, 짧으면 1년 내지 2년이 걸리겠죠. 아무튼 우리는 다시 돌아와요. 타슈켄트(塔什幹)도 그렇고, 알마따(阿拉木圖)도 마찬가지예요. 어쨌든 그쪽은 한두 명의 위구르사(維吾爾師)가 필요해요. ……우리의 지지가 없다면, 중국공산당은 신장에서 정권을 지켜내지 못할 거예요. 특히 이리지역은 말할 것도 없고요! 우리가 다시 돌아왔을 때, 이곳은 지금과는 전혀 다른 풍경이 펼쳐져 있을 거예요."

"그렇다면…… 더더욱 가야겠는걸요! 더 이상 여기에서 그들을 위해 일하고 싶지 않아요. 어차피 저는 처음부터 그들 사람이 아니었거든요. 그들도 저를 완전히 믿지 않아요. 만약 필요하다면……"

쿠투쿠자얼은 마리한의 이름을 말하려고 하다가, 다시 삼켰다.

"진정하고 내 말 들어봐요!"

무라퉈푸는 손가락으로 쿠투쿠자얼의 얼굴을 가리키며, 훈계하듯 말했다.

"우리는 당신이 가는 것을 원치 않아요. 아니, 당신은 가면 안 돼요."

무라퉈푸는 간단명료하게 명령식으로 말했다.

"당신은 이 대대의 중요한 인물이고, 최고의 책임자예요. 당신은 이곳에 남아, 대대를 단단히 장악해야 해요."

무라퉈푸는 주먹을 틀어쥐는 동작을 하더니, 주먹을 힘껏 휘두르며 말했다.

"우리가 다시 돌아올 때, 당신은 우리의 선구자예요. 이 대대의 이름이 뭐라고 했죠? 애국? 하하하, 애국 좋~죠. 어느 국가인가가 문제겠죠. ……지금 우리에게 필요한 것은 양식이에요. 이닝시에 소련교민협회의 활동거점이 몇 개가 있는데, 매일 '귀국하는 사람'들을 영접하고 있지요. ……"

……

1년이 흘렀다. 태양은 매일 동쪽에서 떠서 서쪽으로 졌고, 이리하의 강물도 끊임없이 세차게 흘렀다. 백양나무의 늙은 잎사귀들은 다 떨어지고, 파릇파릇하고 더욱 무성한 새 나뭇가지들이 돋아났다. 날아갔던 제비들도 다시 돌아오고, 방송 스피커에서는 「동방홍(東方紅)」, 「사회주의가 좋다(社會主義好)」가 흘러나오고 있었다. 상점에서는 중국 인민은행(中國人民銀行)에서 발행한 화폐를 사용하고 있었다. 사람들은 아이를 낳고, 할례(割禮)를 행하고…… 또 여기저기에서 노래 소리가 흘러나오는 여름이 되었다.

아무 일도 없었던 것처럼 사람들은 일상을 살아가고 있었다. 소련 영사도 사라지고, 소련교민협도 사라졌으며, 무라튀푸도 사라지고, 이싸무동도 사라졌으며, 1962년 5월의 사건도 지나갔다.

3년 내지 5년, 심지어 1년 2년이면 돌아온다고 했던가? 이미 공포탄이 되고 말았을 것이다. 세상에 허풍을 떨지 않는 사람이 어디 있겠는가? 허풍을 떨고도 일을 제대로 처리하지 못하는데, 하물며 허풍을 떨지 않고 어떻게 일할 수 있겠는가? 그러나 결과는 아니었다. 그들은 짧은 기간 내에 돌아오지 않을 것이고, 위구르 사람인지 소련 사람인지 모두가 헛된 생각일 뿐이었다. "안녕, 무라튀푸!" 하지만 그들은 어디까지나 경외할만한 세력이었다. 나 쿠투쿠자얼 또한 그들을 위해 힘썼으니, 그들은 반드시 그를 기억해 줄 것이다. 동시에 누구도 영원히 그의 꼬투리를 잡지 못할 것이다. 그의 깃털은 오리보다도 반들반들하니까……

지금 상급기관에서 1962년 합법정부를 전복시키려던 불순분자들과의 투쟁에서 거둔 승리, 그리고 여러 가지 정돈에 대해 거론하고 있다. 이번에는 또 농촌에서 '네 가지 정돈' 운동을 진행할 것이라고 말하고 있다. 이것도…… 역시 공포탄이다! 뭘 정돈한다는 말인가? 누가 나를 조리 있고 명백하게 정돈할 수 있다는 말인가? 아무리 대단한 간부라도, 과장이든 처장(處長)이든, 소장(所長)이든, 국장(局長)이든 그 누구를 막론하고 농촌의 일을 명확하게 분별할 수는 없다. 농촌은 여전히 우리와 같이 두뇌가 명석한 농민들의 마을이다. 역대 정권 중 관아의 울타리를 벗어나 할 수 있는 일이 하나라도 있었던가? 그리고 일부 공문과 정령(政令)은 우루무치를 벗어나면 즉시 담배 말이 종이가 되고 말았다.

그러나 공산당은 지난 정권들과는 달랐다. 공산당의 관할은 자치주뿐만 아니라, 현, 더 내려가 공사에까지 미치고 있었다. "그렇다면 대대 이하는 어떠할까? 아무리 대단하다고 해도 머리카락 한 올까지 속속들이 들여다 볼 수는 없는 일이지 않는가?" 쿠투쿠자얼은 그렇게 생각하며 스스로를 위안했다. 그러면서 그는 또 "그렇다면 누구의 공포탄이든 나에게는 전혀 소용이 없고, 누구의 허풍이든 나는 절대로 믿지 않을 것이다. 나 자신의 이익만이 나의 유일한 알라신이다. 나에게 유리한 사람만이 곧 나의 알라신이다. 그러므로 '네 가지 정돈' 운동의 소식 때문에 불안해하거나 두려워할 필요가 없다"라고 생각했다.

그런데 왜 하필 이때 새가 죽었을까?

쿠투쿠자얼은 스스로 위로하였지만 꺼림칙한 기분을 떨쳐낼 수가 없었다. 밤에 그는 이상한 꿈들을 꿨다. 꿈에서 마무티 촌장이 한 마리의 큰 새로 변하여 그를 덮쳤고, 그는 놀라 바닥에 쓰러졌다. 그리고 "우르릉" 소리를 내는 탱크를 몰고 오는 무라퉈푸를 보았다. 그리고 또 이싸무동이 옷깃을 부여잡고, 좌우 양손으로 번갈아 가며 그의 뺨을 갈기는 꿈을 꿨다. 그 상황을 피하려 도망치고 또 도망쳤지만, 결국 무엇에 걸려 넘어지고 말았다. 뒤돌아보니 땅에 시체 한 구가 놓여있었는데, 그것은 다름 아닌 쿠얼반이었다. 쿠얼반의 목에서는 뜨거운 피가 철철 흐르고 있었다……

"엄마야!"

쿠투쿠자얼은 처절한 그만 비명소리를 질러댔다.

쿠투쿠자얼이 수비에서 공격으로 전환하다
빗속에서 싹튼 정
우얼한의 잃어버린 청춘을 애석하게 여기다

하향한 지 얼마 되지도 않았는데 싸이리무는 빠르고 또 자연스럽게 쿠투 쿠자얼이 뭇 사람의 비난의 대상이라는 사실을 알게 되었다. 제4생산대 마을에서 우푸얼 대장이 개별적으로 싸이리무에게 한 가지 중대한 문제를 보고하였다. 즉 "1962년 동란이 발생하였을 당시 쿠투쿠자얼이 모처럼 우푸얼을 찾아와 공사에서 우푸얼의 국적과 '그쪽'으로 도망치려 하는 경향에 대해 의심하고 있다고 말해서 이 일 때문에 우푸얼은 크게 마음이 상하여, 한동안 드러누워 아무 일도 하지 않겠다고 시위한 적도 있었으나, 리시티 동지의 설득과 교육 덕분에 더 이상 유언비어들을 믿지 않게 되었고, 다시 털고 일어나 자기의 일에 매진할 수 있었다"는 내용이었다. 우푸얼은 솔직한 사람이었다.

1962년 사건이 지난 뒤, 그는 공사로 찾아가 공인(경찰)인 타례푸 동지에게 마음속의 응어리를 털어놓고 이야기를 나누었다. 타례푸는 눈만 휘둥그렇게 뜬 채 아무 말도 못하였는데, 그는 '우푸얼이 왜 이런 말을 하는지, 왜 그런 섭섭한 마음을 품고 있었는지 영문을 알 수 없었고, 설마 누가 우푸얼에게 그를 의심한다는 말을 한 적이라도 했다는 말인가?'라고 생각하였지만, 생각할수록 이상하였다. '지부서기로서 쿠투쿠자얼이 왜 이와 같이 원칙에 어긋나는 말을 했고, 또 왜 무라퉈푸가 가짜 장인 샤오가이터(肯蓋特)의 편지를 가지고 와서 벌인 자작극에 객관적으로 협조하였으며, 이간질하여 불화를 일으키고, 물을 흐리는 역할을 발 벗고 나서서 하였던 걸까?' 그의 의문은 쉽게 가시질 않았다.

그날 지부 확대회의가 있은 뒤 이밍쟝도 싸이리무를 찾아왔다. 용모가 준수하고, 옷차림 단정하며, 약간은 여위고 허약해 보이는 이 청년단 단원이 부끄러운 듯 머뭇거리며 입을 열었다. 그의 큰어머니 파샤한이 바오팅구이에게서 온 편지를 들고 와서, 그에게 한어를 위구르어로 번역해 달라고 부탁하였는데, 우루무치에서 뒷거래로 자동차를 구입하려고 하였던 바오팅구이의 시도가 실패하였다는 내용이 적혀 있었다고 하였다. 그리고 편지에는 바오팅구이의 그 '친구'인 모 공장의 관리원은 도시의 '오반' 운동 중에 불미스러운 일이 밝혀져 체포되었다는 사실도 적혀 있었다고 하였다.

"그날의 확대회의에서, 큰아버지는 이런 실제 사정을 밝히지 않았어요. 일부러 모른 척 했던 거예요. ……이 편지에 대해서는 아마 누구도 모르고 있을 거예요. 사실 서기에게 이 사실을 보고해야 하나 말아야 하나 오랫동안 고민하고 갈등하였어요. ……우리 아버지에게는 절대 말하지 말아 주세요. ……"

이밍쟝이 더듬거리며 말했다.

"고맙네! 걱정하지 말게나. 물론 우리는 쿠투쿠자얼의 동지로서 그가 잘못을 바로잡도록 도와주는 태도를 취할 거네. 그렇지만 거짓말을 해서는 안 되네. 거짓말은 그에게도 우리가 하고 있는 일에도, 부정적인 영향을 미치거든……"

싸이리무는 이밍쟝의 어깨를 다독이며 말했다.

아부두러허만과 아이바이두라도 제7생산대에서 장부를 검사하는 과정에 나타난 상황을 싸이리무에게 보고하였다. 간단하게 말해서 무싸의 태도가 양호하다는 것이었다. 장부상의 문제에 대해 그는 모든 책임을 떠맡았고, 남에게 덮어씌우거나 책임을 회피하지 않았다고 하였다.

그는 보조 노동점수(補助工分)를 부당하게 덧붙이고, 대량의 현금을 가불하였으며, 일부 공용물, 예를 들어 마구간의 바람막이 램프와 같은 것을 사적으로 사용한 사실은 모두 인정하였다고 했다. 뿐만 아니라 그동안 사용한 것들을 앞으로 하나씩 반환할 것이고, 지금부터 당장 실시하겠다고 다짐하면서, 시곗바늘이 세 개인 고전적 손목시계를 풀어, 장부 검사조(查賬組)에 바쳤다고 했다. 장부 검사조는 상부에 지시를 요청하지 않은 사항이라, 손목시계를 받지 않았다고 했다. 대다수 사람들은 무싸의 태도가 성실하다고 생각하였는데, "무싸를 원래 얼간쯔(二杆子, 즉 '멍텅구리(二百五)'라는 뜻이다)"라고 말하는 사람도 있고, 무싸 일가와 가깝게 지내는 일부 사람들은 또 "무싸의 아내는 참 좋은 사람이라 그녀는 무싸에게 빚을 갚으라고 날마다 독촉하고 있다"고 보충하여 말했다. 그러나 장부 검사조가 그를 전혀 의심하지 않는 것은 아니었다. 무싸가 대범하게 잘못을 인정하고, 모든 책임을 떠맡겠다고 한 데는 이 모든 일을 혼자 떠안고 덮어 감쌈으로써 더 이상의 추궁을 피하려는 속셈도 있을 것이라고 생각하였다.

무싸가 마리한에게 40위안의 '치료비'를 빌려주라고 지시할 때의 상황을 회계는 명확히 기억한다고 하였다. 그 당시 무싸는 자기 입으로 이것이 쿠투쿠자얼의 명령이라고 하였지만, 지금은 이 일마저 전적으로 자신의 뜻이었다고 고집하고 나서면서 대대와는 아무런 상관이 없다고 말하고 있고, 이번에 우루무치로 떠나기 전 바오팅구이는 제7 생산대로부터 수많은 식용 유채 씨 기름과 특산물을 가져갔는데, 이건 누가 봐도 쿠투쿠자얼의 지시에 따라 진행된 일이었다고 했다. 그러나 이와 같이 뻔한 일까지도, 무싸는 전부 자신의 뜻이었다고 주장하고 있는데, 자동차 구입을 하고자 한 것도 제7생산대에서 더 편리하게 사용할 수 있겠다는 생각으로 그렇게 하였다는 것이 무싸의 설명이었다고 보고했다.

"그렇다면 여기서 의문이 드는 것은 무싸의 문제와 대대의 지부서기와는 어떤 관계가 있다는 겁니다. 무엇 때문에 무싸가 혼자서 다 떠안으려고 하는 거지요? 쿠투쿠자얼 동지는 왜 스스로 책임지려 하지 않는 거지요?"

그러자 아부두러허만과 아이바이두라가 더 보충해 설명했는데, 즉 쿠얼반에 관한 문제, 지부위원회 회의에서 이리하무가 러자터에게서 온 편지를 소개한 일, 그날 밤 있었던 맥주·양 꼬치 파티에 대해서도 설명하였다. "당시 이리하무의 태도는 무척 진지하였고, 감정도 격했지요. 어떤 경우에도 이야기꽃을 피우며, 자유자재로 대응하던 쿠투쿠자얼마저 붉으락푸르락하게 만들었으니까요. 윤활유라고 자칭하던 쿠투쿠자얼의 혀도 말을 잃고 고무처럼 뻣뻣해졌다고 하니까요."

이렇게 되면 쿠투쿠자얼은 이미 겹겹의 포위망에 빠진 것과 같았다. 그렇다면 과연 그렇게 되었을까? 쿠투쿠자얼에게는 도대체 어떤 문제가 존재하는 걸까? 사상적 인식의 문제일까? 업무 태도상의 문제일까? 자생적 능력의 영향일까? 아니면······

'그래, 쿠투쿠자얼 본인과 직접 이야기를 나누는 것이 좋겠다. 그 뒤에 이 모든 상황을 종합하여 공사에 반영함으로써, 공사의 관련 지도자들과 함께 필요하다면 당위원회 회의를 소집하여 의논하도록 하는 것이 좋을 것 같군.' 싸이리무가 이런저런 생각에 잠겨 있을 때, 마침 쿠투쿠자얼이 제 발로 찾아왔다. 쿠투쿠자얼은 전에 한 번도 본 적 없는 모습으로 나타났다. 그의 얼굴에는 영원히 사라질 것 같지 않던 미소도 없었고, 유머러스한 명언이나 경구도 없었으며, 친근하고 살뜰한 관심이나 인사도 없었고, 심지어 상급자에게 잘 보이기 위해 알랑거리며 굽실거리던 행동이나 자세도 없었다. 쿠투쿠자얼은 이상할 만치 엄숙하였고, 노기등등하다고 해도 과하지 않았다. 그는 싸이리무를 보더니 단도직입적으로 말했다.

"오랜 심사숙고 끝에 찾아왔습니다. 당의 사업에 대해 반드시 책임을 져야 한다고 생각해서지요. 계급적 투쟁에 관한 당의 이론이 나의 머리를 무장시켰고, 전에 미처 파악하지 못했던 현상과 문제의 본질을 이제야 파악할 수 있게 되었어요."

쿠투쿠자얼은 우렁차게 헛기침을 하고 나서 싸이리무의 집중하는 표정을 힐끗 쳐다보았다. 그리고 힘 있게 손짓을 하며 말했다.

"멀리서부터 말할 것도 없어요. 작년에 이리하무가 우루무치에서 돌아왔을 때부터 말해도 충분합니다. 이리하무는 도대체 어떤 사람이지요? 도대체 무엇을 하려는 사람인지 모르겠습니다? 이 문제에 대해 우리는 반드시 깊이 생각해 보아야 합니다. 삼밭에 쑥대라는 말이 있잖아요? 사람은 가까이 하는 사람에게서 반드시 그 영향을 받게 되어 있습니다.

한 사람의 진면목을 알려면, 먼저 그가 어떤 사람들과 가까이 하는지부터 알아보아야 할 겁니다. 아주 상징적인 의미가 있고, 우리를 깊게 사색하게 만드는 것은 사실 우리의 이리하무 동지가 반역자이자 뇌물 수수범이며 절도범인 이싸무동과 그의 아내, 하필이면 이싸무동의 아내 우얼한과 함께 고향으로 돌아왔다는 거예요. 아, 한 가지가 더 있었네요. 이싸무동은 마약범이기도 하였죠. 우얼한 본인도 외국으로 도망치려다가 실패한 사람이고요. 그렇다면 공산당원일뿐만 아니라, 후에 지부 위원으로까지 임명된 이리하무 동지가, 이 머리가 두 개인 나쁜 여자에 대해 어떤 투쟁을 했을까요? 그

러나 아무런 투쟁도 하지 않았어요. 투쟁을 하지 않았을 뿐만 아니라, 오히
려 천방백계로 그 여자를 두둔하고, 은밀하게 깊은 정을 담아 지극정성으로
보살펴 주었지요."

"잠깐만요. 대대장 당신은 우얼한이 어떤 사람이라고 생각합니까?"

싸이리무가 물었다.

"방금 말한 바와 같이, 머리가 두 개 달린 나쁜 사람이에요."

"그렇다면 얼마 전에 왜 그녀의 집에서 양 꼬치를 먹고, 맥주를 마신 거
죠?"

"그 일에 대해서는 나중에 자세하게 설명할게요. 그날은 사실 전적으로 무
싸 혼자서 벌인 일이라…… 그리고 이리하무에 관한 중요한 말이 아직 많이
남았지만, 다음으로 랴오니카에 대해 말씀드리지요."

쿠투쿠자얼은 싸이리무를 찾아오기 전에, 자신의 허점을 막아줄 논조들
을 미리 생각해 두었다. 예를 들어, 우얼한 집에서 양 꼬치를 먹은 일이 거론
될 경우를 대비하여, 그는 이미 대책을 준비해 놓았던 것이다. 때문에 싸이
리무의 질문이 그에게 불쾌감을 주기는 했지만, 그의 기세등등하고 청산유
수 같은 열띤 웅변을 막을 수가 없었던 것이다.

그는 랴오니카에 대해 말하였고, 이리하무와 랴오니카 일가 사이의 애매
모호한 우정에 대해 말했다. 또 타이와이쿠를 거론하였고, 타이와이쿠에 대
한 이리하무의 방임에 대해 비판하였다. 그는 이리하무가 돼지사건의 배후
조종자임이 틀림없다면서 아예 단정 지어 말했다. 그리고 그 사실을 입증하
듯이 말했다.

"만약 이리하무가 버팀목이 되어 뒤에서 바람을 넣지 않았다면, 타이와이
쿠는 절대 이처럼 방자하고 강경할 수 없을 것이고, 돼지사건도 벌써 해결
되었을 거예요. 그리고 처음부터 충돌이 일어나지 않았을 것이고, 타이와이

쿠와 바오팅구이 사이의 충돌이 없었다면, 위험한 반한(反漢) 정서와 소란이 일어나지 않았을 겁니다. 이와 같이 위험하고 반동적이며, 반혁명적이고 조국의 통일에 분열을 일으키는, 현재 수정주의 필요성에 적응된 반한 정사의 근원이 바로 이리하무라는 겁니다."

쿠투쿠자얼은 말하면 할수록 더 분노가 끓었고, 점점 더 큰 누명을 덮어씌웠다. 듣고 있던 싸이리무는 물론 쿠투쿠자얼 본인마저 자신이 뱉은 말에 깜짝 놀랐다.

하향한 현위서기가 지부회의에 참석했을 때부터 쿠투쿠자얼은 자신이 피동적으로 얻어맞고 있다는 기분이 들었다. 지부회의에서 다우티가 바오팅구이에 관한 문제를 제기하고, 이리하무가 쿠얼반에 관한 문제를 제기한 후, 이대로 가만히 있다가는 피고인이 될 거라는 위험성을 더욱 절실하게 느끼게 되었던 것이다. "그렇다고 싸워 보지도 않고 패배를 인정할 것인가?" 하고 생각하는 그의 미간은 찌푸려져 있었고, 어떻게 하든 곤란한 처지에서 벗어날 길을 모색하고 있었다. 고민에 빠져 있던 그 시각에 그는 익명의 편지 한 통을 받았다. 그 편지는 밤에 누군가 문틈 사이로 밀어 넣고 간 것이었다. 편지의 내용은 다음과 같았다.

용맹한 사람, 우리의 사랑하는 아우, 영리하고 두뇌가 명석한 쿠투쿠자얼 동지!

지금의 기회를 이용하여 당신을 향해 끔찍한 공격을 하려는 소인배들이 있을 겁니다. 세상의 모든 존재는 결함이 있고, 이런 결함이 없으면 사물이 존재할 수 없으며, 세상도 존재하지 않기 때문이죠. 그리하여 당신도 마찬가지로 적들의 악담의 표적이 되는 것은 아주 쉽고 자연스러운 일입니다. 그러나 걱정할 필요는 없어요. 왜냐하면 투쟁의 이론 그 자체는 사람을 어떻게 할 수 없고, 반 수정주의의 선양 그 자체도 누군가를 어떻게 할 수 없는 것입니다.

그들이 계급투쟁의 구호를 이용하여 공격한다면, 당신도 똑같이 그 구호를 이용할 수 있지 않을까요? 수동적으로 당할 것이 아니라, 주도권을 쟁취하여 수비에서 공격으로 전환해야 합니다. 당신은 뿌리가 깊고 가지와 잎이 무성한 큰 나무예요. 어떤 바람도 당신을 뿌리째 뽑을 수 없고, 기후가 아무리 악화일로로 변해도 당신이 뿌리 내린 땅은 꺼지지 않아요. 하지만 당신의 원숭이와 같은 영리함, 오리 같은 매끄러움, 여우같은 슬기로움, 토끼 같은 민첩함, 꾀꼬리 같은 지저귐만으로 당신을 향해 쏟아지는 더러운 물을 몽땅 피할 수는 없어요.

이런 공격이 비록 큰 나무 한 그루를 넘어뜨릴 수는 없지만, 그 나뭇가지에서 위태롭게 하늘거리는 잎사귀들을 수없이 떨어뜨릴 수가 있어요. 그렇게 되면 그 나무의 장대함과 아름다움이 타격을 받게 되겠죠. 그렇다면 왜 굳이 적들의 공격을 기다리고 있어야만 하는 거죠? 당신이 공격당할 수 있는 그런 빈틈들은 적들에게도 분명 존재할 것이고, 반드시 찾을 수 있을 거예요. 나는 믿어요. 적들의 허점은 특별히 공들이지 않고도 찾을 수 있다고 장담해요. 지혜롭고 노련하며 주도면밀한 당신에게 있어, 적들의 허점을 찾는 일은 식은 죽 먹기일 것이고, 혹은 이미 준비되어 있다고 생각합니다.

지금은 수비에서 공격으로 전환할 최적의 시기예요. 상대방을 넘어뜨릴 자신이 충분하지 않다고 할지라도, 당신이 넘어질 위험성이 크게 감소될 것이고, 지금까지 단순하게 방어하던 열세가 우세로 바꿰게 될 거예요. 기억해 둬요. 일이란 사람이 하기에 달려 있어요. 세상에는 만능의 무기가 존재하지 않고, 견고하여 절대 깨뜨릴 수 없는 보루도 없어요. 세상에는 절대적으로 한 쪽에만 유리한 이론과 평계도 없어요. 그렇다면 누가 보루를 먼저 점령하는가는 결국 화력의 싸움이에요. 막강한 화력으로 단호하고 모질게 선수를 쳐서 주도권을 잡는 것이 관건이에요.

일반적인 질책은 그에 대한 해명을 용납하지만, 특수하고 중대하며 치명적인 질책은 의논의 여지조차 없어요. 즉 사람들을 두려움에 떨게 하는 힘이 의논의 가능성을 완전히 배제해 버린 거예요. 어떠한 의논이든지를 막론하고 동정하는 사람과 질책을 받는 사람은 똑같이 막강한 화력의 타깃이 되어, 치명적인 파괴를 당하게 되지요. 당신이 들고 있는 것이 주먹이라면, 누구든지 되받아칠 수 있지만, 당신의 손에 든 것이 비수 한 자루라면, 주위에서 구경하던 사람들마저 뒷걸음질 칠 겁니다.

만약 당신이 안고 있는 것이 중기관총이고, 그 중기관총 안에 총탄이 가득 들어있다면, 그땐 당신이 어디로 가든 당할 자가 없을 것이고, 천하무적의 경지에 오르게 될 겁니다. 여기서 명심할 점은 그 총탄이 동으로 된 것이든, 납으로 된 것이든, 모래로 된 것이든, 종이로 된 것이든, 사람들에 대한 살상력은 똑같이 치명적이고 위협적이라는 겁니다.

부디 성공하고 승리하기를 빕니다!

항상 당신을 걱정하는 국외자(局外人)
당신이 영원히 믿고 기댈 수 있는 당신의 가장 충실한 벗.

이 편지를 읽은 쿠투쿠자얼은 놀라서 얼빠진 사람처럼 한참 멍해 있었다. 편지를 읽고 난 그의 첫 번째 반응은 편지를 얼른 품에 숨기는 것이었다. 의아하게 쳐다보는 파샤한의 눈빛도 아랑곳하지 않고, 다짜고짜 마당으로 뛰쳐나갔다. 그리고 대문 밖으로 나가서 두리번거리며 주위를 살폈다. 대문 밖과 대문 안, 집 밖과 집 안, 지붕·야채 움·양사·닭장·당나귀 우리, 한마디로 안에서부터 밖, 위로부터 아래까지 모퉁이 하나도 놓치지 않고 샅샅이 훑었지만, 인기척은 물론 의심스러운 흔적조차 보이지 않았다. 심지어 가축들까지 하나하나 살펴보았다.

소는 긴 혀로 느긋하게 콧구멍을 핥고 있었고, 닭은 머리를 까딱거리며 흥미진진하게 모이를 쪼아 먹고 있었으며, 당나귀는 다리를 쩍 벌리고 서서 끝날 기미가 보이지 않는 거품이 많은 오줌을 싸고 있었다. 가축우리에는 나싸이얼딩(納賽爾丁, 즉 위구르족 민간설화 속의 노인 아판티[阿凡提]를 가리키는데, 그의 한 친구가 당나귀로 변장하여, 지주에게 본때를 보여주었다는 이야기가 있다) 선생의 친구가 변장하여 들어온 것 같지는 않았다. 그다음 그는 안방으로 들어가, 품속에서 편지를 꺼내 다시 한 번 읽어보았다. 그리고 편지를 태워버렸다. 그 모든 과정에서, 쿠투쿠자얼은 표독스럽고 질투에 찬 아내의 눈빛(파샤한은 어느 파렴치한 아낙네에게서 온 편지라고 오해하였다)을 전혀 감지하지 못했다.

편지를 태워버리고 나자 그제야 마음이 편해졌다. 그는 어떤 편지도 받은 적이 없었다.

누가 쓴 편지든지 그에게 있어 그것은 아무런 의미가 없었다. 그러나 그를 화나게 하는 것도 바로 이 부분이었다. 그래서 속으로 "제까짓 놈이 뭐라고 감히 나를 가르치려 하다니, 얼마나 경솔한 짓이고, 얼마나 주제 넘는 짓인가! 간이 배 밖으로 나온 놈인 게 틀림없어!" 라고 되뇌이며, 편지를 쓴 사람을 잡아서 한바탕 패주고 싶을 만큼 화가 나 있었다. 그러다 갑자기 그는 편지를 태워버린 것이 후회가 되었다. 편지만 있다면, 편지를 쓴 사람의 꼬투리를 잡는 것은 그의 손안에 있는 것과 마찬가지였다. "아! 파샤한이 화가 난 건가? 화가 나도록 내버려 두는 것도 괜찮지. 이런 소문이 여자들에게 전해진다 해도, 그다지 나쁜 일은 아니거든……" 하고 생각한 그는, 파샤한이 사귄 여성 친구들 사이에서 스캔들은 남자의 명성에 해가 되지 않을뿐더러, 오히려 그의 남자로서의 위풍과 매력을 더해주는 요소가 될 거라고 생각했다.

쿠투쿠자얼은 편지를 쓴 사람과, 그리고 편지라는 방식을 선택한 것에 대해, 비록 온몸으로 증오, 경멸, 두려움의 감정을 느꼈지만, 그의 가슴에 확 와닿은 편지의 내용을 쉽게 무시할 수는 없었다.

쿠투쿠자얼은 자신의 기분을 전환시켰다. 그리고 싸이리무에 대해 적극적인 공세를 취하기로 했다. 쿠투쿠자얼은 허튼소리를 남발하며, 외국으로 도망가려 했던 불순분자에 대한 동정과 비호, 반한(反漢) 정서에 대한 선동이라는 큰 오명을 이리하무 머리에 덮어씌운 후, 또 두 번째 문제를 제기하였다. 즉 이리하무와 리시티가 결탁하여 자신을 넘어뜨리려 한다는 것이었다. 여러 방면의 태도와 행동에 대한 비난으로도 모자라 이리하무가 그의 화목한 가정 관계를 파괴하기 위해 수단과 방법을 가리지 않는다고 비방하였다. 뒤에서 쿠얼반을 부추기고 선동하는 바람에, 쿠얼반이 아버지인 그에게 와서 돈을 내놓으라고 하며 소동을 부렸고, 끝내 쿠얼반을 어딘가에 은닉하기까지 하였다고 말했다.

이러한 말은 쿠투쿠자얼 자신이 듣기에도 천일야화와 같이 허황되고 자극적이고 매력적인 금시초문의 이야기들이었다. 자기 입에서 흘러나오는 말들을 듣고 있자니 등줄기에 소름이 끼치기는 했지만, 한편으로는 통쾌하기가 그지없었다. 입에서 나오는 대로 거침없이 지껄인 것이 걱정도 되었지만, 자신의 용기와 말재주에 또 스스로 새삼 탄복하였다. 말은 점점 더 빨라졌고, 점점 더 심해졌다. 고삐 풀린 망아지마냥 스스로도 통제가 되지 않았다.

"이리하무가 고의적으로 쿠얼반을 숨겼다고 생각해요?"

싸이리무가 물었다.

"그럼요, 당연하죠. 의심할 여지도 없어요. 객관적으로 볼 때, 이리하무가 숨겼을 가능성이 가장 높아요."

"객관적으로 사람을 은닉했을 가능성이 높다는 건, 무슨 뜻이죠?"

싸이리무는 전혀 이해가 되지 않았다.

"쿠얼반이 실종된 근원은, 이리하무의 부추김 때문이라고 생각해요."

"이리하무가 어떻게 부추겼다는 거죠?"

"그가 부추긴 일이 한두 가지가 아니에요. 전에 그가 쿠얼반에게 이런 말을 한 적이 있어요. '쿠투쿠자얼은 너의 생부가 아니기 때문에, 널 진심으로 아끼지 않는단다. 너에게 일을 시키면, 머리를 굴려 적게 하도록 하고, 파샤한이 만든 반찬이 입맛에 맞지 않으면, 울고불고 난리를 피워라. 네가 아무리 떼를 써도, 그들은 절대 너에게 손찌검을 못할 거다.' 그리고 또 '지금부터 그들에게 돈을 달라고 해라. 그 돈을 내가 너 대신 저축해 줄 테니까. 곧 있으면 너도 성인이 될 텐데, 장가가려면 돈이 있어야 하지 않겠니? 그때 가서 돈이 없으면, 누가 널 도와주겠니?' 라고도 하였어요. 그 외에도 많아요."

"당신이 직접 들은 말이에요?"

싸이리무는 여전히 믿을 수 없다는 듯이 물었다.

"당연히 들었죠! 처음엔 쿠얼반이 그의 말을 듣고 와서, 우리 부부에게 그대로 말해주었어요. 어느 땐가부터 그의 이간질이 쿠얼반에게 먹히기 시작했어요. 그다음부터 쿠얼반은 우리에게 입을 다물었어요. 하지만 다른 사원들이 그가 쿠얼반을 부추기는 것을 보고 우리에게 말해주었어요."

쿠투쿠자얼은 눈 한 번 깜빡하지 않고 뻔뻔스럽게 함부로 지껄였다. 그에게는 아주 어릴 때부터 쌓아온 탄탄한 내공이 있었다. 거짓말은 시동을 거는 동시에 처음의 기세를 몰아 끝장을 볼 때까지 밀고 나가야 하고, 더 크게 부풀려지는 것을 절대 두려워하지 말아야 한다. 거짓말은 자고로 크면 클수록, 부풀리면 부풀릴수록, 사람들을 어리둥절하게 만들어, 성공할 가능성이 높아진다는 것이, 그가 알고 있는 원칙이었다. 하지만, 이 문제에 관하여 그도 왈가불가 말을 길게 하고 싶지는 않았다. 쿠투쿠자얼이 말을 이어갔다.

"그런데 지부 회의에서 오히려 이리하무가 나에 대한 불만을 제기하였어요. 내가 쿠얼반을 학대하였다고 말이에요. 그의 목적은 지부회의를 조종하여 현재 벌이고 있는 운동의 투쟁의 화살을 저에게로 돌리려는 거예요. 나에게 악의를 품은 게 확실해요. 현위서기 동지, 반드시 회의의 방향을 바로 잡고, 이리하무에게 이용당하지 않도록 통제해야 합니다. 이대로 둔다면 나도 앞서 말한 사건들을 사람들 앞에 전부 까발릴 수밖에 없어요! 일이 커지면 수습하기도 힘들 겁니다."

쿠투쿠자얼의 마지막 말에서 협박의 어투가 노골적으로 드러났다.

"그것도 좋은 방법이죠."

싸이리무는 협박의 뜻을 눈치 채지 못한 듯, 온화한 표정으로 머리를 끄덕였다.

"당 회의에서 의제로 삼아, 모두가 함께 토의하고 분석하는 것은 아주 정상적이고 좋은 방법입니다. 수습하기 어려운 게 뭐 있겠어요?…… 예를 들어, 돼지사건은 작년에 벌써 당신에게서 들은 적이 있어요. 이 사건은 현 위원회의 약보에도 이미 실린 적이 있고, 당신이 주에서 열린 대회에서도 언급한 적이 있잖아요, 맞죠?"

"네, 맞아요."

쿠투쿠자얼이 서둘러 대답하였다.

"그 당시 당신의 견해와 오늘 한 말이 다르네요. 그 때는 이리하무에 대한 문제를 제기하지 않았던 걸로 기억하는데…… 돼지사건을 언급하면서 당신들은 지주 마리한과 이부라신이 이 사건의 배후라고 말했어요."

"그렇죠. 지주 놈들이 중간에서 문제를 키우기도 했죠. 이리하무의 실제 사실에 대해서는 그 후에 알게 되었어요."

싸이라무는 생각나는 대로 잃어버린 우열한 아들의 소식, 무싸가 대장으로 임명된 경과, 우루무치에 간 바오팅구이의 상황 등 몇 가지 문제에 대해 더 물어보았다. 이로부터 싸이리무가 하나하나 착실하고 빈틈없이 이미 꽤 많은 자료를 수집하였다는 것을 알 수 있었다. 그는 절대 수박 겉핥기식으로 일하면서 잘난 척 하고, 쉽게 기만당하는 지도자가 아니었다.

그가 언급한 문제는 전부 쿠투쿠자얼에게 불리한 것들이었다. 쿠투쿠자얼은 자신이 뛰어난 임기응변 능력으로 잘 둘러댔고, 의심 받을 만한 빈틈도 없었다고 자신하였다. 그리고 현위서기도 그에 대해 부정하거나, 비평하지 않았다. 그러나 현위서기의 사무실을 나서는 쿠투쿠자얼의 기세는, 처음의 공격적인 태세에 비해 이미 풀이 꺾인 듯하였다.

"평범하고 어리석어 보이는 겉면과는 달리 눈치 빠르고 예리하며, 속도 단단한 것이 대처하기가 쉽지 않겠구나!"

쿠투쿠자얼은 화가 나서 씩씩거리면서도 속으로는 이렇게 생각하였다.

"이 방법이 먹히지 않으면, 난투극을 보여줘야겠지. 아무튼 결정적인 꼬투리는 잡히지 않았으니 일단은 두고 봐야지"

쿠투쿠자얼은 스스로 자신을 위로하였다.

쿠투쿠자얼이 떠나고 싸이리무는 임시 기숙사로 쓰고 있는 지부 사무실에서 앉지도 않고 서성거렸다.

"재미나겠네."

싸이리무는 혼잣말로 중얼거렸다.

"참 재미있겠군, 그래……"

하고 또 중얼거렸다. 지도자로서 숨어있던 모순이 밖으로 드러나자 마음이 들뜨고 흥미로웠던 것이다. 쿠투쿠자얼이 갑자기 찾아와 사나운 기세로 밀어붙이며, 이리하무의 만행을 일러바쳤다. 일러바쳤다고 하기 보다는 일반적인 상황을 설명한 것이지만, 문제 적발의 범위를 넘어, 고소 및 판결을 선고하는 말투였고, 절대 놓아주지 않겠다는 독살스러운 악의와 잘코사니(미운 사람이 당한 불행한 일이 고소하게 여겨진다는 의미 - 역자 주) 같은 득의양양함을 보여주었다. 이리하무, 리시티, 러이무, 우푸얼 등에 관한 쿠투쿠자얼의 의견과 쿠투쿠자얼에 대한 그들의 의견을 비교해 보았을 때, 진실은 더욱 분명하게 드러났다.

이리하무 그들의 이야기 속에는 고뇌와 망설임이 가득하였고, 조급함과 분노가 가득하였으며, 나아가 지부서기 동지에 대한 기대와 불만이 모두 포함되어 있었다. 기대가 큰 만큼, 불만도 강렬하였던 것이다. 그들의 마음은 무거웠고, 말투에는 의문이 가득하였다. 그들이 바라는 것은 현 위원회의 지도자인 싸이리무가 그들을 도와 함께 이 문제를 분석하고 해결하는 것이었다.

그러나 쿠투쿠자얼은 이들과 전혀 다른 태도였다. 그의 목적은 단 한 가지 현위서기 앞에서 이리하무를 깎아내리는 것뿐이었다.

공산당의 철학은 투쟁의 철학이다. 당내 투쟁은 불가피한 것이다. 그러나 투쟁 자체 목적이 되어서는 안 되고, 모순이 극렬하면 극렬할수록, 투쟁이

치열하면 치열할수록 좋은 것은 절대 아니었다. 당내 투쟁은 사회의 계급투쟁을 반영하는 것이지만, 그러나 사회의 적대 세력과 투쟁하는 것과는 다소 다른 점이 있다. 당내 투쟁은 주로 사상투쟁의 형태로 나타나고, 단결에 대한 소망에서 출발하여, 단결의 목적에 이르러야 한다. 그러면서 선의로 남을 돕고, 실사구시를 추구해야 하는 것이었다.

또 한 가지, 이리하무 그들은 쿠투쿠자얼에 대한 의견을 전혀 숨기지 않았다. 회의장 밖에서 잡담하든, 회의장에서 정식으로 의논하든, 쿠투쿠자얼 본인이 있든 없든, 그들의 태도와 행동, 말은 언제나 당당하고 한결같았다. 이러한 문제에 대하여 그들은 몇 번이나 당 회의에서 의제로 삼아 정식으로 토론하려고자 하였다. 비록 매번 깊고 체계적이며 전면적인 토론이 이루어지지 못했지만, 그들은 적극적으로 문제를 해결하려고 하였다. 그것과는 달리 쿠투쿠자얼은 이러한 문제가 공식 석상에 오르는 것을 두려워하였다.

그런 자리가 생기면 그는 요리조리 빠져나가기 바빴고, 말을 빙빙 돌리곤 하였다. 오늘의 일이 있기 전까지 쿠투쿠자얼은 이리하무에 대한 자신의 생각과 의견을 한 번도 드러낸 적이 없었다. 방금 대대로 온 싸이리무도 그를 찾아 담화를 나눈 적이 있었지만, 그는 "이리하무는요, 문제를 바라보는 시선이 일방적이고, 성격이 다소 성급하며, 영민함이 떨어져요. 하지만 꽤 괜찮은 동지지요. 승부욕이 너무 강하고, 나서기를 좋아하는 면이 있기는 하지만……" 이라고 하면서 말을 얼버무리며 이리하무의 흉만 보았을 뿐이었다. 이러한 험담은 방금 전에 보여준 태도와는 근본적으로 다른 것이었다.

오늘 그의 태도와 말이 상대적으로 심각하고 날카롭기는 하였지만, 따지고 보면 결국 싸이리무와의 개별적인 면담에 지나지 않았고, 이른바 "회의에 의제로 올려 토론할 겁니다" 라고 한 말도 싸이리무를 독촉하여 "회의의 방향을 자기가 원하는 쪽으로 잡도록 하기 위한 것" 뿐이었다. 다시 말해 회의에서 더 이상 자신의 문제점을 들춰내지 말고, 의논하지도 말라는 뜻이었다. 떵떵거리며 을러메는 공격적이던 그의 말의 뒷면은 사실 방어적 태세를 취하기 위한 것이었다.

쿠투쿠자얼의 말에는 일부 자기당착적인 부분도 있었다. ……아무튼, 싸이리무에게 단정하고 정직한 사람은 아니라는 인상을 남겨주었다.

"정직하고 올바른 사람은 아니구나!"

싸이리무는 걸음을 멈추고, 또 혼잣말로 중얼거렸다.

시원한 바람이 창문을 통해 불어 들어왔다. 바람 때문에 탁자 위에 있는 신문이 바닥에 날아 떨어졌고, 석유등의 불빛이 마구 흔들렸다. 싸이리무는 창문가로 다가와 머리를 살짝 내밀고 어두운 밤하늘을 올려다보았다. 그리고 창문을 닫았다. 하지만 파손된 빗장 덕분에, 창문은 가만히 있지를 못하고 자꾸 바람에 덜컹거렸다. 싸이리무는 어쩔 수 없이 밖으로 나가 어둠 속을 더듬으며 흙벽돌 하나를 주워왔다. 그리고 그 벽돌로 창문을 괴어 놓았다.

싸이리무는 심지를 조절하여 불빛을 더 밝게 한 다음, 침대에 누워 신문을 읽었다. 한참 후 그는 등잔불을 끄고 어둠 속에서 앞으로 이 대대에 머물 수 있는 시간을 헤아려보고, 다음 단계의 업무에 대해 생각하였다. 바람 부는 소리가 끊임없이 들려왔다. 방 안에도 먼지가 자욱해졌다. "날씨가 나빠지려나 보군." 하며 속으로 생각하였다.

잠이 든 지 얼마 지나지 않아, "후드득후드득" 빗방울 떨어지는 소리에 놀라 그는 다시 잠에서 깼다. 빗방울은 이내 좍좍 퍼붓는 장대비로 변하였고, 이어서 "졸졸졸" 물 흐르는 소리가 들려왔다.

보기 드문 큰비였다! 싸이리무의 고향과 신장 남부는 물론 강우량이 비교적 많다는 이리에서도, 이렇게 큰 비는 아주 드물었다. 창문 틈 사이로 벌써 신선하고 강렬한 흙탕물 냄새가 풍겨왔다. 싸이리무는 몸을 돌려 자세를 바꾸고 다시 잠을 청하였다. 얼마 후 뜸하지만 뚜렷하게 들리는 똑똑똑 소리에 열은 잠에 들었던 싸이리무는 다시 눈을 떴다.

"무슨 소리지?" 싸이리무는 벌떡 일어나 눈을 비비며 소리의 근원을 찾아 두리번거렸다. 천장에서 빗물이 새고 있었던 것이다. 신장의 농촌 집은 대부분 평지붕이고, 그 위에 마른 풀과 흙을 섞어 두껍게 발랐다. 이런 지붕은 건축비가 낮고, 그 위에 땔감이나 양식, 야채 등을 널어 말릴 수 있어 편리하였다. 그리고 눈이 많고 비가 적은 신장의 기후 특징과 방수가 아닌 흡수로 비를 피해야 하는 상황에도 적합하였다. 그러나 지금과 같이 폭우가 내릴 때면 어쩔 수 없이 비가 샐 수밖에 없었다.

비가 새는 천장을 보며 싸이리무는 걱정에 잠겼다. 그가 걱정하는 것은 자신의 처지가 아니었다. 그가 묵고 있는 곳은 사무용 건축이기 때문에, 비교적 견고하고, 지붕 위의 흙도 비교적 두꺼웠다. 그가 걱정되는 것은 마을 사원들의 가정집이었다. 이렇게 큰비에 무사할까? 그리고 각 생산대의 식량 창고, 마구간, 농기구 창고, 사무실이 혹시 위험하지 않을까?

이런 생각이 자꾸 들어, 싸이리무는 가만히 있을 수가 없었다. 그는 재빨리 옷을 입고 손전등을 들고 밖으로 뛰쳐나갔다. 그는 가는 길에 이리하무를 불러 함께 각 생산대를 둘러볼 생각이었다. 그런데 얼마 가지 못하고 그는 손전등의 빛을 빌려 빗속에서 바삐 움직이는 사람들의 그림자를 발견하였다. 수많은 사람들이 대대 서쪽의 다리 어귀 일대에 모여 있었다. 그리하여 그도 사람들이 있는 쪽을 향해 걸어갔다.

비록 여름이지만 비가 오면 기온이 급격히 내려갔다. 게다가 막 잠에서 깨 밖으로 나왔으니 한기의 습격에 온몸이 부르르 떨렸다. 장대비에 온 몸은 금방 푹 젖었다. 얼굴에 맞은 빗줄기는 목을 따라 옷 속으로 흘러 들어갔다. 게다가 거세찬 빗발에 눈도 뜰 수 없고, 입도 벌릴 수 없으며, 숨조차 쉬기 어려웠다. 동시에 빗소리가 기타 모든 소리를 덮었고, 빗소리만 들리자 상황이 더욱 긴박하게 느껴졌다. 싸이리무는 비틀거리며 질척질척 다리 어귀까지 걸어갔다. 거기에는 이미 많은 사람들이 모여 있었는데, 그 속에는 말을 끌고 온 사람도 있었다. 그 때 리시티의 목소리가 들렸다. 우렁찬 빗소리에 파묻히지 않기 위해, 그는 있는 힘을 다해 소리를 질렀다.

"말을 끌고 온 사람들은 나와 함께 마을로 갑시다!"

"아니요, 마을에는 내가 갈게요. 당신은 여기에 남아요."

이리하무의 목소리였다.

"좋아요."

긴박한 상황에서 리시티는 언쟁을 피함으로써 시간을 아끼고 싶었다.

"그럼 이렇게 합시다. 당신들은 얼른 마을로 가요. 중점은 양식, 마구간, 우바오(五保, 농촌에서 생활력이 없는 세대나 개인을 위한 의·식·주·의료·장례 등 다섯 가지에 대해 혜택을 받는 대상을 말함) 대상자의 집이에요. 그리고 위태로운 집은 사람들부터 잠시 다른 곳으로 대피시키도록 해요. 자! 말이 있는 사람들은 이리하무를 따라 가요. 나머지 사람들은 잠시 대기하고요!"

말발굽 소리와 함께 이리하무와 그들은 장대비 속을 뚫고 떠났다.

"나머지 사람들은 두 조로 나누는데, 각 생산대에서 관개를 맡은 사람들은 무밍을 따라 각 분수문(分水口)으로 가서 홍수 때문에 관개 수로가 터지지 않도록 방비해요. 만약 상류에서 내려오는 물이 너무 많으면, 수문을 열어 잠시 이리하로 흘러들게 해요. 나머지 사람들은 나와 함께 각 식량 창고와 마구간을 돌아봅시다. 각 생산대 간부들은 각 사원들의 가정집을 살펴보도록 하세요……"

리시티의 임무 분배가 끝나자, 사람들은 일사분란하게 움직이기 시작하였다. 어둠 속에서 누구도 싸이리무를 발견하지 못했다. 싸이리무는 묵묵히 사람들과 함께 각 생산대를 돌았다. 그들은 융단(毛氈, 짐승의 털, 특히 양모에 습기, 열, 압력, 마찰을 가하여 섬유를 서로 얽어서 짠 직물 – 역자 주)·방수포·가마니, 심지어 솜이불을 가져다가, 식량 창고의 지붕 위를 덮어씌웠다. 그리고 원목과 각목으로 창고의 트러스 구조를 견고히 하였다. 그들은 하나 또 하나의 바람막이 램프를 가축의 먹이통 위에 걸어놓고, 밝은 불빛을 빌려, 상황을 관찰하고, 비상사태와 사고에 대처하였다. 램프의 불빛을 뚫고 장대비의 빗줄기는 울짱(말뚝 같은 것을 죽 박아 만든 울 – 역자 주)과 숲을 이루며 쏟아졌다. 그야말로 상당히 심각한 상황이었다!

사람들은 또 말 한 마리 한 마리의 상태를 체크하면서, 느슨해진 고삐를 단단히 묶어주고, 옭매듭이 진 고삐를 풀어주었다. 그리고 지저분하게 흩어져 있는 목초를 한군데로 쓸어 모으고, 사료통의 덮개를 잘 덮어두었다. 그 다음 그들은 또 집집마다 돌아다니면서, 집의 비 새는 상황을 살폈고, 노인을 부축하고 어린아이를 이끌면서, 주택이 낡아 상황이 심각한 사원들을 다른 곳으로 잠시 대피시켰다. 주택이 견고하고, 공간이 넓은 사원들에게, 불을 밝히고, 화로에 불을 붙이며, 대문을 활짝 열어놓음으로써, 임시적인 '난민'을 맞이할 준비를 하라고 통지하였다.

그들에게는 비옷도 우산도 없었다. 이곳 농민들에게는 원래 우비를 사용하는 습관이 없었다. 비가 내릴 때면, 그들은 기껏해야 관개용 고무장화를 신고, 겨울에 방한복으로 상용되는 솜옷을 입고, 모피 모자를 쓰는 것이 전부였다. 그리고 가끔 양가죽 외투를 뒤집어 입어, 비를 가리는 사람도 있는데, 빗물이 한 가닥 한 가닥의 양털을 따라 밑으로 흘러내리기 때문에 어느 정도 효과는 있었다. 무엇을 입었든, 무엇을 썼든, 결국 사람마다 위로부터 아래까지, 밖으로부터 안까지, 흠뻑 젖어 있었다. 빗물과 땀이 섞여 같이 줄줄 흐르고 있었다. 뿐만 아니라 이번 비를 막는 긴급 구조작업에 참가한 사람들은 명령이나 지시를 받고 온 것이 아니라, 전부 자원해서 나온 것이었다. 누구도 이름을 적고, 노동점수를 계산한다거나, 보수를 따지지 않았다. 그러나 점점 더 많은 사람들이 자원하여 발 벗고 나섰고, 이 긴급 구조 작업조의 규모는 점점 더 커져갔다.

활기찬 분위기 속에서 사람들은 비와 추위를 잊은 채 힘든 줄 모르고 일하였고, 따라서 작업 범위는 더욱 넓어졌다. 안주인마저 잊고 있던 낭을 굽는 흙화덕까지 꼼꼼하게 덮어주었다. 불을 지피고 싶지만, 마른 땔나무가 없어서 애를 태우는 사원들을 위해 그들은 또 나서서 땔감을 찾았고, 얼마 남지 않은 마른 땔감을 여러 집에서 나누어 쓸 수 있도록 중간에서 조절해 주었다. 비가 내리는 날 마른 땔감은 금보다도 소중하였다.

이 긴급 구조작업은 날이 밝을 때까지 계속되었다. 사람들은 리시티의 요구 범위를 훨씬 초과하여 임무를 완성하였다. 다른 사람들과 달리 미처 준비를 하지 못한 싸이리무는 옷이 얇아 온몸이 얼음장처럼 차가웠다. 하지만 그는 흐뭇하였다. 공공의 이익을 위해 자발적으로 나서서 서로 돕고 일하는 모습은 빗속에서도 꺼지지 않고 활활 타오르는 불 같았다. 비록 몸은 춥지만 마음은 어느 때보다 더 뜨거웠다.

날이 밝았다. 장대비의 기세도 점점 누그러져 갔다. 리시티는 잠시 휴식을 취하면서 식사도 하고, 젖은 옷을 갈아입거나 불에 말리도록 하라는 지시를 내렸다. 그 동안 만약 비가 그치지 않는다면, 정오에 다시 집합하여 대기하라고 하였다. 사람들은 그제야 온몸이 흠뻑 젖은 채, 싱글벙글 웃고 있는 싸이리무를 발견하였다. 사람들은 서로 현위서기의 팔을 잡아당기며 말했다.

"우리 집에 가서 차 좀 마셔요!"

"우리 집으로 가요! 옷장 안에 새 옷이 있어요!"

"몸이 따뜻해지게, 우리 집에 가서 술이라도 한 잔 하시지요. ……"

사람들은 함께 웃으며 떠들었다. 온밤 큰비를 맞으며 분투한 사람들이라고 하면 누구도 믿지 않을 것이다. 그들은 오히려 결혼식 축하연에 참가한 사람들 같았다.

싸이리무는 사기가 충만한 사람들 속에서 누구도 눈치 채지 못한 사실을 또 발견하였다. 즉 무싸는 날이 밝은 후에야 마을 상황을 살피러 간다며 말을 끌고 떠났다는 것이다. 그리고 당원들 중에 끝까지 모습을 드러내지 않은 유일한 한 사람이 있는데, 바로 쿠투쿠자얼이었다.

오후가 되자 비가 거의 그쳤다. 흩어지고 부서진 구름 덩이들이 하늘에서 서서히 움직이고 있었다. 오전까지만 해도 먹구름이 빈틈없이 뒤덮여 있던 음침하고 차가운 하늘에서, 드디어 눈부신 태양이 얼굴을 내밀었다. 수탉들이 흥분하여 서로 다투어 홰를 쳤고, 성격이 느긋하고 듬직한 늙은 소마저 무사하게 돌아온 태양을 보고 반가워, "음매 음매" 하며 연이어 울부짖었다. 구름이 말끔하게 걷혔다. 갑작스럽게 찾아온 비와 한기처럼 태양도 놀라운 속도로 여름의 이글거리는 본모습을 회복하였다.

이리하무는 기마 청년들을 거느리고 마을에서 돌아왔다. 기진맥진한 그들은 머리부터 발끝까지 흙물 범벅이 되어 있었고, 얼굴색은 검푸른 빛을 띠고 있었다. 하지만 대대에서 리시티와 싸이리무를 보자마자 그들은 원기를 회복한 듯 또 기뻐하였다. 그들은 저마다 한마디씩 하며 지도자들에게 상황을 보고하였다. 지난 밤 마을의 사원들이 그들과 함께 적절하게 조치를 취한 덕분에, 사람·가축·식량·저택 모두 안전하게 지킬 수 있었다고 하였다. 그들은 스스로 뿌듯해하며 웃고 떠들었다. 그러나 해산하여 말을 타고 떠나는 그들의 모습은 정작 피곤하여 몸조차 제대로 가누지 못하는 안쓰러운 모습이었다.

이리하무는 말을 마구간에 돌려주었다. 말 등에서 내려오는 순간 그는 땅에 쓰러질 뻔하였다. 이리하무는 이를 악물고 고통을 참으며 간신히 집까지 걸어서 돌아왔다. 얼굴에 가득 묻은 진흙에 창백함이 가려져 누구도 그의 이상함을 발견하지 못했다. 집에 도착하는 순간 그는 더 이상 버틸 수 없었다. 미치얼완이 조금 늦게 돌아왔을 때, 이리하무는 융단 위에 누워 온몸을 와들와들 떨고 있었다.

"왜 그래요?"

미치얼완이 놀라서 소리를 질렀다. 이리하무는 아무 말도 하지 않고, 묵묵히 자신의 오른쪽 다리를 가리켰다.

미치얼완이 다가가 그의 오른쪽 바짓가랑이를 걷어붙였다. 아, 종아리 부위에 7~8센티미터 정도 되는 찢어진 상처와 진흙과 섞여서 굳어 붙은 핏자국이 있었다.

지난 밤 우얼한과 그의 아들을 당장 무너질 위험이 있는 낡은 집에서 대피시킬 때, 보라티쟝을 구하다가 생긴 상처였다. 이리하무와 이밍쟝이 도착하였을 때, 우얼한 네 집안에서는 장대 같은 비가 쏟아지고 있었다. 우얼한은 아이를 품에 껴안고, 한쪽 모퉁이에 몸을 움츠리고 앉아서 벌벌 떨고 있었다.

이리하무는 우얼한에게 빨리 이밍쟝·아시무 네 집으로 피하라고 하였다. 우얼한은 고분고분 그를 따라 나섰다. 그는 벌써 다섯 살이 된 보라티쟝을 한시도 품안에서 내려놓지 않았다. 보라티쟝의 손을 잡고 걸으라는 권유도 아이를 이리하무에게 맡기라는 말도 모두 거절하였다. 처음에 보라티쟝을 안고 걷다가 몇 걸음도 못 가서 힘에 부치자 다시 등에 업고 걸었다. 큰비 속에서 어둠을 뚫고 질척거리는 길을 가자니 무척 힘들었다. 우얼한은 보라티쟝을 업고 숨을 헐떡이며 힘겹게 이리하무의 뒤를 따라 걸었다. 이밍쟝 네 집으로 가는 길에 옛날에 벽돌 가마로 썼고, 지금은 흙을 채취하는 곳으로 쓰이는 큰 구덩이가 있었는데, 마침 그곳을 지나갈 때 우얼한이 그만 미끄러져 바닥에 엎어지고 말았다. 그 바람에 등에 업혀 있던 아이도 땅에 떨어지면서 구덩이 벽을 따라 아래로 굴러 내려가게 되었다.

우얼한이 미친 듯이 비명을 질렀다. 앞에서 걷고 있던 이리하무는 무슨 영문인지도 모른 채 우얼한의 비명소리에 놀라, 무의식적으로 큰일이 났다는 것을 감지하고 즉시 반응하였다. 그는 앞뒤 가리지 않고 용감하게 달려갔다. 다행히 구덩이의 이쪽 면의 경사는 가파르지 않았고, 아이도 떨어지지 않으려고 본능적으로 몸부림을 친 덕분에, 아직 구덩이 바닥까지 굴러 떨어지지 않았다. 이리하무는 구덩이 벽면을 타고 쏜살같이 뛰어가 보라티쟝의 손을 잡았다. 아이는 무사하게 구조되었다. 그러나 아이를 안고 구덩이 위로 올라오는 과정에, 오른쪽 다리가 뾰족한 돌부리에 찍혀 살이 찢어지고 만 것이다. 사실 찢긴 상처가 그다지 깊지는 않았다. 만약 당장에 상처를 소독하고 싸맸더라면 큰 문제가 아닐 수 있었다. 하지만 그 당시 상처를 돌볼 겨를이 없었다. 오랫동안 빗물과 흙탕물에 젖으면서 시간이 지체되다 보니, 상처는 끝내 화끈거리고 얼얼하게 아프기 시작하였다.

이튿날 상처는 역시 덧나고 말았다. 상처 주위가 퉁퉁 부어오르고, 통증이 심해졌으며, 온몸이 불덩이처럼 뜨거웠다. 미치얼완은 쓰라무 노한의 당나귀수레를 빌려 이리하무를 공사 병원으로 실어갔다. 병원에서 상처를 처리하고 약을 발랐으며, 페니실린 주사를 맞았다. 의사는 상황을 지켜보다가 오후까지도 열이 내리지 않는다면, 단독(丹毒)으로 넘어갈 위험도 있으니 이닝 시내 병원으로 가서 입원해야 한다고 말했다.

마침 디리나얼도 아이를 안고 진료 받으러 왔다가 상황이 꽤 심각해진 이리하무를 보게 되었다. 그는 미치얼완에게 어떻게 된 일인지 물어보았다. 마을에 돌아온 디리나얼은 이리하무의 상황을 우얼한에게 알렸다. 상처가 덧 났다는 말을 듣고 우얼한은 무척 불안해하였다. 1962년부터 오늘까지 우얼 한은 늘 이리하무를 피하였다. 이리하무가 어떤 사람인지, 그녀는 누구보다 잘 알고 있었기 때문에 그런 이리하무 앞에 서면 뭐라고 할 말이 없을 뿐만 아니라 면목이 없었다. 그래서 우얼한은 지난 일을 다 잊고 아들과 둘이 서 로 의지하며, 아무 것도 모르는 척, 아무 것도 상관하지 않고, 비겁하지만 그 럭저럭 살아가고 싶었다. 그런데 이리하무의 존재 자체가 그의 이러한 선택 과 생활 방식을 힘들게 하고 있었다.

이리하무의 존재는 그로 하여금 그가 감히 직시할 수 없고, 피하고만 싶 은 일련의 문제들을 어쩔 수 없이 직시하게 하였다. 그리하여 마음속의 일 시적인 균형이 파괴되고 불안해지곤 했다. 이리하무가 자신의 생활에 방해 가 된다고 생각하고, 이리하무를 피하는 이유가 바로 이 때문이었다. 우얼 한과 면담을 나누기 위해 이리하무가 몇 번이나 노력하였지만, 그녀는 모두 거절하거나 피하였다.

이리하무는 물론 미치얼완과도 거리를 두고 피해 다녔다. 그리고 양 꼬치 파티가 있던 날 밤, 이리하무가 또 찾아왔다. 그 당시 이리하무가 만약 화난 표정으로 사납게 노려보며 경멸과 책망의 태도로 대했더라면, 그녀는 차라 리 마음이 편할 것 같았다. 하지만 이리하무는 오히려 그녀 대신 안타까워하 고 속상해하였다. "그야말로 밉고 지긋지긋하며, 혐오스러운 사람이다! 더 이상 자신을 사랑하지 않고, 자신 때문에 슬퍼하지도 않는 사람에게 다른 사 람의 관심과 배려가 얼마나 잔인하고 불필요한 것인가!" 우얼한에게 이리하 무는 그런 사람이었다. 그렇기 때문에 우얼한은 이리하무가 몹시 두렵고 원 망스러웠다. 외과 병으로 인해 병원에 간 아이가, 핀셋과 붕대를 든 의사, 그 리고 상처 표면을 소독하고, 붕대를 교환하며, 주사를 놓아주는 간호사를 두려워하고 싫어하는 것과 같은 이치였다. ……

하필 이번 폭우 속에서 그녀의 아들을 구해준 사람이 이리하무이고, 또 보라티쟝 때문에 부상까지 당했다. 만약 이리하무가 없었더라면, 보라티쟝은 구덩이 바닥에 고인 흙탕물에 빠지고 말았을 것이다!

우얼한은 어슴푸레한 등잔불 옆에 우두커니 앉아 생각에 잠겼다.

"엄마, 엄마, 왜 그래요?"

영리하고 민감한 보라티쟝이 물었다. 1년이란 시간이 흐르는 동안, 아들은 키가 컸고, 얼굴도 약간 갸름해졌다. 우얼한은 모든 정성을 보라티쟝에게 쏟아 부었다. 만약 보라티쟝이 없었더라면, 우얼한도 지금처럼 정상적인 일상을 살지 못했을 것이고, 버텨내지 못했을 것이다. 집에서 그는 눈 한 번 깜빡하지 않고, 몇 시간 동안 보라티쟝만 바라볼 때도 있었다. 그렇게 말없이 머리를 쓰다듬고, 손을 만지작거리며, 눈을 떼지 않고 있으면, 아들도 어머니를 유심히 관찰하곤 하였다. 그리고 어머니가 넋이 나간 사람처럼 멍해있을 때마다 보라티쟝은 필사적으로 그 정적을 깨트렸다. 우얼한이 넋이 빠진 얼굴을 하고 있으면, 보라티쟝은 이를 이내 발견하고 말을 걸고 장난을 걸었다. 우얼한의 아무 표정 없는 멍한 얼굴은 보라티쟝이 가장 싫어하고 고통스러워하는 모습이었다.

"아니야, 아무 일도 아니야. 뭘 먹고 싶어? 각설탕 샀는데, 먹을래?"

"아니, 안 먹을래요. 엄마, 기분 나빠요? 누가 엄마에게 욕했어요?"

"욕하다니? 왜 그래? 왜 그렇게 물어?"

엄마를 바라보는 보라티쟝의 눈은 반짝반짝 빛났다. 그는 어른처럼 머리를 숙이더니 말했다.

"나에게도 욕했어요."

"너에게 욕했다고? 누가 욕했어? 왜 욕했는데? 나쁜 일을 했어?"

"아니요. 나는 나쁜 일을 하지 않았어요. 하지만 그들은 나를 나쁜 놈의 아들이라고 욕해요. 우리 아버지가 나쁜 사람이래요."

보라티쟝의 목소리는 점점 작아졌다.

"뭐라고? 누가 그런 말을 했어?"

우얼한은 속이 부글부글 끓었다. 보라티쟝을 향해 두 팔을 벌렸지만, 보라티쟝은 안기지 않았다.

"엄마, 말해줘요! 아버지가 어디 계세요? 아버지는 나쁜 사람이에요?"

"잘……모르……겠어."

"정말 나쁜 사람 맞아요?"

아이는 흐느끼기 시작하였다. 아들의 눈물에 우얼한은 가슴이 무너져 내렸다. 그는 용기를 내어 말했다.

"아니야. 아버지는 나쁜 사람이 아니다."

우얼한은 자신이 이렇게 확신에 찬 대답을 할 수 있을 거라고는 생각도 하지 못했다. 아마도 아이를 위로하고 싶은 엄마의 마음이었을 것이다. 혹은 그녀의 진심이 튀어나온 것인지도 모른다. 우얼한이 말했다.

"아버지는 많은 잘못을 저질렀단다. 잘못이 뭔지 알아? 네가 찻잔을 깨뜨렸다거나, 혹은 큰 고깃덩이를 고양이에게 먹였다거나, 이런 것이 잘못이란다. 하지만 이런 잘못을 저질렀다고 하여, 나쁜 사람인 건 아니란다. ……이해했어?"

아이는 머리를 끄덕였다.

"엄마, 엄마, 왜 그래요? 왜 울어요?"

"우는 거 아니야. 이것 봐, 웃고 있잖아."

우얼한은 애써 감정을 감추며 말했다. 사실 그는 아이를 속이고, 자신을 속이고 있었다. 보라티쟝의 아버지는 나쁜 사람이었다. 이건 돌이킬 수 없는 사실이었다. 그런데 이 말을 도대체 누가 아이에게 한 걸까? 누가 이렇게 독한 말로, 아이의 마음을 찌른 걸까?

"근데 대체 누구야? 그런 말 한 사람이……"

속에 있던 생각이 문득 입 밖으로 튀어나왔다.

총명한 보라티쟝은 바로 어머니의 뜻을 알아듣고 말했다.

"쿠와한 아주머니가 말했어요. 나에게 나무를 타고 올라가서 사과를 따오라고 시켰어요. 내가 말을 듣지 않자 그런 말을 하며 욕했어요. 후에 미치얼완 아주머니가 와서 그런 말을 하지 말라고 하며 제지했어요."

"언제 있었던 일이야?"

"며칠 됐어요."

"근데 왜 말 안했어?!"

"엄마가 들으면, 속상할까봐 말 안했어요. 엄마, 쿠와한 아주머니가 좋은 사람이에요? 미치얼완 아주머니가 좋은 사람이에요?"

"넌 어떻게 생각해?"

"내 생각에는, 미치얼완 아주머니는 좋은 사람이고, 쿠와한 아주머니는 나쁜 사람인 거 같아요. 이리하무 아저씨도 좋아요. 쿠투쿠자얼 아저씨는 싫어요."

아이는 어른처럼 자신의 생각을 말했다. 순간 우얼한은 자기 곁에 있는 애가 몇 살밖에 되지 않은 어린 아이가 아니라, 철이 들고, 사리를 분별할 줄 알며, 자신을 이해해줄 수 있는 벗이라는 생각이 들었다. 그렇게 생각한 우얼한은 속에 있는 말을 털어놓았다.

"맞아, 이리하무 아저씨와 미치얼완 아줌마는 아주 착한 사람들이란다. 이리하무 아저씨는 어제 밤 너를 구하다가 부상까지 입었단다."

"알아요. 알아요!"

"어떻게 알았어?"

우얼한이 의아해 하며 물었다.

"다쳤다는 걸 알고 있었어요. 저를 안고 일어설 때, 이리하무 아저씨의 아래턱이 심하게 떨렸어요. 많이 아파하는 것 같았어요. 사람들이 어딘가 아플 때면 그런 표정을 짓잖아요." 한참 후, 아이가 또 말했다.

"엄마, 우리 이리하무 아저씨 병문안 안 가요?"

"그게…… 가야지. 가야 하지. 근데…… 빈손으로 갈 수는 없잖니?"

우얼한은 진지하게 아들과 의논하였다.

"빈손은 안 되죠. 퇴가치(托尕其, 정교하고 작은 낭) 몇 개 만들고, 각설탕 한 봉지를 들고 가면 되잖아요. 나는 안 먹어도 되니까, 각설탕을 이리하무 아저씨에게 줘요."

아이의 생각이 어머니 우얼한보다 더 영리하고 명석한 것 같았다! 그런데 어찌 이런 아이의 인도를 받아들이지 않을 수 있겠는가! 이것은 천사의 인도가 아니겠는가!

이튿날 우얼한은 정교하고 크기가 가지런하며, 무늬가 곱고, 불의 세기와 시간이 적절하며, 우유와 밀가루로 빚은 어린 아이의 얼굴과 같이 발그레한 퇴가치 다섯 개와 각설탕 한 봉지, 그리고 정선한 사과 몇 알을 들고, 보라티쟝과 함께 이리하무 네 집을 방문하였다.

이리하무의 병증은 온몸으로 퍼져 림프선마저 부어올랐다. 다행히 체온은 내려갔다. 그에게 주사를 놓아주러 왔던 공사의 의사가 마침 치료를 마치고 나오는 길이었다. 우얼한이 이리하무 네 마당에 들어섰을 때, 미치얼완이 의사를 배웅하러 밖으로 나왔다. 의사는 떠나기 전까지 신신당부하였다.

"명심해요! 만약 또다시 열이 나거나, 정신을 놓거나 하면, 그 즉시 이닝시 병원으로 가야 해요……"

541

의사의 말을 들은 우얼한은 깜짝 놀랐다. 그는 살며시 들고 온 선물을 내려놓았다. 이리하무 네 장방형 탁자 위에는 병문안을 다녀간 사원들이 들고 온 과일, 계란, 과자, 괘면(掛面) 등이 가득하였다. 우얼한은 챠오파한 할머니가 사용하던 내실에 들어가 잠깐 앉았다가 가려고 생각하였다. 그리고 차를 내올 필요가 없다며 미치얼완을 거듭 말렸다. 이때 그들의 목소리를 들은 이리하무가 힘없는 낮은 소리로 미치얼완을 불렀다.

"손님이 왔어요?"

이리하무가 물었다. 우얼한은 다급하게 손을 흔들며 미치얼완에게 자기가 왔다는 말을 하지 말라고 하였다. 하지만 미치얼완은 사실대로 대답하였다.

"귀한 손님이 왔어요. 우얼한 언니가 아들을 데리고 왔어요."

"우얼한이 왔어요?"

이리하무는 목소리를 높여 말했다.

"어서 이쪽으로 오라고 해요!"

우얼한과 보라티쟝은 발끝을 세우고 조용하게 미치얼완의 뒤를 따라 나갔다. 이리하무는 간신히 눈을 뜨더니 우얼한을 똑바로 바라보았다. 이리하무는 아픔을 참고 미소를 지으며 말했다.

"어서 앉으세요!"

"우얼한 언니가 당신에게 선물을 가지고 왔어요."

미치얼완은 방금 전 탁자 위에 내려놓았던 물건들을 가지고 와서 보여주었다.

"고마워요."

이리하무는 또 웃었다.

"저 과자를 아이에게 줘요. 그래, 받아도 돼. 영리하고 기특한 놈!"

"우리 집엔 처음 온 건가요?"

이리하무가 물었다.

"네, 우리 집은 마을에 있다 보니까, 여기엔 자주 오지 못했어요."

어떤 이유에서인지 모르겠지만, 우얼한은 해명하고 싶었다. 이리하무는 눈을 잠시 감았다. 그의 이마에는 작은 땀방울이 송골송골 맺혀 있었다. 그는 다시 눈을 뜨더니 말했다.

"아니에요. 우리 집에 처음 온 게 아니에요. 13년 전 당신이 챠오파한 할머니를 찾아온 적이 있었어요. ……단추 달러 왔던 거 같았는데……"

"단추 달러 왔다고요?"

본인은 정작 어리둥절해서 물었다.

"그래요. 그 당시 당신은 현에서 공연연습을 하고 있었어요. 현에 홍보공연 하러 가야 하는데, 외투의 단추 하나를 잃어버린 거예요. 그래서 챠오파한 할머니가 원래 단추와 비슷하게 생긴 새 단추를 찾아서 직접 달아주었지요. 기억이 잘 나지 않나요?"

우얼한은 머리를 흔들었다.

"미치얼완!"

이리하무가 불렀다.

"우얼한과 자이티가 같이 췄던 라이파이얼(萊派爾, 위구르족들이 추는 쌍무의 일종)을 기억해요?"

자이티는 현재 공사의 트랙터 보급소 소장이다. 당시 우얼한의 파트너로서 함께 춤을 춘 적이 있었다. 그동안 우얼한은 이 이름을 까맣게 잊고 살았다. ……당시 자이티의 손북에 맞춰 그의 곁을 빙글빙글 돌며 춤을 췄을 때, 우얼한의 심장은 싱싱한 금붕어처럼 팔딱팔딱 뛰었다……

"당연히 기억하죠. 그 당시 우리 신생활대대에도 공연하러 왔었어요. 우리 대대 여자애들이 우얼한의 춤을 보고 나서 너도나도 목을 좌우로 움직이며 춤을 따라 췄어요."

미치얼완은 두 팔을 벌리고, 목을 움직이는 동작을 따라했다. 그리고 민망해서 "하하하!" 하고 웃음을 터뜨렸다.

"엄마, 엄마는 목을 움직일 수 있어요?"

보라티쟝이 물었다. 그러자 병상에 누워있던 이리하무마저 웃음을 터뜨렸다.

우얼한은 이러한 사실을 정말 까맣게 잊고 살아왔다. 만약 오늘 이리하무와 미치얼완이 말을 꺼내지 않았더라면, 아마 영원히 잊은 채 살았을 것이다. 챠오파한 할머니를 찾아와 단추를 달았던 일은 지금도 기억이 나지 않았다. 이리하무의 말을 들으며, 그는 새롭고 신기하게까지 느껴졌다. 그 동안 그는 이러한 추억들을 한 번도 떠올려 보지 않았다.

이리하무가 지금 정신이 흐릿한 상태라, 기억이 잘못된 건 아닐까? 그의 기억처럼, 이리하무 네 집을 방문한 적이 있었던 건 아닐까? 그런데 라이파이얼, 자이티, 홍보공연, 현에 갔던 일, 신생활대대에 갔던 일은 분명 기억 속에 남아 있는 진실이었다. 이런 것들에 대한 기억이 있긴 하지만, 자신이 직접 겪었던 일이 아니라, 어디서 들었거나 본 다른 사람의 일인 것 같이 느껴졌다.

마치 오랫동안 닫혀 있던 단단히 못질해 놓았던 창문이 갑자기 열린 것 같았다. 밝은 빛이 들어와 어두컴컴하고 답답한 암실을 밝게 비추었다. 마치 길 잃고 헤매던 사람이 가족들의 아득한 부름소리를 들은 것 같았다. 어린 시절의 아명을 가족들이 정답게 불러주었을 때 드는 행복감 같은 것이 오래간만에 느껴졌다. 우얼한은 눈이 부시고 머리가 어지러울 정도로 밝은 빛을 보았다. 그는 언제나 갈망하던 친근하지만 또 여전히 흐릿하고 아득한 부름을 들었다. 뜻밖의 기쁨, 혼란스러움, 친근함, 따뜻함, 두렵고 슬픈 몸서리…… 이러한 감정들이 한꺼번에 밀려와 가슴이 벅차오르는 바람에 눈물이 저도 모르게 흘러내렸다.

"엄마!"

보라티쟝은 어머니의 목을 꼭 끌어안았다.

"그런데, 왜 식당의 고기를 가져 갔어요?"

이리하무가 갑작스럽게 물었다. 그 어조는 상당히 엄숙하였다.

"그게……"

우얼한은 훌쩍거리기 시작하였다.

"감정을 추스르고 일단 여기에 기대앉아요."

미치얼완은 베개 하나를 가져다 우얼한 등 뒤에 받쳐 주었다. 그리고 우얼한의 몹시 거칠어진 손을 잡으며 말했다.

"우리는 가끔 당신에 대해 얘기하곤 해요. 우리는 시종일관 당신을 믿고 있어요. 당신은 나쁜 사람이 아니에요. 이싸무동의 일도 언젠가는 진실이 밝혀질 거예요……"

"그 사람은…… 밝혀질 진실이 뭐가 더 있겠어요?"

"하지만, 도대체 어떻게 된 건지 밝혀야 하지 않겠어요? 그리고 식당의 고기를 가져 간 것은 잘못한 일이에요. 당신에게 늦은 밤까지 그들의 시중을 들 의무가 없어요. 그럴 필요가 없지요. 당신이 이런 잘못을 하면, 당신을 믿는 우리는 모두 실망하게 될 거예요. 저 사람이 이 일을 말할 때, 나는 정말 화가 났어요. 당장에 당신을 찾아가고 싶었어요. 근데 저 사람(이리하무를 가리킨다. 위구르족 부녀들은 일반적으로 자기 남편의 이름을 부르지 않는다)이 날 말리더군요……"

"우리는 오래전부터 당신과 이야기를 나누고 싶었어요."

이리하무가 미치얼완의 말을 받아 이었다. 보라티쟝은 끌어안고 있던 어머니의 목을 놓았다. 미치얼완 아주머니와 이리하무 아저씨, 그리고 어머니가 아주 중요한 이야기를 하고 있다는 것을 눈치 챘던 것이다. 그는 어머니의 곁에 얌전하게 앉아서 눈을 동그랗게 뜨고, 열심히 들었다.

"당당하게 허리를 펴고, 가슴을 내밀고, 훌륭한 사원, 훌륭한 공민이 되도록 노력해야 해요. 보라티쟝도 컸으니, 아이에 대한 교육도 아주 중요하다고 생각해요. 보라티쟝은 남부럽지 않게 학교를 다니고, 당당하게 붉은 넥타이를 매고, 즐거운 생활할 권리가 있어요. 당신도 마찬가지예요. 아직 늦지 않았어요. 더욱 많은 아름다운 날들이, 당신을 기다리고 있어요. 앞을 보고 씩씩하게 살아야 해요……"

"전 이미…… 글렀어요. 희망이 없어요. 듣기 좋은 말로 속이지 말아요."

"아니요! 우리는 당신이 타락해 가는 모습을 두고 볼 수 없어요. 왜 그렇게 비관적이에요? 우리의 당과 인민공사가 당신에게 잘못한 게 있어요? ……그래요, 당신도 말한 적이 있어요. 당과 조직을 원망한 적이 없다고요. 우리의 고향, 우리의 토지, 우리의 생활을 사랑해요? 당연히 사랑할 거예요. 그렇다면, 당신에게는 앞날이 있고, 희망이 있어요. 당신은 절대 침몰하지 않아요. 당신은 진창 속에 빠지지 않았어요. 현실을 직시하고, 이미 벌어진 일에 용감하게 직면하여, 해결하기 위해 노력해야 해요. 이건 알라신의 계획도 아니고, 운명의 장난도 아니에요. 그리고 당신 개인의 우연한 불행은 더더욱 아니에요. 최근에 마오 주석께서 이 문제에 대해 말씀하셨어요. ……이싸무동은 도대체 어떤 일을 당한 것이고, 당신은 또 어떤 일을 당한 건지에 대해, 근본적으로 파악하고, 명확히 알아야 해요. 그리고 친구와 모두들에게, 그리고 사랑스러운 아들에게 명확하게 말해야 해요."

"명확하게 말할 수가 없어요. 사람들을 이해시키고 설득할 자신이 없어요.”

우얼한이 훌쩍거리며 말했다.

“왜 명확하게 말할 수가 없어요. 도대체 어떤 비밀을 숨기고 있는 거예요? 왜 항상 무거운 마음으로 살아가려고 하나요?”

이리하무는 한바탕 줄 기침을 하였다. 그는 더 이상 말을 하지 않았다. 미치얼완은 무리하지 말고 그만 휴식을 취하라고 하며 이불을 여며주었다.

미치얼완은 우얼한과 함께 다시 내실로 들어갔다. 우얼한은 울면서 수많은 일들을 털어놓았다. 이싸무동이 사라진 날 밤에 들었던 한 사람의 목소리에 대해 이야기하면서, 우얼한은 쿠투쿠자얼의 이름을 언급하였다. 그는 고의로 쿠투쿠자얼을 고발한 것이 아니었다. 이리하무 부부에 대한 고마움과 믿음, 감동, 그리고 부푼 감정으로 인해, 마음의 장벽을 허물고 자신이 알고 있는 사실을 솔직하게 털어놓을 수 있었던 것뿐이었다. 우얼한은 더 이상 숨기거나 거짓말을 하고 싶지 않았다.

이건 아주 중요한 단서였다. 일주일이 지났지만 이리하무의 상처는 아직 완전히 아물지 않았다. 그러나 다행히도 단독(丹毒, 다친 곳으로 세균이 들어가 생기는 급성 전염병 - 역자 주)에 걸리지 않고 무사하게 넘겼다. 공사의 페니실린, 소염제와 붕대 덕분에 그는 차츰 건강을 회복해 가고 있었다. 그는 병을 무릅쓰고 싸이리무를 찾아가 우얼한이 말한 상황과 중요한 단서를 보고하였다.

19장

현과 농촌에서의 일상생활
나이쯔얼 - 인간과 신의 연결을 통한 감은(感恩)과 광희(狂喜)
헛소문이 사람을 잡다

싸이리무는 잠시 현으로 돌아가 현 위원회 회동을 주재하였다. 이번 해의 수매 업무와 가을밀 파종 업무를 배치하기 위해 가진 회동에는 각 공사의 책임자들이 참석하였다. 싸이리무는 또 농촌에서 실질적인 작업에 참가하면서, 조사 연구와 사업을 지도하고 있는 현 위원회 각부의 몇몇 지도자 동지들과 사업 진척 상황에 대해 교류하였고, 이번 해 인민무장부(人民武裝部)의 징병 업무계획을 검토하였다. 그리고 여러 가지 문서를 검토하면서, 농촌사업과 긴밀한 관계가 있는 부분에 주석을 달아 회람 범위를 확대하도록 하였다.

현에 머무는 동안 그는 초대를 받아 현 우체국에서 근무하는 모범 우체배달부인 아이리의 결혼식에도 참석하였다. 신부는 상하이 사람이었는데, 현 우체국에서 전보 수발업무를 담당하고 있었다. 본적이 위구르족의 역사와 문화의 요람인 아투스인(阿圖什人) 아이리가, 관내에서 가장 큰 도시인 상하이에서 온 한족 여성과 결혼을 한다는 것은, 그야말로 보기 드물고 미담으로 전해질만한 일이었다. 그런데 어찌 그들의 결혼식에 참석하지 않을 수 있 겠는가? 그는 기쁜 마음에 술을 연거푸 세 잔이나 비웠다. 그 외 재정과(財政 科)에서는 재경 제도를 엄중하게 위반한 진 인민위원회(人委)에 대한 비판을 통보하는 서류를 작성하였고, 기상관측소(氣象站)에서는 부소장 발탁에 관 한 보고서를 올렸으며, 문화관에서는 건국기념일 전후로 거행할 대중여가 문예공연에 관한 계획에 대해 보고하였다.

현에 돌아온 그 날부터 싸이리무는 끊임없이 사무를 검토하고 처리하였 다. 현에서의 셋째 날 밤, 싸이리무는 사무실에서 밤을 새워 야근을 하였다. 그리고 넷째 날 아침 일찍 현에 남아 일상 업무를 주관하고 있는 부서기에 게 몇 가지 업무를 인계하고, 몇 마디 당부를 하고 나서 모든 사무를 단호하 게 떨쳐버리고 약진공사로 돌아왔다.

이리하무의 상처는 너무 깊게 곪은 탓에, 완전하게 아물려면 시간이 걸릴 것 같았다. 병 때문에 집에서 쉰다고 하지만, 그를 찾아오는 사람들의 발길 은 끊이질 않았고, 이리하무 본인도 가만히 있지 못하는 성격이라 틈만 나 면 생산대를 도와 여기저기 돌아다니며, 이 일 저 일을 하곤 하였다. 그런 이 리하무를 보다 못해 리시티는 결국 특단의 조치를 내렸다.

미치얼완에게 이리하무와 함께 처가댁에 가서 며칠 푹 쉬다가 오라고 하 였다. "이 대대를 떠나지 않으면, 그 상처는 완전하게 아물 수 없어요!" 리시 티는 화가 나서 말했다. 그제야 이리하무도 웃으면서 건의를 받아들였다. 이 리하무는 리시티의 명령을 받아 미치얼완과 함께 신생활대대에 있는 장인 댁으로 갔다.

리시티는 며칠째 췌얼꺼우에 묵고 있었다. 그곳의 가을밀 파종은 이미 전 면적으로 시작되고 있었다. 리시티는 밤낮을 가리지 않고 파종기(播種機) 따 라다니며 파종 진도와 질을 꼼꼼하게 체크하였고, 동시에 겨울에 이곳에서 벌일 경지 정리 및 수로 보수를 위한 대결전의 계획을 세우고 있었다.

당 지부는 잠시 휴회하였다. 휴회를 하자 쿠투쿠자얼은 '하하! 이제 휴회하다니…… 입술을 살짝, 혀를 살짝 움직였을 뿐인데, 벌써 제가 제기한 조사는 포기하는 건가?' 하고 생각하며 아주 득의양양해 했다.

농촌의 일이란 어쩔 수 없지. 처음은 왕성하나 끝이 부진한 것이 농촌사업의 특징이 아닌가? 며칠만 더 끌면 추수가 시작될 거고, 그다음에는 월동준비를 하느라 여념이 없게 된다. 신장은 일 년에 반은 겨울이다. 추수가 끝나면 곧바로 풀을 베고 나무를 해야 하며, 식량을 비축하고 채소를 저장해야하며, 집을 수리하고 가축우리를 보수해야 하며…… 집집마다 눈코 뜰 새 없이 돌아갈 텐데, 이런 회의 따위에 누가 관심을 가지겠는가?

싸이리무가 잠시 현으로 돌아가게 되었을 때, 쿠투쿠자얼은 어쩌면 다시는 돌아오지 않을 수도 있겠다는 생각을 하였다. 그의 관점에 따르면 "큰 벼슬을 가진 자가 바라는 가장 바람직한 자세는 농촌으로 내려오지 않는 것이었다. 내려오지 않고 사무실 소파에 앉아 있거나, 큰 강당 위에 올라가 써준 연설문이나 읽거나, 자가용 승용차 의자에 편안하게 기대앉아 다녀야 위풍당당하고, 그의 심리상태가 어느 정도나 되는지 사람들이 추측할 수 없게 되는 것이다. 그런데 기어코 이 농촌으로 내려와 뭘 하겠다는 건가? 당신이 왔다고 해서 과연 옥수수가 더 많이 열리고, 밀의 성장이 촉진되며, 사과를 갉아먹는 애벌레가 사라지고, 젖소가 더 많은 새끼를 낳게 되나? 절대 아니지. 당신은 절대 해낼 수 없오. 그런데 왜 굳이 농촌에 내려와, 고생을 사서 하려하는지 모르겠네!" 하고 심드렁하게 중얼거렸다.

그는 싸이리무가 현으로 돌아갔을 때 현위서기의 짐이 아직 여기에 있는 걸 보고 미리 스스로의 경험에 따라 짐작해보고 있었다. "짐이 있으면 또 어때? 짐은 꽁꽁 묶인 채, 조용히 캐비닛 위에서 휴식을 취하고 있는데……" 그

짐은 쿠투쿠자얼에게 아무런 영향을 미칠 수 없고, 또 그 주인 꼭 돌아온다는 보장이 될 수도 없었다. 쿠투쿠자얼 본인이 바로 이 방면의 대가가 아니겠는가! 논이든 밭이든, 사람 대신 자신을 대표할 수 있는 행장을 파견하여, 생산투쟁의 전선에 친히 왕림하게 하지 않았던가?

긴장되고 답답한 정서는 8월의 덥고 건조한 날씨와 함께 사라졌다.

9월에 들어서면서, 기온이 뚝 떨어졌다. 신장의 여름은 그래도 상당히 더운 편이다. 7, 8월의 평균기온은 베이징 일대와 비슷하게 높다. 그러나 베이징 일대와 달리 신장의 가을은 일찍 시작되고, 가을의 시작과 동시에 기온은 대폭 떨어진다. 특히 아침저녁으로 제법 서늘한 기운이 느껴지는데, 두 손으로 수로의 물을 떠서 양치질을 하면 물이 차가워서 잇몸이 시려올 지경이었다.

오늘은 금요일 이슬람교의 예배일인 주마일(主麻日)이다. 아침밥을 먹고 나서 쿠투쿠자얼은 거의 한 달 만에 느끼는 여유롭고 가벼운 기분을 안고 산책하듯 느린 걸음으로 대대 가공공장 뒷면의 살구밭 부근에 있는 무너져 가는 사원으로 향하였다. 여유롭고 가벼운 마음이라고는 하지만, 그 여유로움 속에 쿠투쿠자얼의 멀리 내다보는 안목도 있었다. 도끼가 내리 찍기 전까지 나뭇가지 위에서 장난치는 원숭이식의 기쁨과 즐거움만으로는 만족할 쿠투쿠자얼이 아니었다.

사원으로 가는 길에 수박과 참외를 실은 크고 작은 차들과 만났다. 벌써 넉걷이(오이나 호박, 수박 따위의 덩굴을 걷어치우는 일 - 역자 주)를 하고, 대량의 수박과 참외를 수확하여 저장하는 계절이 되었음을 알려주고 있었다. 차를 몰고 지나가는 사람들마다 쿠투쿠자얼을 만나면 싱글벙글 웃으며 높은 소리로 인사를 하였다. 그리고 나이가 많고 과도하게 예의를 차리는 사람들은 차를 멈추고 내려와서 정중하게 인사를 하였다. 쿠투쿠자얼은 농민들의 깍듯하고 친근한 태도에 흡족해하며 허리를 쭉 펴고 더욱 기품 넘치게 걸었다. 그는 큰 소리로 마른기침을 하였는데 큰 인물의 위엄과 패기를 보여주기 위한 것이었다.

쿠투쿠자얼은 낡은 사원과 20미터가량 떨어진 곳에서 걸음을 멈췄다. 그는 전통 민족의상을 차려입은 신도들이 점심수업을 마치고 나오기를 기다렸다. 그 사람들 속에서 쿠투쿠자얼은 야썬 무에진, 쓰라무 흰 수염, 그의 형 아시무와 묘지 관리인 회족 영감, 마위친의 당숙 마원창(馬文常)을 불러 가던 길을 멈추게 하였다. 그리고 이 네 명의 덕망이 높은 늙은이들 앞에서 공손하게 말했다.

"누추한 저의 집으로 가시죠."

이 시각 이곳에서의 초대, 그리고 평소와 다른 그의 특별한 표정은 모두 이 초대의 종교적 활동의 성격을 암시하고 있었다. 그러나 당원으로서 공개적으로 으쓱할 것까지 없었을 뿐이었다.

"나이쯔얼 때문이가요?"

틈새를 비집고 나온 야썬의 한 마디 말이었다. 쿠투쿠자얼은 대답 대신 시선을 아래로 향함으로써 긍정의 의미를 나타냈다.

야썬은 바로 분부에 따르기로 하였다. 그러자 쓰라무와 마원창도 그들을 따라 나섰다. 아시무는 이 동생이 이번에는 또 어떤 수작을 부리려고 하는 건지 몰라 경계하며 머뭇거렸다. 그러나 그보다 나이가 훨씬 많고, 또 신분도 높은 세 사람이 발걸음을 떼자 그도 어쩔 수 없이 묵묵히 뒤를 따라 걸었다.

나이쯔얼과 퉈이는 무슬림 가정에서 흔히 볼 수 있는 세속생활과 종교의식이 결합된 두 가지 활동이다. 퉈이는 '경사'라는 뜻으로서, 결혼식, 야오촹시, 남자애들의 할례 등이 포함된다. 나이쯔얼은 '축복을 빈다'는 뜻이고, 나이쯔얼의 경우 비교적 복잡하다. 장례식은 반드시 세 번(제 7일, 제 40일, 1주년)의 나이쯔얼을 거쳐 진행될 뿐만 아니라, 먼 길을 떠나기 전, 오래된 병이 낫지 않을 때, 심지어 악몽을 꿨거나, 고민이 있을 때에도, 액운을 쫓고 재난을 피하기 위해 나이쯔얼을 거행한다. 이 두 가지 의식과정에 모두 두와(都瓦, 즉 독경)를 해야 하고, 주인이 음식을 접대해야 하며, 안손님들은 반드시 선물을 준비해야 한다.

이것은 종교적 경건함, 민족의 정신단결, 손님을 좋아하는 후한 인품, 사교적 교제와 접대, 생활의 다채로움이 어우러진 활동이다. 나이쯔얼은 언제나 슬픔과 애통의 감정을 담아 거행되는 것은 아니었다. 종교적 견해로 볼 때, 사람은 죽으면 알라 곁으로 가게 된다. 때문에 무턱대고 슬퍼하는 것은 죄이고 잘못된 것이다. 때문에 주년 제사에서의 나이쯔얼은 반드시 슬픈 감정으로 거행되어야 하는 것은 아니다. 주년 제사를 지낼 때, 주인과 손님의 이목은 모두 예절과 의식, 음식과 격식, 규모에 집중된다. 그밖에 종교 색채가 거의 없는 전통적인 축제 마이시라이프(麥西來甫)까지 더해지다 보니, 한 개 가정이 주최하는 위구르족들의 단체 활동의 규모와 빈도는, 기타 민족을 훨씬 초과하게 된다.

쿠투쿠자얼의 집은 엄숙하고 경건한 분위기로 가득 찼다. 손님과 주인 다섯 명은 내실에 깔아 놓은 융단 위에 허리를 곧게 펴고 단정하게 무릎을 꿇고 앉았다. 쿠투쿠자얼은 머리를 숙이고 시선을 아래로 향한 채 황공무지하다는 어조의 낮은 소리로 말했다.

"저의 아이 쿠얼반·쿠투쿠자얼이 지금까지 아무런 소식이 없네요. 각양각색의 악인들이 우리 뒤에서 악담을 남발하고 있는데, 그 악담들은 송곳이 되어 나의 마음을 아프게 찌르고 있습니다. 저는 악몽을 꾸었어요. …… 아시잖아요, 더 많은 사람들을 초대하기엔 불편한 부분도 있어서…… 어르신 네

분은 누구나 인정하는 덕망이 높고 경험이 많은 연장자들이시고, 마을 어르신들의 대표이니……"

두와(都瓦, 기도와 축복 - 역자 주)는 장엄한 분위기 속에서 진행되었다. 야썬은 우렁차면서도 부드러운 목소리와 특수한 떨림소리로『코란경』중의 한 단락을 읊었는데, 감정이 풍부하고 호소력이 아주 짙었다. 나머지 사람들도 다 같이 한 목소리로 호응하였다. 나이쯔얼은 핑계이고, 본심은 따로 있었던 쿠투쿠자얼마저 저도 모르게 코끝이 찡해났다.

위구르족의 근 4백 년의 역사와 인민들의 생활 속에 깊게 배어있는 이슬람교는, 쉽게 무시할 수 없는 영향력과 응집력, 흡인력, 위로와 동원의 힘을 가지고 있다. 특히 인민들의 생활에 대한 규범작용을 무시할 수 없다. 사실 이런 힘은 단지 신학과 피안으로부터 오는 것이 아니다. 상당한 부분의 종교적 힘은 신성과 인간성의 결합에 있다는 것을 반드시 알아야 한다.

그 힘은 사람 및 이 세상의 요소에 의해 형성된 것이기도 하다. 예컨대,『코란경』의 고대 아랍어의 운각(韻脚)과 낭독자의 목소리, 용모, 수염, 터번과 자태, 또 예컨대, 예의와 이슬람교에서 가장 강조하는 청진(清真, 청결의 원칙) 등 요소의 영향도 있다. 이슬람교에서 청진은 핵심적인 가치로서 위생 방면만을 가리키는 것이 아니다. 만약 이러한 가치에 대한 사람들의 숭배가 없고, 경문과 가락의 매력이 없다면, 나이쯔얼의 감동적인 힘도 없을 것이다.

다음에는 관례에 따라 음식을 내왔다. 쿠투쿠자얼은 특별히 아내에게 좌판을 부탁하였다. 새하얀 양비계살 아래, 담황색의 기름을 머금은 밥알은 반짝반짝 빛이 났고, 가늘게 채를 썬 푹 익은 주황색의 당근이 달콤한 향기를 풍겼다. 좌판은 채색 부조 문양의 아주 큰 정교한 자기 접시에 담겨 있었다. 다섯 사람은 무릎을 꿇은 채 접시를 중심으로 빙 둘러 앉았다. 그들은 오른

손의 네 손가락을 숟가락 모양으로 오므려서 좌판을 적당히 뜬 다음, 밥알들이 더 단단하게 엉겨 흐르지 않도록 접시 변두리에 대고 툭툭 털어 주었다. 그리고 엄지로 살짝 눌러 다져 준 다음 입안에 쓱 넣었다. 마지막에 손가락에 묻은 밥알과 기름까지 깨끗하게 빨았다.

식사할 때에도 다섯 사람은 여전히 엄숙하였다. 야썬 무에진의 낭송에 의한 승화작용과 정화작용이 아직도 집안의 분위기를 통제하고 있었다. 입·치아·혀·목구멍, 그리고 식도와 위장을 통해 완성되는 식욕에 근거한 이 생리 활동마저 비범한 정중함과 모배(膜拜, 합장한 손을 이마에 대고 땅에 엎드려 하는 절 - 역자 주)의 색채를 띠고 있었다.

식사를 마친 후, 은혜에 감사를 드리며 기도를 하였다. 유신론자들에게 있어서 음식은 신이 베푼 은혜이고, 음식을 먹는 것은 신의 은총을 받아들이고, 신의 혜택을 받는 과정이다. 밥을 먹는 것은, 영양 섭취에 대한 소화기관의 수요를 만족시키기 위한 것이기도 하지만, 더욱이 신성과 인간성은 식사를 통해 연결된다는 정신과 격정의 극히 고급적이고 극히 생활화된 수요를 만족하기 위한 것이다. 즉 식사는 숭배와 은혜에 감사드리는 의식이고, 눈물 날 정도로 감격스러운 의식이다. 식욕의 만족보다 백 배는 더 중요한 것은, 식사가 가져다주는 경모와 기쁨의 감정이다.

위대하고 은혜롭고, 유일하고, 완벽한, 궁극적인 신앙은, 이러한 신앙에 대한 생활의 전체적 과정에서의 전면적인 입증을 통해 표현된다. 생활의 모든 것이 알라신의 위대함을 증명하고 있다. 알라가 없으면 생활·사람·좌판·차도 없고, 특히 세상에서 가장 진실하고, 가장 보편적이며, 또 가장 위대하고 신성한 낭도 없을 것이다. 만약 세상에 사람만 있고, 양식과 목재, 솜과 양, 물과 소금, 공기와 햇빛이 없다면, 어떻게 될까······

일반적으로 나이쯔얼은 이 단계까지 마치면 마무리된다. 손님들도 모두 돌아가야 할 시간이다. 하지만 쿠투쿠자얼의 볼일은 지금부터 시작이었다.

그는 떠나려는 손님들을 붙잡으며 말했다.

"여러분! 당신들이 모두 알고 있는 그 이유 때문에 평소에 여러분께 자주 가르침을 청하지 못했어요. 하지만 저의 마음은 항상 당신들을 향해 열려 있어요. 노인을 공경하는 것은 우리 위구르족의 미풍양속입니다. 제가 우리 대대의 직무를 맡은 지도 벌써 몇 년이 되었어요. 그 동안 정부를 위해 충성을 다했을 뿐만 아니라, 우리 동포들을 위해서도 정성을 기울였지요. 비록 미처 발견하지 못했거나, 소홀히 한 부분도 있겠지만, 맡은바 업무를 잘하기 위해 항상 노력해 왔지요.

우리 위구르족들에게는 뒤에서 이러쿵저러쿵 험담하고, 다오간쯔(搗杆子, 뒤에서 은밀하게 방해하는 것 – 역자 주)하는 나쁜 버릇이 있어요. 더군다나 지도자 직책을 맡고 있는 사람에 대한 일부 사람들의 질투와 시기는 더욱 심각하지요! 특히 최근에 들어, 일부 소인배들은 저의 가정 관계를 이간시키고, 평화를 파괴하기 위해 안간힘을 쓰고 있어요. 그리고 저의 아들의 가출에 관해 온갖 헛소문을 퍼뜨리고, 왈가왈부하며, 말썽을 일으키고 있어요. 남이 행복하게 잘 사는 꼴을 못 보는 사람들이에요. 그밖에 저에 대한 소문이 또 어떤 것들이 있는지, 그런 소문에 어떻게 대처하면 되는 건지, 그리고 정부와 저에 대한 여러분의 생각은 또 어떤지, 아낌없이 많이 가르쳐주시길 바랍니다.

여러분들은 연세가 지긋하시고 덕망이 높은 분들이에요. 어르신들은 마을 사람들의 여론과 행동에 방향과 범위를 정해주는 역할을 하고, 배의 키를 잡고 있는 조타수와 같은 분들이에요. 그렇기 때문에 저를 많이 이끌어주시고, 지원해주시길 바랍니다!"

주인의 극진한 접대가 끝나면, 아무래도 아주 조화롭고 친밀한 분위기가 형성되기 마련이다. 더군다나 대대의 일인자로서 쿠투쿠자얼의 태도는 아주 겸손하고, 말과 행동은 점잖고 우아하였다. 뿐만 아니라 야썬의 독경 소리의 여운이 아직도 귓가에서 맴돌고 있는 것 같았다. 쿠투쿠자얼의 태도에 감동한 쓰라무가 입을 열었다.

"쿠얼반에 대해 사람들이 뒤에서 소곤대는 걸 나도 들었어요. 떠도는 소문을 듣고 나도 처음엔 당신의 처사가 부당하다고 생각했어요. 그런데 오늘 직접 당신이 하는 말을 듣고 나니, 나도 그렇고 마을사람들도 당신에 대해 오해한 부분이 있다는 생각이 들었어요. 그렇기 때문에 당신 대신 해명하고 사람들의 오해를 풀어주어 헛소문들을 없애는 것은 우리가 마땅히 해야 할 일이라고 봅니다. 그밖에 사람들의 말을 들어보면, 당신이 노동에 적극적으로 참가하지 않는 데에 대한 불만이 가장 많아요. 관료티를 낸다는 거지요. 물론 잡담으로 하는 말들이니 일리가 없을 수도 있어요. 당신이 물었으니 한 말입니다. 근거 없는 말을 한 거 같아 참 면목이 없네요. 실례가 되었다면, 너 그러이 용서하세요."

쿠투쿠자얼은 머리를 끄덕이며 알겠다고 대답하였다.

이번에는 마원창이 말했다.

"저는 나이도 많고 병도 많아, 날마다 멍하니 앉아서 묘지만 지키고 있어요. 그래서 어떤 유언비어도 들은 적이 없어요. 가끔 들리는 헛소문이 있다고 해도 늘 한쪽 귀로 듣고 다른 한쪽 귀로 흘려버리지요. 저에게는 딱히 내세울만한 장점은 없지만 마을 사람들의 시시비비에 관심을 갖지 않고 절대 동참하지도 않아요. 오늘 서기께서 분부하셨으니, 앞으로 만약 들리는 말들이 있다면, 꼭 대신 상세하게 분석해 볼게요. 그리고 당신의 선심과 선의를 전달해 드릴게요."

야썬 목수는 앞의 두 사람의 말이 못마땅하였다. 쓰라무가 이런 장소에서 노동에 대한 적극성을 거론하다니 상당히 분위기에 적합하지 않다고 생각했다. 그리고 마원창의 말은 실없는 소리에 지나지 않는다고 보았다. 그리하여 야썬이 나섰다.

"쿠투쿠자얼 서기는 전체 대대의 지도자의 직무를 맡고 있어요. 서기는 우리들을 위해 밤낮으로 수고하고, 전력을 다하고 있어요. 그렇다면 백성으로서 우리는 반드시 당신의 지휘에 복종해야 하고, 정부의 법령을 지켜야 하지요. 하지만 유언비어는 누구나 적어도 한 번쯤은 듣지 않을까요? 그러니까 너무 걱정하지 말아요. 당신에 대해 내 입장에서 말하는 것은 몸 둘 바를 모를 정도로 황공한 일이라 더 드릴 말씀이 없네요. 작년에 지주들의 속임수에 넘어가는 바람에 당신에게 무례함을 범하고 큰 잘못을 저지를 뻔했지요. 양해해 주시길 바랍니다."

"아니에요. 그런 말씀 마세요."

쿠투쿠자얼은 손을 휘휘 저으며 말했다.

"제가 겁이 많아서 그래요…… 여러분들이 섣불리 행동했다가 난처한 처지에 빠질까봐 걱정돼서 그랬지요……"

사실 야썬은 전부터 쿠투쿠자얼에게 좋은 감정을 가지고 있지 않았다. 그러나 그에게 있어서는 무슬림의 예의가 개인의 감정보다 더욱 중요하였다. 그는 다른 사람에 대해 편견을 갖지 않고 예의를 중요하게 생각하는 사람이었다. 그리고 오늘 이 자리는 예의를 따지는 장소이기 때문에, 그는 예의를 갖춰 쿠투쿠자얼에게 가장 큰 선의와 성의를 표시하였던 것이다.

지금까지 아시무는 한 마디도 하지 않았다. 그는 이 자리의 누구보다도 자신의 동생에 대해 잘 알고 있었다. 그는 동생이 보여주는 이 진정성과 성실함을 믿을 수 없었다. 오늘 동생이 왜 이런 말과 행동을 하는지 그는 의도를 알 수 없었고, 또 알고 싶지도 않았다. 그는 이미 동생과는 전혀 다른 길을 선택하여 가고 있는 사람이었기 때문에, 그는 동생의 어떤 도움도 바라지 않았으며, 동생이 자신을 해코지할 거라고도 생각하지 않았다. 물론 동생이 하고 있는 일을 방해하거나, 동생에게 걸림돌이 되고 싶지도 않았다. 사실 동생뿐만 아니라, 모든 '제삼자'에 대해 그는 대체적으로 이와 같이 세상만사에 무관심한 태도를 취하였다. 그러나 종교 활동의 장엄함, 식사 후의 화기애애함과 예의 바른 말투와 태도에는 그 역시도 감동을 받았다. 비록 묵묵히 입을 다물고 있으면서도 다른 사람들의 이야기에 머리를 끄덕이며 호응하였다. 누가 뭐라고 하든 그는 연신 머리를 끄덕이며 찬성의 뜻을 표시하였다.

"형! 형도 말해 봐요."

쿠투쿠자얼은 기어이 아시무를 가만히 내버려두지 않았다. 순간 아시무는 얼굴이 빨개졌다. 그리고 머리를 숙였다.

"혹시 뭔가 걱정스럽거나, 기분 나쁜 일이 있어요?"

쿠투쿠자얼이 말했다.

"아이들은 말썽을 피우지 않죠? 요즘 목축업 작업조에서 파는 고기 품질은 어때요?"

이 말에 아시무는 갑자기 반응하였다. 그는 아이들이 얼마나 속을 썩이는지 하소연하려고 입을 열었다가, 한 마디도 하지 않고 말을 다시 삼켰다. 이 장소에서 그런 시시한 하소연을 해봤자 무슨 의미가 있겠는가 하고 생각했기 때문이었다. 반면에 고기의 품질에 관한 말이 나오자, 그는 문득 그날 수박 밭에서 쿠투쿠자얼이 말해주었던 무시무시한 정보가 떠올랐다. 그러자 화가 나서 말했다.

"그날 이후 아내와 아이들에게 못을 박아 말했네. 밥을 짓지 않을지언정 (일반적으로 낭을 먹고 차를 마시는 것은 '밥을 짓다'의 범위에 포함되지 않는다. 밥을 짓는다는 것은 고기와 채소가 들어있는 국수·교자(餃子)·좌판 등을 가리킨

559

다), 누구도 목축업 작업조의 고기를 사서는 안 된다고 말이네!"

아시무의 뜬금없는 말 때문에, 세 늙은이는 자초지종을 몰라 어리둥절한 표정을 짓고 있었다. 그러나 야썬은 이와 같은 일에 비교적 민감하였다. 그는 재빨리 아시무의 무릎에 손을 올리며 말했다.

"왜 그래요? 목축업 작업조의 고기가 무슨 문제라도 있어요?"

"무슨 문제가 있냐고요?"

분노와 두려움, 고통의 감정이 북받쳐, 아시무는 말까지 더듬었다.

"그들이 글쎄 자연사한 양 고기를 판대요!"

마른하늘에 날벼락 같은 소리였다! 세 늙은이의 안색이 삽시에 변했고, 표정이 굳었다. 마원창은 손을 부들부들 떨며, 당장에 쓰러질 뻔하였다. 야썬은 눈을 휘둥그렇게 뜨고 다급하게 물었다.

"누가 그래요? 누가 말했어요?"

사상이 진보적이고, 노동에 대한 적극성이 뛰어나며, 공사를 자기 집처럼 사랑하는 쓰라무마저 당황해하였다.

"정말 그런 일이 있어요?"

쓰라무가 물었다. 그는 성실하고 고지식한 아시무는 거짓말을 할 리가 없다고 믿었다.

야썬은 끈질기게 내막을 캐물었다. 그러나 아시무의 눈길은 다른 곳에 닿아 있었고, 더 이상 말을 하지 않았다.

"사실은 그렇게 대단한 일도 아니에요."

쿠투쿠자얼은 분위기를 완화하려는 듯 느긋한 어투로 말했다.

"유물론주의자들에게는 도살이든 도살이 아니든, 다 똑같은 거예요."

쿠투쿠자얼은 잠시 망설이며 말을 잇지 않았다. 자신의 이 한 마디가 시체 위에 발길질(즉 '엎친 데 덮치다', '불난 집에 부채질 하다'라는 뜻)한 격이 되었다는 것을 깨닫고, 그는 곧바로 말머리를 돌렸다.

"물론 그들이 불결한 고기를 파는 것에 대해, 저는 절대적으로 반대해요. 다른 이치는 따지지 않아도 좋지만, 적어도 위생은 지켜야 하지 않겠어요? 전염병 예방에도 신경 써야죠. 무엇보다 고향 사람들을 속이는 건 용서할 수 없어요! 그런데 이리하무는……"

그는 마치 자신의 실언을 자각한 사람처럼 이마를 탁 치며 말했다.

"아니에요, 그만둡시다. 이 일에 대해 더 이상 말하지 맙시다. 말이 밖으로 새나가면 문제가 커지니까요. 여러분! 이 일에 대해 더 깊게 묻지 말아 주세요. ……"

노인들 네 사람은 분노와 의혹, 불안함을 가득 안고 돌아갔다. 그리고 각자 쿠투쿠자얼과 어느 정도 친밀해졌다고 생각하였다.

손님을 배웅하고 나서 쿠투쿠자얼은 큰 접시 안의 먹다 남은 좌판을 한데 끌어 모았다. 그리고 코웃음을 지으며 이 남은 좌판을 접대할 다음 손님을 생각하고 있었다. 그 손님은 그에게 이용 가치가 있는 니야쯔 파오커였다.

이날 이후 이리하무를 둘러싼 자연사한 양 고기를 의도적으로 사원들에게 팔려고 하였다는(이미 팔았다고 하는 사람도 있었다) 루머가 걷잡을 수 없이 퍼졌다. 처음에 대부분 사람들은 믿을 수 없다며 콧방귀를 뀌었지만, 여기저기에서 수군거리자, "그럴 수도 있지 않을까요? 그 내막을 누가 알겠어요." 라고 하며, 점점 더 많은 사람들이 의심하기 시작했다. 그리고 풍문은 여러 입을 거쳐 더 심각하게 각색되었고, 연루된 범위도 점점 넓어졌으며, 문제는 더욱 커졌다. "당연하죠. 이리하무는 우리 민족의 전통적인 생활방식을 전혀 신경 쓰지 않는 사람이에요.

그는 리시티만을 추종하는 사람이에요. 리시티는 오래 전부터 이런 걸 미신이라고 하며 믿지 않았지요. 리시티의 아내는 한족이라서, 유채 씨(菜籽)와 흑야(黑夜) 두 단어도 구분하지 못해요(대부분의 한족들은 구개음[小舌音]을 발음하기 어려워한다). 언어에서 이색분자인 사람은 심보도 이색분자지요. …… 잘 생각해 봐요. 리시티의 아들을 무덤에 묻을 때, 『코란경』을 낭송하였나요?" 누군가가 말했다.

"사실, 쿠투쿠자얼이 조금 게으르긴 하지만, 적어도 우리 사람이에요. 겉으로 티가 나지는 않지만, 그는 뒤에서 옛날부터 전해 내려온 우리의 습관과 예의를 묵묵히 지키고 있지요. 생각해 봐요. 라마단(齋月) 기간에 그는 낮에 절대 다른 집을 방문하지 않으며, 본인도 음식을 먹지 않지요. 손님이 찾아오면, 특히 상급 간부가 오면, 그도 어쩔 수 없잖아요. 손님이 왔는데 라마다 기간이라 금식 중이라고 할 수도 없고요. 그래서 울며 겨자 먹기로 손님과 함께 식사를 하지요. 그러나 라마단이 끝날 때, 그는 다른 사람들보다 하루 더 연장하여 금식을 해요(라마단 기간에 어떤 이유로 금식을 제대로 하지 못했다면, 라마단이 끝날 때, 하루를 연장하여 보완할 수 있다). 하지만 이리하무와 리시티는 아니지요. 그들의 마음은 이미 변이되어 우리와 다른 종족이 되었어요. ……"

"들었어요? 현재 이리하무와 리시티가 손을 잡고, 쿠투쿠자얼을 혼내려 하고 있대요. ……"

이와 비슷한 소문을 가장 많이 퍼뜨린 사람은 바로 니야쯔였다. 먹다 남은 좌판, 사탕발림 위로와 헛된 약속, 선물로 받은 중고 장화 한 켤레가 거대한 위력을 발휘하였던 것이다. 니야쯔는 밤낮으로 만나는 사람마다 붙잡고, 이리하무의 사람을 경악케 하는 '만행'을 폭로하였다. 공급수매합작사 매점에서, 밭과 두렁에서, 길가와 다리 어귀에서, 물방앗간에서, 담배를 피우거나 다른 사람에게 담뱃불을 붙여주면서, 뒷간에서 볼일 볼 때에도, 그는 이리하무가 자연사한 가축 고기를 판 사건에 대해, 반복적으로 설명하고, 묘사하며, 각색하고, 비판하였다. 그는 희색이 만면하여 격한 목소리와 표정으로 사건을 묘사하였고, 또 거품을 물고 눈물을 흘리며 하소연하면서 이 사건을 통해 이리하무의 명성을 망치는 것이 인생의 목표인양, 마치 실성한 사람처럼, 만사를 제쳐놓고 뛰어다녔다. 특히 물방앗간에서 그는 큰 활약을 펼쳤다. 그는 아는 사람이든지, 낯선 사람이든지를 막론하고 밀가루를 빻으러 오기만 하면, 그 사건에 대해 이야기하였다. 그의 목소리는 기계 돌아가는 우르릉 소리마저 덮을 정도였다. 생동적이고 끔찍한 이야기 줄거리는 사람들로 하여금 공포에 질려 비명을 지르게 하였다. ……

쿠투쿠자얼이 네 명의 늙은이를 접대하고 있을 때, 공사의 당 위원회 서기 자오지형 동지의 사무실에서, 싸이리무, 자오지형, 공안 특파원 타례푸와 자치주 공산당 간부학교(黨校)에서 공부를 마치고 돌아온 이번에 새로 임명된 약진인민공사의 지도자 위싸이인 등이 모여 쿠투쿠자얼과 애국대대의 문제에 관해 논의하고 있었다.

"……싸이리무 동지의 의견을 저도 찬성해요. 이미 때가 되었어요. 쿠투쿠자얼의 문제를 반드시 해결해야 해요. 1962년에 그가 도대체 어떤 가면을 쓰고, 어떤 역할을 하였는지, 상황이 생각보다 복잡하지만, 정확하게 파악해야 해요. 알아본 바에 의하면, 쿠투쿠자얼 본인의 입장은 굳건했던 것 같아요. 1962년 5월에 그는 양아들 쿠얼반을 시켜 흙벽돌로 새 집을 짓고 있었어요. 이건 당연히 사상적 동요의 표현이 아니라고 할 수 있겠어요? 이리하무도 말한 적이 있어요. 당시 소련교민을 가장하여 외국으로 도망가려 하던 마이쑤무를 대함에 있어, 그의 태도가 아주 분명하고 단호하였다고요. 그런데 러이무와 이리하무가 반영한 상황에 비추어 보면 아주 의심스럽기도 하고요……"

자오지헝이 말했다.

"특히 우얼한이 말한 상황을 듣고, 나는 깜짝 놀랐어요."

타례푸가 중간에 끼어 들어와 말했다.

"만약 이싸무둥을 불러낸 사람이 쿠투쿠자얼이고, 쿠투쿠자얼이 지금까지 입을 다물고 진실을 은폐한 거라면, 이건 아주 심각한 상황이에요. 지금 중요한 것은 우얼한이 말한 새로운 상황의 진실여부를 밝혀내고, 확실한 조치를 취하는 거예요……"

"조급해하지 마세요."

자오지헝은 타례푸를 향해 손짓을 하며, 미소를 지었다.

"여성 동지가 가서 우얼한과 더 깊게 이야기를 나누는 게 좋겠어요. 전에도 말한 적이 있지만 제7생산대의 밀 절도사건은 단순한 사건이 아니에요. 대대 계급투쟁의 내막이 드러나고, 민중들의 각성 수준이 제고되고, 사회주의 교육이 진척됨에 따라, 그 사건의 자초지종도 결국 낱낱이 밝혀질 겁니다. 쿠투쿠자얼의 경우 적어도 그는 성실하지 않고, 입만 벌리면 거짓말만 하는 겉과 속이 다른 사람이지요.

그는 편한 것만 좋아하고 일하기를 싫어하며, 대중과 단절되고, 당의 원칙을 중요하게 생각하지 않는 사람일 뿐만 아니라, 손버릇이 나쁜 사람기도 해요. 이리하무에 대한 쿠투쿠자얼의 고발은 악의적인 공격과 모함의 색채가 짙어요. 왜냐하면, 나는 누구보다도 잘 알거든요. 우얼한, 랴오니카, 바오팅구이, 타이와이쿠 등을 대함에 있어, 자기당착에 빠지고, 언행이 불일치하며, 앞뒤가 다르고, 적아를 구분하지 못하고 혼동하는 사람은 이리하무가 아니라 쿠투쿠자얼 본인이라는 걸 말이에요.

1962년 우얼한이 돌아왔을 때, 그는 비판투쟁 회의를 소집해야 한다며 펄

펄 뛰었어요. 그리고 돌아서자마자 그의 아내가 우얼한 네 집을 드나들었고, 잃어버린 아들을 찾아주었어요. 올해 밀 수확을 할 때에는 늦은 밤에 우얼한 네 집에 가서 양 꼬치까지 먹었어요. 도대체 무슨 꿍꿍이인지 그 속을 누가 알겠어요……"

"1962년 사건 때 쿠투쿠자얼에게 무슨 문제가 있었던 건 아니겠죠? 이것이 사실이라면, 너무나도 괴이하네요……"

위싸이인 지도자가 말했다. 위싸이인은 규율을 엄격히 준수하고, 상하·좌우 관계를 신중하게 처리하며, 공로를 인정받는 것을 바라지 않고, 단지 과오를 범하지 않기를 바라는 사람이라 항상 분쟁을 가라앉히고 사람들을 안정시키는 역할을 하는 '좋은' 지도자였다. 그는 절대 경솔하게 행동하거나 함부로 말하지 않고, 태도가 늘 겸손하고 자애로웠다. 그렇기 때문에 그를 흠잡아 왈가왈부하는 사람이 거의 없고, 언제 어떤 장소에서든 사람들에게 불만이 가장 적은 간부였다. 그가 말한 이 한 마디에도 별다른 뜻은 없었다. 왜냐하면 자기 곁에서 나고 자란 오랫동안 함께 일해 온 간부에게, 이와 같이 불가사의한 문제가 있을 거라고 그는 생각하지 않기 때문이었다.

"단언하기가 어렵네요."

싸이리무가 웃었다.

"1962년에 관한 문제를 잠시 접어두는 것도 나쁘지 않아요. 왜냐하면 이건 아주 신중하게 처음부터 다시 조사해야 할 문제이기 때문이죠. 우리는 반드시 빨리 해결해야 하고, 해결할 가능성이 있는 문제부터 해결해야 해요. 정풍(整風)을 취지로 당 지부위원회 회의에서 쿠투쿠자얼의 사상기풍, 근무 태도, 대중과의 관계 등 몇 가지 방면에 대해 비판적 의견을 제기하자는 것이 나의 첫 번째 견해입니다.

다음은 대대 공장의 문제와 제7생산대 대장의 문제를 해결하자는 겁니다. 밥은 첫 술에 배부를 수 없어요. 밥도 한 술 한 술 먹어야 하고, 일도 한 가지 한 가지 해결해야 하지요. 이 과정에서 그의 태도를 보고, 대대 지도부를 조정해야 할지 말지를 결정 해야겠습니다⋯⋯ 쿠투쿠자얼이 대대의 최고 책임자가 된 것은 특수한 상황이라고 생각해요. 마이쑤무가 여기에 내려왔을 때 꾸며낸 짓이지요. 어쨌든 당내에 정상적 민주생활(民主生活, 사회주의 국가에서 소그룹 형식으로 사상 교류와 아울러 비판이나 자아비판을 행하는 활동 – 역자 주)이 있고, 연말에는 총결산과 개선을 해야 하잖아요⋯⋯ 여러분 생각은 어떤가요?"

"좋아요. 하나씩 점차적으로 해결해 나가는 게 좋을 것 같습니다."

자오지헝이 말했다.

"조직적인 조치에 대해서는 당신들 당 위원회에서 전문적으로 연구해 보도록 해요. 애국대대의 상황이 어느 정도 대표성을 띠고 있기 때문에, 다 같이 분석하고 연구해 볼만하다고 생각합니다."

싸이리무가 흥미로울 것 같다는 표정을 지으며 말했다.

"첫째는 투쟁이 당내에서 반영되었고, 전선이 그다지 명확하지 않다는 겁니다. 그리고 뒤따라 나타난 문제가 있는데, 바로 계급투쟁, 반 수정주의 구호를 받아들인 것, 어조가 더욱 높아졌다는 것 등은 사실상 일부러 물을 흐리기 위한 일부 사람들의 수작이라는 거지요⋯⋯ 맞나요? 사회주의시기의 계급투쟁 앞에서, 우리는 반드시 한 가지씩, 점차적으로 그 법칙을 모색하고, 경험을 쌓아가야 할 것입니다!"

"참 좋은 말씀이에요."

타례푸는 깨달은 바가 있다는 듯이 말했다.

"밀 절도사건을 수사함에 있어서, 나는 전체 계급투쟁의 국면을 전반적으로 고찰하지 않았어요. 그래서 일부 사람들에게 물을 흐릴 수 있는 기회를 주었던 것 같아요. 말하자면 의심쩍은 사람이 한둘이 아니에요. 그런데 조사만 시작하면 증거 불충분이거나, 아예 혐의가 배제되었다거나, 혹은 연락이 끊겨졌다거나 하는 바람에, 늘 주요 모순을 발견할 수 없었어요. …… 결국 힘만 빼고 사건은 해결하지 못했지요……"

"나도 범인을 잡고 사건을 해결할 묘책은 없어요."

싸이리무가 말했다.

"한두 가지라도 좋으니, 우리 한 걸음 한 걸음씩 착실하게, 효과적인 방법으로, 애국대대의 문제를 해결해 나갑시다. …… 그 문제 해결은 여기서부터 시작하면 어떨까요?"

"좋아요!"

나머지 사람들이 이구동성으로 대답하였다. 싸이리무는 이 정신에 따라 애국대대의 업무를 배치하였다. 쿠투쿠자얼은 싸이리무가 이렇게 빨리 돌아올 줄은 꿈에도 몰랐다. 싸이리무는 돌아오자마자 지부위원회 회의에 참석하여 다음 단계에서는 「앞 10가지 사항」의 정신을 참조하면서, 실제와 결부하여 지부의 업무를 분석하고 평가할 것이라고 명확하게 말했다. 뿐만 아니라 자오지형도 지부위원회 회의에 참석하였다는 사실이 쿠투쿠자얼에게는 가장 큰 위협감으로 다가왔다.

싸이리무 앞에서 함부로 지껄이며 이목을 현혹시키려 했던 말들을 자오지형 앞에서는 똑같이 할 수가 없었다. 왜냐하면 일부 문제에 대해 자오지형도 쿠투쿠자얼이 알고 있는 만큼 속속들이 알고 있었기 때문에, 거짓말을 날조하여 사실의 진위를 분간할 수 없게 하는 수법은 자오지형에게 먹히지 않는다는 걸 그는 잘 알고 있었다.

지부위원회 회의가 열린 날 회의 의제와 의견들이 쿠투쿠자얼에게 집중되기 시작하였다. 쿠투쿠자얼에 관한 문제와 의견, 불만은 갈수록 많아졌다.

그리고 매 하나의 의견과 문제는 다른 사람의 사상에도 반사와 반향을 일으켰다. 쿠투쿠자얼이 거짓말을 일삼는 문제와 민주적인 태도의 문제에 대하여 리시티는 진심을 담아 자세하게 비판 의견을 제기하였다.

"공산당의 일원으로서 적어도 착실하고 성실해야 하지요. 교활한 꾀로 자기 이익을 취하고, 다른 사람을 자신이 함부로 희롱할 수 있는 바보라고 생각하면서 자기만 똑똑한 줄 알고 살아가다가는 언젠가 넘어져서 큰코다치게 될 겁니다. 대중들의 눈과 마음은 밝아요. 정말이에요.

누가 어떤 사람인지 대중들은 다 꿰뚫어보고 있지요. 설사 처음에 몰랐다고 하더라도 시간이 지나면 다 알게 되지요. 쿠투쿠자얼은 다년간 공산당을 위해 많은 일들을 하였어요. 그러나 그에게는 불성실하다는 단점이 있어요. 이는 고쳐야 합니다! 낡은 사회가 남겨준 이러한 태도와 기풍을 떨쳐버리게 해야 합니다."

쿠투쿠자얼은 아무 반성도 자아성찰도 하지 않았다. 리시티의 발언이 끝나자 그는 오히려 반격을 가하기 시작하였다. 그는 거리낌 없이 말했다. 리시티와 이리하무 두 사람은 결탁하여 음모를 꾸몄고, 당원들이 「앞의 10가지 사항」에 대해 학습하고 있는 기회를 이용하여, 자신을 괴롭히고 몰아세웠다고 하였다. 그리고 그가 대대의 일인자라는 사실에 대해 두 사람은 늘 못마땅하게 생각하였는데, 이것이 바로 두 사람이 자신을 적대시하는 이유라고 하였다.

쿠투쿠자얼의 태도는 모든 사람의 예상을 벗어났고, 사람들의 강렬한 분노를 불러일으켰다. 비판의 목소리가 빗방울처럼 쿠투쿠자얼의 머리 위에 쏟아졌다. 자오지형도 간신히 분노를 누르며, 쿠투쿠자얼에게 사실 근거를 들어 그가 말하는 소위 '음모'에 대해 설명하라고 들이댔다. 그는 자신의 강경한 태도가 예상했던 것과 상반되는 효과를 거두게 될 줄을 몰랐다. 그리하여 그는 입에 자물쇠를 잠그고 한 마디도 하지 않았다.

회의가 끝난 후, 회의는 잠시 교착상태에 빠졌다. 그리고 얼마 후 전체 대대를 떠들썩하게 만든 새로운 사건이 벌어졌다.

어느 이른 아침 초가을 아침 태양이 뜨는 시간이 점점 늦어지고 있었다. 벌써 아침 5시가 넘었다. 싸이리무도 잠에서 깬지 한참 되었다. 그제야 동쪽 하늘에서 빨간 태양이 타오르기 시작하였다. 이때 다급한 발걸음 소리와 함께 재촉하듯 문 두드리는 소리가 들려왔다. 싸이리무는 침대에서 내려와 문 앞에 막아놓았던 의자를 한쪽으로 옮기고 문을 열었다. 문 앞에는 쿠투쿠자얼과 니야쯔가 서 있었다. 쿠투쿠자얼은 노기가 등등하였고, 눈빛에는 도전과 조롱이 가득 차 있었다. 니야쯔는 몹시 긴장하고 당황한 모습이었다. 가을철의 서늘함 때문인지, 아니면 두려움 때문인지, 니야쯔는 이를 "달달달" 떨고 있었다.

"날 죽이겠대요! 날 죽이겠대요!"

니야쯔는 싸이리무의 옷자락을 붙잡으며, 다짜고짜 현위서기의 발아래 무릎을 꿇으려고 하였다. 그런 그를 싸이리무가 잡아 일으키며 말렸다.

"저를 지켜주세요. 저를 꼭 지켜주세요!"

니야쯔는 콧물을 흘리며, 울며불며 애원하였다.

"왜 그래요?"

싸이리무는 무슨 상황인지 도무지 알 수 없었다.

"누군가 니자훙 네 문 앞에 게시문을 붙여놓았어요. 죽이겠다고 공공연히 떠벌렸어요."

쿠투쿠자얼은 아주 엄숙하게 말했다.

"죽인다고요? 누가요? 누가 게시문을 붙였어요?"

싸이리무는 깜짝 놀라며 물었다.

569

"바로 이리하무의 가장 친한 친구, 러시아족 랴오니카예요!"

쿠투쿠자얼은 눈을 흘기며 쌀쌀맞게 말했다.

"아직 소련 수정주의가 쳐들어오지도 않았는데, 날 죽이겠다고 해요! 만약 소련 수정주의가 쳐들어와 신장이 러시아인의 천하가 된다면, 그때 난 어떻게 하지요……"

니야쯔는 또 울었다. 그러나 그가 눈을 비비기는 했지만, 눈물은 보이지 않았다.

"같이 가봅시다."

싸이리무는 모자를 쓰고, 세수도 못한 채, 그들과 함께 나갔다.

세 사람이 니야쯔네 집 문 앞에 도착하였을 때, 거기에는 이미 아침 일찍 일어난 몇몇 사람들이 모여와 있었다. 그러나 싸이리무 일행을 발견하기 전까지 거기서 구경하고 있던 사람들의 반응에는 긴장하거나 두려워하는 기미가 전혀 보이지 않았다. 오히려, 껄껄 웃음소리가 들려올 뿐이었다.

"뭐가 우습지요?"

쿠투쿠자얼이 표독스럽게 소리를 질렀다.

"가지 마세요."

싸이리무는 쿠투쿠자얼의 고함소리에 쫓겨 자리를 피하려는 사람들을 만류하였다.

"함께 봅시다. 여러분들 생각도 들어보고 싶어요."

사람들은 조금씩 움직이며 싸이리무가 게시문을 볼 수 있게 자리를 양보하였다. 싸이리무는 게시문 가까이 다가갔다. 니야쯔네 집 앞에 백양나무 한 그루가 있었는데, 그 위에 죽은 까마귀 한 마리가 높게 걸려 있었다. 까마귀의 발은 비틀려 꼬부라져 있었고, 날개는 아래로 축 늘어져 있었는데 정말 보기 거북하였다. 까마귀 아래 백양나무 줄기에는 종이 한 장이 붙어 있었고, 그 위에는 위구르어 글자들이 삐뚤삐뚤하게 적혀 있었다. 싸이리무는 한참을 자세하게 뜯어보았다. 잘못된 문장을 수정하고, 누락된 자모를 보충한 다음, 다시 읽어보니, 이러한 내용이 적혀 있었다.

　　이 까마귀는 좀도둑이고, 수다쟁입니다. 그리고 가는 곳마다 똥물을 갈기는 놈(즉 비방을 일삼는 사람을 가리킨다)이지요. 이 까마귀는 또 가는 곳마다 깍깍 울어대며, 터무니없는 소문을 날조하거, 무고한 사람을 죄인으로 몰았지요. 몇 번이고 타일렀지만, 끝내 고치지 않아 민중들이 크게 분노하여 그 죄를 인정하고는 사형에 처해버렸지요. 동시에 같은 무리들에게 경고합니다. 만약 계속하여 온갖 나쁜 짓을 저지르고, 나오는 대로 함부로 지껄인다면, 똑같이 비참한 처벌을 받게 될 것임을 말입니다.

그리고 마지막에는 러시아어로 된 서명이 있었는데, 바로 랴오니카의 이름이었다.

솔직히 말해 만약 곁에 쿠투쿠자얼과 니야쯔가 없었다면 싸이리무도 웃음을 터뜨렸을 것이다.

"봤죠? 서기! 이런 모욕을 당하고 어떻게 살지요! 죽은 까마귀를 우리 집 앞에 걸어놓다니 말입니다! 설마 저를 한 마리의 까마귀라고 본 건가요? ……."

니야쯔가 말했다.

니야쯔가 이도저도 아니게 어설프게 말하자, 쿠투쿠자얼은 그의 말허리를 뚝 자르고 들어왔다.

"이건 노골적으로 모살을 도모하는 행위예요. 이건 포악한 협박입니다. 지금 니자훙의 생명 안전은 심각한 위협을 받은 겁니다……"

"맞아요, 맞아! 더 할 수 없이 큰 위협이지요. 민병들을 파견하여 저의 집 앞에 보초를 서게 해 주세요. 저의 아내는 저보다 훨씬 젊어요. 서른 조금 넘었어요! 그리고 다섯 아이가 있는데, 제일 작은 아이가 겨우 한 살밖에 되지 않았어요! 전 벌써 죽으면 안 돼요……"

"랴오니카가 왜 이런 일을 벌였을까요? 두 사람 사이에 갈등이 있었나요? 랴오니카가 당신에게 원한을 품을 만한 일이라도 있습니까?"

싸이리무가 물었다.

"그게, 저…… 없어요. 그날 방앗간에서 제가 이리하무에 대해……"

"문제의 핵심은 여전히 이리하무에게 있어요."

쿠투쿠자얼이 강조하였다.

"그래요, 그날 방앗간에서 두 사람은 이리하무의 어떤 일 때문에 다투게 된 거지요? 다툰 거 맞죠?"

"그게…… 우리는 다투지 않았어요……"

"다투지 않기는요. 두 사람이 옷깃을 부여잡고 주먹다짐까지 할 뻔했잖아요?"

우렁찬 말소리가 등 뒤에서 들려왔다. 러이무의 아내 짜이나푸였다.

"니자훙이 그날 물방앗간에서 이리하무가 사원들에게 자연사한 양 고기를 판다는 말을 하였어요. 아이라이바이라이, 욕설을 퍼부었어요. 옆에서 듣고 있던 랴오니카가 함부로 떠들지 말라고 경고하였고, 아무튼 그래서 두 사람이 싸우게 되었어요."

짜이나푸가 말했다.

"이리하무가 자연사한 양 고기를 팔았다고요?"

싸이리무가 물었다. 사실 이 소문을 그도 이미 몇 번 들은 적이 있었다.

"어휴! 요즘 어디가나 사람들이 수근 거리고 있어요. 어떤 빌어먹을 놈이 근거 없이 저질스런 헛소문을 퍼뜨렸는지 모르겠어요!"

짜이나푸가 분개하여 말했다.

"그만해요, 그만해!"

쿠투쿠자얼은 손을 획획 내저으며 말했다.

"지금 가장 중요한 문제는 니자홍의 안전이에요……"

"맞아요, 맞아. 오늘 밤부터 누가 보초를 서야 할 것 같은데요……"

싸이리무는 묵묵히 니야쯔를 훑어보았다. 빨갛게 부은 눈꺼풀 위에 눈곱이 가득 붙어있었고, 발싸개 헝겊은 헌 가죽부츠 안에서 흘러나와 바닥까지 드리워져 있었다. "도대체 어떤 사람일까? 그리고 뭘 하려는 걸까?" 하고 싸이리무는 생각했다.

"저걸 나무 위에서 내려요."

싸이리무는 죽은 까마귀를 가리키며 말했다.

"당신의 안전은 내가 지켜줄게요. 필요하다면 내가 직접 보초를 서지요."

싸이리무는 또 쿠투쿠자얼을 돌아보며 말했다.

"나머지 상황은 돌아가서 연구해 보도록 합시다."

저녁에 쿠투쿠자얼은 지부위원회 회의에서 이 문제를 언급하였다. 그는 노발대발하며 살인을 도모한 랴오니카의 죄행에 대해 즉시 호된 조치를 취해야 한다고 하였다.

"만약 이 문제를 처리하는데 주저하거나 연약함을 보인다면, 그건 바로 계급상의 적을 비호하고 수정주의를 비호하는 행위입니다."

"그럼, 이리하무가 자연사한 양 고기를 판다고 했던 니야쯔의 말은 어떻게 된 겁니까?" 싸이리무가 물었다.

"대중들이 말한 거잖아요! 대중들의 불만이고 의견이에요! 아니 땐 굴뚝에 연기 나겠어요? 많든 적든 어느 정도 근거가 있는 말이겠죠! 그러니까 누구나 다 그렇다고 말하는 거겠죠! 다들 그렇게 말하잖아요! 니야쯔가 새로 지어낸 것도 아닌데 뭘 그럽니까?"

"아니지요, 니야쯔가 지어낸 게 아니에요. 이 소문은 당신 바로 쿠투쿠자얼 동지 당신이 직접 날조한 거짓말 아닙니까?"

침착하고 뚜렷하며 힘 있는 목소리가 문 어구에서 들려왔다. 문을 열고 들어온 사람은 이리하무였다. 그의 얼굴은 전에 비해 훨씬 혈색이 좋아졌고 윤기가 흘렀다. 장인 댁에 가서 요양하는 동안 몸에 살도 좀 붙은 이리하무는 원기가 왕성하고 활기찬 모습으로 회의장에 나타났다.

이리하무의 등장으로 인해 회의는 잠시 중단되었다. 사람들은 반가운 마음에 이리하무를 붙잡고 인사를 나누었다.

"언제 돌아온 거죠?"

사람들은 제각기 이것저것 물어보며 떠들어댔다.

"오늘 아침에 마을에 도착했어요. 저 흙길을 따라 걸어왔어요. 신생활대대 장인어른에게서 내가 자연사한 양 고기를 판다는 풍문을 듣게 되었어요. 소문이란 참 빠르네요! 내가 이미 한 집 한 집 다니며 물어보고 조사해 보았어요. 야썬 아저씨네 집, 아시무 아저씨네 집, 다 찾아갔어요. 그리고 알아냈어요. 이 저질스런 헛소문을 퍼뜨린 원흉은 바로 쿠투쿠자얼 동지라는 것을 말이요. …… 쿠투쿠자얼 동지! 나에게 불만이 있고 의견이 있으면, 당당하게 사람들 앞에 털어놓고 다 같이 이야기합시다. 뒤에서 이게 지금 뭐하는 짓입니까?"

"아니, 지금 무슨 말을 하는 겁니까? 내가 언제 그런 말을 했다고 그럽니까? 나는 절대로 그런 말 한 적이 없어요!"

쿠투쿠자얼은 발뺌을 하였다. 그러나 그의 화력은 고갈되어 더 이상 버티기 힘들었다. 대중들의 분노의 눈빛과 공사의 당위서기와 현위선기의 분노에 찬 눈빛이 보이는 것 같았기 때문이었다.

'익명의 편지를 보낸 놈의 속임수에 걸렸구나. …… 중형 기관총은 무슨! 내가 중형 기관총을 들었을 때, 다른 사람은 나를 향해 유탄포를 겨눈다!' 쿠투쿠자얼은 이렇게 생각하며 화가 나서 씩씩거렸다.

이어서 형세를 급전시키게 만드는 두 가지 사건이 벌어졌다. 이날 오후 바오팅구이가 돌아온 것이다. 우거지상을 하고 의기소침하여 걸어오고 있는 그의 뒤에는 두 명의 한족 간부가 따라오고 있었다. 그는 마을로도 가공공장으로도 돌아가지 않고, 두 명의 간부와 함께 곧장 공사로 왔다. 두 간부는 소개장을 꺼내 보여주었다. 그들은 우루무치의 부속품자재공장에서 온 사람들이었다. 그들 간부는 이곳에 온 내력을 말하면서 이에 관한 사실 증거를 제공해 주기를 바란다고 요구하였다. 그 내용은 다음과 같았다.

"이 공장에 한 자재 관리원이 있는데, 바오팅구이의 동향인이자, 친한 친구였다. 횡령과 수뢰를 일삼고, 타락한 생활을 해온 이 자재 관리원은, 자동차 부속품을 훔치고 불법 전매한, 이 아주 엄중한 죄행까지 탄로 나면서, 도시 '오반' 운동 중에 결국 붙잡히게 되었다.

바오팅구이는 줄곧 그와 연락을 주고받으면서 거래를 하였고, 귀귀수수(鬼鬼祟祟, 남몰래 숨어서 일을 꾸미는 것을 낮잡아 이르는 말 ― 역자 주)로 함께 일을 벌여왔다. 그리하여 공장 측의 의심을 사게 되었다. 최근에 바오팅구이는 이 자재 관리원을 도와 장물을 은닉하려다가 발각되어 두 사람 모두 구속되었다.

자재 관리원은 그 동안 이미 몇 차례나 귀중하거나 혹은 매상이 좋고 품절된 자동차 부속품을 빼돌려 바오팅구이에게 주었다고 자백하였고, 바오팅구이는 그 부속품으로 암암리에 자동차를 수리하고 조립하였다고도 하였다. 그리고 바오팅구이의 실명은 가오딩허(鄗丁和)이고, 쓰촨의 한 수송대(運輸隊)에서 일하다가, 횡령죄를 범하고 도망쳐 나온 사람이라고 말했다.

처음에 바오팅구이는 절대 아니라며 잡아뗐지만, 자재 관리원과 직접 대질하여 취조하자 결국 불법 활동을 한 적이 있다고 인정하였다. 그리고 이리의 약진공사 애국대대의 사원이라는 사실을 자백하였던 것이다. 바오팅구이의 물품을 수색하던 중, 귀중한 허톈 벽걸이 융단을 발견하였고, 지표에 따라 공급을 엄격하게 통제하고 있는 생산재·생고무·합금용접봉(合金焊條) 등 출처가 불명한 물건들을 발견하였다. 그리하여 이 공장의 경비실에서 특별히 두 사람을 파견하여 바오팅구이를 호송한 것이었다. 공사에서 바오팅구이의 신분을 명확히 밝혀냄으로써, 공장의 조사에 협조하여, 바오팅구이와 자재 관리원이 서로 결탁하여 나쁜 짓을 일삼고, 불법 활동에 종사했다."

뉴스는 새처럼 항상 둘씩 짝을 지어 날아오게 마련이다. 바오팅구이가 호송되어 오던 날, 머나먼 난샹의 웨푸후현 양다커공사에서 편지 한 통이 날아왔다. 편지는 공사의 당위원회 앞으로 보내왔다. 편지의 내용은 다음과 같았다.

"우리 공사 대대 생산대 사원 러자터쿠얼반 동지는 연로하고 병이 많으며, 생활에 많은 어려움이 있습니다. 그의 아들 쿠얼반러자터는 그의 이모인 귀사 애국대대의 파샤한 동지를 따라 이리로 갔었습니다. 그 후 쿠얼반은 그의 이모부 쿠투쿠자얼의 학대에 못 이겨 그 집에서 도망치게 되었습니다. 마침 마음씨 착한 자동차 운전기사를 만나 우여곡절 끝에 쿠얼반은 마침 고향으로 돌아오게 되었습니다.

집으로 돌아온 쿠얼반은 아버지가 귀공사로부터 보내온 돈을 수차례 받은 적이 있다는 사실을 알게 되었습니다. 전후 받은 돈을 합산하니 총 50위안이었습니다. 그리고 송금인 이름이 전부 쿠얼반으로 되어 있었습니다. 쿠얼반은 근 몇 달 동안 길에서 임시공으로 일하면서 같은 방향으로 가는 차를 기다렸을 뿐, 아버지에게 돈을 보낸 적이 없다고 합니다. 쿠얼반의 추측에 따르면, 이 돈은 귀사 애국대대 생산대의 공산당원 이리하무 동지가 보낸 것이라고 합니다. …… 이리하무 동지께 우리의 절절한 고마움을 표하는 바입니다. 그리고 앞으로는 돈을 보내지 않아도 된다고 전해주십시오. …… 일부 극빈가정의 생활문제에 대한 우리 공사의 보살핌과 관심이 부족하였습니다. 러자터쿠얼반 부자의 조우가 우리의 업무의 부족함을 반영하였습니다.

현재 진행 중인 '네 가지 정돈' 운동을 통해, 이 방면의 부족함과 착오를 점검하고 바로잡음으로써, 앞으로 우리의 맡은 바 임무를 더욱 잘 완수하기 위해 노력을 다할 것입니다. ……"

자오지형은 이 편지를 싸이리무에게 보여주었다. 그들은 이리하무를 불러 쿠얼반 이름으로 돈을 부친 적이 있는지를 물었다. 이리하무는 순식간에 얼굴이 새빨개졌다. 전혀 거짓말을 못하는 이리하무가 처음으로 거짓말을 하였다. 그는 자기가 한 일이 아니라고 딱 잡아뗐다. 이리하무가 끝까지 부정하자, 두 서기도 곤혹스러워하며, 속으로 생각하였다. '혹시 다른 사람이 돈을 부친 걸까? 남을 도와줌을 낙으로 여기는 좋은 기풍이 전 사회에 널리 퍼지고 있구나!' 그러나 두 가지 사실만은 명확해졌다. 하나는 쿠투쿠자 얼이 확실히 쿠얼반을 학대했다는 것이고, 다른 하나는 이리하무가 쿠투쿠 자얼 부자의 관계를 이간질시키는 행동을 한 적이 없고, 또 그럴 수도 없다 는 것이었다.

이렇게 된 이상 쿠투쿠자얼은 자기비판을 할 수밖에 없었다. 그는 적절하 게 공격했다 물러섰다 하면서, 결코 어찌 할 바를 몰라 갈팡질팡하는 모습이 아니었다. 바오팅구이의 문제에 있어서, 그는 자신의 '감독을 소홀히 한 점' 을 중점적으로 반성하였다. 그는 자신이 계급투쟁의 경험이 부족하였고, 가 공공장의 업무에 대해 자세하게 점검하지 않았다고 하면서 반성하였다. 동 시에 한족 동지와의 단결을 지나치게 강조하다 보니, 사상교육과 필요한 투 쟁을 소홀히 하였다고 하였다. 한마디로 이 문제에 있어서 모든 잘못은 방 심, 관료주의, 한족 동지와의 단결을 지나치게 중시한 데 있다고 하였다(마 지막 한 가지 사항은, '잘못'이라고 하기보다 명백히 잘한 일이라고 할 수 있는 것이 었다). 쿠얼반의 문제에 대해서도 당시 마을에서 했던 것과 별반 다를 바가 없는 자기비판을 하였다.

가장 어이없고, 가장 얄미우며, 가장 치가 떨리는 것은 이리하무를 모함한 사실에 대한 그의 태도였다. 이건 날고뛰는 재주가 있어도 원만하게 수습하 거나 설명할 수 없는 일이었다. 그리하여 자연사한 양 고기를 팔았다고 모 함한 사실에 대해 그는 끝까지 잡아떼며 발뺌하였다. 그는 자신도 다른 사 람에게서 들었을 뿐이라고 하였다. 그는 야썬과 이시무는 그가 보는 앞에서 자신을 까밝힐 수 있는 사람들이 아니라는 것을 잘 알았다. 이 문제를 제외 한 다른 면에서 그는 자신의 엄중한 개인주의, 개인영웅주의의 경향을 인정 하였고, 심지어 남을 모함하고 깎아내림으로써 자신을 추켜올리려고 한 적 도 있다고 인정하였다. 그는 눈물을 글썽이며 말했다.

"당원으로서 면목이 없습니다! 동지들에게도 미안해요! 개인적인 편견 때문에 책임지지 못할 망발들을 했어요. 제 사상이 너무 더러워요. 저는 진흙탕에 빠진 사람이에요. 동지들의 구원의 손길이 필요해요……"

쿠투쿠자얼의 자기비판이 볼품이 없다고 말하는 사람도 있었지만, 많은 사람들은 대체적으로 만족스럽다고도 하였다. 쿠투쿠자얼의 울먹이는 목소리에 그만 마음이 약해진 싸니얼 등 몇몇 여성 당원들은, 농촌 간부들이 다 그렇다면서 자기비판을 해도 지식분자들처럼 조리 정연하게 하기는 어렵다며 이해하는 눈치였다. 그리고 패배를 인정하였으니 됐다고 하면서, 다 큰 어른이, 그것도 높은 지도자로서 사람들 앞에 머리를 숙이고, 자신의 사상이 더럽다는 말까지 한 걸 보면, 반성하는 태도도 양호한 편이라며 용서하는 분위기였다. 그리고 우여곡절도 있었다. 사건의 '핵심' 경위를 알아보기 위해 타례푸는 공사부녀연합회 주임 파티구리에게 부탁하여 우얼한을 찾아가 깊은 대화를 나눠보라고 하였다. 그런데 우얼한은 또 다시 자신이 했던 말을 전부 부정하였다. 그는 "명확히 듣지 못했어요. 기억이 안 나요……"를 끊임없이 반복하였다. 타례푸는 우얼한의 번복 때문에 화가 머리끝까지 치밀었다. 하지만 자오 서기가 했던 말을 떠올리며, 타례푸는 마음을 다시 잡고 성급하게 닦달하거나 압력을 가하지 않았다……

가장 바쁜 추수의 계절이 다가왔다. 주에서 조직하는 '네 가지 정돈' 공작대의 합동훈련이 곧 시작된다. 싸이리무 동지는 잠시 대대를 떠나 훈련에 참가해야 했다. 대대를 떠나기 전, 그는 제7생산대의 구성원 회의에 몇 차례 참석하였고, 특별히 무싸 대장을 불러 면담도 하였다. 무싸의 태도는 양호하였다. 싸이리무가 제기한 모든 의견을 무조건 받아들이겠다는 자세였다. 동시에 대장 직무를 사임할 수 있게 허락해 달라고 하였다.

대장 직무를 사임하는 이유 중 한 가지는, 아내의 반대라고 하였다. 더 이상 대장 직무를 맡지 말라고 한다는 것이었다. "제가 대장을 맡으면, 반드시 착오를 범해요. 왜냐하면 저는 상급 문건의 요구에 맞춰, 그대로 일할 수가 없어요. 저는 저의 방식과 생각에 따라 할 수밖에 없는 사람이에요. 그러니 칸투만을 휘두를 수 있게 허락해 주세요. 저의 힘과 기교가 그쪽으로는 먹힐 거예요." 무싸는 솔직하게 말했다.

싸이리무가 떠나기 전, 공사 당위원회에서 이 대대의 일에 대해 정식으로 검토하고 연구하였다. 그리고 아래와 같은 결정을 내렸다.

첫째, 대대와 제7생산대의 지도간부에 대해 조정을 하되, 추수 이후 정상적 민주생활을 통해 해결하며, 여기에 해직·처벌 등 의미는 포함되지 않는다.

둘째, 안팎으로 박차를 가하여 조사해야 한다. 밀 절도사건 관련 사람들은 물론, 바오팅구이의 진면목에 대해서도 조사하여 밝혀내야 한다. 공사 당위원회에서 이미 쓰촨 모 수송대에 공식적 조사 협조공문을 보냈다. 동시에 마리한과 이부라신의 파괴활동에 대해서도 철저한 조사가 이루어져야 한다.

셋째, 계속하여 학습을 조직해야 한다. 「앞의 10가지 사항」과 마오 주석의 기타 저작에 대해 학습해야 한다.

이해 겨울 대대 당지부와 제7생산대에서는 모두 개선을 진행하였다. 그리고 재미있는 일이 벌어졌다. 리시티와 쿠투쿠자얼의 직무가 다시 한 번 바뀌게 되었다. 제7생산대에서는 무싸가 사임하고, 이리하무가 대장의 직무를 인계받게 되었던 것이다. 지도간부가 조정된 이후부터 즉시 효과가 나타났다. 췌얼꺼우에서 대규모적인 토지 정리 대전을 벌였는데, 이에 『이리일보(伊犁日報)』의 기자가 취재하러 왔고, 사진을 찍어 신문에 실었다.

20장

시월의 봄 같은 날씨, 들판의 가을
결혼식의 네 부류 하객
니야쯔 네 소가 밀 모종을 망가뜨리다

1964년 11월 17일 오후 약진공사 애국대대 제7생산대의 대장 이리하무가 현에서 회의를 마치고 돌아왔다.

통근차가 있음에도 불구하고 이리하무는 걸어서 돌아왔다. 보고를 한다든지, 조별 토론을 한다든지, 문건을 읽는다든지, 대회에서 의견을 발표한다든지 등 회의가 일상인 장장 열흘간의 생활을 보내고 나니 그는 가을의 푸른 하늘과 따스한 햇살 아래에서, 가로수가 우거진 큰길, 농작물 그루터기가 남아 있는 밭길, 강가 모래톱과 나무다리 위를 거닐고 싶은 마음이 간절하였다. 그리고 길을 따라 걸어오면서 각 형제 공사의 농사상황도 둘러보고 싶었다.

벌써 늦가을이다. 그러나 오늘의 태양은 아주 좋았다. 곧 다가올 스산한 겨울도 아랑곳하지 않는 듯한 태양은 여전히 따뜻하고 밝았다. 며칠 동안 계속된 춥고 우중충한 비 오는 날씨 때문에, 이른 아침의 엷은 안개를 거두어주고, 수로 둑 위의 살얼음을 녹여준 이 햇살이 각별히 사랑스럽게 느껴졌다.

581

아마도 이건 올해의 마지막 맑고 따뜻한 날이겠지? 기상대에서 '기압골(低壓槽)'이 어쩌고 '서쪽에서 동쪽으로 움직이고, 구름이 많은 흐린 날씨'가 저 쩌고 하고 예보를 하지 않았던가? 과분한 행복이 불행을 초래하는 것과 같은 것이다. 신장에서 쾌청하고 좋은 날씨는 언제나 '궂은 날씨'의 서막이다. 이제 곧 눈과 얼음이 뒤덮인 춥고 긴 겨울이 시작된다. 그러나 어쨌든 떠나기 아쉬워 계속 머물러 있는 올해 여름(앞의 글에서 1년이 두 계절로 간소화되었다는 내용에 관한 서술을 참조할 것)의 마지막 미련 때문에 여전히 기분이 유쾌하였다. 한참을 걷자 더워지기 시작하였다. 이리하무는 입은 지 얼마 되지 않은 새 솜옷의 단추를 풀고 만족스럽고 애틋한 마음으로 햇살의 따뜻한 손길과 사랑을 만끽하며 공로 위를 성큼성큼 걸어갔다.

길옆의 우뚝 솟은 백양나무 숲은 벌써 잎이 떨어지고 앙상한 가지만 남았다. 물론 생명력이 왕성한 갓 돋아난 것 같은 파릇파릇한 새 잎사귀 몇 개가 가지 끝에 매달려 바람에 흔들리고 있는 것을 종종 볼 수 있었다. 잎이 떨어진 백양나무는 마치 열렬한 춤 공연을 마치고, 복잡한 머리 장식품이 있는 무대 의상을 벗은 무용가처럼 더욱 다부지고, 순박하며, 대범하고, 수려하며, 늘씬하였다. 회백색의 줄기와 여전히 탄력이 넘치고 성김과 빽빽함이 적절하며, 높은 하늘을 향해 서로 다투어 뻗어나간 가지는 햇빛 아래에서 물로 씻은 것처럼 깨끗하고 또렷하였으며 윤곽이 뚜렷하였다.

그들의 자태는 당당하고 자연스러우며, 조용하고 오만하였다. 그들은 마치 하늘과 도란도란 이야기를 나누고 있는 것 같았다. "여름 내내 우리는 일분일초도 낭비하지 않고, 조금의 따뜻함도 저버리지 않으면서 이렇게 많이 자랐어요. 그리고 지금 우리는, 내년의 번창하고 활기찬 생장과 강대함을 위해 이미 겨울을 맞이할 준비를 마쳤어요……" 라고 자랑하는 듯하였다. 눈보라가 휘몰아치는 엄동설한 속에서도 우리 나무들은 여전히 침착하고 당당하였으며, 우리의 가지는 여전히 평온하고 겸손하였다. 햇볕 아래 드리운 그들의 그림자는 여전히 내키는 대로 들쑥날쑥하였다.

작물들이 보이지 않았다. 푸른 장막은 걷히고, 밭은 일 년 내내 입고 있던 푸른색에서 노란색으로 변한 깃옷을 벗어던지고, 거대하고 끝없이 드넓은 가슴을 활짝 펼친 채, 늦가을의 더 정확히는 초겨울의 태양을 껴안고 있었다. 사람들의 시선은 어떤 방해도 받지 않고, 저 멀리 지평선에까지 닿을 수 있었고, 만년설이 덮인 산의 점점 커지는 은관(銀冠)을 볼 수 있었으며, 이리하 맞은편 기슭의 차부차얼의 양치기들이 지핀 모닥불들을 볼 수 있었다. 뭉게뭉게 피어오른 연기는 맑고 투명한 하늘에서 흔적도 없이 사라졌다.

저 멀리 밭뙈기에서 이리하무는 사륜마차 한 대와 나무바퀴 소달구지 두 대가 한창 옥수수를 실어 나르고 있는 것을 발견하였다. 여전히 색깔이 화려한 치마저고리를 입고 있는 여성 사원들은 황금색의 옥수수 더미에 우르르 달라붙어, 한 이삭 한 이삭 주워서 수레 위로 던지고 있었다. 그녀들의 활기찬 웃음소리와 말소리가 바람을 타고 들려왔다. 그밖에 십중팔구 사원들의 개인 소유인 당나귀 수레 몇 대도 있었는데, 그들은 옥수숫대를 쌓고 있었다. 그 장면을 보고 있노라니 이리하무는 마치 옥수숫대를 밟는 "까자작, 까자작" 하는 소리가 들리는 것 같았다.

"저들의 추수 '꼬리'가 너무 기네." 이리하무는 저도 모르게 닷새 전 집으로 전화했을 때, 러이무 부대장에게서 들었던 말이 떠올랐다. 생산대의 논밭은 이미 깨끗하게 정리를 마쳤고, 옥수수와 메기장(黍穄, 기장 - 역자 주)은 모두 탈곡장으로 실어갔으며, 앞으로 일주일 내지 열흘만 더 지나면 탈곡도 끝낼 수 있다고 하였다. 그리고 생산대의 마구간과 사원 개인들에게 사료로 나누어줄 옥수숫대도, 이미 운반과 분배를 모두 끝낸 상황이고, 현재 생산대의 차량은 겨울철 난방용 석탄의 운반 작업에 투입되었다고 하였다. ……

"당신들은 선진적인 모범 생산대로서, 각항 업무에서 모두 앞서 가고 있어요. 당신들은 전 현의 희망이고……" 시상식에서의 현 위원회 리(李) 부서기의 목소리가 아직도 귓가에서 맴도는 것 같았다. 이리하무에게 있어 당의 격려만큼 힘이 되고, 분발케 하며, 가슴이 벅차오르게 하고, 자신감을 북돋아주는 건 또 없었다. 그렇다. 그들은 각항 업무를 단단히 실행하기 위해 많은 노력을 하였다. 추수의 진도 상황을 볼 때, 한창 옥수수를 나르고 있는 이 생산대에 비해 그들의 진도가 훨씬 빠른 것은 부정할 수 없는 사실이었다. 이리하무는 만족스러운 미소를 지으며 성큼성큼 힘 있게 앞으로 걸어갔다. 다만……

"다만……" 다른 일에 대해 미처 생각을 이어가기도 전에, 이리하무는 한 뙈기 밀밭의 광경에 정신이 팔리고 말았다. 바로 길옆에 있는 넓고 큰 한 뙈기의 평탄하고 반듯한 밀밭이 마치 큰 빗으로 빗어놓은 것 같았다. 매 하나의 이랑, 매 한 그루의 밀은 하나같이 고르고 높낮이가 일치하였으며, 빛깔이 선명하고, 밭두렁과 고랑은 자로 그은 것처럼 곧았다. 몇몇 건장한 사내들이 땅이 얼기 전에 마지막 관개를 하고 있었다. 밀밭에서 여유롭게 흐르고 있는 물은 늦가을 태양의 명랑한 빛이 반사되어 반짝이고 있었고, 내년의 풍작에 대한 무한한 희망을 환기시켜주는 축축한 토양의 친근한 향기를 풍기고 있었다.

사람들은 아름다운 전원을 늘 금수(錦繡)로 비유하여 말한다. 그러나 이 넓디넓은 밀밭의 그 정교함과 거대한 활력은 비단을 짜는 기술, 자수 솜씨가 아무리 뛰어난 장인이라 할지라도 절대 흉내 낼 수 없는 것이었다. 한 농부가 자신의 동경 속에서만 볼 수 있는 가장 이상적인 농작물과 마주하게 되었다. 그런데 어찌 놀라지 않고 감격해 하지 않을 수 있겠는가? 이리하무는 그 자리에 굳어버렸다.

"이 얼마나 훌륭한가!" 이리하무는 마음속 깊은 곳으로부터 우러나오는 감탄사를 연발하였다. 그리고 북받치는 감정을 참지 못하고 관개하고 있는 사람들에게 인사를 건넸다.

"싸라무(薩拉姆, 즉 안녕하세요), 밀밭이 정말 보기 좋네요!"

"이 정도로 되겠어요? 우리의 목표는 단위 면적당 생산량이 400근을 넘기는 거예요!"

밭머리와 가까운 곳에 서 있던 얼굴이 까맣고 윤기가 나며, 체격이 큰 사내가 고개를 돌려 이리하무를 대충 훑어보더니 우렁찬 목소리로 호탕하게 대답하였다.

"400근을 거뜬히 넘길 거 같은 데요! 올해는요? 올해 묘(畝)당 단위 생산량은 얼마나 되었나요?"

이리하무가 관심 있게 물어보았다. 밭에 물대던 사내는 이리하무의 질문에 서둘러 대답하지 않았다. 사내는 침착하고 안정적인 자세로 칸투만을 휘두르기 시작하였다. 높게 들어 올린 칸투만의 날이 햇빛을 받아 눈부신 빛을 반사하였다. 그 사내는 몇 번 만에 관개수로의 '입구'를 새로 고쳐놓았다. 그리고 그는 물에 젖어 질척하고 무른 땅을 교묘하게 건너뛰고 돌아서서 길가를 향해 걸어왔다. 사내는 껑충껑충 뛰고 건너면서 이리하무에게 다가왔다.

두 사람은 마치 오래된 친구처럼 관개 수로 둑에 나란히 앉았다. 물대던 사내는 담배쌈지와 이미 일정한 크기로 자른 종이를 이리하무에게 건넸다. 담배를 피우지 않는 이리하무는 공손하게 사절하였다. 그러자 그 사내는 담배를 말기 시작하였다. 그는 종잇조각을 접어서 자국을 내더니, 왼손 검지와 중지 사이에 끼우고, 오른손의 세 손가락을 담배쌈지 안에 집어넣고 담뱃잎을 살짝 집었다. 그리고 사르륵 소리와 함께 황금색 모허의 적당한 양의 담뱃잎을 골고루 종잇조각 위에 흩뜨려놓았다. 그 다음에는 돌돌 말고 나서 마지막에 침을 발라 종이를 붙였다. 그는 담배에 불을 붙이고 만족스러운 표정으로 한 모금 빨았다. 생산량과 기술적 조치에 관한 이리하무의 일련의 질문에 대해 사내는 여전히 서둘러 대답하지 않았다. 사내는 먼저 자문자답 식으로 말했다.

"우리의 밀밭이 왜 이렇게 훌륭하게 가꿔졌는지 아세요? 왜냐하면, 우리에게는 금보다도 더 소중한 대장이 있기 때문이지요!"

"당신은 어느 생산대 소속인가요?"

이리하무가 물었다.

"붉은 별 제2생산대(紅星二隊)예요."

"붉은 별 제2생산대라고요?"

이리하무는 문득 대회 연설에서 들었던 붉은 별 제2생산대에 관한 이야기가 떠올랐다. "대장이라고 하면, 그 키가 큰 젊은이를 말하는 거죠?"

"아니요."

사내는 무거운 표정으로 머리를 흔들며 말했다.

"그 대장을 말하는 게 아니에요. 물론, 그도 훌륭한 젊은이에요. 하지만 내가 말한 이분은 우리의 원래 대장이에요. …… 그는 먼저 갔어요. 이젠 우리 곁에 없어요."

사내의 눈에서는 눈물이 흘러나왔다.

"우리의 원래 대장은 자신의 모든 삶과 심혈을 우리 생산대의 토지에 바쳤어요. 예전에 이곳을 지나갔던 적이 있어요? 없어요? 그럼 모를 거예요. 원래 이곳은 알칼리성 저지대에다가 소택지였어요. 여기에는 온통 갈대와 잡초뿐이었지요. 뿐만 아니라 가끔 온몸에 가시가 돋친 멧돼지도 출몰하곤 했죠. …… 이런 땅을 개간하자며 의견과 계획을 제출한 분이 바로 우리 원래 대장이에요. 그는 우리를 거느리고 잡초와 풀뿌리를 한 칸투만 한 칸투만 씩

퍼냈고, 땅이 딴딴해지는 것을 방지하기 위해 모래흙을 한 타이바쯔 한 타이바쯔 씩 퍼 날랐어요. 그런데 그 중에 먹기만 좋아하고 일에는 게으른 건달 같은 사원이 한 명 있었어요. 그 건달 사원은 지주의 충동질에 넘어가 이 일이 너무 힘들고 효과도 느리다며 불평하면서 비수를 빼들고 우리 대장을 위협한 적이 있어요.

　모든 사람들이 이 소택지에서 철수하도록 원래 대장에게 지시를 내리라는 거였지요. 하지만 우리 대장은 그런 협박에 흔들리지 않고 끝까지 견지하였어요. 1958년부터 장장 6년이란 시간을 거쳐 마침내 이 토지를 개간하였어요. 그런데 불과 1년 전에 우리 대장이 간암에 걸리고 말았던 거예요. 그는 모두를 속이고 계속 일에만 매진했던 거지요…… 마지막에는 스스로 걸을 수 없게 되자, 대장은 가족의 도움을 받아 이 밭에까지 들려서 왔어요. 그는 수로 둑 위에 자리를 펴놓고 그 위에 누워서 밀 파종 상황을 바라보았죠. 그리고 이것저것 물어보고 걱정하다가 끝내 이 밭에서 눈을 감았어요. ……"

　사내는 흐느끼며 울었다. 손가락 사이에 낀 모허 담배는 까맣게 잊은 것 같았다.

　"원래 대장께서 돌아가실 때의 연세는 어떻게 되었어요?"

　"사실, 마흔 몇 살밖에 되지 않았어요. 하지만 우리 생산대에서는 그를 모두 대장 형이라고 불렀어요. 수염이 희끗희끗한 늙은이들도 그렇게 불렀어요. 아, 그분이야 말로 진정한 대장이었지요! 대장이 세상을 뜬 후에야 우리는 그의 위대함을 알게 되었어요. 대장은 자신의 모든 것을 생산대에 바쳤다는 사실을 말이에요. 생산대 사육사가 조금이라도 더 편안하게 잠을 잘 수 있도록, 그는 자신의 융단을 마구간에 남겨주었지요. 그리고 그가 사용하던 남포등은 회계에게 주었어요.

　생산대 사무실의 등피(燈皮, 바람을 막아서 불을 밝게 하고 불이 꺼지지 않게 하기 위하여 남포등에 덧씌우는 유리로 만든 물건)가 망가지자, 그는 자신의 것과 바꿨고, 망가진 등을 개조하여 다시 쓸 수 있게 만들어주었어요. 뿐만 아니라 농약 대여금을 상환할 수 있게, 자신의 300위안 예금을 생산대에 내놓았다고 해요. …… 심지어 집의 철로 된 자물쇠마저 생산대에 바쳤어요. 그리고 외출할 때에는 집 대문에 나뭇가지를 꽂아놓곤 했지요. …… 아우님, 대장이란 뭔지 알아요? 대장은 전 생산대의 희망이고, 머리이며, 심장이에요. 생산대의 전체 구성원, 그리고 상급기관도 눈이 빠지게 대장만 바라보고 있어요. 가장 앞에 서서 고생을 마다하지 않고 일하고 있는지, 과일을 나눌 때 먼저 사원들을 생각하고 자신의 이익을 뒷전으로 하는지, 일을 할당할 때 적절하게 균등하게 배치하는지, 사원들의 불평과 불만 및 넋두리를 견뎌낼 수 있는지, 나쁜 놈들이 말썽을 일으킬 때 제압할 수 있는지를 대중들과 상급기관 및 하급기관에서 모두 지켜보고 있어요! 좋은 대장을 만난다는 것은 사원으로서 가장한 큰 행복이고, 토지의 복이며, 생산대 가축과 쟁기 날의 복이지요. 이런 대장이 있으니 우리의 밀밭이 잘 되지 않을 수 있겠어요?"

물대는 사내가 물었다.

"어디로 가던 길이에요? 약진공사인가요? 약진공사까지 가려면 아직 한참 남았는데…… 자, 우리 집으로 가서 좀 쉬다가 가요. 저기 보여요? 저쪽 전봇대 있잖아요? 그 옆의 흰색 집이 바로 우리 집이에요. 갑시다. 우리 집에 가서 차도 마시고 합시다!"

이리하무는 그의 열정에 마음 깊이 감동을 받았다. 그는 일어서서 오른손을 왼쪽 가슴에 얹고 허리를 굽혀 인사를 하였다.

"고마워요. 어서 들어가 쉬세요! 저도 빨리 돌아가 봐야겠어요. ……"

물대는 사내와 나눈 이야기는 이리하무로 하여금 감격하게 하였고, 부럽고 불안하게 하였다. "대장" 이 두 글자의 무게는 그의 가슴에 천근만근 와

닿았다. 그런 대장이 되려면 그는 아직 멀었다! 조금 전 가을 곡식의 수확 진도 때문에 우쭐거리며 뽐냈던 자신의 모습이 떠올랐다. 순간 땀으로 등을 적셨다.

신생활 대대의 길에서 질주해 오는 통속적으로 차오쯔처(槽子車)라고 불리는 사륜마차 한 대를 만났다. 말발굽과 바퀴는 뭉게뭉게 먼지를 일으켰고, 말의 굴레에 달린 빨간 술은 마구 흔들렸으며, 말머리 위의 구리방울들은 맑고 듣기 좋은 소리를 냈다. 마차 위에는 화려하고 장중한 차림의 청춘 남녀들이 가득 하였다. 웃고 떠들며, 노래를 부르고 러와푸와 두타얼을 연주하는 그들의 모습은 무척 즐거워 보였다. 멀리서부터 달려오던 마차는 이리하무와 20미터 떨어진 곳까지 왔을 때 속도를 줄이기 시작하였고, 그들의 목소리는 하나로 뒤섞여 떠들썩하였다.

"이리하무 형!"

"이리하무 대장!"

"하이, 이리하무! 하이 이리하무아훙!"

차오쯔처는 이리하무 앞에서 멈췄다. 한창 신이 나서 질주하던 흰 말은 머리를 흔들고 뜨거운 김을 내뿜으며, 초조함에 갈기를 힘껏 털고 길게 울부짖었다. 그들은 본 공사 신생활대대의 젊은이들이었다. 이리하무는 이들을 알아채고 얼른 달려가 한 사람씩 악수를 하며 인사를 나눴다. 그들이 물었다.

"어디에서 오는 길이에요?"

"현에서 회의를 마치고 돌아오는 길이라네. 어디로 가는 길인가요?"

"우리요?"

제각기 떠들며 대답하는 목소리들 중에서 독보적으로 높은 소리가 들렸는데, 그 주인은 바로 끌채에 앉아있던 여윈 처녀였다. 그녀는 미치얼완의 친정 바로 옆집에 거주하는 처자였다. 그는 다리를 흔들거리며 소리쳤다.

"당신도 참! 왜 그래요? 회식할 때, 과음했어요? 혹시 머리를 현의 큰 간부 사무실에 두고 왔어요? 이렇게 큰일을 어떻게 잊을 수 있어요? 아이고, 당신도 관료주의자예요?"

그녀는 웃으면서 말했다. 그녀의 말에 다른 젊은이들도 모두 웃음이 터졌다. 그리고 웃음바다를 만들어놓은 장본인은 더더욱 깔깔거리며 웃음을 멈추지 못했다. 생활은 그들에게 있어 있는 그대로 즐겁고 재미난 것이었다. 이것이 그들의 성격이고 천직이었다. 하물며 오늘 지금과 같은 때는 더욱 그러했다. 기묘하고 마음이 따뜻해지는 즐거움이 그들의 가슴에 차오르고 있었다. 건장한 흰 말도 그들의 유쾌하고 통쾌한 고함소리와 웃음소리에 동화되어서인지 머리를 기우뚱한 채 다시 한 번 높게 울부짖었다.

이리하무는 그제야 갑자기 생각났다. 오늘은 먼 일가 형제인 아이바이두라가 결혼하는 날이었다.

"맞네요. 당신 말이 맞아요. 정말 까먹고 있었네요."

이리하무는 겸손하고 온화하게 웃었다. 그리고 농담 삼아 말했다.

"나는 미혼 젊은이 당신들과는 달라요. 젊은이들은 다른 사람의 혼사에 무척 관심이 많고, 흥미를 느끼며, 귀가 석자나 되죠……"

이리하무의 말에 그들은 또 다시 웃어 댔다. 여자애들은 장난치면서 이리하무를 나무랐다. 동시에 그에게 자리를 내주었다. 이리하무가 마차 위에 훌쩍 뛰어 오르자 똑똑한 흰 말은 달리라는 지시도 내리기 전에 알아서 냅다 달리기 시작하였다. 말은 즐거움과 웃음으로 가득 찬 사륜차를 끌고 앞을 향해 질주하였다.

아래위로 좌우로 흔들리는 사륜차에 앉아서, 이리하무는 아이바이두라의 혼사에 대해 생각하였다. 이 여윈 여자애가 그를 '관료주의'라고 말하였는데 하나도 틀리지 않은 말이었다. 그는 그 말에 진심으로 탄복하였다. 그러나 문제는 마차를 타고 가는 젊은이들을 보고도 미처 결혼식에 가는 것이라고 짐작하지 못한 데 있지 않았다. 그의 '관료주의'는 사전에 아이바이두라 그들의 사랑에 대해 전혀 모르고 있었다는 점에 있었다. 아이바이두라는 그의 형제이고, 그와 가장 친한 동지이며, 그가 알고 있는 아이바이두라는 마음이 수정 같이 깨끗하고 투명하여 전혀 거짓이 없고 숨기는 것도 없는 사람이었다. 그런데 이번만은 달랐다. 아이바이두라는 이 일을 마음 속 깊게 묻어두고 있었다…… 올해 봄 이리하무네 집에 처마를 수리해주러 왔다가 아이바이두라는 이리하무네 일가와 함께 식사를 하게 되었다. 식사를 마치고 미치얼완은 설거지를 하고 있었다. 그런데 아이바이두라가 문득 입을 열었다.

"형님, 누님……"

그의 얼굴은 순식간에 새빨개졌다. 하지만 개의치 않고 또박또박 명확하게 말을 이어갔다. "저 장가가요!"

"누구예요?"

미치얼완이 미소를 지으며 그를 바라보았다. 부녀자들은 이런 일에 항상 각별히 열정적이고 즐거워한다. 미치얼완은 아이바이두라가 미처 대답도 하기 전에, 또 질문하였다.

"터커쓰현(特克斯縣)에 있는, 당신 외삼촌 네 막내딸 맞죠?"

'외삼촌 네 막내딸'이라함은 그들도 만나본 적이 있었다. 성긴 노란 머리카락, 발그레한 얼굴, 양쪽 얼굴의 아주 매력적인 보조개, 대체적으로 이러한 인상이었다. 그리고 얼마 전 이 두 사람의 혼사를 중매하기 위해 한 사람도 다녀갔었다.

"아니에요."

아이바이두라는 고개를 저으며, 재빨리 부정하였다.

"그럼……"

미치얼완은 어리둥절한 표정이었다. 아이바이두라는 손가락으로 저쪽을 가리켰다. 이리하무네 옆집에 살고 있다는 뜻이었다.

"투얼쉰베이웨이!"

미치얼완은 놀라고 기뻐서 소리를 질렀다.

"아니에요!"

아이바이두라는 머리를 숙였다. 미치얼완의 얼굴에 당혹한 표정이 어렸다. '이 젊은이가 마음에 둔 여자는 누굴까? 어찌 어리석은 아이가 수수께끼를 풀 듯 아무렇게나 추측하고 아무 말이나 막 던졌지?' 미치얼완은 밀려오는 후회와 난처함, 미안함에, 남편을 힐끗 쳐다보았다. 처음엔 이리하무도 미치얼완 못지않게 당황스럽고 어리둥절하였다. 그러나 이때는 이미 누구인지 눈치를 채고 있었다. 하지만 너무나 뜻밖이어서 여전히 감히 단정할 수 없을 것 같은 기분이었다.

두 사람은 얼마나 다른 두 사람인가! 아이바이두라는 또 언제부터 이리하무에게까지 마음속의 비밀을 숨기는 것을 배우게 된 걸까? 이 일이 과연 적절한 걸까? 두 사람은 혼인하여 행복하게 살 수 있을까? 이건 일시적인 열정일까, 아니면 이미 두 사람의 심사숙고하고 검증한 것일까? 양쪽의 부모 및 친구들과 논의하고 건의를 거쳐 모두의 지지와 허락을 받은 혼인일까?

미치얼완도 드디어 알게 되었다. 비록 죽을힘을 다해 자신을 억제하려 하였지만, 끝내 참지 못하고 조심스럽게 그 이름을 불렀다.

"쉐린구리?"

그러자 아이바이두라는 숙이고 있던 머리를 들며 대답하였다.

"맞아요."

그는 흥분과 기대를 감추지 못하고 어린 아이처럼 맑고 진실한 눈빛으로 미치얼완을 바라보고 이리하무를 바라보았다. 그들도 웃는 얼굴로 그와 눈을 마주쳤다. 그러나 아이바이두라에게 필요한 것은 이보다 더 강렬한 긍정과 지지였다. 그는 다그쳐 물었다.

"형님, 누님, 뭐라고 말해 봐요. 결혼해도 되나요?"

아이바이두라의 믿음이 가득 찬 눈빛에 미치얼완은 용기를 얻었다. 미치얼완은 원래 거짓말을 못하는 솔직한 성격이었다. 하물며 동생의 행복이 달린 문제이니 말이다. 그녀는 머뭇거리며 물었다.

"당신보다 나이가 더 많은 거 같은데……"

"아니요. 우린 동갑내기에요."

"쉐린구리는 이미 한 번 혼인한 적이 있는데……"

미치얼완은 더 이상 말하지 않았다. 이리하무는 그녀에게 그만하라는 눈빛을 보냈다. 그리고 미치얼완도 자신의 말이 어떤 반응을 일으켰는지 알 수 있었다. 아이바이두라의 눈빛은 믿기 어려울 만큼 차갑고 준엄해졌다. ……

"그게 그녀의 잘못은 아니잖아요?"

아이바이두라는 입술을 깨물며 목소리를 낮게 깔고 말했다. 그의 목소리는 떨리고 있었다. 그리고 눈가에서 눈물이 흘러나왔다.

아이바이두라 본인보다 더 설득력 있는 것이 또 있을까? 이리하무 부부에게 잠깐 머물렀던 주저함과 이의(異意)는 순식간에 연기처럼 사라졌다. 그들은 아이바이두라의 감격과 행복을 함께 나누며 진심으로 축복해주었다. 그리고 미치얼완의 한 마디에 의해 아이바이두라가 아주 잠시 아주 조금 느꼈던 화도 깨끗하게 씻겼다. 미치얼완이 말했다.

"그런 말을 한 것은, 어떤 사람 때문이든, 또 어떤 일로든 쉐린구리가 더 이상 상처를 받지 말아야 한다는 걱정 때문이었어요……"

……그러나 이리하무의 마음속에 이 일은 여전히 작은 모래알과 같은 껄끄러움이 남았다. 2년여 전 하늘이 어슴푸레 밝은 그 날 이른 아침 이마에서

피가 나던 쉐린구리가 떠올랐고, 타이와쿠가 떠올랐다. 쉐린구리의 이혼 요구를 지지한 사람은 그였고, 타이와쿠와 직접 면담한 사람도 그였다. 그리고 대대의 문서 담당자(文書) 겸 민정(民政) 간부를 찾아가 공사에 가서 수속을 밟을 수 있도록 소개장을 써달라고 부탁한 사람도 그였다. …… 그런데 오늘, 왜 하필 그의 아우인 아이바이두라가 쉐린구리와 결혼을 하겠다고 하는 것이지? 하지만, 또 안 될 이유가 무엇이고, 혹은 아이바이두라만은 아니어야 하는 이유가 무엇인가? 그의 이러한 염려는 전혀 무의미한 것이고, 완전히 불필요한 것일지도 몰랐다.

마을 어귀에 도착하였을 때, 이리하무는 마차에서 뛰어내렸다. 그는 집으로 돌아갈 겨를도 없이 길옆에서 살을 에이는 듯한 차가운 수로의 물로 세수를 하고 서둘러 결혼식에 참석하러 갔다.

아이바이두라와 쉐린구리 두 사람은 소박한 결혼식을 올리기로 의논하였고, 하객들의 축의금이나 예물은 일체 받지 않겠다고 강조하였음에도 불구하고 결혼식은 성대하였다. 마을의 거의 모든 남녀노소와 다른 생산대의 하객들까지 두 사람의 결혼식을 찾아주었고 축복해주었다. 농촌에서 사람과 사람의 관계는 아주 긴밀한데, 그것은 혈연관계와 여러 가지 연결고리로 인해 복잡하게 얽혀 있기 때문이었다.

모든 사람들은 한 수로에 흐르는 물을 마시고, 같은 논밭에서 농사를 지으며, 같은 운명으로 동고동락하면서, 한 고장 이웃의 정을 쌓아간다. 그리고 현재 농촌의 여건과 생활물자가 아직 완전히 상품화가 되지 않았기 때문에, 생활상 필요한 것을 서로 도와주지 않으면 대다수 사람들은 살아갈 수 없었다. 이러한 조건하에서 모든 공사 사원 사이에는 빈번한 왕래가 이루어지게 되었고, 따라서 몇 십 킬로미터 떨어진 한 마을의 관혼상제에도 절대 무관심할 수 없는 것이었다. 하물며 오늘 결혼식을 올리게 될 사람은 당원이며,

간부이자, 평판이 좋고, 품행이 단정하기로 소문난 젊은이 아이바이두라와 착하고 온순하며 많은 불행을 겪은 쉐린구리이니 찾아온 하객들이 어찌 적을 수 있겠는가? 뿐만 아니라 풍작을 거둔 뒤의 늦가을에 벌어지는 그들의 결혼식은 이 농촌에 명절과 같은 즐거움을 가져다주었고, 농민들의 일상에 더없이 아름다운 금색과 빨간색을 더해주었다. 오후부터 헤아릴 수 없을 만큼 많은 하객들이 차를 몰고, 말과 당나귀·자전거를 타고, 또는 걸어서 모여들었다. 그야말로 엄청난 규모의 결혼식이었다.

위구르족들의 아주 오래된 풍습대로, 하객들은 나이와 성별에 따라 네 조로 나뉘었다.

나이가 많은 남자들은 아이바이두라 네 집에 모였고, 아이바이두라 아버지가 주인으로서 접대하였다. 여기에 모인 사람들은 모두 예의의 화신 같았다. 결혼 잔치임에도 불구하고, 그들은 단정하게 무릎을 꿇고 앉아 떠들지도 웃지도 않고, 가끔 찬송가와 같은 우아하고 간략한 언어로 존엄한 연장자로서 손아랫사람에 대한 축복의 마음을 전할 따름이었다.

나이 많은 부녀자들은 미치얼완 네 집에 모였다. 미치얼완은 오늘 형수의 신분으로 짜이나푸의 노련한 협조 하에 하객들에게 차를 따라주고 사탕과 과자 등 간식을 제공하였다. 이쪽의 하객들은 누구나 평론가로서의 열정이 흘러넘쳤다. 그들은 마치 광범위하고 선의의, 그리고 상당히 엄격한 검토와 평론을 하기 위해 결혼식에 참석한 사람들 같았다.

그녀들은 여론의 화신이고, 민간의 평의위원회였다. 그녀들은 신랑과 신부에 대해 세심하고 주도면밀하게 평론하였다. 신랑과 신부의 가정·역사·도덕·재능으로부터 경제상황과 개인 성격까지, 그들의 신체·용모·동작 특징으로부터, 옷차림 및 장신구·행동거지의 좋고 나쁨까지 빠짐없이 평하였다. 그리고 결혼식에 대해서도 평하였다. 낭과 우유차의 품질과 빛깔, 결혼식 주례를 맡은 사람의 자질이 충분한가로부터 시작하여, 하객의 수량과 행동거지까지 낱낱이 평가하였다. 오늘과 같은 날 좌판을 먹지 못한 실망으로 입을 꾹 다물고 있는 극소수의 식탐 많은 먹보 아주머니들을 제외하고 대부분의 여성 하객들은 신랑과 신부, 결혼식에 대해 관대한 찬사를 아끼지 않았다.

세 번째 조는 젊은 여성, 즉 처녀들과 젊은 각시들이 모인 자리였다. 그녀들은 투얼쉰베이웨이의 방에 모여 앉았고, 쉐린구리의 친구인 투얼쉰베이웨이가 주인으로서 접대를 하였다. 이곳에서 고개를 숙이고 조용하게 가만히 앉아 있는 쉐린구리는 마치 꼭두각시 같았다. 아, 어찌 꼭두각시에 비유할 수 있겠는가! 그녀의 얼굴을 보라.

오늘의 그녀는 전혀 딴사람 같았다. 마치 한 송이 화사하고 부드러운 5월의 빨간 라일락(쉐린구리는 위구르어에서 라일락이란 뜻이다) 같았다. 여기에서 그녀들은 웃고 떠들며, 경쾌한 노래와 우아한 춤으로 잔치 분위기를 만끽하고 있었다. 그러나 다른 장소에서처럼 방자한 언행과 모습은 전혀 찾아볼 수 없었다. 왜냐하면 그녀들의 마음도 쉐린구리와 똑같기 때문이었다. 그녀들은 저마다 가슴 속에 새끼사슴 한 마리를 간직하고 있었다. 그 새끼사슴은 살며시 또 강렬하게 뛰고 있었다. 그들은 쉐린구리의 모든 감정, 그녀의 행복과 그녀의 부끄러움 및 부드러움까지도 함께 느끼며 나누고 있었다.

그녀들은 지금 사랑의 화신으로서 사랑에 대한 추억과 미련, 동경과 갈증으로 가슴이 벅차오르고 정열이 물결치고 있었다. 보라! 우리의 '주인', 용감하고 고집이 센 공청단 지부 서기 투얼쉰베이웨이의 두 눈에도 평소와 다른 특별한 불꽃이 반짝이고 있지 않는가? 그리고 우리의 한족 동포, 이 조에서 가장 나이가 많은 처녀, 현 농업기술 보급소의 기술자 양후이, 그녀의 웃음 속에도 애정과 그리움이 담겨있지 않은가?

마지막 한 조는 젊은 남성들이었다. 이들이 있는 곳이야말로 진정한 결혼 잔치 분위기로 넘쳐났다. 그들 자체가 바로 '희(喜)'이고, 더욱 정확하게 말하면, 그들은 '쌍희(囍)' 자의 화신이었다. 손가락이 보이지 않을 만큼 현란하게 러와푸와 두타얼의 줄을 튕기고 있는 연주자는 두 눈을 지그시 감고 아주 그럴듯한 표정으로 머리를 흔들며, 산들산들 봄바람, 가랑비와 같은 멜로디에 완전히 취해 있었다.

가슴 절절한 선창, 열기 넘치는 화음, 사이사이 치고 나오는 "아이이바라(哎依巴拉, 아이)!", "야샤(夏, 형제)!", "바라(巴拉, 친구)!"들의 감탄과 환호도 있었다. 여기서 '야샤'는 '만세'로도 번역할 수 있는데, 이러한 것은 위구르족들이 노래를 들으면서 환호와 호응으로 자주 사용하는 단어들이다. 그리고 봉황이 날개를 펼친 듯 두 팔을 활짝 벌리고 가벼운 발놀림으로, 서로 춤을 청하며 돌아가며 덩실덩실 춤도 췄다. "건강을 위하여!"

술잔은 이 사람 손에서 저 사람 손으로, 저 사람 손에서 또 다른 사람 손으로 전달되었다(위구르족들은 술을 마실 때, 일반적으로 술잔 하나를 번갈아가면서 사용한다. 그리고 축배를 들기 전, 앞에 "건강을 위하여!", "우정을 위하여!"와 같은 말들을 한다). 이리하무는 이 자리에 오자마자, 젊은이들의 즐거운 분위기에 빠져들었다. 이리하무의 신분으로 따져 볼 때, 그는 첫 번째 조의 예의적인 자리에 참석하는 것이 마땅하였고, 이미 그 자리에 참석하였었다. 그리고 그의 나이로 따져 볼 때, 이 자리에 참석하는 것도 억지스러운 일이 아니었다. 젊은이들 나이가 조금 많은 이 형 때문에 어색해지기라도 할까봐, 그리고 확실히 이들의 분위기에 취하고 감동해서 그는 약간의 관례를 깨고 술잔을 받아들고 하객들에게 감사의 마음을 전하였다. 그리고 아이바이두라를 향해 진심어린 열렬한 축복을 전하였다.

이리하무는 축배를 높게 들고, 단숨에 잔을 비웠다. 술기운이 올라와 얼굴색이 벌겋게 변했을 때, 밖에서 다급한 발걸음 소리가 들려왔다. 새로 임명된 창고 관리인이자 공청단 단원 이밍쟝이 뛰어 들어왔다. 그는 손님을 맞아 자리를 양보하는 사람들과 인사할 경황도 없이 다급하게 물었다.

"이리하무 형, 여기 계세요?"

이리하무는 그와 함께 밖으로 나왔다. 문 밖에는 아부두러허만이 서 있었고, 그의 옆에는 큰 소 한 마리가 있었다. 노인은 이리하무를 보자마자 소리를 지르며 불만을 토하였다.

"세상에 어찌 이런 일이 다 있나? 니야쯔 파오커가 또 자기네 젖소를 밀밭에 풀어놓았네. 사람들이 모두 결혼식에 참석한 사이에 밀 모종을 마음껏 뜯어먹었지 뭔가! 이게 벌써 세 번째나 되네. 봐요! 그래서 이 소를 붙잡아 왔어요!"

일을 저지른 소는 정작 자신의 만행을 자각하지 못한 채, 꼬리를 흔들며 머리를 빼들고는 이 키 작은 노인을 떠밀었다. 그러자 아부두러허만은 씩씩거리며 눈치 없는 소를 향해 주먹질을 하였다.

이리하무가 말리며 말했다.

"가 봐요. 어찌 된 상황인지 가 봐야겠어요."

세 사람은 소를 끌고 침범을 당한 사건 현장인 밀밭에 도착하였다. 수많은 밀의 모종들이 소에게 뜯기고 짓밟혀 볼품없이 엉망진창이 되어 있었다.

"뭐 이런 사람이 다 있어요?"

아부두러허만은 화가 치밀어 부들부들 떨었다.

"날마다 꾀병을 부리며 일하러 나오지도 않는 주제에 생산대를 찾아가 돈 달라, 양식을 내놓으라고 하면서 온갖 말썽이나 일으키고 말이에요!"

"생산대에 벌써 140위안이나 빚을 졌대요. 그런데 입만 벌리면 오히려 생산대가 그에게 빚진 것처럼 불만이 많아요······"

이밍쟝이 끼어들어 덧붙였다.

"이건 틀림없이 고의적으로 벌인 일일 겁니다. 닭을 탈곡장에 풀어놓고, 당나귀를 제4 생산대의 개자리 밭에 묶어둔 것도 다 일부러 한 짓이에요. 이것 봐요. 이번엔 다들 결혼식에 간 틈을 타서, 소를 풀어 놓았잖아요…… 이만큼의 밀을 심기 위해 얼마나 많은 시간을 들이고 땀을 흘렸는지 몰라요. 그런데 한 순간에 몽땅 짓밟아버리다니! 만약 우리 생산대에 니야쯔 같은 사람이 몇 명만 더 있으면 우린 틀림없이 손가락이나 빨아야 할 거예요!"

러허만은 말하면 말할수록 분노가 치밀어 오르는지 거친 말로 욕을 퍼부었다.

밀밭에 너저분하게 찍힌 소 발굽 흔적들을 보고 있노라니 이리하무의 가슴도 소에게 짓밟힌 것 같이 아팠다. 그는 머릿속에 길가에서 보았던 붉은별 제2 생산대의 밀밭이 떠올랐고, 현의 회의에서 제기하였던 다짜이(大寨, 중국 산시성 시양(昔陽)현 경내에 소속된 모범적인 생산조직의 이름)를 따라 배우자는 호소가 떠올랐으며, 즐거운 결혼식이 생각났다. 사람들이 가슴 가득 자신감을 안고 우리의 새로운 생활을 위해 헌신적으로 일하고 있을 때, 모든 기회를 이용하여 이기적인 검은손을 뻗고, 망설임 없이 논밭을 짓밟으며, 집단 재산을 파괴하고, 사람들의 정신과 마음을 더럽히는 일부 비열한 소인배들은 어디에고 반드시 존재하기 마련이다. 도대체 왜 그럴까? 이건 나뭇가지 한 개를 얻기 위해, 전체 숲을 태워버리는 행위이고, 물 한 숟가락을 마시기 위해 우물 하나를 몽땅 파괴하는 행동이나 다름없다. 이건 사람이라면 해서는 안 되고, 할 수도 없는 행동이다. 그렇다면 그들은 사람이 아니라 파충류이다. 파충류들이 어찌 인민공사의 사원이란 이름에 어울릴 수 있겠는가! 이런 행위를 어찌 참아줄 수 있겠는가! 이리하무는 죽을힘을 다해 애통함과 분노를 억누르며 물었다.

"이 일을 어떻게 처리했으면 좋겠어요?"

"소를 붙잡아 두고 돌려주지 말아요. 절대 돌려주지 말아요!"

노인과 젊은이는 이구동성으로 대답하였다.

"그는 밀밭의 손실을 배상해야 할 뿐만 아니라, 생산대의 빚을 갚기 전까지 소를 돌려받을 수 없도록 해야 해요!"

이리하무는 잠깐 침묵하였다. 두 사람은 기대에 찬 눈빛으로 그를 바라보았다. 이리하무는 힘차게 손짓하며 말했다.

"소를 생산대 외양간으로 끌고 갑시다!"

– 하권에서 계속